新聞傳播、兩岸關係與美利堅
台灣觀點

馮建三　著

大國者，下流，天下之交……故大國以下小國，則取小國；小國以下大國，則取大國。故或下以取，或下而取。大國不過欲兼畜人，小國不過欲入事人。夫兩者各得其所欲，大者宜為下。(《老子》)[1]

惟仁者，能以大事小；惟智者，能以小事大。(《孟子》)

惟國小而不處卑，力少而不畏強，無禮而侮大鄰，貪愎而拙交者，可亡也。(《韓非子》)

1　人類能否和平相處，實繫於大國。大國要像江海居於下流，天下百川在此匯歸……大國對小國謙下有禮，小國就能信任和依賴；小國對大國謙下有禮，大國就能兼畜且平等對待。無論是謙下以求小國的信任，或謙下以求大國的等視，都是要兼畜或容納對方。為了達到這個目的，兩國都必須謙下為懷。但是最緊要的，還是大國應該以下流自居，天下各國才能相安無事。

目次

目次

表目次

自序

「新聞」一詞，最早可能是出現在唐朝。兩岸具有「現代新聞」意義的連動，最早可能起於1870年代。

根據溫禎文的考查，上海《申報》在創刊那一年底，報導前一年（1871）發生在八瑤灣（今日屏東縣滿州鄉港仔村）的船難事件，登陸的琉球人有五十餘位遇害。《申報》刊登該則新聞的同時，另有按語，指這是否事實，「未可知也」。這個按語引來讀者質疑報社，「不敢保證其真實性」，顯見沒有查證。當時，《申報》想要從官方探知真偽，「難如登天」。過了一年多，原本與日本無關的屏東海難，成為東瀛覬覦台灣領土的口實。當時，明治維新啟動不久，日本的「征韓」派失勢，「征台論」取而代之，日人利用美國人李仙得「番地無主」的謬論，執意派兵入台。這時已是1874年4月，《申報》記者於是來台，並在報頭說明，這次派遣專人赴台，是要藉機宣告自己的「新聞最為詳盡」。

依照此說，「採訪記者」（特派員）在中國出現的較早（甚至也許是第一個）例子，起因於後來演變為日本首次發兵侵台的「牡丹社事件」。

兩岸新聞業的發達，相去千年，但民間新聞得以後來居上的原因，基本相通。

新聞史學者朱傳譽曾有專書，指出在官辦的邸報之外，宋朝已經另有民辦的「小報」。業主出資聘請專人，向接近皇帝或其他「消息靈通人士」打探，「小報的每一條消息，都是靠採訪而得……小報有了專任的記者」，如「內探」就「相當於今日跑總統府的記者」。這些小報的內容有兩大特徵，頗能牟利。

一是「人情喜新而好奇」，尤其是在外患入侵，民眾想要知道時局政情之際，就會有小報「打破官方新聞限禁，迎合與滿足民眾需求」；雖有外患，宋朝與先前的唐朝不同，宋朝已是「夜禁鬆弛……到處商鋪……夜生活豐富……遷徙自由」。二是小報以誇張不實或聳動說法，作為廣為招來的手段，舉凡宮廷祕辛或名人八卦，不是口語謠言，而是白紙黑字，就在小報版面刊登，甚至出現假造詔書，抨擊在朝擔任宰相前後17年的「蔡京……公行狡詐，行跡諂諛，內外不仁，上下無檢」。

小報為了牟利而衝擊權威，朝廷自然採取多方手段，試圖禁止其發行。看小報被抓流放五百里，有人告發看小報，賞以銀兩。但殺頭生意還是有人做，小報屢禁不絕，存在長達兩百多年。唐朝的「恨天下無書以廣新聞」的「新聞」，並無貶義。但是，最慢至南宋1236年，已有著作指小報的內容多有「洩漏之禁」。報人只好「隱」小報之名，轉而「號之曰新聞」；至此，「新聞」二字等同於「小報」刊登的內容。這個時候，「新聞」的中性乃至正面形象，形同受累而成為貶抑之詞。

　　宋朝之後，華人社會的這類報刊，略可比擬但也不可同日而語的，包括1950年代初，創刊在台北市的《聯合報》與《中國時報》。兩報從1960年代中後期起，以渲染「社會新聞」逐漸使官營報紙失去主導地位。從1970年代開始，它們大放異彩二十餘年。在這個階段，我國從1970至1989年，年均經濟成長率逼近10%。兩報在1980年代初由美國稽核組織背書，相繼聲稱發行量達百萬，直到上世紀中後期、乃至本世紀初，兩報仍執言論之牛耳。陳飛寶教授來台訪談取得之資料，指兩報集團的海內外員工最高曾有六千與四千多人，即便兩個數字難以核實而可能需要打個折扣，規模仍很驚人。李金銓教授在本世紀初受訪，認為戒嚴年代的我國，《自立晚報》之外，位居主流的兩報迄至1990年代的二十餘年間，「開闢論壇、專欄灌輸民主價值」，對台灣有「莫大貢獻」。

　　電視在解嚴前的新聞表現，比較乏善可陳，儘管台、中與華視（三台）派駐海外的特派員與地方記者人數，如果比較現在的24小時新聞台，可能還是比大多數頻道，來得多些。我國約有十個全天候電視新聞頻道，電視記者的總人數雖多，分配到的資源卻少了很多；南韓與英國人口及電視的收入，數倍於我國，但南韓24小時新聞頻道僅一個，英國是兩或三個。這就使得我們的電視記者，若要施展所長，並不容易，即便記者仍在努力，讓人想起一百餘年前，韋伯（Max Weber）所說：「值得吃驚的，是在這些情況之下，這個（按：記者）階層中居然還有許多可貴的、道地的人存在。」就此理解，中視董事長鄭淑敏1999年在報紙刊登的付費評論，令人讀之心有不忍。她控訴，「商業競爭已經到了如火如荼的地步……每日節目收視排行……使已經惡劣的電視生態雪上加霜……令所有的電視人變成『蛋白質』（笨蛋：相信節目排行榜有意義，白癡：去附和追逐節目排行榜的爛規則，神經質：成天為節目排行榜雞飛狗跳）的行

徑。」

　　往後，電視新聞的激烈競爭以及名嘴現象，並未減弱，反而加強。這是因為，電視新聞資源分散在前，記者的工作條件已經無法合理，其後，又隨著影音科技平台／社交媒介（如谷歌與臉書……）的出現，廣告主更是「移情別戀」，傳統媒介收入銳減，記者的處境雪上加霜。從2010至2020年，我國GDP增加超過四成，但上百電視頻道的廣告收入，從261億減少至176億；報業更驚人，由120億陡降為14億，兩報的路線與品質分道揚鑣，新興的第三家報紙旗幟鮮明。曾有《看》雜誌在這段期間調查，發現七家新聞頻道及四家無線台的新聞時段，「三器」新聞的比例平均高達43.4%，亦即記者的消息來源或取材對象，將近一半來自「網路瀏覽器」、「行車紀錄器」與「街口監視器」。電視新聞使用三器，也許無法全免，但比例如此之高，違背專業的要求；唯一沒有出現三器的電視新聞，是遲至1998年才在我國誕生的公共電視。

　　公視不使用或較少使用三器新聞，主要原因，來自公視的成立宗旨，以及隨之而來的制度支持，其中一個重要的表現，是公視相對必須、也能夠提供相對合理的「資源」，缺此，新聞記者的專業難有棲身空間。這個專業內涵，取決於「公共服務」的實踐，不是、無法也不應該如同醫師、律師等等專業，不宜通過政府或公會的檢測，核可其專業資格。實踐的成果不是檢驗信念的唯一標準，但最重要的標準，包括實踐的成果。

　　據此，提供資源讓記者專業得以發揮的較大空間，應該就是「公視」。或者，既然技術的變化天翻地覆，在手機、互聯網、串流與AI的年代，公視更準確的名稱，會是「公共服務媒介」（public service media, PSM）。這個專業表現於我國在內的所有國家，有一共同指標，亦即PSM提供的新聞，由於儘量恪守平衡而不偏倚的報導原則、理解新聞自由的真諦就在接納異端而不能只是鞏固同溫層，PSM在各國都得到較高的信任。當然，「此地不是佛國，不是滿街聖人」，這是很不完美的世界與傳播環境，PSM的報導與評論仍有性別、國家或民族、階級等等面向的偏差，遇有戰爭爆發，甚至會出現嚴重的失誤。惟若能給予總體評價，瑕不掩瑜的形容，也許不算離譜。

　　因此，已有國際組織，認定PSM是矯正「假新聞、不實資訊」的一帖良方；PSM愈是壯大，也就愈是能夠舒緩不實資訊對人心與民主的騷擾。始自2016年底，隨著美國總統大選，不實資訊的問題從美國往外溢散。至2017年3

月，已有四個國際組織就此提出建言，題名是〈表意自由、假新聞、不實資訊與宣傳的聯合宣言〉；他們是聯合國的「表意自由特別報告人」、歐洲安全與合作組織（OSCE）的傳媒自由代表、「美洲國家組織」的表意自由特別報告人，以及「非洲人權委員會」的表意自由與近用資訊特別報告人。四個組織聯袂呼籲，表示公權力所當採取的六項重點工作之一，就是「國家應該確保強大、獨立與資源充分的公共服務媒介之存在，PSM有其清楚的職掌，就在服務所有公共利益，就在設定與維持高標準的新聞事業。」如果存在大規模的PSM，並且使其成為市場領導者，又有法規的要求，則私人產權並且以廣告為主要收入來源的電視頻道，同樣也必須服膺公共服務的角色。此時，民間商業傳媒既是依法，同時也尚有財政能力，必須、也可以遵循新聞務求平衡與不偏倚的準繩。在歐洲若干國家，公共產權且不取廣告的PSM角色重要，它們是影音新聞的主要供應者，並且也能主導市場；在這個前提之下，不少歐洲國家也有法律規範，要求「私有且播放廣告」的廣電，也要符合PSM的要求。雖然，歐洲的這個體制無法高枕無憂，是經常枕戈待旦，隨時都在警戒，務求維持這個空間於不墜，而最好是還能擴大。

近日出版的《超越主流傳媒：另類媒介與新聞事業的未來》（*Beyond Mainstream Media: Alternative Media and the Future of Journalism*），作者既已遍覽重要的相關研究，就能得到相同於四個組織的結論：「在有健全PSM體系的國家，這些傳媒提倡不偏倚的新聞，他們的報導緩和了民粹政治與極化政治的衝擊。」箇中邏輯，就在PSM如同提供乾淨的空氣，數量若大，也就沖淡髒空氣（假、不實、民粹與極化資訊／新聞）的成分，可以產生比較大的預防作用。「事實查核」的事後補救，與此不同，而預防重於治療，應是不易之理。「媒介素養」的教學如果引入這個理念，在「事實查核」的同時，若是同等或更能重視潔淨空氣的供應，應該更能收取事半功倍的新聞改革成效。美國的「事實查核」組織與媒介素養教育，已稱發達，但2016年以來，不同群體的人對傳媒的不信任，差距仍在擴大。民主黨與共和黨支持者在2016年信任傳媒的比例是51%與14%，這個差距在2023年擴大至58%與11%。不信任主流傳媒，假新聞、不實資訊與民粹並極化資訊的「生機」，就會增加。造成歐美這個差異的重要原因，如同前引書所說，就在歐洲仍有大規模的PSM能夠主導（影音）新聞，美國PSM誕生晚且規模小很多，不在新聞供應圈的核心。

PSM的「公共服務」精神與表現，若能成為「媒介」兩岸的橋梁，台灣與大陸的人與社會之相互理解，機會也許高些，兩岸關係與今日不同的機會，也會多些。惜乎，對岸尚無PSM。我國的PSM的公服實踐固然與他國相同，但起步晚、規模小，無從引導舉國電子傳媒，兩岸關係也就不能從中受益。

　　本書第一部分以PSM為重點（第一至第三章）。[1]三篇當中，前兩篇來自對岸學界朋友的邀請，首發於清華大學及復旦大學主辦的期刊；以PSM為題，是心存希望或說想像，要將歐洲為主的PSM之歷史經驗與當代情境，介紹與推薦於大陸，作為其傳媒日後轉型的參考，雖然有人會指這是侈談、緣木求魚。第三篇所要對話的人，是2012-13年間投入「反媒介壟斷」運動的學子（其發起人也積極參與2014年的「太陽花」運動），或關注該事件的人。這篇文章主張與論證是，若要回應與轉化「中國（大陸）因素」，有效的作法不是防堵對岸影音圖文的進入，而是壯大我國的PSM，調整本地的傳播秩序。苟能如此，等到PSM的能耐如同很多國家，也能成為領頭羊之時，除了已在平衡或矯正私人壟斷傳媒可能產生的弊端，我們的民主品質提升已在其中，自然也就順理成章，會有連環作用，讓我們在交流對岸的過程，不怎麼需要張揚，就會具備能力，引起或多或少的正面的關注。

　　第二部分僅有一篇論文（第四章），[2]出發點是心憂。

　　解嚴三年之後，我已從英國返台工作，時代氣氛讓人覺得兩岸關係多談無益，反正就是維持現狀，無須、不應分心，理當讓有限的心力，專注於媒介體制，及與其有關的階級、語言、原民與性／別乃至於校園等等問題的改善。現在我從初任教職，「無憂無慮的新鮮人」年代，進入新的人生階段已有時日，後知後覺而意識到了新的形勢，感受已經不同：輿論氛圍的兩岸關係，僅存對岸「統」我，以及，對岸不會接受的我「獨」（無論我國是否倚美謀獨）；雖有其他兩岸關係的願景與論述，但其現身的機會不多。於是，國人談的是「認同」，彷彿台灣「認同」就是特定兩岸關係的同義詞。然而，地球人必然認同地球，別無其他星球可去。不移民而定居台灣的人認同台灣，必然之理。台灣民眾的差異，是有關階級、稅制、原住民、新住民、性／別、社會福利水平、

1　依序是〈公共服務媒介的錢、人與問責〉、〈公共服務媒介、共和民主論與「假新聞」〉，以及〈辨識「中國因素」，還原新聞自由：建構台灣傳媒的出路〉。

2　〈分析台灣主要報紙的兩岸新聞與言論：聚焦在《聯合報》，1951-2019〉。

環境生態、動物權益等等實質意見的異同及差距，但若說「地理空間」，難道會有人不優先認同生養自己的土地？捨棄實質差異的分辨，專就地理認同說事，很容易就會將持有不同實質看法的人，詆毀成為「不愛國」，甚至投降、「賣台」，這是扣帽子，不是說理。若能心平氣和地討論（雖然不一定容易），那麼，接受「一國兩制」的國人，一定是認同對岸政權嗎？他們當中，也許有人認定這個「一國」，仍有空間在彼此協商之後，出現兩岸政權與社會，都能接受的兩岸關係之內涵？對岸將「一國兩制」的英文翻譯，寫成one 'country' two systems，不是one 'state' two systems，難道沒有，或者，真有實質差別嗎？是北京無心之「失」而有這個英文翻譯，還是刻意的選擇而通過英文翻譯保留何謂「一國」的協商空間，使成為具有兩岸特色的某種聯盟或邦聯嗎？無從得知。北京提「一國兩制」四十餘年，我國雖有國統綱領但已「終止運作」，得到最多國人接受的是「維持現狀」。但是，現狀合理嗎？能夠永遠不變嗎？還是，前副總統呂秀蓮的意見，可能比較準確？她說：「維持現狀就像『溫水煮青蛙』自我欺騙⋯⋯自我麻痺，大家應勇敢面對現狀的改變、超前部署⋯⋯。」

有這個超前部署（或說，已經遲到的回應）而共構兩岸都能接受的政治關係，可能嗎？不知，但要爭取。國際法及兩岸關係專家黃維幸教授，乃至前美國在台協會理事長卜睿哲（Richard Bush），也許還有其他論者，都曾就此著力與探討。我在2020年撰寫本書第四章，解析數十年來的本地報紙，特別是《聯合報》有關兩岸關係的報導與評論之時，尚未讀到與研判這些觀點。第四章主要是取材報紙，另行佐以1970年代以來，在本地、海外及生活兩岸的國人，乃至大陸與美國官員之經驗或其書寫，記錄與說明在「對岸不會接受的獨」與「對岸中央我地方的統」之間，一直有學人、政治人與報人，不斷叩問第三方向的兩岸關係。假使這類聲音與主張得到國人更為廣泛與深刻的認識，或許對其實現，會有幫助，從而也就有利兩岸，同時必然有利世界和平。或遲或速而最好是快一些，我國或對岸，會有重要政治人物受到民眾啟發，或者領先民意而發言，如同美國總統甘迺迪（J.F. Kennedy）那般地鼓舞人心。

古巴飛彈危機在1962年10年29日結束，不久之後，甘迺迪在1963年6月10日對「美國大學」畢業生講演〈和平的戰略〉（*Strategy of Peace*），這是他外交觀點與政策的轉捩點。在該次講演，他呼籲調整美國的主流心態，「檢查自

己對和平的可能性、對蘇聯、對冷戰進程和對本國的自由與和平的看法……同時也為俄羅斯人民在科學和太空、經濟和工業發展，以及在文化方面取得的許多成就和英勇的行為而歡呼」；甘迺迪又希望，「停止軍備競賽……幫助聯合國解決經費問題，使它成為更有效的和平工具」。接著，他宣布美蘇與英國即將於莫斯科「舉行高級會議……達成全面禁止核試驗的協議」。曾經擔任聯合國三屆秘書長的特別顧問、我國第五屆（2022年）「唐獎」永續發展獎得主，哥倫比亞大學教授薩克斯（Jeffrey Sachs）在研究全球貧窮問題的時候，讀到這篇「和平講演」後內心震撼、不能自已。在2007年，他於BBC聞名遐邇的年度講演就此申論，再過六年，他依此完成專書《感動、推動世界：甘迺迪總統的和平追求》（*To move the world : JFK's quest for peace*），擴大發揚六十年前這篇優美、誠摯、充滿說服力的講詞。薩克斯大力倡議，認為這個轉向所確認的立場與認知，大有潛能，可以激勵當前世界的和平運動。

我們的總統或其他國家的政治領導人，眼見近年來美國發端、以北京與莫斯科威脅自由民主體制為由，儼然在推動可能讓世界陷入新冷戰的格局，我國一定只能跟隨嗎？我們的社會能不努力發言，讓民情上達，要求相類的精神與即知即行的實踐，早日出現嗎？這是時代的需要，響應社會的要求而政府從善如流，這樣很好。或者，從統治階層與元首團隊率先，這也很好。政府調整認知、修改言行，或可收到風行草偃的效應，漸次變化社會風尚，為改善兩岸關係及謀求第三方向，開啟大門。

第三部分（第五章及其附錄），[3]各有一小部分刊登在《台灣社會研究季刊》，大部分僅在台北市與香港的研討會宣讀。兩篇都在西元2000年完成，發表僅在一個月之間。第五章比較大陸與西歐的傳播體制，「附錄」以第五章為本，回省台灣。

那個時候，我還沒有去過中國大陸。對於大陸的人，只有在英國Leicester大學認識的大陸朋友，彼時大夥結伴前往倫敦參加遊行，遙相呼應天安門學生運動的進行。雖然沒有親身接觸而隔著一層，但對大陸的變化，我已經累積十多年的書報雜誌之瀏覽及閱讀，應該不是完全陌生而魯莽放言。

該文選擇在西方起自1920年代的辯論，而對岸1980年代以後的憲法之說，

3　依序是〈傳播與市場社會主義：中國與西歐媒介的經濟分析〉與〈附錄：中國媒介競爭力的增加對台灣媒介的意義〉。

從「市場社會主義」的角度，探討大陸的傳播面貌，是否與西歐公共服務廣電的經濟體質，尚存可以比較的餘地。這個選擇的原因，主要來自我在1996-97年得到國科會支持，重返英倫一年，研習西歐廣電體制及其財政的歷史變化，同時閱讀了若干市場社會主義的文獻。不過，即便比較中歐，該文是有自覺，僅能從經濟而無法從政治與文化等層面，進入探索。在香港中文大學宣讀之後，一位香港浸會大學教授，以及上海復旦大學的兩位教授對這個題目表示好奇，也對分析框架有些興趣。其中，復旦一位教授商借我的原稿閱讀，另一位會後跟我說，不需理會我在文中記載的《環球日報》標題〈解放軍新製導彈可直搗李登輝辦公桌〉。

香江行的前十多天，我摘述了該篇論文的一小部分，加上數倍於此的本地材料之後，在台北研討會發表，討論對岸公權力對媒介經濟的導引，是否對台灣能有啟發。評論人、也是在研究所授我以「中國傳媒研究」的潘家慶老師說我多事。潘老師聽聞我國政府講傳播政策，就擔心是不是要干預傳媒自由，對於北京的政府引導傳播秩序，怎麼可能首肯？老少顛倒，變成我自認是就事論事、善盡言責，實則讓人當作倒退，是一廂情願的奢望。第五章及其附錄共有五萬多字，往後因為我另有其他撰述與活動，束諸高閣至今。不過，文章勾勒的對岸規劃與管制傳媒的特徵，到了網路乃至AI年代，仍見沿襲，現在重讀，希望沒有失去溫故，因此更能知新的用處。第五章（及其附錄）之後，另有應國科會《人文社會科學簡訊》「經典譯註」欄撰述的回顧文章。[4]此外，兩個中篇[5]與一極短篇自述，都在說明自己進入學院、中國大陸傳媒研究領域的機緣及歷程，也為自己的學術興趣及社會參與的軌跡，留下雪泥鴻爪，是為第七章。

本書另一個部分（第六章），[6]篇幅最長，準備與醞釀寫作的時間也最久，出版也最為晚近。本書的前五章分作三個部分，並在各部分之後，各設四千餘言，以「後記與前瞻」為題，簡述撰寫該主題論文的由來，同時對未來有所研判。第四部分的第六章是新作也有前瞻，書寫的過程與動能，則如下述。

第六章同樣關注也觸及新聞，但散落文章之間，另有些部分是第四章與第

4　〈《論市場社會主義》、中國與傳媒〉。

5　依序是〈進入學院〉、〈研究中國傳媒之旅〉，與〈個人的回顧 社會的軌跡〉。

6　〈不同的殖民與墾殖、關注新冷戰、前瞻兩岸關係〉。

五章的延伸。該章的主體是新的擴張，先行探討並說明漢人、荷蘭人、鄭成功、清朝的滿人與漢人及日本人入台的殖民與墾殖，過程與性質可能有別，而建立政權的意義，一定不同。接著，它以數倍於此的篇幅，環繞美利堅合眾國而議論，交代其國內的近年局勢，尤其注重其國際政治角色，特別是二戰以後而特別是俄烏戰爭的爆發，白宮挾北約所造成的後果。最後，本文依據這個論證與推理，試擬遠近願景，希望作為兩岸相處與共好之道的參考；從現在尚不理想，但仍然可以算是經濟共好的基礎，往其他方向，比如，文化與政治等等更多領域的共好，努力建構與擴散。

第六章的研究重心不是筆者的「本業」，但如同第四章，起於心憂，也就僭越而不憚外行妄議之譏。差別是先前擔心兩岸關係的最佳出路，無法穩定在我國的公共空間出現，是以志願擔任接棒人之一，述而不作地整理前人的呼籲及闡述。第六章的擔心則是，不應該會有的台海戰爭，在海外多國政府與傳媒以「未雨綢繆」的預警姿態，或者，也有可能是鼓譟而我國政府及部分傳媒與國人似乎不察或乃至配合，致有言行分離的表現，使得戰爭彷彿真會發生。這就讓人格外疑慮，俄烏關係及格局與兩岸很不相同，俄烏戰爭本來完全可以避免，卻已開打。兩岸應該也沒有兵戎相見的道理，但難道真會有相同的命運，在可預見的未來，終將遭受戰火的摧殘蹂躪，以及其後的人與人、社會與社會的對立而禍及兩岸與世界嗎？

這些領域涉及國際政經局勢及其歷史沿革，除了必然也需要注意與議論新聞媒介的表現，但主要是涉及台灣（史）、中國大陸、兩岸關係，以及美利堅作為世界首強的歷史變化及其未來走向，包括美利堅是否對他國醞釀或已經製造新冷戰的關係。

回想起來，進入這些領域的探討與論述，似乎其來有自。較早是淺層認知，來自香港的《新聞天地》與本地的《中華雜誌》，高中時期我訂閱的刊物，包括二者，至大學階段增加《夏潮》與黨外雜誌，並因課程需要，也納入了美國的《時代週刊》。碩士班畢業、服完兵役後，得到教育部支持而前往英格蘭 Leicester 大學繼續在校園生活。在英倫的這幾年，顧秀賢及台灣家人、友人不定期寄來的剪報、教育部贈送的海外版《聯合報》與《中央日報》，與大陸朋友互換而取得之《人民日報》，再加上英國的報章雜誌與廣播電視，以及當時已經捨棄《時代》而改訂的《經濟學人》，還有新增的香港《明報月刊》、《九

十年代》，以及在美國編採的《台灣與世界》，組成了我的雜食資訊環境。由於英國博士班不必上課，必須提前宛若全職研究人員，自行開發求知方向與內容，事後回顧，這個學制對我很合適，有利於雜食習慣的持續。

返國工作已是1990年入秋，解嚴後人們對本地歷史與知識的學習，已是很多人的心向，我不例外，卻也只是斷簡殘篇的接觸，並未均勻也並不穩定。進入相關領域的涉獵，最初看的是國人及相關事件的人物傳記、回憶錄與雜記，也包括有若干史實的歷史小說，然後才是閱讀學術性質比較濃厚的著作。二戰之後，我國與美國的軍政、經貿與文化（包括大學教育的）關係異常密切，但沒有增加美利堅對我的吸引力。甚至，回首當年，仍然記得對海格（A. Haig）的負面印象。我是當年在電視或者報紙看到，還是從訂閱的《時代週刊》，留存鮮明的記憶至今？再無可靠的回想。但查詢之後，得知週刊確實在1981年有封面故事〈大權在握：海格認定的世界〉，出現這個大標題，是因為海格是雷根總統的首任國務卿。現在回首，似乎算是恍然大悟，昔日的不良印象，其來有自。原來，傳統左中右的區分無法適用於美國「新保守派」，崛起於1970年代的這股勢力，影響乃至主導美國外交走向數十年，而其得勢的第一波，正可從雷根執政起算。人在台灣，對美國的新聞傳播學術，以及政治外交等主流面貌，已經沒有憧憬或已經有了負面印象，意外得到的出國留學之機會，也就轉軌，捨棄美利堅而就英倫，畢竟別無其他外語能力。奔赴異邦之前，我對英國最多的印象也只是BBC，少有其他。不過，人到則與環境有更多的互動，已經存在對美國的不憧憬與負面印象，在此得到更多的強化，包括認知美國對古巴等等國家的惡行，接觸並認同杭士基（Noam Chomsky）在內的一些學者之另一種美國觀與世界觀，即便有關杭士基的著作，當時的收藏多於細讀，尊敬多於認知其深刻的意義。

讓人產生恍然大悟的美國「新保守主義者」，[7]其「善意」、「抱負」與傲慢讓很多國家與世人支付高昂代價。前美國國務卿（1997-2001）、去年走出人生舞台的歐布萊特（M. Albright）說：「如果我們必須動武，這是因為我們是美國……我們這個國家責無旁貸。我們昂首挺胸，我們所見深遠透視未來，再無他國能及。」稍前，記者已問：由於美國經濟制裁伊拉克，「聽說已有五十

---

7 對「新保守主義」，或有不同的命名，有些美國學者直接以《美國帝國：美國外交的實際與後果》、《永遠製造戰爭》等等書名相稱。

萬兒童喪命……這個代價值得嗎？」歐布萊特說，這是「困難的抉擇」，但「我們認為這個代價值得」。

美國在2001年發動反恐戰爭，依據該國布朗（Brown）大學團隊的研究，迄至2020年，已經耗用美利堅納稅人八兆美元，造成從非洲到亞洲（菲律賓）共有85個國家92.9萬人（含美軍7050人）遇難，另有3800萬人流離失所、家園破碎，但世界沒有更安全，美國民眾同樣受害。美國超高預算用於國防軍火，襲奪改善民生所需，應驗「槍砲與奶油」（guns and butter）的經濟鐵律。美國用0.6%國民生產毛額於兒童與家庭福利，其他三十多個富國的平均是2.1%；美國每生十萬小孩，嬰死540人而母亡23.8人，其他富國是410人與9.8人。負責任的政府，會有這種表現嗎？

現任國安顧問蘇利文（Jake Sullivan）今年10月接受《紐約客》訪談，表示：「我確信自由鬥士能夠成事，我確信正義鬥士必定勝出，我相信烏克蘭人有此擔當。我所目睹的衝突，很少而也許沒有……一清二楚的好人與壞人。」言下之意，俄羅斯是一清二楚的壞人，烏克蘭是一清二楚的好人，因此，「我們在好人這邊，我們必須為這樣的好人做很多事。」

但是，假使百歲的季辛吉、九十多歲的美國前蘇聯大使馬特洛克（Jack Matlock）、兩位前國防部長培里（William Perry）與蓋茲（Robert Gates）、現任中央情報局長伯恩斯（William Burns），還有更多更多的學者及美國與北約卸任官員，對於《西方怎麼將戰爭帶至烏克蘭》這本英文書（已有義大利譯本）的敘述與結論，都不會反對，甚至有人會默認或公開承認，那麼，壞人固然還是俄羅斯，但美國真有資格自稱是好人嗎？

戰爭爆發後，前中央情報局長潘內達（Leon Panetta）及前北約聯軍最高軍事指揮官布里德洛夫（Philip Breedlove），不是都很坦白嗎？他們說：「美國必須給烏克蘭最多的軍事援助，愈多愈好，因為這是我們與俄羅斯從事代理人戰爭」、「我們是在用烏克蘭人作為我們的代理武力」。四度訪問基輔的民主黨參議員布魯蒙索（R. Blumenthal），在其選區報紙撰文，向選民「邀功」，他表示「所有美國人……應該都很滿意我們在烏克蘭的投資……烏克蘭已經挫損俄羅斯軍事力量……沒有任何一位美國女子或男子受傷或隕命。」

但是，俄烏交戰一年多至2023年6月，《紐約時報》報導的雙方死傷是五十萬人，死二傷三。傷者之中，《華爾街日報》根據德國醫材設備廠商的資

料，認為烏克蘭截肢五萬人，英國在第一次世界大戰四年，截肢是四萬多人。智庫Jamestown Foundation與美國情報社群有關，它說烏克蘭人口從開戰階段的三千一百萬，經過16個月以後，僅存兩千萬在其控制區內（包括已經退休的一千七十萬人）。蘇利文不會不知道這些公開披露的新聞，只會有更多更細部的資訊，他真確定美國是在幫助，而不是在傷害烏克蘭嗎？國際政治學者米爾斯海默（J. Mearsheimer）重視現實，不談或少言理念，以他的文字來說，新保守主義是「自由軍國主義（liberal militarism），會……讓目標國家蒙受龐大損失。」米爾斯海默又說，「在善良的外衣下掩蓋其自私的……藝術大師……這種偽善是盎格魯薩克遜人思維中的特有怪癖。」這些批評是無的放矢嗎？烏克蘭不是最近的例子嗎？損人不利己的新保守主義在美國至今鮮豔亮麗，但終究必定褪色，美國人在內的各國人士，異地各自與結合努力，早晚要淘汰這個勢力。

拙著得以出版，起於兩個源頭。郭力昕與劉昌德在2019年邀請黃厚銘在政治大學主持，由傅大為、陳信行、嚴婉玲與筆者與談〈「基進2.0」：反思台灣三十年來的學術及其政治實踐〉。次年入夏，劉昌德、郭力昕與魏玓等人籌備，邀請多人自選主題撰述新作，為新聞傳播專書添磚加瓦。一年多之後，我負責的文稿完成七、八成，俄羅斯在2022年2月入侵烏克蘭，書先擱置。雖然擱置，但部分材料轉化後，對本書第六章小有貢獻，而「基進2.0」的座談則是機緣，後有傅大為在2022年6月發起〈當代公共知識分子：杭士基（Chomsky）座談會〉。他邀請力昕與我參加，加上李泳泉、李行德與汪宏倫，並有數十人線上參與討論。通過這些活動與電郵來往，今年2月傅大為提議，遂有盧倩儀、郭力昕與筆者等近百人響應，在3月召開反戰記者會，引起我們並未預見的小迴響，第六章對此略有記錄。書成而能夠出版，萬幸。林麗雲一語提醒之外，特別感謝錢永祥與涂豐恩先生及聯經出版公司的支持。助理吳紫瑀先期代為彙整文稿，編輯團隊安排後續工作，都致謝忱。

馮建三

2023年11月1日

走指南宮、過迎仙亭欣賞呂洞賓的七言絕句「朝遊北嶽暮蒼梧，袖裡青蛇膽氣粗；三醉岳陽人不識，朗吟飛過洞庭湖」，引林博信登猴山，下走岐山古道轉貓空之後

第一章

公共服務媒介的錢、人與問責：多重模式，兼論中國傳媒改革[1]

———————

1　刊登在上海復旦大學發行的《新聞大學》，原標題是〈公共廣播電視的錢、人與問責：多重模式，兼論中國傳媒改革〉（2011/9上，頁14-24；2011/12下，頁53-64），並收錄於北京人民大學的《複印報刊資料：新聞與傳播》2012年第4期，頁47-68。

前言

　　「中國模式」不會只有一種論述，不會只有一種實踐。同理，公共服務媒介（public service media, PSM）的模式也有許多種，各自烙印其歷史條件的胎記，面對當代資本壓力，各國PSM的奮進成果，亦見差別。

　　有些在商業影音環境中，被迫增加私人的贊助，如美國。與此相反，另有逆流而上，將原本是PSM部分財源的廣告，從其收入剔除，為此而短缺之數，另從財政撥款與商業稅捐挹注，如法國與西班牙。有些蓄勢待發，先由民間社團醞釀鼓動，要求其政府創新組織與開徵多樣財源，鞏固、支持與擴大PSM的能見度與影響力，平衡商業勢力，方向之一是結合高教等等非營利資源與機構，如美國。另外，同樣或說可能更值得注意的是，已經有公廣機構，如英國的BBC，力能以其人之道還諸其人之身，卻又因為其市場競爭力強大，因「成功」而遭忌，政治力在意識形態作祟，以及資本遊說的壓力與召喚下，出面阻撓PSM擴充。

　　「不是BBC就不可能是公共電視嗎？」答案是明顯的。何況，BBC本身也歷經變化，並不靜止，BBC以外，PSM模式林立、五花八門，本文的任務就在釐清與闡述，先說同，後述異，目的在於從中演繹理論的憑藉、實踐的取徑，作為改革中國傳媒的參考。

　　中國各層級的廣播與電視機構，與世界各國的PSM，至少有兩個共同點。

　　首先，財產權都不是私人所有，1980、90年代以來的私有化浪潮，沒有席捲公廣領域，法國第一台之外，[2] 各國公廣機構不但維持公有地位，其頻道數量亦在擴張，包括香港特首在2009年9月宣布，香港電台未來數年內即將升級，收音機之外，另要自擁數個電視頻道，不再如同現制，只是責成私人商業台播放其節目。[3] 其次，不斷改革，隨技術條件的變化，公廣機構產制與採購的內容，不僅只是利用地表特高頻無線電波

2　第一台遭私有化的原因，一是當時（1987年）法國左右共治，社會黨在國會有211席、共產黨32席，加起來是243席，少於右派聯盟的265席。二是總統密特朗「最近」才「信仰社會主義」，信念不深，手段則靈活，常藉此化解紛爭。見Sassoon, Donald (1996／姜輝、於海青、龐曉明譯，2007: 613, 640-641)。

3　請見http://www.rthk.org.hk/about/orgchat/Annual%20Plan2010-11_English.pdf

傳輸，而是業已利用衛星與超高頻電波，並進入了有線、電信系統與互聯網，這就使得傳統的PSM不得不與時俱進，成為公共服務「傳媒」（public service media, PSM），融合影音圖文於一爐，[4]雖然各國PSM進入這個新階段的速度與表現，必有差異。

有共相，就有殊相。除了產權公有不變與服務範圍的不斷革新，各國PSM的內涵頗見差異。PSM在各國誕生的條件與性質，是很重要，惟後天演變，更稱關鍵。下文擇要簡述PSM出現的歷史背景後，隨即進入主體，分梳PSM的三個面向。一是財政收入的來源。二是人員構成，包括兩類人，一是經營團隊，再就是基層員工。PSM員工的多寡與組織形式，經常又是PSM財政大小的直接反映。三是PSM通過哪些機制（市場表現、受眾參與及資訊公開），以示對其真正主人，也就是本國公民與社會負責；反過來說，社會如何向PSM「問責」，如何要求PSM對公民負責。最後，依據對各國PSM的共相與殊相的析辨，本文主張，在公有產權的基礎下，承襲但又創新的財政與內容流通模式，可以是改革中國傳媒的優先選項。

誕生背景

反對公共廣電的眾多論述當中，相當常見的理由之一，就在反覆強調，該制度成為當年的世界主流，是因頻道稀有，如今技術發達，頻道過多而不再稀少，既然如此，公共體制就當退位。[5]事實上，這個說法並沒有正視史實，若能正本清源，予以還原，就會發現，無論是歐洲或美國，電波資源稀有都不是最重要，更稱不上是政府高度管制這個新興傳媒的唯一理由。更不用說，不但早年已有經濟分析，指陳廣電的公共性與外部性，都是PSM問世的重要原因，迄今，更有精湛的專業解剖，指出在多頻道的年代，公共服務廣電制度不但並

4　Iosifidis (Ed.) (2010).

5　如Beesley (Ed.) (1996a).

非明日黃花，反倒更見需要。[6]

英國廣電協會（BBC）最早是私有，1922年由電器商聯合組成，1927年元旦改為公營，主要原因有三。先是民族與統治階級的「文化」考慮，擔心商業低俗，品味擾人。[7]其次是市場經濟競爭的殘酷性，導致第一次歐戰，「社會」力量遂有反省，進而反制。[8]最後是「經濟」因素，消費電子器材廠商無力供應制播節目的資源，公權力直接向納稅人抽取收視費，對硬體廠商無害，反倒有利於快速籌措生產廣播內容的經費。[9]

美國的體制雖然不同，但仍保留二成電波作為非商業用途，商用波段不是如同土地按價出售，而是依據「公共信託」模式分配，申請人必須滿足「公共利益、便利或需要」的條件。同樣，電波稀有與否並非重點，1920年代國會就此辯論時，議員清楚指認，電波是公共財，電波承載的內容足以產生龐大的政治、文化……作用，[10]亦即廣播具有明顯的「社會效益」，不容任何人完全占有其利。

只是，信託與公益，只能在小範圍約束私有的商業電子傳媒。美國公共電視的誕生，還要等到1960年代。當時，民權運動風起雲湧，權利意識延伸進入傳媒，除了抨擊利潤歸私的傳媒，美國人成群結社，紛紛要求政府創設公視。1967年末，總統詹森（Linden Johnson）很快收割社運的果實，跳上推動公視的列車，要求國會快速通過法案。就在美國民眾尚且沉醉於公視降臨時，詹森迅速提名陸軍名人、曾任「通用動力」（General Dynamics）公司總裁的培士（Frank Pace）作為公視首任執行長。培士表示，他將研究如何利用公共電視，作為控制暴動之用：現在，一度熱情擁抱公共電視的支持者，不免納悶「這下子公視豈不要被詹森擁抱至死？」[11]

6　最佳論述可能是牛津大學Balliol學院經濟系教授Andrew Graham與高盛（Goldman Sachs）投資銀行首席國際經濟學家Gavyn Davies的著作（1997）（劉忠博、丘忠融譯。2007）。

7　Williams（1974／馮建三譯，1992：48-50）。

8　Curran and Seaton（5版）（1997／魏玓、劉昌德譯，1999c）。作者稱，關於BBC的誕生，通說都「忽略了」在廣播之外的政治社會變遷」，頁193-205，特別是頁199。

9　Garnham（1979: 143）的(4)之討論。

10　Moss & Fein（2003: 389-416）.

11　Barnouw（1975: 398-399）. 關於美國公視的誕生，較詳細中文描述，可見郭鎮之（1997: 82-90）。

創建公共電子傳媒的動力，出於政治，不是電波多寡的技術原因，同樣顯現在亞洲，只是更戲劇化。1979年南韓總統遇刺身亡、次年光州事件，隨即有大眾傳媒重新組合的政策，一舉將所有私人廣電國有化，[12]殘酷的歷史際遇竟然意外地成為日後韓流的先河。2006年，反對泰國首相塔信（Thaksin Shinawatra）政府的示威活動長期盤據曼谷大街，軍方介入後，塔信外逃，軍方成立臨時政府，沒收塔信擁有的電視公司。幾經折衝，軍政府順應社會業已倡議一段時間的要求，亦即將該商營頻道轉變為公共電視。雖然不乏國會議員質疑，傳播學者、社會行動人士及媒改社團的意見亦告分歧，有人認為軍政府不可信賴而反對，但也有人主張順水推舟並無不可。正反勿論，2008年元月，亞洲最新的公共電視台誕生於激烈的社會與政治衝突聲中。[13]

財政來源：政府撥款、執照費與廣告

　　如同誕生背景有別，各國公視的收入來源及其規模，亦見差異。節目產制經費從何處取得，對於傳媒內容的品質良窳、多樣程度與保守改良或激進的性格，固然不是一對一的決定或影響方式，卻不可能不生短期的牽制，也不會不對公視之長期性格與內部文化，發生長遠的約制及塑造之能。如果徹底依賴商業收入，並且必須自行承攬廣告、進入市場競爭的傳媒，即便產權國有或公有，其表現究竟與私有商業傳媒會有多少差異，恐有疑問。反之，縱使必須從事市場競爭、爭取合適的收視份額，但只要其產權公有，且收入不取廣告而是另由政府安排，全額撥款或取執照費，則其表現與「私有且營利導向」[14]的傳媒，必有差異，甚至可以大相逕庭。

12　任鶴淳（2004：35-38）。

13　洪貞玲（2010：295-325）；劉康定（2010）。

14　私有傳媒不一定營利，如英國的《衛報》（*Guardian*）、台北的《國語日報》。陳平2005年入主陽光衛視，曾有豪語，「公共電視不一定是由政府來做，這是有能力達成的人應當的權利和義務」（陳韋臻，2011）。私有但不營利的傳媒以宗教取向為主，但宗教傳播營利化的例子已經愈來愈多。(*Economist*, 2005.12.3: 56-57)另見 Moore (1994)；Buddle (1997)；Steinberg & Kinchelo (2009).

綜觀各國公視的財政模式，除泰國公視的年度營運所需取自菸草稅捐，[15]可稱「創舉」以外，各國公視對國內（不含對海外）提供服務時，其經費除了其節目的販賣所得，大致來自政府預算、觀眾收視費（執照費）與廣告三種來源，大約分作五種組合，如後。

一、單取政府撥款：澳洲、香港等；

二、單取執照費：日本（NHK）、英國（BBC）、瑞典、挪威、芬蘭、丹麥等；

三、政府撥款，加上廣告（含商業贊助）：荷蘭、瑞士、美國等；

四、執照費，加上廣告（含商業贊助）：德國、奧地利、韓國等；

五、政府撥款、執照費，加上廣告：法國、西班牙、葡萄牙、義大利等地中海國家。[16]

傳媒若從政府撥款或執照費取得唯一財源，理論上都可以說其服務對象只有一種，就是受眾（納稅人），畢竟政府本身不創造財富，其撥款仍然取自人民繳納的稅收，以及國營或公營企業創生的收入。執照費不需政府編列預算，可以增加政府財政運用的自由度，但執照費不能保證公視財源獨立，其增減依舊受制於政治力。其次，執照費是消費稅，具有累退性質（regressive），收入多與收入少的人繳納相同額度，對低收入戶，相對不公；再者，執照費徵收過程，扣除逃避徵收及稽徵成本後，100元執照費最後大約只有90元歸由公視使用，效率不彰。[17]因此，英國這個徵收執照費歷史最悠久的國度，歷來都有兩種聲音，要求廢除執照稅，一種是反對PSM在先，自然就對執照費及其它任何政府提供的經費，一併反對。惟另一種反對的人，不但支持PSM，並且要求擴

---

15 年度上限是20億泰幣，約4.5億人民幣；創台經費另由泰國政府提供。見註13。

16 南韓、日本與義大利的海外廣播與電視，英國的海外廣播（不含電視），均取部分政府預算，亦由原公廣組織KBS、NHK、BBC與RAI負責，美國雖有海外廣播（與電視），但另立組織，未納入原公廣機構。

17 2009-10年間，BBC執照費稽徵成本是1.264億英鎊（與BBC商業部門回流BBC的額度1.51億已很接近），占執照費收入35.19億的3.592%，另有5.2%用戶逃漏執照費，比例似乎已是歷年最低（BBC Annual Report and Accounts 2009/10:2-99,2-100; *the BBC Executive's Review and Assessment*, 2009/10:2-87; *BBC Worldwide Annual Review* 2009/10:8-9）。漏繳執照費最高約10%（1992-93），2000/01也是5.2%（*BBC Annual Report and Accounts* 2000/2001:30）。

大PSM，他們曾經要求廢除執照費，是基於公正與效率考慮。[18]

傳媒若是從廣告取得財源，服務對象就有兩種，一種是受眾，一種是廣告客戶，必然致使傳媒不能完全忠誠於受眾。即便是主流經濟學者如科思（Ronald Coase），對此亦有深刻理解。不但理解，科思曾經為解開廣告商與受眾的利益衝突，主張美國政府理當核可，而不是阻止有線系統開辦付費電視的業務。[19]美國各地公視加盟台取自工商等非政府部門的贊助比率，1975年是5.8%，1987年是15.1%，到了2006年高漲至60.4%（另有17.3%與22.2%來自聯邦，州及地方政府）。[20]假使2010年這個項目的公部門支出水準沒有降低、比例不變，那麼，美國中央與地方政府提供的公視經費，大約折合美國人0.065天的日均收入，還不到澳洲（政府撥款）的1/10（0.7日），也遠低於韓、日及歐洲國家的執照費額度。由於執照費仍需政府同意，不妨列為「間接的政府撥款」。準此，則下列國家支援PSM的經費額度，在南韓是0.43日工作所得（另有廣告挹注）；日本的計算基準有二，受眾若只看無線電視，執照費折合1.51工作日所得，加看衛星頻道則是2.59；若以BBC列舉的12個歐洲國家之執照費為準，平均是2.07日，奧地利2.82日最高，德、英是2.27與2.18，法國最低1.38日（惟奧、德公廣另有廣告收入，而法國還有廣告收入與政府預算）。[21]

美歐對照，可知歐美的公視雖然同樣兼取廣告與政府撥款，但歐洲撥款至今仍然超過廣告甚多，如2009年的荷蘭政府，撥款其公視7.38億歐元，將近是其廣告額1.9億的四倍。[22]美國則相反，政府預算低疲，相形之下，廣告或商業贊助的份量益發凸顯。此消彼長，致使美國公視服務受眾的能力，無法提升而只能減少，並且滑落幅度的比例，要比公預算減少的速度，還要更快，因為「企業的捐贈通常直接用於特定節目的製作與包裝，政府……經費則有較大部

18　Lambert (1982: 57)。執照費在英國已成傳統，捍衛的意見參考Murdock(1994a: 155-183)。

19　Coase (1965: 161-167).

20　2006年聯邦撥款3.96億美元給美國「公共廣電協會」（Corporation for Public Broadcasting），約3億用於電視（其餘是收音機、行政支出等）；2008-2011聯邦政府的撥款額是3.9、4.0、4.2與4.3億美元。以上數字轉引自Carey(1989: 209)；CPB Annual Report 2006:40；http://en.wikipedia.org/wiki/Corporation_for_Public_Broadcasting; http://www.cpb.org/annualreports/2009/images/stories/docs/CPB2009financialsFINAL.pdf, p. 5

21　計算過程請見本書第三章〈表3-7〉。

22　請見http://en.wikipedia.org/wiki/Netherlands_Public_Broadcasting

分用在基本開銷……於是工商界反倒變成了公視節目製作過程中，最具影響力的單位。」[23]箇中最諷刺的例子發生在1970年代。當時石油公司為了排解社會大眾因為石油危機而群起責難，大筆捐款各地公視以求移轉視聽，其致金的規模幾乎到達可以操控的地步，人們因此戲稱公視是「石油電視公司」（Petroleum Broadcasting System, PBS也可以是公視的英文縮寫）。[24]

　　廣告作為美歐電視的財政來源，意義不同，關鍵原因有二，以英國為例，說明如後。一是英倫的廣電結構（公視為主，私人電視為輔），美國則相反。第二個原因是，在英國，同屬依賴廣告收入的兩家電視台，彼此具有「交叉補貼」關係，維續將近20年；其中2/3時間（1982-1992）「完全」交叉補貼，另有六年（1993-1998）減半為之。美國欠缺這個公共政策，政府成為資本的俘虜，眼睜睜看電視台獲利豐厚（從1960年的19.2%毛利，到1970年的30-50%），[25]卻未能從中抽取盈餘，挹注美國的公視。

　　英國雖有舉世最早的公視BBC，卻也是歐洲國家最早引入私人電視的國度。1955年，英人創設私有的「獨立電視公司」（Independent Television, ITV），前二年虧損，此後，每年的毛利至少都有資本額的1.3倍。1965年起，除公司稅，ITV另須遵守累進原則，繳納「特別稅」（levy），其課徵基準不是「利潤」，是廣告「收入」，1975至1985年間，ITV平均稅後利潤是3.167%，ITV藉此「向全民表達，我們提交一定成數的利潤，是因為我們得到特權，使用稀有的全國性商品」。[26]另一組資料顯示，1974至1984年，ITV毛利9.18368億英鎊、特別稅4.67311億、一般公司稅2.41374億，純利因此是2.09683億。[27]通過一般及特別稅的課徵，英國政府宣告電視的性質與其它產業，迥然有別，BBC不營利之外，ITV的利潤作為私人與公共分配的額度比例，是1對3.38。

23　Aufderheide (1991:62).

24　Kellner (1990: 202).

25　Minow (1961: 301-312) . 本文是作者以FCC主席身分向美國電視公會講演詞；Herman (1993: 95-96).

26　Paulau (1981: 116).

27　1984/85 HC 400 House of Commons. Twenty-ninth report from the Committee of Public Accounts. Session 1984-85；Independent Broadcasting Authority: additional payments by programme contractors. Home Office. Independent Broadcasting Authority最後一頁(p. 30/p.16)Table II。

雖有市場，但競爭仍受節制，縱取利潤，已在交叉補助的前提下，不能盡入私人口袋。私有電視的利潤部分收歸國庫十多年後，英國在1982年底開辦第四頻道（Channel 4, C4），承襲這個財政設計。新的公有頻道C4不再徵收執照費，政府也不編列預算，而是由ITV全額補助，具體作法是C4播放廣告，但C4只負責提出節目規劃與所需經費，ITV必須予以滿足，C4也不經營廣告業務，而是由ITV統合承攬。1982至1992年間，除給付前述稅捐給國庫，ITV移轉16.076億英鎊至C4，ITV統攬C4廣告經營得15.858億，因此ITV等於是全額交叉補助C4之外，另對C4有淨補助0.218億英鎊。[28]通過這個財政規劃，C4遂有膾炙人口、叫好叫座的表現，如重視文化的知名雜誌說，「本刊不常報導電視，但C4在1982年一片沉靜的廣電世界緊急降落以來，對於英國文化的衝擊允稱可觀」，[29]海外人士艷羨之餘，總認為C4難能可貴，肩負「社會責任與經濟成功」這兩個經常會有衝突的性質（目標），「第四頻道是公共服務廣播，市場取向但特色獨具」。[30]

只是，商業競爭的動能不曾止息，ITV與C4相安無事，各盡所能的架構，在政壇的保守力量夾持新科技所發動的攻擊下，開始變化。英國的1990年廣電法要求，1993年起，C4必須自行出售廣告時間，若廣告所得少於全國電視廣告總額的14%，差額部分仍由ITV補貼，若超過14%，則超過之半數給予ITV。政治人物激勵C4自己販賣廣告，C4經理人得到了誘因，力圖保有更多的廣告收入，藉此才能挪取其中的部分，作為薪資的提成。果然，其後沒有任何一年C4的廣告沒有超過14%，C4自此反向補貼ITV。1996年的新廣電法沒有改變ITV與C4的財政關係，雙方仍然維持有限的競爭。然而，C4並不檢討十多年來的財政設計對其培育有功，C4無意維護孕育其特色的體制，C4嘗到經濟甜頭後，反而想要開更多的疆闢更多的土，它加入政治遊說，希望突破14%的限制，最後，工黨政府全面放寬，ITV與C4從1999年起，轉而從有限的廣告競爭，移轉至全面的競爭。累計1993至1998年間，C4逆向補助ITV金額是4.125

---

28 限於篇幅，這裡無法交代這些整理自十多份報告的資料。連同C4誕生的背景及涉及的「趣聞」，作者已另文寫作中。

29 "Channelling The Past," *Sight and Sound*, 2007.12, 2008.1讀　取　自　http://www.bfi.org.uk/sightandsound/feature/49412

30 Fišer (2010).

億英鎊。[31]

　　完全競爭之後，C4的收視率相較以往並無遜色，2009年C4主頻道仍有7.5%，加上C4旗下的五個家族頻道，合計收視份額是11.5%。不過，此時C4的節目構成，業已產生巨大變化。我們取五種節目，使其分作「知性」（時事、新聞與紀錄片）與「娛樂性」（娛樂、猜謎等遊戲及體育球賽）兩大類，比對歷年節目的份量，有兩個發現，格外值得一提。一是C4與ITV財政關係的轉變，清楚反映在兩類節目的增減，1993年，也就是C4自己出售廣告第一年，知性節目比ITV代售的最後一年（1992）少了379小時，娛樂節目多406小時；C4完全占有自己所售的廣告收入之第一年（1999），知性節目比1998年（C4需將總廣告額14%的超收部分，半數回流ITV）再少88小時，娛樂則多379小時。其次，知性節目大致逐年下降，幅度驚人，尤其是紀錄片，2009年僅存143小時，只有1992年的38.2%。[32]對於這個轉變，觀眾並不認可，根據主管傳播業務的「傳播署」（Office of Communication, Ofcom）所做的調查，30%英國觀眾認為，在2009年仍然占有71.6%收視份額的四大公共服務廣電集團的三十多個頻道，[33]應該提供更多英國自製的寫實取向節目，只有5%說可以減少，希望增加新聞的人（12%）是減少的人（約4%）之三倍。[34]

　　顯然，C4進入完全競爭年代，雖然還能立足，但其原本清楚的創台定位，也就是挑戰既存從而開創新的品味與觀點，不再清晰，而是走向模糊。原本足以讓C4自豪的傳統（海納品味、尊重少數、製作節目討論社會主義在西方的前途等等），遭致侵蝕，商業競爭提高了擦槍走火的機率，如《名人老大哥》曾出現種族歧視的場面，備受爭議，招惹政治人物干涉。其次是特定（兩檔真人實境）節目占C4收入與利潤份額太高（15%），[35]經營的風險躍升，如今已經是競爭者的ITV擺出姿態，步步進逼，誘使C4炒高價格後揚長而去，徒

---

31 同註28。

32 *Channel 4 Report & Financial Statement*(1992:18；1993:16；1999: 40；2009:138).

33 指依靠執照費的BBC，依賴廣告的ITV、C4與Five，Ofcom (2010) *Communications Market Report*, pp.114-115, 128-129, 137-138.

34 Economist (2009.1.24: 62)。

35 《老大哥》兩節目讓C4進廣告8800萬英鎊，利潤6800萬，惟C4否認這些數字，Brown (2007:1-9).

留C4承擔後果。C4近年出現多次財政困窘，部分根源在此，卻往往殃及近鄰，如2007年英國文化部長宣布，將提供額外資金協助C4，但來源不是國庫，是BBC執照費。[36]

北歐四國以外的歐洲國家自有電視以來，除執照費作為財政基礎，幾乎都有電視從廣告取得部分收入。但是，即便是播放廣告，它們仍得在高度規範下的市場結構運作，相對於美國，表現的可圈可點。箇中的關鍵就在於歐洲電視市場的廣告競爭，僅屬局部或說是一種協調式的競爭，而不是割喉競爭。競爭所得不由贏者通吃，而是必須遵循公共政策的導引，或是在一個頻道之內，或是在一個集團旗下的各個頻道，進行交叉補貼；或是在不同集團之間，抽取依法必然勝出的贏家之所得，挹注因為政策要求而不可能，也無意獲利的頻道或集團。在歐洲多數國家，這些依賴廣告製播的節目與頻道，相對於不依賴廣告（包括不自己兜售廣告）的節目與頻道，長期處於直接，或間接之交叉補助，因此在相當長遠的時間裡，就有「播放廣告的公共服務廣電」（commercial public service broadcasting, CPSB）這個概念與實踐，反觀美國，1982年聯邦傳播委員會主席福勒（Mark Fowler）發表廣為徵引的論文，卻有一個重要論點，雖有福勒的論文以最後1/5篇幅詳細闡述，卻未見任何美國學者轉述，唯一的引用來自英國學者。福勒指出，電視市場化後，必見失靈，因此可從商業電波取得資金，挹注公共服務節目的製播。這個符合「播放廣告的公共服務廣電」的議論，獲得歐洲學者的反響，但在母國卻無人應和，適巧反映了美歐廣電體制的一個重要差異。[37]

然而，誠如Ofcom官方報告都已認知，如果商業競爭加劇而不是減緩，如果公營廣電機構的規模沒有通過組織調整或其它因素而擴充，那麼，在2012年以後，英國兩家私有的無線電視（ITV與Five）的公共服務義務就會因為超過其執照的價值而無利可圖，致使CPSM難以維持。[38]要之，「昭然若揭的是，當

---

36 "Jowell challenges Channel 4 to justify £14m of public funding," *Independent*, (2007.6.21); 該議在文化部長更替後，取消（"Channel 4 switchover cash shelved," 2008.11.26, 讀取自http://news.bbc.co.uk/1/hi/entertainment/7750501.stm）。

37 Brown (1994:257-273).

38 Ofcom對公共服務廣電的第一階段報告，轉引自Curran & Seaton (2010,10[th]) pp. 380-381.

前播放廣告的公共服務廣電，再也無法賡續」。[39]迄今，英國政府並沒有因為Ofcom的分析，提出因應的短期措施，遑論長程政策，甚至，2010年春，保守黨與自由黨聯合政府掌政後，倒是以金融風暴為由，要在五年內削減各級各部門公務支出25%，BBC執照費雖然沒有刪減，但任務加重，[40]等於經費遭砍16%左右。一洋之隔的法國，卻有新氣象，即便外界認為，推動變革的總統沙柯吉（Nicolas Sarkozy）動機可疑，但沙柯吉改革的正當性修辭，赫然以英國為師：「要解放法國公視，使其不再依附於廣告，創造法國風格的BBC。」[41]2008年沙柯吉當選後不久，組成委員會，一年後提出報告，並在2009年初完成立法，分階段要在2012年將所有廣告逐出公視，公視為此而出現的經費缺口，另從商業電視台廣告收入與電信商營業收入，提撥足額以作挹注。法國的鄰邦西班牙在社會黨於2004年執政後，其黨魁薩巴德洛（José L. R. Zapatero）隨即開啟公視的改革，[42]至2009年春也推進到了PSM的財務領域，薩巴德洛的方案與法國接近，也已經付諸實施。南歐兩國的電視新政，形同是一種中興，活化英國曾經踐履17年的歷史經驗。不但維新，法國與西班牙另有創新，兩國認為，既然從手機至互聯網等器材或傳輸平台，無一不使用公視內容，那麼，針對電信商，開徵稅捐並移轉作為公視之用，道理俱在。這麼看來，這兩個地中海國家的政策，就又具有時代的新意，回應了數位融合的呼喚。[43]法國及西班牙的推陳出新，重點不是其動機是否純正，更重要的是這個改革方向，究竟是會持續與擴大、停留在兩國，或是遭致本國與歐盟反對力量的圍攻而退縮。

---

39 *Ofcom's Second Public Service Broadcasting Review: Putting Viewers First* (2009:1).

40 如Sweney, Mark (2011). "Jeremy Hunt unveils plan for new national television channel," *Guardian*, January 19. 讀取自 http://www.guardian.co.uk/media/2011/jan/19/jeremy-hunt-new-television-channel

41 Kuhn (2010:162).

42 Martí & Pettit (2010: 87-88).

43 Levy (2010) ; Medinas & Ojer (2010).

公廣人：組織規模及垂直整合

PSM的員額及其組織形式，因其財政收入的多寡而見差異。管理該組織的經營團隊之產生方式，則隨各國歷史、政治文化與社會結構的不同而有差別，先看後者。

在英語世界，任何關注傳媒制度比較的人，必得閱讀哈林與曼西尼的《比較傳媒系統：三種傳媒與政治的模式》。[44]他們根據傳媒市場（特別是大眾報業）發展的強弱、政治與傳媒的對比類型、新聞專業與國家介入傳媒系統的水準與性質，將北美與西歐18個國家的傳媒列入考察。據此，他們提出三種命名，英美加與愛爾蘭等英語系國家是「自主義模式」、北歐歐陸等國是「民主統合模式」，而地中海南歐諸國則是「極化多元模式」。

他們以PSM的治理、經營團隊的產生方式（分作四種），闡述「政治與傳媒的對比類型」。首先是「政府模式」，如1964年以前，法國PSM直屬資訊部，其後大致是執政黨可以決定執行長（director-general, DG）及其它經營團隊人選；隨著時間推移，這個隨政權升降而更動DG的現象有些變化，但國會多數黨大致還是能夠影響與任命DG。法國之外，西班牙、葡萄牙與希臘亦都如此。第二種是英美加及若干歐洲國家的「專業模式」，當權者的干預程度低於前者。1958-1979年間，法國廣電部長更換20人次以上、「國會多數每一改變，新影視法相應而生」，這是「選勝者派遣人士的（分贓）系統」。因此，至1980年代末，據說身處其境的法國廣電人，最「羨慕的模式之一就是英國」。[45]三是「國會或比例代表」模式，德語系國家及義大利屬之。義大利的PSM有三個頻道，分別由基督民主黨、其它世俗黨派，以及共產黨決定經營人選。最後是前者的變形，「市民或統合」模式，控制PSM的團隊由多種社會與政治群體組成，包括政黨，但工會、公會、宗教與氏族團體也都能分享權柄，如荷蘭、歐陸（如德國）的某些社區電台等。

通過哈林與曼西尼的區辨，讀者豐富了認知，得悉PSM的獨立自主性，形式儘管繁複，但無法不從政治系統取得授權。對於哈林兩人的宏觀討論，只須

---

44 Hallin & Mancini (2004: 21, 30-32).
45 Cayrol (1991: 189,206)；以及Noam (1991: 97).

再作兩點微觀的補充。

　　一是PSM的自主形式仍在變化。隨著南歐國家立法賦予PSM「法理獨立」，其「事實獨立」的空間，業已得到更多的拓展契機，它與英美等「專業模式」的落差，可能已在縮小，這是漢瑞悌詳細研究36個國家的PSM所得到的結論。[46]其中西班牙格外值得一書，在所有促使政府更透明與負責的各項工作，首相「薩巴德洛引進的最重要變化，或許就在公廣集團RTVE經改造後，當道政權不再能夠支配。RTVE的最高經營團隊至此需由國會三分之二同意後，才能任命，DG則由董事會逕自選任。從任何角度評判，RTVE的自主與獨立，業已確認……實質上，公信力足夠的評論者有了運作空間，批評政府再也不必然來自私人企業，RTVE有了誘因證明自己的自主。形象上……共和民主不再等同於當道政黨的專政……。」[47]這裡，另有值得一記的是，PSM是否擁有員工董事，似乎與哈林與曼西尼的分類，沒有明顯關係，如丹麥、芬蘭有之而瑞典與挪威並無，法國雖設但德國與英國未有，丹、芬、法之外，印度與韓國MBC是另兩個設有員工董事的PSM，統計30個可得資料的PSM機構，僅有以上5家設有員工董事。[48]

　　二是無論PSM經營團隊的產生經由哪一種模式，都不可能得到百分之百的「事實獨立」，表現在兩個層次。一是政治系統與經營團隊之間，雖然前者授權，後者接受委任，惟衝突仍然在所難免。一個突出的例子是英國，其經營團隊的黨派色彩一般說來比較不明顯，日常經營也多維持「一臂之隔」。[49]但1980年代以來，傳統上出任BBC董事的人選，不再是各黨派都能同意的「大老與好人」（the Great and the Good），執政黨任用自己人的傾向已告增強，[50]又以柴契爾夫人（M. Thatcher）首相最稱誇張。她在選任BBC理事的時候，不免先問，「這傢伙是我們自己的人嗎？」[51]工黨的布雷爾（T. Blair）政府任命的董事長與DG分別是大衛斯（Gavyn Davies）與戴克（Greg Dyke），大衛斯

46　Hanretty (2010).

47　同註42。

48　胡智峰、王健（2008: 240-3）。謝謝黃學建提供這份報告。

49　同註7。

50　Sparks (1995).

51　同註8，頁369。

夫人是當時財政大臣、後為首相的布朗（G. Brown）辦公室的機要祕書，戴克是工黨長期支持者與獻金人，雖然兩人獲得任命是出身經濟學的大衛斯，多年來都以專業分析，主張BBC必須擴大規模，而戴克在電視業界的專業經營聲譽與成績，歷來稱善。其次，經營團隊與一般員工的日常共事，難免另起勃谿。這些摩擦與齟齬暴露後，會以什麼方式落幕或歹戲拖棚，取決於社會及政治權力的集中與分散程度，也受制於監督傳媒運作的社會力量。其中，PSM機構的集體組織（工會）無疑是不能忽視的因素，以下再就工會略作討論。

不同論者曾經指認，宣稱法國公共影音節目製作機構的工會激進有力，曾使其1978-1984年的節目成本上漲兩倍（通貨膨脹率是84%）；[52]也有人指控，RTVE負債累累，但「工會力量強大，不放過廣電人已取得的一分一寸之權利」，因此仍可坐領高薪。[53]實質是否如此，不得而知，惟這些工會確實承載負面形象。相對於此，可能給予比較正面觀感的是加拿大PSM，其工會在2005年罷工兩個月後，迫使管理人同意，將外包（臨時約聘人員）的工作量，從30%左右比例，壓回9.5%，而任何員工只要約聘超過四年即可轉為正式職工。[54]畢竟，外包人力若是過多，就會形成兩層（以上）的工作體制，危及工作條件之後，除了節目產出的品質遭致不良的影響，同工不同酬的比例愈高，愈是不能符合PSM理當表徵的平等理念。中國廣播公司在國民黨要將其黨產私有化，賣給特定人之時，其員工曾經積極串連，希望透過黨政協商，將中廣公共化，失敗收場。[55]在南韓，無論是1980年代軍人總統盧泰愚、21世紀初民選總統盧武炫或李明博，都曾因為任命KBS或MBC這兩家PSM的DG人選不當，遭到工會杯葛，顯見政體性質、總統政治信念的左右差異，並未決定工會性格。[56] 2003年，BBC因報導官方侵略伊拉克，交惡當道，董事長大衛斯與總經理戴克雙雙辭職，抗議政府的調查報告對BBC不公允；就此例而言，BBC工會對於BBC經營者，英國民眾對於BBC的支持，遠遠大於他們對於（新）工黨政

52 Noam同註45, p. 97.

53 Fernandez, Raquel (1997: 386).

54 Economist (2005.10.1: 37)；〈加國廣播公司勞資糾紛現轉機〉，《中央社》2005.10.3。

55 〈員工串聯爭取中廣公共化〉，《自由時報》，2006.2.9：A4.

56 Im, Yung-Ho (1998)；Economist(2003.4.19: 28；2008.8.2: 32; 2009.4.4: 32).

府的信任。[57]

　　最後，哈林兩人對於PSM經營團隊的選任機制之分疏，必須與他們對於亞歷山大（Jeffrey C. Alexander）的「傳媒分化論」的反思，合併考察。亞歷山大認為，愈是現代化的社會，傳媒與新聞事業就愈加重要，現代傳媒愈來愈獨立自主於國家、宗教與政治團體。哈林與曼西尼則說，亞歷山大之見不是全豹，他們認為，哈柏瑪斯（Jurgen Habermas）與布迪厄（Pierre Bourdieu）都明確指認，受制於商業化的趨勢，傳媒其實更是表徵「一個去分化的過程」（a process of de-differentiation）。傳媒與政治系統，是有更多的分化，二者的關係，業已脫離王權或威權專制年代的從屬或緊密連結，但在經濟面向，傳媒與商業日趨密切而不是分離，私人東主、廣告商或其它個別利益都在阻止傳媒（人員及內容）的自主（與分化），即便傳媒人抗拒（或久之而不抗拒），資訊娛樂不分、廣告與內容不分的幅度，都在增加，挫折了傳媒人希望專業自主的努力。商業化曾經促成傳媒專業化，但滋潤專業化的力量並非只有商業化，何況，歷史有其辯證過程，如今，商業化傷害專業化之處，遠多於促成與提攜。「如果日趨商業化的傳媒對於社會生活也是日趨重要，那麼，傳媒就會是這個去分化大過程的重要施為者（agent）。一清二楚，這是布迪厄的論點。」[58]「傳媒商業化與中立的專業表現沒有必然的關係」，專業化反而「可能」與市場結構有關，因此，美國地方報紙的壟斷地位使其報導比較中立，而英國小報、澳洲與德國報紙的激烈競爭，或美國收音機脫口秀因廣播市場競爭強化，致使出現「意見好賣」（opinion sells）而並不中立的現象。[59]

　　商業化確實不等同於市場化，精確一些地說，商業化的歸宿，是如同脫韁野馬難以駕馭，或是仍然可能馴化為良性與多樣競爭之駒，受制於下列因素：不同的市場結構、不同的競爭幅度、競爭金錢利益還是競爭其它標的（如觀點、表現形式、城鄉、年齡、階級、職業、性別等等），以及，最關鍵者，公

---

57 參見比較中間偏左的 *Guardian* 與 *Daily Mirror*，偏右的 *Daily Telegraph* 與 *Daily Mail* 在2004年1月30日的報導。

58 同註44, pp. 285-286, 288, 291.

59 同前註。再者，福斯電視新聞網在美國取得商業成功，2010年營收15億美元而毛利8億，超過其兩個主要競爭對手CNN與MSNBC之和，「意見好賣」的現象是否延伸到了電視，值得觀察，見Standage (2011: 14)。

共政策的有無及其性質。美國電視的市場結構,很長一段時期屬於寡占而業者坐擁高額利潤,但公共政策空有信託之名,致使FCC主席慨歎美利堅電視直如荒原;英國與美國同屬哈林所稱之「自由主義模式」,卻在廣電產權與市場結構的公共政策規範,差異巨大,英國曾有C4與ITV的財務交叉補貼關係,成效良好,屢得創新與多樣的禮贊,已如前述。

ITV與C4願受規馴的原因,就在英國的公共政策,包括創設BBC這個強大的PSM機構作為其後續政策的工具,有了BBC作為主導電視市場的力量,ITV與C4等於先有BBC牽引其市場行為,後再接受政策的規約。電視市場結構能否在宏觀調節下,維持或提振傳播專業表現的條件,一個簡易且重要的指標是PSM機構的規模:同一PSM機構的員額若能達到最低水準,該PSM製作節目的資源就等於是同步增加,從而提供比較合理與穩定的工作條件,有利於製播經驗的積累與傳承,在傳輸平台可獲得確保的前提下,展現為組織形式就是「垂直整合」,生產並同時傳輸節目。

PSM要有多少員額才算最低水準?人與錢的規模,是一體的兩面。依據2010年或最近可得的資料,澳洲(人口2200萬)是5442人,[60]加拿大(3500萬)約8000多人,[61]南韓(5000萬)是5212人。[62]日本(1.3億)的NHK是1.0582萬人(執照費收入是6926億日圓,[63]折合約51.73億英鎊,另有商業收入可折算為8.28億英鎊,合計60.01億),附屬公司5000人左右;[64]英國(6100萬)的BBC(執照費是35.19億,加入商業等其它收入,總計42.6億英鎊)是1.7238萬人(似不包括英國外交部撥款的「BBC收音機海外廣播部」約1900人),附屬公司

---

60 至2010年6月底, ABC Annual Report 2009-2010, p.192。

61 CBC Annual Report 2009-2010似未列員工數,但只2009年開始的志願退休方案,目標是至2011年底裁員八百人,註(48)所引材料指CBC在2005年的員工數是九千,但前引年鑑(p.67)指CBC在2006年收入是16.71億加幣(匯率與美元大約相當),2010略多(17.1億),因可推論2010年左右雇員數仍超過八千。

62 KBS Annual Report 2009: 3,50,並稱未來五年要裁員15%,KBS在2006年的員工是5287人(Annual Report, 2007: 38)。

63 匯率計算以2010.6.25為準:http://www.exchangerates.org.uk/GBP-JPY-25_06_2010-exchange-rate-history.html

64 http://www.nhk.or.jp/faq-corner/01nhk/05/01-05-05.htm(2010年資料,男9143人,女1439人),謝謝本田親史先生告知,本田先生又查出,2004年NHK商業收入是執照費的16%,2010年比例不知,因此援用該比例。

2700人。[65]德國（8100萬）PSM第一台（ARD）是2.3萬人（63億歐元）、法國（6500萬）France Télévisions是1.14萬人（28.53億歐元），義大利RAI是1.17萬人（32.11億歐元）。[66]

這些PSM的員額介於5000至2萬之間，迄今仍然是各國規模最大的影音文化生產（與傳輸）機構，雖然相比於PSM誕生時，它們完全壟斷各國的影音生產，已經不可同日而語。

為了要在最大範圍之內，「生產」多元（不等同於多量）的影視文化品位並負創新、實驗之責，PSM必須設計適格的科層組織形式。一方面，善用「規模經濟」的特性，透過組織的擴張而降低製作節目的成本，並祈求能夠將順此而省約的資金，轉而再投入於開發他種類型的影視品味，以求得到「範疇經濟」的效益。另一方面，PSM如同任何私人機構，也會出現組織若是無邊膨脹，將可能重蹈「彼得定律」因人設事的陷阱，亡失了照顧「公共」利益的原則而淪落為自身科層利益的辯護。相應於各國的人口及經濟力，5000至2萬員工的組織規模，是不是合適的水準，無法輕易回答，它總是取決於支持PSM的論述與實質力量（包括工會），能否戰勝總是企圖將新科技納為己用的商業與資本積累之動能。

在英國，1980年代以前，BBC與ITV的本國節目幾乎都是自製，是典型的垂直整合機構。1980年代的商業力量奮起進擊，十多年後，也就是1990年代，作用開始顯現。最早是兩家直播衛星電視在1990年11月合併為BSkyB，1993年起，保守黨通過法令，強制BBC與ITV將至少25%工作量外包，從而縮小其人力，達到打擊英國集體組織的最後堡壘「電視工會」的政治目標；[67]1993年ITV與C4也從不競爭進入有限競爭，再到1999年的徹底競爭，其間，第五家無線電視（Five）則在1997年取得執照，競逐廣告。面對大變局，ITV原本由英國14個分區的業者取得各自的製播執照，歷經合併至2004年，14家成為一家，其間，員工在1986至1990年間已經減少7000人，至2009年，員工總數只存4026

---

65 The BBC Executive's Review and Assessment 2009/10, pp. 63, 98.

66 http://en.wikipedia.org/wiki/ARD_(broadcaster); http://en.wikipedia.org/wiki/France_T%C3%A9l%C3%A9visions; http://en.wikipedia.org/wiki/RAI

67 Crisell, Andrew (2002: 235).

人，節目自製率下跌至30.82%。[68]相形之下，BBC「好些」。1979年，BBC是二個電視、四個收音機全國頻道，及倫敦在內的11個廣電節目製作中心，當時，全職員工2.5283萬人，兼職1350人，總數達2.6633萬人。[69]至2009/10年，BBC員工人數少了七千多人，自製節目比例是65%，[70]但服務範圍與專案大舉擴充，膾炙人口的互聯網（含影音互動）服務是全新的服務，製作中心9個、另設20多個較小的地區或地方工作室，境內電視與收音機頻道8與10個，獨資海外商業電視頻道7個，另有合資商業國內頻道10個（當然，節目製作量的增加，遠低於頻道數的擴充）。[71]

在歐洲這個PSM發源地，歐洲聯盟（European Union）在歷經1980、90年代經濟新自由主義的、扁平化的、瘦身的喧囂與實作後，它在1989年制訂具有跨境法規拘束力的《電視無疆界指令》（Television Without Frontier Directive），1997與2007年前令兩度修改，並易名為《影音視聽傳媒服務指令》（Audiovisual Media Services Directive），三者均設條文，要求EU會員國PSM必須至少提供10%給「獨立製片人（商）」承攬。2006年資料顯示，EU電視節目來自歐洲自製的比例，平均達2/3，其中，由EU獨立片商完成36%。[72]由此反推，歐盟的PSM內製，也就是垂直整合影音生產的能力，依舊可觀。PSM雖有不少節目委外製作，但這些接受委託的、名稱光鮮的「獨立」製片人的工作條件並不理想，這個部門的發展規律是，「獨立自主」的意識形態扮演了誘人的角色，而廁身其間的人至少分作兩層，上層是能夠流動的企業人，其餘絕大多數的其它人則受制於無形的科層，毫無自主可言。[73]

通過這些扼要考察，我們可以說，經濟效率、承擔創新風險，提供穩健工作條件等三項需要，是催生影音垂直整合機構的重要原因。在歐日韓澳加等社

68　ITV Plc Report and Accounts(2009: 19, 27, 36).

69　BBC Handbook (1980: 66).

70　Nicoli, Nicholas (2010).

71　7個海外獨資頻道是BBC America, BBC Entertainment, BBC Knowledge, BBC Lifestyle, CBeebies, BBC HD及UKTV (Australia)，參考http://www.bbcworldwide.com/

72　"New Figures Show: Almost two thirds of EU television time is 'Made in Europe'"（July 25/2008, EU發布）讀取自http://europa.eu/rapid/pressReleasesAction.do?reference=IP/08/1207&format=PDF&aged=0&language=EN&guiLanguage=en

73　Lee. (2011).

會，這個需要沉澱為公營PSM機構的創設、持續與更新，在美國、香港等欠缺大型PSM的地方，這個邏輯由私人完成。在美國是時代—華納等等大型影音組織。舉個例子，具有獨立公司地位，因此員工人數另見單列的「哥倫比亞廣電集團」（CBS Corporation）在2010年的全職與兼職員工是2.538萬人；未單列的「美國廣電公司」（American Broadcasting Company），其母公司華德‧迪士尼（the Walt Disney Company）員工數是14.9萬人。[74]香港（700餘萬人口）的「無線電視公司」（TVB），在2010年的營收是46.75億港幣（折合約4.15億英鎊），[75][76]僅有BBC 1/10，但員工4125人超過BBC的1/5。那麼，公部門或私部門推動的影音垂直整合製播，何者更為符合社會需要？何者更能對社會負責？這就是本文下一小節所要探討的問題。

問責公廣：資訊透明、受眾參與、公信力與收視率（質）

　　PSM以什麼方式對社會負責？本文提議評估PBS的四項表現：（1）資訊透明度；（2）受眾參與；（3）公信力，包括記者形象；（4）市場表現，包括收視占有率，以及收視質評價。除對比各類PSM在前舉四面向的表現，公私廣電的比較亦當納入，分作三個層次，（1）洲與洲：美國與歐洲，前者私有為主，後者PSM仍然重要；（2）國與國：英德法義四個歐洲人口都在6000萬以上國家的對比，英國只取執照費，另三國PSM兼取部分廣告，財政有別，表現或有差異；（3）一國（英國）與一地（香港）的PSM與私有電視。

　　如果「問責」PSM的四個維度，以及PSM之間、PSM與私人傳媒的三個「比較」層次，都能交叉討論，自屬最佳。惟資料無法齊備，只就能夠掌握的部分，揭露與討論如後。

---

74 http://www.sec.gov/Archives/edgar/data/813828/000104746911001419/a2202111z10-k.htm （頁 I-23, 另見http://en.wikipedia.org/wiki/CBS_Corporation); the Walt Disney Company Fiscal Year 2010 Annual Financial Report And Shareholder Letter, p. 20.謝謝張時健提供資料。

75 TVB周年年度報告2010，頁1、169。

76 以 2010.6.5為 準，1英 鎊 匯 兌 11.2766港 元 http://www.exchangerates.org.uk/GBP-HKD-05_06_2010-exchange-rate-history.html

任何PSM必定提供的服務，就是PSM本身持有的營運資訊，無不全盤在年鑑公布。到了互聯網年代，則又無償通過網路對外提供，外界藉此可以知悉、監督與評估其營運績效。PSM的願景、成就與缺失常以文字交代，涉及財務則以多種統計圖文數位表述，舉凡不同層級員工的薪資結構，以及各類節目的產出時數與製作成本，都能完整且通體透明。相形之下，私人公司常以商業機密為由，鮮少主動對外發布，即便股票上市的公司，其報表的記載程度及專案，無法望PSM的項背；如香港TVB年度報告只有收支大項，並無細節。規模愈大的PSM愈有能力提供製作年鑑所需的資源；各國PSM的詳細程度並不相同，部分原因就在其規模的差異。日、韓PSM晚近都開始提供本國語言以外的年鑑，特別是南韓，韓語外，另有中日英文三種，即便其翔實程度無法、也不可能如同母語版本，卻對外人了解本國，會有幫助，從而PSM藉此也能增益本國形象。製作定期的年鑑與不定期的檔案，如今已經是PSM的常態工作專案，惟如同政府資訊以公開為原則，保密為例外，PSM同樣有些資料，不一定對外公布，如BBC就其新聞報導是否公正的內部調查文件。[77]堅持不公開，興訟亦不能使BBC改變其認知。

PSM如同私人企業，無不宣稱要傾聽與回應受眾的意見。二者差異在於私人企業從消費者的角度定位受眾，是一種消費式參與（prosumer），PSM則必須信守對於受眾之公民身分的承諾，雖然這個承諾的實踐，仍然有其上限。一是如同現代社會的民主政治，代議為主，直接民主或公投為輔，全職興辦傳媒是主，受眾以公民身分，業餘地參與主流傳媒（比如，公民記者）的傳播過程是輔。二是律師與醫生等專業，因壟斷相關知識，遂能主導消費者的意識與行為，[78]傳播與其不同，不可能、也不應該壟斷對訊息的編採與解釋，因此就有必要在較大範疇，與受眾有更合適的互動方式。此時，受眾能夠參與的範疇，仍會因為傳播專業的矜持、自尊、權力意識與工作流程的實際需要，受到約束

---

77 2004年BBC新聞總監Richard Sambrook因以阿雙方均指BBC相關報導不客觀不公正，因委請資深廣電記者Malcolm Balen提出調查報告。2007年，親以人士要求BBC公布該報告，BBC則稱，根據英國資訊公開法，BBC所持文書，若與新聞業或藝文標準之衡量有關，BBC有權決定是否對外公告。幾經來往，上訴法庭在2010.10.23支持BBC，終結本案。*Daily Mail*指控BBC用了20萬英鎊訴訟費，濫用了執照費，但該指控並無充分證據。以上參見http://en.wikipedia.org/wiki/The_Balen_Report

78 Johnson (1972).

或牽制。三是傾聽受眾意見，或邀請受眾參與，同樣得耗用PSM的資源，如BBC在全國有16個受眾諮議委員會（Audience Council），所用經費在2008/09年是153.9萬英鎊，2009/10年是132萬英鎊。[79]英國的C 4則從創台以來，在其晚間黃金時段的新聞旗艦後，一週四天，每日提供五分鐘，安排特定觀眾陳述意見，C 4宣稱這是該台的特色，是其「挑戰偏見」的機制之一。[80]南韓KBS似乎另有不同的設計，雖非KBS主動提倡，而是來自觀眾的爭取。南韓2000年施行的綜合《廣電法》第69條規定「韓國放送公社（KBS）應該……播放直接由觀眾製作的、觀眾參與型節目」。南韓人士為此成立「觀眾參與聯盟」與KBS協商，決定一週由相關社團申請製作25分鐘節目，每週六下午1點10分起，在KBS主頻播放。節目播出需由八人委員會審議（二人是KBS的觀眾委員，另選獨立製片人、律師、學者、廣電專家各一人，民間社團推薦二人）。這個節目在2002年5月首播，一集約從廣電基金得到7500美元資助。其間曾生爭議，如工會製作的《我們要工作》紀錄片原已得到播出許可，財團施壓後，KBS不予播出，群情譁然，許多市民社團、南韓總工會及「南韓傳媒活躍分子聯盟網路」聯手大舉抗議。未幾，KBS觀眾委員會跟進，強力抨擊KBS，終使該片得以放送。[81]

私有廣電產業與PSM的最大對比，來自美國與歐洲，通過前兩段敘述，不難推論，在資訊透明與受眾參與面向，歐洲必然優於美國，這是體制使然。除此之外，兩地廣電對於歐美民主的意義，顯有差異。柯倫（James Curran）等人執行跨國研究，先對芬蘭、丹麥、英國與美國的主要電視頻道與報紙，展開抽樣（2007年2至4月，取四週）分析，並設計28個難易不同的問題，由四國共1000位民眾填答（美國限於註冊選民，另三國填答者需18歲以上）。他們發現，美國人不但對於國際公共事務所知最少，對於國際軟性新聞，所知比例亦最低，比如只有50%美國受訪者知道2008奧運將在北京舉行，另三國介於68-77%。作者又發現，因教育、所得、性別、年齡所造成的公共知識落差，美國

---

79 *The BBC Trust's Rview and Assessment* 2009/10, I-43, note 6.

80 指一週五次的「第四頻道新聞」（Channel 4 News），週一至四晚間07.00-07:55播出，觀眾時間緊隨其後，該時段收視率是9.2%，僅次於BBC1(14.4%)與ITV1 (13.5%)，週五至週日不設觀眾時間。*Channel 4 Annual Report*, 2010, pp.18-20, p. 42.

81 整理自https://lists.riseup.net/www/arc/inter-act

遠大於另三國；在這些歐洲國家，即便教育程度與所得偏低、即便是少數族裔、即便是年齡高或女性，其公共知識水準比起美國相同背景的群體，明顯多出許多。相關的一個重要現象是，美國三大電視網在晚間黃金時段（7至11點）安排娛樂節目，歐洲三國的電視則在相同時段安排四至五次每日新聞或專題。該文四位作者小心翼翼地討論，有一重要結語：「歐洲電視在其公共服務傳統下，更能將公共知識帶給弱勢群體……社會包容（social inclusion）的成效較佳」，重要原因是PSM常被檢視，要求服務所有人，否則其執照費或政府撥款將受威脅，商業電視為了利潤，就會迎向社會條件較優的人群。[82]

　　假使公民身分的滋潤與民主涵養是我們希望傳媒服務的目標，那麼，歐洲PSM勝於美國商業廣電。再看同屬歐洲、財政來源有別的PSM，以下兩個表格的資料，提供參照，從中可以推論若干值得認知的觀點。

表1-1　德國、法國、義大利與英國公營電視頻道經濟效益比較，1994+

	執照費歐元（1）	平均國民所得倍數（義大利=1）（2）	執照費占總收入比率（3）	加權執照費歐元（英國=1）++	收視率占市場份額（%）
德國	99	1.439957	.678*	101.4 /1.164	33.3
法國	94	1.314274	.605**	118.2 /1.357	42.0
義大利	84	1.000000	.589	142.6 /1.637	34.7
英國	76#	1.011395	.863	87.1 /1.000	43.0

資料來源：Council of Europe（1995）Cinema, Television, Video and New Media in Europe: statistical yearbook, 1994-95, pp.150-1,compiled by European Audio-visual Observatory; Commission of the European Communities（EC）（1996）Public Policy Issues Arising from Telecommunications and Audiovisual Convergence, comprising（1）main report;（2）summary report;（3）appendices, Brussel: DG XIII, EC
+ 執照費占總收入的比率資料是1993年；++（1）除以（2）及（3）的商數；# 英國電視執照費約有30%為收音機使用，1994年電視執照費是109歐元，乘以70%是76.3；* 執照費占德國PSM一台ARD收入是75.4%，占二台ZDF是60.2%，此為二者平均; **F 2是50.9%，F 3是70.0%，此為二者的平均。

82　Curran, Iyengar, Lund and Salovaara-Moring (2009). 引述數字出自pp.17-18, 19, 21。

表1-2　英國BBC兩個頻道與ITV/Channel 4經濟效益的比較，1994

	收入*	收視份額（%）	其他
BBC兩個電視頻道 （執照費為主）	16.88	44.0**	另有北愛、蘇格蘭與威爾斯地區 節目及若干地區新聞
ITV + Channel 4（廣告）	29.06	49.8	有十餘個地區節目

資料來源：ITC Annual Report and Account, p.104；〈表1-1〉EC（1996）.
* 億歐元，1994年0.651英鎊兌換1歐元; **與〈表1-1〉有1%差距，應是統計來源不同所致。

　　先說明〈表1-1〉的計算方式。首先，除了執照費以外，四個國家的公營電視都另外擁有不等比例的其它收入，其中英國執照費收入比例最高（86.3%），其餘來自BBC在商業市場上銷售節目的所得，法國的F 2、F 3，義大利的三個RAI頻道，以及德國的ARD、ZDF，除了執照費，都播放部分廣告，或從政府預算取得若干補助。由於各國所得不同，執照費及其它收入均必須換算，才能確定四個國家每一家戶實質支付的執照費。經過這道計算程式，英國BBC每年從每戶取得87.1歐幣，並供應觀眾43.0%收視時間，德、法、義的公共電視分別從其觀眾取得相當於英國1.164、1.357及1.637倍的收入，但只供應其觀眾33.3%、42.0%及34.7%的收視時間。

　　再看〈表1-2〉，BBC兩頻道與英國播放廣告的另二頻道之比較，二者提供的收視時間是有差距，BBC是44.0%，ITV與Channel 4合計是49.8%，後者收視份額是BBC的1.13倍，但所得是1.72倍，即便扣除英國政府對後者課徵的特別稅（5.85億歐幣），它們的收入仍然是BBC的1.38倍。

　　因此，從〈表1-1〉及〈表1-2〉的比較，我們應該可以說，英國BBC比德法義的公營電視，更為有效地使用觀眾的經費，若在英國內部比較，BBC亦優於ITV/Channel 4。事實上，英國歷屆政府最為敵視BBC的柴契爾首相為了先發制人，曾在1980年代延聘倫敦會計顧問公司檢查BBC的經費運用是否恰當，目的是要搜集證據以便指控BBC浪費觀眾的執照費。未料檢查結果出乎保守黨政府的期望，這家公司的結論是，BBC提供這些服務所花的錢，「很有價

值」，[83]這是BBC效率不俗的另一佐證。

　　這個效率在新傳媒年代，似乎增強而不是減弱。2001年，BBC提議，在經費自理、無須政府額外撥款或增加執照費的前提下，BBC願意在原有服務專案外，增加四個數位電視頻道，讓英國觀眾自由觀賞。沒想到英國私人電視公司ITV，加上美國迪士尼、華納、新聞國際等集團破天荒聯手，遊說英國文化部長駁回此議，原因就在品質毫不遜色、且無廣告干擾收視的BBC頻道，不向觀眾收費，這樣一來，誰來看這些商業頻道呢？最後BBC的擴張規模只能減半。[84]2003年，籌備多時，BBC的「數位教材計畫」總算開張，但教育材料出版商及數位軟體業者屢屢攻擊，致使這個節省英國家長成本，也廣受好評的線上學習系統，被迫先在2007年喊停，又在2008年關閉了事。[85]

　　到了2005年，數字收音機業者埋怨了，理由相同，大家都聽BBC，他們的數位頻道怎麼辦？[86]在互聯網結合影音圖文於一身的年代，2006年居然報紙都感受到了威脅，誰的記者人數比得上BBC？現在還不只是紙本銷售量滑落，接下來，公信力高、網頁可親、影音文字內容多樣的BBC是不是還要襲奪報紙的網路讀者？這是問題。[87]英國內閣辦公室在2007年元月宣布，由於民眾對BBC等等「超級網站」的接受度與使用度日益提高，951個政府網站將先減少為551個，最終將只保留26個，畢竟政府必須撙節開支與方便民眾。[88]確實，至2009年底，英國成人有98%每週都用BBC網站，一個月造訪人次達2000萬，依照人口比例，相當於臉書在美國的水準。[89]2007年耶誕節，BBC推出隨選視訊，節目播出七日內開放英國觀眾自由觀看，永久開放的內容也是有增無減，2010年春，一個月有1.2億次點播該服務（包括電視與收音機節目）。[90]2009年，BBC、另三家無線電視，以及若干電信業者，聯合想要共建影音隨選平台。為

83　Davis & Levy (1992: 467).

84　*Guardian* (2001.7.6).

85　Harvey (2010).

86　*Economist* (2005.7.16).

87　*Financial Times* (2006.6.13).

88　〈英大刀闊斧整頓政府網站 500個公共服務網站走入歷史〉(2007/1/17)
http://www.find.org.tw/find/home.aspx?page=news&id=4674

89　*Economist* (2010.3.6: 62-63).

90　*Economist* (2010) "Changing the channel: a special report on television," May 1st.

了對付BBC等影音及平台業者的聯合行為，平日競爭激烈的英國直播衛星與有線兩大平台，就此協議而暫時偃旗息鼓，有線與衛星兩大業者攜手合作，他們勸導政治力介入、遲滯BBC參與的這個平台之進度。最後，兩大傳輸平台的隨選系統在2010年10月先上路，受到BBC「牽累」，BBC參與的影音平台雖然先發，至此只能後至，最快要到2012年才能啟動。[91]

若是只看傳統服務，亦即電視收視市場的份額，那麼，BBC在2009年的收視率是32.1%，ITV與C4各是23.5%與10.5%，Five是5.5%，總計這5家英國法定PSM的30餘個頻道市占率是71.6%，節目投資是30.05億英鎊，私有且法律不責成其公共服務的BSkyB，投入20.86億英鎊，提供50多個頻道，但僅得收視率7.4%。[92]如果只以主流價值標準（收視率）衡量，顯然受法律約束而必須PSM的機構或企業，效率遠高於純私有的公司，雖然BSkyB的1000餘萬收視家戶的收入高，因此其較低的收視率搭配無線PSM無償在其平台播放，仍然擁有豐厚的利潤。

市場占有率高，這是「數量」的優勢，「品質」又將如何？日本的NHK收視份額在東京只有20%，卻有相當高的公信力，災難（如2011年3月的大地震與核災）發生時，收視率隨即增加至50%，原因在其形象較佳，最受信賴。[93]香港中文大學1997至2010年的多次調查都顯示，香港所有（含平面）傳媒的公信力，以「香港電台」最高；[94]1998年以來，香港電台、所有私營商業電視及

---

91 指YouView（主要由the BBC, BT, TalkTalk, ITV, Channel 4, Channel 5 and Arqiva七家機構聯合出資），見*Guardian* (2011.3.24)。以下是為出版本書所作的補充：「串流」影音服務在2013年前後，逐漸成為接收影音內容的重要方式。領先進入串流影音服務的是BBC在2007年推出的iPlayer，不對使用者收費，2016年9月1日起是獲准對沒有支付電視執照費而僅僅通過串流聽看節目的人，每年收取同額的執照費，但該新作法未強制執行。日後，「網飛」創辦人哈斯汀說，iPlayer替他在英國的業務作了前導，英國人通過iPlayer熟悉了串流服務。後因太受歡迎，英國傳播署（Ofcom）要求BBC不能將節目上網太久，以免影響私人電視台如ITV的商機，即便如此，iPlayer在2015年仍有英國串流服務的四成收視份額。2019年，這個份額降到了15%，BBC因此要求將節目放入網路的時間，從當時的一個月，延長到一年以上，希望藉此增加iPlayer的使用份額，Ofcom在6月12日同意BBC的申請。(Jackson, 2016/8/1; Waterson, 2019/4/25; 6/12)

92 Ofcom (2010) *Communications Market Report*, p.114-115, 128-129, 137-138.

93 請見http://www.aibd.org.my/node/244

94 多為蘇鑰機與陳韜文主持的調查，見http://www.liberalstudies.tv/pdf/ls_hongkong_05_credibility.

學界與廣告界合作的電視節目欣賞指數調查，歷年評選也都是港台成績最好，2010年得分最高的20個節目當中，13個是港台，若取10個最高者，則6個是港台。[95]

　　日港之外，下文先檢視BBC的「機構形象」及「公信力」，其次再進入「品質」的討論；形象、公信力與節目品質三者密切相關。〈表1-3〉顯示英法德三國的廣電表現，在三個國家民眾的心目中，並不相同。我們應該可以說，（1）德國人最信任他們的媒介，從報紙到收音機與電視，均在70%以上；（2）法國人最不信任他們的媒介，得到最大信任的收音機也只有59%；（3）英國人對於不同媒介的信賴度，差距明顯，85%的人信任電視，收音機亦達79%，但報紙只得48%。對於廣電有較佳評價，持續至今，雖然隨其市場競爭的強化，似有降低。如2003至2007，四年間的調查顯示，相當信任BBC記者的比例，從80%降至61%（ITV降得更多些，從80%減少到了52%），若將英國的報紙所受信任的水準分作三層，則上層報是63%與41%、中層報36%與20%，下層報是14%與7%。[96]2010年，有關使用者對於平面、電子與網路傳媒之政治新聞信任度的調查，最信任BBC（線上與廣電）的比例仍有50.3%，第二名的藍天新聞（Sky News）只有6.5%，ITV第三（5.3%），報紙最高的泰晤士報是3.3%。[97]這個結果與八年前（2002年的調查）的排序，大致相同，顯見其穩定性。[98]

---

pdf, http://rthk.hk/mediadigest/20110113_76_122704.html

95　彭嘉麗（2011：5-7）。

96　*Economist* (2007.5.5: 55).信 任 是 一 事，BBC亦 常 遭 批 評， 見 http://en.wikipedia.org/wiki/Criticism_of_the_BBC。BBC稱呼英美領袖是「美國總統布希」、「英國首相布雷爾」，但提及委內瑞拉總統則說「爭議的左翼總統查維茲」，玻利維亞總統則是「激進的社會主義者」，顯然宣洩了BBC的國際偏見，轉引自http://www.zmag.org/sustainers/content/2006-05/20edwards.cfm。其它批評見後文。

97　"PG poll: BBC is the most trusted source of political news" (2010.3.31) https://pressgazette.co.uk/publishers/broadcast/pg-poll-bbc-is-the-most-trusted-source-of-political-news/

98　當 時 是 BBC(91%), ITV(89%), C4(80%), Five(59%)，1991開 播 的 Skynews是37%。 轉 引 自 Hargreaves Heap (2005).

表1-3　報紙、收音機與電視在英法德三國的可信度（％），1996-1997

	英國	法國	德國	英國	法國	德國	英國	法國	德國
	報紙的報導			收音機的報導			電視的報導		
完全或大致符合真相	48	47	70	79	59	80	85	49	74
完全不符合真相	44	48	30	12	33	20	13	49	25
不知道是否符合真相	8	5	0	9	8	0	2	1	1

資料來源：法國*the Telerama*雜誌及羅馬天主教日報*La Croix*委託Sofres公司在1996年12月及1997年1月，於英國、法國、德國、義大利與西班牙各以問卷調查1000人。整理自Guardian (1997.1.29:4)。

　　如何解釋這三個觀察？何以德法對傳媒的評價較為一致，英國則有很大變異？是人的素質或市場結構的因素所造成？即便這是因為德國人輕信傳媒，法國人習慣於懷疑傳媒所致，但民族性或文化角度，難以解釋英國人對於廣電及報紙的歧異評價。如果人的面向不能作為理解〈表1-1〉至〈表1-3〉的依據，就得從市場結構的角度，分析這個差異。這就是先前已曾表明，相比於歐陸三國，英國廣電市場在1990年代初，競爭程度在公共政策規範下，相對沒有那麼激烈，表現尚稱持平，所以得到英國民眾較高的信任。英國報紙則競爭壓力大，商業手法經常縱容，甚至鼓勵聳動的報導與呈現方式，讀者固然多，評價卻低，如同癮君子吞雲吐霧，但對菸草危害身體，心知肚明。

　　最後，跨國評估廣電節目的品質，難度可能高些，雖然曾有學者認為，英國節目的品質舉世第一。[99]另有統計，累積至1984年，英國的廣播電視節目獲得26個「義大利獎」，比法、西德、日本與美國加起來還要多。[100]有關美英法義荷瑞典與西德電視的跨國研究則說，英國電視的財政基礎並非完美無瑕，但已是最可取的方式，提供最大範圍與最佳品質的電視節目。[101]有趣或說諷刺的是，評價BBC最具「公信力」的證詞，來自於菁英刊物《經濟學人》週刊。該

99　Paulu (1981).

100　Collins, Garnham & Locksley (1988:1).

101　Blumler, Brynin &Nossiter (1986).

刊主張BBC分階段私有化,並且歡呼英國新政府要在2011-15年間,裁縮政府支出25%,但它的評論說,BBC「必須大幅砍預算……這是政治壓力所致,不是品質……BBC……在提升英國人生活品質的貢獻,在提升英國海外形象的貢獻,比起政府所提出的任何其它構想與作為,都要來得大。BBC提供受眾繁複多端、變化有致的廣電內容組合,新聞、時事節目、紀錄片與藝文內容,其它國家都很羨慕。」[102]

　　緊隨這個評論,《經濟學人》卻說,「但BBC太大……對競爭者沒有好處。」[103]言下之意就是支持英政府以政治力量介入市場營運,縮減BBC規模。這真是不公平,違反《經濟學人》等主流經濟學所信奉的消費者主權信念,也違反市場的自由競爭說法。既然BBC服務受眾大致良善,出於受眾選擇,何以「對競爭者沒有好處」是值得關心之事?BBC假使真是大到不靈活欠缺效率了,不就會在市場競爭下遭致淘汰嗎?何勞外力介入,強制其縮小?何況,BSkyB不是更大嗎?至2009年6月底的該一年度,它的收入53.59億英鎊,一年後已是59.12億,[104]BBC至2010年3月底的一年,執照費收入35.19億(用於電視只有23.5億),即便加上商業收入也只是42.68億,[105]誰大誰小不一目了然嗎?何況,就在商業力量抨擊BBC坐擁執照費,不受廣告萎縮的影響時,偏偏忘卻收取訂戶費的BSkyB,亦復如是,而BBC並無自由向金融機構融資貸款以強化自己競爭力的空間,但BSkyB等等商業機構,深諳此道、熱衷於斯。更何況,展望未來,BBC從2010至2016年,執照費都不會增加,都是145.5英鎊,BSkyB的年訂費2007-08年是427英鎊,2009-10年達508英鎊,以後更會有能力調漲,但BBC等於六年實質收入減少16%,因為BBC必須額外承擔原本由公務預算支付的專案(3.4億英鎊),包括(1)海外廣播服務,(2)威爾斯第四頻道,(3)政府委託的監聽業務;2013年起,BBC一年還得投入(4)1.5億英鎊,引寬頻入鄉村,(5)2500萬英鎊,製作地方電視與線上內容,以及(6)負責建置全國數位收音機網。[106]

---

102 *Economist* (2011.6.4: 68-9).

103 ibid.

104 請見http://en.wikipedia.org/wiki/British_Sky_Broadcasting

105 *Annual Report and Accounts* 2009.10: 2-99, 2-100.

106 *Guardian* (2010.10.20);*Economist* (2010.10.16: 35).

BBC誕生以來，外界的批評與壓力，從不停歇。BBC被隱喻為軟性的、柔性的喉舌，是建制的最佳維護者，「英國不需要格別烏（KGB），我們有BBC」。[107]與此對立，BBC被指為顛覆者，是「文化馬克思主義」在英國的代言人。[108]

經濟的批評是另一番風情，1980年代的攻擊，指作為一種公共機構的BBC欠缺效率，彼時已經難以服人，再至這個世紀，適應市場競爭的BBC，經濟表現竟至可能是太過成功，「壓迫」私人傳媒無窮無盡尋求商業及牟利的機會，致使商家屢屢動員國家壓制BBC的市場行為，繼而再讓國家課BBC以額外重擔。

長此以往，BBC是不是即將在商業壓力之海，載浮載沉，即便沒有滅頂，也再難從容領航？這個嚴肅的提問不止攸關英國，PSM作為一種體制的生命力，是不是還能否極泰來、更上層樓，不至於只是維繫於BBC，但BBC的成敗得失對於世界各地PSM，必有重要意義，應無疑問。

未來之事，不能盡知，檢討BBC迄今的發展何以還算可圈可點，則有必要。BBC的相對成功，原因多端，其中，國家相對有效地節制，乃至於導引廣電市場的運作，減少其市場失靈的程度，可能最是居功厥偉。一方面BBC不取廣告作為財源，因此在市場經濟中，尚能兼理傳媒「內容」的「外部性」，增加正社會效益、減少負社會效益節目的製播。他方面，在數位年代，服務全體受眾的用心，超越求利之念，BBC願意將愈來愈多的圖文影音放入互聯網，促其自由流通，而不是濫用智慧財產權（intellectual property right, IPR），致使「公共財」的特性遭到約束而難以盡情發揮。[109]利用多重平台，從手機、無線、有線、互聯網至衛星，促其節目廣泛與自由流通，正是BBC成功、受到歡迎與肯定的重要原因。盱衡各國PSM的數位與線上服務，BBC的執行績效，確實最

---

107 英國資深、曾被說成瘋狂左派之一的工黨國會議員班・東（Tony Benn）在1994年接受英國激進導演肯・羅區（Ken Loach）訪談的用語，引自Nineham (1995)。

108 Gibson, Owen(2007) "Dacre attacks BBC 'cultural Marxism,'"*Guardian*, 23 January. 保羅・戴可（Paul Dacre）是英國保守的、民族風濃厚的《每日鏡報》（*Daily Mail*）之總編輯。

109 關於傳媒具有外部性與公共物品的特徵，因此必然需要公共政策介入規範的最深入闡述，見（Baker, 2002／馮建三譯，2008）。科斯（Ronald Coase）應該是經濟學者當中，質疑這兩個概念的最知名學者（馮建三，2007）。

稱優秀。[110]面對預算銳減，BBC不是將更多的BBC節目商品化，反之，BBC的DG表示要將更多高品質節目與資訊全部自由地、無償地流通，BBC要以圖書館為師、要以公立博物館為師，做為所有人的公共空間，如此，不但是彌補市場的不足，更是百尺竿頭，以創造「普通的、共用的文化」（common culture）為目標，「日後回首，或將察覺，如果這個新服務能夠成功，它對市場（價格機制）的干預，將要超過BBC任何其它行為，影響勢必深遠。」[111]

中國傳媒改革

　　本文從PSM的誕生談起，主軸在於介紹與討論不同模式的PSM，就其財政來源、人員組織形式，以及問責方式，盡其所以地爬梳，無非是希望從中因革損益，繼而借鏡引伸，建構理想的PSM模式，作為傳媒改革的參考。

　　中國傳媒在歷經30多年的變化，從完全政府撥款到逐步退出而由廣告遞補。在廣電方面，廣電總局發展研究中心的論文指出，2007年政府財政（用於硬體、傳輸系統的建設，遠多於用在廣電節目的製作，且）投入只有「13.3%……（未來）還會降低……商業經營越來越成為廣播電視機構的價值取向……越來越暴露由市場導向與公共利益導向的衝突和矛盾」。[112]改革是個動態的辯證過程，原本具有正面作用的市場與廣告機制，業已走到了對立面，成為改革的絆腳石而不再是推手。正是這個背景，關於公共廣電作為一個必然的改革選項，是以浮現學人及政治人的眼界。

　　中國學界第一篇介紹「公共廣播電視」的文字，最晚在1994年已經刊登，是大約500字的編譯，[113]學者自行撰述，略有他山之石以攻錯的第一篇長文，

---

110 Brevini (2010) ; Humphreys (2010).

111 *Economist* (2010.3.6: 62-63).

112 楊明品（2009: 129）。2009年的財政補助是245.18億元，占全國廣播電視總收入13.23%，引自 http://www.sarftrc.cn/templates/T_content/index.aspx?nodeid=65&page=ContentPage&contentid=374

113 湯民國（1994：45）。

再要隔了三年才出現，[114]但穩定獲得關注又要八年。亦即在2005年之後，篇名出現「公共廣播電視」或「公共電視」的文章，開始每年都超過10篇。[115]2007年更有一書，逕自命名《公共電視》，[116]作者指出：

> 學者提出，公共電視必須……改變對政府的經濟依賴……如何……改變……？只有自謀生路，走市場化路線。然而中國的事實已經證明，一旦非營利性組織捲入……市場……其性質裂變……在所難免……最終……陷入……兩難……媒介大王默多克……多次聲明……『任何人提供了公眾希望並以可能支付的價格獲得的服務，都是在提供公共服務。』其實這與公共服務……的精神……背道而馳……商業電視……是……煽動觀眾的消費情緒和購買欲望……公共電視要……利用法律……加強……獨立性……規範與政府的關係……政府擁有……撥付資金這把撒手鐧，但是公共電視……代表……進步的民意，政府在運用不利於公共電視……的行政手段時也不得不有所顧忌……

公共電視不是商業電視，並無疑問。可以深入思辯的是，如前文提及，「商業」的英文 "commercial" 另有一內涵，即「電視廣告」，因此歐洲（含英國）的無線電視（通常迄今都還是各國的主流頻道）依法都必須遵守高於衛星、有線或網路電視的節目品質要求，這樣一來，公有PSM之外，另有前文引述與討論多回的「播放廣告的公共服務廣電」（commercial public service broadcasting, CPSM）一詞。

在歐洲，CPSM已經因為廣告競爭日趨激烈，屢現疲憊而不一定還能維持，在中國又將如何？無法樂觀，特別是視頻電視的金錢競爭，2008年平均版權費一集2000元人民幣，至2011年6月，最高額度赫然已經狂飆到了60萬的搶金！[117]

---

114 郭鎮之（1997）。

115 資料計算至2010年，隨資料庫搜集範圍增加，篇數或許仍會變化，計算說明與統計結果請見 http://www3.nccu.edu.tw/~jsfeng/19942010ptvarticlesinchina.doc

116 石長順、張建紅（2007：33-34）。

117 〈熱播劇遭視頻網站瘋搶網路版權價格大漲一倍〉，《第一財經日報》（2009.7.3）；〈視頻網站

面對商業競爭激烈至此的地步，中國還有機會建立公共廣播電視嗎？又分作兩個層次。首先，中國播放廣告的廣播電視能夠是CPSM嗎？其次，若能建立，則廣告之外，顯然也必須另有收入來源，這些經費來源是哪些，其規模又要有多大？

有經濟學者認為，CPSM並無不可，因此，「直接著手建立公共傳媒，也可以採取『事業單位企業化經營』的模式，通過現代企業制度的模擬，由政府控股或全資所有的傳媒企業，或企業化經營的事業單位實現內容產品的供給（無須由國家財政供給）」。[118]對此，同樣是經濟學者的意見，判斷不同，「事業單位元企業管理的模式……在理論……存在難以克服的悖論」。[119]哪一種判斷更為可信？其實，這可能不是理論問題。畢竟，過去一百年來，西方學界關於「市場社會主義」的五階段論辯，[120]換成微觀層次的中國話語，就是對於前述命題（事業單位能否企業經營、播放廣告能否及在多深層次仍然可以是CPSM）的正反看法。中國能否建立PSM或CPSM，屬於哪種模式，與其說是理論問題，不如說是實踐的問題，是政治意志是否願意對於傳媒的財政制度，作一創造性轉化的問題。

在《動力與困窘：中國廣播體制改革研究》[121]這本用心深刻的書，作者雖然引述新自由主義者健將的修辭，但與其說作者尾隨政府最小化的意識形態而起舞，不如說作者只是對政府失靈、言論管制的過當及經濟尋租，提出批評，是以，他說「經濟人」的理性選擇與自利動機，「不是教導個人『應該』如何選擇，而是改變選擇結構」；據此，作者對事業單位追求的社會責任與企業經營所要達成的經濟效益之思辯，就是對這個課題的進一步澄清：

> 這種社會責任和經濟效益的統一究竟是在一個國家或社會的範圍內實現，在傳媒行業範圍內實現，還是在廣播行業內部實現，或是在某具體廣播機構或實體的日常運行層面上實現？如果真正想回答這些問題，人們必須脫

搶大劇1集砸270萬（台幣）〉，《聯合報》（2011.6.13）。

118 肖贊軍（2006）。

119 鄭向陽（2006：157）。

120 Roemer (1994／馮建三譯，2005)；或余文烈 (2008)。

121 鄭炘炘（2006a）。下文的引句，依序出自頁290-291、310、390-391。

離空談概念和原則,深入到現行廣播體制、運行機制、社會功能目標設定和經濟制度安排等一系列結構性和框架性問題之中……中國廣播長期堅持的「為人民服務」、服務社會公眾的社會主義價值,在新時期的改革中似乎不應該輕易拋棄,而應該通過公共服務的途徑和機構繼續保持和發揚……

　　究竟是只對單一機構要求,或是對整個行業,乃至於社會整體提出PSM的要求,層次顯有不同。中國學人當中,是有人刻意(或說複製本文先前已經反駁的流行意識,)認定PSM必然效率低下、沒有市場競爭力,因此雖然可以有公視,卻理當只定位在「宣傳與教育」。[122]但也有不能同意的人,他們表示,公視必須是

大多數中國人最關切的現象和問題,成為主流民意的集中體驗……成為中國形象最真實、最全面、最有代表性的展示平台……(並且)在全球化、高科技化(表現為數位化)、市場化的世界潮流中,公共服務的使命和功能不僅沒有被消滅,反而顯得更加必要和迫切了。比如,在碎片化的現代社會中,不同社群需要人人皆可參與且免費進入的公共平台,以實現民主的交流與和諧的理想。又比如,在娛樂化、通俗化的國內外商業電視市場中,需要保存民族文化傳統,豐富當代文化生活。[123]

　　但無論是將PSM當作擺飾,或是希望其成為主流,都還沒探討這個PSM的財政,要從哪些來源取得,規模要有多大?目前的提法包括「該用稅收來保證」、「該有公共經費」。[124]進一步的建言則說中國目前的PSM採機構「內部交叉補貼」會出現補助多寡取決於主事者的意志,難以確保,並且不同地區財政能力差異大,PSM難以均等化,改善之道因此是「納入國家公共財政預算」,

---

122 吳克宇(2004)引字出自頁209,餘見頁39、46、142。
123 郭鎮之等編著(2009:18-19, 327)。
124 同前註。

設立「廣電公共服務基金」，徵收廣電市場公共服務稅並接受商業捐助。[125]再多一些來源，則提及菸草等特許行業的稅捐。[126]此外是「電波頻率……收費……廣告收入轉移支付……（收取）視聽費……」，[127]但也有人認為，「不宜……徵收視聽費」。[128]雖然如此，攤派入戶的吸引力不減，「根據……國情……按戶一年……50元人民幣，農民、殘疾人、低保戶、老年人……比例減少或豁免……一年就……有150億……超過央視2003年75億的總收入……」。[129]

除了最後這個建言，將中國PSM的規模定為當年央視收入的二倍，其餘主張PSM的意見，並沒有細說PSM經費額度。其次，這些建言對於經費來源的分析，只是列舉，還沒有將其體系化，亦即政府撥款（來自稅收）與視聽費，以及二者與消費稅（使用電波，或菸草等特定產品）之間，彼此關係為何？何者輕、何者重，各自比例為何？哪些項目該列而漏列？關於PSM的建設，若不討論這些重要問題，就有規模大小都可，經費來源公正與否皆可接受的缺憾。

首先，「建立公共服務廣播，其規模如何設計……不容易回答……」。[130]一方面這是事實，畢竟主流的實證經濟學者認可公共財的供應必須由政府介入，但對於這是由政府自己或委請他人提供，提供多少，實證學者又說，答案欠缺「客觀」依據，而「往往（必須）透過政治程序來解決」。（毛慶生等人，2004：247）」。這樣一來，主流經濟學者居然有了馬克思式的意見及委婉表達：「到目前為止的一切社會的歷史都是階級鬥爭的歷史……而一切階級鬥爭都是政治鬥爭」。PSM規模愈大，就是廣電傳媒的商品化程度低，等於阻絕了資本積累在這個領域的進展，個中誰得誰失，不言而喻。另一方面，是有產業經濟學的研究指出，若要充分平衡商業傳媒介系的缺陷，就有必要將非商業的投入量占有45-59%的市場份額。[131]若以單一機構的市場份額為準（比如，BBC

---

125 同註112，頁132-133。

126 同註116，頁267-268。

127 同註121，頁397-401。

128 同註116，頁267-268。

129 馮廣超（2005）。

130 同註121，頁401。

131 Graham & Davis (1992: 218-219)。葛瑞罕（Andrew Graham）是英國牛津大學產業經濟學者，大衛斯（Gavyn Davis）是高盛投資銀行首席經濟學家，後者日後出任BBC理事長，但因工黨對BBC不公允，他在2003年底與BBC執行長戴克（Greg Dyke）一起辭職以示抗議。

在英國），至少得25%～30%。[132]以上這些估算，僅指單一傳媒（經常是「廣電」）市場，未曾以全部傳媒（從現在的報章雜誌、廣電、有線衛星電信互聯網等各種平台與手機）作為計算基準，假使列入，是不是會因傳媒倍增，致使基金所需要額度也跟隨比例上升呢？

會增加，但可能相當有限，不會躍升，這是因為數位化以後，相同內容如果沒有人為的法律限制，就可以運用科技，將其特性發揮地淋漓盡致：（一個節目）使用（收看）的人再多、流通的平台或管道再多，同時或分階段流通，都不會增加這個節目的製作成本。事實上，本文前一小節已經指出，BBC在數字年代的競爭力，得以不減反增的一個重要原因，就在BBC善事運用數字融合之利，不求利而求服務，將愈來愈多的影音內容放入各種平台，任其國民自由使用。IPR的辯證同樣如同商業機制，一度可能具有的正面力量，如今在很多時候，可能是對於文化創造的扼殺，阻礙或萎縮多樣性，不是提振、推進或豐富，這就是「早先的那些安排也許曾經是最有效率的，或也許是當時生產體系所絕對必須的。然而，在新出現的這些科技條件下，早先的那些安排可能就折損了、破壞了，而不是改進了新科技條件所能生產並提供的財貨、資源或功能，社會政策應該以此作為分析對象。」[133]這個21世紀的觀點，活似馬克思1859年在〈政治經濟學批判序言〉話語的當代版本，只有一點差異。馬克思的修辭是，「社會的物質生產力發展到一定階段，便同它們一直在其中活動的現存生產關係或財產關係……發生矛盾。於是這些關係便由生產力的發展形式變成生產力的桎梏。那時社會革命的時代就到來了。」馬克思沒有提及公共政策，但既然放棄了決定論、既然革命未必可取或可行，則如前一引述所說，「社會政策」必須進場分析，提供更符合時代需要的引領。

依照現行的IPR制度，原本是公共財的影音圖文在政府立法創設財產權後，不再能夠自由流通，而其產權人也通過「數位權利管理」（digital rights management, DRM）手段，刻意製造這些公共財流通障礙，並對未經其授權而逕自複製或使用的人，施以處罰或求償。假使更動法律設計，恢復所有內容的公共財本尊，並讓所有人都能自通過互聯網下載、複製與使用，那麼「交易成

---

132 Graham & Davies（1997／劉忠博、丘忠融譯，2007）（數字引自第13章最末頁）。
133 Benkler (2004: 331).

本」必然大幅降低，創作人通過另一種補償系統，可以得到更公平的保障。根據專精智慧產財產權的法學家暨社會學家之計算，現制強調IPR與DRM，保障財團，對於整體創作人，並不有利。西元2000年，扣除通過廣電頻道的收聽或收看的花費，美國每戶家庭購買、租借或訂製影音產品的經費，平均是470美元。如果通過互聯網自由流通與下載，廠商是會損失，但創作人整體通過另一套使用者付費的方式，會得到更為合理的補償。依據寬頻普及率、新制取代現制的比例，以及付費方式（加徵所得稅、課徵影音硬體稅捐、對互聯網服務提供者徵稅導致的轉嫁等等）的差別，各家戶為此攤付的額度不等，可能是27、64.33、202或254美元，無論是哪一種數字，都遠低於現制。[134]顯然，新制度對消費者有利，表現為更低的金錢支付。對藝文創作者有利，表現為收入可以確保，藝術自由與經濟獨立性更大。對於整體社會，更是福音：不再需要巨額法律訴訟與繁瑣稽查的支出，社會交易成本大幅降低，侵權之說不再而糾紛減少，現制視為違法的現象依據新制都可以光明正大進行；律師經濟收入會減少，但知法犯法的例子可望減至最低，法律重拾尊嚴。

　　依此推論，假使中國的PSM規模夠大，並且如前所指，占有市場25~59%或更高的份額，由其出資所製作的內容也能仿效這個原則辦理，如此，不但PSM是非常有效率地運用資源，更可以因為有了這個實踐的經驗，進一步另生突破的效果。先前，桎梏人心、迫使人「犯罪」卻又對於許多創作人員不能提供最佳保障的智慧財產權，至此已經成為意識形態，不再具有任何道德優越性。改變節目（內容）製作的財政基礎以後，不只是經濟效率大幅改善，更是對於政治與文化認知，帶來深遠的良性啟發。甚至，若是放諸海外自由流通，對於中國的世界形象與軟實力之增進，應該也是大有幫助；屆時，或許還會另生指控，批評中國雖無傾銷之意，卻以自由流通影音產品於世之實，無意之間，反倒阻礙了他國之許多在地作品的製播機會？

　　前述這個來自於美國情境的設計，其影音製作基金來自兩大類別。一是稅收，一是硬體及電信、互聯網業的消費稅。相比於美國學人所提，有關中國PSM財源的許多具體建言，公務預算、廣電業者廣告提成、消費稅等等都已進入考慮，唯獨沒有提及傳媒硬體廠商。硬體本身少有功能，若無內容居間流

---

134 Fisher (2004／李旭譯，2008：196, 202, 216, 228, 221-224)。

通；若無硬體給予展現，內容無處容身，價值也就無從顯現。軟硬兩相依附的事實，有其財政意義。早在1970年，影響法律與經濟學界甚深的產權專家德姆塞茨就曾指認，「節目一旦廣播……至少有兩組私人群體，願意支付廣播的成本……一是廣告廠商，他們的利益在於讓將自己的訊息，傳送至家家戶戶……二是收音機與電視機接收器的生產商，即便沒有廣告廠商支付，他們也能知道，廣播受人歡迎的流行節目，於他們有利，因為這樣他們就可以販賣機座。」[135]多年過去了，影音傳播的技術進展已經進入數位年代，道理沒有改變。由於影音內容一經製作完成，就可以通過不同平台在大小有別的各種載具，無窮無盡地顯現，永遠不虞耗竭。因此，許多國家在公務預算、收視費、廣告之外，已將內容製作經費的來源，延伸到了電信業者、網路服務提供商，以及更多的終端接收設備廠商，收音機、電視機、錄放影機、電腦、手機……通通納入，也對當年還不存在或不普及的儲存設備如空白影碟片、硬碟、隨身碟等等課徵內容捐。除了英國，幾乎所有歐洲國家都從中取得部分財源，支援影音等文化創作。[136]在美國，除了前引學者早在2004年詳細引證並在其規劃中，列入硬體及電信業的收入，1967年卡內基委員會在為美國公視構思財源時，即曾建議收取所有電視機銷售額5%，其後亦見論者間歇重新提出，[137]到了2008年金融風暴後，這個構想更在美國引領一陣風潮，[138]雖未落實，卻已經有人誇張地說，「新馬克思主義者刻正影響歐巴馬的傳媒政策」。[139]

假使傳播硬體與軟體（內容）業者的部分提撥，再加上公務預算，已經足夠讓PSM的規模平衡商業電視，那麼，再從消費者課徵收視費或其它消費稅，就顯得比較不必要，或說，對其課徵之數，理當少於課徵自業者的份額，特別是下列三個情況若是一並列進考慮，或許就會認定，再對消費者取財，正當性

---

135 Demsetz (1970/2002:126).

136 House of Lords（2010: 64-66，特別是第265-267段）。

137 其中較為全面的分析，見Baker (1994:111-115)。

138 Thierer & Szoka (2010) 。美國聯邦交易委員會在2009年12月及2010年6月，兩度召開工作坊或公聽會，檢討傳媒經濟及其變革，席間，麥克切斯尼（Robert McChesney）教授等人提出籌措公共服務傳媒基金之議，包括對硬體及電信業課徵稅收。這裡引述的文章是「進步與自由基金會」（the Progress & Freedom Foundation, PFF）批評麥氏等人建言的系列文章之第一篇，PFF已在2010年10月關閉，見http://www.pff.org/closing.html。

139 Riggs (2010/6/11).

與公正性可能減低。一是使用人必須定期斥資購買傳媒硬體，也必須支付電費，總加起來，這筆費用很可能超過廣告投放額度。二是政府預算來自於國民在生產與消費兩端所繳納的稅款，因此政府支出其實可以計入消費者的投入。三是對業界課徵的硬體設施稅捐，假使業界不肯減其利潤以作支付，就會以增加營業稅的方式，轉嫁前述稅捐給消費者。

創建PSM的經費來源，除了公務預算，取自傳播軟硬體業者的「利潤」多一分，由使用者從其「勞動」所得的支出就少一分，誰多誰少，就是政治角力所決定；稍前談及公共財的規模要有多大、從哪些來源籌措時，業已提及這是「政治程序的決定」，至此，這個結論遂有活生生的內涵。既然PSM財源有此構成，則其成品的流通，同樣可以共用。一個可能的作法如後。中國PSM系統擁有若干時間的優先使用權，但不一定需要擁有販賣這些內容的權利。其次是不屬於PSM者，可以在PSM使用期間的同時或稍後，擁有不排他的使用權，並有權將這些節目編輯組合後，另作銷售，至於非PSM業者的無線、有線、衛星、影音訊道、IPTV……及其它各類出資入基金者，是不是還要依據某些原則，規範各自權利行使的分別與先後，可以另作更詳細的規劃。最後，業者享有前述權利一段期間之後，一般人（消費者）也可以通過任何方式，在不涉及牟利的前提下，自由使用這些內容（此時，業界仍可在市場中銷售）。

結語

PSM誕生以來，面貌不一、體質各異。只取政府預算的澳洲ABC、單取執照費的NHK是PSM。公有的英國C4或南韓70%公有的MBC，以及英國私有的ITV，也是PSM，但三者全取廣告做為收入，因此亦可稱作是C（播放廣告的）PSM。公有但只取部分廣告（通常不超過30%）作為財源的德國ARD、義大利RAI、西班牙RTVE、法國FT、加拿大的CBC等等，介於PSM與CPSM的中間。

通過公共政策，強制各頻道或公司在特定市場結構下，交叉補貼，CPSM遂有生存空間，特別是如同英國的C4與ITV之關係。但若市場結構改變，如1999年起，C4與ITV的C、也就是商業競爭的壓力漸增，PSM的成分減色，最

後可能是CPSM都要難以為繼。反之，法國與西班牙從2009年起，將以三年為期，將其CPSM的C拔除，回歸PSM。英國的BBC則試圖力挽狂瀾，想要聯合公有及私有的CPSM，共同恢復廣電市場結構的穩定，藉此制衡英倫第一大傳媒，私有的跨國企業「新聞集團」（News Corporation）。[140]

在人力運用與組織形態方面，無論是PSM或CPSM，除英國的C4是例外，最早都是接近100%的垂直整合，英國及其餘國家的PSM在1990年代、南韓在2000年代以後，開始變化，因政治要求與市場競爭的壓力，節目開始外包。PSM工會回應這個壓力，轉而要求兼職或短期契約員工數量，不能超過特定比例。是以，PSM員工迄今最低是5000餘人，較高則是BBC的二萬多。由於員額及財政相對充分，BBC遂能在數位融合的時代，善用影音圖文具備的公共財特徵，從公共服務「廣電」成為，蛻變為最成功的、全方位的公共服務「傳媒」。雖然弔詭地，BBC功高震「商」，英國傳媒資本多次連袂勸說英國政府，壓制BBC；另一方面，BBC在市場競爭中脫穎而出，最終是否將會改變或損及公共服務的性質，已是問題。

中國改革三十餘載，傳媒以其產權形態尚未私有、跨行政區及跨傳媒經營還未全面，以其內容表意及人事任免常遭不當行政干預，致使合理的政治介入成績，應有，卻常難受肯定。於是，所謂傳媒市場化不足的話語，往往成為傳媒改革的論述框架，限制了改革方向與內涵的討論之深廣幅度。殊不知，傳媒「內容」「本來」就難以利用市場價格機制，影音圖文具有公共財與外部性兩大特性，主流經濟學亦不得不坦承，傳媒內容的製播若是委諸市場，致使內容成為商品，致使受眾變成商品的程度愈高，傳媒市場的失靈程度就會跟隨上升。資本主義國度對於市場、對於利潤歸私、對於牟利競爭的信任，已至迷信的地步，即便如此，他們仍然對於廣電服務提供較大規模的補助、亦使廣電產權維持相當數量公有，於是PSM或CPSM得到生存空間，廣電市場的失靈程度為此減輕。

改革不易，傳媒改革更難。傳媒提供公共論壇，檢視其它領域的改革，頻次多於傳媒提供資源與空間，討論本身的改革。就此說來，重慶衛視在2011年3月啟動的財政變化，若能帶動中國廣電乃至於所有傳媒的改革討論，若能將

---

140 Robinson (2010/8/7).

傳媒改革議題化,貢獻已在其中。究竟傳媒的社會效益與經濟效益,「公共文
化服務體系建設」與「文化產業振興規劃」,孰輕孰重,有無機會及能以什麼
方式完成辯證的統一,或是各自能夠得到多少比例的認同與落實,以及,是誰
的社會與誰的經濟效益更能得到彰顯,在傳媒改革議題化後,應該會有澄清與
集思廣益的時候。本文介紹與討論PSM在資本主義社會的歷史變化與當前處
境,這些討論對於中國傳媒改革是不是能有參考價值,萬眾矚目。

第二章

公共服務媒介、共和民主論與「假新聞」[1]

1 刊登在北京清華大學發行的《全球傳媒學刊》:〈公共服務媒介、共和民主論與「假新聞」〉。
   2018第3期（總第15期），頁1-51。收入於本書時，略有行文調整與重要資料更新。

前言：私有化止步

「公共服務廣電」（public service broadcasting, PSB）得利於社會條件的羽翼，以及電波頻譜屬性的配合，在1920年代誕生於歐洲。它的創設動機不在謀求私利，卻已庇蔭影音消費電子產業；PSB產權是公共威權所授予，但政府不能直接指揮其員工。

到了1980年代，俗稱「經濟新自由主義」的思維席捲各地，絕大多數國有生產與服務事業中箭落馬，遭致全盤或局部私有化的命運。值此浪潮，PSB是少數、甚至是唯一的完璧，所有PSB幾乎不但安然無恙，[2] 它還在歐洲本身，由西歐擴張至東歐與中歐（Medijske Studije, 2015）。在光州事變後，東方的南韓政府出於穩定政局的考量，從事「大眾傳播再組合」，包括改造私人廣電，大舉擴張PSB的規模，直到1991年，私有的廣電頻道才又出現。（Kim, Kim and Kang, 1994: 62-64, 105-108）

21世紀翩然降臨，影音圖文的製作、傳輸與聽看，隨數位技術而逐漸匯流與成熟。從歐洲起，PSB漸次以「媒介」取代「廣電」，強調願景、也高懸明鏡，PSB不再、也不能故步自封。PSB就要時俱進，人們使用科技產品的願景及習慣既生新象，PSB於是同步邁向「公共服務媒介」（public service media, PSM），通過傳統的電視機載具，同時也要善用有線與無線網路及個人電腦與手機，提供並改進資訊、教育及娛樂的服務；亦有學者以PSB 2.0相稱。（Brevini, 2013）近年，PSM也在東方的城市香港誕生，即便規模尚小；[3] 在南非、中東、北非與亞洲的回教國度，以及印度與孟加拉等國，PSM也在開疆拓土（Rahman & Lowe , 2016）；在拉

2　社會黨人密特朗（François Mitterrand）擔任法國總統時，因國會由右派控制，他以「高度具有政治考量的私有化」方式，將公營TF1電視賣給朋友。(Rozat, 2011)

3　「香港電台」（RTHK）的電視部門原僅製作節目，播放由其他商業頻道負責。RTHK在2012年開始獨立測試訊號，兩年後試播，2016年起得到三個頻道，一是綜合，二是立法會直播及其他新聞，三則轉播央視一台。RTHK另有12個收音機頻道，其中之一轉播BBC World Service，但它在2017年8月宣布，未來僅在香港晚間11時至次日7時轉播其節目，其餘時間將以普通話轉播人民電台節目。」香港電台」在2017/18年度預算9.952億元，員工939人（含659位公務員），新製電視節目預計1410小時。（以上資料參見http://rthk9.rthk.hk/about/pdf/annual_plan1718.pdf, https://zh.wikipedia.org/wiki/香 港 電 台, https://www.theguardian.com/media/2017/aug/13/radio-silence-24-hour-broadcast-of-bbc-world-service-dropped-in-hong-kong）

丁美洲，傳媒改革與相應政策不一定以PSM為名（Segura and Waisbord, 2016, 惟請見pp.20-24），但精神與PSM接近的社區及另類傳媒本世紀在拉美的進展，值得一記，特別是阿根廷與委內瑞拉（Martens, Reina and Vivares, 2016）。

有此成就，各國PSM遂生信心，認知為己謀就是為人謀，肯定個體之善，必能與總體之福，提攜共進。於是，1950年成立的「歐洲廣電聯盟」（European Broadcasting Union, EBU），運作更見活力，虎虎生風，走出歐洲，至今在56國擁有73家會員，並在亞洲、非洲與美洲另有33家會友。[4] 2002年起，更有「再造公共事業」（Re-Visionary Interpretations of the Public Enterprise, RIPE）的興起，每隔一年，它從歐洲而至亞洲與澳洲，積極擇定PSM，結合當地大學，聯袂邀集人選切磋交流，從中選定論文編修成冊，至2018年，即將累積八本。[5]

PSM實踐「共和民主論」

「經濟新自由主義」的私有化主張雖然未能撼動PSM，但出於不真誠、誤認或敵意，因此想要減少乃至於消滅PSM影響力的經濟主張，並未終止。精誠所至，金石未必能開。惟篤實的辯論依然是化解誤認或敵意的重要法門，所有經濟主張都得面對一個事實，亦即任何的資源分配機制，出於不同的原因，都有失靈的時候。政府採取非價格機制可能生效、也會落空而未能達成目標；反之，市場價格機制若能無往不利，就不會有為了節省交易成本而創立公司。（Coase, 1937）主流經濟學強調政府若不遵守價格機制，施政將會失敗，對於政府失靈的過度強調，使「市場失靈」的事實遭致淡化，或者，主流經濟學經常另作主張，認為假使「產權」有更為明晰的界定，構成市場失靈的外部性問題，並不一定需要政府介入以求解決，而是能在市場內部予以吸納或化解。（Coase, 1960）

---

4 https://www.ebu.ch/about
5 http://ripeat.org/about

認真面對市場失靈

至今為止，貝克（Baker, 2002）是英（美）語及華語世界的第一人。他接受主流經濟學的「市場失靈」概念，然後據以推論與立說，並且結合公法學及政治理論，將其運用在傳播與（新聞）媒介領域。同時，貝克採取市場失靈說，在十多年前已經對彼時仍算新興的網路，以及由來已久的文化跨國流通或貿易議題，提出分析。

傳媒內容的生產成本可以很高，不因使用的人是一人或一億人而增減，但其複製成本很低、在數位與網路年代甚至趨近於零。《冰與火之歌：權力遊戲》（*Game of Thrones*）（2011年首播）從首季平均製作費一集五百萬美元，至第六季已倍增至一千萬美元，名列電視劇史上最昂貴的作品之一。（Hawkes，2016/3/30）假使它能吸引一千萬人觀看，分攤後一人出資一元，但如果僅有一萬人，一人支出變成一千元；相同產品而消費價格可以懸殊若此，也不因消費人數多寡而使其生產成本變化，同時，甲使用相同產品（比如，一篇調查報導）後，產品仍在，他人可以同時或事後再次使用，這些已經無法運用市場的價格機制給予解釋。這就是傳媒內容作為「公共財」（public goods）的特殊性質，也是貝克必須處理的第一個市場失靈之原因。

運用市場機制於傳媒內容的產製與流通，必然還得處理市場失靈的第二個原因，這就是「外部性」（externalities）問題。市場買賣涉及生產者與消費者，但賣方可能無法從產品可能獲利，這個時候，即便買賣雙方以外的第三人眾（社會）可以從中受益良多，媒介仍然會裹足不前，不願提供這類產品，致使其生產必然不足。反過來說，假使賣方無需承擔該產品的（全部）成本，但買賣以外的第三人眾（社會）因為該產品（充斥）而受害（承擔成本），那麼這類產品就會過量生產。前者是具有「正外部性」的傳媒內容，因為市場機制而生產不足，後者是具有「負外部性」的內容，在市場機制縱容下，生產過剩。正外部性比較好的例子之一是「調查報導」這個文類。它可以糾正錯誤、推動社會進步，但長期以來無論是文字或影音的調查報導，無法取得足夠數量的受眾以志願的方式，通過自掏腰包的價格機制，持續給予支撐；進入寬頻與數位年代後，從報章雜誌到廣電傳媒的調查報導記者人數減少，新興的網路媒介聘用的人手增加，兩相加減，從事第一線的編採隊伍萎縮不振。（Hamilton,

2016）[6]調查報導的社會貢獻無法轉化為媒介的收入，業者最多認定這是叫好不叫座，可能偶一為之，卻欠缺經濟誘因穩定投入，遂有長期生產不足的困境。相對於調查報導及其他公眾事務等俗稱「硬」新聞，名人瑣事、影視明星、娛樂至死、體育生活、凶殺犯罪等等「軟」新聞固然仍是民生所需，但市場競爭機制愈見激烈，該類新聞過量供應的幅度就會水漲船高。它們以及後文還要論及的「假新聞」，必然產生有礙社會與民主溝通的負外部性，但市場無法通過價格機制使製作與傳布假新聞的人承擔成本，是以假新聞的現象層出不窮、無從根治。

民主政治與新聞傳播

　　貝克因此論證，傳媒內容的生產與分配及使用，不能僅只是運用市場機制為之，不能僅只是將人當成一般商品（如「電視機」）的「消費者」看待；電視機不是跳出圖像的烤麵包。貝克進而補充的標準就是「公民身分」，亦即我們應該也必須以「民主政治」理論作為衡量傳媒供輸的依據。除了「菁英民主」論不為貝克接受，「自由多元民主論」及「共和民主論」在他看來，各有可取。若就美國來說，無論是廣電、報紙或是雜誌，由於都受到私人商業體制的限制，並且沒有通過納稅人授權而責成政府提供合理的奧援，遂使美利堅的傳媒身陷商業的「腐敗」狀態，讓人頗有憂心之時。其次，美國傳媒（雜誌、發行全國的報紙）是有「自由多元」的表現，不同政治信念（比如，保守派／共和黨、自由派／民主黨……）可以通過「我群」的傳媒作為號召與動員，卻因競爭廣告收入，致使不少觀點或群體的聲音，就此彰而不顯、甚至消失；「共和論」（地方報紙，多屬一家獨占）則在求好各方、廣為招來報份的考量下，溫和求同而刻意迴避差異及衝突，遂會予人粉飾太平與強求團結或休戚與共的印象，表現在若干地方報紙啟動，並且曾經風行一時的「公共新聞學」運動，但《紐約時報》等自由民主派報紙卻敬謝不敏並抨擊。（Corrigan, 1999）
　　因此，貝克使用「複合民主理論」這個術語界定理想的情境，他希望推薦

6　該書作者正是從「公共財」與「外部性」，論述調查報導若通過市場機制來決定進行與否，對社會必然不利。強烈認知「市場失靈」後，漢米爾頓提出的解方在第八章（Hamilton, 2016: 279- 316），後文會再介紹與評述。

這個概念，作為引領傳播體系更新的參考。這個複合論有「兩個基本認知」，以及「兩個構成要件」。

認知之一是，人有多重身分。生產者之外，人們依據經濟所得與嗜好而成為不同類型的消費者；與此對照，政治權利的公民身分雖受年齡限制，但不能因為性別／種族／宗教／經濟所得等等的差別而分類。順此，人與傳媒的關係同樣兼具消費者與公民的雙重身分；現實的危怠之一，出在傳播實務的運作，過度膨脹消費者身分，公民身分相應萎縮。**第二個認知是**，公民身分在傳播領域的實踐，有待相應的財政支持，必然透過政府代表所有公民而採取特定的資源配置（公務預算、傳播相關產品的特別捐、執照費等），不能（完全）由廣告主資出間接贊助，也不宜（完全）是個人以消費者身分通過志願性支出而提供。

兩個構成要件就是「自由多元論」與「民主共和論」，複合論同時認可二者，強調不可偏廢。

隨著人的身分認同之增長，理想狀態下，往往當有傳達該認同內涵的等量傳媒，同步或隨後出現。比如，各種性別認同、勞工與資方觀點、環境生態保育主張、動物權等等認同或說價值，若是真能各自有其傳媒為其耳目喉舌，正可以理解為自由多元論的傳媒表現，雖然實況並非如此，而是人的這些身分難以在傳媒充分凸顯，而是被消費者的身分所抹平。另應注意的是，各種價值在複合論是否都應該得到呵護與養育，會有爭論。比如，誹謗與侵犯隱私少有國家容許之外，歧視或仇恨（移民或宗教等）等言論，特別是近世有關納粹與法西斯言論，能否仍然是自由多元論所能寬容或所願接納、尊重或支持，歐洲與美國的法規不同。

比如，為了充斥「批評移民」的報章雜誌是否可以得到補助，瑞典行政與立法部門間，曾有爭議。（Inrikes, 2013/9/27）羅爾斯（John Rawls）認為自由主義者必須中立，依此推理，若要補助，則內容的差異不能成為決斷補助與否的考量。但同樣是自由主義者的凱因斯，以及《自由四論》的作者柏林（Isaiah Berlin）等人的思路則認為，這是混淆「寬容」與「中立」，凱因斯等人都「理所當然地視提升文明為政府的功能之一」。（Skidelsky & Skidelsky, 2012: 21, 113-114）假使肯認這個視野，並且同意反移民等歧視言論並不文明，則刊載該類言論的傳媒，就不會取得補助。

相較於同樣對報業提供補助的法蘭西等國，瑞典的報業補助（已延伸至網路）有兩點更為接近貝克複合論的認知。一是如同挪威，瑞典對任何城市發行量最大的報紙（不含免費報），不予補助。其次是她在各國的報章補助中，獨樹一幟，其補助資金不取自公務預算，是直接徵收報紙的廣告收入後，重新分配。（Smith, 1977: 44; Hedebro,1983:143; Ots, 2013: 314）

瑞典與丹麥、芬蘭與挪威，法國與（規模較小的）義大利是西方國家中，對報紙仍有依據法規而提供的直接補助，這些報紙通常與政黨或其他社團（工會、宗教等），具有立場或組織的親近性。在此背景下，這些國家的報業市場所呈現的自由多元表現，較諸並無同型補助的國度，無疑會豐富一些，惟其幅度無法高估。比如，2009年之後，芬蘭補助各政黨的經費增加，但報業補助金額減少（該年僅50萬歐元），因此，各黨往往移轉部分政黨補助，作為報紙、網路及其經營之用，到了2016年，芬蘭只有10家報紙（週刊或雜誌形式）自認仍有政黨取向，其總發行量21.7737萬份（芬蘭人口五百餘萬）比最大規模的日報，還要低些。（Nieminen et al. 2013: 189; Jyrkiainen, 2017）

北歐與南歐國家補助平面傳媒的規模，最盛時期已成明日黃花，因此，即便在這些國度的報紙，較少遭致貝克所說的商業廣告之「腐化」，真正能夠自擁報紙、自由表述自己身分認同的群體數量，必然已在減少。網路讓更多的人可以擁有「自媒介」，從而各群體要在虛擬空間寄情寓意，對外傳播，在技術上已無困難；然而，如後文即將討論，網路所容許的自由多元即便沒有廣告等商業腐化，也無法因為各種議論的林立後，就能加總彙整而成為整體層次的「共和」。不但無法走向共和，在網路年代，人們競相進入同溫層與不相往來的傾向，很有可能業已更為濃厚，乃至於走入極端。（Sunstein, 2009）

現實走向既然若此，就會使得共和園地難尋，人們空有多樣身分，卻很少能全面開展。常態反而是，人們僅取其一而訴求，遂使其外的認同未獲滋潤；若說群體，則接觸我群以外聲音的機會減少，對話他者的機制減弱，人們如今相當重視的「審議民主」，愈發成為遙不可及的境界。因此，「共和傳媒」作為兼容並蓄的園地，就是要使多種認同與身分的敘述，消極則可在此為他人知悉，積極則收理性思辨與切磋攻錯的機會，讓真正的共識得以醞釀或出現。如貝克所論，在美國，自由多元的傳媒在報章雜誌的表現固然數量不少，卻多有腐化之象，而因為技術及其營運的資本形式所致，電視這個本來傾向於共和的

媒介，偏有更高的腐化，表現在聯邦傳播委員會主委早在1960年代就慨然嘆曰，美利堅的電視「是一大片荒原」。（Minow, 1961）五十多年來，空有科技的推陳出新，這個局面未見改善。

PSM的政治效能

近年罕見的大規模跨國經驗研究，徵集瑞典、挪威、荷蘭、比利時、英國與美國的收視材料，佐以相關調查，指認了這個事實：「地處歐洲北方的這些國家，將大量資源投入於公共電視，各個主要公共電視頻道因此在市場上占有強大位置。這就產生了效果，電視頻道大量增加所造成的觀眾零散化趨向，遇此而受牽制，遂有放緩。這些主要的公共頻道服務的是一般公眾；它們的新聞節目軟硬都有，這樣就能將『全國』（nation）聯繫在一起，不會只是迎向菁英觀眾。相對地，美國公視則在邊緣，觀眾少且在上層……這就使得美國有相當大比例的公民（集中在低教育成就者），他們對（譯按：硬）新聞都不聞不問了。」（Aalberg and Curran, 2012: 199）

電視加入收音機與網路而成為PSM後，它們所能發揮的「共和」功能，相當明顯。EBU取30國的PSM市場占有率作為重要變項，參酌相關資料庫（包括歐洲聯盟執委會的「年度歐洲人文社會晴雨表」（Eurobarometer）調查、美國自由之家的「新聞自由指數」，民主與選舉國際研究所的「各國中央層級選舉投票率」，「右派極端主義指數」，以及世界銀行的「腐敗控制指數」，大多數是2014年的資料），得到〈表2-1〉的結果：PSM的市占率愈高，其PSM在內的整體媒介也是愈加自由，而該國的投票率也大致增加；政府代表國民投入的人均金額愈多，該國的PSM新聞自由度也是愈高，通過輿論監督等方式，取得之控制腐敗的程度，也呈現高度相關。歷史上，歐洲人受納粹傷害甚深，因此對右翼的極端主義相當戒慎，依照〈表2-1〉所徵集的數位推論，PSM在人們最常接觸的電視市場若有愈大的占有率，該社會同時出現極端右翼力量的機會就小了很多。這個關係並非沒有重要意義，畢竟，不少歐洲國家存在極端的右派政黨，既有政黨，仇外乃至於仇恨等極端言論，就與政治力量互成奧援。比如，英法這類政黨的聲勢在2017年受挫，「另類德國黨」（Alternative for Germany, AfD）尚未跨越5%的門檻，無法在聯邦國會取得席次，但在16個州的13州，已有民代。（Chase, 2017）AfD等類政黨，正是企圖以極端話語及挑

囂的言詞，拉抬自己的能見度與支持度，此時，PSM的共和功能，就在沖淡這類仍是自由與多元意見的構成，卻僻處偏鋒的一種。

表2-1　歐洲PSM與社會貢獻的關係係數，2014

「相關」指兩現象同時出現，但無法確認因果	皮爾森相關係數及說明
PSM人均所得額與新聞自由度	0.669，強度正相關
PSM電視市占率與投票率	0.529，中度正相關
PSM電視市占率與腐敗控制度	0.668，強度正相關

資料來源：EBU (2016a)。

〈表2-1〉的PSM是跨國的統計比較，但還沒有列入新媒介。〈表2-2〉則是個案的詳細資料，以材料比較容易取得的英國為例，展現BBC這個歷史最為悠久的PSM在寬頻發達及OTT高唱入雲霄的年代，它與其他英國PSM在該國新聞及整體傳播環境所扮演的角色。

先看「新聞」。在英國看電視新聞，高達76%的人收看BBC的各個新聞時段或頻道，比例相當驚人。與此相較，收看BBC所有頻道仍達35-40%的市占率，居然算是偏低了。BBC之外，假使再加入同屬公產權的第四頻道（C4）、收入最高的私有「獨立電視公司」（ITV），以及1997年開播的無線第五頻道（C5）的新聞，那麼，超過92%的英國民眾在去（2016）年所收看的新聞來源，相比於衛星及寬頻尚未降臨的1990年代，變化相當有限。這就是說，新的媒介進入英國電視市場約20年，但未曾撼動BBC或英國整體的PSM在新聞領域所扮演的領導角色。**在收音機新聞方面，**BBC新聞的影響力似乎有所減弱，但是仍然還在64%的水平，假使考量另有19%的英國民眾同時選擇BBC與私人收音機，那麼BBC收音機的新聞重要性，顯然也在75%上下。**上網看、聽或讀新聞，**雖是複選而使總比例超過100%，但BBC網路的接觸達56%，是其餘PSM之合的七倍、臉書的兩倍、谷歌的三倍與推特的五倍以上，而臉書及谷歌與推特自己並不生產，而是轉載新聞，假使轉載的來源五成以上來自BBC，那麼BBC網路所刊載的新聞之到達率，有可能超過八成。

新聞之外，英國人每天在客廳看電視仍有3小時42分鐘，高於使用手機／

電腦的2小時40分鐘（一個月83小時），但有七成（16-34歲的人則是87%）曾經同時會有這兩種行為，亦即一邊看電視、一邊用手機或手提電腦（說話或上網等），至於究竟同時進行的行為長度，從而重複計算使用時間占了多少，相關研究未曾揭露。再次回到電視，在客廳在內的任何地方看電視時，高達92%看的是PSM的內容，只有8%是不受英國PSM法規要求的衛星等電視（包括各種隨選視訊節目）；如果僅計算在客廳這種傳統的看電視方式，PSM囊括七成，前述商業收視行為是三成。但是，PSM的收入是55.79億英鎊；至於英國兩千餘萬觀眾戶當中，訂閱藍天衛星頻道及網飛（Netflix）及亞瑪遜串流隨選視訊的戶數，分別超過一千、六百四十與五百萬（不少家戶訂了兩種以上），（Sweney, 2017/7/18）收入達64億英鎊，兩相比對，應該說PSM所用的錢少，但吸引觀眾使用（消費）的時間反而長了兩倍以上。

PSM的經濟效益

通過以上說明而特別是〈表2-1〉與〈表2-2〉的資料，是要提示及解釋，PSM正可以闡明貝克複合論所說的「共和民主」傳媒之內涵。其次，若在英國，不但BBC是具有領頭羊地位的PSM，另有兩私產權及一家公產權但取廣告作為財源的電視，也有PSM的基本表現，主要是因為英國電視市場的結構，仍以這五家PSM為主，其次是法律對它們的內容而特別是新聞表現，仍有相同的要求。然而，兩類PSM能否以目前的關係，繼續引導英國的電視市場，變數仍大。在BBC主導下，ITV、C4與C5都是「免費自由看平台」（Freeview）的共同建立者，除了支付BBC執照費，所有英國住民無須另再付費，2014年後，通過它就能收看的數位電視頻道大約是70個（包括所有PSM，以及10個高畫質）、26個數位收音機頻道與6種文字服務。[7]PSM之外，就是「藍天」及新興串流隨選視訊（「網飛」等），雙方競爭之際，英國PSM的這個內部合作關係是重要的憑藉與資產，未來隨競爭環境與條件的變化，這些PSM將會怎麼因應，是個必須注意與探討的重要議題。截至2016年為止，我們應該說，這些PSM不但在英國發揮共和民主的效能（得到信任、牽制與沖淡極端言行、控制腐敗等等有益民主的貢獻），其經濟效率也是有目共睹，它們（特別是BBC）

7　https://en.wikipedia.org/wiki/Freeview_(UK)

表2-2　寬頻年代PSM與其他傳媒「收入與使用時間」*分析（2016年的英國）

PSM起自廣播、電視，入寬頻後，匯流影音圖文的服務，幾乎所有英國人都能使用。PSM因成立先後、產權與財源不同，表現有別，但依法其新聞必須「中立不偏倚」。	PSM（公共服務傳媒）☆1				CM（商業傳媒）	
	公產權		私產權		PSM或衛星電視的隨選視訊(VOD)商務活動	串流／訂閱式隨選視訊（SVOD，如網飛等）
	BBC	C4	ITV	C5		
電視收入（億英鎊）	25	9.95★	17(36)★	3.84★	64	
看電視新聞110小時／年	76%	3.0%	12.3%	1%	7.7%☆2	
聽收音機新聞主要使用	64%	0☆3			42%☆4	
上網看新聞（複選）	56%	2%	5%	低於1%	臉書27%、藍天／谷歌均15%、推特10%	
在（客廳）看電視212分鐘／日	70%(BBC約35-40%)				30%	
在（任何地方）看電視（含錄影）	92% ☆5				4%	4%
用手機／電腦（2017年3月）	月用83小時，過去一週用來收發電郵76%、金融53%、社交網50%、網購48%、收發短訊46%、看電視等影音內容40%，看新聞36%……。					
看電視同時用手機／上網等等	英國一項精細研究指出，70%（16-34歲的人增加至87%）的人在客廳看電視時，同時從事其他活動（如上網收發郵件）。					

*電視收看行為調查4歲以上，其餘調查15歲以上；☆1 PSM頻道20餘個，主頻5個（BBC經營2個，不播廣告），ITV、C4與C5各1個；含PSM頻道，英國收視率調查在2016年可測得328個頻道的收視率。☆2有6.7%看莫多克（Rupert Murdoch）擁有的「藍天」（Sky）新聞頻道，另有1%收看其他電視新聞。☆3英國商業電視機構沒有經營收音機頻道。☆4有19%的人既聽BBC，也聽商業電台。☆5實況收看占80%，錄像7天內收看10%，錄像8至28天收看2%。★ITV另有19億英鎊製作節目與付費電視收入、但C4/C5幾乎僅有廣告收入。

資　料　來　源：Channel 4 (2017, July 12); Daily digital marketing research (2016); Kanter (2017, March 1); Ofcom, 2017a:14-15, 3, 38; 2017b: 51, 82-83, 86, 92, 98, 184, 186; Williams, Christopher (2016, November 7).

以相對低廉的價格，提供了豐富與多樣的內容。

PSM的這些實踐成績相當可觀，從中，人們未必能夠主張實踐是檢驗真理的唯一標準；但是，若要在政治上支持擴大PSM，那麼，前述實踐成績會是重要依據。另一方面，假使參酌理論，主流經濟學者也會從公共財與外部性觀點，陳述英國正是因為存在BBC，一個擁有起碼「規模經濟」能量的PSM，才有能力擔任市場領導者，並使其硬體研發到節目內容的創新（包括電視機從黑白轉彩色、類比轉數位，無不是對於電視機製造產業的提攜），及BBC人才流通至其他私人公司，歷來都在產生積極的貢獻，並外溢至社會。（這方面最佳的論述依然是完成於二十年前的著作，參見Graham and Davis, 1997; 但微觀細節的論點與補充，不妨參考Hargreaves Heap, 2005; 在PSM薄弱的美國，出乎經濟與法學論述，並有實踐想像的活潑，可以參閱Goodman, 2004）

荷蘭學者另有一項實證研究指出，以2011年為準，低地國的PSM（收音機、電視與網路之合）得到政府補貼7.98億歐元，但即便僅以看「電視」經濟效益來說，觀眾得到的最低福利價值，最低就有9.27億歐元。雖然私人的商業電視也能為觀眾帶來消費者剩餘，惟其規模比不上PSM，何況支持荷蘭PSM的另一個重要原因是，是觀眾對於PSM節目品質的評價，遠遠高過對私有電視的信心。（Poorta and Baarsma, 2016）

在英國，創辦超過一個半世紀的《經濟學人》週刊，即便力主自由經濟與貿易，仍然不吝稱讚BBC，指「BBC……在提升英國人生活品質的貢獻，在提升英國海外形象的貢獻，比起政府所提出的任何其它構想與作為，都要來得大。BBC提供受眾繁複多端、變化有致的廣電內容組合，新聞、時事節目、紀錄片與藝文內容，其它國家都很羨慕。」（Economist, 2011a）但不可諱言，並非所有自由經濟論者都能務實，他們不必然參酌實踐的結果，他們一聽到公共所有或國有就反對的認知，未必調整。因此，對於這類反應心知肚明之下，第一本英語主流《媒介經濟學》教科書的皮卡特，遂能動念，與人聯合撰寫調查報告《若真沒有BBC電視，會對觀眾造成什麼衝擊》。（Barwise and Picard, 2014）當時正是BBC十年執照屆滿一年多前，英國政府已經依照慣例，準備在徵集外界意見後，提出相關政策。

皮卡特等兩人察覺，攻擊BBC的人果然再次出手。其中，最為常見的修辭，仍然是自由經濟論的庸俗版。據其說法，英國政府強制所有英國住戶無論

是否收看、也不管使用時間長短，家家戶戶都不能選擇而必須是BBC的利害關係人，因此依法就有定期定額支付BBC執照費的責任。[8]政府的這種強制行為，扭曲了自由定價與決定買賣與否的市場機制，同時會讓私人部門的競爭者更難崢嶸，連帶致使服務消費者的效能，大打折扣。根據這種聲稱，BBC將會或事實上已經擠壓英國私人電視的生存與成長空間；英國如果沒有BBC，電視市場的運作才能自由，效能才會更好。根據這類看法，假使觀眾完全自行選擇，志願付費收看BBC或其他來源的節目，加上廣告贊助，才可以讓英國的電視節目表現，更上層樓。這類命題及其派生陳述的此起彼落，若是相應不理，可能積非成是，即便沒有證據，也會變成人以其言為真，則其論述效果為真的局面，致使BBC的財政遭致改變，甚至切割為數家公司而逐一私有化。

　　巴外斯與皮卡特接受這種說法的挑戰，以研究論證該說並不準確。他們依據假設的情境推演，論證因為存在BBC，私人部門才有壓力，必須增加對（新）內容的投資以求讓自己擁有競爭BBC的能力。他們以英國2012年電視收入123億英鎊為準設計研究（包括志願付費收看私有電視53億、廣告37億與BBC執照費用於電視的額度是27億英鎊收入，所有電視另有5億多其他商業收入），得到的答案是，如果BBC沒有執照費，將使英國的全部電視「收入」減少（但減幅仍很難確定）、英國電視的「內容投資」則將減少5-25%（其中英國「首播內容」的投資額度將下降25-50%，造成對製片部門的重大打擊）、觀眾選擇節目的空間減少而不再物超所值（value for money）。他們另外提醒，這項研究僅談電視，對於BBC這個PSM的其他部門，如擁有國內外發聲管道的收音機服務，以及通過網路提供的線上服務，將會出現哪些變化，他們並未深究；再者，英國政府假使停止BBC執照費的強制徵收，又將對英國的民族文化、社會、政治及兒童與創意產業的發展，乃至於國際地位與軟實力，產生哪些衝擊，該項報告也未評估。（Barwise and Picard, 2014）

8　BBC在2017年7月19日發布的資料顯示，截至2017年3月底的前一年內，一個家戶的執照費是145.5英鎊，相當於該年度英國人1.7233日的人均所得（1英鎊匯率以1.35美元計），總計2580萬戶繳交執照費，另有6-7%家戶當交未交。2016年9月1日後，英國住民若要以隨選視訊方式收看或下載BBC節目，須額外支付費用，BBC從這個項目一年可望多得1100至1200萬英鎊收入，2016/2017年總收入因此是37.87億英鎊（其中約2/3用於電視），收費成本是8220萬英鎊，以上參見http://www.bbc.co.uk/blogs/aboutthebbc/entries/49c6873e-a0ae-43cf-b80f-2c690bb58f0c。

公權力與PSM

巴外斯與皮卡特的努力,是英國社會為BBC前景所展開的攻防戰之一。英國政府在2015年10月底完成意見徵集,總計得到19萬份人民(社團)的反響。這個紀錄相當難得,放在歷來意見的徵詢,它的排名高居第二。[9]一年多之後,文化部公布新的政策,確認BBC從2017至2027年繼續以執照費作為財政來源,其高低調整如同過往,均由文化部與BBC協商,文化部期中評估BBC政策與績效評估時,不能檢討執照費。(DCMS, 2016: 第43與第57條)

對於保守黨政府的決定,BBC隨即表示「歡迎」。(BBC, 2016/12/15)畢竟在此之前,除了長期有虎視眈眈,亟思改變BBC的產權與財政來源,或分潤其收入的大批不滿與抨擊聲浪之外,BBC當時還連續爆發知名主持人生前長期性騷擾兒童累計可能高達五百人的醜聞,以及其後BBC的處置不當及總監為此辭職與當事記者死亡等等長達數個月的負面新聞。(Greer and McLaughlin, 2013; Halliday, 2014/6/26)再者,2010年5月入主唐寧街的保守黨,很快就開始執行新政策(政府預算要在五年內削減25%的計畫,包括高教學費一年由三千英鎊調高至九千,從而減少政府的大學補助款),BBC的執照費雖然不調降而維持不變,但過去由外交部撥款的海外廣播與國際輿情分析等工作,BBC在2014年以後必須自行吸收成本;保守黨政府並另立工作目標,要求BBC配合,比如,2013年起,以購買節目的方式,支持新的地方電視頻道。(BBC, 2013/7/26)

在英政府公布新的BBC政策之前,倫敦資訊顧問與分析集團HIS曾經研究45個國家的PSM收入。該集團認為,「公共廣電飽受威脅的說法通常言過其實。反公共服務的那些政黨也許是伺機而動,想要讓特定的個別組織難受一些,惟若將整個部門合併考察,我們認為並無遭致威脅之事。如實說來,假使比較廣告與訂戶費用,公共基金是穩定並且可以預期的收入來源。」以BBC為例,從1994至2014年,BBC的執照費收入增加58%,ITV與Channel 4的廣告收入在相同時期僅增加28%。在2015年,英國、義大利與德國PSM的主要頻道

9　英國「文化與數位經濟」次長(Minister for Culture and the Digital Economy)威雷(Ed Vaizey)在2015/12/ 22答覆里茲(Leeds)自由黨國會議員牧荷蘭(Greg Mulholland)的信函。

（如BBC 1），仍是該國收視份額最大的電視機構。所有PSM在電子節目表也都排在好的位置，歐洲人對PSM的意識比較強烈，並且得到歐洲聯盟許多權力單位（如歐盟執委會、歐盟議會）等等跨政府機構的政治支持。」（Westcott, 2016/3/1）

不過，假使縮小範圍，僅以英國作為例子，那麼，晚近兩年，保守黨政府在2010年啟動的措施，以及電視廣告的成長，似乎是使2015與2016年的情況，暫時逆轉。BBC撥給電視部門的收入，從2011至2014年占了英國電視總收入約21%，但2015年跌至19%，2016年再減為18%；反觀廣告收入，以及志願付費訂網飛等私人電視節目的收入，在2014年占了英國電視所有收入的29%與45%，至2016年則分別增加至30%與46%。（Ofcom, 2017b: 39）因此，如〈表2-2〉所述，BBC電視部門所得到的25億英鎊，已經落後ITV與C4及C5的30.79億英鎊；雖然BBC的總體而特別是新聞收視份額，仍然超過前三者的總和，顯示單一組織可能達成的規模經濟之優點，就BBC來說，超過組織龐大的僵化不靈活等副作用。

廣告或者用戶各憑己願而直接訂閱支付，將要因為「天生不穩定的市場」波動而相對不容易預期，不利於生產規劃。與此相較，隨著公權力的認知變化，影音公共基金雖然也會波動，惟就過往經驗來說，仍然穩定或說仍有較大增長，部分原因可能是其表現不俗，再就是其占總體政府預算、或占家戶所得之收入的比例原本極低，即便遭致削減，往往還是少些（如前所說，英國政府支出在2011-2016年減少25%，BBC因為沒有增加執照費，但承擔新的任務與通貨膨脹，六年減少16%收入，Sweney and Conlan, 2010/10/19）。

不說廣告與經濟增長的關係（Schmalensee, 1972）、也不談廣告對媒介的意義（Arriaga, 1984），僅說廣告作為媒介收入的經濟來源，不穩定之外，另有兩個明顯缺點。

一是媒介此時服務廣告客戶與受眾，忠誠偏向前者，致使受眾閃躲廣告，不想接觸。到了網路年代，就有人與廠商研發擋廣告的軟體、從中牟利，致使原本就無法從網路廣告之得，彌補紙版廣告之失的傳統媒介，更是雪上加霜；有一估計宣稱，擋廣告的軟體將使美國傳媒在2016年的收入少46億美元，全球則是125億。（*Economist*, 2016b）傳統上，法國與西班牙的PSM分別從廣告得到三分之一至一半以上的收入，但從2009年以後，兩國另立新法，逐步移除

PSM的廣告，PSM為此減少的收入，部分由私人電視的部分廣告填補，部分則由電信與網路業者提撥。西、法的新財政設計，先後引來業者控告，指政府違法，但本國最高法院及歐洲法院最後都判定，西、法政府合法。（Valle, 2017/6/19）另有研究說，不播廣告後，西班牙觀眾認為PSM的節目品質有些改善，觀眾也在2003年後，首度增加；（Medina and Ojer, 2010; Artero et.al., 2012；新聞部分，另見Madariaga et.al., 2014）經營管理也因相應的PSM理事會改革，績效提升。（Whittock, 2016/2/9）惟改制後的正面改善是否持續，要待後續研究才能知曉，但兩國的PSM財政改革，意義仍然重大，即便法國總統沒有諮詢內閣，逕自推動電視財政的改革，在公益中夾雜私利的考量。（Kirby, 2010: 29-30, 57）

其次，傳統私人媒介而特別是報紙，其從廣告取得收入的不穩定缺點，在2008年金融核爆以來，又因「谷歌」與「臉書」歷經十多年的成長，不再是初創生嫩，而是至今使得許多國家的傳統媒介為之色變。因為，在其高度壟斷而近乎獨占搜索引擎或社交網路平台之下，傳統媒介往往發現，自己的新聞等等內容成為谷歌與臉書從廣告獲利的來源之一。這就是說，假使廣告總量沒有萎縮，如今也並不意味傳統媒介（報紙）可以安然無恙；反之，既然遭受衝擊相當深廣，傳統媒介無法坐視谷歌與臉書少勞多獲，便會群體行動，要求改善。因此，在全世界範圍，而以歐陸德、法及西班牙等國的傳統媒介對谷歌等龍頭的發難較早，它們希望或已經以政府作為後盾，利用谷歌身陷反獨占訴訟之際，與谷歌展開關於稅賦、著作權或廣告收益的分配協商。（Perotti, 2017）[10]更為晚近一些，專門從事新聞事業報導與評論的英國《傳媒公報》（Press Gazette）在2017年4月推動「終止谷歌與臉書摧毀新聞專業」的跨界運動（Ponsford, 2017/4/10）；到了7月，美國「新聞媒介聯盟」（按，就是2016年以前的「美國報業公會」）表示，它將代表兩千家媒介會員與谷歌及臉書協商廣告分配的問題，因此訴請國會認定，要求各家報紙的聯合行為不受反壟斷法限制。（經濟日報，2017/7/12）未來，隨著兩大壟斷者及其進軍電視節目製播，

---

10 這份報告也簡介了谷歌在巴西、印度、俄羅斯、南韓、加拿大與美國的遭遇。（Perotti, 2017）印尼突擊查稅兩個多月後，據報谷歌同意補交7300萬美元稅款（Zoe, 2016/11/29）；泰國政府也在考慮採取類似的政策。（Zoe, 2016/9/26）

電視業者承受廣告損失等衝擊，在報章之後，也會浮現，估計類似的反彈及要求公權力以政策回應，遲速會由廣電業者祭出。（Mayhew, 2017/8/24; Sweney, 2017/8/27）

　　法國及西班牙政府對於PSM的支持，表現在禁止廣告，並且代以私人電視廣告與電信網路廠商的部分收入；另有德國與北歐兩國政府，同樣也擴充了執照費的內涵，不再僅限於電視機的使用者。

　　起步比較早的是丹麥，她從2007年起，就將「廣電」執照費改稱「媒介執照費」，據此採取「高度的技術中立」，將所有能夠接收影音圖文的設施持有者，通通納入交納「媒介執照費」這個名目費用的主體。因此從電視機、桌上型與個人手提電腦與手機或iPad等等相關設備，全部進入，幾年來的繳交家戶增加，PSM的總收入也略微增提升，大約與通貨膨脹率相當，算是維持穩定的財政狀態。（Biggam, 2015: 41-54）德國政府在2000年即有研究指出，假使僅對電視徵收執照費，該國兩大PSM至2020年可能減少10億歐元收入；到了2013年，德國執照費也開始改制，除電視機家戶，所有工商行號經營場所依據員工與車輛人數（飯店則是床位數量），亦需繳費，經此調整，德國PSM在2013至2016年間可望比原收費方式多得11.459億歐元。芬蘭同樣從2013年元旦執行新制，繞過傳播設備，直接依照國民年收入多寡而提交，八大政黨有七黨支持，芬蘭PSM收入預估可以增加15.6%。（Herzog and Karppinen, 2014）

　　從地中海沿岸的法國與西班牙，北至德國、丹麥與芬蘭，都有國家局部體現數位匯流年代的（PSM）財政，必須通盤考量，不能拘泥於傳統媒介。（另參考Kowol and Picard, 2014）這些國家的公權力，既有認知，且已落實認知，這是與時俱進的能力，認同與支持PSM；相比之下，尚未作此設計的國家，特別是英國，尚未更新BBC這個全球最富盛名的PSM的財政來源（參見本文註8），就有不進則退之虞，宣洩英國政府支持PSM的力道，相對不足。

　　「複合民主理論」的傳播結構作為理念型概念，不存在於真實世界，卻無礙於我們順此觀察或理解各地傳媒的特徵。從中，我們可以評價、論斷與釐清，若要支持該理念型的目標持，則在應然層次，理當採取哪些行動與政策。在大多數已經工業化的民主國家，「複合論」的共和民主論具體展現於PSM的相對強大，但究竟PSM當有多大市場占有份額，如同所有公共財的供應規模，暢銷的主流經濟學教科書至此也不好再以科學自居，而得承認這是無從科學論

斷之事,因此「往往(必須)透過政治程序來解決」。(毛慶生等人, 2004:
247)

PSM:局限與價值

　　「共和民主論」強調人有意願、情感與能力追求「共同之善」,並非僅只
是根據「我群」的特定利益而衡情論理,PSM據此而重視兼容並蓄,要將各種
可能存在的現象、觀點與立場,儘量「平衡與不偏倚」並「客觀」予以呈現。
惟即便媒介人並無私見,也沒有其他羈絆,共和民主的信念仍然將因主流與邊
緣的差別,致使媒介的再現,將有濃淡與輕重的不同;但歷史並非一成不變,
政治、公民、經濟、社會與文化權利,無分族群/宗教/性別/性傾向⋯⋯的
差異,人當平等,這些價值與權利的落實程度,各地不同,但歷經壓抑不見天
日、現身邊緣若隱若現,再到晉身主流眾所認可的軌跡,從十九世紀以來,確
實在若干國家清晰可見,在另一些國家仍在奮進開拓。PSM在此扮演的意識告
知與培育,除了〈表2-1〉及相應文字已有述及,下一節談及「假新聞」時,
會再致語。

　　不過,共和論既然追求「共同之善」,則前曾提及的仇恨與歧視等言論,
按理就難見容於PSM;相較之下,瑞典曾補助反移民刊物,若有立論基礎,當
是自由多元之說,斷非共和之論。PSM追求共善,無法排除爭論,再以BBC為
例,簡述如後。本世紀引發巨大爭議的「科學新聞」,背後另有政經利益的分
歧。外界對BBC的批評,可舉「全球暖化政策基金會」(The Global Warming
Policy Foundation)為例。該會在2009年成立,認為主流意見如BBC所呈現,
「勢將導致極端有害的政策」,[11]隨後,這個基金會發布研究成果,檢視與抨擊
BBC從2005至2010年的相關報導。(Booker, 2011)BBC在2010年起發動自我評
估,邀請外界獨立學者研究其表現,並在2011年提出第一份報告,其後在2012
與2014年並有後續追蹤與結論,總計三份報告。[12]其間最轟動的是,2013年
間,代表研究氣候變遷最有成就的科學社群IPCC,在聯合國提出了一份具有
里程碑意義的報告,陳述氣候變遷的原因,最主要確實是人類活動所造成,特

11　https://en.wikipedia.org/wiki/Global_Warming_Policy_Foundation
12　http://www.bbc.co.uk/bbctrust/our_work/editorial_standards/impartiality/science_impartiality.html

別是石化燃料的使用。但BBC表示，由於遍尋英國科學家，BBC無法找到不同意IPCC發現與觀點的人，於是BBC刻意另找一位反對這個說法的澳洲學者，並且給予相當長的發言時間，理由是要平衡報導！然而，這位澳洲學者的工作單位，卻是美國自由放任派所成立的智庫，並且，他的發言在當日還成為其後若干節新聞報導的主要內容。（Harvey, 2013/10/1）這些爭議在三年多後，還是餘波蕩漾，似乎一有機會，科學家就要批評BBC以不偏倚之名，行不客觀之實，認為BBC把科學已有定論的「事實」當成「意見」，刻意找來否認這是事實的人，提供相左的意見，是對客觀的褻瀆，智者不為；遑論別有居心、從特定錢財立場發言的人，很有可能藉機踩躪BBC的「善意」。（Grimes, 2016/11/8）

耐人尋味的是，「科學」新聞「本來」應該沒有「爭論」，BBC卻生「軒然大波」；理當充滿爭論的人文社會議題，確實也從來沒有讓BBC停止招來批評（比如Aitkin, 2007; Mills, 2016; Collins, 2017），但作為PSM的BBC其實是藉著提供理解事理的框架，特別是在最後關頭承擔重要職能，成為英國國家機器與統治階層的有效代言人。就此來說，BBC可以說是養形象千日，服務重要時刻於一時，平日溫良恭儉讓，適足以為統治階層排難解紛。

史萊辛革（Schlesinger, 1978: 56）當年得到機會，難得地進入BBC內部，深度觀察與訪談不同層級的編採人員。他揭示，其人員雖有編採自主空間，但在遇有遲疑時，BBC發展成熟的「向上請示」（refer upwards）運作系統，就會讓這個機構不會是鬆動體制的力量，並且它還通過狀似中立的立場，必然扮演維護體制穩定的角色。這個「精神」的實作，在階級與民族或英國對外關係的報導與評論，格外明顯。

早在1926年5月，BBC就曾通過其首任執行長之口，傳神地表達這個「精神」。當時，英國近世的第一次總罷工潮規模宏大，所有報館幾乎都關閉，新興的BBC霎時間成為最重要的新聞消息來源。在維持獨立與不偏倚的宣稱之際，BBC執行長雷思（John Reith）一方面安撫震怒的財政大臣邱吉爾（Winston Churchill），因為在這個時候，邱吉爾認為，政府若不運用廣播這麼強大的武器，簡直就是「怪物」行徑；另一方面，雷思要設法讓政府接受，當道不要下達指令，不但對BBC最好，同時，若要有效傳播政府的意見，這也是最好的作法。何況，英國總工會彼時已對其會員警示，不能信任「BBC，它只是政府手

中的工具」。政府假使要求BBC直接聽命，剛好落入工會的口實。雷思的交心，體現在他寫給首相鮑德溫（Stanley Baldwin）的備忘錄，他這樣說：「假定BBC為服務人民而存在，政府也是為人民而存在，那麼在這場危機時，BBC必然也就是為政府而發言。」（Burns, 1977: 16-17; Belair-Gagnon, 2015: 58-59）這個很可能被指為具有階級偏差的態度與作為，近日仍在BBC重演。2015年春夏之交，柯賓（Jeremy Corbyn）出乎意外成為工黨領袖，他曾經肯定委內瑞拉的「二十一世紀社會主義」路線，內政也不排除重新公有化重要的民生產業。英國不但是報紙，BBC等電視媒介對於柯賓，也是充滿偏見，「將柯賓……描繪成……立場極端……招搖偏差，完全違反BBC依法所應該尊奉的公正、平衡與不偏倚，何況是對最大反對黨黨魁！」（蔡蕙如、林玉鵬，2017: 218）

英國境內的勞資關係及相應的政黨新聞，BBC出現有違共和原則的認知與表現。報導海外國家的重大歷史時刻，BBC往往也在不經意間，宣洩了自己其實不完全共和，而是自由派的報導框架。英國學者針對BBC從1998至2008年，有關委內瑞拉的玻力瓦革命及核心人物查維茲（Hugo Chavez）的報導時，便發現BBC逕自將委國該段期間的衝突，以「民族」（the nation）的框架提供新聞與分析，並且在野反對派（以前的執政者）反而隱然是民族的代言人，BBC卻未能、或說不肯暴露委內瑞拉在野黨派的資產階級屬性。（Lee and Weltman, 2011）報導委國新聞的這個階級偏差，持續存在而並未改變。[13]英國對海外前屬地的短波廣播，從創立至1970年間，BBC同樣展現帝國的「風采」。（Potter, 2012）最近數年，在涉及國內領土的議題，BBC的表現也是相當恆定；蘇格蘭在2011至2014的三、四年間，獨立聲浪高漲，並在當時首相卡麥隆（David Cameron）便宜行事的誤判下，遂有依據歷史約定而讓蘇格蘭人採取公民投票，決定是否要脫離她在1707年加入的聯合王國。主張脫英的研究者以詳細資料論證，認為所有傳媒報導的表現都不合格、對蘇格蘭脫英主張都很不利，但BBC「最糟糕」。萬千蘇格蘭人遊行至BBC蘇格蘭總部，抗議BBC反蘇獨的偏

---

13 英國有「新聞不造假」網站在2011年成立，不定期檢視與評論英國多家媒介對海外重大政經新聞的報導，委內瑞拉部分進行至2014年3月，見http://www.newsunspun.org/category/venezuela; 另見Editor (2017/9/13)。

差再現，原因在此。（Ponsonby, 2015）

　　BBC自詡共和，實際表現卻「嚴守分際」，幾乎不會逾越民族國家所設定的階級框架；這個符合「小罵大幫忙」建制集團的貢獻，可能是另一個原因，解釋了歷史上先建立公共服務廣電的國家，不但很少隨經濟自由化浪潮而遭到私有化的命運，並且PSM尚能略予擴張。BBC既有符合共和的表現而值得稱道，卻又同時以此發揮掩飾BBC仍然是統治集團喉舌的事實，論者歷來對此不滿，一個戲劇化的展現，是柯蘭教授曾經因為抨擊BBC與政府貼近並受制於政權，於是以為BBC的財政若是稍能自主而不是完全取自執照費，或許可以鬆動BBC與政府的不當關係。出於這個考慮，柯倫一度誤判，竟至主張BBC接納廣告作為其部分財政來源；（Curran, 1985/5/16）雖然，日後他對當年的孟浪，表達了歉意。（Freedman, 2003: 126-7）在英國，愈來愈多的人產生類似柯蘭當年的心境，他們來自大學、工會、記者……，許多人結社，進入一種同時捍衛與抨擊BBC的情境。一方面，他們深知經濟新自由主義群體的力量，是在攻擊BBC等PSM，試圖減少其規模，甚至最好是予以私有化；既然如此，他們別無選擇，只能更為反對經濟新自由主義，於是力挺與捍衛BBC等PSM。另一方面，他們心知肚明，即便英國政府歷來大致與BBC維持「一避之遙」，沒有如同南歐等國家的政府那麼直接干預，惟這個形象也可能「壞事」，它維持了BBC共和表現的公信力與影響力，實則是在重要時刻，成為維護特種自由派立場的工具，並非承載全民的需要而追尋共同之善。BBC的價值與局限並存，他們針對BBC在內的英國媒介建制，另在2017年發起運動，總計有17家這類社團聯合成立「傳媒基金」的募款網站，籲請其國民志願捐輸，協助他們成立「獨立媒介」，他們的訴求文字包括：「加入傳媒革命、傳媒沒有服務我們、英國報紙有八成由五大巨商擁有……我們大約有七成人從BBC得到電視與收音機新聞，這個國家傳媒愈來愈不肯挑戰當道政府……我們必須生產自己的傳媒、為我們自己、由我們擁有、由我們出資……（敬請捐款）。」[14]

14　https://themediafund.org/，另見Khomami (2017/10/2)。

「假新聞」扭曲「自由多元論」

「假新聞」（fake news）的說法及其批評與防制，由來已久。但從2016年美國大選期間，以及2017年川普（Donald Trump）就任總統後，該詞的能見度霎時明顯快速竄升。（Carson, 2017/2/8）

假使放長時光區間如〈表2-3〉所示，假使其他因素不論，[15]報紙注意並報導「假新聞」，進而使「假新聞」進入人們目光的頻率，與經濟新自由主義政權崛起於英美的區間重疊，且逐年增加。從1920至1979年長達一甲子的時間，總計僅出現83次「假新聞」，但1980年起明顯跳躍，一年就有1170篇左右，

表2-3 「假新聞」在英語*報紙出現的次數，1920-2017**

起訖年	次數小計					六十年合計（次）
1920-29	6	1930-39	4	1940-49	10	83
1950-59	4	1960-69	17	1970-79	42	
起訖年	第一年最低		最後一年最高			十年合計（萬次）
1980-89	74		3071			1.1705
1990-99	3014		15120			8.1959
2000-09	16052		32515			22.9026
2010-15	36531***		40011***			22.9145（六年）
2016						4.3776（一年）
2017**						5.9944（八個多月）

*似有極少數不是英文報紙；**統計至2017年9月8日；*** 分別出現在2011與2013年，但這六年間，各年差距較小。

資料來源：在ProQuest Central(ProQuest)資料庫的「基本搜索」(basic search)鍵入fake news搜尋「任何地方」所得。

---

15 比如，愈是晚近，資料庫收入的報紙全文愈多，從而可能自動就讓fake news及其他關鍵字出現的次數，跟隨增加。

1990年代再次快速增加，一年有8196篇。到了21世紀的前十年，每年平均數已經超過2.29萬。然後是2010至2015年的六年期間，一年「假新聞」一詞的出現，平均來到3.819萬，2016年再增加至4.3776萬，最近（僅計算2017年的前八個月）更是腫脹到了將近6萬！究竟經濟自由化與假新聞的增加，是否存在真正的相關，甚至因果之連動，還得研究。比如，經濟自由化而使傳播環境的政府規範日減，[16]以及，媒介競爭因為政府介入減少且新傳播科技進入而更為增強，[17]是否使得傳媒內容增加太過快速而進入量變到質變的門檻，質變的一個徵兆，會不會是「假新聞」從無到有、從少量到海量的表現？

　　除了報紙，2016與2017年至少另有四本專書，論及有關「假新聞」與「後真實」年代的媒介及政治變遷關係。在一篇評論這四本書的文字，作者特別指出研究假新聞之時，必須超出美國所設定的範圍，不受限於短期政治與政黨權力變化的視野。比如，要將該議題放在更長的時間背景來看待；又如，後現代的解構思潮是否帶來鬆動，致使人們對真假的區辨，少了堅持；再如，對於新聞事業及其研究的人來說，注意的重心應該是「壞」新聞，不是糾結於川普界定的「假新聞」。畢竟，「假新聞」指事件不存在，川普則是出於「超級保守的防衛姿態，不讓人批評與檢視」他的言行，他說的其實是他所認定的「謬誤言論」（false speech），不是「假新聞」等等。（Corner, 2017）

　　下文主張，「假新聞」至少可以分做四或五種，彼此互有關連。川普所說的「假新聞」，如前段引文所說，其實是不同立場的人傾向於指控對方所說，是「謬誤言論」。很多國家都存在這類指控，美國亦然，惟若只看西方國家，則該現象在美國似乎凸顯一些，或許有兩個原因。一是歐陸報紙宣稱中立與客觀的色彩較淡（有些甚至正是因為黨派立場才能得到部分的財政補助）、英國報紙的黨派傾向已有百多年歷史而眾所周知，美利堅報紙卻有中立與客觀的宣稱及自詡，是以讓不滿的人，有更現成的依據可以發為批評；二是美國對廣電傳媒僅有「公正原則」（the Fairness Doctrine）相繩，歐洲各國的PSM則以物

16　如1987年美國明確不再對廣電媒介執行「公平原則」，見後文；1996年的美國電信法的鬆綁。

17　1980年代是錄放影機及有線系統進入，1990年代衛星電視及收音機頻道與數位化，本世紀則起自1990年代中期的網路商業化更見衝擊，及至谷歌、臉書與推特結合手機，則新技術與日常生活的緊密連動，已是工業化國度民眾的常識。

質基礎支撐儘量共和與平衡的報導生態（Hallin and Mancini, 2004），何況美國在三十年前已經取消公正原則的要求。（見後）到了網路與社交媒介發達的年代，指控政治對手的言論謬誤所引發的效應，在美國開始明顯之時，他國尚未出現，重要的背景因素包括，美國欠缺大型PSM，以及，美利堅傳媒及社會整體信任度，從1970年代的相對高峰後，其後持續走低。

「真正的」假新聞

除了編採與呈現過程，因無心之失而造成的失實（如手民之誤等），我們可以將來自消息或事件來源的經營乃至於操縱，稱作是第一種假新聞。半個世紀之前，史學家布魯斯汀（Boorstin, 1961）就已經察覺，當時的美國已經有太多的事件是為了招來新聞媒介的報導，遂有特定人或者團體運用資源，通過多種手段，包括採取戲劇化的手法，策劃與舉辦活動。這種藉以招來注意與宣傳的花招，致使事件並非自然存在或出現，是真皮假骨，是鏡中花、水中月，按理不是真的事件而是有人為了自利而打造的「假事件」（pseudo events），事件既假，新聞就當真不得。

第二種剛好相反，不是來自新聞來源的搬弄，而是根源於新聞的第一線生產者、也就是記者本身。這個時候，至少又可以分做兩類情況。一是記者刻意造假與剽竊；其次，出於記者無心的過失。

前者的知名例子，來自美國的報業龍頭《紐約時報》。它在2003年5月11日週日版報紙，以四版坦承與交代記者布萊爾（Jayson Blair）的假新聞事件（Mnookin, 2004）。為了修補報社的名聲、也回應外界的批評，紐時推出新的作法，亦即編列預算、聘用專人，擔任本媒介的監察人；雖然這個回應亦可說已經晚了，因為北歐報紙、日本《讀賣新聞》、英國《衛報》集團與BBC，並且美國也有少數地方報紙，在此之前，已經採行這個制度。[18]對於傳媒的這個自律與自我提升的措施，肯定的人認為，這是投入資源以提高公信力、善盡社會責任的新治理方式；狐疑的人則不免認為這是傳媒的公關活動，比如，增加讀者的忠誠度、解決爭端而減少訴訟等等。針對紐時（樣本38篇）與衛報（308篇）的分析顯示糾正事實的錯誤，在紐時是10%、衛報20%；解釋相關敏感議

18　http://newsombudsmen.org/about-ono

題的本報處理方式分別是52%與74%；批評報社立場的比例是29%與16%。（Nolan & Marjoribanks, 2011）這些是公關，還是善盡責任？認定因人而異，但紐時設置公共編輯人十四年之後，該作法得到外界不少稱道，卻又相當諷刺，就在受眾對美國傳媒不信任程度升高的背景中（見後），在2017年入夏，紐時宣告結束這個監察人措施。（Robinson, 2017）

記者無心的過失曾經在BBC，製造了一個頗具「喜感」的「假新聞」。BBC對海外播出的國際電視頻道（部分財源取自廣告）在2004年12月3日播出的新聞，表示1984年印度波帕爾（Bhopal）工廠毒氣外溢造成上萬人傷亡，廠商雖然姍姍來遲，但現在總算在20年後幡然醒悟，決定以120億美元補償受害人並清理土地。新聞傳出23分鐘，該公司股價暴跌20億美元。當日稍晚BBC發現自己遭人利用，連忙坦承並向觀眾道歉，但事件本身以其戲劇性，反成熱門新聞，喧騰一時。事後，人們發現，這是兩位社會行動家的刻意作為，他們架設網站，誘使BBC上當而邀請其中一人接受採訪。他在螢光幕前認真嚴肅，狀似誠懇的的侃侃而談固然是假新聞，但當年的印度受害人並無空歡喜之怨恨，反而認為短暫的振奮也很值得。這則「假新聞」的更大意義，在於它或許可以讓社會至少有兩點省思。一是有錢人與傳媒似乎更為關注股東利益，不是受害的升斗小民，這是合理的表現嗎？二是何以這是「假新聞」而不是真新聞？即便是遲到並且仍屬微薄的正義，仍然可以讓受害者歡呼，傳媒若是善盡監督責任，敦促政府與廠商採取假新聞所示的措施，不是大快人心嗎？為兩位行動家歡呼的人因此認為，整個事件是絕佳的示範，人們在此通過文化行動，揭露存在於社會的言行不一與價值混淆等等現象，從而達到批評、甚至提出具有建設內涵意見的境界（鄭慧華等人，2009），更有美國教學單位引以作為啟發學生的教材。（Frankenstein, 2010）

記者個人的認知、能力與職業倫理，乃至於作業的疏失，會是編採越軌而造成新聞失實的一個原因，但工作條件與環境，應該更是原因。「時效」是重要的新聞價值，但若虛實不論而未經查證，或是沒有充分的資源支持查證；或者，傳媒因商業競爭激烈，追求時效與誇張聳動的壓力，越過查證與平實報導的守則，造成假新聞的機會就會大些。在中國，早從2001年開始，《新聞記者》月刊就開始注意、蒐集並評論年度「十大假新聞」。（彭蘭，2005：232）到了2016年7月，國家網際網路信息辦公室發布了〈關於進一步加強管理制止虛假

新聞的通知〉，顯示假新聞通過網路的流傳對中國社會造成的困擾，愈來愈大。（汪莉絹，2016年7月5日）依照常見的說法，中國政府對新聞傳媒的管理相當嚴格，應該不會還有記者杜撰、編造或流傳假新聞，遑論其流竄的規模與造成的問題還能招搖若此。這個印象僅局部為真，因為「嚴官府，出厚賊」，如同張濤甫（2011）的研究所顯示，2001至2010年間，刊登假新聞的報紙有66%來自競爭比較激烈、必須自負盈虧的都市報，出自較無經濟壓力的機關報是6%。

「謬誤言論」的指控

第四種「假新聞」在美利堅，可能有比較激烈的表現；但後文即將看到，如果不是美國第四十五任總統川普（Donald Trump）給予的「命名」，它其實只是在美國由來已久、有關傳媒政治傾向的爭論，並且如先前所引述的建議，這個情況應該給予恢復原名：不同信念的人經常相互指控，認為對方說的是「謬誤言論」。

美國的政治與歐洲有別，較少以左右區分，而是自由派與保守派的不同，或說「民主黨」與「共和黨」的差異。就美國的地方報紙來說，既然除了紐約等大都會區，大多數城市與城鎮只有一家報紙，則儘量反映該地理區的主流意見光譜，比較可以在不公然得罪受眾的前提下，成為經濟上對該刊物最有利的編採方針；在廣告成為報刊主要財源，重要性高於受眾所支付報費的歷史過程中，美國報刊就有了這個色彩。

電視另有自己的特徵。有人認為，這個媒介是否有自由派偏倚的論爭，可以上溯自1968年。當時，《電視雙週刊》（*TV Guide*）的研究人員艾芙蘭（Edith Efron）針對該年11月總統大選最後七週三大電視網的表現，進行了內容分析。共和黨的副總統安格紐（Spiro Agnew）在1969年11月指控，同質性很高的一群美國人「壟斷了新聞」。艾芙蘭則在1971年出版了研究發現，成書《扭曲新聞的人》（*News Twisters*），她指控電視違反了「公平原則」，因為它們僅以1620英文字報導有利於共和黨的候選人尼克森（Richard Nixon），不利尼克森的文字規模則超過十倍，達1.7207萬字。反之，民主黨韓福瑞（Hubert Humphrey）得到8458英文字的支持，反對是8307字，二者大致相當。（Ruschmann, 2006: 11-12, 30-31, 101）

不過，外界對於這些批評的回響似乎不多。原因之一或許在於，該研究畢竟只是較小規模的個案分析，而政治人物的指控與批評，有時不一定損及媒介的聲譽，反而可能增加其公信力。再者，整個1960年代的美國民權運動，持續至1970年代漸次收縮。要在狂飆年代進入尾聲之際，才有後續的檢討與回應。1979與1980年，英美兩國先後由柴契爾（Margaret Thatcher）與雷根（Ronald Reagan）擔任首相與總統，兩人同樣採用二元對立的修辭方式。柴契爾首相說，「沒有社會只有個人」；雷根總統稱，「政府不能解決問題，政府就是問題」。這兩句講話畫龍點睛，扼要突顯保守派所捲動，而後人以「經濟新自由主義」相稱的思潮要點。適巧、或說因此就在這個背景中，美國學者訪談240位主要新聞機構記者之後，得到一個結論，指美國記者菁英群有自由派的傾向。（Lichter & Rothman,1981; Lichter , Rothman & Lichter, 1986）這項研究結論引來不少正反呼應，包括知名社會科學家甘斯就說，「美國記者真有那麼危險、那麼自由派嗎？」（Gans, 1985）又有論者研究1991至2004年美國紐時與華郵，以及八家地區性報紙，察覺它們是以更多的篇數為政治人貼上「保守派」的標籤，但說不上這是偏倚，原因有三。一是這些報紙同樣也會用「自由派」形容政治人；二則1994年以後有更多保守派進入國會；三則「自由派」漸成貶義、民主黨人都會迴避使用，反之「保守」一詞則上揚，共和黨人藉此來烘托自己。（Eisinger, Veenstra and Koehn, 2007: 31-32）到了2008年，歐巴馬（Barack Obama）在大選投票日前夕還聲稱，假使（保守派的）福斯新聞網公正報導，他的支持度還要上升2-3%。（*Economist*, 2008）

　　其後，相關的爭論與交鋒持續，到了本世紀，依舊不改。最新、比較罕見、也是至今最大規模的量化分析，相當讓人意外。該項研究以2013年一整年，美國十三家受眾最多的綜合媒介網站（包括BBC）及兩家最為流行的政治博客（包括力挺川普的Breitbart）為對象，作者通過相關分析軟體篩選了八十多萬則新聞，確認有14%以政治事件為焦點，然後從中隨機取1,052萬則，由749人進行報導主題及其意識形態的分析。他們發現，這些媒介遠比一般人想像中更為相像，它們大抵採取並無黨派傾向的方式在報導、呈現的題材相當廣泛，同樣與該媒介的民主黨或共和黨的傾向，大致無關。唯一例外的是，政治醜聞出現時，媒介的意識形態色彩確實跟著明顯，惟這個差異並非直接為自己偏好的政黨吶喊或辯護，而是不成比例的在批評對方。（Budak, Goel and Rao,

2016）

　　另一個可能也會讓人意外的對比，簡述如後。力主經濟自由至上的美國智庫卡托研究所（Cato Institute）[19]曾經出版長篇論文，其作者說《紐約時報》、《華盛頓郵報》等報在美國報業僅占了很小的市場，它們儘管是自由派，卻並非美國報業的代表。作者通過三個經濟面向，對美國報業主流是自由派的看法，有所質疑，堪稱平實：首先是「報業結構」，自由派報紙能否成為托刺斯組織，若能，可以恆久維持嗎？其次是新聞的供給面，媒介主與記者是自由派嗎？最後是需求面，受眾的黨派傾向。（Sutter, 2001）[20]出版於2008年《經濟視野》春季號的經驗研究發現，美國的國會記錄顯示，共和黨人傾向使用「遺產稅」（death tax）這個聽來是每個人都會受到影響的詞，民主黨人的對應用語則是「資產稅」（estate tax）這個聽來就是向有錢人課稅的語彙，經由類同邏輯的電腦查核及統計，兩位作者的發現與前文的推理接近，亦即共和黨支持者較多的地理區，其報紙是傾向於共和黨；反之亦然。因此，「政治的偏差在經濟上看起來，符合理性，若能找到「最合適的偏差」，就等於是最能獲利的報紙。（Gentzkow and Shapiro, 2008, 轉引自 *Economist*, 2008）有趣的是，激進的政經學者也提出類似的看法，他們再提報業演變史，指出報紙從政黨報、中性化乃至保守化或共和化的過程；不少調查顯示記者投票給民主黨，遠多於投給共和黨。但他們說，報業主與總編或高層人員剛好相反，他們當中，有更高比例的人投票給共和黨，也是事實；那麼，難道記者決定言論內容的空間會大於業主與高層？[21]兩位作者更在意的是，美國記者的自由派色彩，碰到關於經濟

19　2015年的預算是3730萬美元，擁有員工100人、研究員47位，兼任研究員70位，參見https://en.wikipedia.org/wiki/Cato_Institute。

20　同一位作者在十年後發表的論文，仍然懷疑美國報業存在自由派的偏倚，不過，他同樣通過經濟理由，認為在美國學術界，自由派確實是主流。（Sutter, 2012）

21　有兩篇經驗研究與此有關。一是稍前引用的2008年論文，它稱讀者的政治傾向解釋了報紙立論的五分之一，而老闆的影響幾乎不存在。（Gentzkow and Shapiro, 2008, 轉引自Economist, 2008/11/1）。稍後的一篇則說，美國六家發行全國的報紙及美聯社在報導12家智庫時，保守派智庫得到比較不客觀呈現的機會，是自由派智庫的三至六倍；（Dunham, 2010）並且，「經仔細檢視⋯⋯偏倚的來源是記者／編輯的偏好，不是（報社）發行人或顧客的偏好造成」。不過，除了這個發現是指智庫新聞這個比較特殊的報導題材，因此與本註解之後，立即就要談及的經濟事務不同之外，有趣的是這個論點在出版為正式論文後，「經仔細檢視⋯⋯」這句話

及社會福利，以及政府管制的意見時，就是另一番面貌：記者比一般美國人更為支持商業界！（McChesney and Foster, 2003）[22]也許，在美國的情境已經使得共和黨與民主黨，也就是保守派與自由派的分辨，在文化面向（是否支持同性結婚等等）有更多的展現，在經濟面向（如稅制等等）的展現也許存在，但爭論少了很多。

美國整體或菁英傳媒是否具有自由派的偏倚，若有更完整的經驗調查，固然對於人們的認知與評價，會有幫助；不過，加入歷史及理論的理解，亦很必要，否則將有陷入實證主義窠臼的危險，也有研究心神與資源的耗損。自由民主論者強調通過媒介對「我群」訴求，媒介的偏倚往往意味立場的清晰傳達；反之，共和民主論者追求「共同之善」，更為在意媒介是否兼容並蓄，從而對於媒介的偏倚較不寬容。但如同貝克所說，無論是自由民主論或共和民主論，在美國的實務運作確實因為歷史限制與當前公共政策的消極，其遭受逐利的腐化而減損民主的理智成分，較諸歐洲都要來得更高。

另一方面，歐洲不如美國的是，後者在第一憲法修正案的護衛下，媒介擁有寬廣厚實的「消極自由」（報導題材與尺度不受限制的程度）之幅度，並非前者所能望其項背。惟完整的自由另有「積極」面向，表現在媒介是否能有空間，不向逐利且歸為私人享有的邏輯低頭，就此來說，美國媒介不如很多歐洲國家，特別是北歐，這也是美國「自由之家」歷來的調查都認可，北歐的新聞自由總是超前美國。

媒介的積極自由需要政府以國民全體代表的身分，挹注資源給PSM；同時要求通過公權力的有效政策，導引傳媒市場的運作。美國沒有廣播與電視合體共營的PSM，但有各地方台聯合成立的公共廣播網與公共電視網，聯邦政府提供的撥款不多、所占預算比例極低，但或許也因為相對的微不足道，歷屆政府的增減總在小幅度內為之，近年多維持在大約四億五千萬美元的水平，直至川

取下了。（Dunham, 2013）

22 此說是否屬實，若要完全實證，難度不小。但傳媒的消息來源傾向工商界，研究稍多，但有一論文，刻意分析自由派的紐時、華郵、洛杉磯時報，三大無線電視網，以及CNN、FOX與CNBC三大衛星電視新聞網，結果發現在2007年有關「就業、最低薪資、工會及信貸等四項問題」，結果是工商業界得到訪談或引述394次，工會34次、學者專家74次、一般薪資者或市民130次，官員或公務人員則357次。（Madland, 2008:1, 9）

普主政的聯邦政府，才第一次大量刪減其年度補助款，川普並表示將會完全減除（Sefto, 2017/5/23），雖然國會稍後予以恢復。（Menge, 2017/7/19）

另一方面，美國從1980年代至今，確實持續鬆綁傳播市場的管制。例子之一是，美國的廣播電視從1949年起，必須「如實、公正與平衡」報導新聞，但這個「公正原則」是聯邦傳播委員會對業者提出的行政要求，國會幾度試圖提高其位階，使如同歐洲國家，因此想要立法予以補充，惟並未成功之餘，反而另有人提出這個行政要求違憲，認為該原則侵犯廣電業者的表意自由，遂使聯傳會委員在1987年以四對零，決議不再執行「公正原則」，然後又要到了2011年，聯傳會才將相關文字才從行政規章中刪除。（Ruane, 2011）在這個氣氛下，雖然有自由派論者認為「公正原則」空有善意卻從來未曾落實，其廢除也不是保守派傳媒聲勢高漲的主要原因（Silver and Ammori, 2009），但林堡（Rush Limbaugh）這位廣播名嘴確實剛好在1988年，也就是聯傳會前述決議的次年，才從加州地方電台，轉戰紐約主持全國電台。他以引發爭議、涉嫌或明目張膽的種族歧視等等言論，打破了美國當時「僵化如石的脫口秀格式」，從此聽眾的扣應（call-in）你來我往，將節目吵得熱鬧非凡，通過全美AM電台，他擁有一千三百多萬固定聽眾。（*Economist*, 2016c; 另見Jamieson and Cappella, 2008）

接著是1996年「福斯電視新聞網」（Fox News）開播，頻道總裁艾爾斯（Roger Ailes）建立了福斯的「特色」。在其升空不到十年，該頻道的影響力可能已經大增，致使外界的批評聲浪擴大，到了2004年夏天已有紀錄片《驅逐福斯：梅鐸是怎麼摧毀美國的新聞專業》在戲院放映，接著是有社團認為福斯的電視新聞「誤導視聽、欺騙大眾」，遂提起訴訟，要求司法單位取消該頻道使用「公正與平衡」作為商標的權利；次年，紀錄片製作人與導演再出版同名的圖書，有更詳細的鋪陳。（Kitty and Greenwald, 2005; 另見Stroud, 2011,特別是pp. 3-8）其後，福斯的「憤怒、陰謀驅動的新聞與言論品牌」，更是「與眾不同」，它「鶴立雞群」，一年獲利十億美元以上，遙遙領先CNN等等歷史更久的新聞頻道。（Economist, 2016d）到了近年，這股「後公正原則」的高度消極自由，放言不負責任的作風，蔓延到了新興的網路。倍巴特新聞網站（Breitbart News）的點擊人數數以百萬計，成為川普「傳媒—產業複合體」的重要成分（Kardas, 2017），它的負責人巴農（Stephen Bannon）先出任川普的

競選總幹事，其後就任白宮「策略長」半年多後被迫離職，（陳韻涵、許惠敏編譯，2017/8/20）但倍巴特網仍是他持續對白宮發揮影響力的三個原因之一。（*Economist*, 2017f）

　　不過，支持保守立場與品味的脫口秀或政治談話節目，固然所在多有；力挺自由派或民主黨的同型節目在電視，其實也比比皆是。其中，比較知名及受歡迎的是《每日劇場》（*The Daily Show*），該節目由維康（the Viacom）集團製作，因此維康旗下的有線系統的基本頻道，都可觀賞，從1996年開播至今，其主持人與主要製作人都說自己是笑星、諧星，唯一工作是提供娛樂，沒有新聞責任。（Holt, 2007）《柯爾伯特秀》（*The Colbert Report*）（2005-2014年播出）則衍生自《每日劇場》，其主持人自詡「用意良善、不明就裡，地位很高，卻是白癡」，表示製作該節目是要嘲弄電視的政治「專家」。[23]（Amarasingam, 2011）

社會分化與「專制統治」

　　在競選期間，川普已經經常口稱並轟擊「假新聞」，就任之後，更是如此，並且在很多國家引起回響。但這不是突如其來的政治現象，而應該如前所述，要放回過去三十多年來，發生在美國的政經變化，才能得到如實的定位。川普口中的假新聞，至少應該分作兩種。一種是在大選投票日之前，主要是通過社交媒介而傳送，日後引發是否與俄羅斯有關，是否是有人刻意散發，試圖干擾選舉等等；這不是假事件，主要也不是商業競爭造成。[24]

　　川普真正引發持續效應的說法，在於他聲稱「一切不利他的報導都是假新聞」。（彭淮棟、宋凌蘭譯，2017/2/18）這個說法與認知足以造成混淆，「事實」與「意見」的分別，在此遭到顛覆。不過，這句驚人的指控，其實也是許多年來，美國保守與自由派相互批評的延長版：以前是批評媒介偏倚，現在則貼上

23　這兩個節目收視人數最少有100多萬，最高曾有240至250萬，參見https://en.wikipedia.org/wiki/The_Daily_Show

24　有報導稱，馬其頓共和國有個小鎮，有居民因「製造美國總統大選假新聞的大本營而舉世聞名」，從中曾有豐厚收入。（林筠譯，2016/12/17）但該報導若屬實，尚待追詢的是，這些撰寫假新聞的馬其頓人，真能以英文撰寫嗎？即便得到人工智能（AI）的協助。其次，這個性質的假新聞最慢在選後就已消失，或者，不再是川普批評假新聞的重點。

「假新聞」的標籤。

　　當事人認定的「謬誤的言論」，現在經川普的轉嫁，成為假新聞，此外，它另有新的特徵。一是如前所說，這是從選舉過程蔓延到了選後的不斷放言，即便各種說法出籠不久之後，已有詳細的研究指出，假新聞通過社交媒介而影響大選的說法，應該難以成立。（Allcott and Gentzkow, 2017；但另見Gu, Kropotov and Yarochkin, 2017）二則現在主要的發言人不是別人，是美國總統自己，站在這個權位所設定的議題，渲染效果不限境內，而是溢流至海外，不但至少在德國、法國、南韓等國傳出類似新聞，[25]《環球時報》也有「東南亞官方打擊假新聞受質疑，被指或成政府操控輿論的工具」的報導。（陳欣，2017/3/22）三則社交網路社群如臉書、推特等等，此時已經歷經十年的發展與流行，就又使得美國人因為移民、種族、宗教、經貿自由化、性別、全民健保、政府角色要有多大、仇恨言論是否能夠自由表述等等議題的意見，更是趨向兩極化，甚至也有可能激發各自陣營的人，在各自力量相持不下或差距不遠的背景下，因在不安、焦急、焦慮等等狀態下，表現為比較頻繁的（我群）資訊使用行為；意識的流通及重新獲得肯認的心理傾向，轉化成為物質消費與商業機會的增加，若在傳媒，就是相關媒介的消費數量增加。比如，《紐約時報》在2016年增加數位訂戶50萬（目前總訂戶達300萬，其中170萬僅訂數位版），其中單是在選戰緊鑼密鼓的第四季，就增加27.6萬；若說網路流量，則《紐時》2016比2015年增加三分之一。《華盛頓郵報》沒有公布數位，但表示成長快速。《華爾街日報》在2015年僅增加25萬訂戶，但2016年增加了將近110萬。電視新聞黃金時段觀眾人數的增長，比較2016與2017年的前六週，支持川普的「福斯」觀眾從230多萬上揚至超過310萬，支持民主黨的MSNBC是80多至130多萬，CNN是100萬至將近130萬。（*Economist*, 2017a）

　　川普就任第四日後，德州共和黨眾議員史密斯（Lamar Smith）在眾議院說：「最好直接從總統那裡得到新聞，事實上這可能是得到坦率、事實未受抹粉的唯一方法。」主張自由貿易、因此無法認同川普的《經濟學人》2017年7月下旬曾委託YouGov民調公司，對1500個美國選民的隨機抽樣調查，除了再

---

25 在德國，主要是防止仇恨言論（茅毅，2017/3/17譯）；法國則與選舉有關（國際中心，2017/4/21）；南韓則是出於朴槿惠總統彈劾審判案（李春宰，2017/2/18）。

次印證共和黨人的支持者不信任紐時等媒介之外，（反向亦然，民主黨人也不怎麼信賴福斯與倍巴特新聞網站）另有一項先前較少或沒有人測試與發現的現象。共和黨支持者有七成信任川普，信任自由派媒介固然不到15%（2016年10月仍有22至24%），但對福斯頻道的信任，其實也僅有23%；不再信任媒介的中介，而是直接且僅信任總統，雖然還不能說是民粹及絕對威權的來源，但若說這是理當心憂的現象，或許並不為過。畢竟，已有四成五的共和黨支持者說，若是新聞不正確或偏倚，（1）可以關閉該傳媒，僅有兩成說不可以（民主黨人贊成低於兩成，反對將近四成）；（2）可以罰款則共和黨五成五贊成，反對略高於一成（民主黨兩個選項都超過兩成）。（*Economist*, 2017e）自由多元論對「人以群分」的強調，演變到了一種「非我族類，其心必異」、乃至其心「可誅」的危險情境，至此已經不能說必然不可能出現了。

1990年代東西冷戰落幕，歷史終結之說乍起，自由民主體制從絕對勝出的命題剎時風行。不旋踵，本世紀初始，美國經濟情勢低迷，體制不同的國家經濟力量反倒迅速崛起；世貿911事件震撼世人，美國未能躬身自省歷史根源，竟又錯誤揮軍，試圖鎮壓，國際局勢迅速惡化而新形態恐怖主義加速興起，最終凝結於川普的入主白宮。對於這些系列事件的發展，有人以這是「西方自由主義的撤退」予以解釋，這個看法憂心美國人對組織與制度的信賴逐年滑落，就是個別政治權威人物上手之時，長此以往，有朝一日美國若是出現「專制統治」（autocracy）的夢魘，並非完全不可想像。（Luce, 2017: 81-86, 169-171）另一方面，有個重要的補充是，自由多元論強調個人的選擇權利，經常投合於、或為市場區隔的動力所利用，不分彼此而追求共同之善的意願，就會比較難見天日。麻省理工學院創媒介實驗室（Media Lab）創辦人內格羅蓬特（Nicholas Negroponte）在1995年說要善用科技，為每個人量身打造虛擬的日報（Daily Me）的期盼，在網站網頁林立十餘年而博客問世僅四、五年，就讓孫斯坦（Cass Sunstein）有了足夠的經驗材料，論證美國人已經「走向極端」，致使人以群分，卻又分裂成為「我群」與「他者」。（Sunstein, 2009）孫斯坦前引書寫作之時，社交媒介起步不久、未成氣候，但再過了六、七年，人們原本存在的選擇性暴露、理解與記憶之習性，更是能夠藉著社交媒介而更為方便地展示與演練，更加使得性質相近的人彼此互為回音壁，強化自己業已持有的觀點與想法，新的、更可能帶來不同認識的訊號，至此反而難以進入。客服化

變成超級客服化,「自由多元」的「我群」經驗與意識不斷自行繁衍,黨同伐異的傾向可能積重難返;「共和論」希望因有互異體會的交流而能走向共同之善的期待,或有長夜漫漫路迢迢之嘆,孫斯坦因此說,「消費者主權這個理念在臉書力圖徹底個人化的(作為中,)得到相當展現,(卻)勢將破壞民主理念。」(Sunstein, 2017: 253)美國人的兩極分化,不僅出現在媒介使用的選擇,也展現在平日親身接觸與生活的人群。1960年代,5%的共和黨人說,如果子女沒有與自己接受的政黨支持者結婚,他們就會「不高興」,民主黨人的比例是4%;到了2010年,這兩個數字升高到了49%與33%。(*Economist*, 2017c)

　　美國社會的極化現象,可能也反映在人們對於社會制度與組織的信任,持續滑落,如〈表2-4〉所顯示。該表羅列由相同機構(蓋勒普民調公司)四十年的調查,參考價值較高,最明顯的一點是,除了警察而特別是軍隊,美國民眾對從行政(總統)、立法到司法機構,以及媒介(報紙與電視)及大企業的信心,都是一路下滑,但除國會與教會外,信心最低的一年都不是川普主政的2017年;皮優中心曾整理1958年至今,不同機構調查民眾對美國總統信任度的觀感,本世紀以來逐年下滑(最低點也不是2017)[26]其次,總統信任度雖低,卻仍然高於報紙及電視,也高於企業與國會;並且,警察而特別是應當視為聯邦政府行政權的軍隊,總是得到過半民眾信任的僅有兩個機構,那麼,美國若往「專制統治」的路途演變,這個信任結構對於這樣的統治,將是助成之力,或是阻其發生之力?過去四十年來,體制信任度的普遍滑落,是否美國特有,從而構成美國相對於歐洲的差異,如同具有政治實力的階級政黨、足球體育運動賽事,在美國未曾出現或不發達,因此又是一種「美國例外」?[27]這些問題及其意義,無不值得探索。

---

26 http://www.people-press.org/2017/05/03/public-trust-in-government-1958-2017/
27 若根據國際傳播行銷公司Edelman的跨國調查,美國人未必更不信任其政府或媒介,但其樣本似乎較少,參見 https://www.edelman.co.uk/magazine/posts/edelman-trust-barometer-2017-uk-findings/ ,OECD委託執行及發布的調查則顯示,美國人對媒介與政府的信心得分,確實比OECD國家的平均得分更低,如2013年所發布的資料說,OECD的平均分數是40.7(媒介)與42.5(政府),美國是30.1與41.8,參見http://dx.doi.org/10.1787/gov_glance-2013-graph4-en

表2-4　美國民眾對報紙與電視等九個制度（組織）的信心，1977-2017

| 蓋勒普民調公司電話抽樣訪問全美18歲以上民眾1004人，回答對以下制度的信心：(1)極大(2)相當有(3)還算有(4)不太有(5)完全沒有。回答(1)與(2)的比例(%)在過去四十年的變化： |

%	報紙	電視	大企業	國會	總統	最高法院	教會	軍隊	警察
1977	51 *1	*2	32	40	52 *4	45	64	57	*2
1987	31	46(1993)	25 *3	35 *3	50 *5	52	61	61	52(1993)
1997	35	34	28	22	49	50	56	60	59
2007	22	23	18	14	25	34	46	69	54
2017	27	24	21	12	32	40	41	72	57

*1:1979;*2 :最早資料年是1993;*3:1988;*4:1975;*5:1990，1980年代蓋勒普未調查總統信任度。

資料來源：http://www.gallup.com/poll/1597/confidence-institutions.aspx

產權與媒介信任

相比於美國人信任傳媒的比例滑落到了33%（2016），反觀德國，公共與私人傳媒的平均還有52%（PSM達70%）。美國有16%網民每個月使用推特一次，德國少了很多，是4%（義大利是6%，而法國是5%）。（*Economist*, 2017b）2017年3月底，另有一項研究指出，通過推特，美國人轉發的內容有25.9%來自專業新聞組織，來自並不可信的網站高達46.58%；在德國，兩個數位顛倒，44.9%是專業來源的轉發，源自不可信網站的比例是12.8%。（鄭國威，2017）[28]

美國與歐洲（德國）使用新媒介與傳統媒介的前述差異，可以有多種可能的解釋。假使從「使用與滿足」的研究傳統來看，一個合理的推測是，使用報紙與廣電這兩大傳統媒介的頻率愈高、愈是滿足或沒有太大的不滿足，則用於推特與臉書這類社群的時間就會相應減少，畢竟人的時間總量相同而無法增

---

28 該文編譯自 http://politicalbots.org/wp-content/uploads/2017/03/What-Were-Michigan-Voters-Sharing-Over-Twitter-v2.pdf

減。（參考Fernandez-Planells, 2015）歐美報紙的差異，相比於其廣電的不同，程度未曾那麼明顯。美國沒有直接補助報紙，北歐及南歐（特別是法國）之外，歐洲對報業如同美國，也是僅有間接補助，亦即報紙的發行收入，不徵或減徵消費稅（加值稅）；但美國與歐洲，如今已無大規模的公產權報紙。廣電方面則大西洋兩岸的光景迥異，歐洲至今擁有強大的PSM，美國雖有，規模極小。

美國欠缺PSM作為數位匯流年代的媒介，歐洲不但有，且歐洲人的影音圖文使用，在相當廣泛範圍，還是非常仰仗PSM，特別是新聞；前文〈表2-2〉雖然僅展示2016年的PSM在英國人傳播環境的角色（提供七成以上收視時間，電視新聞則達九成以上），其他歐洲國家若非與英國相仿，至少是接近英國而不是美國。

除了「數量」的差異，「品質」的特徵同樣重要。美國影音新聞的消費，雖非百分之百，卻九成五以上或更高，來自私人與商業媒介，那麼，歐美分別以PSM及私人媒介提供影音（新聞等）內容的差異，對於媒介「品質」的高下，當有重要意義，反映在新聞（及其衍生的公共事務與談話節目），就是人們對於新聞的信任程度是高是低。（關於歐美談話節目的民主差異，可以參見Murdock, 2000）

那麼，對於傳媒，何以人們會信任或不信任？相關研究大多集中在發現與討論個人（受眾的個人特徵，如性別與教育及收入和職業等特徵）及其傳媒使用行為，或者，論者也多討論記者及傳媒的政治傾向，是否影響受眾對傳媒的信任。此外，亦有研究者檢視並以經驗材料，證實特定地理社區的文化、政治與社會結構的分化程度，是獨立於前述個人變項之外，會增加人們對傳媒的不信任。（Yamamoto et.al., 2016）相較之下，媒介產權這個按理應當有其重要性的變項，歷來並非人們的垂詢重點，部分原因可能是（華人乃至於英美語學術界）接觸較多的相關調查與研究，主要都在欠缺公共產權、所有傳媒幾乎完全是私人所有的美國所執行有關；在美國進行傳媒信任度的調查，無論是美籍或外籍學者，在公共傳媒（收音機與電視）太小的背景下，很有可能未曾產生鮮明的研究意識要予以納入，雖說晚近調查似乎已經略有變化。

在民主社會，PSM的「產權」及其相應的創設宗旨、資源配備及其在市場競爭所處的位置，理當會使其在產製內容（特別是新聞）的過程，因為有不同

的考量，將使其品質有別於私人傳媒，從而會讓受眾對其信任與否的觀感與評價，產生差異。先有公共後有私人廣電的歐洲，至今其很多國家的PSM，仍然擁有相當高的市場占有率，這個歷史上的優勢至今猶存，使它們往往還能是市場的重要行動者，甚至是市場領導者，足以設定市場競爭的標準，牽制或甚至提升私人傳媒的表現。

巴羅（Barlow, 2007）沒有比較公私產權對傳媒信任與否的意義，但他的研究已經注意到產權這個層次的問題。他指出，英國威爾斯從1970年代首創私人收音機台，其後三十多年，這些私人商業電台以「獨立」頻道的面貌行世。然而，這些新興電台所承擔的地方責任，水平很低，距離「獨立」一詞的正面形象，相去很遠，遂使聽眾對於私人電台的信任，出了很大的問題。

明確意識到電視產權可能造成信任差異的是康諾力與哈格里夫希（Connolly and Hargreaves Heap, 2007）。不過，他們不是執行新的調查，是蒐集歐盟二十餘國的現成資料，然後進行二手分析及比對。兩位作者的主要發現是，或許是歷史上PSM在歐洲的存在，先於私人商業台，並且相關規範還對所有無線電視包括私人台，都有相對一視同仁的規範，那麼，在PSM市場地位還能維持一定水平的前提下，民眾對於所有無線電視台的信任度都相當高，至少沒有明顯差異，箇中原因「很有可能是」公有的PSM設定了私產權無線廣電業者的「行為標準」。

英國艾瑟思（Essex）大學政府系的研究團隊，[29]在2010年成功邀請34個歐洲國家的838位專業人員，評價各自國家的主要報紙與電視。他們對英德法義四個國家的電視與報紙之評價，整理如〈表2-5〉並有三點說明如後。

一是電視產權的不同，受眾的評價明顯有別，人們認為公產權電視更為值得信任、這類電視呈現較為多元的面向，因此也就比較不至於呈現特定觀點。二是康諾力與哈格里夫希所說之廣電公私產權的差異不大，在德國及法國比較無法適用，但在英國與義大利則確實差距有限，但英國是公私都得到較高的認同，義國則都比較未能得到認可。三是報紙無從比較公私的分野，但一個強烈對比是，就「提供可信消息來源與專家的正確資訊」這個提問，電視得到最高

---

29 該團隊在2013年曾有第二次深訪，但至2017年僅釋出資料，還沒有完成2010年格式的報告，見http://www.mediasystemsineurope.org/emss2013.htm

表2-5 英德法義公共及私人電視與報紙的專家評價，2010

0從來不曾如此 10總是如此	英國*			德國*		法國*		義大利*	
	公1	公2	私	公	私	公	私	公	私
電視主張特定觀點與政策	2.35	2.30	2.50	4.00	4.53	4.43	6.25	7.27	7.90
電視提供政治辯論所有面向的論點	7.15	6.80	6.05	7.85	4.10	6.20	3.70	3.60	2.10
電視提供可信消息來源與專家的正確資訊	7.95	7.70	6.25	8.05	4.30	7.60	4.55	4.93	3.05
報紙提供可信消息來源與專家的正確資訊	5.38			6.72		7.20		6.48	

*英國公1指不播廣告的BBC1與BBC2、公2指幾乎完全從廣告取得收入的C4；德公是ARD與TDF，私是SAT1, RTL與ProSieben；法公是F2,F3與F5，私是F1；義大利公是RAI Uno, RAI Due與RAI Tre，私是Canale 5與Italia 1。德法義公電視在2010年時，從廣告得二至三成年度經費；四國私電視則完全由廣告經費支持。英國的報紙是指Daily Telegraph, The Times, Guardian, the Sun；德國是Die Welt, Bild, Frankfurter AZ, Zuddeutsche Zeitung；法國是Le Monde, Le Figaro, Liberation, and Au jour France；義大利是Corriere della Sera, La Stampa, La Repubblica, 與Il Giornale

資料來源：Popescu, Gosselin and Pereira（2010, pp. 128, 130-131, 135）.

評價的英國，在報紙卻四國居末；但在電視敬陪末座的義大利，報紙的表現（6.48分）較諸德國（6.72）卻是不遑多讓，而在電視排名第三的法國，在報紙已登王座，四國當中，專家認為法國報紙的消息來源與資訊最可靠，原因可能與法國有大量的報業補助有關，如在2016年前後，一年仍有將近10億歐元（French Property 2017），對其編採資源的挹注從而報導與評論的品質之改善，起到明顯可以感知的正向作用，包括法國報紙的政治光譜相對多樣與寬廣。

　　艾瑟思大學這份在2010年執行的研究，相較於1996/1997年有關四國的相類調查，結果有接近也有差異。（參見本書〈表1-3〉的討論，或馮建三，2015a：116-117）但是，若用哈林與曼切尼已成准古典著作（Hallin and Mancini, 2004/展江、陳娟譯，2012）的模式分類，則前書將英國歸為與美國相同類別的自由主義模式，完全無法用以解釋英國電視在有關電視的三個陳述（比較不主張特定觀點、提供所有政治辯論的面向，以及提供可信消息）所獲

得的評價，英國電視明顯是比德法義同業得到更多肯定，亦即英國電視比較接近不偏倚的表現。牛津大學路透新聞研究所在2017年對12個國家受眾的新聞調查，有相同的發現，它說，當年英美受眾的新聞消費，極化程度高於另10個國家，但兩國仍然存在非常明顯的差別，從新聞供應面來看，英國存在「BBC這家PSM，也就擁有相當大量的政治多元閱聽眾」，英國仍有趨中的龐大新聞群體。（Fletcher el.al., 2019, p.182）

艾瑟思大學的研究之外，EBU最近兩年也有比較全面的信任調查，從〈表2-6〉可以研判商業競爭比較不激烈，並且有強大PSM的收音機，得到最大的受眾信任；電視PSM的規模雖然不小，卻已有更多商業競爭的滲透與壓力，雖然大致還是得到信任，但在法國仍然明顯成為問題；全部是私人所有，並且黨派政論傾向明顯的英國報紙果然得到最難入目的評價（淨不信任人數，在2015與2016兩年，都有51%），德國與英國都沒有報業直接補助，2015與2016年的得分差異很大；社交媒介轉載主流傳媒、人際言論及多種來源在內的內容，在所有國家都是高居不獲信任的「鰲頭」。北歐有最自由的媒介環境與運作，同時又是EU各國得到最高信任的地方，按理與其公共政策所創造的PSM，及其對平面媒介的歷史補助，持續至今沒有大幅改變，應該會有關係。

表2-6　報紙、收音機、電視與社交媒介新聞在EU七國的可信度（%），2015與2016

信任比例減不信任比例%	收音機		電視		報紙		社交媒介	
	2015	2016	2015	2016	2015	2016	2015	2016
北歐三國*	65	65	53	51	22	28	-49	-52
德	25	42	14	25	-3	17	-44	-50
英	11	13	2	-3	-51	-51	-57	-49
法	13	12	-28	-33	2	-3	-56	-66
義	11	20	-2	7	-2	1	-21	-22
EU28國平均	19	25	1	4	-7	-2	-35	-38

*瑞典、芬蘭及丹麥。挪威不是EU會員國，可能為此沒有列入調查。

資料來源：EBU (2017: 16, 20, 24, 32; 2016:10,14,18, 26)。

歐洲之外，兩位美國學者取2005年「非洲人文社會晴雨表」（Afrobarometer）的民調資料。他們發現，對於政府創設的公共傳媒，非洲16個後威權國家的民眾更為信任，高於他們對私有廣電機構的信任。不過，這些作者懷疑，箇中原因不盡然是這些傳媒內容的品質較佳，而可能是這些國家民眾並不重視自由，也欠缺民主素養及判精神所致。雖然兩位作者的臆測多少讓人懷疑，是否他們流於傲慢或有特定的意識形態，遂有此說？惟兩人並沒有迴避另一個與〈表2-5〉相同的發現：新聞自由度較高、政權比較不腐敗的國家，民眾同樣更信任公共傳媒。（Moehler and Singh, 2011）另一個規模更大的研究，從「世界價值調查」（World Values Survey）取得涵蓋歐洲、北美、拉美、非洲至中東及亞洲，總計44個國家、五萬餘人的資料，除了討論個人因素與信任媒介的關聯，他們也發現，在民主國家「國有」電視（該文作者沒有用「公共」廣電或「公共」電視等詞彙）得到更多的信任，在不民主的國家則相反，人們此時傾向於將不信任連結於國有電視。（Tsfati and Ariely, 2014）穆勒的發現與看法似乎完整一些，他的專書整理並重新分析更長期間的「世界價值調查」（1981-2006）、「歐洲人文社會晴雨表」、美國皮優（Pew）中心調查資料，並參酌其他多種相關調查，得到了左列發現：「生活在威權政府的社會，人們對於新聞傳媒，是有較高的信任」，並且，「雖說威權政府或許（might）對於受訪者怎麼回答，會有些影響。出於害怕，受訪者或許有可能在給分時，傾向於給予媒介較高的信任分數。但是，倒是沒有什麼證據顯示這樣的影響曾經產生實質的作用」；與此同時，穆勒的發現是，在媒介依據市場走向運作的社會，人們對媒介「有最大的信任喪失」。審視這兩個並存的現象之後，穆勒的論點是，「可以確認及肯定的是，國家介入公共領域是對品質與多樣性的確保產生正面效果」，而傳媒多樣之後，是促進了受眾對傳媒的信任。（Müller, 2013: 111, 132; 另參考Blobaum, 2014）這個觀點也符合〈表2-5〉對法國報業的討論，惟以上這些研究並非定論，如同多數行為調查及其解釋，都還另有推敲的空間。比如，香港並非一個民主城市，但從1999至2016年由中文大學執行的七次香江傳媒公信力調查，港府創辦的香港電台都是高居所有傳媒之首。（蘇鑰基，2016/9/8）。又如，還在1987年以前，南韓軍政府以殘暴手段，予以大舉擴張的公共廣電在阿里郎民主轉型之後，構成該國傳媒秩序的重要守護者，也是支援本世紀韓流不可或缺的物質與制度基礎。（馮建三，2008: 234）如果沒有該筆承襲自專制政

體的文化與政經遺產，南韓PSM今日的表現，會是那個面貌，這些都是極其值得探索的課題。

　　當代的傳媒已經成為環境，人們是否主動與其接觸，都對傳媒這個如同空氣與陽光的性質，不會造成改變。（林文剛，2007）這正是傳媒內容外部性的重要意義。那麼，借鏡美國與歐洲的對比，應該可以推論，「新聞（媒介）不受信任」可以變成「沃土」，為不同性質的政治反應，提供「養料」。

　　因此，假使「自由多元」的傳媒各擁己方的言論與立場到了過分凸顯的地步，往往容易演變為他方受眾以「謬誤言論」稱呼己方媒介的內容，以致這類受眾掉頭離去，傳媒成為同溫層，不是異同交流之地。這個情境若是持續，就有可能提供機會，讓他方受眾更願意支持的媒介，伺機出現。比如，在美國，支持共和黨的人若是以為美國的老三台（ABC、CBS與NBC）是自由派，1980年代崛起的CNN新聞台也是自由派，那麼，它們的「謬誤言論」就是養料，提供具有保守派傾向的福斯新聞頻道在1996年開辦，並在本世紀第二個十年起，有效挑戰自由派電視新聞。其次，本世紀開始出現組織，表示要針對新聞進行「事實查核」的理由，固然也可以糾舉前文所說的假新聞，其動機卻與媒介的立場較少或沒有關連，而是導因於消息來源（開始的時候是政治人物）引述或講述的資料與事件，遭致懷疑等等。因此，舉世第一個針對政治人物（公共）的言說是否屬實的查核組織，2001年在美國誕生。在歐洲，類同查驗的機制，英國C4似乎是第一個就此設置的新聞部門（在2005年）。到了2016年底，估計在五十多個國家已有這類社團，數量達到113個；其中，2010年以後成立者占了九成，並有50個是2015與2016兩年之間出現。全球來看，這些組織約有六成與新聞傳媒組織有關。（Graves and Cherubini, 2016: 6; 更詳細的紀錄與分析見Graves, 2016）

　　美國2016年總統大選期間，社交媒介轉載的新聞是真是假，引發物議，選後，川普很快將「假新聞」的爭論轉了型，成為存在至少已有三十年的美國自由派與保守派之角力，他們相互指控對方的媒介「謬誤」；彼此控訴之外，「真正」的「假新聞」並非不存在，它仍然通過社交媒介轉載的內容（很多不是來自主流媒介）而帶來衝擊，對於民主及其價值造成干擾。在欠缺大規模PSM的美國，干擾的嚴重程度遠大於尚有PSM作為民主共和依托的歐洲國家（表現為本小節起始所提，美、德的主流與社交媒介使用頻率及方式，差異極大）。這

個對比的一個重要啟發，在於認真體認「事前預防」與「事後治療」的不同，這是關鍵的區分。若要遏制與減少假新聞、或在「謬誤言論」的指控之外，力求維持傳播系統的正常運作而服務民主，那麼，如同提高公共衛生與預防醫療，遠比罹病後再投重金以求恢復健康，來得更能省約資源。臉書與谷歌在輿論壓力及維持商譽的需要下，成立基金或加聘人手及更新軟體，希望能更有效地「即時」核實所載內容的真假，它所扮演的是事後治療，不得不為，不是預防。（Mahoney, 2016/12/20; Mortimer, 2016/11/17）

業界主動或被動回應假新聞或「謬誤言論」在所多有。此外，另有國家完成立法，責成社交媒介公司或其平台，遇有誹謗或仇恨言論而遭舉發時，必須限期移除，否則高額罰款；[30]這是他律的進場，雖然必要，卻未能改變其作為事後救贖的角色。假新聞如同髒空氣，一旦出現就會有人看到或聽到，如同髒空氣產生後就有人會吸入肺部，既已接觸，再說防堵，效益大減。因應空氣污染的最有效作法，不是戴上口罩，不是減少吸入髒空氣，杜絕空污來源是上策；若有不能，次佳作法是挹注充分的清新空氣，稀釋污染，減少髒空氣被人入肺腑的機會。以此比擬任何社會的媒介現象，那麼，受眾愈是願意使用與信任PSM，就能壓縮假新聞的肆虐空間。健康生活方式的倡導及疾病防制可比PSM，防堵、揭發與糾正假新聞，如同罹病後再予救治。

對於PSM責無旁貸，必須承擔相當規模的防制任務，政治系統並非沒有認知。因此，英國國會的「文化、媒介與體育」委員會曾經提出議案，表示在調查「假新聞」並徵求外界建言之時，應該特別提醒關注該議題的人與社團，必須「深究公共媒介BBC可以作些什麼事情，扼抑假新聞的擴散」。（Brinkhurst-Cuff, 2017/1/29）「聯合國」等四個國際組織針對「假新聞」，聯合發表宣言，建議公權力所要採取的六點意見之一，正是「國家應該確保強大、獨立與資源充分的公共服務媒介之存在，PSM有其清楚的職掌，就在服務所有公共利益，就在設定與維持高標準的新聞事業。」（UNHW, 2017/3/3）相較於假新聞風波爆發，不少人在要求臉書等等新傳媒通過特定演算法及建立查核機制，藉此儘量防堵之後，就絕口不言其他，（Chowdhry, 2017/3/5）英國國會與聯合國所提出的對策，應該是更為積極，並且長遠來看也是更加有效，從而更是值得努力

---

30 德國在2017年6月已經就此立法並施行，最高可能處罰五千萬歐元，見Cerulus (2017/7/25)。

的方向。

科技訴求與公共政策

對於PSM的正面認知及隨之產生的信任與需要，在美利堅這個人民較少有PSM經驗的國度，應該說也是相當明顯。兩個互有關連的新聞調查，提供了觀察線索，一個來自美國，一個源起英國。

美國密蘇里大學雷諾新聞學院在2017年2至3月邀請28家傳媒的網路平台使用者8727人，通過線上填答各自的媒介行為與評價。其中，最讓人詫異的結果也許是，這些美國受眾最信任傳媒前五位，依序是英國的《經濟學人》、美國的公共電視、路透社、BBC與美國的公共收音機網；五家有三家是公共媒介，一家來自海外，兩家就在本國。（Kearney, 2017）[31]

設置在英國牛津大學、創辦資金主要由路透社提供的新聞研究所在2005年創立，2012年開始執行「年度數位新聞調查」，至2017年，六本年度報告僅出現「極端化」（polarisation）一詞三次。首次是在2013年（13次），然而，當時美國與歐洲的受訪者都表示，他們更為喜歡沒有立場偏倚的新聞，美國的比例是68%，英法德義依序是70%、78%、76%與65%，顯見大西洋兩岸民眾的偏好，差異不大。（Newman and Levy, 2013: 38）這就是說，儘管美國電視報導與評論的黨派傾向，最慢從2006年9月起已經逐漸突出（Stroud, 2011），但是該調查似乎顯示，美國新聞供應面的黨派性格更趨明顯七年之後，美國受眾的新聞偏好，尚未實質改變，而是如同歐洲，同樣更願意選擇比較不偏倚的新聞。其後兩年淪空，「極端化」再次出現已是2016年（4次），原因是2016年是美國大選年，「政治極端化這個議題，愈來愈成為公民的主要關注……」。（Newman et.al., 2016: 32, 48）「極端化」在2017年出現達到40次，因為研究者設計相關題目，試圖探知美國與21個歐洲國家線上新聞的政治極端化現像（1最不極端，8最極端），結果美國得到5.93分，是最極端的一個，次極端的義大利是4.06，德國僅1.64，法國與英國各是2.85與3.18。（Newman et. al., 2017: 40）在其後的年度報告，「極端化」一詞不再消失，但2021年的報告格外值得

---

31 研究者雖然採取地理區及加權等方式，力求填答人大致反映美國人口結構，但調查結果在種族上仍然偏向白人（85.6%），拉美後裔僅有3.2%，亞裔與非洲裔都是1.3%。

注意，它發現「值此年代，極端化日見明顯，沉默多數卻明確支持不偏倚及客觀的新聞」，證據是牛津大學路透新聞所在六大洲46個國家對九萬多人的調查，發現46個國家的受眾，平均依序有74%、72%與66%的人，認為新聞理當「不偏倚客觀」、「平衡報導」與「立場中立」。有此認知的美國受眾，比例稍低，但也都超過一半（69%、65%與57%）。（Newman et. al., 2021:10, 21, 38-41,62-63）

第一個線索明白表示，美國民眾感受兩個對立的現象：本國媒介較不可信，但本國與海外公共媒介比較可信。第二個線索清楚指出，儘管政治與文化的極端化現象，隨其「贏者通吃」（first past the vote）的選舉制度，表現在供給面（發行全美國的新聞傳媒）很是明顯，但一般受眾（需求面）仍然有五成到將近七成，希望報導與評論能有共和、也就是PSM的不偏倚與客觀等之表現，美國受眾的需要沒有得到滿足的主要原因，是美國PSM規模失之於小。面對以上兩個線索的可能意義，投身美國傳播環境改善的人，至少出現兩種反應並有相應的新聞改革方案。一種對創設歐洲模式的PSM組織，仍然是較不在意，他們更醉心於人（包括富豪）的善意對新聞調查的捐贈，他們也更願意正面或說樂觀看待科技的可能性。另一種認知並不排斥人的善意，但認定PSM不依靠外界捐贈或廣告，而是由政府直或間接提供其財政所需，是更能有效運用新科技的一種組織形式。

以「科技」及「慈善基金捐贈」為重心的第一種認知與主張，可以舉班克拉（Yochai Benkler）作為代表。歐洲的PSM擁有大量公費的補助，遂有較佳與獨立的表現，他是同意，但「我特別擔心的是，當前許多進步人士努力提出了許多建言……推動由政府出資的新聞事業，但到頭來卻會……致使一切進步的聲音，反倒是幽暗不明」。班克拉認為，金融核爆以後，美國慈善基金會的贊助已經有些成績，公共政策不必急著進場，亦即美國政府應該袖手旁觀，一段時間後若真沒有起色，屆時另議即可。（Benkler, 2011: 226, 237）

孫斯坦長於公共政策，曾任美國總統所屬的資訊與規範事務管理局長三年，不過，他的建言重心也是環繞科技而推演，他在政策層面的著墨，未見高明。在新作《＃共和國：社交媒介年代的分裂民主》，他以整章的篇幅，很正確地重申，以自由國度自詡的美國，正是因為有政府的介入才能有這些自由。他說，美國人的自由，包括第一憲法正案特別保障的表意自由，從來沒有不需

要國家的「積極」作為就能存在。正是有國家「強制」，以及保障從電子至平面傳媒「財產權」，並以「契約」來設定與維護這些財產權，才有當前的美國。他說：「我們在討論要對網路或其他新傳播科技（今日業已浮現，或想都還沒想到的），採取哪些作法的時候，千萬不要說有些作法涉及政府的規範，另有一些則不涉及。」或許是為了要勸服市場基本教義派，不要僵化思考，孫斯坦甚至表示，哈耶克也會贊成他的觀點。（Sunstein, 2017: 176-90）不過，讓人納悶的是，對於美國政府襄助自由的傳統，並沒有展現在孫斯坦的傳播政策建言，雖然該書撥出將近五十頁的討論，孫斯坦的對策或說表述，大致可以歸納為六或七點，如後：肯定v-chip等新技術的功能；網路的民主潛能有待更豐富的開展，包括審議民主的空間；業界要有更好的自律公約，並要儘量落實；無線頻道是否應該必載於有線系統等平台；除了增加「反對」的按鍵，臉書也可以多個「意外驚喜」（serendipity）鍵，那麼，通過這個新的臉書功能，人們就比較可能看到自己未曾注意的材料，有了更多的機會暴露於不同的觀點，從而達到意見交流的作用，走向共和，不再只是固守我群的陣地。最後，孫斯坦雖然也談了美國的公共電視，但不是指其規模不足，不是批評聯邦預算投入減少或停滯不前，致使私人／慈善機構乃至企業捐贈的比例相對增加，對美國公視可能不是有利的影響。反之，孫斯坦的自忖是，在網路年代是否應該將政府取自稅金的有限公務預算，轉捐給非營利的網路內容製作會更恰當？雖然孫斯坦沒有申論，是美國政府至少維持現有捐贈給其公視的規模，然後編列新的預算補助網路內容的製播，或是襲奪部分給予公視的預算，移轉作為網路內容之用。（Sunstein, 2017: 216-33）

漢米爾頓（James T. Hamilton）固然提出公共政策，但要求不高，反之，他對科技同樣有更大的信心。在《民主的警探：新聞調查的經濟學》這本書，他有很準確的認知，再三指出「調查報導」具有「公共財」及「正外部性」的特徵，因此市場機制在此失靈；並且，漢米爾頓同時批評美國政府，扼腕白宮至今未曾凸顯媒介領域是市場失靈之地。[32]既然如此，順理成章，他提出的兩

---

32 比如美國「聯邦傳播委員會」主席否認資訊的公共財與正外部性問題，該會委外在2011年提出厚達468頁的報告，也僅出現一次「市場失靈」（market failure）這個詞，且藏在註腳。（Hamilton, 2016: 287）

大手段之一就是「公共政策」，但這個政策討論的要點，完全未曾著力於主張美國必須有更大規模的PSM，而是注意新聞界日常運作的細節。比如，建議政府修改稅法，便利或放寬個人或富豪對新聞事業的捐贈規定；又如，美國的政治府資訊公開法不夠開放、不夠便民，複印等相關費用也太高；唯一觸及PSM的一段陳述，僅只是「政府預算分配至政府資訊人員、公共媒介、資訊基礎設施，甚至補助電話線路寬頻等等，都會對於內容創造與分配，起到補助的作用。」（Hamilton, 2016:283-5）漢米爾頓更大的寄望，是在科技：「擴張新聞事業要善用電腦等新傳播科技」。（Hamilton, 2016: 281-2）在他看來，新聞傳播教育學府必須讓學生擁有更多、更高使用電腦的能力，起自1973年的「精確新聞學」，隨技術進步而到了現在的「資料新聞學」，再有根源於社會科學方法的「電腦輔助報導」，結合大數據等等的分析能力。各種電腦程式可以協助新聞工作者尋找題材，以及，更為有效地傳播記者的發現。漢米爾頓的樂觀心情，鮮明地表達在這段引述：當前新聞事業的紛亂「很明顯是一個證據，顯示熊彼得（Joseph Schumpeter）所說的『創造性毀滅』」正在進行；因此，「電腦化的新聞事業取得進展後，就能改進調查報導的經濟前景……從供應面來說，通過更好地使用資料與程式運算，發現值得報導、責成金權負責之題材的成本可望降低，此時，媒介就比較可能投入調查。就需求面來說，相關研究可以讓調查報導更能吸引人，讓使用者更能進入狀況或更符合其個人的偏好方式，這樣一來，媒介可望提高機會，吸引更多讀者或觀眾，如此也就可以通過廣告或訂閱得到更多金錢收入。」（Hamilton, 2016: 287, 304）

寄厚望於科技與（個人及富豪的）捐贈之外，改善美國新聞傳播界質量的第二種意見，就是對於人民通過政府之手，提供資源以建立美國傳播系統的強調，也是不絕於耳。他們持續通過撰述與活動，希望寓居行動於歷史意識的復甦與活絡，試圖要讓PSM在美國的傳播生態體系當中，占有更大的一席之地。（McChesney, 1993; Pickard, 2017; Pickard and Yang, 2017）

因此，對於不提PSM，卻單表、或更重視（大型）慈善基金會捐贈對新聞事業意義的言論傾向，他們有所紀錄、提出分析，進而表示其規模不足以因應美國社會所需，並指認缺失（比如，接受富豪捐贈的一些新聞組織，同樣也會複製商業傳媒的新聞作為，另有些則是訴求小眾與菁英受眾）。據此，他們諄諄告誡，強調大型慈善基金不可依恃，同時，他們不忘強調公共補助的必要。

（Benson, 2017）再者，即便不少美國研究者認為，《每日劇場》與《柯爾伯特秀》等自由派節目，「善用」假新聞促進民眾參與及討論公共事務，特別是對教育程度偏低的群眾，更是有用。但是，麥克切斯尼（McChesney, 2011: 2）在撰文推介時，並不因為轉用之後，「假新聞」仍然具有潛能可以推廣自由派觀點而雀躍；反之，他仍然提醒：「我們的主流新聞事業正在萎縮，新聞部門裁減人員或關門大吉，斯圖亞特與柯爾伯特據以擷取並轉作為諷刺的……議題範圍，跟隨縮減……美國人從這些節目找到解藥，置換主流新聞的能力，同步緊縮。」在他看來，擴大美國PSM規模才能平衡商業傳播的勢力，這個需要不因金融核爆而起，是因其而強化。麥克切斯尼通過事實的揭露，訴諸美國民眾自尊的提高，冀望藉此激發更多民眾響應他們所倡議的興革方案：他提醒美國讀者，美國是有獨步全球，用來保障與提升新聞自由的憲法第一修正案，但是，若是依照「記者無疆界」這個巴黎組織的調查，美國新聞自由排名，在百餘國僅居第47；若取美國「自由之家」的調查，也僅第22。他說，箇中原因與美國的PSM太小，不能無關：以金額衡量，美國人一年得到政府補助1.43美元於PSM，新聞自由名列前茅的挪威與芬蘭是109.96與130.39美元，這是天壤之別。結果就是，二戰以來，未曾穩定且強力提供資源以支持新聞事業的美國，空有第一憲法修正案，卻在新聞自由的表現，瞠乎北歐之後，二者必有關連。（McChesney, 2013: 210）

回首歷史，美國聯邦政府從十八世紀起，投入大量資金建立郵政系統，等於是通過補助建立美國報刊的發行系統。（Pickard, 2020/羅世宏譯2022，頁19-20, 38-39）羅斯福總統以五頁信函，在1930年代質疑利潤導向的媒體是否能與新聞自由相容（ibid.,頁23）；聯邦傳播委員會在1940年代發表《廣電執照人的公共服務責任》報告書，示意要將BBC的實踐引入美國；（ibid.,頁169）卡內基基金會在1965年發布報告，建言美國公視的財源要從電視機製造商的銷售金額取稅，當時若能實施，美國公視的財政穩定與規模，其實接近BBC模式；（ibid., 頁173-176）起自拜登總統就任前幾年，管制壟斷的思維在美國開始變化，要求拆解及更強力監管商業（社交）傳媒如谷歌與臉書，但強有力的提醒仍然存在：「反托剌斯必要……（卻）不充分……要有第三條路」，要讓「公共媒體選項」成為「結構性的替代方案」，不是補充而是要與商業媒體並駕齊驅，因為大量「公共補貼」於傳播，「像蘋果派一樣是美國傳統」（ibid.頁158-

160, 186-190）對於這個提醒與建言，《新聞志業無利潤：市場失靈仍然需要編採新聞》的作者表示，擴大美國的PSM「理論上很重要……來日時候也許會到，就當往此移動」，即便美國人「懷疑政府」。（Konieczna, 2018:45）

結語：燈火通明中

以「影音圖文」等形式而在媒介展現的「內容」，具有公共財與外部性兩種特徵。若是僅從商業考量，並以市場價格作為調動資源，以及協調其生產、流通與使用的機制，然後委由私人為求牟利並據為己有而經營，將使受眾的「消費者」身分膨脹，擠壓其「公民」能力的召喚與培育。此時，媒介的收入來源，無論是廣告，或出自媒介使用者的志願支付，或是二者不同比例的組合，將會造成三種市場失靈，其嚴重程度隨媒介市場結構及其形成的歷史過程之差異，會有不同。

首先，有益社會的內容（比如，調查報導、讓人印象深刻很想與人共看共談的影音等等），生產不足；反之，無益社會的內容（如，假新聞、教人過目即忘懊惱浪費光陰的節目等等），勢必超量供應；最後，社會整體為此受到傷害，遠大於從中獲益，媒介雖有「自由多元」的我群認同，及追求共同之善的「共和民主」之差別，卻在市場逐利的過程，雙雙遭致不同程度的腐化。

公共廣電崛起於將近百年前的歐洲，本世紀隨數位技術的精進，成為公共服務媒介（PSM），正是經濟學理舒緩市場失靈的制度設計。以其更為符合共和民主觀的性質，在社交媒介趨向個別化、我群化、極端化與同溫層化，以致疏於與他者溝通的脈絡下，PSM成為維繫人們接觸異見的重要園地；不但擁有較高的社會信任，PSM還在大多數的（後）工業民主社會擁有可觀的市場占有率，尚能導引媒介行為，並對政治與宗教走向偏峰的反民主趨勢，另起制衡與遏止的功能。作為西方唯一未有大規模PSM的美國，其黨派傾向不同的「自由多元」媒介歷來相互批評，近日再因元首的扭曲，對於「謬誤言論」的指控竟又成為「假新聞」的標籤；這個政經、社會及文化的不健康分化，也表現在軍警以外的政經制度（包括媒介）所獲信任，從1970年代以來下降至今，以致有人心憂專制的種子或許已在美國發芽。

與PSM相對照，依靠廣告付費的傳媒，險象環生，特別是2008年金融核爆以來，臉書、谷歌等社交媒介已見興旺，大量商業傳媒（尤其是報業）賴以生存的廣告收入，大量流失，媒介人而特別是新聞人承受愈來愈大的衝擊。面對困境，「生意模式」從業界的呼籲找尋，蔓延至學界與政界的響應摸索之聲，此起彼落不絕於耳。讓人難以理解的是，PSM模式依法強制居住在相同地理區的人，定期付費給予支持（其形式則包括，公務預算的編列、執照費的繳納、數位匯流年代對不同硬體或平台課徵特別費、依據人均所得高低而有差別額度的提交責任，或立法責成商業傳媒收入移轉部分至PSM）；這個模式等於是讓每個人都是PSM的股東，它的財政與產權模式，歷經時間考驗，業已證明其經濟的效率與優越性。

不取廣告，受眾志願自掏腰包也能讓媒介成長，（戲院）電影與圖書是傳統例子，按片、按頻道或定期統付統用分級組合的影音圖文是後起的方式，但若講求共和，希望經驗不同、品味有別的人，仍然持續擁有共同空間，以讓彼此在此碰撞與交流並相互理解與學習，那麼，最能符合共和民主追求共同之善的需求，在較大範圍以經濟低廉方式，穩定且川流不息地取得資訊、娛樂與教育的多種影音圖文服務，則最佳的制度設計與機構，無疑仍然是通過公權力才能創設的PSM。

無須尋求生意模式千百度，不必驀然回首，兩眼端視正前方，PSM早在燈火通明中。PSM追求共和，在社會與政府之間逡巡、在工會與公會之間擺盪、在國際與本地之間游動，其表意的取捨，更多時候偏向後者，這是PSM的局限，同時是資本體制下PSM的價值與必然；若要凸顯前者，無法求全於PSM，須待具有其屬性、但不受腐敗的自由多元媒介，進場填補。

第三章

辨識「中國因素」，還原新聞自由：建構台灣傳媒的出路

前言

　　「中國因素」四字登堂入室，成為台灣傳媒景觀的一個構成部分，應該是始自「反媒體壟斷運動」最炙熱的2012年。雖然稍早之前，因為地緣、歷史、文化與政治經濟的關係，「中國因素」已經進入台灣發展論述的書名（張志楷，2009）或關鍵詞（吳采樺，2004）；又在更早之前，中國於文革後的各種變化，尤其是在本世紀、特別是2008年以後，所謂「中國模式」的實踐對西方「自由民主」的政經體制、對區域與國際的政經關係，以及對台灣的含意，已是流行且受人關注的重要議題。

　　所以，「中國因素」在台灣文化與媒介體制中，是什麼？或是「些」什麼？有幾種？是「誰」在「界定」那一種「中國因素」？

　　這篇文章依據出場次序，分辨了三種界定者的身分。首先是壟斷中國因素定義權近四十年，從中取得其統治正當性，卻也受其威脅的台灣之國家機器（the state）。資本（the capital）在解嚴後，「信心」有所強化，不僅有話要說，也採取行動，試圖實踐其中國認知。最後是人民（the people）進場競逐「中國因素」的界定權，展現在、但不限於1992與2012年兩次大規模的社會運動。

　　三種界定者據其認知，先後回應中國因素而開展行動，產生了未曾預期、惟仍稱正面的效應。那麼，關注台灣（傳媒）的人，面對不再是冷戰格局的兩岸關係，應該調被動為主動、轉消極成積極，建構對於台灣、同時也對彼岸有正面意義的中國因素之認知。

　　這個認知的起步之一，可以是對「新聞自由」的檢討。一方面，我國的新聞自由相當可觀，尤其是本世紀以來，在亞洲名列前茅（參見本文〈表3-6〉及其說明）。另一方面，台灣傳媒、特別是電視的表現，包括電視人的工作條件、閱聽人的滿意度，成績低下。

　　這就形成強烈對照：是有新聞自由，然而，傳媒表現不佳，其程度已經到了報社編輯製作整版呼喊〈痛心疾首：關掉電視才能救孩子〉（《中國時報》，1998年4月28日）、主要電視頻道公司董事長刊登半版廣告說「所有的電視人變成……笨蛋……白癡……神經質」（鄭淑敏，1999年12月1日）、有線電視系統業者也以半版廣告說，「台灣的電視節目很難看，幾乎已成為全民共識」的地步。（全國數位有線電視股份有限公司，2016

年3月15日）

　　為什麼會這樣？新聞與傳播自由不能帶來影音圖文內容的優秀表現，反而是阻礙？應該不是。因此，存在於台灣的這個現象，根源之一可能是世人、特別是國人對於新聞自由的理解、論述與測量，流於片面與偏倚，大多僅從「消極」的面向看待，鮮少探討其「積極」面向（陳鴻嘉、蔡蕙如，2015：216-218），因此未能看到新聞與傳播自由的達成，必須同時滿足兩種自由，或說，自由的兩個面向。其一是「消極自由」：新聞傳播工作者在沒有誹謗與侵犯隱私的前提下，可以從事任何影音圖文的表意及評論，不但少有憂慮或恐懼，也不會流於自我審查。其次是「積極自由」：傳播人要能從其所屬的傳媒機構得到行政與財政支持，使其在選定表意的題材與方式時，能夠以較多的專業及公共利益作為考量的基礎，較少屈從於牟利約制或行政指令。新聞自由作為一種「制度性的基本權利」，是「工具性的權利」（林子儀，1999：115-131），若是引伸這個觀點，應該可以說「新聞自由」必須維護與強化公共利益，唯其如此才能彰顯其價值，若是僅存消極面向，但積極面向欠缺，則這個工具性權利的價值，就要失色。

　　環顧世界各地的民主國度，公共服務媒體（public service media, PSM）是較能結合消極與積極自由的傳媒制度，但台灣傳媒的重要特徵，就在我們長期以來，並不存在這類機構，致使國人在言談及體驗新聞與傳播自由時，很少談及積極面向，遂有認知的短缺而不完整。畢竟，在自由民主體制及工業化達到相當水平的國家，無論是《比較傳媒體制》所涉及的18個西方國家（Halin and Mancini, 2012），或是大洋洲的紐澳及東亞的日韓，如果不是在廣播電視誕生時，就已完全採行公共服務體制，就是採行該體制，但與商業廣電混合；這些國家引入公共服務體制最晚的美國，則在1968年創設，唯獨台灣至1998年才有公共電視，並且規模猶小於美國。這個特徵所造成的後果之一，就是完整的新聞與傳播自由之消極與積極面向，無從通過PSM的日常實踐而為人知悉。

　　由於能夠以更高水平融合兩種自由，PSM的擴大規模，會是台灣面對「中國因素」挑戰之際，以制度競爭的認知與努力，必須採行的路徑。這是因為，PSM沒有海外併購的疑慮，因為其創設宗旨、亦即其存在的

正當性必須是服務國民，不是海外市場；其財政來源主要不是廣告商，往往就能很少、或根本就不從廣告取財，遂與資本增殖無關，於是能夠限縮智慧財產權的使用時機與範圍，從而擴張其影音圖文在各種平台的自由流動，遂能兼顧經濟效率、文化多樣與政治責任的要求。PSM未來若在台灣擴張，使其規模如同國民黨政府在1990年代初創造時的規劃，或是如同2000年民進黨初次執掌中央政權的藍圖所定，或是如2012年總統大選前夕民進黨的《廣電白皮書》所宣稱，台灣的PSM就有機會以電視（影音）市場的行為主導者的地位，影響並牽制其他電視廠商，減少國人從「以商逼政」這個角度看待中國因素的焦慮。以下進入相對的細節，從歷史過程進入，考察國家、資本與人民對中國因素的界定與反應，通過較為完整的材料以襄助討論，闡述台灣何以必須積極應對並轉化「中國因素」的挑戰，建構PSM作為台灣傳媒出路的重要選項。

國家的矛盾屬性與轉變：從政治雙重性到納入市場想像

國民黨在1949年撤退來台，與共產黨繼續處於戰爭狀態。政府得以穩定統治的重要屏障，在於外有美國的戰略考量，協防台灣；但是，美國也無意支援國民黨重返中原，「反攻大陸無望」因此早是事實。進退不得的國府，如何取得統治正當性，是一大挑戰。

「中國因素」因此具有雙重性。一方面，既然對岸已經是另一個中國，那麼中國就是威脅國民黨政府存在的壓力來源。他方面，國府不但不能明言反攻無望，反而必須繼續聲稱「我將再起」，國府在台建構統治的正當性，符號資源必須從中國汲取。

軍事無望、只能「偏安」的事實，反映在國府除了殺戮及鎮壓（真假）異端，也在入台之後，很快就「從軍事動員轉而強調精神動員」，從1950至1966年，各年的總統文告無不反覆出現相同或相近的意旨。1950年起，國府陸續推動「文化改造運動」、「文化清潔運動」，以及「戰鬥文藝運動」（林果顯，2001：29-45）。惟「管制……越趨嚴格」的同時，廣播節目內容從1950代中期起，已經重視「生活化與娛樂化」，顯現政府以較細膩手法宣傳備戰，但同

時強化軟性形象，塑造可親的生活情境，「介入更為細緻深層，離戰爭情境也越來越遠」（林果顯，2009：164-165）。

到了1960年代，承認國府代表中國的邦交國減少、對岸文化大革命爆發，台灣出現「兩個中國」與「台灣人自決」等事件，這些新的情勢讓國民黨政府啟動已有十餘年的文化「重建」工作，得以另行加溫，遂有中華文化復興總會在政府出資下，於1967年以社團法人形式成立；其間，媒體遭致嚴密監控，並引發「電視歌仔戲國語化」的激烈攻防（林果顯，2001：5, 27, 78）。

在此背景下，中國因素對於台灣傳媒，是產生了全面的衝擊。以電影產業為例，已有可信的宏觀概括（盧非易，1998：35-43），箇中，對於台（灣化的閩南）語片則有扼殺的作用（蘇致亨，2015）。微觀的例子則如：台北市課徵電影戲票娛樂稅，額度原本應該是10%，1950年1月啟動防衛捐之後，票價的增加幅度達到原票價的100-150%；1968年，防衛捐取消（林果顯，2009：134-136）。又如，在中國因素作祟下，由於台灣影片的國籍不符現實（蒙古仍為中華民國的一部分），遂有怪異現象，使得1991年製映的《蒙古精神》（Urga），因為是「法國人出資、俄國人導演、跑到（外）蒙古找了大陸演員演出」，因此，即便得到威尼斯影展大獎，仍然「三年難見天日」，直到1994年才得以突破而在台灣播放（陳寶旭1994年8月21日；胡幼鳳1994年10月20日）。再如，由於要號召海外華人，政府將香港片視同國片（台片），使其在台灣享有台人所沒有的優惠，包括港星入台拍片不需納稅等。這個情況直至1997年才因香港回歸中國，台灣改變電影的國籍定義，才見改變（邱啟明，2002：96-101）。

台灣的國家機器與中國的政治共生關係，隨解嚴與兩黨政治的崛起，以及國際局勢的變化而調整。[1]立法院在1992年全面改選，總統在1996年直選產

1　根本的轉折年是2008，此前，《人民團體法》第二條與第五十三條規定：「人民團體之組織與活動，不得主張共產主義，或主張分裂國土」。該年6月20日，大法官釋字第644號說，前二項法條「顯已逾越必要之程度，與憲法保障人民結社自由與言論自由之意旨不符，於此範圍內，應自本解釋公布之日起失其效力。」在台灣成立社團並主張共產主義或獨立，至此才因憲法保障，不再違法，顯示「中國因素」的內涵已經迥異。台灣的國家機器不再以中國為生死之敵，恰與南韓形成極大反差。南韓朴槿惠總統執政第一年（2013），就以違反《國安法》為由，逮捕了119人，包括國會議員李石基；韓情報院指控他召集一百多人，偽裝登山，實際

生，國家機器的正當性因此不再外來，無須取自中國，兩岸關係也就脫離敵我的框架。台灣的國家機器另眼審視對岸，特別是在傳媒與文化這個領域，隨著台灣政治與表意尺度的自由化，無不賦予政府（與主流論述）一種想當然耳的看法：有了消極自由，相對恣意、不受拘束的創作與表意空間，就是台灣影音圖文的創作優勢，必能取勝對岸作品，文化產品的商業前途，勢將大有可為。

當時，香港將在1997年回歸中國的事實，賦予額外誘因，讓政府認為香港的自由港市優勢必將生變，台灣可以取而代之，遂有六項亞太營運中心的規劃，其中最後一項是亞太媒體中心。從1993年起至2000年，行政院新聞局或大陸委員會委託外界，完成了10項內容似乎相去無幾的報告（馮建三，2009：429）。Hong and Sun（1999）說，1995年起，兩岸視聽交流進入正常化，可以看作是政府意欲建設亞太媒體中心的另一個面向的表現；同年4月，大陸委員會在其兩岸新聞交流九項計畫中，明言要「將大陸市場納入我亞太媒體中心」。

支撐這個自信的思維是，既然已經「蘇東波」，中國電視市場的自由化是「必然、遲早要走」的方向，而兩岸三地合作會「有更高品質的節目」、「更具國際傳播集團的競爭能力」。在此背景下，中國主要是提供市場、「負責文化藝術的素材」，港台則提供資金、技術、創意、策劃，演員則取自「三地精英」。「台灣……對中國大陸……更該……以大陸豐沛廉價的歷史人文資源來彌補本身天然地理環境的促狹……運用技術與資金，積極經略其廣大的市場。」比較具體與樂觀的推估是，「中國以2000個電視台計，若每日播2集電視劇，則一年需140多萬集，由於中國年產僅7,100集（1995），因此一定要進口，即便依中國法律規定只能有15%外來影集，一年最多仍可進口20萬集」（馮建三，2009：429）。

西元2000年，民進黨首度取得中央政府行政權，不再使用亞太媒體中心之名，但民進黨政府對海外傳媒市場的想像，並未改變，僅是以「華文世界」取

是組織「革命團隊」。2014年底，李所屬的「統合進步黨」遭判違憲，五位國會議員喪失資格（王蕙文，2014年12月20日）。韓裔美國人申恩美在2015年初被驅除出境，五年不准訪韓，理由是她美化北韓，稱讚當地的「鮮啤酒美味、河流清澈」（新華社，2015年1月11日；Mondy, 27 January 2015）。英國記者設置網站報導北韓科技進展，南韓政府指其違法禮讚北韓，封閉該網站入韓（PA Mediapoint, 5 April 2016）。

代「中國大陸」這個用詞。2002年5月，行政院提出《挑戰2008：國家發展重點計畫（2002-2007）》，表示要「建立台灣文化創意產業在華文世界的領先地位」、要「在就業人口方面增加一倍，產值增加兩倍」，因為「在華文世界中，台灣目前擁有內容產製的相對優勢……媒體數位化後……台灣應……大力發展電視、電影的內容……有計畫的為台灣產製的影音內容，開發……全球華人區（的）潛在市場」（行政院，2002年5月31日：37, 47-48）。

　　2008年國民黨重新執政，次年因應美歐金融核爆，推動六項新興產業振興方案，包括由文建會、經濟部、新聞局與教育部聯合主辦，而由文建會彙整提報的「創意台灣：文化創意產業發展方案」。在這裡，初次的簡報表示，台灣電視劇可望從2009年在「大陸版權市場」取得3.44億，增加至2014年的25.05億台幣；至於台灣電影（含與中國合拍），則在以上兩個年度的成績，分別將在對岸取得4.26與43.38億台幣的票房（文建會，2009：19, 21）。五個月後，這些數字仍在，但是「大陸市場」這個用詞有了調整，電視劇改成「海外市場」，電影則變身為「華語市場」；這份文件又說，各部會在2002-2009年間，投入的文創業務費是98.49億，2009年5月在行政院長「會後裁示」之後，除經濟部中小企業處另編列100億，還要再由國家發展基金匡列200億元，作為文創的投資與發展之用（經濟部、新聞局、教育部與文建會，2009a：5-6, 14；經濟部等，2009b：8）。

　　2010年6月29日，兩岸簽署《海峽兩岸經濟合作架構協議》並從9月起執行。政府表示，對岸「承諾台灣電影片進入大陸市場得不受外片進口配額限制……台灣電影片……有更多機會進入大陸市場，對國內的電影產業確實有所助益」（新聞局，2010）。對於中方這個「讓利」政策，外界反應當中的樂觀者表示，即便中國電影日益大片化與市場化，但「大陸也是台灣產業有生機的唯一希望」（焦雄屏，2010年11月1日），台片的「關鍵在於……銜接中國大陸市場……大陸電影票房收入成為……國片的資金動能……大陸的電影投資也可……活化國片生產」（鄭志文，2014：365-366）。與此對照，則有認知實情的人說，台灣電影業「處於劣勢，要在大陸……發展……（路很）漫長」；惟即便持平，發言者在結束前，仍然相當公式化地說，「台灣……民主自由……創作的活力是……獨特的優勢」（胡青中，2011：71）。最為切中要點的觀點，則以導演侯孝賢（2010年10月2日）做為代表，他的主張分作兩個階段。首先，

台灣的電影政策必須師法韓國與法國，然後才能想像中國市場，並且要自我限縮，「聚焦大陸海西」。

最近，2014年，文化部長龍應台以〈台灣影視音政策〉為題，向執政國民黨中常會進行報告，希望「國家總動員」成就文創，提高影音預算，總統馬英九對於這個具體建言沒有回覆，而是裁示：「兩岸的歷史、文化有許多共同點，要……利用廣大的中國大陸市場，讓文創產業能夠進一步發展」（錢震宇，2014年1月23日；賴映秀，2014年1月22日）。

資本的分裂與算計：三類五種，心思不同

由於黨國軍政力量強大，在1980年代以前，「台灣工業資產階級是……沒有……權力……創辦報紙、電視台……的庸屬階級」（陳玉璽，1992：203）。解嚴之後，隨強人蔣經國辭世，以及其後國民黨黨國機器的分裂，（傳媒）資本遂能興起，它以三種形態面對中國：以中國作為海外的擴張對象，其想像與國家機器相同；以（反對）中國（或中共）作為市場訴求與區隔的手段；第三種出現較晚，是傳媒以外的資本以台商身分，入主或投資台灣傳媒產業，兩岸政商與傳媒關係的複雜度，因為這個新的變化而增加。

第一種，以中國作為台灣傳媒海外擴張的對象。這個形態的主要代表，仍然是黨營或其傳統侍從或盟友傳媒，亦即《中國時報》（1950-）與《聯合報》（1951-）及其相關企業，包括中時母公司在2002年與2005年購入的中天與中國電視公司。兩報在台灣經常遭人認知為「統派」報紙（媒體），雖然並不準確（〈表3-1〉），但二者歷來確實主動經營，希望有朝一日能夠進入中國傳媒市場。1980年，台灣開始每年有百億美元貿易出超，連年高度經濟成長，兩報得有鉅額廣告營收，對外輸出資本及影響力的需要及慾望開始醞釀。1988年報禁解除後，《財訊》月刊在1990年10月已有報導，指「兩大報系從台灣打到北京」（廖琴，1990）。

1992年初，鄧小平南巡，兩報相繼在同年1月及5月於香港創辦《中國時報週刊》及《香港聯合報》；在1995年底鎩羽而歸時（劉燕南，1999：166-182），也正是兩報在島內發行受挫、即將失去報業領導位置的前夕（〈表3-1〉）。

表3-1　台灣四家綜合報紙閱報率與政經立場，1953-2014

報紙名稱及其兩岸與政經立場		土地財團／金融 主張台灣獨立、不派記者入大陸	台商／首富 曾經主張兩岸合組邦聯	傳媒為主 主張統一公投／一中屋頂	港資／黎智英 市場基本教義派、記者無法入大陸
		自由時報	中國時報	聯合報	蘋果日報
1953	市占　%	1980年創刊	1.79	8.50	2003年5月創刊 2008年8月匿名贊助減稅廣告，引發爭論（《今週刊》2008年9月1日）
1985			37.30	37.30	
1992	昨日讀該報比率%	6.4	26.3	30.7	
1993		12.7	26.6	26.2	
1996		21.7	18.2	20.8	
2000		23.2	17.6	17.9	
2004		17.6	11.3	12.6	11.9
2008		16.0	7.1	8.5	16.3
2009		16.1	5.1	7.8	17.0
2012		15.4	5.5	6.4	16.8
2013		14.0	4.3	5.7	15.2
2014		14.1	3.8	5.5	13.5

資料來源：1991年（含）以後均是Nielson媒體大調查數字，指「昨日讀該報人數」（《中華民國廣告年鑑》編纂委員會2015：45；2014：77；2007：222；1998：166）。往前是發行量數字，因無各界都能接受的稽核，僅供參考，轉計算自祝萍、陳國祥（1987：48-49, 76, 114-115, 155, 174），以及楊仁峰（1989）。

　　直至晚近，兩報系經營中國市場之心，仍然偶爾見諸報導。比如：《聯合報》獲得特許進入中國有限發行，最慢在2008年7月1日已有全版廣告，表示〈免費試閱聯合報一個月〉「只有在大陸的台灣人才有的喔！」試閱後的訂閱費用，每個月從240至400人民幣不等；發行地區與速度，則是上海與華南等九個城市，可以當日或次日收到，其餘華中、華北、東北與西南及西北的三十個

城市，次日或第三日可以看到報紙（《聯合報》，2008年7月1日）。對於這個作法，中時報系認為「成本過高、入不敷出」，又說《聯合報》進入對岸後，增設「華南台商版」，卻「充斥……置入性行銷……品質很不優」（黃欣，2012年11月17日）。

不過，想要進入中國市場的傳媒，並非僅有「統派」媒體。垂涎對岸商業機會的傳媒，同樣包括號稱「本土」的電視公司。

2008年元旦起，中方宣布，兩岸合拍電視劇比照港澳，若是由各省、直轄市或自治區所屬機構參與製作，不必呈送中央廣電總局，可由省市自治區逕自審核。其後，廈門市委宣傳部與其廣電集團出資1.8億台幣，要與台灣的傳媒合拍電視劇，「雀屏中選」的是「近年來在大陸表現最火、最活躍的」民間全民電視台（褚姵君，2009年4月17日）。先前，民視在2004-2006年播出的《意難忘》526集，曾由央視電視劇頻道引進，從2007年9月至2009年11月播出，平均收視率高達2%，是相同檔期（下午五點）的全中國第一（程紹淳，2012）。另一個同樣「本土」，收視率及收入名列前茅，號稱「台灣最賺電視台」的三立公司（紀淑芳2007年9月1日）（另見〈表3-2〉），試圖進入對岸的動力，似乎更高。因此，隨其「台灣電視劇要創華流奇蹟」的宣稱（鄭秋霜，2012年2月6日），三立公司的新聞時事節目，亦生變化。比如：知名、黨政傾向清楚的談話節目《大話新聞》，從一週播出7天減成5天，製作團隊6人減成3人，參與來賓車馬費在2011年減少40%，並在2012年6月停播（鍾年晃，2012：139，165）。2013年，三立並與東森電視台聯合推出整版廣告，宣告〈華流來了「……大陸9大視頻6億點擊優酷土豆網大陸同步播出」〉（《聯合報》，2013年7月1日）。2009年，三立新聞台有關六四的報導19則，2014年僅2則（民視則是15與8則），這些「親綠電視台曾計算，若成功銷售戲劇、偶像劇至中國市場」，一年「至少增加20億收入」（楊琇晶，2014：94-97, 105-106）。即便這是尚未、或難以實現的業績，但想像畢竟是行為的嚮導，透露了「本土」傳媒的經濟圖謀，與所謂「統派」媒體，並無本質的差異。

台灣商業媒體進入中方市場，主要是為了逐利，但是，逐利不必非得進入中土，亦可人在家中坐，靜等對岸送錢來。雖然無法證實，但早在2003年就有報導，指台灣有17家媒體接受中國資金，包括台幣10億元投資一家報紙、五千萬美元投資一家電視台（項程鎮、石秀娟，2003年4月23日）。服務T電視台的

資深新聞人2014年對筆者說，2012年起，T台從大陸某省衛視台，一年得1,500萬台幣，每週製作30分鐘對方指定的節目，渠並聲稱公視之外，「各台都有」這個現象。已經確認的是，最晚在2010年，監察院對報紙等媒體收取對方金錢，並以置入方式刊登新聞的作法，已經提糾正案件，要求大陸委員會改善（吳豐山，2010年11月11日）。若以李志德（2014：120-122）推估的資料核計，2011與2012兩年之內，計有49位中國省級官員訪台，每位向願意配合的報紙購買「編業新聞」5則（1則15萬），則一年一家報紙最高可以得到1,830萬台幣左右。陸委會後來的公函指出，從2008年5月20日迄至2013年8月底，行政院各機關處罰違法大陸廣告案共207件，單算罰金，就已累計台幣3,530萬元（大陸委員會，2013年10月9日）。

第二種，以（反對）中國（或中共）作為區隔台灣（報紙）市場的手段，主要的代表刊物是《自由時報》（1980-），以及港資黎智英的《蘋果日報》（2003-2021）。

台灣媒體觀察教育基金會委託執行的研究發現，中國省市政府在2013年參訪台灣時，四家綜合報紙共報導99則新聞，《聯合》與《中時》合計占了94則（張錦華、陳莞欣，2014：16-17）。沒有或少量刊登的兩報，就是《自由時報》與《蘋果日報》。除了發行量後來居上（〈表3-1〉），兩報對中國或中共的報導立場，似乎都有六四這個因素。《蘋果日報》的黎智英因痛斥當時的中國總理李鵬是「王八蛋」，該報創刊後申請至大陸採訪，「從未獲得批准」（梁麗娟，2006：28, 174）。《自由時報》似乎無意派記者前往大陸，自無申請問題，但查閱該報可知，報禁解除各報增張之後，自由跟隨當時是市場主導者的兩報，亦設大陸新聞版（始於1988年6月21日），[2]雖僅半版，但放在尚稱要聞的第七版，六四後，該專版在1989年7月14日終止，惟未曾明確說明移除的原因。2013年底在北京舉辦的兩岸媒體論壇，民視與三立都在邀請之列，但中方〈拒邀《蘋果》《自由》〉（《蘋果日報》，2013年12月26日）。

表面觀之，傳統兩大報的銷量滑落，以及新興兩報的崛起，似乎與過去20年來、台灣人政黨投票傾向與統獨立場的變化，若合符節。1994年，「傾向獨立」、「儘快獨立」與「永遠維持現狀」的比例，分別是8.0%、3.1%與9.8%，

2　這項資料由顧佳欣代為翻報查詢並確認。

合計是20.9%，至2014年，以上三個比例是18.0%、5.9%與25.2%，合計是49.1（ESC 2015）。這就是說，明確拒絕統一於中國所堅持的「一國兩制」之民調人口，二十年來增加了28.2%，表面上，這個比例所代表的人數，就是《蘋果》、《自由》兩報可以開發的讀者來源，反之，《中時》與《聯合》既然出身傳統，也被不公允地指為「統派」報紙，則其讀者是有可能因政情的變化，流失或流向定位有別報紙。不過，這個解釋應該不夠充分，畢竟，如〈表3-1〉所示，同一時期，《中時》與《聯合》失去的讀者比例超過40%，即便讀者僅只是憑藉統獨決定讀報與否，兩報還有1.3%儘快統一、7.3%偏向統一與34.9%維持現狀再決定，合計43.5%的人可以爭取。

蔡佳青的研究則提供了另一個參考觀點。他對《蘋果日報》的兩年內容展開分析，認為該報以「不偏統獨」的中間派爭取最大讀者，但其實是「港資媒體偏統的立場」，因此為了平衡或掩飾這個立場，也就時而在呈現新聞時，「動輒以頭版、頭條，甚至是特刊的方式呈現……獨派的聲音」（蔡佳青，2006：37, 155）。這個分析若能成立，那麼中時與聯合報量的巨大跌幅，更是不能僅從中國因素或統獨立場看待；即便該分析不能成立，兩報的衰退原因仍然必須提出更全面與清晰的探討與分析。這就如同《自由》之起，不能僅從其內容面的表現（台獨等），而必須加入從發行與促銷等等經營策略的評估（黃彩雲，2000），包括1996年元旦起，兩報因國際紙漿價格上漲，將零售價由10元調高至15元，致使至當年11月為止，兩報退訂率達45%，零售則減少約三成，「《自由時報》則趁著這個機會……成功地把訂報率往上推升」（朱詣璋，1997：41）。

第三種台灣資本與中國因素的關係類型，明顯與前兩類不同。相比於《中國時報》與《聯合報》，它們是業外資本。相比於《自由時報》與《蘋果日報》在大陸沒有產業，它們不但是業外資本，也同時在中國大陸擁有龐大利益，這裡是指出身製造業的王雪紅、食品業的蔡衍明，以及土地金融業的蔡明忠（陳飛寶，2014：617-685）。因此，傳播媒體對於這類資本來說，工具色彩更為鮮明。

王雪紅以電子業起家，由硬體（電腦與手機）而到軟體（影音內容）生產或代理，也進入通路平台（電視頻道）的建設。因此，王仍有產業垂直整合的資本邏輯，並非無跡可循，如同微軟、蘋果、谷歌、臉書乃至於亞瑪遜，先後

陸續進入競爭對手的專擅領域（Simon, 2011; Lessin et al., 2012）。2007年1月，王所屬的威盛電子創辦「威望國際」（CatchPlay）影音平台，從事線上遊戲與影片租售（曹正芬、李立達，2007年1月20日）。至2010年底，據報「威望國際」已有能力一年發行122部院線電影及160部DVD，取得三成市占率，惟至2012年仍虧損，同年申設電影台並預定在年底與次年初開播（林俊劭，2012年8月27日）。2011年王與人投資336億台幣購買香港TVB股權26%（何英煒、邱莉玲，2013年1月9日），至2015年再以46.9億元向TVB買下台灣TVBS股權53%（黃晶琳，2015年1月30日），過了一年多，王等人再增資取得TVBS所有股權，已獲「國家通訊傳播委員會」（NCC）審核通過（陳炳宏、曾德蓉，2016年2月25日）。

崛起於地產並領先金融同業，率先進入中國市場的富邦集團（廖耆煬，2005；劉俞青、歐陽善玲，2009年11月19日；呂清郎，2013年6月22日），在世紀末先入電信產業，後向電視節目（代理及購買）與有線電視系統發展。

「台灣大哥大」（市場份額僅次於「中華電信」）在1998年開始營運，富邦是原始大股東之一。2000年富邦投資「台灣固網」，取得9.95%股權，2007年春再以397億買其84%股權。2009年，富邦及其關係企業以170億元購買「台灣大哥大」9%股份，持股增至35%（林淑惠、林燦澤，2007年4月14日；費家琪，2009年8月26日）。其後，富邦很快就開始新的洽購，企圖持有訂戶100多萬戶、占有線電視用戶20%以上的「凱擘」（陳雲上，2009年9月16日），即便受到法規限制，蔡明忠兄弟「自掏腰包」，割捨富邦集團名義，但仍然成功在2010年底陸續通過公平會、NCC與投審會審核，控制了四大有線電視系統之一（葉小慧，2010年12月18日）。電信與有線平台之外，富邦在2004年創辦「富邦媒體科技公司」，購買電視節目並經營頻道業務，遂有momo購物頻道（含網站）在次年開播，2008年增加頻道數為三個；2014年春，該公司股票上市、總價達370億，是當年最大的新上市公司（邱莞仁，2014年12月20日）。2005年，富邦申請兩個電視頻道，新聞台未獲過，兒童台（momo親子台）問世，並在2007年以七千萬購併緯來兒童台（余麗姿、費家琪，2007年1月18日）。由於未能取得新聞台的執照，外界猜測富邦另以資金或其他方式，參與了2014年初開辦的新聞與時事評論網站《風傳媒》（王立德、林巧雁，2013年12月20日）。

王雪紅與蔡明忠都是從業外進入傳媒，也都涉入中國市場，但兩人未曾引發物議。蔡衍明對傳媒的投資，則掀起軒然大波，相當戲劇化。2008年9月雷曼兄弟破產，捲動金融核爆。擁有中時、中視無線與中天衛星等電視頻道的余建新聲稱，因受雷曼牽連，他已沒有充分資金經營傳媒，是以必須出售前述媒體。至10月底，余所接洽並已即將簽約的對象，都是港資《蘋果日報》的黎智英，惟《自由時報》的林榮三與《聯合報》的王文杉，加上已有傳媒或電信產業的王雪紅、徐旭東與蔡明忠也都「表達願意全部或部分購買」。出乎意料之外的是，兩三日之間，亦即至11月3日，買主是早先不見影跡的蔡衍明，出資150億成為買主（陳鳳英、林瑩秋及尤子彥，2008年11月10日）。相當湊巧，中國海峽兩岸關係協會會長陳雲林首次訪問台灣，也在當天，其過程並且引發野草莓學生抗議運動（張瑞恆，2009；李明穎，2012）。到了12月，蔡在大陸發行的企業內部刊物《旺旺月刊》報導，蔡衍明似乎頗為自得，他向陳雲林的上級機構、中國國務院台灣事務辦公室主任王毅，「介紹……收購《中國時報》媒體集團的……目的之一，是希望藉助媒體的力量……推進兩岸關係……」，王則說，「對於未來兩岸電視節目的互動交流，國台辦亦願意居中協助」。獨家披露這則新聞的媒體，是性質溫和、形象專業的《天下雜誌》，使用了〈報告主任，我們買了《中時》〉這個具有下對上權力關係的標題（林倖妃，2009），可能也增加了外界對於這次併購案的疑慮或焦慮。

　　次（2009）年，NCC審查中時集團交易案，蔡衍明認為NCC部分委員不公允；他還認為，外界指控他的投資經費，來自中資的挹注，並非事實。除了調動其集團旗下的報紙與電視，以一面倒的作為，大肆抨擊與冷嘲熱諷NCC委員與批評他的人，蔡還親自披掛上陣，撰文在報紙頭版下方，兩度刊登半版廣告，以有羞辱嫌疑的方式指摘NCC委員；蔡衍明並且要求批評他的人道歉，否則保留法律追訴權云云。見此，傳播學界史無前例，通過電郵相告而無其他動員方式，三日內就有全國將近二分之一至三分之一傳播領域的專任教師，願意具名連署，並由其代表召開記者會，譴責蔡衍明的行事作風（張勵德、徐毓莉及劉永祥，2009年6月17日）。兩日後，蔡所屬的兩家報紙《中國時報》與《工商時報》在2009年6月19日，同步發表同題社論〈蔡衍明與中時媒體人的共識〉，結束蔡衍明所象徵、但還沒命名的中國因素與外界的第一次衝突。

2010年10月，旺中出價715億，想要購買台灣第二大有線電視系統中嘉（訂戶110萬，超過總戶數20%），民進黨立委管碧玲等人質詢通傳會時，指蔡的企業有「百分之九十三營收來自中國市場，以中國市場為唯一、重要經濟利潤」來源，若再持有中嘉，除了已經擁有重要的平面與電子媒體之外，就會具有影音垂直整合的能力，「變成數位匯流下的媒體巨獸」，「形同中國影響力透過市場通路掌握台灣媒體，是中國進入台灣……的快速道路」（陳俍任，2010年10月29日）。

　　該新聞見報之後，又要隔了將近一年至2011年8月，報端才開始出現少量評論。9月，NCC開始審查該案，青年學生與學界為主的時評、座談與反對活動陸續升溫，「媒體巨獸」之名逐漸流行。2012年1月蔡接受《華盛頓郵報》訪談，指「六四天安門事件並沒有死那麼多人」、「中國在很多地方已經很民主」，該報並報導蔡「期待統一」等等言論（Higgins, 2012）。眼見蔡衍明的這些說法與傾向，2月，「拒絕中時運動」進場（陳螢萱，2015），這個拒絕運動可能戰略失誤，但戰術仍有所得。7月，NCC提出25項負擔，並附三項停止條件，[3] 同意該併購案，再次讓蔡衍明不滿。數日之後，蔡氏重施故技，又以顯著的方式，通過其報紙與電視，不實指控反對購併的學界與政治活躍人士。蔡的這些行為，激發更大的反對聲浪，表現在9月1日記者節的遊行隊伍，綿延超過一公里，吸引估計六千至一萬人參與，他們高呼「你好大，我不怕」，強力對抗旺中集團。[4] 台灣有史以來，傳媒事件能夠號召群眾上街表達意見，規模以這次人數最多，超出主辦社團的預期。（林靖堂，2012年9月1日）

　　距離2009年的事端，又已三年有餘，旺中集團再次捲動衝突。第一次主要是傳播學術界對蔡衍明個人風格的批判。第二次，傳播學界的身影仍然明顯，但捲入其間的學術領域，已經外延至經濟與法律，而扮演重要角色的力量，更是來自青年學生。除了併購事件本身的重要意義，兩岸關係及不同報業之間的

3　指「（一）申請人〔筆者按：蔡衍明〕及其關係人應與中天新聞台完全切割。（二）中國電視事業股份有限公司應完成營運計畫變更，將中視新聞台變更為非新聞台。（三）中國電視事業股份有限公司應完成設立獨立之新聞編審制度」，詳見中華民國國家通訊委員會（2012）。

4　從2011年9月6日至2013年6月24日的部分相關記事與材料，較方便的查詢網站是「反媒體巨獸行動資料庫」https://sites.google.com/site/occupyncc/；與因本案促成的立法工作及其相關文件，可見http://www.mediawatch.org.tw/antitrust；黃于庭（2014）則補至2014年1月的大事記。

恩怨或立場差異，也是這次衝突得到大規模報導的重要原因。其中，黎智英認為，他的壹電視新聞台無法進入有線系統，可能是蔡衍明作梗所致，因此《蘋果日報》對事件有最多的報導與追蹤；《自由時報》與《中國時報》的言論差異，首次在2010年白熱化，彼此公然拍板，[5]因此它對中嘉購併案的報導量，可能與蘋果不相上下或僅略低；《聯合報》的披露數量亦不在少，主要是著眼於事件本身的社會意義（呂心瑜，2013；蕭佩宜，2013）。

　　不過，出乎所有人的逆料，記者節遊行後不到十天、海量報導的墨跡未乾，對峙旺中最激烈的黎智英，突然抽身，說要出售他在台創辦的全部傳媒。最早的買主是蔡明忠，惟三週後打了退堂鼓。第二個買家是練台生，但他只要壹電視台，無意報紙與雜誌，因此也縮手了事。到了11月初，第三組買家由三方組成，赫然包括蔡衍明，他說「我出錢，為什麼要低調！」（江上雲，2012年11月8日）；第三組買家的另二買方是中國信託的辜仲諒，以及台塑企業集團，台塑同樣在中國大陸有龐大投資，其總裁王文淵說「大陸應會歡迎」他入股參與購買（王茂臻，2012年11月11日）。「打不贏，就買」的商場戰略再次出現。可能是氣憤蔡衍明的不假掩飾，更有可能是不滿黎智英的「背叛」，青年社運人群的義憤升高不墜。「壹傳媒」的買賣雙方有鑑於此，簽約地點不在台灣、也不在香港，而是選在澳門。簽約當天，亦即11月26日，「我是學生，我反旺中」反媒體巨獸青年聯盟在陰濕的寒冷天候，從午間到晚間群聚靜坐，發動「拒黑手、反壟斷，要新聞自由！壹傳媒簽約前夕，占領行政院行動」。就是在這個場合，「中國因素」這個用詞首次出現。聯盟提出四項訴求，其第三項是，「反對中國因素干預台灣媒體自由，要求政府對此現象表態，提出應對之道」。[6]

　　隔年春天，在遊說與輿論活動熱絡進行之下，賣方黎智英宣告中止交易（張家瑋，2013年3月26日），次日《中國時報》三版顯著版位刊登〈旺旺中時

5　2010年4月27日，《自由時報》先有三篇文字，批評《中國時報》對陸生、湖北省委書記的報導，並批評其民意調查。次（28）日中時以七篇（含社論）批評《自由》有關政治人物聲望及「兩岸經濟合作架構協議」（ECFA）的民調，29與30日再有三與九篇續批。《自由》也在這三天，分別再以一、三與一篇文字反擊中時。

6　「我是學生，我反旺中」反媒體巨獸青年聯盟臉書活動「11/26『拒黑手、反壟斷，要新聞自由！壹傳媒簽約前夕，占領行政院行動』」網頁。

集團聲明：馬政府「有法無天」我們不願意再被羞辱〉（《中國時報》，2013年3月27日），黎智英接著表示，指《蘋果日報》不再求售，僅出讓壹電視（黃晶琳、陳美君及李淑慧，2013年3月27日）。蔡衍明三度雄心勃勃，必欲大舉擴張傳媒版圖，未料都是鎩羽失敗，除與黎智英交火，他特別對於同樣涉足金融，也有可觀傳媒產業，並對從中國大陸獲取利益，早有想像或已在進行的富邦金融掌門人蔡明忠，以及《自由時報》的林榮三，怒目相向。2013年6月，《中國時報》以11篇文字，負面呈現林榮三；儘管當時林不是新聞人物（同一個月，《聯合報》一字未提林榮三）。7月，中時以23篇新聞，更為猛烈地抨擊蔡明忠，指他具有三重身分，除是金融資本家，也是傳媒業主，同時在中國擁有可觀利益（《聯合報》當月僅報導蔡明忠一則）。

　　2011年，倫敦發生竊聽風暴。該起事件究竟為何發生？《經濟學人》（*The Economist*）從個人層面切入，討論梅鐸（Rupert Murdoch）的特殊個性所扮演的角色（*The Economist*, 2011b）。這個限縮的觀點是有點興味，也有部分的解釋力；另一方面，英國法規確實是賦予權限，如果主管機關認為，主要持股人並不「適格」（fit and proper），就足以構成條件，可以不給予電視特許執照（林麗雲，2013：94）。不過，企業主的素質固然可以在一定限度內，影響傳媒的表現；惟若僅從個人的角度審視，不免流於將（傳媒）事業的成敗委諸於人的品質，忽略外在環境，忽略公共政策良窳與市場條件互動所產生的更大作用。如同旺中集團兩度與社會衝突，固然存在蔡衍明的個人因素，惟外環的結構脈絡，也就是中國因素，可能更見重要。如果關注傳媒結構的改革，就不宜停留在個體層次的觀點，尋求、建構與集結策動改變結構的論說與力量，會是更為根本、因此更為困難的努力方向（Barnett et al., 8 August 2011）。存在哪一種「中國因素」，以及其發揮或造成哪種預期，或者未曾預期的效應，不以蔡衍明擴張其傳媒版圖的成敗作為依歸。

表3-2　台灣6家24小時新聞頻道收視率及占所有頻道收視率（％），2003-2015

名稱	TVBS	民視	東森	三立	中天	年代	6家24小時電視新聞頻道收視率	
開播年	1995	1997	1997	1998	2000	2000/2013*	合計	占所有頻道收視率（以12%計）**
2003	0.28	0.19	0.23	0.19	0.20	0.14	1.23	10.25
2004	0.31	0.20	0.28	0.25	0.27	0.18	1.49	12.42
2005	0.30	0.17	0.25	0.24	0.27	0.14	1.37	11.42
2006	0.35	0.20	0.24	0.33	0.30	0.15	1.57	13.08
2007	0.33	0.22	0.21	0.36	0.27	0.15	1.54	12.83
2008	0.42	0.27	0.28	0.43	0.37	0.17	1.94	16.17
2009	0.36	0.28	0.28	0.36	0.32	0.15	1.75	14.58
2010	0.37	0.30	0.30	0.40	0.31	0.15	1.83	15.25
2011	0.39	0.32	0.34	0.42	0.32	0.20	1.99	18.07
2012	0.42	0.34	0.39	0.41	0.34	0.24	2.14	17.83
2013	0.42	0.36	0.41	0.43	0.34	0.27*	2.23	18.58
2014	0.45	0.36	0.39	0.44	0.30	0.43	2.37	19.75
2015	0.47	0.35	0.39	0.45	0.29	0.51	2.46	20.50

* 年代集團在2013年6月增加「壹新聞頻道」，2013年起收視率是年代與壹新聞頻道合計。

** 從2003至2013年（2014年與2015年代查），「每日平均收視時數」逐年變動幅度不大（0-2.5%），最低3.50，最高3.75小時，各年所有收視率均以12%計算。假使傳統電視的收視率已因網路等發展而減少，則電視新聞收視率所占的比例，應該更高。

資料來源：筆者商請相關公司提供，另參考《中華民國廣告年鑑》編纂委員會（2014：91, 93, 95, 98；2012：80；貝立德〔Media Palette〕，2013；公共電視，2014；2013；2010）。

表3-3　台灣最高收視率（%）前四類型頻道，2007-2013

	2007	2008	2009	2010	2012*	2013
綜合	2.66	2.51	2.55	2.45	1.81	1.69
新聞	**1.63**	**2.07**	**1.89**	**2.22**	**2.09**	**2.11**
電影	1.09	1.07	0.95	0.97	1.14	1.10
戲劇	0.40	0.42	0.44	0.40	0.50	0.42

資料來源：《中華民國廣告年鑑》編纂委員會（2014：94；2011：71；2009：63）

人民行動的效應：未曾預期與順勢爭取

國民黨政府解嚴以後，人民抗議與批評媒體的現象，也在言詞評論、坐而論道之外，增加了行動面向。依照發生的時序，這些行動是「退報運動」（1992-1994）、「901為新聞自主而走活動」（1994）、「地下電台運動」（1994-1996）、「黨政軍退出三台運動」（1995）、「公視正名運動」（1993-1997）、「推動公集團電視運動」（1999-），以及「反媒體巨獸行動」（或，「反媒體壟斷運動」）（2012-13）。其中，首尾兩次、相去20年的兩次運動，規模最大、組織的爆發力量最大，也都涉及中國，並且產生行動者未曾預期的結果；「反」之後，學者曾將2012年稱之為「中國因素」元年（吳介民2012年12月25日），該詞在四家綜合報紙，確實在該年第一次同時出現10次以上（見〈表3-4〉）。

表3-4　「中國因素」一詞在四家綜合報紙出現次數，1980-2014*

報紙	1980s	1990s	2000-03	04	05	06	07	08	09	10	11	12	13	14
中國時報	0	22	15	11	9	6	10	5	15	14	3	10	38	18
聯合報	4**	9	7	3	8	2	4	4	2	4	4	10	17	24
自由時報	未提供電子檔			0	11	13	16	16	28	19	16	59	84	85
蘋果日報	尚未創刊			4	4	7	5	9	7	3	6	33	19	21

* 至2014年12月16日，** 第一次出現是在1983年。資料來源：本研究。

台灣教授協會等十五個社團於1992年11月23日發起「退報救台灣運動」，指《聯合報》在報導中共中央政治局常委李瑞環談話時，猶如「中共傳聲筒、中共人民日報台灣版」，因此發起「消費者運動」，予以抵制。該運動透過大型演講、研討會、文宣品發送、在報端廣泛發表文章等方式，宣揚其主張，並遊說廣告主不登廣告、民眾不買報。

《聯合報》於11月26日要求退報運動停止活動，並促各報停止報導。27日以社論呼籲讀者「起而維護知的權利」，並將此事件定位為對新聞自由的侵害（蔡鴻濱，2000）。1992年12月29日，《聯合報》再以三個版面說明「李瑞環談話新聞風波始末」，並以加重誹謗罪，控告林山田、李鎮源、楊啟壽與林逢慶。1993年7月底法官鄭麗燕判林山田有期徒刑五個月，另三人拘役五十日，1994年8月24日高等法院改判四人無罪。

該運動未以「中國因素」命名，但涉及統獨議題。主事者至少編纂並出版三本文集，藉以宣傳與流通相關意見（「退報運動聯盟」，1993a；1993b；1994）。據估計，該次運動致使《聯合報》發行量減少8至10萬份（丁玄養，1993：252），昨日閱讀該報的比例也就首度下降，從1992年的30.7%，跌至1993年的26.2%（反觀《中時》，同期仍微見增加，26.3%至26.6%）（〈表3-1〉）。這個結果是否對於《聯合報》造成衝擊，對其辦報理念是否產生任何影響，固然是行動雙方所重視，這是行動者所預期的部分。但是，若以後見之明回顧，更見意義的可能是，該次行動後，台灣報業整體的制度成分，從此有了新意，即便發起運動的社團，起初應該未曾逆料：「讀者論壇」（或稱「民意論壇」）的出現。

如〈表3-5〉所示，1993年春，在退報運動發起後不久，《聯合報》有個版面的創新。可能是出於回應外界訴求，它將過去偶爾出現，當作版面調節之用，時有時無，大多時候不會在第一落出現，且其版面亦不固定的讀者來函，往前提升至第一落。該報以比較顯著、從而更為重視的方式，使其每天固定在相同版面出現。當時《聯合報》仍然占有台灣日報四分之一以上發行市場，對於報業行為的影響舉足輕重，與其直接競爭的《中國時報》在一年多後跟進（〈表3-1〉）。至此，占有報份過半的兩家綜合報紙、亦即市場主導者都已調整，「讀者論壇」因此得以成為主流報業的制度構成要件。這個變化應該與退報運動有關。《自由時報》在1996年的昨日閱報率超過兩報（〈表3-1〉），但

廣告仍然落後，至1998年，它也宣告設置「自由廣場」。

表3-5 「讀者論壇」（報業制度的新成分）在三家綜合報紙的出現時程

報紙	日期	都在報紙第一落倒數第二版／版名
聯合報	1993年3月15日（星期一）	民意論壇（第11版）
中國時報*	1994年5月24日（星期二）	時論廣場（第11版）
自由時報	1998年10月14日（星期三）	自由廣場（第15版）

* 5月22日「時論廣場」出現在11版，23日挪至17版（第二落），24日起固定版位。資料查詢：張惠嵐

　　從此，三報開始以整版固定刊登讀者投書，穩定出現在第一落倒數第二版；2003年創刊的《蘋果日報》，同樣跟進，亦在第一落，雖然並非固定在倒數第二版。作為各有黨派傾向或立場的報紙，報紙的「讀者論壇」無法完全與之逆反，會有相當的重疊部分。比如，已有實證研究發現，前述三家報紙的這個版面，其所反映的意見，大致都與各報社論接近，但相對來說「最趨向不一致」的是《聯合報》（黃柏堯等，2005：22）。即便沒有完全相左於報社既有的立場，惟相較於過往，外人已經可以居間發言，那麼，這個版面應該可以視為制度安排，扮演了深淺不一的「共和」角色，允許部分的不同意見在此交流，是一個有其局限的公共空間之展現，仍然值得肯定（潘治民，2011）。

　　事隔二十年、第二起涉及「中國因素」的媒體社會運動，以「反媒體巨獸」之名出場。如前所述，蔡衍明在2012年7月及2013年3月，兩度意欲擴張其傳媒版圖而未果之際，NCC在4月完成《廣播電視壟斷防制與多元維護法》草案並經行政院通過，送請立法院審議。在此前後，民進黨、國民黨立委與台灣大學公共政策與法律研究中心都提相對草案，名稱分別是《反媒體壟斷法》、《傳播事業集中防制法》與《跨媒體壟斷防制法》。稍晚一些，「反媒體壟斷聯盟」與「反媒體巨獸青年聯盟」則在立法院2013年5月開始審議該法的前一日，亦提出名稱與NCC相同、另整合其他版本的草案。[7]

7　本段及以下三段說明，取自「台灣媒體觀察教育基金會」等團體（2013）聯合發表的文件，

從法案名稱，可以知悉NCC版本比較周延，也體現「反」壟斷是手段，真正目標是影音圖文等文化表現的「多元維護」之認知。NCC在其第一版的立法版本草稿總說明時，作此表述：

> 為防範媒體過度集中化之不當發展，其措施並非僅止於禁止併購或嚴格限制媒體事業之市場規模，同時亦須輔以公共服務制度及導入內部多元等多種改正措施。（中華民國通訊傳播委員會，2013年2月20日）

可能是因為NCC這個訴求的手段與目標，更為明確與周延，是朝野兩黨及台大版本所不及，因此人民社團在整合時，沒有取用執政黨個別立委或在野黨的版本，也未跟進學界的視野，而是採取了NCC草案的名稱，認同其定位。在壟斷防制方面，依據NCC的版本，台灣最少會有四家傳媒集團，但實際上可能超過；民進黨版本可能是三或四家；台大版是四或五家；國民黨22立委版是三或四家，但可能更低。

比較以上五種草案的法條，得出前段的發現，有其重要意義。它顯示：人民團體發起運動的最重要訴求，也就是防制傳媒的壟斷，國家機器的《廣法》版本並不遜色；若是納入其他方面再作比較（比如，傳媒內部自由的提倡與多元內容的注意），NCC版是比較可取一些，即便那些條文的效果，宣示的意義仍然大於其實際所可能導生的作用。不過，在進入立法院實際審議時，人民團體一來因平日與在野黨互動較多，二來主其事者亦因對特定人觀感及對行政權的不信任，不但並未贊同，反而是積極批評並杯葛NCC版本。該草案在2013年7月立法院延長會議時，仍然沒有完成立法。[8]往後，NCC並未鍥而不捨、未再推動本案，遇到阻力就縮手，不免讓人質疑，NCC空有較為周延的版本，僅是作為應付外界壓力之用，呈現己身專業能力之餘，也就自曝NCC欠缺政治抱負或胸襟之弊。

其後，除《中國時報》對於這個法案的報導數量仍多，同時以進為退，提

惟須說明，該文件95%是筆者所撰述。

8　2016年1月，推動人民團體版的行動者當選立法委員（黃國昌），已在同年4月提出《媒體壟斷防止暨多元維護法草案》（時代力量立法院黨團，2016）。

出難度更高的標準，對人民社團與蔡明忠與林榮三等傳媒大亨冷嘲熱諷之外，另三家報紙在立法院休會後，已經沒有相關新聞，更無評論。[9]

「中國因素」曾經捲起第一次大規模媒體運動，意外地促成了台灣報紙言論版的出現。第二次則稍有差異，一方面有反媒體壟斷與多元維護法案提出，但沒有通過；他方面則參與這場運動的人，善用局勢而提出主張並得到響應，促成了壹傳媒旗下三家媒體員工，在民視與公視工會成立將近20年後，這是首度再有傳媒產業組成集體組織，並且，《蘋果日報》工會與資方協商五次後，雙方在2013年4月簽訂「編輯室公約」，得到勞動部以公文解釋，認定該約「具有團體協約效力」（黃于庭，2014：9）。這是公共電視之後，第二家簽署該公約的台灣傳媒。

還原新聞自由，積極轉化「中國因素」

不過，中國因素導致行動者未曾預期、但屬正面的效應，不是僅在解嚴之後才出現。早在解嚴之前，台灣曾經另有一次經驗，差異是當時（1966年）對中國因素採取行動的是國家機器，不是人民，而其衍生效應的演進方向，雖然正面，但未達到標的之前，就已停止。

毛澤東在1966年9月發動「文化大革命」。國民黨政府先在次（1967）年7月成立民間組織「中華文化復興運動推行委員會」社團法人，[10]行政院並在11月調整部會執掌，剝離了新聞局的媒體業務，並使之移往教育部新創設的「文化局」（李文慶等編輯委員，1997）。該局層級不高，但主管業務與2012年後成立的「文化部」幾乎完全相同，也相當於中國「新聞出版廣播電視總局」與「文化部」職掌事務的總合。

---

9 三報的最後一篇，依序是《聯合報》彭慧明（2013年6月21日）、《蘋果日報》陳曉宜（2013年6月27日），以及《自由時報》劉力仁（2013年7月28日）。《中國時報》至9月1日仍寫社論〈媒金分離反媒體壟斷才能成功〉，並宣布主辦「大學院校反媒體壟斷法辯論賽」（《中國時報》，2013年9月1日a及2013年9月1日b）。

10 中華民國總統除蔣經國外，均曾任該會會長，劉兆玄是第一位不具總統資歷的會長，2010年1月出任。該會曾三易其名，最近一次是2010年12月30日，改為「中華文化總會」。

一國傳媒表現的良窳，不必然與傳媒相關事務歸屬何種主管機關有直接關係，如英國在1990年代以前，電影由工業局管理，BBC接近於自治，私人廣電則在由「獨立」的廣電局管理之前，是由郵電總局與內政部主管，這些史實顯現約翰牛（英國）的傳媒主管機構極為零碎（Tunstall, 1983）。當時，雖然英國的傳媒主管機關四分五裂，外界卻不能說英國的傳媒、特別是無法稱其廣播電視的表現不佳。但是，國家治理機器有其理性化的演變過程，如果1967年因中國變革而催生的文化局，未曾在1973年結束，而是持續至今，那麼公權力研究與制訂及執行傳媒、傳播與文化政策的能力與組織氣氛，以及相應的社會及輿論對於傳媒的認知，應該與今日會有明顯的差別。在台灣，除了這個七年，先前與往後直至2012年，有關大眾傳播事務的規劃與管理，均由新聞局負責，其首長幾乎少有例外，都從外交系統延攬，不涉文化。就此來說，中國因素第一次意外促成台灣正面回應的例子（文化局的成立），早在半世紀以前就曾經短暫存在，其終止是行動者（國府）主動予以毀棄，原因至今未見確認。在1973至2012年間，台灣有23位新聞局長，幾乎沒有任何一位首長的專業背景，能與傳播政策相關，並且，平均一位新聞局長的任期，還不到兩年。與此對比，1967至1973年，文化局長僅有一位（王洪鈞），並且來自於新聞傳播的專業，當時，也是台灣第一次要就廣播電視立法，並且有意調整體制，引入歐洲的公共廣電體制（見後文對楊秀菁的引述）。雖然彼時因為一黨獨大與威權政治使然，公共精神的落實成績不能樂觀，但若引入，那麼電視的商業文化內涵，或許會有改觀。

　　台灣自身的例子之外，面對外在強大壓力，卻能主動因應，予以積極轉化，使之成為內政建設的重要動力，古巴的例子值得一提。

　　古巴在1959年革命後，至今教育及醫療兩方面的優異表現，廣為外界認知，包括聯合國及其宿敵美國的肯定。美國從1961年就開始封鎖古巴，其嚴厲情況僅舉一例，就能明瞭。2004年美國財政部的海外資產控制署（Office of Foreign Assets Control）有120位雇員，負責調查、監督及管制海外可疑財務來源與美國的來往，其中職司中東伊拉克與賓拉登（Bin Laden）等等對象的人數有四位，但專門用來看管古巴的員額是24人（Chomsky 2010: x）。在這個背景下，古巴無法正常取得醫療所需，便在1980年代與蘇聯等國關係生變的前夕，致力於醫療與生化技術的開發與自立，至今是歐美日以外，少數在生化醫

療科技成就匪淺的國家之一。部分原因不無諷刺，或許正可以說是「受惠」於美國等地的藥品不易進入（Plahte and Reid-Henry, 2013: 79），因此注重醫療保健的古巴必須積極因應，建立本地的相關產業所致。

　　除了以上所整理的三類例子，對於台灣不同的行動者來說，「中國因素」的內涵可以歸納為兩種：一種是認知到中國市場的吸引力，中國因素於是等同於商業機會，也是台灣資本的出路；一種則認為，中國因素是威脅，致使台灣主權受到傷害，對於台灣主流生活方式與價值，勢必造成負面影響，而第一種中國作為市場的吸引力，適足以強化秉持第二種看法者的隱憂。第二類人從中國近年來的表現得知，威權政治能與市場經濟並存，沒有必然的矛盾，因此他們更容易傾向於認定，第一種選項剛好會造成「以商逼政」，亦即是另一種偽裝良好的威脅。這個認知與意向，在2014年太陽花學運時的用語中，有個鮮明的表現：「今日香港，明日台灣」。[11]

　　這個用語凸顯了悲觀與消極的底蘊。若要積極，就得轉化，要使「中國因素」成為「制度競爭」的動力，要將「今日香港，明日台灣」變成「今日台灣，明日香港」。如果目標作此設定，努力方向朝此前進，建設更能讓人認同的台灣，那麼，中國因素不但不再只是必須抵制的對象，而可以對於台灣具有正面意義，同樣也能激勵與鼓舞香港、乃至於在中國大陸爭取自由與民主的人。

　　曾經在民進黨執政期間，擔任國家安全會議副秘書長的杭之，曾以情感更為豐沛的方式，表達這個「制度競爭」的看法。他說：「台灣……對於對岸近兩百年來多少仁人志士成新鬼，多少黎民哀哀無告埋骨夾邊溝，以追求中國自由、民主、憲政之現代性的努力……無絲毫的道義責任嗎？……『要一個怎麼樣的中國？』、『要一個怎麼樣的台灣？』……不該列入我們的考量中嗎？」（杭

11　「今日香港，明日台灣」這個用語出現在2014年春的台灣太陽花學運期間，2014年12月19日以該詞查詢《聯合報》全文，得知僅有一次在學運之前出現（沈怡，1996年7月2日），其餘11次都在2014年，第一次是梁潔芬（2014年4月20日）；同年在《自由時報》與《蘋果日報》也各出現18與14次，《中國時報》則無。至於「今日台灣，明日香港」這個積極反應，則很少出現：《聯合報》1次，是「黑白集」（2014年10月3日）。早一日，中國國民黨青年團總團長暨指定中常委林家興（2014年10月2日）另在《聯合報》有篇評論，標題是〈期待……今日台灣明日港陸〉。《蘋果日報》出現該詞兩次，但並無積極自詡的內涵（《蘋果日報》，2014年10月6日；江春男，2014年10月8日）。《自由時報》與《中國時報》則都沒有出現這個用語。

之，2015年2月12日）相同的見識則在吳介民筆下，另有一種表達方式。他說，台人必須在（派生自資本邏輯的）「擁抱」中國市場，以及「避之唯恐不及」（閉關自守、不與對岸產生關係）的兩極作為之外，發展另一種「逆向思考，反守為攻」的「第三種中國想像」。這就是說，台灣應該「經營」「民主、人權、文明性、在地多元文化等普世價值」的「高地」，爭取華語世界的「文化領導權」（吳介民，2012a：275-276）。

　　假使台灣能有一個整體的進展方向，要怎麼樣能才豐富自身，從而具備能力對中國大陸盡「道義責任」，進而爭取「文化領導權」？對於這些源出「制度競爭」的思考與主張，下文以關注新聞傳播的立場，繼續提出四點討論。

　　一是「自由民主」等等「普世價值」的落實，必然另有具體的「制度」才能有所依歸。若說傳媒，那麼台灣就此所展現的部分價值，固然與對岸有別，也值得珍惜，惟其成績是否理想而值得台人向對岸推薦而無愧色，需要討論。因此，二，就本文題旨來說，我們也得評估作為制度化人權之一的新聞自由，在台灣的表現是否確實無愧於內外，足以對中國在內的人產生積極的吸引力與認同，遂讓台灣能夠取得「文化領導權」。第三，假使台灣的新聞自由表現仍有欠缺，那麼，如同皮凱提（Piketty, 2014: 573-574）所說，任何抽象價值無不需要公共政策給予棲身養成與茁壯之所，那麼台灣的新聞自由在這個層次的表現，可以怎麼評價？又怎麼改進？最後，假使台灣的新聞自由表現已有成績，則又要通過哪些方式，才能對中國產生恰如其分的正面意義？任何社會或國家都有特定的歷史脈絡與現實條件，普世價值的落實與其各種內涵的輕重，無法逕自複製海外經驗，究竟怎麼樣才算是兼顧國情與認同普遍價值，必然有其緊張關係。如果台灣確認自己的制度已經彰顯並推進了完整的新聞自由之面貌，那麼，哪些思維與作法，才是行使文化意識領導權的較佳途徑。這些問題必須予以釐清與確認。

　　〈表3-6〉蒐錄的長期資料顯示，在解嚴之後，台灣的新聞自由在亞洲經常名列前茅，特別是2000年以來，除穩定超前南韓（及未列入表中的香港及新加坡），也常與日本在伯仲之間，台日兩國相去有限。

　　這個成績是否值得台人肯定、欣慰或自豪，可以另作理解。比較確定的是，相同的調查結果，在不同報紙筆下，可以帶來截然相反的意思。比如，2014年巴黎「記者無疆界組織」（Reporters Without Front- iers）發布世界新聞

自由度的排名，《蘋果日報》的標題是〈新聞自由度我倒退3名〉；《自由時報》說〈中國政經操控台灣新聞自由退到50名〉；與此逆反，《聯合晚報》是正面表述，指台灣的新聞自由〈亞洲稱冠〉；《中國時報》引述立法委員的說法，出現〈台媒太自由〉這個負面評語。[12]

〈表3-6〉的材料根據紐約「自由之家」（Freedom House）編纂而來，與「記者無疆界組織」相同，它在測量新聞自由時，不免也會有其偏好或偏見。惟「自由之家」從事該項評比較早，起自1980年代，並且從1994年起，測量方式另有修正：除了法律與政治面向，另加入了經濟層次的考量，亦即它已經指認，新聞自由若要有發揮的餘地，不能迴避經濟資源這個問題。對此，堪稱自由主義的旗艦週刊、早在1843年就已創辦的《經濟學人》，曾有一個持平的觀察：「在許多國家，表意自由的主要障礙，不再是檢查，是貨幣。好的新聞事業耗用金錢……。」（*The Economist*, 2004）並且，媒體要能自由採訪、報導與評論，不單僅只是必須沒有不當的限制、並且還不只是需要錢，更值得注意與承認的可能是：調查報導、揭發錯誤而遂行輿論監督，其實無人可以擔保這是能夠穩定牟利的從事，反而，素有經驗的行業知情人有個結論，他認為，這些「雖然是『負責任的新聞事業之表現』，卻總是由媒介通過其他活動所得到的收入，給予補貼」（Standage, 2011: 7）。

按理，在自由民主體制的國家，由於執掌政治權力的政黨已見經常輪替，定位在公共服務的公共媒體（原是廣播電視，但在網路年代，由於匯流的效果，可以說逕自稱之為公共服務媒體），收入全部投入新聞……等內容的製作，不必滿足利潤歸於私人的要求，可以在更大範圍，進行不同內容的交叉補助，因此就能表現為較高水平的新聞自由。如果測量方式準確，〈表3-6〉的資料僅能說局部符合這個經濟原則。如果比較對象是歐美國家，該原則是很正確，原因或許是自由民主體制在此確立較早。因此，北歐兩國20年來的得分，無不高於美國，關鍵之一應該就是北歐政府代表人民投入於公共媒體的經費額度，是美國的26.6與32.2倍。美國學者曾經另用四個指標，指出若同時採用「自由之家」與「記者無疆界組織」的新聞自由排名（不是分數），美國是第22與49名：若以《經濟學人》的民主排序，則美國是第19，民主前幾名的排

---

12 除《聯合晚報》是2014年2月12日，另三報是13日。四篇新聞不另列於本文參考文獻。

序是挪威與瑞典（北歐另兩國，丹麥與芬蘭緊隨在後），而美國用以補助公共媒體的經費，一人一年是1.43美元，北歐各國則在100美元以上，相去70倍（McChesney, 2013: 231-232, Table 1）。

不過，若是比較東亞三國，或是比較歐亞，前述經濟原則就不是那麼準確。台灣與美國的公共媒體之規模，比起日韓，遜色很多，但美國傳媒自由度大幅領先日韓，台灣與日韓相較，也無遜色之虞。

何以如此？可能有兩個解釋。一是原測量尺度，本來就是適應歐美而設，在測量自由度時，雖在1994年以後已經納入經濟面向，權重卻有不足，以致還是偏向司法與政治面向的指標。二是亞洲國家進入自由民主體制畢竟晚了許久，特別是南韓與台灣，大致都在1987年才以維新與解嚴的形式，進入這個體制；南韓要到了1992年才出現文人執政，台灣又晚些，至2000年才有政黨輪替。日本的新聞自由度不比台灣高明，這與日本媒體與政府的關係相對良好有關，如東瀛有各國所無的「記者俱樂部」制度，相當封閉，外人難以進入（潘妮妮2009）。日本的新聞自由度在2014年甚至低於台灣，可能是右翼首相安倍晉三在2012年底二度執政後，次年通過《（特定）秘密保護法》，引發民眾強力反彈有關。安倍的作為威脅了日本的新聞自由，也表現在三位知名電視主播相繼被迫離職；內政與傳播部長甚至說，電視公司沒有遵守不偏己的原則，恐怕已經構成關台的理由（雷光涵，2013年12月10日；2016年1月6日；李政憲，2016年2月3日；*The Economist*, 2016a）。到了2016年春，聯合國派遣調查員前往日本視察後，罕見地提出警告，表示安倍政府侵擾了傳媒自由（Harding, 19 April 2016）。至於南韓，假使專看傳媒經濟，無疑應該要比台灣有更多的資源，使其從業人員較有餘裕從事編採，發揮新聞自由的真諦，但可能因南北韓冷戰體制尚未解除，或消解幅度遠低於兩岸，加上2008年以後，保守政黨回朝，合法且有國會席次的政黨，甚至都被判為違憲而必須解散，而其財產遭致沒收，遑論媒體，如本文前所述及（見註1）。

表3-6　公共媒介規模與新聞自由：台灣等六國的比較，1994-2016

年度	台灣	南韓	日本	挪威	瑞典	美國
2010	自由民主體制國家支持公視的日均收入，愈多代表公共廣播電視規模愈大					
	0.048	0.43	2.05	1.73	2.09	0.065
	以下得分愈低新聞愈自由					
1994	29	29	21	10	11	12
1998	25	28	19	5	10	12
2000	21	27	19	5	11	13
2004	23	29	18	9	8	13
2008	20	30	21	10	11	17
2012	25	32	22	10	10	18
2013	26	31	24	10	10	18
2014	26	32	25	10	10	23
2015	27	33	25	10	10	22
2016	26	33	26	9	11	21

資料來源：新聞自由得分見Freedom House（相關年代），各國日均收入支持PSM的計算，見本文最後一頁〈表3-7〉。

　　除了〈表3-6〉所設定的指標可以參考，關於自由與新聞自由的進一步認識，可以通過哲學家柏林（Isaiah Berlin）的區辨，得到比較豐富與完整的理解。依據柏林的說法，自由可以分作消極與積極（新聞）自由兩種。前者指「不受干涉」，後者是「有資源做」，柏林則擔心後者會變成權威當局假借（代表）人民之名，限縮人民的自由，致使異端無法發聲，人民流於聽訓，或是被迫接受某些特定言論的命運（Berlin, 1986 [1969]）。

這個憂慮誠然必須防備，[13]特別是在解嚴以前的台灣，尚無自由選舉可言，缺乏政黨競爭的制衡。國民黨政府來台之後，負責國民黨文宣工作，又負責在台主持政治大學、政治作戰學校與中國文化大學等校新聞系的恢復或創辦，也曾參與臺灣師範大學及世新大學相關科系籌辦的謝然之說，「政府應積極參與推進新聞自由，而且只有政府堅強的力量才能保障社會公共的自由權利」（楊秀菁，2012：227-228）。放在白色恐怖年代最嚴厲的1950年代，這類語言可以讓人毛骨悚然；何況，到了1972年，國府都還以「稿費資助政治犯」為由，槍決報社副刊編輯（李禛祥，2007）。在這個脈絡下，所謂政府積極可以促進自由，只能讓人駭異與恐懼。甚至，一直到解嚴前夕，亦即1983年的時候，潘家慶教授在繼續呼籲黨政少管政治新聞，堅持媒體必須享有消極新聞自由，才能「有正事可做」的同時，依舊表示他「暫時不願推廣『傳播政策』這個觀念，因為很多人把『政策』與『政府』的施政分不清楚。若貿然提倡，政府方面會以為『管束媒體是當然之事，終於導致對大眾控制』」（楊秀菁2012：273, 275）。徐佳士教授（1984：49）也擔心，若用「傳播政策」來提倡媒介社會責任論，或許會引來不當的政府干預；可能是為了迴避批評，他還必須不無策略考量地說，這類取向會有「推廣共產主義或權控主義」的嫌疑。

　　三十餘年前，自由派學人作此提防與警示，不失道理，或有防微杜漸，避免政治權威動輒要有藉口不當侵犯自由的用心。但是，今非昔比，如〈表3-6〉所示，台灣傳媒擁有柏林所說，「不受干涉」的新聞傳播自由，多年來都高居亞洲第一，如今的欠缺是「有資源做」好新聞與其他內容的「積極自由」。

　　完整的新聞自由既要有消極面向，也不能沒有積極內涵。消極與積極新聞自由不但可以、並且應該是互補的（Picard, 1985: 38-43；馮建三，2002）。美國哥倫比亞大學校長、2005年以後大力革新該校新聞教育的公法學者包林傑（Lee C. Bollinger），很正確地指出：

> 柏林在預想及論斷自由這個概念，指其具有兩個歧異的構成時，擔心積極
> 的面向會變成壓制的來源……但他未能正視的是，消極與積極自由這兩個

13　但也不能上綱，致使讓人以為，消極自由無虞，才能有積極自由。二者具有緊張關係，但不是互斥與敵對。

概念，可以結合成軛，前者可以服務後者；他未能正視的是，消極自由這
個領域的建立，適足以成為來源或方法，得以讓人爭取積極自由。
（Bollinger, 1986: 173-174）

羅世宏（2013：15）對於傳媒壟斷的防制討論，也與這裡所主張的思維與
作法，可以互通。他說，對於「媒體集中化的政策思維，必須開始超越所謂
『內容中立』的傳統政策框架……致力於『積極內容管制』……以適當的政策
介入手段促成維持優質內容的生產和流通（包括擴大公共廣電的規模和能
量）……」。這也是包林傑在前引書出版四分之一世紀後，再寫《不羈不絆、
健全壯實、廣泛開放：論新世紀的自由傳媒》（*Uninhibited, robust, and wide-
open: A free press for a new century*）一書的主要用意，他強調的是，在傳媒集
中化並沒有因為新媒體的出現而歇緩、多元的影音圖文內容投資也還不充分的
美國，「最為重要的是，我們必須理出更好的系統，以公共基金興辦傳媒……
情勢嚴峻……**來日終將印證……挹注公共基金……這是維繫自由傳媒的唯一辦
法**」（Bollinger, 2010: 131-132，黑體字是本文所強調）。

解嚴以來，台灣傳媒的新聞自由停留在消極的面向，並且演變成資方有更
大的自由，強制演藝人員及記者勞動時間過長。在這方面，歷來已經有許多記
錄與指陳（比如：劉昌德，2008；媒體改造學社，2016：209-210）；近日的調
查則說，記者一週工作53.73小時，選舉期間一日14小時（王顥中，2014年10
月26日；陳逸婷，2015年2月13日）。我國的新聞題材流於瑣碎，國內外要聞
的同質化程度，遠比海外同業高，多樣、深度與廣度則比多數民主國家淺薄，
這些都已眾所周知（馮建三，2012：268-269）。讓人汗顏的這些負面特徵，近
年並已多次「家醜外揚」，英語世界的觀察者多曾報導（游智凱，2014）。更
需警覺的是，台灣在1995年出現第一家24小時新聞頻道，至2000年已有6家，
2013年再添第7家；並且，還有兩家財經新聞頻道尚未列入計算。這些新聞頻
道，一週七天，一天24小時播送，二十多年來不因品質低落、投資的重複與浪
費，以及新聞人無從發揮而見任何衰退。剛好相反，它們竟都名列收視率最高
的20個衛星頻道，再者，這些頻道的收視份額，至今有增無已（〈表3-2〉與
〈表3-3〉）。這個獨步全球的電視新聞現象，駐足而後滲透，水銀洩地一般地
宣洩在台灣的資訊與文化環境，長達二十餘年，對於人們的日常生活、民主政

治、流行文化與傳媒經濟的可能意義，有待全面與深入的思辨、討論與評價。

　　檢討新聞頻道對於台人的意義，一個值得引入的角度是，它與其他電視內容的關係，特別是電視劇與綜藝節目。在所有國家，這些都是收視率最高的三種電視內容。

　　同質重複遠多於多樣、惡質也遠多於優質的電視新聞，至今在台灣所占的電視收視率份額持續走高，不是趨於疲軟。表面上，這是難以理解的現象（不叫「好」但叫座），卻也很有可能早有前例，它從反向提供例證，證實前面所引的海外經驗：好新聞不一定、或經常無法賺錢，必須要有其他收入來源的補助。這個狀況同樣存在於其他領域，比如，幾乎所有人都知道，菸草及碳酸飲料不利健康，但人們並不主動減少食用，而是往往得有稅捐手段，才能使其消費減量。又如，若把英國報紙分作發行量高中低三類，則其受信任程度剛好顛倒，最暢銷的《太陽報》（*The Sun*）等日報，公信力最低（*The Economist,* 2007）。

　　除了這些例子可以作為佐證，另有兩個原因可以說明，這些電視新聞頻道的久遭詬病，何以不但不妨害它們的長久存在，它們並且還很興旺。一是新聞的生命週期短暫，雖然不是過眼雲煙那般迅速，卻很難超過一天，特別是在傳播科技高度發達的這個世紀，更是如此。其次，幾乎沒有例外，人們對於海外新聞的吸收與胃納興趣，都要遠遠疲弱於對本國消息的接觸需要，這就更是使得新聞對於大多數人，接近於本地獨占，少見有效的國際競爭。

　　就此來說，新聞「得天獨厚」，電視劇及綜藝節目因為時間壓力較低，以及其虛構及娛樂性質較強，因此國產內容的天然優勢雖然存在，卻有海外進口替代品與其競爭。至於替代空間的大小，往往又得取決於兩種因素：一是本國對於海外影視內容是否設限；一是本國影視公司在商言商，必然考量自製（含委製）或採購（包括進口），何者對於它的成本節約或利潤獲取，較為有利。

　　決定或影響電視新聞、電視劇及綜藝節目生產與消費狀態的宏觀理由，已如前述。這些原因如何互動，比如，是否台人收看愈來愈多新聞，致使觀眾收視電視劇及綜藝節目的時間減少，從而使得廠商投入後兩項內容的資源減少，有待其他事實的發現，才能見其真章。但不爭的事實是，台人製作電視劇與綜藝節目的傳播自由，同樣是消極面向無虞，可以任意製作而很少會受到限制，特別是不會有政治表意的壓制。但是，這些節目的製作資源仍然不足，亦即欠

缺積極自由的程度，其實與積極新聞自由的萎縮，可說如出一轍。

電視劇及綜藝節目有較大海外替代性；本國低度管制外來節目，強化本地廠商為求獲利，不必然採購或製作本國節目。在此情境下，台灣影音人材也就僅能擠身狹隘的空間，無從快意施展手腳，戲劇等節目的質量，是以受損。

從這個特性生長出來的「果實」，就是台灣人領先東（南）亞乃至於歐美澳洲等國，消費很多南韓、日本、香港、中國大陸、美國……等地區的電視劇，是一種非常「國際化」的景觀，遂有產業經濟學者從消費面說，「台灣的電視產業絕對是一個典範」（張明宗，2006年1月12日）。作者以肯定的語氣作此陳述，讓人不解。惟依據官方統計，前舉敘述並非為假，以2003年為例，台灣各家電視公司所播出的電視劇，以時數計算，台灣的自產劇占了43.7%，中國是14%，南韓有23.9%，日本與香港分別達11.4%與6.9%，到了2014年，台灣自產的電視劇內容比例，降至39.40%，大陸劇是24.11%，南韓、日本與香港依序是27.43%、6.75%與2.31%（文化部，2012：98，2016：85）。反觀輸出，即便台灣與香港相同，都有對岸政府的優惠待遇，我國政府與電視資本都最看重的中國市場，以2012年為例，仍然只輸入了台灣195集與香港335集電視劇，港、台都低於南韓的393集，若以全部在中國播出的電視劇來看，中國自製劇占了89.95%，台港分到1%與1.7%，南韓是2%（陳若愚編，2013：124）。

官方的統計數字僅是後知後覺，直接在現場感受的業界，在更早之前，就已提出相同的觀察。李方儒（2011：213）說，2004年以前，中國電視圈流行「日韓學歐美、港台學日韓，我們學台灣」。其後，中國直接學歐美。對此，程紹淳（2010：73-74）與簡旭伶（2011：78-90）的研究，也都提供了經驗材料作為佐證。程紹淳說，通過湖南電視台引進瓊瑤，「台灣的電視文化成功地進〔入〕中國」，但不到十年，2004年的《超級女聲》直接引入美國的歌唱競賽節目，比台灣的歌唱選秀《超級星光大道》早了三年。簡旭伶整理了相關素材，並深入訪談12位電視演藝的線上與線下人員，更為精細劃分了兩岸影視的三個互動階段；她說，台灣從「主導」、「此消彼長」，2004年後滑落到了「空洞期」。其後，不但不再是對岸學習台灣，台灣反而成為中國電視劇的重要銷售地，中方影視資本亦成為吸納台灣影視勞動力的來源（張舒斐，2011）。到了2013年，台灣因有新聞台首次直播中國綜藝節目《我是歌手》，引發是否違法的討論，彼長我消的事實，才告戲劇一般地向台人呈現，確認了早在1990年

代，中方論者已經提出，指中國傳媒歷經由其政府主導的商業化過程，其競爭力必可得到確保（Hong, 1998: xvi, 130-131）。此時，台灣的新聞刊物如夢方醒，它所規劃的長篇專輯，不得不正視與「解構〔我是歌手〕的成功密碼」之一，就在電視台有錢，也就是有積極的自由可以揮灑，禁得起「錄製三百小時……剪接成九十分鐘……播出」（賴琬莉，2013：85）。

　　二十多年來，台灣政府對於電視新聞的市場結構，都是低度規範，這是新聞頻道在國人的日常影視環境，扮演愈來愈重要、但不必然健康的原因。反觀其他內容，從電視劇到綜藝與流行音樂等節目，不但優勢漸次流失，實已陷入低迷不振之境。損害而不是鞏固民主的電視新聞「一枝獨秀」，其他攸關各種認同與豐富民主所需要的影音文化，反見憔悴而形容枯槁。國人身處的影音情境既有這個特徵，對於中國因素施加於傳媒之際，也就焦慮多而感受其威脅；但憤怒不能掩飾台灣傳媒虛弱的事實，坐困愁城、楚囚相對的狀態理當驅除，維護台灣的表意自主與進步之空間，需要建構，否則，爭奪華人文化領導權之說，或將招惹訕笑。

結語：擴大公共傳媒管理壟斷與零散

　　對於台灣的國家機器來說，解嚴以前，中國既是外來，也是自己，是威脅其存在的壓力，也是正當性來源，使其尚能存在。到了1990年代，在這兩個矛盾屬性的辯證之外，國家機器納進了資本的視野，此時，眼下的中國主要就是市場，或是切割市場的利器。與此同時，認定中國是威脅、損及台灣主權及其民主自由的政體，也成為重要動力，掀起1992年與2012年的媒體興革運動。

　　除了本身的訴求，這兩次運動也都產生不曾預期的效應（意見投書專版的出現，以及媒體工會的新創）。未來，除了繼續提防，避免在不經意間，成為特定資本的馬前卒，[14]反媒體壟斷運動若要更上層樓，必須注意反壟斷是手段，多元影音文化方是目標，因此，就有必要推進更豐富的媒體改造主張。

14　在蔡衍明之後，若沒有食安事件爆發，台商頂新集團可能已經成為中嘉有線系統的新主人（林麗雲，2014年9月11日）。

其中之一是如前所述，從1995年至今，台灣的24小時新聞頻道眾多，從事同質化競爭，等於是投資的重複與浪費，總體品質不佳，卻有居高不下的收視率。2005年台灣首次審議衛星頻道之前，因此有「新聞頻道減半，電視環境復活」等主張的提出（魏玓，2005年6月26日；羅慧雯，2005年7月29日；陳重生，2005年7月14日）。未來，這個棘手的問題無法揮去，舒緩之道是不是要頻道減半或更多、是不是還有其他更合適的途徑，依舊對台灣民主的提升，構成嚴峻的挑戰。

另一個是私人整體資本的壟斷，而不完全是個別資本對傳媒的寡占問題。本世紀以來，台灣主流報業先是三家，2003年起是四家，2008年後縮回二家報紙占有七成讀報人口，世所罕見；儘管此時讀報人口銳減，主流報紙若非虧損，就是獲利萎縮。《有線電視法》在1993年完成、2002年起執行以來，有線業者雖然獲有相當利潤，但同時承認「台灣的電視節目很難看」（全國數位有線電視股份有限公司，2016年3月15日）。節目傳輸商獲利，知道節目難看，但無意投資本地影音內容；[15]電視劇、綜藝節目等虛構內容因為可以從海外引入，頻道業者投資的規模不足且分散；新聞作為電視內容，卻在有利可圖下，衍生投資的重複、浪費及總量不足、且電視記者難以發揮專業的矛盾結合。

面對這些情勢，曾經參與反壟斷運動的「媒體改造學社」[16]在2012年底主辦「123傳播自由週」，共有17所大學參與。媒改社提出的三項主張，不停留在反壟斷，而是更有兩項「興利」的訴求，亦即提出「多元基金」，以及「擴大公共媒體規模」作為反壟斷的目標（陳怡靜、郭顏慧、林宜樟，2012年12月20日；簡妙如、劉昌德、王維菁，2012年12月19日）。[17]次年春，NCC完成《廣播電視壟斷防制與多元維護法》，承認工會及多元影音文化的價值，但沒有具體主張；在NCC之後提出的四個草案，反壟斷社團增列「多元文化基金」的法條，但未見擴大公共媒體的文字。

針對NCC草案「絕對禁止」合併的標準高於英德，台灣經濟研究院研究

---

15 有鑑於有線電視「自然獨占」的性質，筆者曾建議全台有線系統如同中華電信及英國與香港的有線，組合成為一家，並在這個重組過程，因地制宜，提煉有利各地的「內容」政策（馮建三，2003年2月17日；2012：267-273）。

16 筆者是媒改社成員，但後列活動均係劉昌德等人推動。

17 另見活動臉書https://www.facebook.com/events/449788125084495/。

員、通訊學會祕書長李淳博士指出，「唯一合理解釋是『外國公共廣播集團很強，台灣沒有一個制衡商業媒體的力量，所以要訂嚴一點』」（林上祚，2013年3月20日）。這個見諸報端的看法雖然少有他人跟進，但它彰顯了PSM的意義。這就是說，在數位匯流的年代，由於其產權及設置宗旨使然，不牟利而將觀眾當作公民，「公共服務廣播」因此更能有效運用數位技術散播其內容，會是更能有效服務國民的「公共服務媒體」。是以，比起防止產權的過度壟斷，擴大PSM是更值得重視的訴求，它既增進媒體內容的多樣性，因此是目標本身，它也是不能或缺的工具，可以牽制媒體產權過度集中所滋生的弊端。聯合國教科文組織在2005年制訂《保護和促進文化表達多樣性公約》時，討論至最後，決定以「運用公共廣播服務」這個概念，取代「包括防止產權過度集中」，可能也是基於這個看法（Bernier, 2012: 196-197）。

「中國因素」催生了反壟斷運動，同時也讓公共媒體必須改進與擴大的主張，在傳播領域以外，增加了其他學術力量的關注，即便各方意見與認知不同，投入的心力與篇幅不等，但公共媒體與台灣傳媒及民主的遠景之關係，在短暫一兩年之間，已經從傳播領域，進入其他學科的處理範疇。[18]

台灣創建公視之議，在曾虛白之後，始於1970年代國府回應「中國因素」而創辦文化局，首任也是唯一的局長王洪鈞，以及李瞻教授等人，對於公營與公共廣播電視，曾經積極倡議（楊秀菁，2012：176-180, 188, 244）。但在文化局遭裁撤後，該議失去實驗的契機。

政府於1980年再次提出公視理念，但1997年才完成立法，規模由原定一年60億，銳減至9-15億。1996年第一次直選總統，民進黨的競選政綱相當激昂：「三家無線電視台……應朝『公共化』發展……『媒體改造』必須處理……資本主義經濟體系階級劃分，與民主政治體系平等要素之間的固有衝突」（民進黨，1995：79）。2000年，民進黨總統候選人說，要「增加台視與華視的國有股權成數」，這是使之轉型為公共體制的準備（陳水扁，2000：150）。2007年起，公視主導而納入華視、客家、原住民及宏觀電視台，共同組成「台灣公共廣播電視集團」（TBS），已是台灣較大規模的電視組織。TBS得到電視最高榮

---

18 比如，法律方面的研究者有陳人傑（2013），社會學有吳浩銘、林采昀（2013），政治有陳筱宜（2014），產業經濟有蔡昉潔（2014），跨學科則有楊琇晶（2014）。

譽金鐘獎的累計次數，是所有商業台總和的將近12倍，主頻道的收視占有率從1999年的0.23%增加至2014年的1%，在一百多個頻道排名第33（公共電視，2014：4），若加入商業經營的華視及其他頻道，整個集團的市占率是4-5%。

但是，相較於歐亞澳許多國家百億千億、依靠廣告比例較低且占有30%以上收視份額的PSM，台灣的TBS規模小、商業收入比重偏高，成績瞠乎其後。這不是台灣不需要PSM的問題，而是政治系統的怠惰與回應不足（魏玓、林麗雲，2012），致使TBS成立很晚且規模有限。民進黨執政時稍有作為，在下野時慷慨言詞，表示「台灣公民長久喪失的電視文化自信，應由公共廣電系統帶頭重建」（民進黨，2011）。

英國的PSM（BBC與C4組成，占收視份額約45%），但在美商積極進入英國市場後，BBC及另一家大型製播公司以外的節目製作，幾乎盡數落入美商之手。此時，英國電視文化人認為，其文化部長興奮於美資對英國人才的信心太過樂觀，他們反而呼籲，穩定並強化BBC與C4的財政能力，才是要務（Abraham, 21 August 2014；Deans et al., 27 October 2014）。

如果面對距離遙遠的美國，歐洲島國英倫在擁有堅強的後盾下，仍然作此呼籲，亞洲島國台灣在根基不穩的宿疾下，面對近在眼前的中國大陸，應該禁不起沒有這個解方。有朝一日，台灣若能通過具體的政策與制度的建立，健全了傳媒環境，包括一舉雙鵰，通過強勁的公共媒體在市場所發揮的主導作用，就能同時牽制商業傳媒的表現，使其往正軌移動。到了這個時候，台人不一定需要「對中國說三道四」（吳介民，2012：63），而是台灣的電視等媒體環境及其表現，必定會有值得肯定與稱道及推廣之處，從而就能進入「桃李不言，下自成蹊」這個最有效的對外傳播與推廣的境界。

表3-7　十二個歐洲國家PSM執照費及折合人均工作日數（2009-2010）

國家	人均年所得（美元）*	執照費（英鎊）*	執照費折合人均工作日數*
瑞士	67,246	277	2.1
挪威	84,444	266	1.73
丹麥	56,147	262	2.27
奧地利	44,987	232	2.82
芬蘭	44,489	203	2.51
德國	40,631	190	2.27
瑞典	48,875	186	2.09
英國	36,120	143	2.18
愛爾蘭	45,689	141	1.70
法國	41,019	104	1.38
義大利	34,059	96	1.55
捷克	18,288	73	2.19

* 人 均 年 所 得 取 自 http://en.wikipedia.org/wiki/List_of_countries_by_GDP_(nominal)_per_capita，以IMF數字為準。一英鎊以1.5美元計算。平均歐洲12國以2.07日工作所得支持其PSM，執照費取自http://www.bbc.co.uk/aboutthebbc/licencefee/。執照費折合人均工作日依據前二項數字計算得出。其餘計算過程與資料來源如後；

一、台灣與日韓澳美計算過程如後，資料來源除另有交代，與前表同。二、行政院編列給公視（含有線電視基金分配額）、客家台與原民台預算以16億台幣計，除以2,300萬人，因此是一人得69.56元，2010年台灣人均所得是52.6963萬台幣，a一日是1,443.73元，因此是0.048日工作所得。

三、日本2010年國民年均名目所得是42,280美元，日所得是115.84美元，NHK年繳執照費最低與最高（含收NHK衛星節目）是14,910與25,520日圓，b以85日圓折算1美元，是175.41與300.24美元，因此日人收視費介於1.51與2.59日工作所得。

四、南韓2010年國民年均名日所得是20,591美元，日所得是KBS年向國民收執照費每月2美元，c一年24美元，因此韓人以0.43日所得繳納其執照費。

五、澳洲2010年國民年均名目所得是55,590美元，日所得是152.30美元，澳洲政府2008-2009年對ABC撥款8.4億美元，d澳洲人口以2,100萬計，等於是一人一年得40美元，因電視

執照費通常以家戶（house-hold）為計價單位，一家戶假設以2.7人口核計，則澳洲政府預算分配至家戶就是108美元，也就是澳洲人0.70日所得作為執照費。

六、美國人均所得在2010年是47,284美元，平均日所得因此是129.55美元。2010聯邦政府補助CPB的預算是4.2億，假使州與地方政府，相對於聯邦政府的補助額度與2006年相同，那麼，還要加上後者的5.39億美元，亦即美國三億人口2010年從政府得9.59億美元補助，一人一年約3.2美元，因電視執照費通常以家戶（household）為計價單位，一家戶假設以2.7人口核計，則美國各級政府預算分配至家戶就是8.64美元，折合0.065日。

a.<http://www.stat.gov.tw/public/Attachment/513082638USMXRNUA.xls>

b.< http://pid.nhk.or.jp/jushinryo/multilingual/english/index.html>

c.<http://en.wikipedia.org/wiki/Media_of_South_Korea#Television> <http://english.kbs.co.kr/About/Inc/AboutKBS_factsheet_2010.pdf>

d.<http://en.wikipedia.org/wiki/Australian_Broadcasting_Corporation>

後記與前瞻

　　赫曼（Edward Herman）與杭士基（Noam Chomsky）合作，在三十多年前出版《製造共識：大眾媒介的政治經濟學》，歷經時間考驗，已成當代的經典著作。[19]

　　該書探討，美國菁英媒介在呈現性質雷同的海外事件，何以出現雙重標準，致有迥異的表現。比如，印尼軍隊大量殺戮東帝汶人，紅色高棉在柬埔寨屠殺人民，同樣發生在1975年前後；但是，美國傳媒不曾報導，遑論揭露印尼的殘暴，與此同時，它們並不隱諱紅色高棉的虐殺，而是「盡責」予以曝光。

19　筆者曾在2022年5月查詢Google Scholar，發現該書得到1萬1221次的引述，遙遙領先同樣屬於政治經濟取向的傳媒圖書。比如，名列（準）經典且有中文翻譯的傳政經書籍，得到引述的次數，在前書之後，依序是《比較媒介體制》的9125次（D.C. Halin & P. Mancini，2004/展江、陳娟譯，2012，人民大學出版社）、《電視：科技與文化形式》的8245次（R. Williams, 1974/馮建三譯，1992，台北：遠流）、《資訊社會理論》的5659次（F. Webster, 1995/馮建三譯，1999）、《傳播政治經濟學》的4414次（V. Mosco/馮建三、程宗明譯，1998），而《有權無責：英國的報紙與廣電媒體》是2340次（J. Curran & J. Seaton, 1977至2018第八版／魏玓、劉昌德譯，2000）。這就是說，赫曼與杭士基專論美國傳媒的著作，得到知識界的引用頻率，超過了傳政經領域的其他著作。

為什麼？答案是印尼是白宮伙伴，華府呵護印尼，美媒也就視若無睹；張揚紅色高棉的罪行，可以沖淡美國先前在高棉的不是，白宮自然嚴加譴責，美媒於是跟進。

這不是孤立的個案，是再三重複。因此，1980年代尼加拉瓜選舉與薩爾瓦多選舉的對照、南韓光州事件與大陸天安門事件的比較，再至本世紀美國入侵伊拉克與晚近俄羅斯入侵烏克蘭的對比，美國從《紐約時報》、《華盛頓郵報》、三大電視網及其衍生的新聞頻道，再到CNN，都對這些國家的類似事件，也是複製聯邦政府的立場，常人的印象為此顛覆。傳媒而特別是自由民主體制的傳媒，在報導與評論這類事件時，不是第四權、不是監督或對抗政府為能事，而是美國的「傳媒無常心，以權勢之心為心」，竟成美國政府的喉舌！

不過，其他國家如歐洲傳媒，也不是沒有雷同美國的面貌，雖然程度有別；同樣值得知道的是，這種表現，不能說就是歐美傳媒的全部。因此，杭士基批評，但也經常瀏覽、閱讀或仰賴《紐約時報》等刊物，藉此掌握世局的動向；另外，歐美傳媒另有可觀之時，可以有兩個相關的說明。一是在《語言與責任：喬姆斯基與侯納的對談》這本書，杭士基回答「這一切的資訊你是怎麼得到的？如果報紙都沒有報導的話……」的提問時，他說：「這些資訊其實是能夠獲得的，但……你必須投入大量的時間在尋找（按：海內外）資料……。」從那裡找？答案就在《製造共識》，在該書最後一章，兩位作者特別提及，傳媒無論是否廁身主流，其「個別記者」的自覺與努力、有心人結社而投身的「另類媒介」，或是必須由民眾假手政府提供穩定與足夠資金的「公共媒介」，都會創造不同的空間或條件，讓事實的其他面向、未曾曝光的真相，或大異其趣的看法與解釋，得到時而比較多一些揭露的機會。

以言「記者」，杭士基曾說，「我敬重新聞事業。你會訝異，若我告訴你有很多記者維持與我聯繫、同意我的看法，雖然他們無法公開這樣表達。」再看「另類傳媒」，在1992年將近三小時的「製造共識」紀錄片，杭士基約有十分鐘集中談另類媒體；赫曼晚年以八十餘歲之齡，還在費城積極參與當地另類網站的運作，一年撰寫十多篇文字糾正地方媒體的「欺瞞與偏見」。最後說「公共傳媒」，雖然在俄烏戰爭的例子，BBC這個歷來盛名在外的PSM，如同其他主要傳媒，都沒有讓反省美國／北約之非的事實與觀點，得到合理頻次的呈現，惟若不專責BBC對俄烏戰爭的報導與評論的重大缺憾，整體察看，如同

本書前三篇論文對於PSM的肯定，仍然站得住腳。杭士基本人近日（2021年）接受訪談，在刊登於美國旗艦政論週刊《國家》（*the Nation*）的文章，他說，即便、或說正因為美國的公共服務媒介規模小，人們更應該認知一項事實，亦即美國的「第一修正案應該以『積極自由』予以理解，而不只是『消極自由』……每一個民主國家都有資金充足的公共媒介體系，只有美國不是……。」

貝克（Edwin Baker）在《傳媒、民主與市場》一書的扉頁，寫著：「獻給所有新聞記者、所有活躍份子及所有學界人士，他們努力工作，務求讓大眾傳媒能夠對民主有更佳的服務」，正也是杭士基努力以赴的目標。有心的記者，絡繹於途。在《製造共識》，是史東（I.F. Stone）等人；在美國新聞界與學術界小掀風浪的是麥道格（A.K. MacDougall），他曾經是《華爾街日報》大紅特紫的財經記者，卻在1980年代末以自得之色，表明自己是社會主義者；當前，人數更夥，先前是主要報刊或雜誌的記者，如今轉入另類並有濃厚自由左翼色彩的新聞或評論網媒，得到不少閱聽眾／受眾的支持。[20]

受眾／閱聽眾小額捐款或志願訂閱的「另類媒體」，是貝克所說，不依賴或少依賴廣告，因此比較不腐化而各持立場的「自由多元」媒體；「公共服務傳媒」（PSM）的主要財政，是假政府之手，於是讓全民（依照能力）出資、壓低廣告財政而理想上是兼容並蓄的「共和」媒體。二者相加，就是貝克唱議的「複合媒體」之構成。

在美國，不腐化的自由多元取向之另類傳媒，不輸他國，但主要民主國家的社會與政府無不重視的「公共服務媒介」（PSM），在美國規模太小。聯合國在1995年發表投入三年研究的《我們的多元創造力》，特別注意也呼籲各國補助「社區與公共廣播服務」，並說「全球商業媒介活動的收益，亦可重新分配，用於補助其他媒介。」聯合國教科文組織推動並在2005年完成立法的《保護和促進文化表達多樣性公約》也予凸顯，該公約的所有三十五項條文，停留在概括描述，僅有一處出現具體指陳：「加強媒介多樣性……運用公共廣播服務。」（第六條）

---

20 本書第六章「與中國合作：美國的另一種聲音」這一小節的「註48」列舉了若干網站，其中的「新聞」網站的記者，出身主流。

聯合國的「公共廣播」用詞，現在已經隨著技術及其提供服務的管道之變化，由PSM取代。同時，在數位年代，相同內容出現在從手機至電腦與傳統電視螢幕，PSM的財政來源也在變化，不再盯緊電視。如本書所述，丹麥、法國、西班牙、芬蘭、德國都從2010年前後幾年，啟動調整，走向更能穩定也公允為PSM維續健全財政的方向。過了十年，瑞典、挪威與冰島等國也都在大約2020年前後，陸續跟進，揉合了多種收入作為PSM的財源，從廣告或電信業的特別捐，到各種個人與相關企業行號的通訊產品與坐車的提撥金額，再至政府直接編列公務預算，都已納入。法國政府在2022年7月取消PSM的執照費，[21]雖然理由是貽笑大方的「減少民眾的生活成本」，但若真愚，未必沒有一得；電視執照稅是一種消費稅，所得高低都提繳相同費用，違反按能取稅的公理，若能予以改善，是有可取之處。反而是隔洋相望的英國，尚在議論階段，依據西敏寺之見，若快，改變將近百年的BBC執照費傳統之議，最早也要在2025年才會出爐。

　　承襲英國的歷史帝國庇蔭，加上自己的後天努力，BBC是舉世知名度最高的PSM。它的財政前途尚難分曉，但對BBC的最佳評價，來自兩個讓人或覺得外的來源。一是曾經主張切割BBC然後予以私有化的《經濟學人》。另一個是《金融時報》的副總編輯伍爾夫（Martin Wolf），該報服務工商業界並主張市場經濟的色彩與身分，卻有首席評論員對BBC的肯定，讚賞之聲已至下列引述的水平。假使《經濟學人》與《金融時報》是以專業見解，就事論事而不以立場扭曲事實，那麼，BBC的未來財政即便無法與時俱進，則其維持相當的規模，應該不會困難。伍爾夫說：

> 大約二十年前，我認為方興未艾、形形色色的數位科技勢將致使公共服務（媒介）業者難以為繼……今日回顧，這個看法似乎顯得短視了。情勢確實業已轉變。不過，若說轉變的方向今昔有別，是技術的變化強化了（按：PSM）……我在這裡提出的論點，對於艾德門柏克（Edmund Burke）的門徒，理當會有共鳴：已經通過施行與檢驗的制度之價值，應

21　Chrisafis, Angelique (2022/8/2) "French Senate agrees Emmanuel Macron's plan to scrap TV licence fee," *the Guardian*, https://www.theguardian.com/world/2022/aug/02/french-senate-agrees-emmanuel-macron-plan-scrap-tv-licence-fee

該就是任何保守黨政府所要奉行。BBC是先人傳承給我們的盛大遺產，必須世世代代、生生不息傳至子孫，茁壯於未來、精益求精。

　　台灣版本的PSM，不同於西方及日韓，其出現與成長，是另一個故事。我們起步於1950年代的曾虛白建言，但在上層軍政宣傳機構逗留，沒有下行。對岸發動「文化大革命」後，我國的回應之一，是首次合併所有文化職能，在教育部之下，設置文化局，王洪鈞局長及李瞻教授等人的積極倡議，讓PSM進入立法階段，也就與社會有初步接觸。文化局在1973年遭裁撤，露臉不久的PSM旋即消聲匿跡，直至1980年才有行政院長孫運璿再次提及，卻又隨其中風而延擱建設進程。

　　解嚴後不久，PSM（公視）從1990年開始籌備，1998年開播，2006年取得華視大部分產權與經營權，次年起客家、原民及宏觀電視委由公視製播。兩個國會頻道在2017年創設，同樣委由公視經營。《公共媒介法》2018年進入但沒有走出行政院。《文化基本法》在2019年制訂與頒行，要求「文化部應設置文化發展基金，辦理文化發展及公共媒介等相關事項」，同年7月，台語（但比較準確的用詞應該是「閩南語」或「台式閩南語」）頻道成為公視一員。「國際影音平台」在急就章過程，一年十億預算，由文化部在2021年委託政府一年編列僅三億餘經費的中央社經營，一年後再轉公視。《公共電視法》在2023年5月完成三讀後，次月施行，推動國際傳播明文列入公視職掌。

　　這些演變顯示，政治力不肯用心規劃，身處亂流的我國PSM卻與世界趨勢相通，沒有被私有化，也沒有縮小，反而是持續擴大；並且，我國的PSM（公視與華視）頻道有八個，與BBC相同！若加上原住民與客家電視頻道，我們超前，是十個。不過，這是虛胖，我們的PSM十個頻道，年度經費不及40億；但1990年籌劃時，單一公視頻道的預定規模，已是一年60億，三十多年後的現在，假使恢復初衷，PSM一年百億或兩百億，都不算多。

　　未來，虛胖必須走向結實。動力來自台灣是上策，但也不必排除可能的動力，會來自於涵養「兩岸關係」的需要。2008年12月31日，對岸總書記胡錦濤發表〈攜手推動兩岸關係和平發展〉講話，主張〈協商兩岸文化教育交流協議〉。隔年5月，總統馬英九的回應是，「兩岸協商談判放進文化議題，已經到了時候」，遂有2010年5月，陸委會委託案《兩岸衛星電視頻道節目相互落地

政策評估及分析》的四百餘頁、三十萬言詳細分析與建言。

其後，學生運動短暫但猛烈興起，蔡衍明的媒介集團通過購併而擴大、《海峽兩岸服務貿易協議》的國會審議陸續遭到反對而失利，後另再有美國見不得對岸的經濟有成而執意抵制、大陸內政失當，再至新冠疫情，以及俄羅斯誤判與北約挑釁而愚蠢入侵烏克蘭，無不使得兩岸關係更形艱險。

對於晚近世局的變化有此認知，何以主張我國PSM從虛胖到結實的動力，仍有可能來自於「涵養『兩岸關係』的需要」？答案就在「危機」，「危險」必須化成「轉機」，兩岸關係無法維持現狀，現狀不如人意，也不應該維持。台灣不能以敵視，遑論仇視對岸，但可以、也必須先以中華民國的國號，取得對岸理解與同意，開展「一個中國」內涵的協商。兩岸關係往這個方向移動的過程，各自有很多心理準備與實質工作必須推動。其中，實質項目之一，可以是文化交流的日常化與體制化，也就包括兩岸共建彼此都能接受的影視頻道及其串流。一旦共建，雙方不得不挹注資源，祈使將合宜的內容，穩定有秩地呈現於人，而既然眾所周知，本地大眾媒介積弱二十餘年，勢將使得政府代表人民投入更多資源於我國的PSM，會是事半功倍，得到最優先採行的方案，於是，PSM的大幅度擴充就是一舉兩得，在促進兩岸關係正向進展的同時，也讓政府開始履行三十多年前的承諾。

先賢蔣渭水在1925年，假《台灣民報》創辦五週年，發表〈五個年中的我〉：「我台灣人有媒介日華親善，以策進亞細亞民族聯盟的動機，招來世界平和的全人類之最大幸福的使命就是了。」

前輩以被殖民者的身分，有此大氣魄，今日台灣人當家做主，更有能力通過追求兩岸關係的正常化，讓中美親善，貢獻世界和平。

第四章

分析台灣主要報紙的兩岸新聞與言論：聚焦在《聯合報》，1951-2019

前言：何以研究《聯合報》

《聯合報》在1951年由三家報紙合併，經過兩次名稱變更至今。該報是二次世界大戰結束、台灣脫離日本殖民統治迄今，唯一產權不變並且以全台民眾作為潛在讀者的商業報紙。

《更生日報》比《聯合報》早創辦四年，但僅在花蓮發行。《中國時報》也早了一年，惟產權在2008年底易手，其後該報的論政立場而尤其是對兩岸關係的認知，業已不同於創辦人曾經明示的方向與內涵（余紀忠，2000年10月2日）。

這個長期存在且持續由創辦家族控制的事實，其本身已經是重要的研究價值之一。或許是出於這個特徵，以及其他尚待確認的因素，台灣傳播學界對報業的研究，涉及該報的比重遠高於其它同行。比起《中國時報》，焦點之一是《聯合報》的學位論文多了六成；近十多年來，發行量大舉超過該報（但創刊晚數十年）的是《蘋果日報》與《自由時報》，但以這兩家日報為研究重點之一的碩博士生人數，合計不及《聯合報》的七成五。[1]

除了存在長久而理當值得重視，該報還有一個明顯的價值，來自於其新聞表現（包括報導立場）相對穩定，但不一定討好，特別是台灣在1987年解嚴之後。

雖然《聯合報》的前身，有部分創辦資金為蔣介石提供（吳興鏞，2013：16，178-184；習賢德，2005a，2005b）。其創辦人王惕吾曾經對蔣發出豪語：「輿論的領導掌握在您學生的手裡，方向不會有錯」（《天下雜誌》編輯部，1987：25）；王也曾呼應他人，指控他報「為匪張目」，[2] 但《聯合報》所遭遇的三次抵制運動之第一次，卻因開罪蔣而來。1960年，

---

1. 筆者在2018年8月3日查詢「台灣碩博士論文加值系統」（https://ndltd.ncl.edu.tw），以《聯合報》、《中國時報》、《自由時報》與《蘋果日報》依序作為「關鍵字」查詢，四報分別有76、46、35與21篇論文。另查詢「華藝線上圖書館」，四報分別有125、110、84與48篇論文以其作為「關鍵字」。

2. 美洲《中國時報》在創辦兩年多之後，於1984年11月11日宣告關閉。周天瑞回顧美洲中時被迫停辦的系列原因之一，是當年9月5日國民黨中常會時，《中央日報》董事長曹聖芬指控該報當年的奧運新聞報導「為匪張目」，王惕吾「接著呼應」（2019：185-186）。

該報因「連續三個月詳細報導雷震案的偵訊……在一片噤聲中顯得論調過高……（總統蔣中正不悅）……下令軍方……禁閱聯合報……幾十年。」其次，1992年10月底，中共政治局常委李瑞環在北京接見「報刊會議」與會人士並回答提問，次日多家台灣報紙刊登，兩週後，總統李登輝以黨主席身分在執政黨中常會以未指名的方式，批評某報是「人民日報台灣版」；再過十天，十五個社團發起退報，呼籲民眾不要看該報、廠商撤出廣告，據說該報發行量為此「掉了八萬份」。第三次是1998年，許多家報紙均曾轉述「台北市長陳水扁任內到過澳門十一次……是去賭博或是……喝花酒」的傳聞，但陳及其支持者僅針對該報發起抵制，雖然「八日後不了了之」（蔡鴻濱，2000：17，23，26）。

這些抵制或退報運動，在台灣報業史上已屬罕見。《聯合報》另一次遭遇似乎更是絕無僅有，1967年2月至1969年3月，曾有中華民國的國家意識強烈而認同三民主義的知識人，在《中華雜誌》等三本刊物，發表18篇評論，不必然公允、也有部分發言者可能有私怨的背景下，指控該報支持美國漢學家費正清（John Fairbank）的兩個中國或一中一台的主張，又抨擊該報有挾美國以自重的姿態（葉乃治，2010：72-74，91，97-98；葉邦宗，2004：208-209）。

以上四次對《聯合報》的抵制或密集抨擊，發難者既有威權年代的總統與中華民族主義者，也有「民主化」之後，尾隨總統發言的台灣獨立主張者，並有反對黨執政的台北市首長的支持者。抨擊者多且立場不同，無法等同於承受抵制的報紙有比較公正的立場，但仍不失一個事實的表達，顯示該報也許是恪守自身的標準，因此不同的人（群）以各自的理由，認定該立場較少是擇善固執，更多是冥頑不靈。《聯合報》則自詡是「正派辦報」，面對1992年的退報運動時，王惕吾有「最壞的持久打算」，宣稱「總統有任期，報紙無任期」，《聯合報》立場不會改變（黃年，1998a：20）。

彭明輝（2001：191）研究《聯合報》對台灣至解嚴後幾年的八種重大政治事件的報導；他發現，除雷震案之外，該報立場「固然……與執政當局相唱和」，但相關報導仍「可謂相當多樣」。對於學者「給予〔《聯合報》〕較負面評價」，彭明輝認為，單僅是作此評價，或有未能考量「其

所處時代背景」之失，因此「如何……給予較持平之論，乃為相關研究所當努力者。」

　　本文研究兩岸關係，主要以《聯合報》作為例子，應該可以算是對彭明輝見解的響應。解嚴之後，該報對兩岸關係的主張應該是超越了二元對立、彼此互斥的「統獨」分類。然而，由於該報如同其他傳媒，都有各自的論政傾向、弱點或奇異的表現，[3]加上破除黑白互斥的框架，並不容易，致使其兩岸關係的視野之落實所可能蘊含的當代意義，比如，它與兩岸人民福祉、乃至於世界和平的可能連動關係，至今似乎尚未得到足夠的認知與討論。

　　以下先扼要檢視他者對《聯合報》的「標籤化」，並討論其原因。接著，本文以歷屆總統對兩岸關係的定位、口號或修辭為對象，逐次鋪陳《聯合報》的相關敘述與論點；通過這些分析，《聯合報》的兩岸立場已經漸次披露；其後，作者再以《聯合報》自創的名詞（概念），簡述該報的第三種觀點。文末則從「情理法勢」，分層整理與回顧往昔國人對兩岸關係的若干申論，並反省及評估這些看法與主張的時代意涵。

獨派說《聯合報》是統派報紙

　　二戰之後至解嚴以前，台灣報業的分類判准，比較常見的有兩種依據。一

3　比如，《聯合報》曾在2006年重新刊登1994年的社論，僅將標題〈籲在龍舟競賽前舉行祭悼屈原的儀式〉更動為〈呼喚民進黨在汨羅江外的自由心靈！〉。（聯合報社論，以下簡稱「聯社」，1994年6月9日；2006年5月31日）不僅該報，《自由時報》在2000年11月24日發表社論〈以八個問題敬向王永慶先生請教〉之後，六日後又在社論〈為國家前途全民利益再向王永慶先生請教——敬答台塑關係企業的「聲明」〉的左下方，再次刊登該社論，並以「編者按」表明：「為便利讀者覆按本報十一月二十四日社論，茲將該日社論重刊一次，以供參考。」（自社，2000年11月24日，11月30日a，11月30日b）《聯合報》2005年有社論〈讓媒介工作者與閱聽大眾來面對情勢！——勿輕言上街，若要上街，不願見任何政黨及候選人的旗幟〉（聯社，2005年11月2日），與其說是社論，不如說是指導行動的「教戰守則」。維基條目原有「自由時報相關爭議列表」，在2016年底的篇幅高達七萬七千餘字，但次年3月起相關爭議日大，至2019年3月27日該條目在討論後遭維基移除。

是黨官營與民營；二是民營當中，再以是否親近國民黨及其程度作為劃分。一直要到1999年，有關「兩岸關係」（傾向終極統一與否）的言論才從潛流浮出地表，成為「報紙」本身「定位他者」或「自我定位」的重要參照。

當年7月9日，德國之聲訪問總統李登輝，其訪談內容公布之初及其後，外界反應不一，認定李所說的特殊國與國的關係，已經讓兩岸關係的「國內」性質變成了「國際」關係的「兩國論」，這是後來的「定論」。不過，最初的學界及民意反應，並不與此認定全然相同（詳見後文）。然而，在這個脈絡下，「統派媒體」的「高帽」確實開始現身報端。奉送該稱呼的傳媒，雖然尚未指名道姓誰是統派媒體，惟在本地語境已經存在某種「約定俗成」的背景中，多數關注政情的讀者都會知道，使用該詞最頻繁的《自由時報》所指稱的「統派媒體」，就是與其有市場競爭關係的《中國時報》或《聯合報》（羅國俊，1999年7月29日）。

接著，可能要到2000年春，民進黨取得中央政府的行政權、李登輝退出國民黨之後，「統派媒體」的稱呼才告（相對）頻繁地出現。

〈表4-1〉的計次顯示，《聯合報》至2019年6月底總共有46則新聞或評論，使用了「統派媒體」一詞，其中45則是在2001年（含）以後出現。不過，《聯合報》使用該詞，不是在認可或否定，而是批評該詞的使用，是對台灣所必須面對的正題之遮掩，致使兩岸關係的問題無法得到持平的報導或評論。由於《自由時報》的電子檢索系統起自2005年，〈表4-1〉便從當年起始計算，「統派媒體」一詞至2019年仍在出現，但頻次已經比2010年（含）以前，大幅減低。另一方面，「獨派媒體」一詞絕少出現，14年以來，《自由時報》僅用該詞三次，在《聯合報》較多，但20年也只有五次。《自由時報》與《中國時報》曾在2010年4月因為「兩岸經濟合作架構協議」（ECFA）的民意調查而起爭議，《聯合報》前記者董智深批評《自由時報》假民調遭提告，兩年多之後，董「勝訴定讞」（劉昌松，2012年7月14日）。在這兩次爭議的過程，都沒有出現統派媒體一詞。

表4-1　《聯合報》與《自由時報》出現「統派／獨派媒體」的次數，1999-2019*

	1999	2000	01	02	03	04	05	06	07	08	09	10	11	12	13	14	15	16	17	18	19	計
兩報出現「統派媒體」次數**																						589
聯合	1	0	3	4	9	2	4	7	6	4	1	0	1	2	1	0	1	0	0	0	0	46
自由	無電子檔可系統查詢						92	117	89	49	48	38	14	19	14	12	9	12	14	19	16	562
兩報出現「獨派媒體」次數**																						8
聯合	1	0	0	0	0	0	0	1	1	0	0	0	1	0	0	0	0	0	0	1	0	5
自由	無電子檔可系統查詢						1	0	0	0	1	0	0	0	0	0	0	0	0	0	1	3

說明：*至2019年6月30日；**《聯合報》查詢僅及紙版，《自由時報》則紙版與電子版，雖可能因此而膨脹次數，但無礙於觀察該詞彙出現的趨勢。

資料來源：本研究查詢「聯合知識庫」與「自由時報檢索系統」（http://news.ltn.com.tw/search）。前者查詢可一次查詢所有時間，後者一次最多能查詢三個月，鍵入「統派媒體」或「獨派媒體」查詢與統計。

　　較早在學位論文使用「統派媒體」指稱中時與聯合，但沒有考證該詞的「出土」時程與背景的人，似乎是林毓芝（2004：182、184）。中國大陸在1993年8月31日與2000年2月21日，兩度發表對台白皮書後的一年，作者以此為準，通過立意取樣，分析該兩年度三家報紙的621篇社論（依序是《聯合報》、《中國時報》與《自由時報》，各取143、152與326篇）。作者分別論及兩岸歷史淵源、台人自決、兩岸經貿與交流、兩岸主權、台海安全、美中台關係、台灣參與聯合國議題、台灣國際空間等子題。她的發現是，到了2000年，三報「都往獨立移動」，稱呼「中共」的比例減少，《聯合報》與《自由時報》較多稱對岸為「中華人民共和國」，《中國時報》則用「中國」。三報則自稱自己是「台灣」，「中華民國」、「我國」乃至「台灣共和國」，顯示國與國的思維增加，國共關係的思維淡化。根據這個標準，她認為若就其所分析的1993與2000年的三份報紙之社論，《中國時報》其實比《聯合報》更偏向統一，但是被貼上「親中共」「統派媒體」標籤的只有《聯合報》。何以如此？她認為，箇中原因是中時與台灣的「當權者的關係」較好（林毓芝，2004：49-50、74-

76）。

　　這個判斷是否正確，無從得知，但接下來的問題是，何以報刊出現「統派媒體」的宣稱，次數遠高於「獨派媒體」的標籤？使用多寡與頻率的巨大落差，其意義可以作何理解。下文便是本文的分析，或者說，是一種蠡測。

　　一個可能的解釋是，在資本主義商業體制的傳媒性質，人咬狗的罕見或不正常現象，比「正常的」或比較常見的現象（如，狗咬人），更容易讓傳媒認為，（潛在）讀者更會青睞這些反常的現象。

　　以兩岸關係來說，從1991年1月至2002年12月，陸委會彙整了54次民調，若扣除政黨（及其個人）與傳媒委託或執行的23次，其餘由大學或商業公司所完成的31次調查，民眾接受「一國兩制」的比例平均是9.5%，不接受的平均比例是74.8%，但若扣除中華民國大專教師協會的極端值（接受與不接受的比例接近，各是37.2%與37.5%），則不接受一國兩制的人是76%，8.6%的人接受（陸委會，2003年1月27日）。[4]最近一次「一國兩制」支持度的民調由政治大學選舉研究中心執行，顯示89.3%反對，但未披露贊成比例（陸委會，2019年10月24日）。

　　這個比例表明，「一國兩制」在中華民國乏人問津，但仍有人接受。李登輝總統任內，雖由跨黨派組成國家統一委員會於1991年擬定並由行政院會議通過《國家統一綱領》，但在沒有得到對岸的正面反應後，政府本身也已經漸少提及。在此情況下，中國大陸從鄧小平以來所提出的「一國兩制」儼然成為兩岸統一的「唯一定義」。似乎，「一國兩制」不但是大陸人認識兩岸統一的正統，怪異的還在於，在中華民國不再多談《國家統一綱領》，甚至在2006年使其終止適用後，它也同時造成一種狀態：在台灣，假使談統一，不再有其他的理解或參照，「一國兩制」的統一方式窮盡了兩岸的統合路徑。於是，既然大多數台人不接受「一國兩制」，也就不可能接受「統一」。在這個情況下，若有報紙以統派自居，則其市場的存活空間，不可能寬廣。緣此，按理不會有人以統派報紙自居，除非另有用意。反之，在競爭環境中，若將對手塑造成為是為了統一而發言的報刊，不啻是以命名或標籤或指控為手段，達成縮小對手存活利基的目的。無論是以此作為競爭手段，或是確實主張台灣獨立建國，或二

4　剔除黨政組織或個人的委託，也剔除傳媒自行完成的民調後，筆者根據原始資料計算而得。

者合一，在《自由時報》以「統派報紙」標籤化其他報刊時，等於是一箭雙鵰，它順勢強化統一僅有「一國兩制」的認知，它也同時藉此鞏固或增加自身在台灣報業市場的占有比例。雖然，《自由時報》發行量從1990年代中後期起明顯增加，不一定僅只是「受惠於」該報對兩岸關係的定位，亦有該報的競爭策略、經營技巧奏效，也有當時國際紙漿暴漲，不利市場原領先者（亦即中時與聯合兩報）等因素（黃彩雲，2000）。

在這個語境下，《聯合報》反對台獨，但也同時承受「一國兩制」的認知緊箍咒。這就是說，既然反對「台獨」，同時反對一國兩制的「統一」，那麼，《聯合報》按理是不歸楊、不歸墨的第三種方案，其所主張，既可能是台灣朝野政黨派通過的《國家統一綱領》之立場（見後分析），也可能是其他方案，但在統獨二元對立下，這個第三選項也就無從浮現，遑論得到正視與討論。

〈表4-1〉顯示，《自由時報》從2005至2019年間，使用「統派媒體」次數達562次，是《聯合報》46次的十餘倍。自由替聯合等報穿戴「統派」、也就是贊成「一國兩制」的帽子，但反過來問，《自由時報》什麼時候變成主張台灣獨立的報紙？

依照1992年制訂的《台灣地區與大陸地區人民關係條例》，中華民國稱呼對岸的正式名稱是「大陸地區」，若以「大陸」或「中國大陸」相稱，亦能符合兩岸同屬一個中國（但何謂「一個中國」則兩岸各自有界說與堅持）的法律內涵。假使以「中國」相稱，則是以台灣乃獨立於「一個中國」之外的認定，方始有此用詞；若是以「中共」相稱，似該詞指涉對岸的執政黨，至於使用該詞的人，是否主張台灣獨立，仍然無法斷定。

根據前述分疏，我們應該可以說，使用「中國」則有凸顯發言者「獨立」於中國大陸的意思，若說「大陸或中國大陸」，則仍然認定兩岸同屬「一個中國」。2018年5月1日，與中華民國建交已經77年的多明尼加與我斷交，《聯合報》次日頭版指，「蔡英文總統……重話抨擊『中國』實質破壞了兩岸關係的現狀……蔡總統並稱對岸為『中國』，而不使用過去常用的『中國大陸』。……外交部的聲明也稱對岸為『中國』……」（黃國樑等，2018年5月2日）。這是最近的官方例證，說明「中國」與「中國大陸」兩個不同的用語，傳達了不同的兩岸關係。

准此，本文製作〈表4-2〉以進一步推論《自由時報》凸顯其獨派立場的

年代。從中，我們清楚看到，解嚴以後至1993年（含）的七年期間，該報在頭版與二版幾乎不曾單獨使用「中國」一詞，僅在1991年用了五次，其他年度都是掛零。到了第一次總統大選（1996年），「中國」使用次數雖然超過「中國大陸／大陸」，但僅是五次與四次，與1991年相同。第一次政黨輪替（2000年），二詞的差距拉大，是47次與30次，但若將「中共」這個比較無法明確知道其心理認同的用詞放入，則該報此時還不能說完全轉換到了台灣獨立的陣營。次（2001）年起，則使用「中國」的次數，除了已經遠遠超過了「中國大陸／大陸」，也超過了這兩個詞加上「中共」的次數。不過，〈表4-2〉也顯示，是從2004年7月起，亦即陳水扁第二任總統任期間，「中國大陸」或「大陸」這兩個象徵兩岸關係仍在「一個中國」之內的用詞，才開始僅存個位數（2005與2010兩年是例外，各有35與22次，原因得另查），以執政黨名「中共」作為中國（大陸）同義詞（或與其區辨）的次數則減得更少。

另一個觀察指標是，「邦聯」這個兩岸關係的第三種模式出現於報紙標題的頻率，在2000與2001兩年到達高峰（見後文），但《自由時報》在該兩年的篇數，雖然還不到中央、中時或聯合等報的三分之一，也是唯一有社論反對的報社（自社，2000年1月23日）。不過，當時該報言論版仍然願意展現兩面並陳的平衡形象，因此除了刊登贊成邦聯的意見（徐少為，2000年1月23日），也有反對邦聯的意見（沈建德，2000年1月23日）。並且，在《聯合報》披露〈（總統府高層：）李總統提特殊兩國論即促成邦聯制第一步〉（何振忠2000年4月22日）的同日，《自由時報》也在頭版說〈陳水扁：兩岸『邦聯』有很大討論空間〉（施曉光，2000年4月22日）。《自由時報》另在2版以「新聞解讀」的方式，說明〈邦聯制成員擁有獨立主權（公民不具共同國籍隨時可能解構）〉（2000年4月22日）。當日之後，該報2000年再無「邦聯」入標的文稿，2001年，《自由時報》的18篇文稿雖然沒有積極支持邦聯之見，但至少其社論不再反對，而是說「與其爭辯邦聯制、核四公投不如全心拚經濟」（自社，2001年7月8日）。

因此，若說《自由時報》是在政黨輪替而特別是其次年起，才開始明確標誌自己的立場，並從陳水扁連任的2004年起，更是予以強化，應該是合理的推論。至於這個標誌是報社原本已經持有，但在政黨輪替後，由伏流湧出地表，或是報社改變立場以適應新的情勢，仍待查考。

表4-2 《自由時報》稱呼對岸的用語頻次，1987-2015

各年7月25-31日	中國	中國大陸／大陸	中共
1987	0	76	53
1989	0(2)*	91	78
1991	5	4	33
1993	0	39	23
1995	37	63	402
1996（第一次總統直選）	5	4	11
2000（陳水扁當選總統）	47	30	71
2001	88	22	38
2002	206	29	44
2003	185	23	1
2004	72	4	11
2005	265	34	6
2006	191	0	6
2007	147	0	0
2008	169	9	5
2009	249	7	1
2010	313	22	9
2011	121	2	3
2012	123	3	1
2013	118	3	1
2014	146	2	0
2015	34	2	0

說明：*這兩次都是直接引述消息來源而出現「中國」一詞，分別是「FAPA認台灣宜獨立……『台灣與中國由於政治及經濟發展程度懸殊。』」（本報，1989年7月25日），以及「中共『外交部長』錢其琛，今天在北京就格瑞納達宣稱與中華民國建交一事聲明，『中國』已就此事向格國提出『嚴正交涉』」。（美聯社，7月30日）
資料來源：由聶瑋齡、劉皓齊與杜俞蓁查詢《自由時報》各年7月25日-31日的頭版與2版之相關用詞出現的頻次。取該週並無特殊原因，純出於隨機。

官方的兩岸政策在《聯合報》

台灣必須脫離對岸而獨立成國的主張，在1947年以後開始出現。這個主張無法或不宜實現的原因，後文還會另從「情理法勢」予以討論。這裡先要表明的是，作為中華民國來台後第一位總統的蔣介石，在來台之前，是否想去雲南而未果，是否派遣陳誠與蔣經國來台就是為撤退預作準備，是否破壞了美國政府與台人推動台灣獨立或聯合國託管的意圖，儘管今日仍有論者續作推演（林孝庭，2017：122，159-167，175-180）。惟其意義似乎是，歷史考古的興味，多過對現實的啟發。

若以後見之明說事，則世人多有認知的是，1950年6月韓戰爆發，東西冷戰確立並強化，是在這個格局下，美國改變了立場，從原先反對蔣介石，往後需要以蔣為首，防堵共產黨在亞洲的擴張。當時僅有蔣的「聲望」與資歷，足以在台「有效」統治而與中國大陸對峙，並能號召東南亞華僑響應美國在這些地方拒斥左傾勢力的成長與奪權（張淑雅，2011：189-221）。是在這些客觀情勢之下，汪浩（2017）遂認為，為當前「中華民國在台灣」體制奠定基礎的是蔣介石，無論蔣主觀上是否有此意願，汪浩因此稱蔣是「意外的國父」。

至2019年，台灣歷經蔣介石、嚴家淦、蔣經國、李登輝、陳水扁、馬英九，以及蔡英文等七位總統，除嚴家淦因屬過渡，並無特別的兩岸政策之外，下文先將李登輝時期制訂的《國家統一綱領》，以及另五位總統的某種修辭、口號或宣示，列如〈表4-3〉並簡略交代《聯合報》對這些政策、修辭或口號的立場。

表4-3 《聯合報》呈現「兩岸關係」官方修辭／綱領的數量，1951-2018*

總統	任期起訖年	兩岸關係的官方修辭／綱領及首次在《聯合報》出現的年月日	呈現數量（則）	任期內%（數字低活力高）	《聯合報》立場
蔣介石	1950-1975	反攻大陸 1951/9/17	6563	77	調整後的認同
蔣經國	1978-1988	三民主義統一中國 1979/12/11	1884	65	認同
李登輝	1988-2000	國統綱領 1990/12/22	2999@	73	認同
		特殊國與國／兩國論 1999/7/9	3390	57	複雜看待／社論多質疑
陳水扁	2000-2008	四不一沒有 2000/7/13	1273	84	接受但不滿
		一邊一國 2002/8/3	1780	65	立即批判
馬英九	2008-2016	不統、不獨、不武	302	83**	接受
		「九二共識」	5370	50	擴大後的認同
		(A)一個中國・各自表述 1992/11/18	1133	16	同上
		(B)一中各表 2000/3/25	1819	55	同上
		(C)九二共識 2000/5/30	5370	50	同上
		(A)(C)一起出現同上	380	38	同上
		(B)(C)一起出現同上	1400	59	同上
		(A)(B)(C)一起出現同上	181	45	同上
蔡英文		維持現狀／現行憲政體制	848	31**	接受後漸質疑

資料來源與說明：

*起自《聯合報》創刊日1951年9月16日，至本表格製作完成日2018年8月7日，逐次以「修辭／綱領欄」的詞彙作為「關鍵詞」，檢視「聯合知識庫」的《聯合報》所獲得之數據。
@若以「國家統一綱領」+「國統綱領」檢核得280筆，僅以「國家統一綱領」則759筆。
**馬英九與蔡英文的修辭在兩人競選總統期間即已提出，因此馬就任前，《聯合報》已有29則出現「不統、不獨、不武」，蔡英文在2000年就任陸委會主委至就任總統前已有584筆同時出現「蔡英文」與「維持現狀」。其他修辭／綱領都是在任內提出，因此並無就任前的次數。

在進一步分析之前，〈表4-3〉第五欄比較複雜，合當先有說明。該欄的百分比是指「反攻大陸」等涉及兩岸關係的「修辭或綱領」，在予以命名的總統任期之內，出現在《聯合報》的比例。該百分比愈高，表示該修辭或綱領僅在該總統任內出現的比重也就愈高；換個方式說，這等於是該總統卸任後，其任內所選定或設定的修辭或綱領，較少為繼任者遵循或提及。

報紙的這個反映，符合「人存政舉」、「人亡政息」的人間態。政權易幟而特別是黨派不同的更替，其連帶影響就是傳媒不再予以披露，或更少青睞。這就是說，第五欄的百分比數字愈高，愈是表示該綱領政策或修辭，大多僅在對應的總統任內出現，也就是愈沒有超過任期的生命力。依照常理，假使該總統所決定的修辭或綱領並非共識，沒有經過民主程序完成，那麼，這個狀態就更可能出現。

據此，〈表4-3〉最突出的部分，似乎有三個。首先，唯一通過（相對）民主程序完成的《國統綱領》，並沒有更旺盛的生命力。其次，六位總統界定兩岸關係所用的修辭，絕大部分（約三分之二）是在其任內出現，亦即能在任期外存活的比例，僅約三分之一或更低。李登輝的「兩國論」雖然在其卸任後仍出現43%，蔡英文的「維持現狀／現行憲政體制」用詞有69%不是在其任內出現於《聯合報》，但前者是因為《聯合報》反對兩國論而使在其版面現身。「兩國論」是《聯合報》批評的對象，因此在李任滿後，出現仍多。蔡英文的「維持現狀／現行憲政體制」是通用修辭，並非蔡獨創。第三，最突出的是，「九二共識」一詞雖然是蘇起所創（詳後文）於2000年，它也是繼「一國兩制」後，對岸用來界定兩岸關係的最常見概念，即便兩岸對其內涵的理解，並不相同。由於陳水扁與蔡英文兩位總統都不同意使用「九二共識」一詞，因此〈表4-3〉

計算的任期以馬英九為準。如此，則該詞及相關的用語在馬任期以外出現的比例，最低是「九二共識」與「一中各表」一起出現之時，但仍有41%，最高是「一個中國·各自表述」單獨出現，達84%。

六位總統的兩岸關係用語及其數量，已經列於〈表4-3〉，下文接著檢視《聯合報》的相關報導與評論。

蔣介石的反攻大陸與蔣經國的三民主義統一中國

中華民國政府從大陸至台灣以後，在1954年底簽訂《中華民國與美利堅合眾國間共同防禦條約》（對岸稱之為《美蔣共同防禦條約》或《美台共同防禦條約》）並在次年3月生效。[5]

從此，國民黨政府失去通過武力「反攻大陸」的自主權，但蔣介石並未不滿，而是因為有了安全屏障而「欣喜」。1958年10月，蔣首次宣示放棄武力反攻，改稱「主要武器為三民主義之實施」（汪浩2017：60，74）。

雖然稍早之前的1957年8月，殷海光與夏道平先後在《自由中國》撰寫社論〈反攻大陸問題〉與〈我們的軍事〉，表明武力反攻的機會「不能說沒有但相當小」，因此「要把反攻的含義，從狹隘的軍事反攻，擴充到廣義的政治反攻」之後，殷文卻遭執政者指這是「反攻無望論」，並有「黨政軍系報章之抨擊」（政治大學雷震研究中心，無日期：23）。作為民營且發行量仍小的《聯合報》在8月8日發表兩篇評論，語氣堪稱持平。頭版的社論說，官方宣稱的「馬上就要反攻大陸」，「宣傳過於事實」，但是「如果……取消了反攻大陸的原則」，將「演變為『兩個中國』」，等於是「散布『失敗論』的錯覺」，該報也不能認同（聯社，1957年8月8日）。較短的黑白集（1957年8月8日）以三百餘字重複類似意見，但有部分篇幅卻是反駁，並說「『無望論』者的紙上談兵，唬不了人！」

但形勢比人強，「反攻無望」無論是指武力或制度的無望，不因國府的否認而改變。因此，在《聯合報》創刊後、《中美共同防禦條約》簽署之前的三

---

5 參見《維基百科》「中美共同防禦條約」。

年三個月期間，該報出現「反攻大陸」的頻率達1867則（參考〈表4-3〉），平均一個月將近50則。其後十年，每月平均僅略多於18則，到了第二個十年，也就是蔣介石去世前一年底的十年，月均數僅略高於八。再來，從1975年至2018年8月3日的四十餘年間，每十年的月均數介於二至四則。[6]「反攻大陸」四字出場的頻次減少，除了反映「反攻無望」的事實，近年來，該詞的出現與其原意，已經大異其趣，比如這類標題：〈向軍方討地請舉證「已反攻大陸」〉（潘俊偉，2014年11月19日）、〈葉錫東用木瓜反攻大陸〉（陳婕翎、何定照，2018年7月6日）。讀了這些標題，人們會有不同的反應，從發噱、憤怒、荒謬、莞爾，再到釋懷，端視各人的秉性與生活經歷而各有所感。

蔣經國在1978年5月就職總統，12月16日美國宣布次年元旦起，不再承認中華民國代表整個中國，兩國斷交（施克敏，1978年12月17日）。1979年12月10日，在美麗島高雄事件發生當天，蔣適巧在國民黨第十一屆第四次全體中央委員會議暨中央評議會發表講演，日後，中華民國在蔣經國年代界定兩岸關係的修辭「三民主義統一中國」，似乎濫觴於此。

不過，這八個字連用的「術語」，早在蔣經國擔任行政院長，回覆立法委員質詢時，已曾在報端出現一次（本報，1975年9月24日）。但其後連續三年多未曾見報。事實上，即便是蔣經國在美麗島事件同日發表的近萬字講稿，也沒有這個詞彙，比較接近的用語，亦僅兩回：「三民主義是中國應走之路」、「重建三民主義新中國也必然成功」。[7]報紙第二次，也就是在第一次出現於國人眼前，再有「三民主義統一中國」八字連用之詞，同樣是《中國時報》的標題，也同樣是對行政院長言詞的報導，差別是第一次是蔣經國，第二次時，行政院長已經是孫運璿。當日，孫以院長與國民黨員雙重身分，提出施政報告，《中國時報》製作的標題是〈建設台灣‧光復大陸以三民主義統一中國〉（本報，1979年12月11日）。

6　2018年8月3日以「反攻大陸」檢視《聯合報》，共得6,563筆，除1951年9月16日（《聯合報》創刊日）至1954年12月31日的1,867次不是五年計，其餘十年計的則數是1955-1964（2,175次）、1965-1974（1,030次）、1975-1984（313次）、1985-1994（337次）、1995-2004（397次），2005至2018年8月6日是444次。

7　蔣經國的致詞全文以〈蔣主席致詞全文〉，在1979年12月11日，同步刊登於《聯合報》、《中央日報》與《中國時報》，差別是《聯合報》放在5版，另兩報放在3版。

如果前段文字所述沒有失誤，則有五點觀察可供一記。首先，「反攻大陸」是蔣介石來台後，必然要擎舉的大旗，以這個口號作為立足台灣的根基。二是1958年蔣介石說不是武力「反攻大陸」，是要訴諸「三民主義的實施」，與「三民主義統一中國」的意思並無不同，僅是同義反覆。三是兩蔣的這兩個修辭，在一黨獨大年代，不僅不是經過民主程序議決的共識，其實也不能說是兩蔣深思熟慮後的選詞，而無寧說是時代特徵的反映，或報紙無意間依其文意而鎔鑄為新詞之後，漸次為社會所慣用。四是，無論是以三民主義的實施作為反攻的依據，或是要以三民主義統一中國，表面上傳達了發言者的主動性與自信，是要以發言者自認為已經信守且執行的價值觀或政策，作為與對岸統合或統一的前提條件。然而，從另一個方向看，這些說法與認定會有另三種解釋。「三民主義統一中國」可以是「拒人於千里之外」的自我保護作為，對方既然不肯實施或認同三民主義，兩岸就無復歸一統的可能。與這個理解方式對立，這會是美國模式的傲慢表現，要以自己其實也沒有完整實踐的標準，作為改變對方政權的壓力。最後，這也許反而透露了發言者的不自信或憂慮，擔心不設定對方無從完成，或其完成幾乎是遙遙無期的標準，則自己在接觸並衍展至政治談判時，就無法不成為對方的附庸或為其指揮。五是，陳宜中（2005：309）說，下文即將討論的《國家統一綱領》，也為人稱作是「不統綱領」，因為它要求兩岸「建立民主、自由、均富的共識」後才談統一，但這個要求在對岸是「遙遙無期」，則統一與不統一，也竟然成為同義詞。

李登輝的《國家統一綱領》

　　兩蔣之後，《國家統一綱領》登場。1949年以後至今，這是歷來僅有的一次，它經過跨黨派的討論與執行。在此之前，蔣介石的「反攻大陸」與蔣經國的「三民主義統一中國」沒有這些過程；在此之後，各任總統的修辭也僅是現狀的不同用語之表述，同樣僅是一人及／或其幕僚的作業。

　　李登輝在1990年10月宣布成立國家統一委員會，次年2月與3月該會與行政院先後通過《國家統一綱領》，陳水扁在2006年使其「終止適用」。它的前言說「中國的統一……是海內外中國人共同的願望。海峽兩岸應在理性、和平、

對等、互惠的前提下，經過適當時期的坦誠交流、合作、協商，建立民主、自由、均富的共識，共同重建一個統一的中國。」綱領的四原則是「大陸與台灣均是中國的領土……中國的統一，其時機與方式，首應尊重台灣地區人民的權益並維護其安全與福祉，在理性、和平、對等、互惠的原則下，分階段逐步達成。」綱領並列出近中長三個統一進程。[8]

　　該綱領的制訂由國民黨領銜，民進黨在抵制與猶豫之間仍有顧問參加，加上青年黨與社民黨及無黨籍人士的與聞，各方對措辭及其實際意涵，提出不同的見解與強調，是唯一仍可稱作是已經取得跨黨派不同程度的認可，且其討論與公開也得到相當關注的兩岸關係之文件；而傳媒的報導、評論或僅只是提及的頻次，尚稱頻繁（參見〈表4-3〉）。事後，不少與會者也以時論（丘宏達，1991年2月24日；陶百川，1992a：28-31，85-100）或回憶錄方式（黃天才、黃肇珩，2005：259-269；林忠勝，2007：217；康寧祥論述、陳政農編撰，2013：478-491），留存其記錄與見識。外界認為「偏向獨立」的台灣團結聯盟，其首任秘書長的蘇進強（後任主席，但在2014年3月遭開除黨籍）[9]在2013年秋接受對岸設置於香港的中國評論新聞網訪談時，曾經表示陳水扁「終止」綱領的適用是「最大的戰略錯誤」，大陸「比較大的失誤」是未能在李登輝時代重視該綱領（孫儀威，2013年9月16日）。蘇進強也對受訪時已經擔任總統五年的馬英九沒有恢復該綱領，表示「令人費解」（林艷、楊犇堯，2013年10月21日）。上海台灣研究所的倪永杰也在台北當面呼籲陸委會主委「恢復國統會與綱領」（林則宏、汪莉絹，2014年2月14日）。

　　《國家統一綱領》施行八年多之後，1999年7月9日，通過《德國之聲》的專訪，李登輝表示在「宣布台灣獨立」與「一國兩制」之間的折衷方案，根源是「中華民國從1912年建立以來，一直都是主權獨立的國家，又在1991年的修憲後，兩岸關係定位在特殊的國與國關係，所以並沒有再宣布台灣獨立的必要」（中華民國總統府，1999年7月9日）。雖然《德國之聲》在7月25日才發布專訪內容全文，但相關內容先已在島內傳播，物議立刻四起，外界後以「兩國論」稱之。

8　全文參見《國家統一綱領》（1991年2月23日）。
9　參見《維基百科》「蘇進強」。

《聯合報》首先邀請反對台獨的吳玉山（1999年7月11日）教授撰寫評論，他在新聞傳出後次日指出，癥結所在是「兩岸關係四十年來確實是中華民國和中華人民共和國之間的關係，只不過這兩個國家長期都宣稱擁有對方的主權，認為應該只有一個中國。」但「北京對於中華民國在國際上成功的扼殺，確實讓我們的執政者鋌而走險……這是個險局了。」

　　吳玉山沒有「怪罪」李的提法，儘管認為這是「走險」，但責任在對岸對中華民國的「扼殺」。過了兩天，同樣反對台獨、旅美36年、〈堅持中華民國護照〉、返台與會在學人名冊備註欄簽署「中華民國後備軍人」（王光慈，2011年4月14日；馬英九，2001年3月30日）的國際法學者丘宏達進了一步。丘宏達（1999年7月13日）說李有「統一政策」，與民進黨人不同：「中共認為……世界上只有一個中國，台灣是中國的一部分」的說法，假使「中國是指中華民國則完全正確，但如是指『中華人民共和國』在法理上與事實上完全不通。最重要的大國美國從未承認台灣是中華人民共和國的一部分。……中共對台主權只是一種主張，並且不為大多數國家承認……。」最後，丘宏達認為，「由於中共反對兩岸為『對等政治實體』，所以李總統只有提出『特殊的國與國關係』來對抗。陳水扁等民進黨人士主獨，與李總統的統一政策，完全相反。」

　　取得德國博士學位、投票傾向不一定與吳、丘同調的顏厥安則「認為（，）李登輝是一位非常重視台灣人尊嚴的『統派』」（1999年7月19日）；他說，假使對岸接受「中華民國」並進一步「要求台灣……政治談判，以……特殊的國與國關係……界定未來三十年兩岸關係，並……提出條件，例如不可改國號，不可加入聯合國，至遲三十年後開始談判統一等等。」那麼李登輝的兩國論有可能是「兩岸統一的起步！」

　　李登輝對德國電台的發言，後來雖遭化約為具有國際關係的兩國論，惟在新聞見報後一週之內，前三位學者無不相繼從中華民國的立場予以評論，並沒有質疑李登輝。《聯合報》固然也是中華民國派，但可能因為學者與傳媒的角色與論政基礎及其推理，仍有差異，也可能因為二者的訴求對象並不相同，該報對兩國論的處理，與三位學者，並不相同。

　　當時，《聯合報》的新聞所呈現的民意，支持李登輝的比例，仍然高過反對，但其社論則以溫和口吻抨擊兩國論為基調。因此，該報7月12日報導前一

日的民調，指出有49%接受李的說法，超過不同意的三成甚多（聯合報系民意調查中心，1999年7月12日）。十多日後，它再轉載《商業週刊》的民調，指出78%企業界人士同意兩岸是特殊國與國關係，雖然57%認為提出的時機與方式不妥（周德惠，1999年7月23日）。另一方面，該報至當年底有三十多篇社論（均在2版），大致是直接或間接質疑或批評兩國論，雖然其所使用的標題仍稱持平，並未動氣：〈「德國之聲版」：這扇門的後面，是否真有出路或活路？〉（聯社，1999年7月13日）、〈兩國論：不要作繭自縛不要自毀長城〉（聯社，1999年7月20日）、〈兩國論：「事實論述」正確「戰略論述」錯誤〉（聯社，1999年7月26日），以及〈兩國論究竟是勝利或挫敗？〉（聯社，1999年8月17日）。最後這篇社論並說，

> 李總統曾多次舉憲法增修條文第十一條……為例，證明兩岸已是「特殊國與國」的關係；但是……第十一條所規定者，為「自由地區」與「大陸地區」的關係，而不是「特殊的國與國的關係」。很顯然的，李總統的「兩國論」，逾越了現行憲法的規定，在當今憲法上找不到根據。（聯社，1999年8月17日）

不過，《聯合報》這個解釋，反而混淆了主權與治權，「自由地區」是指治權，「中華民國」是主權的稱謂，兩岸是主權重疊但治權分立。事實上，張亞中（1992）在李登輝接受《德國之聲》訪談的前七年，就已經說明，雖然兩岸因內戰分裂與德國因冷戰切割不同，東德與西德簽訂基本法的國際政治關係及力量對比也與兩岸有別，但西德對「一整個德國」的堅持，仍然可以作為例子讓兩岸參考。准此，兩岸應該簽訂不永久分裂的政治協定，就能有「一個完整的中國」由「中華民國與中華人民共和國」共同構成，雖然分治，但彼此可以簽訂各種必要的條約作為相繩的依據，這些條約多了，就可約略說是兩岸各自奉行兩憲之後，另有第三憲法授權或約束彼此。

在《德國之聲》訪問李登輝的前一年，新黨姚立明等10人因認同張亞中的說法，曾引發同黨的內訌（陶允正，1998年2月23日；何明國，1998年4月13日）。當時，張亞中（1998年2月24日）撰文呼應姚並爭取可能因誤解而反對「一中兩國」的人。不過，到了李受訪提出特殊論之後或之前，張對李登輝的

理解或對其發言的反應，似乎與前引的吳、丘與顏等三位學者的看法，並不相同。三人沒有反對李的提法，其中，顏厥安的見解甚至與張相通。[10]然而，在這個時刻，張似乎未曾撰文，沒有試圖指認李登輝的主張，其實可以接榫於自己早已提出的看法，反而聽任當有「一中之內」的兩國論，滑落成為「國際之間」的兩國論。

何以如此？原因也許是張亞中（1998：86-89；2000：87-89）在更早之前，已經認定李登輝對統一的作法，在《國統綱領》頒行後的1992至1994年，已經生變。張亞中說，1992年，國統會通過「關於『一個中國』的涵義」、「我方認為『一個中國』應指……台灣固為中國之一部分，但大陸亦為中國之一部分。」[11]但到了兩年也就是1994之後，陸委會的《台海兩岸關係說明書》，[12]「中國」僅存「歷史、地理與文化及血緣」的概念，失去了「政治」與「法律」意義，致使中國統一的表達成為空話。

這個理由的說服力，似乎不太足夠。文史概念與法政內涵確實不同，但二者既可以無須對立，也不必然首尾相從；若說二者可以彼此扶持，並無不可，文史近所以法政合，若能水到渠成，吸引力更大，何以張會認定1992原始一中的界定，與1994的說明，不是補充關係，而是變成二選一、互相排斥的概念？再者，前已引述，有人以國統綱領高懸對岸無從符合的條件而說統一，譏諷其為「不統綱領」，若要批評，針對行政院的綱領應該更為合適，不是專取陸委會層級的說明書而從中找尋漏洞。還有，李登輝說特殊國與國之時，是否要借中華民國之殼，行台灣獨立之實，亦可另有認定；何況，對於「特殊的國與國關係」被簡化為「兩國論」的次日，李不接受並指示幕僚「把它改過來」。[13]

10　不過，顏厥安（1999年7月19日）似比張亞中（1998）退了一步。如前所說，顏有對岸可要求台不入聯，而張則表示，「一中兩國」的四個階段，只有最後一步的「聯邦」會使中華民國不能加入聯合國，雖然此時對岸也不一定是以中華人民共和國之名成為聯合國的成員。另三個階段，從「共同體」至「國協」或「邦聯」，兩岸關係如同東德與西德，都可以是聯合國會員國，僅因對岸治權擁有大幅員及人口，因此是常任理事國，我則為一般會員國（張亞中，1998：141）。

11　全文參見〈關於「一個中國」的涵義〉（陸委會，1992年8月1日）。

12　全文參見《台海兩岸關係說明書》（陸委會，1994C）。

13　中華民國國史館在2023年出版《李登輝總統僚屬故舊訪談錄》，李的總統府副秘書長林碧炤表示，「李當初根本不想稱『兩國論』……李登輝提出『特殊的國與國關係』時，真的沒有兩國

一來，即便真有此意，李登輝距離逞口舌之能而無濟於事之實，能有多遠？二來當事人的「真實」認知，如同政權，都不是一成不變，另有當事人與外人都可以參與建構與變化的部分。陳水扁入主總統府後，對岸所界定的兩岸關係，已從「老老三句」或「老三句」，演變至「新三句」（見後文），而張亞中（2010：92-95）也察覺，北京最初否認、後卻變成以「九二共識」為其兩岸關係政策的主軸。

李登輝提出「特殊國與國」的第二年，《聯合報》醒目報導〈李總統提特殊兩國論即促成邦聯制第一步〉（何振中，2000年4月22日），亦即特殊論是可以解釋為，這是要促請對岸承認中華民國的存在。先前，吳玉山、丘宏達而特別是顏厥安則假借《聯合報》版面，以不同方式認知了這個可能存在的意圖。更早之前，張亞中（1992）已經披露「一中兩國」的內涵；在李登輝接受《德國之音》專訪前，《聯合報》也刊登了很多丘宏達等人的外稿評論，屢見「一中之內」、也就是邦聯或歐盟模式的特殊國與國或兩國之論。但在李登輝受訪後，張亞中似乎沒有評論，[14]他及《聯合報》相同，都未能或不願認知李之特殊論與其相通的可能性，從而也就失去順藤摸瓜的機會。或者，他們可能是以人廢言，或是另有其他顧慮，致使轉身相背不見其同；無論原因為何，這個未取其同的決定，不能說是明智的選擇。若再以後見之明回論，則連戰在2003年因應總統大選，都用了比「特殊國與國」更「刺激」的「一邊一國」這個用詞；[15]那麼，1999年之時，若張亞中或《聯合報》也都能以己之見，圈限或導引而不

的意思，他和美國人這樣講，和德國之音也這樣講。」（蔡晉宇，2023）

14 十年之後，當選而尚未就任總統之前的馬英九提及「一德兩國」。是在這個時候，張亞中（2008年6月14日）方始撰文，認為一德兩國用於兩岸，就是「一中兩國」，而一中是指「整個中國」，張並說，李登輝與蔡英文等幕僚不了解兩德這個背景，並未承認「一個中國」，致使當年李的兩國論是「國際」關係的兩國，他及馬英九的「兩國」則是「一個完整中國」之「國內」關係。

15 當時連戰與宋楚瑜搭檔參選。發言背景是，立法院長王金平說台獨是兩岸未來選項之一，民進黨見獵心喜而直攻，時任國民黨主席的連戰遂稱，「中華民國和中華人民共和國都是主權獨立國家，簡化雙方為『一邊一國』沒什麼問題。」不過，連戰批評總統陳水扁的「一邊一國」是「兩邊三國」，另有「虛擬（的）台灣共和國」，讓台灣形成對立撕裂、政治砍殺，極不道德」（陳志平，2003年12月21日）。《聯合報》沒有批評連戰這個修辭或說法，對岸也仍然接納連戰前往訪問，箇中關鍵似乎是中華民國與台灣國之別，以及《聯合報》與對岸對不同政治人物的評價或定位甚至好惡所致。

是否認李之特殊論，那麼，即便該努力未能鬆動統獨二元對立的僵硬現狀、未能為尋求第三種可能有所貢獻，至少不會是壞事。

陳水扁的四不一沒有

「兩國論」出現八個月後至陳水扁就任總統之前，《聯合報》最注意陳對兩岸關係的定位。在就職演說日，《聯合報》說該講稿是「高度機密」，但確知〈扁就職演說中華民國尊嚴為基調〉（聯社，2000年5月20日），接著指大陸知道扁不會提「兩國論」，因為〈扁迴避一中對岸擬訂聲明續文攻〉（王玉燕、賀靜萍，2000年5月20日），且〈大陸九成五民意支持對台動武〉（聯合報大陸新聞中心，2000年5月20日）。次（21）日講稿出台後，《聯合報》指對岸與美國似乎都能接受，而中共在「兩前提下」，「兩岸可恢復對話」，白宮則認為「陳的演說」，「務實而具建設性」（彭威晶等，2000年5月21日），陳在過去提出的「四不」（「不會宣布獨立、不會更改國號、不會推動兩國論入憲，不會推動改變現狀的統獨公投」）之外，「增加『沒有廢除國統綱領與國統會的問題』，成為『新五不』」（彭威晶等，2000年5月21日）。《聯合報》似乎也以〈馬英九：演說平穩中共難挑毛病〉（4版）的評價，平衡該報同日刊登在13版的對岸立場：〈迴避一個中國原則缺乏和解誠意〉（王玉燕、賀靜萍，2000年5月21日）。同日，〈扁向中共表達了善意〉與〈大陸應正視台灣民主〉的兩則新聞（11版）也是肯定講詞的標題。（本報系專用華盛頓郵報，2000年5月21日；陳世昌，2000年5月21日）

通篇講稿並無「四不一沒有」五字，該詞首次出現，得要等到陳就職演說將近兩個月之後，蘇起當時說，陳對「中共特別關切的國家定位……就用……『四不一沒有』……來回應」（張青，2000年7月13日）。其後[16]「四不一沒有」

---

16 不過，《中國時報》早於聯合一週使用「四不一沒有」一詞，見尹乃菁（2000年7月6日）。但至2000年底，《聯合報》有5篇新聞與5篇社論出現該詞。同期間中時是6篇新聞0篇社論使用該詞。

開始成為通用詞；8月起至年底，《聯合報》共以五篇社論[17]就此著力。第一篇〈屋頂理論：錢其琛的「新三句話」〉（聯社，2000年8月28日）是「屋頂論」，該文自忖，陳的「四不一沒有」及錢其琛的「新三句話」，「或許……蘊藏了空間」，但它也自惕，指「依據過去的經驗，把……好牌打霉掉的機率似乎不低。」年底，第五篇社論證實了四個月前自己的「預言」：在「基本教義派」作梗下，「兩岸關係更是『空轉』……沒有進度」（聯社，2000年12月31日）。

陳水扁任職台北市長期間，數度以「台灣中國，一邊一國」解釋民進黨的台獨黨綱，《聯合報》基本上僅作報導（高大鵬，1995年9月25日；楊羽雯、徐東海，1998年2月21日）。原因應該是該說法並無新意，同時市長是地方職位，統獨定位並非其權責可以代言。不過，對岸似已在意，擔心陳水扁若連任台北市長，則其任內帶職競選總統的機會大有增加的可能，因此在前新聞局長邵玉銘於上海訪問時，海協會會長汪道涵轉告邵，指中共懷疑李登輝在協助陳水扁連任市長，這將致使「兩岸未來關係將無寧日」。邵在返台後以此相告，加上他人的勸進後，最終，馬英九在1998年參選台北市長（邵玉銘，2013：409-410）。另一方面，李登輝曾邀請陳水扁參加國家統一委員會，但遭拒絕；丘宏達（1999年9月20日）指出，陳水扁的「台灣海峽兩邊一邊一國……」，與李登輝的特殊國與國不同。

到了2002年8月3日，「四不一沒有」言猶在耳，陳已在世界台灣同鄉會於東京召開年會時，以總統身分通過視訊發表講話，表述〈兩岸是一邊一國〉，並指若有需要，將以公投決定「台灣前途、命運和現狀」（楊羽雯，2002年8月4日）。三日後，《聯合報》社論抨擊，指陳的隔空講話無異是「自毀政治信任無異政治自殺！」主筆疾言厲色，指控「陳總統用『一邊一國』、『公投立法』幾句話，完全推翻自己兩年來指天誓日的……論述……信用破產……前倨後恭，色厲內荏……國家領導人如此反覆，將如何領導國家？」（聯社，2002年8月6日）

---

17 五篇社論均刊登於《聯合報》2版，標題與日期依序是〈屋頂理論：錢其琛的「新三句話」〉（聯社2000年8月28日）、〈李光耀見陳水扁：是否延續李登輝路線？〉（聯社2000年9月22日）、〈陳總統現在已經站在兩岸政策的第一線上〉（聯社2000年11月27日）、〈兩岸政策首應回歸五二就職演說〉（聯社2000年12月9日）與〈新年祝願：破解「信心危機」與「空轉」的惡性循環〉（聯社2000年12月31日）。

2006年農曆春節，在對岸「江八點」[18]發表將滿11年、通過《反分裂國家法》週年的前夕，陳水扁提出「廢國統綱領時機成熟」，「國統會只剩招牌……追求統一非常有問題」，並盼2006年完成「台灣憲法」民間草案後於隔年公投（謝進盛，2006年1月30日），《聯合報》的不滿程度使其在28天內，撰寫社論10篇抨擊。第一篇措辭仍屬溫和，標題是〈陳總統必須以國家安全為最優先考量！〉（聯社，2006年2月1日）。但美國擔心發生「意外」，不同意陳的廢統論後（張宗智，2006年2月3日），第十篇社論變成〈自辱辱國：陳水扁公開在世人眼前戴上美國送給他的緊箍圈〉，該文稱，陳最後說國統會「終止運作」、國統綱領「終止適用」而不是「廢除」，社論指此舉是現狀的描述，陳是「撒了一泡尿……未跳脫……世局……的大掌心！」（聯社，2006年2月28日）對陳的惡評也反映在的《聯合報》社論文集，在七本之中（黃年，1998a，1998b，2000，2008，2011，2013，2015）僅有聚焦陳執政年代的一書，取了相當否定的書名：《這樣的陳水扁》（2008），陳擔任兩屆總統的結果，是「毀了兩個國家，一個是中華民國，一個是台灣國」（黃年，2008：1）。

馬英九與九二共識

廢除或終止適用國統綱領的爭論之後，自稱「反分裂法，我最先反對」（陳嘉信，2006年3月19日）的馬英九當選總統，以「不統、不獨、不武」作為主要修辭，同時接受「九二共識」這個用語。「九二共識」一詞對於兩岸各有不同的側重，報導馬英九時，《聯合報》同時讓外界看到「九二共識」的機率，是看到「不統、不獨、不武」的四倍多。[19]《聯合報》對馬的兩岸政策，正面評價遠多於負面，同樣也可從該報社論選集，僅有馬英九未進書名，原因應該是馬接受「九二共識」，社論大多以負面評論為主，自然無法從中編纂足夠的

18　1995年1月30日中共總書記江澤民發表〈為促進祖國統一大業的完成而繼續奮鬥〉講話，提發展兩岸關係、推進中國和平統一的八項主張（參見《維基百科》「江八點」），李登輝在4月8日回應六條（參見《維基百科》「李六條」）。

19　2018年8月14日最後查「聯合知識庫」，相關結果是：「馬英九+九二共識」1,429筆，「馬英九+不統、不獨、不武」302筆，而「馬英九+不統、不獨、不武+九二共識」176筆。

文字成集。

　　但究竟是否存在「九二共識」，從1992年起，就有爭論。一個合理的指標是，幾乎所有引述來源都說，九二共識一詞是前陸委會主委蘇起所創。但是，若以《聯合報》為例，直至2000年9月17日才有「九二共識」與「蘇起」共同出現。當時的新聞詢問「九二年共識是什麼？存在否？」（郭瓊俐，2000年9月17日）答案是「蘇起：即為一中各表」；「馬英九：若無共識何來辜汪會」，「陳明通：文件中無一中各表陳述」（同前引）。

　　「九二共識」一詞的出現，確實相當晚近，並且，是2000年5月30日蔡英文以大陸事務員會主委的身分答覆立委時，因否認有「九二共識」而使該詞首次出現於《聯合報》的新聞「內文」：「蔡英文說，九二年的共識……不能只簡化成『一個中國的原則』……『一九九二年共識』如果有的話，只是對『一個中國』有不同的解釋」（楊羽雯，2000年5月30日）。進入《聯合報》的「標題」，又晚了將近一個月（參見楊羽雯，2000年6月28日）。中華民國所強調的「一個中國・各自表述」，《聯合報》最早出現該表述的紀錄，確實是在1992年11月5日。但該則新聞的內文，主要是在說明該八字的使用脈絡及條件，「一個中國・各自表述」尚未成為標題：

> 國務院台灣事務辦公室……表示，在海峽兩岸事務性商談中應表述一個中國原則，但先不涉及『**一個中國**』的政治含義，表述方式……可以是文字的、也可以是口頭的……此次……海基會代表建議採用**各自口頭聲明的方式表述**一個中國原則……海協充分尊重並接受海基會的建議……。（何振忠，1992年11月5日，粗體為本文作者強調）

　　不過，過不到二週，標題很快就首度有了〈「一個中國」各自表述兩岸存異求同〉（何振忠1992年11月18日）。並且從6版凸顯到了2版，內文則說：

> 大陸海協會……建議兩會……各自表述「一個中國」的原則……海基會……認為雙方在香港……已經各自表達了對「一個中國」的看法……海基會……聲明……對海協會建議簽署協議及各自以口頭表述「一個中國」的方式，表示歡迎……（但）官員透露，海協會……仍企圖以函件方式，

將對方所解釋的「一個中國」內容融入文字之中,我方仍應有所警惕。(何振忠,1992年11月18日)

早於《聯合報》,在標題出現「九二共識」的是《中央日報》與《中國時報》。前者是轉發中央社(2000年3月11日)的北京來電:〈唐樹備:兩岸回到九二共識兩會即可恢復協商〉;後者是2000年4月29日刊印的〈蘇起建議:兩岸以九二共識取代一中爭執〉(張慧英2000年4月29日),記者這則報導不但沒說「一中各表」,反而是說,蘇起建議「共識內容各自解釋」,但「不提『一中』」。蘇起該段講話的前三週,羅致政(2000年4月2日)以教授身分也在《中國時報》撰文,指「一個中國各自表述」是「我方……的幻想」。

對岸的《人民日報》出現得更晚一些,是2000年11月16日,以新聞形式表述:〈「九二共識」不容歪曲和否認〉(陳斌華,2000年11月16日)。《自由時報》更是遲至2003年10月20日才有第一篇,並且是社論,標題為〈推銷九二共識與促統沒有兩樣〉。

對於有無九二共識、有無一中各表的是非曲直,當事人日後亦留存了回憶文字可供檢視。

先是海基會第一任董事長辜振甫說,國統會在1992年8月1日第八次會議通過「關於『一個中國』的涵意」後,10月底兩岸代表在香港會談時,是就「一個中國」的涵義及表達方式有了討論。然後是新華社逕自在11月3日發布新聞,指「海基會建議採用兩會各自口頭聲明的方式,表述一個中國原則……海協會經研究後,尊重並接受……」(黃天才、黃肇珩,2005:262)。不過,到了16日,大陸的宣稱已有差異,這個時候,對岸說的是,1992年兩會香港會談有個共識:「兩岸均堅持一個中國原則」,台灣重視的「各自表述」不見蹤影。到了1993年4月,辜汪新加坡會談時,對岸「再一次片面曲解一九九二年的事實」。2000年4月28日陸委會主委蘇起提出「『九二共識』這個新名詞」,但並未突破兩岸僵局。至2002年9月新加坡資政李光耀訪台,辜在這個場合「正式提出accord(承諾、附和)或是understanding(相互諒解)等詞,希望替代『共識』一詞,以還原歷史真相……化解兩岸關係的僵局」(同前引,頁267-8)。辜振甫在2003年又將相同的建議,表達了兩次。一次是獲頒名譽博士,在4月16日於早稻田大學致詞;一次是同月29日辜汪會談十週年,辜以書面表述再

度強調（黃天才、同前引，268-269）。

另外，高孔廉的回憶錄也提供了另一個重點，他擔任陸委會副主委六年（1991-1997），參與協商談判甚多。他說，馬英九在第二任總統屆滿前，曾經在2015年11月1日以電話相詢1992年達成「共識」的經過；高孔廉提出，最關鍵的是兩句話：「雙方雖均堅持一個中國的原則，但對其涵義，認知各有不同」，其中，台灣不能省「雖」字，否則「就跟大陸的講法一樣」。不過，高也說，對岸已經「勉強」接受「一中各表」（高孔廉，2016：267，283）。

蘇起（2015：20-31）本人則有最詳細的紀錄、說明與闡述。蘇起說，根據2001年出版的《李登輝執政告白實錄》及2000年7月24日661期《商業週刊》兩萬餘字的報導，大陸在1988年2月5日就遣人與李登輝接觸，至1995年6月（李前往美國康乃爾大學並發表講演）之前，兩岸共密會27次。蘇起說，密會是第一管道建立互信，海基與海協兩會商談是第二管道。不過，進入第二管道的公開商談後，「根本矛盾……立刻浮現，其中最核心的就是定位問題」（2015：26）。由於雙方已有「無可逃避」的認知，北京遂在1992年3月提五種文字方案，台北不接受後在4月也提五種（後減為三種），其中一案就是「雙方雖均堅持一個中國的原則，但對於一個中國的涵義，認知各有不同」，台北並在8月1日由國統會「特別通過」「一個中國的涵義」予以確認。在商討過程，國統委員康寧祥與陶百川曾有不同意見，但最後該決議「無異議通過」。記者王銘義（2016：143）深度採訪後，也認為這是「一中各表」的濫觴，至於「一個中國・各自表述」八個字連動，蘇起指是海基會秘書長焦仁和在1995年8月首次使用。蘇起說，兩會商談時，各自負責人都宣讀己方的一中定義，宣讀後商談才開始，「北京……從未接受」台北的定義，「但也沒有完全否定」，到了李的康乃爾之行，對岸「開始批評『一中各表』是『刻意扭曲』」（蘇起，2015：2018）。他並補充，「一個中國・各自表述」「這八個字確實不曾出現在一九九二年……兩岸函電往返的文字」，但任何人若檢閱原件，「都可以看出」這個「精髓」（同前引，頁29）。並且，蘇起認為，「自一九九二至一九九五年間，台灣媒介大量使用『兩岸同意各自以口頭表述一個中國』的文字」（同前引）。

當年台灣的媒介是否如蘇起所說，大量刊登足以傳達「一中各表」的新聞？先看社會背景。台灣解嚴之後，政治大學每半年電話訪談兩千位左右民

眾，1992年（也就是「九二共識」一詞指涉的年份）是第一次調查，認為自己「是台灣人也是中國人」的比例是46.4%，是「中國人」是25.5%，二者加總的71.9%確實最高（最近是2019年12月，二者依序是34.7%與3.5%）（政治大學選舉研究中心，2020年2月14日a）。這個調查僅能說，在文化及血緣傳統，「九二」當年仍有超過七成台民可能接受「一中各表」，惟「政治」認同與此有別；因此，本文先前已引述陸委會就「一國兩制」的「政治」調查，顯示接受的國人不及一成。

有此說明之後，我們另以國民黨智庫國家政策研究基金會在2002年出版的《「一個中國，各自表述」共識的史實》作為討論基礎。該文集所輯錄的「口頭表述『一個中國』涵意（的）媒介報導」，僅有五篇，全部出現在1992年：《中國時報》11月4日與18日的〈海協會：接受以口頭方式表述一個中國建議〉與〈兩岸同意各以口頭表述一個中國原則〉、《中時晚報》11月17日的〈兩岸各自口頭表述「一個中國」涵意〉，以及《中央日報》11月17日與18日的〈海協會同意以口頭方式表述「一個中國」原則〉及〈口頭表述「一個中國」我表示歡迎〉（蘇起、鄭安國編，2002：55-60）。

再以「台灣新聞智慧網」蒐集超過十家以上的報紙作為依據，以「表述一個中國」查詢，[20]僅得到27篇，其中七篇在1992年出現，其餘全部在2000年之後。若以「一中各表」查詢，得到1552篇，但在2000年以前，僅有二篇，並且是因為李登輝談及（一中／邦聯的）「兩國論」以後，因我方凸顯「一中各表」而對岸否認才出現的新聞。最後，再以「一個中國」與「各自表述」併聯查詢，得到417篇，其中刊登在1992至1995之間是有14篇，確實比較多了，但其餘也通通是在2000年以後才告浮現。

顯然，台灣相對多量報導「一中各表」的意涵，起於政黨輪替的2000年之後。先前，除了報導稀少而不是「大量」，這些少量的新聞也集中在1992年，其後至李登輝於1995年訪美之間，報導幾乎消失。是因為李登輝已有定見嗎？1998年，國安局長殷宗文訪德見其總理柯爾，返台後向李登輝報告後（胡為真，2018：219-222），由蔡英文擔任主持人於1999年5月完成《強化中華民國台灣作為主權獨立國家地位》報告，建議政府部門全面停用下列概念：一個中

---

20 以下均為2019年9月1日查詢。

國是中華民國／一個分治的中國／一國兩區／一國兩府／一個國家兩個對等／政治實體台灣是中國的一部分大陸也是中國一部分／中華民國主權及於中國大陸／「一個中國、各自表述」（王銘義，2016：53）。

假使前一段的轉述屬實，何以報告完成之前，1993與1995年間，「一中」的相關報導或評論就已消失？是李登輝早有定見並已有效下達指示，致使作為重要消息來源的中央政府，設定了傳媒的報導方向與框架，因此，蔡英文領銜的報告僅只是事後補妝之用？果真如此，則李登輝主政時期的國民黨避談「一個中國‧各自表述」在先，卻何以在其下野後，同樣或更會避談「一中」的民進黨主政之年代，「一中」的新聞或評論反見增加？

原因可能還不全是李登輝退黨後，國民黨以在野身分逼陳水扁的宮，應該還有民進黨支持者仍屬多樣，不必然反對一中各表，其中最見凸顯的是李遠哲。外界多認為他在選前公開力挺陳水扁，是陳當選的重要助力之一。陳入主後，邀請他擔任「兩岸跨黨派小組召集人」，至2000年9月，《聯合報》顯著報導「李遠哲主張回到九二年共識」，並「盼在『口頭表述一中原則』下共創民主中國」，因為李遠哲「自認為是個不折不扣的中國人，但不會因此有任何妥協……我們盼望共同建設一個和平、繁榮、民主的中國，而不是一個封建、威權的中國」（鍾年晃，2000年9月3日）。

次（2001）年元旦的總統祝詞，《聯合報》的主從標題是〈總統：依憲法一中原不是問題促共同尋求兩岸永久和平、政治統合新架構將以「積極開放、有效管理」新視野處理戒急用忍〉（鍾年晃，2001年1月1日）。日後在回憶錄中，蘇起以「統合論」相稱，指這是「陳水扁任內少見的正面論述」，較「四不一沒有」進步，「缺點是……缺乏對如何克服兩岸差異的建議（如『九二共識』）」（蘇起，2015：209-210）。負責該講詞主稿的總統府跨黨派報人吳豐山稱之為「兩岸和平發展論」的「三個認知、四個建議」，吳「深信」要有「智慧」，就能找到途徑，「不與中國為敵」，同時讓在台灣主張獨立與統一的人都能「滿足」、也要讓中共認為「已然貫徹了民族主義」、又讓「美國覺得不損其國家利益又能維持世界均勢」，「應以不脫離華語圈為定義的大中華家族來追求與中國和睦相處；一旦與中國建立和睦關係，那麼台灣也可以在美、中等距關係安排下得到均勢保障」（吳豐山，2015：87-88，95-96）。

只是，台灣或說大陸能有這個智慧嗎？國民黨接受，民進黨與北京接受

「一中各表」，思考並承認中華民國與中華人民共和國能夠、也應該平等但不對等成為各有國際地位的「一個（完整）中國」之構成部分了嗎？

在成為在野黨之後，完成《「一個中國，各自表述」共識的史實》的國民黨編輯認為，是有一中各表的九二共識（蘇起、鄭安國編，2002）。不過，若有這個共識，對國民黨來說，必須要能同時「一中各表」。北京接不接受這個立場？該文集蒐集了五個對岸的說法，前四個、也就是海協會副秘書長孫亞夫（1992年11月3日）、海協會負責人（1995年4月29日）、常務副會長唐樹備（1996年11月1日）與會長汪道涵（2000年7月14日）的談話，並無一處能解釋為北京已經接受，何況，唐樹備還說，一中各表是台灣之作，「與當時的共識風馬牛不相及」（蘇起、鄭安國編，2002：68）。第五個則是轉載「海協會研究部」似乎在2001年完成的〈「九二共識」的歷史真相〉，指兩會在1992年的會談，北京是接受了海基會代表「逐字逐句唸出」的「『在海峽兩岸共同努力謀求國家統一的過程中，雙方雖均堅持一個中國的原則，但對於一個中國的涵義，認知各有不同』」（蘇起、鄭安國編，2002：152）。這段文字應該可以解釋為「一中各表」，但海協會又說，它接受的原因是這段文字「沒有出現具體涉及『一個中國』政治涵義的文字」（蘇起、鄭安國編，2002：152），亦即一中各表僅限於「非」政治涵義。那麼，是否繞了一個圈子，北京依舊沒有公開接受「中華民國」？[21]

在各主要媒介當中，《聯合報》最為在意這個問題。因此，馬英九帶領國民黨在2008年再度執政之後，有關大陸國家主席胡錦濤與美國總統小布希在3月26日的通話，各報固然無不報導，但以《聯合報》最稱醒目。

《聯合報》先是在3月27日標題指〈電話裡告訴布希胡錦濤：九二共識下兩岸可復談〉（聯合報大陸新聞中心2008年3月27日）。次（28）日，《聯合報》將後續消息從邊疆的第18版，提前到了頭版頭，跨欄標題：〈布胡熱線拋出一中各表〉，小標的解釋文是「美中政府先後表示，首度使用『九二共識』一詞，

---

21 又或者，對岸固然沒有公開認可九二共識的「一中各表」，但只要不公開否認，我方就可逕自認定這是「默認」？如同我方制訂《國家統一綱領》時，並不期待對岸公開認可我方的「政治實體」，僅是要其不公開否認。《國家統一綱領》制定期間的總統府副秘書長邱進益（2018：212-219）作此解釋。

國民黨認北京釋善意，馬英九低調回應」（李明賢、張宗智，2008年3月28日，粗體為本文作者強調）。聯合報新聞部（2016：137-138）後來說明，當時該報將該新聞凸顯至頭版頭，是因為新華社中文稿雖然沒有「一中各表」，但英文稿　說 "both sides recognize there is only one China, but agree to differ on its definition." 這不正就是「一中各表」嗎？《聯合報》頗有此時不凸顯，更待何時的決定。因此大作：對岸不但沒有否認，反而是在國際場合，認可了「一中各表」。[22]

其後，《聯合報》連續兩天跟進社論。第一篇審慎地說：

> 馬蕭勝選，全球重要媒介的評論皆指出：兩岸關係將獲改善。其實，這只是直覺，或者只是期盼；若要化作真實，仍須兩岸當局投注極大努力……

22　《自由時報》在2008年3月27日沒有相關新聞，28日雖報導，但未提一中各表或九二共識，而是報導〈布希致電胡錦濤要求西藏事件自制〉（陳成良，2008年3月28日）。同日，該報鄒景雯（2008年3月28日）的評論，質疑〈九二共識國民黨交中國定義？〉，認為「如果當年曾經有中國國民黨所謂的一中各表的精神，重點亦在『各表』，不在『一中』，更不是中國現在所認知的一中『不表』。」《自由時報》在28日另以社論〈「九二共識」是台灣存亡嚴重危機的開始〉（自社2008年3月28日），表示重點還不是能否定「各表」，因為「不論是胡錦濤的九二共識，還是馬英九的九二共識，都是將台灣視為隸屬中華人民共和國或隸屬中華民國，不論差異如何終極而言都是將台灣視為中國的一部分。」《蘋果日報》在〈蘇起：中國未否認一中各表〉（黃敬平、徐銀磯，2008年3月28日）這樣寫著：「蘇起……注意到……『布胡通電話』英文內容，有『一中各表』字眼，代表胡錦濤更開放、更有善意、更有新意……非常接近國民黨主張『一中各表』立場，代表『九二共識、一中各表』已被重新接受。政治大學國關中心主任林正義指出……中國現在重提一中……國際……皆會認為是『中華人民共和國』，除非中國在國際社會能給台灣相對地位與席次，台灣承認一中才有意義。」同日的「蘋論」（2008年3月28日）則以〈布、胡、馬三角〉為題，表示「中國若從一個中國退到『大陸、台灣都屬於一個中國』，再退到九二共識，那兩岸的和談將有穩固的基礎。九二共識（一中各表）已是國民黨的底線，不能再退；中國的底線是一中不表，大家心裡承認一中，但不必表明，兩者之間的差別其實不大。九二共識含攝了一中各表和一中不表，是國、共都可接受的基礎，所以中國才鬆了。」產權這個時候尚未交由余家轉移至蔡家的《中國時報》在28日以標題〈蘇起：胡除九二共識外也提一中各表〉提到：「中國國家主席胡錦濤廿六日與美國總統布希通電話時強調『九二共識』……蘇起指出，胡錦濤甚至說了九二共識就是一中各表。」（姚盈如，2008年3月28日）該報次日另有多則報導，標題包括〈「一中各表」變數仍在〉（朱建陵，2008年3月29日a）、〈大陸學者：大陸重「一中」憂台偏「各表」〉（朱建陵，2008年3月29日b）、〈陳明通：「一中不表」別高興太早，但沒有社論表述自己的立場〉（顏瓊玉，2008年3月29日）。

儘管台北一直說「一中各表」，北京迄今認係「各表一中」，但北京至少不必正面否認台北的「一中各表」。不妨就用「九二共識」來包容「一中各表」及「各表一中」，兩方各說各話，但皆不表異議即可。（聯社，2008年3月28日）

第二篇則對民進黨喊話，是三段論。一先說「中共的《反分裂國家法》……台灣人民當然反對……此法表露出中共霸權的傲慢」。其次，它也認為「這部法律……是……陳水扁及民進黨的『法理台獨』逼出來的」。最後，該文說「胡錦濤……接受『九二共識／一中各表』……國民黨、共產黨及美國，皆已承認『九二共識／一中各表』」，但「民進黨希望它沒有，咒詛它沒有。選舉落幕，民進黨何妨冷靜思考一下『一中各表／維持現狀』的選項？」（聯社，2008年3月29日）再過四日，北京「低調表示」，中南海認為新華社中英文稿對「一中各表」是否真有不同的表述，它還「要再查一下」（汪莉絹，2008年4月2日）。

國民黨通過馬英九勝選而重新執政後，大陸領導人習近平與國民黨要人在北京見面多回：榮譽主席連戰四次，[23]吳伯雄[24]以及主席朱立倫[25]均一次，高潮是與國民黨主席、但同時也是總統的馬英九在新加坡（2015年11月7日）會面。2005年在連胡會之後，次年開始，兩岸每年舉辦經貿文化論壇（有時稱為國共論壇）。

對於以上多次兩岸重要政治人物的接觸，《聯合報》除報導之外，另有不少社論順勢評述。其中，第一場，也就是2013年2月25日連戰在北京與習近平的會面，除行前一篇，及至連戰到了北京後，《聯合報》又連續五論。這個數量創了類似會面的紀錄；部分原因與2005年兩岸情勢較為緊張時，連戰與胡錦濤會，使局面得以鬆弛的貢獻，或有關係（聯社，2013年2月24日）。

《聯合報》在連習會面之前，先以社論表示，希望「兩岸……從『統一』

---

23 連戰登陸的日期依序是2013年2月25日、2014年2月18日、2015年9月1日，以及2018年7月12日。
24 2013年6月12日。
25 2015年5月4日。

的議題上，轉移至經營『尚未統一』的兩岸關係，『作出合情合理的安排』，即可引導兩岸之互動『從合理的過程，通向改良之目的』」（聯社，2013年2月22日）。第二篇社論說，兩岸的未來，

> 有兩個不可能……台獨不可能……「一個中國是中華民國」亦不可能……大陸則……不可以用武力消滅中華民國……必須用民主的方法來處理「尚未統一」的兩岸關係……希望雙方皆能參考本報社論所提出的……中華民國……中華人民共和國……皆是一部分的中國，同屬主權相互含蘊並共同合成的「一個（大屋頂）中國」。（聯社，2013年2月25日）

接下來，是惋惜北京，肯定連戰：

> 從昨日連習會公開的訊息看出……習近平……只見寒暄及泛泛之論……連戰……反而說出了一些馬政府與北京當局皆不敢說或不便說的話……（希望兩岸）……建立……平衡、對等、有效的政治架構……言論內容已是前所未有的直率與深入……北京當局可能並未預見也並不樂見……。（聯社，2013年2月26日）

再到第四篇，論者的不解與不滿成為標題〈如果不容連戰說話，遑論「什麼都可以談」？〉：

> 此次……「連習會」……有三個不尋常……馬政府撇清關係……連戰……稱「政治對話與談判……未來無可避免……」……北京……毫無新意……封殺了連戰的發言……並非真是「什麼都可以談」……馬政府……只想用「不統／不獨／不武」肆應眼前一切，以後的事，即使天塌下來，就留給後人去傷腦筋。（聯社，2013年3月1日）

再要十多天，社論〈不進則退：習近平團隊面臨的瓶頸〉，再次轉述連戰對習提出的話，表示「習近平團隊……應當感知這……是台灣民意……的『底線』……『合情合理的安排』……難道仍要回過頭去再空喊『一國兩制／和平

統一』？」（聯社，2013年3月14日）

連戰第二次見習近平時，相去不到一年，《聯合報》已無社論，雖然其新聞與標題所做的凸顯，仍是另三家報紙所無，它說〈連習會登場習近平主動提馬習會連戰：**中華民國對兩岸來說是資產不是負債**〉（江莉絹，2014年2月19日，粗體為本文作者強調）。《中國時報》是〈連戰提中華民國習認為可談〉（王銘義，2014年2月19日），《蘋果日報》則〈連向習喊正視中華民國〉（編輯部，2014年2月19日），《自由時報》是〈連習會互相唱和「一中架構」〉。第三次的連習會的重點是「抗日史觀」，《聯合報》社論認為北京區分「正面戰場」及「敵後戰場」，與中共自己過往論述比較已是進步，但是

> 「正面國民黨／敵後共產黨」……成為……國共兩黨爭功的黨派史觀，把國家主體「中華民國」塗銷了，也把超黨派的「中華民族」貶抑了。日軍……陣亡……每一個人皆有名有姓地入祀靖國神社……但中國軍隊戰死近三百萬人，大多埋骨亂葬崗……這些人只是為中華民國而戰嗎？只是為國民黨而戰嗎？難道不是為中華民族而戰？……如果連「中華民國領導中華民族抗日」的史實都不能維繫，且北京如果仍持「中華民國已經滅亡」的史觀，台灣人民如何能珍惜「抗戰」與「光復」的連結？……（聯社，2015年6月20日）

到了第四次連習會，《聯合報》已無社論。

在吳伯雄方面，他見習近平，也請北京認知「馬英九同時是中華民國總統」（林則宏，2013年6月14日），《聯合報》社論也再提「大一中屋頂」（聯社，2013年6月14日）。但所述並無變化，畢竟該次距離第一次連習會僅三個月。

將近兩年後，也就是2015年5月4日，再次見習近平的人，由榮譽主席換成黨主席朱立倫，除了〈閉門會朱當面提中華民國〉（林庭瑤，2015年5月5日）、強調這是〈健康交流不怕被抹紅〉（林庭瑤等，2015年5月15日）等新聞，社論認為此次會面有了「突破」的部分是，朱立倫雖沒使用「一中各表」四字，但當面對習近平說「兩岸同屬一中，但內涵、定義有所不同」，「當然就是『一中各表』」（聯社，2015年5月5日）。至於北京的實務運作，雖然「希望台灣能維持中華民國」，但定義「一個中國」時「卻過於故步自封而意圖否認中華民

國」，致「使兩岸關係難以突破與超越的瓶頸」。怎麼辦？假使要突破就得體認「『一中各表』是要處理中華民國在『一個中國』中的地位問題……如果『一中各表』可以確立，對民進黨的壓力將更形升高」（聯社，2015年5月5日）。因此，《聯合報》該社論的主標是〈朱習會的瓶頸與突破〉，副標就以〈中華民國是繞不過去的〉緊盯在後（聯社，2015年5月5日）。除了以此提問與期望大陸當局，當年稍後，《聯合報》社論文集的標題，也同樣對民進黨作此提問：《蔡英文繞不繞得過中華民國：杯子理論與兩岸未來》（黃年，2015）。[26]

蔡英文的維持現狀

朱習會的前三天，競逐國民黨主席的洪秀柱提出了「一中同表」，認為這是當行之路，從「一中各表」、「一中不表」而推進到了「一中同表」，指兩岸現狀是「『主權宣示重疊、憲政治權分立』，更通俗來說，兩岸是『整個中國』內部的兩個憲政政府」（林河名，2015年5月2日）。如果更具體地說，「一中同表」應該寫為「一中兩國三憲」。一中兩國是「一個完整的中國由中華民國與中華人民共和國構成」，三憲是兩岸各自的兩部憲法之外，兩岸逐步簽訂多種政治協定，成為兩憲之外，也能相繩彼此，因此這些協定約略可以說是第三憲。這是接近於歐洲聯盟，或邦聯的模式，最早的雛形前已指出，是張亞中（1992）所提。

這些用詞與內涵，《聯合報》社論撰寫者並不陌生。

早在2010年，該報就連續以六篇社論再三闡述「一中各表」的多種面向，但招致張亞中、黃光國與謝大寧以「一中同表」，提出「六問」相詰。《聯合報》結束這場「辯論」的社論，最後是這樣說的：「看不出《六問》與《六論》有甚麼斬釘截鐵的歧異……僅舉二者的最大共同點……都是『泛屋頂理論』……例如兩岸成立『邦聯』……若成立『邦聯』就會出現『第三憲』」（聯社，

---

26 黃年在2022年8月14日假《聯合報》A10版發表〈白皮書的燈下黑（上）從海基會第八方案再出發〉，認為對岸國台辦在7月的八集《「九二共識」系列微講座》，國台辦發言人馬曉光所說，就是「原汁原味的『一個中國／各自表述』。」

2010年1月25日）。

因此，針對洪秀柱的「一中同表」，《聯合報》起初撰寫了兩篇社論予以支持。〈兩岸政策：洪秀柱無縫超越馬英九〉（聯社，2015年6月20日），這是雀躍之情。因為，「一中」雖然「可能被扭曲為『一中同表中華人民共和國』」，但社論期待洪「把持『在一中各表上創造一中同表（的大屋頂中國）』之立場」，進而勇敢且「清晰地向選民說明」（聯社，2015年6月20日，2015年6月27日）。

然而，社論的這個立場，與新聞的呈現，並未配對。「一中同表」的新聞或評論，在《聯合報》至今[27]出現191則。但是，這些文稿僅有四則同時出現「一國兩府、一中兩國、歐盟模式、邦聯」等用詞；四則當中，又僅有一則是在洪競選期間出現，並且，該篇的記者又說，「一中兩國」一詞並沒有左右逢源的勸服效果，反而使得「獨派解讀為傾統」，統派又認為這是台「獨」的主張，致使洪的同表說，「兩面都不討喜，都無法獲得支持」（周志豪，2015年7月5日）。當時，絕大多數國民黨參選人並不同意「一中同表」，其強度已經到了「認真考慮退黨」、「婉謝徵召參選」的地步（聯社，2015年7月2日）。更荒唐的轉折是，洪秀柱自己幾乎也在此時「脫口說出『我不能說中華民國的存在』」（林庭瑤，2015年7月19日）。原本在太陽花學運之後，已經不利於國民黨的選情，至此更是急轉直下（胡宥心等，2015年7月10日；林庭瑤，2015年7月5日）。這個時候，《聯合報》資深人員也提筆評論，指「一中同表」最多是「孤芳自賞」（謝邦振，2015年7月13日）。

《聯合報》社論與新聞在這個例子上的脫鉤，原因可能是新聞必須引述他人發言，不同於社論仍有自行發揮的餘地，有以致之；但也可能是「統獨」框架長期限制了國人的認知，統中有獨而獨中有統的「第三條路」儘管存在實例（如邦聯、歐盟模式），但至今大多數國人仍然陌生。《聯合報》記者或許知道報社反對台獨的立場，但對「第三條路」的內涵並不熟稔，也不一定有意釐清。至今為止的選舉及民調過程，是強化而不是鬆脫或挑戰統獨的二元對立。

於是，《聯合報》很快就回到了「一中各表」這個正統，易解的主張。該報回歸的另一個原因，可能是在「一中同表」進入選舉詞彙後不久，馬習會即

27　指至2019年9月1日查詢「聯合知識庫」所得。

將在11月7日登場。如果國人都不清楚、國民黨都不支持「一中同表」，又怎麼可能期待大陸人、共產黨接受？在短暫分神後，《聯合報》於是復返「一中各表」。

　　馬習會次日，四報都大量報導（含評論與提及），《聯合報》41篇的數量最多，但另三報也不算少。[28]但最能凸顯該報與《中國時報》、《自由時報》與《蘋果日報》等三報差異的地方，不在「數量」，是在對「一中各表」的呈現。

　　《蘋果日報》刊登了外稿的評論（杭之，2015年11月8日），也訪問曾任經建會副主委的民進黨員張景森（蘋果日報編輯部，2015年11月8日a）。這兩篇文字都指責馬沒有公開表達一中是指中華民國。與此同時，該報也訪問親民黨發言人賴岳謙，認為對岸在新加坡已經「同意台灣堅持的『一中各表』」（蘋果日報編輯部，2015年11月8日b）。蘋果批「一中」，但也讓「各表」略有出口。《自由時報》的批評更全面，絕不留情：〈各表沒了／各界批馬〉（彭顯鈞、王寓中，2015年11月8日）、〈只提一中沒各表馬賣台叛國〉（蘇芳禾，2015年11月8日）、〈不談各表向習投降　民進黨團斥馬失格〉（曾韋禎，2015年11月8日）。除以新聞批評馬，《自由時報》另有4篇外稿批馬，資深記者鄒景雯（2015年11月8日）的評論，對馬更是貶損：〈習王書曰　馬臣接旨〉。

　　《中國時報》與《聯合報》都沒有批馬。《中國時報》第3版說，〈當著習近平的面　馬提一中各表站穩總統立場〉（楊毅、藍孝威，2015年11月8日）。《聯合報》則是從新聞到社論，由頭版至3版，用力投入於建構對岸（至少是私下默認）「一中各表」，因此報導：「……馬總統閉門會闡述『九二共識』，提及『一中各表』，當著習近平的面說出『中華民國憲法』」，而習近平稱「『九二共識、反對台獨』是共同政治基礎，缺這一個定海神針和平之舟就會徹底傾覆」（聯合報系採訪團，2015年11月8日a），以及三篇報導：〈一中各表馬向習提中華民國憲法　「我站穩一個中華民國總統要站穩的立場」〉（聯合報系採訪團，2015年11月8日b）、〈記者會上　馬秀出1992年聯合報剪報中華民國國旗、「總統」名牌齊上桌具體行動表述「一中各表」〉（聯合報系採訪團，2015年11月8日c），以及社論〈馬習會：鞏固九二共識試探一中各表〉（聯社，2015年

28　《中國時報》是36篇，《自由時報》32篇，《蘋果日報》27篇。以上篇數均以「馬英九」為關鍵字查詢所得。

11月8日）。次日，《聯合報》再於頭版，補充了他報所無的〈習善意未提「一中」馬閉門會「各表」〉，該報導內文則強調雙方會前協商，台表示希望公開對外說明「一中各表」的內容，但對岸暗示若這樣，將「搬出『一國兩制』反制」（楊湘鈞、程嘉文，2015年11月9日）。因此，最後馬在公開場合只談「九二共識」，習則不提「『兩岸同屬一中、一個中國、反對台獨、兩岸一家親』等敏感詞語」，但在閉門會「愛講什麼就講什麼」，馬對習「說明一中各表、中華民國、中華民國憲法等」（楊湘鈞、程嘉文，2015年11月9日）。

到了2016年，《聯合報》兩岸關係的主要撰稿人黃年在卸任總主筆職務後，以本名評論〈一中各表和求同存異的異同〉。他認為「一中各表」是「馬英九建立的台灣話語權」，卻被「洪秀柱推翻……馬英九八年的努力，被洪秀柱一夕斷送。政治多麼可怕？政治多麼廉價？」（黃年，2016年11月3日）

隔年，黃年（2017：115，122，126，130，138）將對大學生的講演，以更有機與完整的方式，撰寫成冊，用意是想說服更多台灣年輕人走出「天然獨」的認知框架。他再次扼腕於「馬的八年努力沒有被蔡推翻，竟然被洪秀柱一夕斷送」，批評「洪秀柱闖了大禍」。黃年認為，2012年敗選之後，蔡英文擔任黨主席的民進黨至2014年曾有多次發言，顯示其轉型企圖，因此才有2014年1月由日後曾任行政院長的林全率團走訪大陸。不過，同（2014）年稍後的3月18日「太陽花事件」顛覆了整個情勢，致使蔡的「九二會談／求同存異」與「九二共識／一中各表」本無差異，卻在受「獨派夾制」之下，可能會坐令「內殺型台獨」擴張（台灣獨立不可能，但藉此壓制不同意見的人），致使台灣也許不會「地動山搖」，卻很可能致使「外擊型台獨」（對台灣海外商業及國際位置產生傷害）逼出了「中華民國漸凍與經濟漸凍」的局面。即便、或說正是因為存在前述及的認知，《聯合報》（黃年）針對或涉及蔡英文的批評，仍然留存轉圜的空間。該報認為，假使蔡英文能用「九二函電／求同存異」，那麼，即便不說九二共識，「北京應可視此向前邁了一步」，因為對於台灣堅持的「一中各表」，北京「在內部政策上不承認，在對外操作上不否認」（黃年，2017：115）。其後迄至蔡英文主政至2019年9月1日，《聯合報》所秉持的認知與建言，尚未脫離這個範疇。[29]

---

29 在這段期間，黃年批抨蔡英文與習近平的文字，有兩篇特別嚴厲：「蔡英文若連任，卻又將台

只有統獨嗎？《聯合報》的第三種觀點

　　1990年代而特別是本世紀以來，《聯合報》的社論重心之一，表現在思考與撰述兩岸關係的「第三種觀點」。1980年代以來，對岸標舉「一國兩制」的統一模式，我國官方從不接受之外，第一次中央政權輪替以後，勢必與對岸為敵的台獨氣氛漸濃。在這兩個方案之外，有沒有其他空間？前文引述《聯合報》在解嚴之後，就特定事件的新聞報導與評論，從中已經鋪陳該報的第三種觀點，〈表4-4〉則羅列晚近二十餘年來，該報形容這個觀點的修辭。該表特別突出黃年，原因是他從1993至2014年擔任《聯合報》總主筆、是表列社論的主要撰述人；退休之後，他具名（含筆名「童舟」）持續（包括2018年初起，以固定週期在該報民意論壇以「大屋頂下」專欄之名），穩定就兩岸關係發表評論。[30]

　　根據黃年（2017：28-32）的解釋，他早在1990年就已經提出「筷子論」。當時，美國國務院邀請黃年訪美一個月，他對美國在台協會主席白樂崎表示，兩岸如同筷子，硬綁失去正常功能（強制統一），單獨存在也不能使（台獨），兩筷必須並行有合有離，才能發揮正常功能。不過，這個說法在七年之後，才以〈筷子理論：台灣是海陸介面與東西橋樑〉為題，正式出場（聯社，1997年10月22日）。「杯子理論」則在「筷子論」的十二年後現身，意思是「台灣是水，中華民國是杯；杯在水在，杯破水覆」（聯社，2009年10月20日）。「統一公投」的提出，是美國總統柯林頓在上海與中共總書記江澤民會談後，民進黨發布了〈民主進步黨於柯江會談後的聲明〉（1998年7月1日），《聯合報》認為該聲明與其台獨黨綱，已有不同，因此進而論稱，若要公投，不應該是主張獨立，因

獨騙局遞交下去，這將是她最大的無能、恥辱與不負責任……她可能對台灣造成的傷害，其實皆遠甚於李扁。敬告蔡英文：不要變成第二個陳水扁，第三個李登輝！」（黃年，2019年6月14日）。對習的香港作為，黃年批評：「北京『一國兩制』沒有做好做足，可謂背信棄義。台灣的困局則也是因北京對『九二共識／一中各表』背信棄義。沒錯，我說的是背信棄義。二〇一六年民進黨執政後，北京……壓抑『一中各表』……習近平……若片面主張『沒有一中各表的九二共識』……即是背信棄義……將使中華民國難以立足，亦使台灣反台獨的民意失去支撐」（黃年，2019年9月1日）。

30　至2019年9月1日，是47篇。

為中華民國（當時）已經獨立八十餘年，但兩岸若統一，由於是對現狀的改變，便可通過公投方式審慎為之（聯社，1998年7月3日）。一個月後，企業家、也是總統府國策顧問的曹興誠也提出「統一公投」說（王惠民，1998年8月3日）。這是新聞事件，不是或不僅是報社立場的（再次）表明，因此，它是〈表4-4〉唯一記者及聯合報社以外人士撰寫的稿件數量，超過社論的修辭。

從「筷子論」到「杯子論」都是以溫和的比喻，分析也力勸台獨不可行，但並沒有觸及兩岸若統一，假使不接受大陸所說的「一國兩制」，那麼，兩岸當以何種方式統一？「統一公投」僅只是涉及程序，亦即要有民主投票的過程，讓台人同意中華民國是否要與中華人民共和國統一，但它沒有涉及「實質」內涵，是要對岸的「一國兩制」的統一，還是其他方式的統一？就此統一的中國，兩岸的主權與治權，會是哪種關係，並無一個現成的例子或新出的理論可作依托，因此就有「一中屋頂」在2002年首次出現在《聯合報》社論。

雖然兩德的「屋頂」論最慢已在1976年見報（見後文），但當時的提出者是學院人。由政務官提出，已是解嚴而國統綱領公布之際；彼時，馬英九以陸委會發言人身分，他這樣說：「分裂國家解決主權問題，有時有些『賴皮』、『不按照國際法』，只要自己說得通就好。像西德在兩德統一之前，以所謂『屋頂理論』來自圓其說……值得我們思索，成為靈感的來源」（徐履冰，1991年3月4日）。不過，直至陳水扁當選總統而對岸有「新三句」（見後文）之後，《聯合報》才有更頻繁的論述，此時，無論用的是「屋頂理論」（69篇中有57篇在「新三句」之後才見報），或「屋頂中國」、「一中屋頂」與「大一中架構」，[31]

---

31 施明德（前民進黨主席）、陳明通與蘇起（均曾任陸委會主委，陳任兩次）、洪奇昌與焦仁和（曾任海基會正副董事長）、程建人（前外交部部長）與張五岳（淡江大學教授）在2014年5月27日發表《處理兩岸問題五原則》：尊重現狀、兩岸為兩個分治政府、大一中架構取代一中原則、兩岸共組一個不完整的國際法人、以共識決處理雙方關切的事務，以及，兩岸在國際上享有參與聯合國等國際組織、與其他國家建立正常關係的權利。次（28）日至31日，《聯合報》共刊登15則文稿，除表示對岸未必接受，15篇文字全無反對之聲；反之，15篇當中，包含3篇「大一中兩府」為眉題的社論，響應與支持這個倡議並認為「邦聯或歐盟」都是「不完整的國際法人」（聯社2014年5月28日、29日、30日）。《中國時報》10篇，但無社論支持，卻有外稿評論指〈大一中獨台暗度台獨〉（王紹平，2014年5月29日）。《自由時報》有11篇，至少6篇的標題是負面抨擊或揶揄「大一中」（何新興，2014年5月28日，陳慧萍、王文萱，2014年5月28日，陳偉忠，2014年5月29日，曹郁芬，2014年5月30日，鄧蔚偉，2014年5月31日，

都是「新三句」之後才出現，其內涵相同，是要將兩岸納入一個中國的屋頂下，一間屋兩間房。《聯合報》更完整的表達是：

> 我們……倡議……「第三概念的中國」……「中國」有三個概念：中華民國、中華人民共和國，和在二者之上的「第三概念的中國」……是……「整個中國」……「屋頂理論」、「球體國家」、「邦聯」、「三個主體論」、「一中兩憲」、「一中三憲」、「統合論」、「現在進行式的一個中國」、「一國兩府」、「一個中國／兩個平等政權」、「筷子理論」、「杯子理論」等等不勝枚舉，可謂皆是「第三概念中國」的表達形式。（聯社2010年9月4日）

兩岸關係的「情理法勢」

本文前言提及，《聯合報》的兩岸關係言論所可能蘊含的當代意義，與兩岸人民福祉、乃至於世界和平的可能關係，至今尚未得到足夠的認知與討論。在經過以上篇幅的整理與分析，本文最後便以《聯合報》所揭示的兩岸關係第三種選擇或「第三概念中國」，對於其在現實上的作用與意義，嘗試進行統整的討論。

顧名思義，這個「第三概念中國」是要超越當前已經是黑白二元對立的「統獨」指涉。它不能也不願意認同「兩岸關係」的兩個極端，循此，也許會有空間創造契機，另與對岸締結兩岸都能接受的政治協定或條約，彼此平等對待（如，兩岸都是國際組織成員），但也接受雙方的不對稱關係（比如，但不止是對岸乃聯合國常任理事國，台灣不是）。

兩個極端之一是，兩岸成為（對岸是）主（台灣是）從關係的一國兩制之「統」。另一端是，對岸迄今不曾同意，並因2005年制定《反分裂國家法》後，更使得台灣（必須以對岸為敵才能）「獨」。

現狀是指台澎金馬以中華民國之名的有限，並且是扭曲，且與對岸常見摩

葛雋，2014年5月31日）。《蘋果日報》3篇，兩篇中性陳述，一篇指〈大一中難被台灣中國接受〉（魏千峰，2019年5月29日）。

擦與衝突的實質但缺乏國際承認的獨立。從1994至2019年，二十餘年以來，年年進行的「台灣民眾統獨立場」調查顯示，選擇「永遠維持現狀」及「維持現狀再決定」兩個選項的加總比例，在最低40.4%（1995年）至最高61.6%（2012年）之間浮動（參見政治大學選舉研究中心，2020年2月14日b）。但是，這個類型的民調是有缺點的。

　　一是，如同所有民調，這是靜態示意，不是審議後可能產生改變的動態傾向。二則這些調查從來沒有給予第三種選項，難以反映全豹。

　　更重要的是，現狀很難說是可欲的，試舉數端。一是常見有人以主體性之說，對立而不是融合台灣史觀與中（華民）國史觀，高中課綱的爭議僅是其中較為外顯的部分（李世達，2010；季節，2014；林暐哲，2018），不是全部。其次，兩岸交流與互動難以正常。比如，台灣無法正常參與國際活動；又如，兩岸人士都在場的海內外活動與出版，屢屢出現國名、旗幟、頭銜、稱呼等等摩擦。這些僅是較常見諸新聞報導的部分，激起兩岸而特別是台灣人的情感波動，使得兩岸砥礪彼此之聲與互動，無從聽聞。三則對於台灣來說，現狀也是政黨競爭時，仍然經常籠罩在「統獨」的標籤與框架，致使兩岸而特別是台灣的內部議題遭致遮蔽。對於對岸來說，欠缺在一國兩制外，另與台灣共創第三種方案，亦可說對岸失去「以大事小之仁」的機會，是沒有從中增益自身的軟實力，也未能吸納台灣值得吸納的一些價值。最後，已經不見得可欲的現狀，是否完全能由兩岸自行掌握，兩岸是否支付不當的經濟與其他成本在經營與維持這個現狀；或者，在聽任現狀的持續，是否使得美國從中取得不正利益而非和平使者，最終仍使現狀不值得維持，也是問題。

　　考察這兩個極端的關係，以及在其框架之中的現狀，可以從「情理法」著手。雖然（兩岸各自的力量大小及國際或區域政治）的「勢」，是比較關鍵的決定因素。情是基礎，缺情，即便大勢離我而去並使理法的詮釋在彼不在此，亦將致使具有主從關係的一國兩制難以實現，即便勉強行之，勢將難以穩定。

（一）「情」

　　情之變動，因境而轉。深具中國民族主義情懷的張秀哲，曾在1930年代將北市自宅以一圓日幣租給中華民國作為駐台總領事館。他說，「我的住宅屋頂可以掛著『青天白日滿地紅』的『祖國』國旗……是欣幸」（張秀哲，2013：

表4-4　《聯合報》觀點的比喻／修辭，1997-2019

修辭	刊登年月日		篇數合計	作者身分			
	首篇	最近一篇		社論*1	黃年*2	記者	外人
筷子理論	1997/10/22	2015/6/29	15	9	1	4	1
統一公投	1998/7/3	2014/9/26	78	23	1	41	13
杯子理論	2009/10/20	2018/7/8	49	31	14	1	3
屋頂中國*3	2012/5/16	2019/3/10	117	85	31	0	1
	117篇有10篇同時出現「邦聯」一詞						
以下修辭雖非《聯合報》首提，但與其主張接近或重疊，因此也有相當數量的社論							
屋頂理論	1991/3/4	2017/3/28	69	44	2	18	5
	68篇有20篇同時出現「邦聯」一詞						
一中屋頂	2002/8/8	2019/8/10	41	9	23	8	1
	41篇有8篇同時出現「邦聯」一詞						
大一中	2014/5/28*4	2018/12/22	54	18	5	24	7
	54篇有7篇同時出現「邦聯」一詞						

說明：*1含「黑白集」；*2包「童舟」及介紹黃年文集的文字；*3若以「大屋頂中國」查詢，109篇，（幾乎）全部包括在「屋頂中國」。*4蘇起／陳明通等人聯合提出「大一中」模式之前，已有新聞或評論出現不必然涉及兩岸關係的「大一中」一詞，已經予以人工刪除，不列入計算。

資料來源：本研究依序以表格所用的比喻或修辭，查詢「聯合知識庫」。

1）。但親歷「二二八」後，往後35年間，他卻如同「活死人」、「永遠面無表情」，足不出戶（同前引，頁182-183）。台裔作家陳舜臣在日本馳名，眾多著作包括《鴉片戰爭》等多種以中國史為主題的歷史小說，他在1973年入中華人民共和國籍，「六四」後「深受衝擊」棄中而入日籍，並在次年重訪睽違四十餘年的台灣（陳思宇，2016：6）。陳逸松在1970年代初從台灣前往對岸，曾任人大及政協委員並指有一種（不是所有）台獨「受帝國主義慫恿」，但很可

能是在「六四」之後，他「身心俱疲……憂憤心緒夾擊下……退出大陸」，此時他說的是，「反對急獨和急統……統獨……不要拿到枱面講……只會傷感情無濟於事」（林忠勝，1994：10-11；曾健民，2015：181，345，372）。[32]保釣運動健將之一郭松棻（2015：80-81，167，177-178，211，215，257，403）極力反對但同情台獨、主張統一但不因中國之大，是認為「社會主義祖國的進步……不僅是對舊中國……（對）台灣……（也）是對整個人類求解放的奮鬥而言。」（同前引，頁177-178）但是，他卻在1974年夏天親訪大陸回美之後，「逐漸退出」政治。（同前引，頁403）

從郭秀哲到郭松棻，在親履中土與歷經「二二八」與「六四」之前，都沒有脫離對岸而獨立的情感。但沒有靜止的世界，情隨境轉是常態，並非罕見，他們對兩岸關係的歸宿及其情感，其後，無疑有了變化。以此再看2015年首次出現於四家報紙的「天然獨」一詞，[33]或將對「天然」之說，心生「莞爾」，試說兩點。

一是，如果不接受一國兩制就是主張獨立，那麼，本文先前已經引述，從對岸經貿對外開放而本地解嚴以後的歷年調查，早就表明，這樣的人在台灣占了九成以上。那麼，蔡英文以黨主席身分在「太陽花（反服貿）運動」後三個月於民進黨全國黨代表大會表示，「堅持獨立已經變成年輕世代的『天然成分』」（鄭宏斌，2014年7月20日），若非事後諸葛，就是另有用意。比如，這可能是通過命名，試圖誤解競爭對手或刻意為其張貼標籤，藉此鞏固或拓展（青年）選票；同時，這可能也有製造煙幕彈的作用，兩岸關係及其延伸的面向更見凸顯之後，其他社會與民生議題，更難成為論政重點。

其次，天然獨的感情成分[34]多於理法勢。但是，涉及兩岸關係的感情成

---

32 資深新聞人卜大中（2019：12-15）則說，「六四」使他「從統派變成反統派」。

33 最早一篇出現在《自由時報》（陳慧萍，2015年4月15日），後是《中國時報》（中國時報社論，2015年8月17日）、《聯合報》（胡宥心，2015年10月12日）與《蘋果日報》（洪紹恩，2015年11月12日）。

34 林立認為，積極主張台灣獨立的人，是基於「不愉快的歷史經驗」，「對『中國』這個字彙及中國文化在情緒上有極大的憎惡及輕視，自然希望宣布中華民國滅亡；『中國』是個情感上令人無法接受的名詞」（2000：181）。李永熾則說，他雖然一直認為「國民黨和共產黨統治下的中國……沒有一個是好的」，但在2000年以前，他對舊中國的歷史沒惡感，「甚至有些滿喜歡」，其後卻對「舊中國的那些想法，都產生懷疑」，原因是「中國文化會培養出……蔑視人

分，不是僅有「獨」一種，也不是終極上不獨，就是終極上接受對岸所設定的一國兩制之「統」；在「與對岸為敵的獨」及「向對岸政權投降的統」之間，是存在另一種情愫。王超華（2013）與楊儒賓（2014，2015）從不同的知識背景，在不同的脈絡下，都傳達了這個情的內涵，他們提供國人另一種參照，他們或許也有予以培育，並使其茁壯的用心。

在「反媒介壟斷」運動如火如荼進行之際，吳介民（2012）適巧出版論文集，主張台人不必僅將對岸看成是商業的機會或政治的威脅，他認為，台灣應該開發與對岸社會對話的第三種中國想像與實踐。次年《思想》雜誌推出專題深化其討論，其間，「八九民運」人士王超華（2013：287，290-291）認為，吳書並未展現作者所認同的第三種想像，她還指出，在北京毫無自省、台灣改善尚有不足而未能鞏固「與北京斡旋的最後防線：社會民主」的情況下，吳書對大陸「說三道四、道德高地」的修辭流於「傲慢、自娛」且無效，並且會有遭致族群政治襲奪的危險。除了這個提醒，她所還原的歷史情境，尤其值得台人重新溫習：「1989年……天安門曾經激動了台灣社會整整一個夏天，直接影響到……大學生進行政治抗議的意願和方式，啟動了加速台灣政治體制改革的扳機」（王超華，2013：287）。密切關注1990年初台灣政情並參與其中的葉啟政教授，亦有見證：「台灣的學院都是在校園內，幾乎沒有走入社會。野百合學運所以會形成，一九八九年中國六四天安門事件顯然是起了催化的作用……」（2013：165）。葉曾因為不認同澄社資深成員「暗示統一是終極目標」而離開（同前引，頁159），但不妨礙他從容與對岸學界交流以促進彼此理解，[35] 從中或許也蘊含另在統獨兩極之外，另覓兩岸關係的第三種概念？參與創立社會民主黨、民進黨在2019年提名為不分區立委的范雲，身為當年學運領

權……人心和人性的東西」（2019：434）。這些反中或厭中之情，與所謂「天然獨」的對中情緒相同嗎？這會是接近於本質論而到了種族主義的地步嗎？或者，這些應該理解為特定時空脈絡所激生，不宜本質論之；或許，這是如同近世的西方殖民、近代的德國納粹與日本軍國主義，以及二戰以後美國助長或參與了他國的政變，若說這些行為出於西人或日人的本質，應該並不合理。

35 較近的交往例子包括捐贈3700冊圖書至中國政法大學（2015年8月27日），成立「葉啟政先生社會學文庫」，至北大講演〈實證的「迷思」——重估社會科學經驗研究〉（北京大學人文社會科學研究學院，2018年5月26日）。

導人之一，也在「六四」三十週年前夕接受訪問，這樣回顧：「八九民運為隔年台灣學運取得正當性」（范雲，2019年5月28日）。

鹿港「文開書院」[36]在2013年入秋舉辦露天的「在台灣談中華文化」，除邀請第一次參選總統失利的前民進黨主席蔡英文即席對話，另有專文六篇。其中，楊儒賓說：

> 「中華文化」一詞的內涵是浮動的……帶給台灣的也許是百年難遇的機會，而不是被共產中國併吞的危機……如果中國不能體現真正的中國夢，天下乃天下人之天下，兩岸既然共同分享了悠久的文化傳統，如果我們能消解十九世紀以來強烈的主權思維，鬆綁「中國」「中華」的多元內涵，為什麼台灣不能執行中國夢？為了台灣，為了中國，也為了普世的文化理念，台灣的漢文化既然累積了足夠的傳統力量，也混雜了特多東西夾雜的異質力道……為什麼我們不善用自己的資源？（2014：150，154，156）

這個積極昂揚的信念、自期與倡導，起於一種認知，在於楊儒賓認為，共產黨取大陸，國民黨來海島，在台造成白色恐怖及其共生的身心及思想的禁錮與萎縮，但與此同時，另有「最頂級的大知識分子與……中間知識分子……來到此地……參與台灣，融入台灣，他們的精神活動成為塑造今日台灣面貌的強而有力因素」（2015：34）。[37]這個認知及受其滋潤的情感，在今日的台灣既陌生疏離又老生常談，它是即將消逝或尚可興復的認知，對於在兩極化的兩岸關係之外，能否因為動之以情，遂讓台人有新的認知並主張，進而開闢與凝聚第

---

36 紀念1661年因颱風隨船漂流來台，從此留台至1688年於今日善化逝世的沈光文（字文開），他在台灣留下第一批漢字文學作品。

37 這類書寫近年較少，但另見楊渡（2015）。文化傳統也不僅限於知識階層的貢獻，史學者林桶法（2009：336, 415）說，二戰後約十年間從中國大陸來台約120萬軍民，歷經「正負面……衝擊與融合……所建立的多元文化價值應該值得肯定」。若說民生，經濟學者瞿宛文（2017：1-2, 7-8, 15-16, 47-53, 284-299）引述Angus Maddison教授的研究，指在163個國家或社會，台灣從1950至2008年的人均所得實質成長22.8倍（南韓23倍），僅有人口70萬的赤道幾內亞超越台韓（香港與新加坡是12.7與14.3倍），但解嚴後的本地相關研究，往往說這是日本的殖民貢獻、美國協助或人民努力，鮮少或不凸顯國家管理市場過程中，「以實業救國的儒官」（不同於「財經官僚」）在這段歷史過程的關鍵奉獻。

三概念的共識，也許不一定不會產生作用。

第三概念得以存在或必須主張的根本原因有二。一是統獨並無天然之說，也未必合情，同時，無論是說理、談法或論勢，若主張獨立而與對岸為敵，則獨立會是不必要的危險與互戕之舉。二是不接受兩造相互為敵的獨立，並非台人就自動擁抱另一個由對岸作主的「一國兩制」之統一。事實上，二十多年來，各次民調大致顯示，接受這種統一方式的人，不及一成，前文已經徵引。

（二）「理法」

就理言法，專精台灣史的薛化元認為，彭明敏、黃昭堂的《台灣在國際法上的地位》（1995 [1976]）是「解析台灣國際地位的經典之作」（林秀姿，2015年9月11日）。確實，該書儘管有清晰的政治立場，但沒有扭曲學術專業的水平。

該書作者彭明敏與黃昭堂（1995 [1976]：215-218）追溯台灣與中國大陸政權的關係，早自1372年明朝起始，但並非與台灣本島的聯繫，是明朝與澎湖的連帶。彭、黃指出，1949年之後數年，除了北韓與柬埔寨之外，僅有六個國家「承認」「台灣為中華人民共和國的領土」，其後至1970、80年代與對岸建交的國家，有46國「沒有一個提及台灣之歸屬問題」，另有70國是「留意（take note）、認識（acknowledge）、充分理解和尊重」對岸政權對台灣主權歸屬的看法。他們認為，這些措辭，即便是到了「承認」，都僅有政治效果，但沒有國際法的效力。彭、黃的這些解釋、論證及主張，為「台灣主權未定論」提供了依據。然而，既然「未定」是一種解釋，與其對立，就有其他解釋。不說對岸勢將提出的解釋，僅說與彭明敏關係深淺不同的兩位門生、也就是連戰與丘宏達，他們或因在朝在野的差異，或因兩岸情懷及法律見解的有別，都沒有同意台灣地位未定論。

1992年，時任台灣省主席的連戰與彭在美國同台講演，但可能因有官方身分，有所不便，連戰「把話題岔開」不談師生關係（王景弘，2004：281-282）。連戰最早在1994年，後又在第一次敗選總統後至2002年，曾經表示邦聯作為兩岸統獨關係的另一種、也就是第三方案，可以考慮（見後文）。丘宏達對邦聯的主張，著力更深，任教馬里蘭大學的他在1983年與彭在美國參加公聽會作證，起身為師長扶椅擺位，「彬彬有禮」（陶五柳，1995：290-291）。

但是，對於台灣主權的歸屬問題，丘宏達與彭明敏的見解，當稱對立。兩人起步相同，亦即，丘也強調各國與對岸建交時，並沒有承認台灣是中華人民共和國的領土；不過，在此前提下，他進而指出，從《開羅宣言》至其後各國的相關政治言論與法規裁定，對於台灣與中華民國的國際地位之解釋，已經明示台灣主權歸屬中華民國，並無疑義；退一步言，即便其解釋存在爭論，不變的事實是，由於國際法承認「保持占有主義」（戰勝國不經和約明定，就可「合法取得戰敗國的領土」），那麼，1945年9月就有效且和平占領台灣的中華民國，自然可以依據「國際法上『時效』的原則取得主權」（丘宏達，1971：9-10）。

　　彭明敏與黃昭堂（1995 [1976]：199-207）反對占領時效說，指出該說乃前現代觀念，只是強國殖民的「自我正當化工具」，無視於殖民地已有「住民」的事實，這不符合聯合國強調的「現代」「基本人權及人類尊嚴」理念。其次，他們宣稱「大多數的國際法學者不承認依時效可以取得領土」，雖然他們又說占有「時效」「學說不一致」，最長是「50年」。三則最有意思的是，對岸不承認中華民國，也變成是支持未定論的理由，占有領地需要是「主權國家」，但1952年舊金山對日和約簽訂時，中華民國聲稱擁有大陸的主權，不肯承認自己僅有台澎金馬，致使在彭、黃看來，這個聲稱之下的中華民國應該只是「中華人民共和國內部之『叛亂團體』或『交戰團體』」（同前引，頁202）；並且，即便中華民國占領台灣，但1947年起就有台灣人組織以其「私人」行為，每年向聯合國請願，要求介入，即便這不符合國際法要求的「外交有效抗議」，但卻是「台灣人的心聲」。再者，1950年10月7日，聯合國大會以42對7票，將台灣問題納入「議題」，「可視為台灣問題已成為國際組織的議題」，甚至，對岸「解放台灣」的姿態「若從另一個角度來看，也應可解釋為……中華人民共和國……不惜以訴諸武力之強硬姿態在抗議」（同前引，頁206）。這樣一來，儘管中華民國「占有、控制台灣」符合占有得公然為之的要件，但不符合占領所需要的另一個，也就是「和平」條件。

　　這些看法日後為人照引（如，許慶雄，2001：130-131）。黃昭堂後來未有新的主張，而是再次討論「時效」的要件，包括「占有的時間……到底……是多久，學說並不一致」（2001：116-117）。張亞中則似乎注意到彭、黃最早提及的五十年，指這是國際法最長的界定，因此1995年以後，再要說「台灣主權未定」「已無多大意義……中華民國在台灣享有主權是毋庸置疑」（1998：28-

29）。

　　林立（2001：164）則另有補充，他引陳治世[38]的看法，指中華民國在1945年二戰後代表盟國占領台灣，是代行管轄權，不是取得台灣的主權。但他也表示，否認中華民國的國際地位作為否認台灣主權為其擁有的主張，就國際法來說，最多是「不周延」的「策略性看法」；不僅如此，這個「為了求生」而放棄中華民國或中國的台獨主張，「也有可能激化中共……帶來另一種風險……『兩個中國』和『一中一台』……都不好走，這是現實政治的問題，已非法理合理性的高低能有多大幫助」（林立，2001：177-182）。未定論及其爭議似乎尚未消除，至今仍有相關新聞，[39]這是部分台人情感需要的反映。然而，理法之外，同樣、若非更重要的是，「勢」是否接受此論。

（三）「勢」

　　情理法之外，主張台灣獨立於中華民國，但卻可以為中華人民共和國所接受的「勢」，至今不容易或不曾存在。

　　對岸追求統一，未曾放棄訴諸武力，原因之一是對岸認為，若無武力，台灣獨立的聲浪，就會有恃無恐，統一從而遙遙無期。這個事實國人皆知，有人指這僅只是宣稱，但可能或說應該會有更多人，寧可信其為真。較少人討論的是，對岸不必動武，即可不戰而屈台獨之能。這是因為，改變現狀而宣布台灣獨立，需要他國承認，若對岸堅持而究其實也必然堅持「漢賊不兩立」，致使所有國家僅能二選一，那麼，即便中華民國現有的邦交國沒有掉頭離去，而是轉身承認台灣共和國，則宣布台獨在「最佳」的情況下，是邦交國數量不變，並未增加國際的承認（陳宜中，2005：303）。

　　假使對岸不動用武力，包括不以軍事威嚇，而是師法美國，那麼，宣布獨立後的台灣共和國，除了無法增加友邦，另得面對經貿壓力甚至封鎖。不談伊

38　但陳治世（1971）一文的宗旨，是論稱中華民國領有台灣主權的原因，不是因占領而起，是國際法所賦予。

39　比如，《自由時報》報導，指外傳高中歷史課綱宣傳「台灣主權未定論」，這是「謠言」，因為課綱「沒有強調『已定』或『未定』」，是聽任教科書編纂者「多元陳述」（〈《謠言終結站》高中歷史課綱宣稱台灣主權未定論？〉，《自由時報》，2019年7月28日）。

朗或北韓等距離美國較遠的國家，僅說美國對待拉丁美洲近鄰國家的力道，對於亦有類似地緣關係的兩岸情勢，或許更有比擬與必須參考之處。

古巴在1959年元旦革命成功並與英法等七國依國際法協商，補償後將其在古巴的企業與土地國有化。列強當中，僅有美國拒絕並在1961年4月中旬入侵豬灣，卡斯楚（Fidel Castro）在此脈絡下，首次宣布兩年多前的革命性質，是要走社會主義路線，但古巴仍願意與美國發展友善關係。美國再次不接受橄欖枝，並從1962年2月7日起全面對古巴禁運（Franklin, 2016: 40-42, 48-49）至2010年，在古巴革命初期就已移民美國的人在華府縱容下對母國發動約八百次恐怖攻擊，造成3478人死亡與2099人受傷，禁運至1992年升高為封鎖，其所造成的經濟損失，估計值從7500至9750億美元都有（Bolender, 2010: 2; Lamrani, 2013: 12, 79）。2015年底兩國建交，但經貿霸凌沒有停止，川普（Donald Trump）主政下的美國更從2019年4月中旬起，首度准許美國公民及企業控告與古巴國有企業有經貿往來的外商，進一步箝制島國（Baker, 2019）。針對美國無視國際法的行為，從1992年起，聯合國大會針對《必須終止美國對古巴的經濟、商業和金融封鎖》提案，每年表決，最早僅59國贊成，兩年後破百，至2016年到最高的191國，當年美國與以色列棄權而不是反對（但2017與2018兩年，美、以再次反對）（United Nations. 2018）。

從上個世紀起至今，美國封鎖古巴，不理會聯合國決議案；本世紀，在拉丁美洲，美國的禁運及封鎖對象，增加了委內瑞拉。2019年元月底，在聲稱委內瑞拉前一年大選舞弊，總統馬杜羅（Nicholas Maduro）就任沒有正當性之後，美國安排國會議長瓜伊多（Juan Guaidó）自封臨時總統並予以承認（Cohen & Blumenthal, 2019），歐巴馬總統開始的經貿霸凌，到了川普執政兩年多之後，在2019年8月初升高到了接近封鎖的程度（Crowley & Kurmanaev, 2019）。約在此時，連續擔任三屆聯合國秘書長特別顧問的薩克斯教授（Jeffrey Sachs）與華盛頓的「經濟與政策研究中心」魏斯伯博士（Mark Weisbrot）聯合發表27頁的報告，他們指出，川普從2017年8月起加緊對委國的「制裁」至2018年底，已經造成委國四萬人因無法即時取得醫藥用品而致死（Weisbrot & Sachs, 2019），即便馬杜羅政府因應封鎖的經濟對策失效，也應承擔相應責任（15yÚltimo, 2019）。

美國忤逆聯合國決議二十餘年而持續封鎖古巴，又以選舉不公正的宣稱而

「制裁」委內瑞拉，對岸若以「叛亂省份台灣」宣布獨立為由，仿效美國而對台施加經濟「制裁」，會沒有正當性？台灣願意、能夠承擔其代價？[40]對岸轉用其人之道於台灣，美國能有正當性或願意介入而能翻轉對岸的作為？

即便對岸不動武，宣布獨立的台灣必須面對眾多不確定，並且最嚴重是對現狀會有本質破壞的不確定。

與此對比，另一種主張，固然也有不確定的性質，但有正當性，也是善意的表達，應該或至少或許不會衍生負面效應。這就是「第三方案」或「第三概念的中國」，它進入兩岸歷史脈絡，據以提出兩岸版本的「邦聯」、「德國」或「歐盟」模式，以此作為統合方案，不但值得提出，也必須提出，它是掙脫「統獨」兩極對立的方案。

這個方案不以對岸為敵，堅持中華民國的治權僅限於台澎金馬，至今其主權依照憲法仍然及於對岸，這是符合1949年迄今的現況，合情合理及合法，但其賴以實現的「勢」，從國府來台以後就在衰退，隨1970與1978年中華民國退出聯合國，以及美國不再承認中華民國，更是減弱。未來，對岸若能不再不承認中華民國的存在，會是「仁者以大事小」的示範，便可以仁化勢；台灣若有「以小事大之智」，就當再造機會，庶幾世紀之交中華民國中央行政權首次政黨輪替、得到較多表述但未凝聚的「邦聯」或類似的主張與命名，得以捲土重來，成為台灣的共識，進而再爭取對岸的理解與接受。

中華民國是否能採取「國內」而非「國際」之國與國的關係，也就是德國模式，由東德與西德同時進入聯合國的主張，在1976年首次在主要報紙出現大篇幅說明與論述。該文的作者丘宏達（1976年9月16日）指出，這是不同於「一中一台」、「兩個中國」或「台灣獨立」的協定，這個安排能讓雙方與各國「建立大使級外交關係」。丘認為「我政府……不會反對」該模式，關鍵在對岸「迄今還不願……表示不用武力『解放』台灣。」解嚴後不久，「六四事件」不利對岸政權的國際處境，反之，我方當時的信心似乎飽滿，表現在1991年通過

---

40 不惜對抗之說，如「台灣人的破膽歷史要破除……要示例給人民知道，古巴何以能捋美國的虎鬚？越南何以能擊敗美國？……阿富汗何以能使蘇聯陷入泥沼……」（許曹德，1990：364）。能有豪氣誠然不易，但若起於誤認而將兩岸關係作此比擬，並不妥當，合適的前途是轉化豪氣，使其自我惕厲，進入兩岸追求共好的路徑。

《國家統一綱領》，也表現在1992年國府有人在對岸回覆對台工作人員的疑問，表示「你們不必擔心他搞台獨，你們要擔心的是，李登輝什麼時候要來問鼎中原」（王銘義，2016：152）。這個時候的丘宏達也因為參與綱領的討論與擬定，兩度發表似乎更符合政策的評論，這個時候，他反而說，「台北援用德國模式，並非上策」（1992年5月31日），而「德韓兩國分裂涉及國際協定，中國則是內戰結果，『兩中』……反而破壞兩岸關係」（1992年10月12日）。

到了2000年，陳水扁當選總統後，兩岸關係有了變化，其中之一是，北京從否定到接受並堅持「九二共識」至今。其次，接近於德國模式的「邦聯」概念或說模式，出現更多的表述機會；原因應該就是，「邦聯」在19世紀有美國與德國的前例（經過「邦聯」而後「聯邦」），20世紀則有東西德的統合。

首先，當年大選期間，連戰幕僚指出，早在1994年，連戰即已提過「邦聯」（陳鳳馨，2000年1月21日）。當時，陳水扁還曾質詢連戰，是否已經聯繫對岸，要以「邦聯」作為解決兩岸關係的方案（林美玲，2000年2月17日）。選後，前行政院長孫運璿指「邦聯」才是出路（王雪美，2000年4月18日）。《聯合報》4月22日報導，陳水扁拜會孫的時候，也曾表示這是可以考慮的方向（彭咸晶，2000年4月22日）。同日，該報2版也報導國民黨說，邦聯是選項之一（張青，2000年4月22日）；同版另一則新聞則稱「（總統府高層：）李總統提特殊兩國論即促成邦聯制第一步」（何振忠，2000年4月22日）。

四個多月之後，對岸副總理錢其琛在8月24日回覆《聯合報》訪問團時，提出稍後人們以「新三段」（或「新三句」）相稱的命題，從此，邦聯之說有了新的根據或比附基礎：「世界上只有一個中國，大陸與台灣同屬一個中國、中國的主權與領土不容分割」（聯社，2000年8月26日）。

先前，對岸強調的是「老老三句」（「世界上只有一個中國，台灣是中國的一部分，中華人民共和國政府是代表中國的唯一合法政府」），或是「老三句」（「世界上只有一個中國，台灣是中國的一部分，中國的主權和領土完整不容分割」）。本世紀第一年有了「新三句」之後，對岸更是漸次在不同場合及法律，納入新三句。2002年，對岸總理朱鎔基在人大第五次會議，第一次將「新三段」納入「政府工作報告」。同年9月，外長唐家璇在聯合國57屆大會講演，第一次在國際場合說「新三段」。到了2005年，對岸人大制訂《反分裂國家法》，第二條就是「新三句」（黃光國，2005：283-285）。錢其琛講出新三

句之後十年，《聯合報》又有對岸尚未同意的「新新三句」：「世界上只有一個中國，中華民國及中華人民共和國都是一部分的中國，中國的主權與領土不容分割」（聯社，2010年9月4日）。《聯合報》對「一個中國」的這個解釋，正也是張亞中（1992）早曾提出的德國模式之衍生，兩岸分別以中華民國與中華人民共和國之相加，就是「一個完整的中國」之內涵。

《中國時報》創辦人余紀忠（2000年10月2日）則以兩個版面發表長文〈唯有大決大斷才能開創和平尊嚴的新局，對大陸政策觀察與期待〉。該文稱，中共總書記江澤民以「兩岸的情形，有什麼解決方法？」當面相詢時，余的回覆是：「兩岸簽署和平協定之後，台灣擁有安全保障，而雙方經濟合作又已逐步加強，形成互利共榮的中華經濟圈，則兩岸可在平等的基礎上，互以兄弟之邦對待，逐步實現『中華邦聯』的目標。」隔一個月，連戰出書，該書在同一年2月初版時所無，但在11月這個二版，已增加了這一小段：

> 至於未來兩岸融合的方向，「邦聯制」是一個值得考慮的構想，它既可以維持兩岸邁向統一的方向，又可以保留兩岸在各自的體制下合作發展的空間。新世紀已經到來，我們應讓新思維來為今天以及未來全體中國人，打開一扇「機會之窗」。（連戰，2000a：23，2000b：23）

次年伊始，國民黨報《中央日報》發表社論，指邦聯制是「兩岸和平大戰略」（中央日報社論，2001年1月5日）。稍後傳出的新聞是，錢其琛指「不分裂，什麼都可談」，而國台辦主任助理孫亞夫認為「邦聯是兩岸未來可能方向」，北大國際關係學院教授賈慶國說，「邦聯可視為統一過程，且兩岸若統一在邦聯下，將只是形式的統一而非主權的統一」（仇佩芬，2001年1月5日a，2001年1月5日b；蕭銘國，2001年1月6日）。但是，不旋踵，記者又稱，人大發言人「不贊成邦聯制」（中央日報大陸組，2001年3月5日）。

接著，連戰擬將邦聯制列入國民黨黨綱，因為「國民黨提出〔邦聯〕主張，是負責的態度創造兩岸緩衝空間」（中央社，2001年7月16日）。緊隨其尾，更多的報導與評論應運出現，高潮是國民黨兩個單位各自執行的民調顯示，接受的比例都是四成四，反對的人則是三成五與三成七（溫世銘，2001年7月18日）。正反差距明顯，雖然不能說懸殊，但接受比例較高，惟因為「大

陸乏善意、大老有意見」，以及國民黨中央無法確認邦聯方案是否有利當年底的立委選舉，最後，連戰決定「邦聯制急煞車」，並在7月底宣布邦聯制不列入黨綱，但會繼續宣達（王炯華，2001年7月25日；陶允正，2001年7月25日）。《中央日報》社論（2001年7月26日）稱這是國民黨無負於「民主政黨的民主決策」。丘宏達（2001年8月14日）在國民黨決議後，次月再次重申「邦聯制是對台灣唯一有利的前途」。[41]2002年初，《當代中國研究》期刊仍然刊登余紀忠、連戰與丘宏達主張邦聯制的三篇文章。[42]其後，海基會副秘書長石齊平仍說：「就台灣而言，『中華邦聯』不失為……出路，而且是一條好的出路」（2003：244）。南方朔則認為，「修正式的『邦聯制』在可見的未來會被北京嚴肅考慮……替代『統』『獨』糾葛……」（2003：258）。

　　統計四家報刊（如〈表4-5〉所示），從1950年代至今（2019年底），其新聞或評論的標題出現「邦聯」且指涉兩岸關係的篇數，《聯合報》是144篇，其中有58.3%出現在2000與2001兩年，《中國時報》的這兩個數字是135篇與65.2%，《中央日報》是100篇與84%。《自由時報》在2004（含）以前無電子檔可查詢，其後不分紙版與網路版，因此僅以人工檢視2000與2001年該報有「邦聯」的文稿數量，分別是10與18篇。

表4-5　四家報紙標題出現「邦聯」且討論兩岸關係的篇數，1950-2019

	1950-1983	1984	1985-1987	1988-1999	2000	2001	2002-2009	計
中央日報	0	0	0	10	21	63	6*	100
中國時報	0	2	0	38	37	51	7	135
聯合報	0	4	0	42	33	51	14	144
自由時報	-	-	-	-	10	18	8**	36

41 不過，在這篇文章之前九個月，丘宏達（2000年11月6日）指「中華人民共和國之中有中華民國」的構想可以接受，這似乎是他沒有表述邦聯的唯一紀錄。

42 可在此讀取《當代中國研究》2002年第4期全文： https://www.modernchinastudies.org/cn/issues/past-issues/79-mcs-2002-issue-4.html（上網日期：2019年8月25日）。

說明：*中央日報在2006年5月停刊。**有7篇出現在2004年總統大選期間，民進黨批評國民黨連戰曾主張邦聯。其後，《自由時報》似乎賦予「邦聯」正面的內涵，指〈中國學者駁一國兩制公開提倡聯邦、邦聯〉。（俞智敏譯，2008年6月16日）解嚴前報端出現「邦聯」是因立法委員費希平質詢時，提議兩岸共組「大中國邦聯」「給我們後代子孫，建立一個安定、和平、幸福的家園」時，「俞揆嚴斥大中國邦聯謬論」，指出「妄求苟安必為敵所乘」（黃北朗，1984年10月20日），繆全吉（1984年10月20日）也認為，「如與叛亂團體合組邦聯」，「在法理上如何自圓其說」？《聯合報》在1984年因此有四篇「邦聯」標題的文稿，中時是兩篇，中央是零。

資料來源：以「邦聯」查詢左列兩個資料庫的「標題」後，另做人工篩選，去除與兩岸無關者，「中央日報全文影像資料庫（1928.02-1995）」，以及「台灣新聞智慧網」，最後查詢於2019年12月12日。《自由時報》的2000與2001年則由人工查閱紙版。

在首度中央行政權轉變的兩年，報端明顯出現較多「邦聯」的新聞或討論，或可以說是肇因於「勢」的變化。總統李登輝提出兩岸關係是「特殊國與國」之初，輿論包括主張邦聯的丘宏達等人，並未將該論等同於台獨，更有說這是統一的第一步，包括次年春總統府傳出，特殊國與國的主張，是通向邦聯所必須。過了一年之後，黃昭元（2001: 281）為「感念所有為台灣命運奮鬥的人」而寫就論文，他說，若以憲法分析李登輝的兩國論，「兩國論其實可以是『獨者護獨、統者望統』」（同前引，頁269）。認定兩國論「『實質』定位台灣為⋯⋯主權獨立國家」的陳荔彤也仍然說，可以「將邦聯視為⋯⋯未來選擇統一或獨立之前置基礎」（2001：228，241）。

結語

在台灣，因殖民過程、國共內戰以及2008年金融核爆，《聯合報》是僅存而連續運作已經一甲子以上的主流報紙。該報提供的過往台灣之局部紀錄與觀點，從真實到失真、從公正到偏見，都已經是認知、理解本地歷史不可或缺的一環。

解嚴之前，形勢比人強，所有台灣當時還能穩定發言而不受查禁的傳媒，包括《聯合報》，若是談及兩岸關係，不可能超越兩蔣設定的「反攻大陸」或

「三民主義統一中國」之圈限。不過，隨著中華民國代表整個中國的主張日漸在國際上難以自持，對立於或批判執政黨立場的意見從1970年代起，往往以雜誌形式出筍，這個情勢也讓《聯合報》等建制媒介有了新的空間；儘管狹窄，有別於官定立場的試探，已經因台灣海內外民眾爭取民主化的進展，開始在這些主流空間有了醞釀與儲備。[43]

解嚴以後，在「統」與「獨」這兩個極端之外，第三概念已能公開討論，政府不再駁斥。本世紀以來，中國大陸使用「九二共識」一詞作為相繩的語彙漸多，但對岸也尚未放棄九成以上台人並不接受的「一國兩制」立場；主張台灣獨立的主張在1940年代中後期，從台灣出走日本與美國，再回至台灣（陳佳宏，2006），這個立場不為對岸接受、甚至不會是美國所願公開支持，對台人或兩岸四地與世界的和平及福祉，也不一定是合適的方案。左支，右也絀，既然如此，接近至善的中庸空間就得開拓。民進黨人入主總統府但自知不能宣布台獨，對岸面對台灣政治的巨變，遂對一個中國的內涵有所調整，於是有了錢其琛的新三句。其後，《聯合報》對兩岸關係的立論，也從消極入積極，先前多以杯子與筷子的比喻，善勸台獨不可行，其後出現更多的「屋頂中國、屋頂理論」論說，強調能夠與歐盟或邦聯可以相通、雖然內涵並不重疊的「新新三句」：「世界上只有一個中國，中華民國及中華人民共和國都是一部分的中國，中國的主權與領土不容分割。」該報的期待是：「台灣……應有透過中華民國的民主優勢使『中國』改變的決志……中華民國因台獨而分裂，只要團結……必可取得較具主動、自主與優勢的話語權」（聯社，2012年3月30日）。

以邦聯、歐盟或該兩種模式的華人版本建構並導引兩岸關係，既難以在對岸大肆闡述，在台灣至今也僅能偶爾見諸天地，但至少有三個理由，國人無法、也不能就此不提。

---

43 比如，美國與對岸建交前一年，《聯合報》（聯合報台北訊，1978年6月14日）顯著報導丘宏達、高英茂、熊玠、邵玉銘、冷紹烇、陳慶、陳裕清等「旅美學人多主張採取彈性外交」，「從爭取德國模式突破當前困境」，兩天後，該報卻以社論表示「德國模式……無意義」（聯社，1978年6月16日）。1976至1978年間，海外學人透過主流報紙，提出德國模式的親身回憶，可見邵玉銘（2013：201-204）。此外，超越兩蔣修辭的兩岸關係之試探、主張與討論，除「黨外」雜誌，另可見當事人的回憶，如陶百川（1992a：10-11，20，33-34；1992b：19-22，27-31，33-36，108-111，114）。

一是作為丘宏達（2001年8月14日）稱之為「對台灣唯一有利的前途」之邦聯是第三概念的一種，雖然不是主流，但相關主張與闡述已有不少著墨與積累，國人不但沒有道理放棄，實當以前人業已建立的基礎，續行前進。畢竟，邦聯或類同提法與主張，從解嚴前被「嚴斥」為「謬論」，至本世紀初幾乎成為主要政黨的黨綱，到了太陽花學運後一個月，更有藍也有綠、且前後任陸委會主委等七位跨黨派人士共同提出「大一中」且引發議論（見註31）。其間，本研究的主要對象《聯合報》對邦聯這類第三概念的中國，更是有長期且穩定的論述，雖然該報之失，可能是這個立場似乎並沒有完全在該報的新聞報導與記者評論，得到適時與充分的展現，從而也就無法讓更多人知道與熟悉這個主張。[44]

　　二是除了國人推舉，海外包括對岸與美國，都有相近的被動或主動響應的時候。比如，美聯社1984年從北京發電，指其總理趙紫陽對澳洲總理說，「邦聯」是兩韓統一「唯一切實可行的方案」，若能用於兩韓，自然也就可以用在兩岸。1985年，對岸外長吳學謙在聯合國致詞亦有此表達（轉引自陶百川，1992a：15-16）。其後，依照傳媒報導的時序，鄧小平（《中國時報》本報，1992年11月5日）、海外民運人士（施鴻基，1996年6月12日）與大陸民間社團（聯合報台北訊，1998年10月5日）、副總理錢其琛（仇佩芬，2001b年1月5日）及海協會前後會長如汪道涵（及其幕僚）與陳雲林（賀靜萍，2000年5月3日，2001年8月8日；邵玉銘，2013：401）與大陸學界（劉永祥、賴錦宏，2011年6月23日），都曾就邦聯或與其相通的兩岸政治關係，提出可以接受、並不完

44　《聯合報》如同其他報紙，其新聞編採固然不會違逆社論所表徵的立場（劉嘉薇，2016：30），但反過來說，其記者的新聞或評論，未必能夠傳達或申論報社的主張。在2019年，就有兩個例子。一是郭台銘在參選國民黨總統候選人時，先後表示「一中各表才有九二共識」，以及「一個中華民族下，一個中華民國、一個中華人民共和國」，《聯合報》未積極響應，並未以「新新三句」予以呼應，反而順著外界的說法，指郭說是「『兩中』言論」（陳言喬，2019年5月13日）。出面支持郭的聲音，來自黃光國（2019年5月15日）。他表示，「『一中各表就是兩個中國』，其實就是多年來我所主張的『一中兩憲』」。二是陳明通以陸委會主委身分接受《自由時報》星期專訪，除全文在4版刊登（參見鍾麗華，2019年4月22日b），並在頭版以標題表示〈政府出招？兩岸關係可考慮建交或歐盟模式〉（鍾麗華，2019年4月22日a）。《聯合報》次日全無發揮，僅是如同他報，照本宣科：〈陳明通改口「政府沒這政策」〉（羅印冲等，2019年4月23日）。

全排斥或有待協商的反應或主張。即便這些認可或接受，仍停留在報章引述而無法確認其虛實，甚至另有些例子，這些引述之後，又見報導予以否認。美國學界則不乏其人明確做此主張（傅依傑，2000年11月3日；張宗智，2000年12月24日），政界對邦聯也不陌生，卡特總統的國家安全顧問布里辛斯基在《大棋盤：全球戰略大思考》（*The Grand Chessboard: American Primacy and its Geostrategic Imperatives*）說：美國當向北京說，中國大陸要有變化，才能「吸引台灣，融入⋯⋯大中國（a Greater China）為邦聯（confederation）作準備⋯⋯」（Brzezinski, 1998: 189），而總統老布希卸任後，甚至對邦聯之論「極感興趣，親自作了記錄」（傅建中，2001年11月10日）。

最後，也是最重要的，一國兩制的「統」，以及必然要與對岸為敵的「獨」，不應該是「所有台灣人無法規避的歷史宿命」（葉啟政，2013：161）。為了要擺脫由來已久、羈絆兩岸而特別是台灣的困境，國人禁不起不繼續倡議第三條路。台灣若是不提不可欲現狀以外的第三方案，難道對岸會率先提出？是否提，主動在我，對岸是否接受，未定之天。自助才有人助，才有天助。主張台灣獨立的辜寬敏2011年在壽宴講述兩岸是「兄弟之邦」後，同席的連戰與郝柏村「也都認同」（林政忠，2011年7月11日）。其後，辜寬敏兩度於四報刊登整版廣告，闡述兄弟之邦。[45]既是兄弟各自成邦，有什麼理由不能聯合成為邦聯？台人要有「以小事大」的智慧，見此，對岸早晚就要明白，理解以「以大事小」之仁，會是建立王道形象的開始。

後記與前瞻

根據「中華民國進出口貿易統計」，對岸在加入「世界貿易組織」那一年（2001），首次成為我國的前四大貿易夥伴，但僅排名第四，其後逐年超前，2005年起至今，都是首位。

在馬英九執政期間，兩岸貿易總金額占我國全球貿易額是24.8%（，若加香港則達32.3 %）。這兩個比例在蔡英文掌權時（計算至2021年底），略增至

---

45 分別是2012年10月29日，以及2016年5月3日。

24.9%與32.6%；在以上兩個時期，美國與日本兩國合計，則占我國貿易總額的22-23%。若看出超金額，在馬時期，我國每年從對岸取得360億美元，至蔡階段，增加至396億美元；在馬時期，我國全球貿易出超金額是325億美元，其後，因「進出口貿易統計方式，改採新制」，蔡階段的全球貿易出超額來到550億美元。[46]

二十年來的這些貿易數字，顯示隨著冷戰結束、我國解嚴，台灣的「下層」、「經濟」基礎與對岸的連結趨向緊密，改變了早先的經濟結構。從1989至2000年，美國與日本分別占了我國進出口貿易總額的23.5%與19.1%，本世紀初以來，如前所述，對岸取代了美日的角色。

另一方面，我國的「上層」結構，既與下層變化有相同方向的演進，卻亦另有相反或不一致的表現。

相同的是1992年施行的《台灣地區與大陸地區人民關係條例》，明顯是「台灣」與「大陸」加總，或者是美國外交官高立夫（Ralph N. Clough）以書相稱的「島嶼中國」（Island China）與「大陸中國」聯合，這是一個大的、完整的、1683-1895年初，以及1945年10月至1949年9月的「中國」。

兩岸上下層關係的差異或不一致，若是反映在語彙，可以分做三種情況，逐次檢視。

首先，僅用「中國」而不用大陸或中國大陸，對於有些人來說，僅是基於地理事實，別無他念，也可能是人在海外，面對不明白兩岸關係的人，若是自稱來自「中華民國」，遭致誤解的機會大增，於是「中國」只能專指對岸。

其次，另有一些情況，堅持只用「中國」，可能是惡意與抹黑的展現，是敵視對岸的一種表達。比如，某報在2008年8月8日的頭版，除了有醒目照片，以圖說表示「從電腦斷層影像，明顯看到兩根釘子插入頭頂，十分駭人」之外，該則新聞另有標題，有此文字〈老翁頭頂插鋼釘中國悍妻疑行凶〉。如果真有行凶之事，按理，犯行與凶手的國籍或出身地點，未必有直接關連。假使沒有，則該報標題顯係刻意凸顯「中國」，反映這是「言為心聲」，宣洩編輯

46　馬時期指2009-2015年，蔡階段2017-2021年，兩人執政5月20日起，因不計算第一年與最後一年。這些經貿數字在2022年8月11日查詢自「中華民國進出口貿易統計」網站：tps://cuswebo.trade.gov.tw

或報社的立場，儘量要讓惡名惡行與中國相連。報社將「中國」入此新聞，可能強化原已排斥對岸民眾的印象，原本無此心象的人，心生惡感的機會也可能增加。事發後將近一個月，另一報在9月6日第A11版還原真相，指〈（終於真相大白）鋼釘穿腦……天哪！老翁自己釘的〉。然而，有時，遲來的真相不是真相，何況原先錯誤報導的報紙，未見更正，結果就是妻子及中國承受的污名，很難得到糾正。[47]這也是2017年以來，「事實查核」「假新聞」的難題，揭發不實是必要之舉，但先前看到假新聞的人，其後不一定也能看到核正的新聞。同時，這也讓人念及，拿波里（Philip M. Napoli）所說，「意見自由市場」的「反制言論」（counter-speech）說，其實是個有盲點的假設；它認定不實或品質有瑕疵的論點，在更多的資訊、新聞及論點與其競爭下，品質較佳或優秀、正確者終將脫穎而出，未必成立。一來真相或真理的敘述，未必能夠與不實或低劣論點相遇；再者，相遇也未必能夠讓真相勝出，也不保證高明的論點脫穎而出。

最後一種情況是，部分國人不願意，但又無法不使用「中國」一詞的情況，曾經出現在政治領域。教育部在2017年發函，表示考慮要將「中國文學系」放至「華語文細學類」之下，亦即要淡化或降階「中國文學系」或「中文系」，後因反對者眾而沒有推行。[48]這裡，教育部可能認為「中國」專指對岸，若繼續在最上層分類使用「中文系」，就是台灣臣服於中國之下，而未念及或刻意視而不見《台灣地區與大陸地區人民關係條例》的法律要求。反之，不願意使用「大陸」一詞的人，也可能是有意識或下意識地不認同前舉條例，不願意接受兩岸相加仍是大的中國，於是，在這種氛圍之下，想要避免使用「大陸」一詞的情況，也就成為一種政治傾向的表達或宣告。教育部的政治意圖，未能以公函達成目標，但五年之後，去「中」的心思似乎存在於某些國人的心中，於是衍生出了笑談。對岸簡體字圖書《激辣中國》改以繁體字在台灣出版，編輯人將「大陸」改成「中國」，結果該書原本應該是「哥倫布發現新大陸」的詞句，變成「哥倫布發現新中國」，由大多數是前蘇聯加盟共和國構成的

---

47 誤報的是《自由時報》，後報的是《聯合報》。

48 馮靖惠（2017年9月5日）〈中文系擬改列華文系？ 爭議太大教部緊急喊卡若改列，大學擔憂「中文不再是國家語言」〉，《聯合晚報》A1版。

「歐亞大陸」，以及指稱印度、巴基斯坦與孟加拉、尼泊爾、不丹等國的「南亞次大陸」，也就變成「歐亞中國」與「南亞次中國」。[49]

　　台灣對應大陸而產生的上層與下層結構，既有一致，也出現錯位而不穩定的狀態。如果說這可以視為病徵之一，凸顯我國目前依靠美國而維持「現狀」，並不理想，因此也就不宜繼續維持。這個解釋似乎仍屬合理？現狀必須改變，不宜持續，讓上下層恢復穩定，導正兩岸關係的原則，只有一個：「互蒙其利」。我國或對岸提出的導正方案，不僅要對我國要是正面的安排，同時也要讓對岸深信，台灣沒有要自外於中國大陸，是心正意誠要連結對岸，共同成事，再造一個大的、更為前瞻願景的、貢獻世界和平的中國；其下，中華民國是不是要改國號，將有水到渠成之一日，兩岸會有能力自行決斷。

　　兩岸有此互信與決心，共同營造解方，讓兩岸關係正常化，原本也是海外人士包括美國，必然樂觀其成的發展；至少，歷來很多國家就此發表評論時，都有這些公開陳述。海內外研究兩岸與東亞關係的人，近年眼見國際局勢危殆，也是不斷就此發言並有誠摯寄望。早在1975年就為博士論文的研究而前來台灣，其後擔任美國在台協會理事主席（1997 – 2002）的卜睿哲（Richard C. Bush），是箇中翹楚之一。近日，他出版了《艱難的抉擇：台灣對安全與美好生活的追求》，這本書值得推薦，它提供了有益國人的心理建設、歷史分析與當代見解，有助於兩岸關係朝向正面發展。

　　卜睿哲提醒，「我們連自己國家的失能都救不動」，台灣人不該「找美國開藥單」。時不待人，兩岸需要「政治對話」，「如果台灣人民普遍同意自己至少種族、社會、文化上是中國人，北京也會覺得比較安慰」；這會是（重新）建立互信的第一步。其次，至今仍有人認為「台灣地位未定」而主張「法理台獨」，他提醒，「這些建國的方式實在有創意到不符合現實」。第三，衡量台灣人材至對岸的流動經驗，以及閱讀多種文獻及民調，卜睿哲認為「年輕人……想法要比以年齡或『天然獨』（的界定，）……更為複雜」。

　　最後是兩岸要建立哪一種關係。習近平在2019年發表談話，提出一國兩制「台灣方案」。卜睿哲認為習之說，主要是講給大陸人聽，「理論上，北京可能會保留一國兩制的口號，但從根本改變其內涵，使其對台灣民眾變得更有吸引

---

49 聯合報社論（2022年2月21日）〈褊狹加懶惰，誰把新大陸變成新中國〉。《聯合報》，A2。

力……」，即便「目前還看不到往這個方向走的跡象」。綜合這些理解，卜睿哲在前書行世之後，接受記者白育綸的訪問時，這樣表示：「類似邦聯體制，雖然大膽，但值得一試。」這也正是本書整飭1970年代以來，有識者陸續提出，本世紀則有《聯合報》黃年等人予以更穩定與長期的闡述，丘宏達教授則稱之是「台灣唯一有利的前途」。

但這個模式的兩岸關係，台灣會先提出嗎？雖然實情可能會是，台灣禁不起不提出，也禁不起不爭取對岸的同意。這裡，卜睿哲深知第一位台籍的中華民國總統李登輝，仍然對兩岸關係的定調，有其重要性。因此，儘管很多人因為各種未必準確的認知或者其他原因，致而將李登輝稱為「台獨教父」，卜睿哲仍然挺身呈現另一些事實，強調「李登輝……不反對統一，而是反對北京提出的條件……諷刺的是，馬英九……的作法卻是兩個中國政策……北京反對的程度跟反對台獨是差不多的……李登輝本人……一直聲稱……追求統一（只是統一的方式與北京的方案不同）。」

海內外的月亮一樣圓，但論及兩岸關係，卜睿哲可能的長處，會是較少受到當事人的情感或意見傾向的影響，他的專業訓練使其分析與判斷，可能更為接近真實。退一步言，即便認定李登輝是統派的看法違反主流標籤，但若說李氏有其複雜與智慧的面向，致使他知道與對岸為敵的獨立不可能，因此，最終仍得尋求可行的統一方案，於是，就有他在卸任前提出特殊兩國論，並指明這是通往邦聯的第一步，這難道不是言之成理的訴求嗎？更重要的是，有什麼理由要讓也許是誤認的、也許是片面的事實與解釋，阻卻國人還原李登輝的另一面向，亦即他可能主張兩岸最終統一於某種邦聯的模式？國人若對這個模式能有共識，就又增加了一股讓對岸同意的力量。

我國是有一些人認定，有了美國的支持，至少就能維持中華民國的現狀，有朝一日，更有可能成為台灣共和國；這個危險的理解方式勢必誤台、誤世界。這個類型的國人認為李登輝是台獨教父而擁抱有加，另一些否定李登輝的國人，同樣也認定李登輝是「台獨教父」。因此，李登輝任職省主席時，曾經對省議員說，「中國歷史沒有拋棄台灣，台灣怎麼能拋棄中國大陸？」聽在一百零四歲的張祖詒新書《總統與我》眼中，就是虛假，是一種工具，用來謀取

蔣經國的信任。[50]紀欣撰寫一百零三歲的《許歷農傳：從戰爭到和平》，該書的主人翁認為「給他奶，讓民進黨……長大」的李登輝，等於是讓民進黨「長大後來消滅中華民國」。[51]但從統一的面向理解李登輝，即便不全整，仍屬合理。這兩類認定李登輝是台獨教父的國人，是否能在理智思考後，調整從而更為強調李登輝的某種邦聯模式的統一願景？對於原本主張不惜與對岸為敵而倚美謀獨的人，這個統一中有獨立的主張，沒有戰爭的危險與破壞，沒有不接受的道理；百歲人瑞是國寶，即便逆耳，發言總是為後人謀，若再得知也首肯卜睿哲的理解不是無的放矢，而是國際友人符合事實的善念，能不欣慰？

國人需要探討必然具有兩岸色彩的某種邦聯，不是照搬歷史上存在於普魯士、瑞士或美國的邦聯，也無法直接引用歐盟模式。符合兩岸需要與實際條件的某種邦聯，是唯一可行，既是獨立於對岸，也是與對岸統一的合理方案。在美國聯邦眾議院議長裴洛西（Nancy Pelosi）訪台、對岸軍演數日後發表《台灣問題與新時代中國統一事業》白皮書之際，重新再次作此提醒與主張，是不合時宜，但也可以說更有必要，化解敵意歷來勝於放縱積怨，努力降低戰爭的風險必須優先於準備戰爭。

中華民國統治大陸中國與島嶼中國（台灣）四年，統治台灣至今七十餘年；中華人民共和國未曾統治台灣。總統蔡英文曾經在國慶日演講，重新講述「現在的」事實：「中華民國與中華人民共和國互不隸屬」。但是，總統作為上行下效的領導人，不能只是重複當前的狀態，是要讓國人有新的願景，不是在「維持現狀」的不理想之自我框限內，聽任兩岸齟齬及衝突的發生。

有朝一日，蔡英文或未來的總統，必須在合適時機，走出現在，進入未來，莊嚴也鄭重連結現在與未來，宣告，「現在，中華民國與中華人民共和國互不隸屬。未來，彼此都要努力相迎，建構兩岸相互隸屬的康莊大道。」這是沒有「九二共識、一中各表」八字，但涵蓋其意，也讓兩岸關係更有正面願景的宣告，要走向大一中、有兩岸特質的邦聯之共同表述。

---

50 劉宛琳（2022年2月11日）〈新書「總統與我」疑「李那兩句話」未進言張祖詒愧疚〉《聯合報》A4版。張祖詒在2023年5月24日辭世。

51 劉宛琳（2022年7月8日）〈百歲將軍出回憶錄 許歷農：沒什麼比和平重要〉，《聯合報》A4版。

第五章

傳播與市場社會主義：中國與西歐媒介的經濟分析[1]

---

1 完成並在2000年6、7月宣讀於台北市與香港的研討會（更多說明見本文的「後記與前瞻」，頁
　309），未曾全文發表於論文集或期刊，惟涉及電視的部分，曾經擇要納入下列論文：馮建三
　（2004）〈中國「市場社會主義」電視媒體的分析〉。《台灣社會研究季刊》，56: 93-131。謝謝
　陳雪慧提供諸多參考資料。

前言

　　1989年之後幾年，歷史終結於資本主義的勝利，或歷史終結於某種社會主義已逝之說，一度甚囂塵上。惟十多年來，貧富差距持續擴大，生態破壞有增無已，社會弊端頑強「抵抗」，頭角仍然「崢嶸」，自得自信之人，終究不能不稍事收斂。亞洲金融核暴更使最能凸顯當前資本主義之特徵的人，無法自已，發為專書，指證危機的存在。[2]

　　首肯當前主要經濟體制的人，只將危機之說，當成是體制之商業榮枯的週期循環；反對者則據以主張，另一種經濟體制並未過時，但是其內容為何，需要更多的討論。作為分析學派馬克思主義（analytic Marxism）的代表人物之一羅莫爾（John Roemer）的主張是，在可見的未來，若社會主義尚有出路，必定是某種「市場社會主義」。他說，「關於社會主義者的短期目標究竟為何，在西方世界如今是有許多辯論，惟在東方並非如此，頗堪惋惜。而我認為，這個短程目標是某種市場社會主義。」（Roemer, 1994: 27）[3]

2　這裡是指以量子基金，「進出」多國金融市場、形同賭博而獲利甚殷而聞名的索羅茲（Soros, 1998）之著作 *The Crisis of Global Capitalism*。該書雖然評價不高，但書以人之名氣而行世，售量仍極大。中文本則由聯合報編譯組於同年12月（也就是幾近同步）完成翻譯並由聯經公司出版（書名《全球資本主義危機》）。李登輝（1999）稍後在其書名僭越的《台灣之主張》則引索羅斯在該書之言，聲稱政府不能不嚴加管制金融資本。
　　金融市場的資本主義投機性格，其展現雖無新奇之處，不過，類如甫因金融衍生商品之論，仍是笑談；Robert Merton和Myron Scholes兩人在1997年得到諾貝爾經濟學獎的桂冠，旋即在次（1998）年9月大潰敗於LTCM基金（Long-Term Capital Management），則其戲劇性與諷刺性，堪稱十足矣，見 *Economist*（2000.1.8:82）對Nicholas Dunbar專書（*Investing Money: the story of long-term capital management and the legends behind it.* John Wiley）的評介。

3　若東方是指中國，辯論確實不存在，或外界尚未知悉。雖然有關新左派與自由主義之爭，中國並不缺乏。比如，單在報章雜誌，近日就有沈宏菲（1999）〈大陸思想界掀起一場世紀末激辯：自由主義vs. 新左派方興未艾……〉，《中國時報》5月5、6日，15版；朱學勤（2000）〈新左派與自由主義之爭〉，《亞洲週刊》，1月17日：10；韓毓海（2000）〈自由主義者的理論貧乏〉，《亞洲週刊》，1月17日：12；秦暉（1998）《市場的昨天與今天：商品經濟、市場理性·社會公正》（廣州：廣東教育出版社）；《亞洲週刊》（2000.3.6:32-3）對中國自由主義「領軍人物」李慎之的介紹。惟似乎是政治改革與質疑市場機制的兩個陣營，仍未對或許可以疏通二者的市場社會主義之論，進行辯駁。中國官方對社會主義市場經濟的介紹或闡述，固然眾多，惟是否歸類為政府文宣，或者，應該視之為有關市場社會主義的辯論，待考。不過，

但是，這「某種」市場社會主義是什麼？對於這個問題的討論，我們似乎可以採取兩種方式。一種是韋伯的理念型定義，條列其各種要件，然後檢視某社會實體的構成或表現，與此理念型的吻合或乖離程度。另一種不妨說是涂爾幹的描述，繞過定義，直接進入社會事實或實體，加以記錄，勾勒其風貌，然後再作歸納。當然，這兩個方式並不互斥，而是往往同時進行。

只是，就理念型的定義來說，如果資本主義高度發達的社會，有被舉為是社會主義的時候，而前東歐與蘇聯等實存社會主義，亦不免有國家壟斷資本主義之譏。[4]那麼，市場社會主義似乎更有理由難以解說清楚

1997與1999年，重慶人民出版社與北京東方出版社出版相繼出版了John Roemer（1994）的《社會主義的未來》及Christopher Pierson（1995）的*Socialism After Communism: the New Market Socialism*（改名為《新市場社會主義：對社會主義命運和前途的探索》，姜輝譯），為後書撰寫序文的余文烈指該書的出版，是配合中國社會科學院「精品管理項目」的「市場社會主義研究」及中華社科基金項目的「國外市場社會主義的理論與模式研究」。

4　比如，在探討美國為什麼沒有社會主義之時，答案之一竟然可以是，因為美國展現了「寓平等於自由之中的『資本主義的社會主義形式』的典型文化景觀。」（秦暉，前引書, p. 239）。又如，Joseph Schumpeter（1950）的名著*Capitalism, Socialism and Democracy*（《資本主義、社會主義與民主》，1999，北京：商務印書館）的中譯者張培剛在導論中，批評熊彼得所贊成的社會主義，其實是「國家壟斷資本主義的『社會主義』」（p.12）；另見Laurence Harris撰寫的「國家壟斷資本主義」條目（state monopoly capitalism），收於Tom Bottomore（1983, 1991）*A Dictionary of Marxist Thought*. Oxford: Blackwell。何舟（1994:164-165）則說「鄧小平……幾乎視馬列主義為無物……中共目前的各種做法和將來的計畫……是打著『社會主義』旗號的國家資本主義」；因此，「中共主要是把台灣政體作為一個政治敵人，而非一個意識型態敵人來對待。」（陸委會，1995b:61）Sparks（1998:189-193）在研究波蘭、捷克、匈牙利、斯洛伐尼亞等國家的媒介轉型時，亦作此認定，並且聲稱其結論亦大體可適用於中國，也就是認為前蘇聯、東歐，及改革前的中國，根本不是社會主義國家。對於這個與Alex Callinicos相同的看法，Pierson（見註3所引書, pp. 80-81）則說這個看法是很少數人的見解。那麼，1979年之後的中國是怎麼樣的社會？David Schweikart（1998）的'*Market socialism: a defense*'（in David Schweickart, James Lawler, Hillel Ticktin and Bertell Ollman, *Market Socialism: the debate among socialists.* NY: Routledge）則認為，中國仍可算是市場社會主義國家，對於這個判斷，讀過類似何清漣（1998）《現代化的陷阱》這本書，或者經常看香港台媒介有關中國貪污氓流生態等各種問題的人，可能另有想法，而發表在美國毛派期刊，作者是Nancy Holmstrom and Richard Smith則稱中國與俄羅斯已是「盜匪資本主義」，見'The necessity of gangster capitalism: primitive accumulation in Russia and China,' *Monthly Review*, 2000, 51(9:1-15).

了，或者，至少不因為中國自1993年以來，在憲法第十五條中，明訂「國家實行社會主義市場經濟」而獲得明確、沒有爭議的內涵。[5]對本文來說，更重要的則是，在市場社會主義之下的傳播媒介，呈現何種面貌？西方對市場社會主義的論述雖然很多，卻幾乎未曾就媒介在此經濟體系當中的性質，有所討論，惟值得注意的是，已有論者提及，西歐雖為市場經濟，但其維持公營的廣電媒介，表現仍佳；並有論者認為，為提高公民近用媒介的機會，市場社會主義的國家必須避免資本主義的情況，亦即大眾傳播工具為少數人控制，甚至「最好由公共機構來控制這些媒介，不管這些機構的民主程度如何」。[6]

---

5 否則，台灣在名義上應該也是社會主義國家了。中華民國憲法第一條說，「中華民國基於三民主義，為民有民治民享之民主共和國。」而手著三民主義的孫中山在其民生主義第一講說，「民生主義就是社會主義，又名共產主義，即是大同主義。」有關市場社會主義的界定，本文所引用的Roemer（1994）第四章，提供了扼要說明，但不完整，主要原因應該是相關流派之多，已超過該書篇幅與主旨所能處理的範圍。James Yunker（1997）的 *Economic Justice: the market socialist vision*. Lanham, Md. : Rowman & Littlefield Publishers（pp. 335-384）提供了比較全面的文獻，但似仍刻意遺漏了部分重要的討論。有關不是Yunker那麼「務實」的討論，則也許Geoffrey Hodgson（1998）的 "Socialism against markets? a critique two recent proposals," *Economy and Society*, November, 27(4: 407-33)，提供了比較新近的、不為前二者討論的文獻（尤其是Pat Devine與Fikret Adaman師生的論述）。筆者希望日後有能力就此及「第三路線」、市場的社會化、修正路線、社會民主等論爭，另作一文引介。2022年的補充：筆者在2005年以「經典譯注」項目，得到國科會的支持，譯註並出版《論市場社會主義》（原著John Roemer[1994]。新北：聯經），通過導論、七種附錄與譯註等方式，延伸相關討論。

6 筆者閱讀的三、四十筆材料當中，發現只有三筆提及傳媒，寥寥數語，遑論伸述。首先，有關媒介應該公有的主張，來自David Miller（1989）*Market, State, and Community: theoretical foundations of market socialism*, Oxford: Clarendon（轉引自Pierson, 見註3）pp.112-113. Roemer（1994:91）則稱，在市場社會主義體制之下，為了創造公共財，國家應當投資的項目之一是「傳播交通體系」（communication system），但他只提及這個字眼，並未深入發揮引申。Roemer（pp.114-115）在另一個地方提及增加支出於教育，將對社會文化有很好的效應，在他所指的社會文化，他特別提及了「電視節目的改善」。第三有Robin Blackburn（1991: 50）在 "Fin de Siecle: socialism after the Crash," *New Left Review*（185: 5-66）提及非私產權的企業，亦有表現可圈可點之處，並以英國BBC及第四頻道為證。最後是Alec Nove（1991: 216）在 *The Economics of Feasible Socialism Revisited*（London: Harper Collins）這本書中，指商業電視競爭造成節目同質化、廣告激化浪費等問題。事實上，有關對廣告的批評，並不是社會主義者的專擅，如張清溪等人（1991: 229-230）就對廣告抱持負面看法，指其為寡占廠商提高、設立障礙，阻止新廠商進入的一種機制。再者，古典自由主義者固然主張市場機制是分配資源的

這個事實具有重要的意義，它顯示了西歐的廣電媒介並沒有在過去近二十年來的私有化浪潮聲中，一蹶不振，英國學者如柯倫（James Curran）甚至認為，公共廣電未來可望有比現在更明亮的前景。[7]筆者亦曾以英法德義等四國的公共電視為例，論證英國有較高的經濟效率。（馮建三，1998a）事實上，英國電視的歷史發展過程，清晰展示了從中央計畫至市場競爭機制的引進，但又另以嚴格於他國的國家手段介入，通過媒介利潤的分配，節制競爭，使競爭較不激烈或不致走向惡性方向發展，應該可以說是一種市場社會主義體制之下的表現。

具體言之，在1954年私營電視開播以前，英國只有BBC一家電視頻道，完全依賴執照費（可說是某種稅收）運作，有電視內容產品，但無閱聽人時間商品的生產，亦無競爭對象，這些特徵正符合社會主義之下的計畫經濟原則。隨後是市場社會主義的電視時期，並分階段而引進了日

最適方式，但亦承認在公共財的提供，遇有外部性等考量時，將有市場失靈之發生，以此主張政府介入該種財貨的生產與分配。就此來說，媒介作為具有濃厚準公共財性質及外部性的財貨，是否恰好成為輻輳領域，匯通了左右，市場社會主義與某些經濟自由主義者，能夠在此取得共識？似乎值得另文探討。而除了西北歐的廣播電視，北歐三國及南歐（尤其是法國）有關報業的制度表現，是否亦有市場社會主義的若干特徵，值得優先討論。美國聯邦傳播委員會主席、古典經濟學信仰者Mark S. Fowler與其助理Daniel Brenner（1982），在"A marketplace approach to broadcast regulation," *Texas Law Review*, 60（2: 207-257，亦收於*Mass Communication Review Yearbook*, 1983: 645-695）這篇主張美國廣電電波規範機制，應由公共信託走向市場模式的論文之最後五分之一部分，指出「政府是可以追求公共利益，通過向商業廣電業者徵集電波費，以此支持公共廣電服務。這並不是任何新穎的概念。」（p.688）已經承認資本主義的市場機制，不是配用廣電資源的最適（optimal）手段，似乎亦顯現在廣電產品的提供，經濟自由主義者亦接受了某種市場社會主義的作法，惟該文作者稍後將此種詮釋推翻了（pp.693-694），亦即他們最多是將此作法，當作是一種市場失靈，公共廣電之表現，也就會只被圈限於聊備一格，與西歐作法差別很大。Duncan H. Brown（1994）的 "The academy's response to the call for a marketplace approach to broadcast regulation," *Critical Studies in Mass Communication*（11: 257-273）發現，在前文發表後10年，加以引述的論文是79篇，但來自傳播領域的20篇引述當中，只有一篇直接引述前文最後五分之一，有關市場失靈及電波費的問題，而這篇加以引述的論文則發表於英國，是從歐洲觀點批評這種市場模式的說法。

7　柯倫在BBC World Service說，以西歐來看，與政府關係太密切的公共廣播，前景堪虞；被視為具有作之君者之師者，未來還是會不錯；而與政府不是沒有關係，但被認為比較獨立者，前景看好。這段訪問於台北時間2000年3月24日早上九時許播出。柯倫撰寫的〈大眾傳媒與民主：重新評估〉（Curran, 1991）似可歸為某一種的市場社會主義之下的媒介結構。

趨激烈的競爭機制。首先，1983年以前，BBC兩個頻道與ITV競爭閱聽人時間，不是廣告收入，該年第四頻道（產權公有）開播之後，競爭閱聽人時間的程度加強，但透過由ITV代售第四頻道的廣告，以致廣告收入的競爭，並未明顯改變；直至1990年廣電法調整此二頻道的關係，廣告競爭則見強化，到了1997年春第五家特高頻電視創辦，競爭再告升高。[8]

通過對於英國例子的描述，我們看到了「某種」市場社會主義之下，媒介的「經濟」狀態。（應該說明的是，這裡只談市場社會主義的「經濟」面向，至於其媒介的政治與文化表達之面向，本文先不處理。）從中，吾人選取三個要件，界定市場社會主義理念型的媒介表現：（1）競爭的出現與競爭範圍的擴大及深化，（2）媒介產權維持在公有，或刻意以國家規範，使媒介維持在壟斷或寡占狀態，然後，（3）再透過財政手段，使部分利潤重新分配於具有競爭關係的不同媒介，特別是從市場占有率較高的媒介（ITV）流向較低者（第四頻道），也就是以尋租行為（rent-seeking）節制了競爭的進行。[9]

中國的媒介是否符合市場社會主義媒介的標準，自然無須唯此三條件是瞻。不過吾人在考察市場社會主義與國家資本主義之下，媒介經濟關係的差別之時，這三個要件自然會有其參考價值：若是三個條件都存在，則應該可以歸類為市場社會主義的媒介，若只有前二者，卻獨缺第

8　這裡不是說衛星、有線電視或其他新科技產品與這些特高頻電視沒有競爭關係。

9　在產業競爭過程中，國家刻意設定障礙，從中取利，構成對於市場機制的阻撓，經濟學家通常認為，這是社會浪費之舉。如張清溪等人（二版，1991:278）將它譯為「鑽營」（及競租），並界定為「使用『稀少』資源去營造『人為的稀少性』，以圖獲得人為獨占利潤之行為」，類同說法見王躍生（1997）《新制度主義》，台北：揚智，頁112、148-150；汪翔、錢南（1993）《公共選擇理論導論》，上海：人民出版社，頁87-85；李任初（1992）《新自由主義：宏觀經濟的蛻變》，台北：臺灣商務，頁187-206。但Roemer（1994:151）指出，尋租並不必然是浪費的。假使我們認為尋租使某種財貨的重新分配，是一種社會改進，或者，如果尋租過程產生了不同的生產結果，就不是浪費。中國在經改過程，出現很多尋租活動，但多成為貪污之源，引來很大批評，如何清蓮、秦暉前引書，惟他們提出解決尋租弊端的方法，是引新制度學派（如D. North）的說法，是否真能有效，理當戒慎。尋租活動所得之租金，若用於Roemer所舉之方向，如使之重新分配於經濟貧者與富者之間，則是市場社會主義國家的尋租，若是只能為「掌勺者」牟利，則是國家資本主義。

三要件，應該算是國家資本主義的媒介表現。[10]

　　以下是本文的主體，將以此三項條件，觀察中國傳媒（指電影、電視與報紙）過去二十多年來的變化，考察其得失。這裡所須注意者，在於第三項條件的資料，似乎很難取得。[11]最後，在判斷了中國媒介的屬性後，本文以此作為憑藉，檢討台灣與中國過去十多年的傳媒往來情況之得失，並作建議。

廣告：中國媒介變革的動力

　　中國為什麼進行媒介與新聞改革？也就是從純粹中央計畫，由政府提供資源給媒介，轉變為市場分權，由廣告逐步取代政府預算，成為媒介最重要的財源？論者曾將它歸因為「覺醒了的普羅大眾」之長期要求所至（潘家慶，1997：38）。也有論者指出，這是因為媒介數量擴張以後，所需人力與財務資源增加的幅度太大，中國政府無法負擔，於是除若干承擔特殊任務的報紙之

---

10 以電視論，台灣早年的國家壟斷電視，無疑是國家資本主義尋租的活動，而報禁使得報紙執照的持有人，能夠在轉售執照時，獲得可觀資金，如王麗美（1994）在《報人王惕吾》的記錄是，聯合報創辦《經濟日報》（1967）與《民生報》（1978）時，分別以當時120及2500萬元，購買了公論報與華報的執照（頁131、298），則不是國家的尋租，而是管制言論的手段。與此相對，英國電視亦為國家強力管制，但如前所言，卻是市場社會主義的表現。從電影票房取得特定比例的資金，作為電影輔導金之使用，如1927至1980年代中期的英國，西班牙與法國的現制，接近於市場社會主義。英國晚近幾年開始，利用彩券盈餘作為電影輔導金之用，台灣1989年之後的電影輔導金出自政府總預算，以及1985年起的台灣廣播電視發展基金大部分回流至「公視節目製播小組」，實際仍由三台承受其廣告收入，則應視為國家資本主義的表現。台灣公視法從有線電視取得很小一部分年收入，可視為市場社會主義原則的微弱表現（不過，該法令至2000年是否已實施，待查）。

11 我們常常讀到這樣的資料（如亞洲週刊，1999.12.20：58-59），指中國登記有案的出版社在1999年大約是500多家，但另有影子出版社，也就是自組工作室以出版的單位，有人說是3000-5000家，也有人說是8000-9000家。不論多少家，重點是由於出書必須書號，且須由出版社報審，這些影子出版社也就必須付費給出版社以取得書號。這些購買書號之費用，就是出版社因國家管制而取得之租金。惟類似的報導都沒有說明，這些租金是中飽出版社私囊，還是出版社用來出版其他有用的圖書。

外，只能讓各媒介單位逐漸走上自負盈虧之路，媒介因此引進廣告或從事其他非關本業的商業活動（多角化經營）（何舟、陳懷林，1998：32-33,120,122；唐緒軍，1999：112-113）。潘忠黨（1996）則從微觀層次入手，指中國恢復刊登廣告的肇因，其實是報社要發年終獎金，卻無銀兩，於是「戰戰兢兢地做了」，事後未被懲罰，於是慣例成立，是「改革……非常突出的自下而上的特點」。

在電視方面則有人指出，改變的因素最主要來自於中國內部因素，由於中國追求現代化的政策，1983年第十一屆廣播會議提出，收音機與電視是最強有力的現代工具，能夠作為政府、黨與人民之間的橋梁，創建社會主義文明。在此政治動力之下，於是有1984年開始的四級辦電台的分權政策。（Hong, 1998: 91-92）另外，Zhao（1998: 52-53）的看法則對此見解，有所補充。她指出，地方分權的肇因，出在中國讓一部分人先富起來的說法，也就是鼓勵地方政府採主動的政策，於是這個政策同樣反映在辦報、辦電台的權力下放。中國中央政府在1981年時，尚占各級政府總收入的57%，至1993年已不足39%，而美日同年之比例分別是55%、70%。但更重要的是，Zhao認為，中國經改對於媒介改革造成了根本的影響，亦即中國既已重返商品生產，則作為商品生產體系不可或缺的一環，廣告，必然要萌芽。

在此背景之下，隨著經改廣度與深度的擴大，廣告角色就注定加重；另一方面，地方政權既有了權力，則廣告不僅只是支應辦媒介所需，還可能是營利的良好管道，而若政權可以透過壟斷而獨攬利潤，更可提高其辦媒介的意願，以致催生更多的官控商業報紙與電視。換句話說，主要還不是經改過程中，政治力為了減輕國家為媒介承擔的財政角色，以致容許廣告的存在；而應該說廣告的出現，原本內在於經改過程，先被動為媒介召進，繼而主動呼應，支配了媒介，啟動了媒介的競爭，遂有各種因廣告而起的紛爭，終至催生所有傳播法規當中，唯一不是行政命令，而是法律的《廣告法》於1995年2月起實施。電影遲至1993年才開始改革，原因之一或許也在於電影的收入主要直接取自觀眾，很少來自廣告，於是欠缺改革的誘因。從〈表5-1〉可以得知，1983至1999年間，中國國內生產毛額的總成長率是兩位數（14倍左右，至1998年），但總體廣告則成三位數成長（266倍），其中電視更是驚人的976倍，而報紙亦有153倍。

表5-1　中國經濟、廣告、電視及報紙廣告成長率，1983-1999

19	GDP		所有廣告		報紙廣告		電視廣告	
	億人民幣	成長率%	金額*	成長率%	金額*	成長率%	金額*	成長率%
83	5809	-	234	-	73	-	16	-
84	7171	23.4	365	55.9	119	63.0	34	112.5
85	8964	25.0	605	65.8	220	84.9	69	102.9
86	10202	13.8	845	39.7	256	16.4	115	66.7
87	11963	17.3	1112	31.6	355	38.7	169	45.0
88	14928	24.8	1602	30.5	534	50.4	272	61.0
89	16909	13.3	1999	24.8	629	17.8	362	33.1
90	18548	9.7	2502	25.2	677	7.6	561	55.0
91	21619	16.6	3509	40.2	962	42.1	1001	78.4
92	26638	23.2	6787	93.4	1618	68.2	2055	105.3
93	34634	30.0	13409	97.6	3771	133.1	2944	43.3
94	46759	35.0	20026	49.3	5054	34.0	4476	52.0
95	58478	25.1	27327	36.5	6468	28.0	6498	45.2
96	64885	11.0	36664	34.2	7769	20.1	9079	39.7
97	74772	15.2	46200	26.0	9682	24.6	11441	26.2
98	79553	6.4	53783	16.4	10435	7.8	13563	18.9
99	NA	NA	62200	15.7	11200	7.3	15610	15.1
1999年廣告是1983的倍數	265.81	---	153.43	---	975.63			

*百萬元人民幣。本欄的廣告營業總額包括報紙、雜誌、廣播、電視、其他媒介單位自屬的廣告部門之廣告營業額，再加上專業廣告公司的營業額。

資料來源：中國廣告年鑑、國家工商行政管理局，轉引並計算自陸地（1999:96）；GDP資料取自1999年《中華人民共和國年鑑》；1999年資料取自中國時報（2000.3.24:14）。

報紙：一報十一禁到報業集團

　　從生產（執照、新聞採訪、編排、印刷）、發行流通至使用（報幅、報價與公費訂閱）的嚴格且有效地管制，充分且具體展現了1957年6月毛澤東在《人民日報》所說，「在社會主義國家，報紙是社會主義階段即在公有制基礎上的計畫經濟通過新聞手段的反映，和資本主義國家的報紙是無政府狀態和集團競爭的經濟通過新聞手段的反映相同。」（轉引自陳懷林，1998: 112）

　　因此，若以1988年以前台灣的一報四禁（報紙執照、印刷場地、篇幅與售價）為對照，中國從1957年[12]至1979年1月28日上海解放日報刊登廣告之前，是一報十一禁，加上了（5）私人辦報的禁止；（6）報紙勞動力薪資等工作條件的嚴格限制；（7）重要政務新聞、氣象預報、地震、災情等，均由中央單位統一發布；（8）報紙發行地區劃分作全國、省級、市地級、縣級等四級，不能越區流通；（9）發行方式的限制，所有報紙採郵局統一發行，費率為報紙售價的25%；（10）報紙產品沒有私人擁有者，亦即報紙為公費訂閱；以及，（11）禁止刊登廣告。[13]

　　以下試拼湊報紙十一禁當中，廣告之外的十禁的（未）解除狀態，由消費往生產，逐一檢視。

12　中國在1949-56年間，報業仍實行「企業化」經營，鼓勵自費訂報與刊登廣告，以致人民日報等中央報紙與省級報紙，在1953年起陸續扭轉了虧損情況，其中新華日報的廣告收入甚至達總收入42%。惟1957年起，由於計畫經濟體制完成，廣告收入嚴重萎縮，中國第一次報業市場化至此終結。（唐緒軍，1999：108-109）

13　台灣在高速公路於1978年通車之前，北報不能南運，亦具有若干限制發行地區的作用；台灣於1970年1月起，由省政府編列預算，以4：3：3比例，購買《中央日報》、《中華日報》、《新生報》三報分配給各鄰里長，後來又有《台灣新聞報》加入，比例為3:3:3:1；日後由《新生報》與《中華日報》析出部分報份給予《青年日報》（劉燕南，1999:138-139），可算是小規模的公費訂報。嚴格地說，中國不是限制報紙執照，而是未經核准不能辦報紙；而公費訂報也不能說是限制，是一種中央計畫經濟的結果。有趣的是，台灣報業在1990年代中後期，由於競爭日趨激烈，以致贈閱的報份，比起從前，反而增加許多，如2000年1月21日之時，台北市某大派報單位的資料顯示，《聯合報》的有費報、預付報分別是513、787份，占當日所有派送2029報份的64%，《中國時報》則是657、907份，占2365份的66%，亦即免費報1/3左右！（郭良文，2000，6月，〈台灣報禁政策對發行與派報之影響：從時空辯證的觀點分析〉，中華傳播學會年度學術研討會，新北市深坑。附錄三。）

作為市場經濟較為發達的三個地區之一的北京，至1986年時，作為黨報的《北京日報》尚有83.4%讀者是公費訂閱（潘家慶，1997：40）。1995年中宣部的全國調查則顯示，自費報已占54%，超過了公費報的46%（唐緒軍，1999：142-144），[14]至1999年則深圳特區報的公費報仍占20-30%（黃小榕，1999）。按理，由於自費讀報者無須依賴郵局的發行管道取得報紙，我們或許應該推測，始於1985年《洛陽日報》的自辦發行，已同步擴大於其他報紙；至1980年代末，郵局規定，黨機關報的發行費維持比率，但其他報紙須調高至報價的35-40%。但值得注意的是，1983至1997年間，報紙的銷售份數大致維持在4000萬份，也就是每千人40份，變動不大。（陳懷林，1996a：198；唐緒軍，1999：119, 263）發行方式的差異，以及促銷報份的手段「絲毫不遜於資本主義……的西方國家」，甚至更細膩、具有創意的「離奇」技巧，並沒有帶來更多讀者（潘家慶，1997：115；唐緒軍，1999：331-336）如果報份真是沒有增加，是否因為對報紙的定義，有了變化所致，若不是而另有因素，則應另作探討。

　　報紙的擴版潮起於1990年代初期。具體方式是週末版的出現，1981至1990年，只有20家報紙出週末版，至1994年初、年底，分別有400與500家以上，占全國2040家報紙的1/5與1/4。另外就是四開4版改對開4版，對開4版變8版，非日報改日報，週刊改成週2、3、4日刊。1991年有22家擴版，1992年各主要報紙結束了一大張四版的局面，1993年有130家跟進，1994年達150家，其中北京即達46家。新增版面用於廣告（可達50-60%總篇幅），遠多於報導，1992年的《廣告條例》則取消了報紙廣告比例的限制。（潘家慶，1997: 87；Zhao,1998: 133-138；陳懷林，1998: 132-134）

　　在跨區發行方面，地方報紙不能進入中央或擴張地理區域，中央報紙則可進入地方，如《人民日報》自1996年發行華東版，1997年7月起加發行華南版，惟並不成功（曹鵬，1999：67, 78, 153；聯合報，1997.1.7: 9）。事實上，《人民日報》並未因發行地區遍布全國而取得優勢，從1988至1999年，它的發行量由450萬陡降至153萬，廣告收入從2350萬人民幣，只增加至1995年的1.37億；

14　惟各地差異亦大，如1995年，南京《揚子晚報》自費報占91.5%，1996年11月，《齊魯晚報》自費報占71.9%（唐緒軍，1999：142-144）。

相對於此，產權雖然還是公有，如第一個成立報業集團的《廣州日報》（見後），同期的發行量從34萬至125萬，廣告收入從1500萬暴漲至1999年的9.3億（曹鵬，1999：178-183；聯合報，2000.2.3：13）。另一方面，《亞洲週刊》報導（1993.11.14：26-27），廣東省委機關報《南方日報》的南方週末版，有近200萬發行量，其中在北京銷售已達20萬，顯見地方報紙不能上達中央之說，已不成立。

在報紙勞動力方面，終身雇傭制及固定薪資結構已隨經改而變化。廣告部門的員工，工作密度加強而戕害身心親情，時有聽聞（何舟，1996a：79）。《宜昌日報》規定3%待崗，薪資為原工資60%，《華西都市報》則將薪資差距拉至2-3倍（唐緒軍，1999：226）。《新民晚報》、《廣州日報》大幅擴版，如1987年前，《廣州日報》編採人員200人編四版，還常有稿荒，改革後，工作量、待遇福利、榮譽積極性增加，八版擴充至每日20版（有時甚至達40版），發稿量是過去五倍，但編採人員不但沒有增加，而且還因裁員，以致略有減少。即便如此，曹鵬（1999：71-72, 131）認為，兩報員工的效率，仍然未達國際水平，其間原因應該是中國報紙的勞動力市場，以薪資來說，雖然與各報紙的市場收益有關，卻不能說是完全反映。以上海三家報紙來說，1998年發行150萬份、廣告收入五億多的新民晚報，僱員六百多人、平均月薪五千多人民幣，而解放日報二億廣告、近千人員工、平均月薪三千多，文匯報只得一億廣告，僱員仍有一千多人、平均月薪兩千多（中國時報，1998.6.9：14；1999.10.15：14；聯合報，1998.7.25：13）。

就產權來說，完全由私人決定營運方針的報紙，固然至今不存在中國，但晚近五、六年來，其公有形式已出現彈性，據唐緒軍（1999：259）的歸納，計有四種：（1）股份制，在中共金華市委支持下，1994年10月將其社產分作三部分，國有（10.77%）、集體資產（69.23%）與個人資產（20%）；另外，1998年網絡報由《中國科學報》、中網文化傳播有限公司合營，前者於1999年元旦改名《科學時報》，由週三刊改為全國性日報，聯想集團投資2000萬。（2）委託制，《成都商報》以經濟資訊為主，最初是1994年的私人投資，只有內部刊號，次年初兼併經營不善的報紙，取得正式刊號，1997年底已能銷售30萬份，並將廣告、發行委託私營企業辦理，報社總編輯也是該公司總經理。（3）合夥制，《購物導報》在1992年由《中國輕工報》部分編輯記者集資創辦，後

再引入其他個人資金。（4）合作制，《陝西華商報》由陝西僑聯創辦於1995年，1997年7月因虧損與聖經集團合作，由週日改為日報，並改為《市民生活報》。

這些媒介產權形式的變化，是否將因1999年春中國憲法將「個體經濟、私營經濟……是社會主義市場經濟的重要組成部分」而擴大，有待觀察，唯鄧小平1992年南巡對中國（包括媒介）的重要催變助力，雖然亦曾掀起外資進入中國的小旋風，但迄今外資似乎全部鎩羽而歸。[15]最後，有關新聞採訪（特別是中國媒介報導的國際新聞或社會要聞）的競爭，規範仍然嚴格（何舟，1993：33-34；陳懷林，1998：114-115）；[16]中宣部在1992年重申，一切國際新聞均須

---

15 最慢在1992年，《中國時報》（1992.4.3: 1，以下引述，若未註明，皆出於該報）就顯著報導，指國務院新聞出版署已經首度批准香港星島集團與《人民日報》合資辦報，將在中國印刷發行週刊；惟該新聞消息來源不是新聞署，只是匿名的權威消息人士，可能只是試探。稍後（1992.8.10: 11）又有大幅報導，指文化部第36號文件提出文化事業之改革，指將允許國家級文藝團體中外合資，打破終身制、允許高薪、可辦第三產業等。然後是轉述《星島日報》（1993.4.18:10），指出中國新聞出版署署長宋木文透露，已有科技合資報紙，外資獨辦則仍不可能；宋又說，胡仙的星島集團與中國合辦的《星光月刊》將在5月出版，是中國首家文化經濟類合資刊物。兩個多月之後，傳出中共中宣部在1993年起草意見書，建議允許台港澳報刊在內地合資辦報的消息。（1993.6.26:11）再有五個月，北京否決梅鐸（Rupert Murdoch）入主上海《時尚雙月刊》50%股權的計畫；但星島公司與深圳出版中心簽約，將合資成立深圳報業公司，企圖創辦深、港《經濟時報》同步在兩地發行，將是第一家中外合資「日」報。先前已有合資的週報（如《計算機世界報》）與月刊。（1993.11.26:18）廣州的《現代人報》（1980年代創）以倡導改革聞名，香港智才集團要求與其合資一、兩年後，1994年初成功，以人民幣200萬挹注，改該報為日報，但只參與發行及廣告推廣等，不能過問編輯，但其實從一開始，港資就全面涉入，《現代人報》的掛靠單位廣東省國際貿易促進會在夏秋之交發函，表示即將終止掛靠關係，報紙1995年元旦就會停刊，《中國時報》認為這顯示「合資辦報熱黯然收場」。此時，前引深、港同步發行《經濟時報》之議，也戛然中止。（1995.1.1: 9）稍早，內容與香港英文《虎報》相同，但限制32個版面的同名報紙從1994年9月8日起，獲准在北京印行發行3.8萬份，至1995年元月初，中方以技術與印刷能力為由，停止在京印刷時，已達5.7萬份（聯合報，1995.1.6:10）。數日後，中國全國宣傳會議於1月15日在北京召開時，北京即將重申不准外資辦報的新聞見報。（1995.1.11: 9）。過了五個月，另有新聞指梅鐸與人民日報各以50%股權，合資540萬美元，成立北京筆電新人信息技術公司，合作期限20年，從事電子出版等，詳細內容不知。（1995.6.14: 9）

16 《羊城晚報》、《新民晚報》常自行派人參加重大國際（體育）活動，雖然常被體委會斥責（陳懷林，1996a: 208；曹鵬，1999: 46）中國最繁忙水道，也就是煙台到大連，每年載客350萬人、20萬輛汽車的黃金航線，1999.11.24發生船難，死亡三百多人，除《北京青年報》、《廣州日報》外，大部分媒介轉載新華社通稿，中央台聯播新聞亦只播報十餘秒（亞洲週刊，

根據新華社稿件發表，各國通訊社可與新華社無償交換新聞，但仍不得在中國發行，1995年底國務院通知，新聞社被授權管理經濟信息，外國單位要在中國境內發展經濟信息業務，需向新華社申請（魏永征，1999：449）。

中國報紙（或說媒介）的這些改革過程，亦即逐步增加廣告作為報紙的主要或唯一收入，致使報紙已可作為牟利的手段。與此同時，中國政府仍（至少在法規上）責成報紙必須遵守黨中央的政策，承擔推進社會主義文明建設的重要角色。

經濟誘因的出現與政治價值的堅持，在官方看來，是可以、也應該能夠並存，因此國務院在1997年頒布的《出版事業管理條例》第四條就說，「從事出版活動，應當將社會效益放在首位，實現社會效益與經濟效益的最佳結合。」究其實，新聞改革並非沒有成績，[17]惟另一方面，中國政府也並不是沒有認識到二者衝突的嚴重性，並已因此陸續頒布了多種行政規章，企圖圍堵弊端於可接受的程度。[18]

1999.12.6: 23-24）。南京德籍外商一家四口2000年4月2日遭四名江蘇青年農民闖空門無所獲後被發覺而滅門，《江南日報》違反規定，大肆報導，被罰停刊三日（中國時報，2000.4.5:14）。

17 有關中國新聞改革的正面呼籲、報導與評論（中國學者之論述，參見潘家慶，1997: 4-6, 43-57, 128），另見《中國時報》（1992.9.6、9.11、9.14、9.21: 10；10.30: 6；11.6: 11; 1993.1.10:10、1.29:11）陸續發表的長文與一般新聞，皆唱和、鼓舞中國傳媒的自發改革與自主意識之抬頭，恢復報紙商品屬性、減少行政干預與財政補貼等等；這個階段的氣氛，可從下列遣詞用字看出一斑：「省市黨報首家改革走入市場，上海解放日報更搶手」、「瞭望週刊猛烈砲轟機關報、抨擊其宣傳手法低劣，人民日報一記者揭發報社內幕」等等。Zhao（1998:152, 另見95-143）引1996年的調查，指1995年的52家全國與地方報紙，僅有0.4%篇幅有關環境保育新聞，但已比1994年增加19%，其中有10.3%展現批評色彩，90%則為乾稿或語帶讚揚，她並舉杭州《錢江晚報》、《北京青年報》、「珠江經濟電台」、上海「東方廣播電台」與「東方電視台」，以及「中央電台」新聞評論部的《東方時空》、《焦點訪談》等節目為個案，說明改革的若干績效。

18 說是至可接受的程度，而不是說完全解消，是因為新聞廣告化的現象已眾所周知，無須細表，而有關有償新聞的問題，即便在台韓日等國，這些因媒介性質而存在的負面媒介現象，亦尚未全部革除，見筆者「因為採訪新聞而附帶產生的利益」之介紹與討論，收於馮建三‧彭家發，1997，《新聞學》，台北：空中大學，頁670-672。有關中國政府為管制這些亂象而頒行的法規，魏永征（1999）的資料似最為完備，如內部報刊制度（中小企業報刊、大專院校報等等不需列入ISSN），因只登記需就可取得准印證，雖按規定只能在本行本業本系統發

但是，就實際的運作來說，有關新聞廣告化、媒介人員從中抽佣金、公關稿件充斥、以新聞之發布或不發布要脅商家、甚至政府單位都得送禮才能見報／媒介、沒有錢就不報導、由零星無組織到組織化的收禮與紅包、由收賄到勒索、由新聞廣告化到捏造新聞等等光怪陸離的現象，以至於記者為此受益而犧牲了為民喉舌的空間，與記者與媒介的可信度與公信力下降，似乎從1993年起，亦即鄧小平南巡之後一年，開始展現為特別嚴重的情況。[19]

放、交換，只能收工本費不准定價出售，不能公開陳列，也不能以交換等方式送至海外（包括港澳台）。但由於它不須中央同意，僅需省核可，因此無法取得報刊登記證與統一編號者，就退而辦理這些出版品。至1995年，這類內部報紙達6500種，是正式報紙的三倍，內部期刊10915種。其中有許多已超越規定，有了地方報紙的樣子，目的就是「要賺錢」。於是1998年起，新聞總署在「控制總量、調整結構、提高質量、增進效益」的原則下，全目取消內部報刊，停辦其中1692種，另4081種轉為內部資料（原內部刊物停辦3550種，6090種轉為內部資料）。此資料必須「成冊、折頁或散頁，從而不會再被看作是報紙」，名稱不得使用「**報、**刊或**雜誌」等字樣，且須注明「內部資料，免費交流」，在明顯位置應印內部資料准印證（有效六個月、期滿重發），工本費也不能收取，廣告不能刊登（頁321-324）。但有關非法出刊的情況，如未經批准（包括週末、月末板等）、假冒刊名、轉讓刊號與出版權，以及盜印報刊等，未能盡數消除（頁334-343）。對新聞、節目廣告化所造成的infotainment，中國不是以道德自律約束業者，因為業者就是黨、政府，而是以法律定之，甚至「禁止報形廣告」，也就是西方很常見的free press廣告之免費發送，亦在禁止之列，理由是這類廣告有經過審查；並禁止用新聞形式進行企業形象廣告宣傳、制止以調查採訪公司發布廣告（頁436-438）。另有1994.9.6《立報》轉載《光明日報》，指《江蘇健康報》、《寶雞科技報》、《爭鳴雜誌》、四川聯合大學主辦的《人口與發展》、寧夏人民出版社的《畫書大王》、河北省石家庄的《市場文學》內部刊物、陝西的《長安文學》內部刊物，以及《中國開發報》、內蒙古《一機工人報》、內蒙古《二機工人報》等因類似以及內容等問題，遭受處罰。陳懷林（1998:133）指各地黨報上有政策，下有對策，停辦虧損的農業或文化報紙，以原有的證號改辦都市報等變相晚報，進入競爭。曹鵬（1999:142）記錄了銷數廣大的《參考消息》，標明內部發行，其實卻已是任何讀者均可訂閱；另見曹鵬（1999: 153-155），以及何舟（1993: 36-37）增刊與轉讓期刊號的情況。

19 筆者曾密切注意台灣報紙對有關現象的報導，發現絕大部分集中在1993年。新聞記者在市場經濟衝擊下，收入明顯倒退，加上中共對媒介控制未放鬆，是造成有償新聞的部分原因。謝孟儒發自北京的新聞，引述政協委員、《經濟日報》總編輯范敬宜在中共全國政協第八屆第一次會議的發言，表示1992年時，中國記協雖已發布記者職業道德準則，但無效，有償新聞仍是大問題，監督功能不彰，原因不外廠商肯花錢，記者收入低。（中國時報，1993.3.18:11）《聯合報》（1993.3.18:13）報導全國人大代表開會，在電視露臉30秒三千元，訪問兩三分鐘萬元以上。《中國時報》（1993.4.23: 10, 11）指上海《文匯報》在1月25日（舊曆年大年初三）在頭版刊登全版西冷冷氣廣告，得人民幣100萬，當日上午收到二百多通抗議電話。北京一新聞

對此現象，不加強調，卻反而揄揚者，畢竟是少數。[20]大多數論者對於新聞與媒介改革過程中的弊端，並不否認。他們之間的差別，似乎正在於對市場社會主義之說，抱持了不同的態度，大約可以分作三類。第一種對其可能性，並不完全否認，或是仍然心存希望，但不必是與中國共產黨的立場相同。第二

單位負責人指此舉「是中國新聞界最大的醜聞！美國新聞界也不會這樣做。」一位讀者說，西冷、報紙及批准的上海市府都是贏家，讀者是輸家，《文匯報》則說上海市府是最大贏家，因藉此舉已向世界宣布上海開放環境極佳，讀者不是輸家，因將有優良的空調產品大戰；「大陸記者發財有術」。央視呼籲掃蕩日漸增多的假冒記者發假新聞現象，《安徽輕工導報》出售登記証及廣告經營許可證給武漢長江傳播中心，每年並收一萬元管理費，成為首家因轉售版權而被遭吊銷執照的報紙。江澤民要求嚴禁記者收黑錢歪風，各媒介定內部守則不准記者拿紅包、拉廣告吃回扣現象已大收斂。北京新聞界大爆醜聞，九名記者捲入非法集資被拘留。（以上分見中國時報1993.5.18；5.19:19；5.29:11；5.22: 11）到了1993年夏天，這些情況已在有些地方，催生了順口溜，說是「一流記者炒股票，二流記者拉廣告，三流記者拎紅包，四流記者寫外稿，五流記者供本報」、「防火、防盜、防記者」，更有說是「金元記者、乞丐記者、豺狼虎報、兩霸一報」（亞洲週刊，1993.8.1；潘家慶，1997:100-101）。當年7月31日，中宣部與新聞出版署聯合發布了〈關於加強新聞隊伍職業道德建設，禁止「有償新聞」的通知〉。另外，何舟（1993:35-36）的分析也似乎可以佐證有償新聞之成為明顯的問題，大致起於1993年。潘忠黨（1996）訪問《北京青年報》記者，指出他們「也是有職業道德的、有頭有臉的人物」，不必如此，但也因為其報社平均收入遠高於他報，至於若月入只有千把元，則出席記者招待會所得之費用「就是大數，需要考慮了」。如1993年記者薪水分作四級，依序是月薪180、140、113與82元，但1994年的新聞稿，記者索價可以是300元，特稿是500元（若達三至四千字特稿，則可達一萬元）（Zhao,1998: 77）。此後有很長一段時間，台灣報紙似乎已較少報導有償新聞的實況，只在1997年1月23日又說，中宣部、新聞署又聯合了廣電部、中華記者協會。一起發布了全文十條、更細密的〈關於禁止有償新聞的若干規定〉。《聯合報》（2000.4.2:13）則報導《中華新聞報》（北京記協主辦）披露，1999年12月上旬，中國食品質量報兩記者要求台商公司付八萬元人民幣，以報導行敲詐之實。若是台灣讀者考慮記者收受紅包的情況，不見得不普遍（《財訊月刊》總編輯梁永煌在2000年3月25日台灣記者協會的年會上，感嘆他與同仁前往台北市私立景文高中採訪，對方主動在採訪後，給予三人每人一個內裝八千新台幣的紅包），卻少見或從來沒有看到此間報紙刊載，那麼，最後這則新聞由中國記者主動在其報紙報導，有其意義（另見魏永征，1999: 439-443對有償新聞的最近之記錄與討論）。相關現象與問題，記錄及分析較有系統者，還可以參見Zhao（1998: 72-93）。

20 如唐緒軍（1999:384-386）把很多可能、應該會有衝突的現象，如報紙購買特定廠商的股份，雙方合資促銷該廠的產品，僅只一筆帶過其可能性，然後說實踐是檢驗的唯一標準，並以突破、改革、創新、探索是必須之舉，加以淡化。在這種情況下，他對於報業多角化經營的肯定與提倡，指報紙商譽、記者可從事公關、商情靈通等等可以用來增益報紙經營其他事業之說，也都說出了口。

種可稱作是不可知論者，或是認為官控商營的國家資本主義之媒介，有可能持續，是以中國的「宣傳／商業」模式，已全無希望走向較可取之方向。第三種傾向於認為，市場經濟的動力，最後將逼使政權改變，商業終將勝利，以致必會顛覆黨對傳媒的控制，因此也就至少隱然接受和平演變的說法。惟值得辨明或留意的是，明白表達第三種看法的人，可能不多，[21]而它與第二種想法不必然存在重要歧異，且實可歸類為自由主義立場的不同表達，是海外華人專研中國傳媒學者的主要見解。[22]第一種立場則並未放棄社會主義，主要見於中國境內的學者。他們一方面呼應「大陸新聞改革呼聲已成擋不住的潮流」之說，指

---

21 《中國時報》記者謝孟儒曾採訪朱立教授，詢問新加坡雖是商品社會，但對新聞仍大有控制，並且有效。如此，何以見得中國不行？朱立引用了普爾（Ithiel de Sola Pool）「自由的科技」之說，認為中國畢竟不同，「太大」，沿海省份接觸港台軟材料日久，《人民日報》等小媒介也透露不少可能衝破官方的資訊，「只要不觸及……推翻共產黨，報導幅度可以大得很……一旦眼界開了後，上頭想抓緊就很困難，到頭來也只好放……現代科技發達，中共想阻擋外界資訊的進入根本就做不到……長遠的看……應是樂觀的。記者繼續提問，指中國的「週末版……是比以前大膽，但它也有愈來愈煽情、聳動的趨勢，就像以前台灣的經驗，因為政治高壓，所以報紙只有往社會新聞發展。難道這就是港台媒介所能爭取的互動、交流方向？」朱立則重申「一定是」如此，最後政治必然無法不被衝擊，並稱這就是馬克思所說的下層決定上層。（中國時報，1993.06.30: 6）

22 台灣政治大學傳播學院曾於1993年6月舉辦華人傳播研討會，期間台灣報紙頗多報導，提供了吾人方便的機會，認識華人學者對此問題的扼要看法及異同，如中國時報（1993.6.29: 4）報導孫旭培與何舟、李少南、杜耀明的發言，何舟等三人認為若無政治民主改革，中國新聞自由無望；孫旭培指市場經濟改革後，是新聞自由的最大希望（另見中國時報1993.7.3: 6）。中國時報（1993.7.4:11）整版刊出兩岸三地及美籍華裔學者十數人的座談記錄，其中，李金銓提到，中國學者談及改革時，常以東歐、蘇聯為鏡，卻不觸及台灣，但台灣經驗「頗值得大陸借鏡」，或許有意以台灣國民黨的改革，沒有危及其政權，因此以言論「力邀」中國加速開放自由言論？平路則說，台灣在市場主導之前，已用了近40年「逐步形成……精英報紙的傳統」，中國卻因急劇進入市場經濟，在知識份子的傳統報業精神不及成立之時，「往往新聞的是非和意義都已消失無蹤」。筆者對於相關議論的認識，仍在起步，何舟、陳懷林（1998）等人之作可能是最可讀的中文作品，而陳懷林多年來從新制度經濟學派，尤其是D. North之作，擷取觀點，認定市場制度的建立，必然使中國媒介產生根本變革，在近作「試析中國媒介制度的漸進改革」，亦有清楚表達，他說，「中國媒介……以逾300億的年度值……奠定了……獨立的基礎……在市場的『重賞』之下，必有制度創新的『勇夫』……（中國）媒介將面臨『革新或死亡』的殘酷抉擇」（陳懷林，1999:113）潘忠黨（1996）從對記者的訪談中，提出記者不會贊成和平演變之說，也不悲觀，因他們已「學會在不確定中生活」，有「上有政策，下有對策」的「臨場發揮的本領」。

責新聞的出口轉內銷現象是中國新聞界「莫大恥辱」、質疑中共講唯物主義但卻幹「脫離實際，脫離群眾」的唯心主義。另一方面，他們揭露了中國現時報紙的競爭「主要是在形式上和業務上」，亦即不是監督與意見功能之分別，因此主張報紙競爭是要看「誰能為社會主義物質文明和精神文明作出最大的貢獻」（甘惜分，1993）。這種指出媒介之競爭，應以意見多元的競爭為主，並且不容許利潤競爭妨礙了前項目標之達成，實已接近於德國憲政法庭1980年代以來，有關是否容許私人廣電公司之存在的重要論證見解之一。[23]

若說中國學者堅持（市場）社會主義之說，並以其詞彙作為論述依據的時候，除了有其知識信仰之外，可能也會有不得不然的限制，那麼，廁身西方並熟悉其新馬克思主義者有關媒介論述的人，似乎以其自由的主體身分，增添了類同立場的可信性或說服力，就此來說，以贊同及敬意口吻引述甘惜分見解的Zhao（1998），提供了一個很清晰的例子。

在她看來，只強調市場「競爭」，帶來的是輕鬆、相同（娛樂性質、軟性）主題的表現手法與風格，而不是觀點的差別，產生了「因相同而敵對」（rivalry in conformity）的現象；另一方面，她亦深切認知在威權底下引進的市場機制，無疑有其正面與進步的意義。在此認知下，她指出經濟自由主義者認為中國還沒有出現「真正的」市場，其實已隱含將市場的出現與市場機制的運行，當成是有一種自然而然的存在，因此也就淡化了市場形成過程的暴力、支配與不平等，等於是物化了市場概念（Zhao, 1998: 180-186）。

既已如此議論，Zhao所提出的前進方向，大致有二。首先，她認為，追求民主的各進步力量，應該善用中共的語言，提出不同方式來接合這些修辭與實際的走向，亦即爭取修辭的定義權。所謂具有中國特色的社會主義、改革、

---

23 有關德國憲政法庭對廣電秩序的六次裁判意見摘要，見Peter J. Humphreys（1994），*Media and Media Policy in Germany: the press and broadcasting since 1945*, 2nd edition, Oxford: Berg. pp. 338-42；由此所作的延伸討論，見馮建三（1999），〈公共性的詭譎：比較英德法義台的公共電視爭議〉，《台灣社會研究季刊》，34期：133-85。前引甘氏文章又認為，非中國共產黨報紙的出現，應該容許，他對週末版、文摘版等形式的出現，並不譴責，而是知其「隱含著新聞工作者的多少苦心」，文中指「既要堅持改革開放，又要遵守憲法……就不是資產階級自由化，既不『左』，也不右……又要防止無政府主義……這些意見非我個人獨有，而是新聞界許多人的共識」。潘家慶（1997: 55）亦指甘「發言最尖銳、資格也最老」，主張「多種聲音，一個方向」，也就是「堅持社會主義、維護社會主義制度」的方向。

社會主義市場經濟等用語，不可輕率嗤之以鼻，不必因為反對商業作風，就因此跳入將市場這個概念物化，以至於將市場內涵的探討，全盤束之高閣（同前引，pp. 186-187, 190）。這個將「市場社會主義」作為紅旗，以求發揮掩護及進攻效果，爭取媒介改革效果的用心，若是對照於西方批判的傳播政治經濟學者，似乎可以有兩種不同的理解方式。一個是如同莫斯科（Mosco, 1996/1998: 247-251）的主張，他堅持「公共領域」（或公共利益）等概念作為「論述武器」的必要，不可因為西方媒介並不符合這個理念之要求，於是將其低貶為鬼影崇崇、幽靈的集會所。莫斯科認為，稍加放棄或有鬆動，就會使得心存批判的人，墜入「武裝不足」而從事社會抗爭的窘境。另一個是如同史派克斯（Sparks, 1998: 189-193）所說，對於人類的解放志業仍然未曾心冷的論述，理當主張「自我動力與自我解放」才是首先必須強調的主軸，而類似假國家（主張市場社會主義）之名以推進（社會主義之實）的作法，恐怕觸犯了「想像國家在社會規範方面，還算是一種良善的機構，雖說其官僚科層作風讓人扼腕」的謬誤，落實在具體情境，則「批判宏圖應當對話的是國家各組織的分裂，而不是這些組織本身」，如波蘭的團結工聯及波蘭媒介工作人員（記者）在工聯推倒其國家機器過程的表現等等。[24]

---

24 史派克斯說，研究東歐傳媒，但對批判宏圖（critical project）仍念茲在茲的人，已不多見，除他之外，另一較知名的是唐寧（Downing, 1996）。唐寧研究的是蘇俄、波蘭與匈牙利。史派克斯則研究波蘭、捷克、匈牙利、斯洛伐尼亞，他認為蘇聯與東歐事實上只是國家資本主義，一種資本主義的變種，而轉型之後的這些國家，最多是比原來那種邪惡的國家資本主義，相對沒有那麼邪惡（但失業等問題，當然嚴重），說不上已走向更符合市民社會要求之說。因為在西方，市民社會亦是不可靠的概念、實踐。在這種情況下，轉型後的這些社會，比較明顯的是政治權力之分散、零散，統治階級還是壓在大多數人民之上。史派克斯又認為，既然批判宏圖（不滿現實，尋求出路的意志與動力等）未曾實現於東歐，則東歐之敗，不能說是批判宏圖的消失，至於原本把自己的批判宏圖之希望放在東歐等國之人，眼見東歐等實存社會主義之覆亡，竟至轉為犬儒或悲觀，實為自找自得；他特別聲稱，其研究應當大致可適用於類如中國這樣的地方，雖然中國的改變時間系列，經改在前（「特別是大眾媒介」，而共產黨政治權力還在握，與東歐剛好相反），但他認為這並不影響其結論，亦即「共產黨時代的集體統治階級，轉至了個人化的資本主義經濟體制。」（p. xv）史派克斯沒有提問的是，為什麼如此論事者，只有兩位西方學者，而東歐學者大多已不作如此思考，如史琵莉查（Splichal, 1994）願意將批判宏圖當作以激進的民主化以超越產權之爭，而不是放在社會主義與資本主義之爭論述。筆者以為，主要原因之一，應該就是彼此對各自生活現實情境的

其次，Zhao注意到了1996年《中國可以說不》這本書所展現的危險。它以保守主義及民族主義作為號召，卻又能產生廣泛共鳴，恰正好顯示了導源於黨宣傳與商業律令之間的緊張與矛盾，已可作此誇張展現（1999年夏日，在台灣總統李登輝提出兩國論之時，大陸若干報紙的表現，已經接近上世紀末美國黃色報業催生的美西戰爭）。[25]若要化解這個矛盾，Zhao的看法與自由主義者有相通之處，亦有不同的地方。雙方意見聚合於微觀層次，認為中共應當容許媒介及其從業人員，能夠在日常編採過程，擁有相對自主的空間，以此增強其工作動力，使其從工作中，得到自尊與成就滿足感。雙方分歧於宏觀層面。Zhao等人傾向於認同市場社會主義，但究竟如何在財務設計上如何規劃，才能落實市場社會主義的原則，她與相關著作對此經濟面向，似乎均未見發揮，[26]至於Zhao說，「沒有必要把引進私人資本及利潤驅動的媒介之引進，當

差異與領會，及隨之而來的想像空間，自有分別。

25 報紙競爭日多、激烈時，常對兩岸關係造成負面影響，不少報紙藉著煽情新聞、小道消息的報導，加上電腦合成的照片，增加報份，標題如〈解放軍新制導彈可直搗李登輝辦公桌〉、〈颱風季節正好攻台〉、〈做好打大仗惡仗準備〉、〈封鎖作戰為攻台首選〉、〈攻台戰爭一觸即發〉、〈台灣禁得起一打嗎？〉、〈李登輝嚇病了〉（右附李照片及病歷表），如北京《環球時報》、《科學時報》、《中華工商時報》藉此增加報份達三、四成（中國時報，1999.8.23:3；8.24:14；9.13:14），甚至有報導指「打著兩岸軍事緊張的報紙」，銷數增加10倍以上（中國時報，1999.10.31:14）。中國總理朱鎔基在2000年3月15日對台灣總統大選的恫嚇，是另一個例子。台灣學者楊開煌（2000:53）認為，中國報紙的這種表現，即便不是中共有意安排，至少「只有在中央默許的情況下，才有可能」，據此說法，中國媒介的這種表現，不無中共文宣策略的兩面手法之極致表現，或至少是商業要求（報份因這類聳動言辭而增加）與政治宣傳的結合，而非衝突。然而，對於媒介的這種表現，中宣部是點名批判，雖無法全部禁止（聯合報，1999.10.27:13；2000.4.19:13；中國時報，2000.5.8:14）。不過，若將這個情況解釋為政商衝突，商業邏輯假民族主義以求利的動力，壓制了國家統一口徑的文宣效能，似亦符合邏輯。

26 比如，將取之於優勢報紙的特別稅收，用於輔助觀點有別，發行量較低的報紙，如本文伊始所述之市場社會主義媒介的可能特徵之一。當然，市場社會主義的媒介無須一定如此設計，這裡只是舉例。再者，若作此設計，則是假設了弱勢媒介的意見，經常與主宰社會走向的政治力量，並不一致；在中國來說，這似乎剛好相反，需要中央政府撥款的報紙，如《人民日報》，擔任了共產黨中央的言論機關，亦即其言論不僅符合，並且必須符合具有主宰力的政治力量之要求，但《人民日報》的發行量日減，似需依賴公費訂及廣告維持。若就個別報紙來說，《深圳特區報》社長吳松營曾說，該報「一、二版是計畫經濟，其他版是市場經濟。」（何舟，1996a：82）則可以理解為，一、二版是商業報紙支付給黨政機關的政治租金，至於

作首要之務」（p.193），以此才能以黨的政治力量（繼續）維持宏觀、總量的計畫，則似符合中共當前的傳媒集團化的政策。

中共對記者編採雖有放鬆，但至今仍不願透過法律方式，明確保障新聞人員的自主，另一方面則繼續以行政命令，企圖圍堵有償新聞等情事，[27]並同時展開了宏觀政策，以政治力帶動報紙集團的形成，具體步驟則似乎是1997年元旦頒布的《新聞出版統計管理辦法》，有了媒介相關數據資料，[28]才有可能進

能否作為市場社會主義的媒介財務設計，應有疑問。若拋開言論內容不計，中國對不同報社，是有不同的財務管理，有些是全額預算管理，有些是差額預算管理（又分定項、定額、差額補助等），而至1994年，絕大部分省以上、1/2地市報已「獨立核算、盈餘留用」（唐緒軍，1999:112-113；228-231）。對於中共不提供資源，既要媒介自負盈虧，又要媒介有盈餘時必須上繳10%利潤，但不給充分新聞自由（「市場的需要」），曾有記者忿忿不平，指為「強盜邏輯」（潘忠黨，1996）；不過，中共實際上是提供了某些資源，且是報紙得以獲利（或高過競爭市場的利潤水平）之重要資源，亦即管制新報紙進入市場，使特定地區的報紙等媒介能夠維持寡占利潤。如此，取回部分是否不當，恐需要有翔實資料才能判斷，曹鵬（1999:150-151）談及中國報業的鉅額利潤時，曾提及，這些賺錢的大報猛蓋大樓之餘，「迴避了一個棘手的敏感問題：迅速積累起來的鉅額財富如何分配？……國內一些報社……創造了市場奇蹟，這並不能只歸功於報人的努力，更主要的是社會經濟環境造就與促成」。筆者認為，這個意見正確，但更特定地說，應指出高額利潤是國家規範市場，使之呈現寡頭壟斷所創造出來的政治租金所致。何舟（1996a）以《深圳特區報》為例，1995年起提交15%所得稅、5.2%營業稅、17%資產增值稅（惟這些稅的70%都能以宣傳費和文化基金的方式追還）；1998年的廣告收入3.8億，交稅是6070萬（黃小榕，1999），約是營業額的16%。再有些報社則利潤50%以上需回繳。（何舟，1996b:214）徐慨研究廣告公司的收入分配，指其超過年度營業額的部分，其局長有權就其中60%進行分配，40%則上繳公司（Xu Kai, 1999, *Organizational Evolution via Spatial Partioning: case study of a state-owned advertising agency in reform China*, M.Phi. thesis, the Chinese University of Hong Kong）。究竟以上課稅額度是否符合市場社會主義之媒介稅率，需要更多中國及其他國家的材料，才能透過比較研究而得知。

27 市場秩序與國家通過行政命令或法律的規範，必然同步進行。除了註18所說，有關有償新聞的禁止與處罰命令之外，中國在1994年出版了《新聞法規政策須知》（登載1949-1994年間，中宣部與新聞出版署等發布而仍適用的各種法規、通知、意見、注意等），中宣部、新聞出版署與社科院法研所在1995年4月聯合成立傳播法研究中心，5月出版署公布《報紙質量管理標準》（何舟，1996a：56-57），都可視為國家與市場攜手並行而不是互斥。另外，除《廣告法》於1995年以法律形式頒行，電影、出版、廣電分別在1996、1997與1997年等三個年份，由國務院制定條例；而《新聞法》早在1980年就有制定之主張，其後有三個單位提出的新聞法文稿，但至1999年均未能提至全國人大常委會審議。若據《新聞出版業2000年及2010年發展規劃》，該法要在2010年才能實現（魏永征，1999：4）。

28 該辦法如第三條指出，「新聞出版統計基本任務是對新聞出版業的管理、生產經營情況進行統

行稍後擬定的《新聞出版業2000年及2010年發展規劃》。

根據唐緒軍（1999：172-173）的觀察，該規劃的出現，肇因於此前各媒介已出現了分權之後，媒介資源浪費、重複投資與品質浮濫的問題，強勢報紙也未待中央指令，展開了兼併與多角化的經營。[29]或許為了管理這些趨勢，使其納入政治力的控制，新聞出版署在此規劃案中，表示至2000年，中國將建立5至10家以黨報為首的報團，至2010年，其中10%的報社營業額要超過億元人民幣。在這個宏觀政策之下，第一個得到新聞出版署核可的是《廣州日報》報業集團，它先兼併了《廣州商報》、《現代畫報》（更名為《新現代畫報》），1997年則兼併《老人報》，後又投資100萬元與珠江電影製片廠拍攝劇情片《廣州來了新疆娃》（曹鵬，1999: 133）。到了1998年，又有五個報業集團（《經濟日報》、《光明日報》、《南方日報》、《羊城晚報》、《文匯新民報》）的籌設得到批准。（唐緒軍，1999：257）至1998年7月24日，《文匯報》與《新民晚報》宣稱，為避免資源浪費，雙方合併，成立「文匯新民聯合報業集團」，並已得新聞總署核準。總編輯王仲偉說，合併旨在強化競爭力，並可能擁有電台、出版社，惟兩報將維持各自的編輯部與內容，財務則統一以便集中資源打硬

計調查、統計分析，提供統計信息和諮詢，實行統計監督。新聞出版統計的基本內容包括：圖書、雜誌、報紙、音像及電子出版物的出版、複製、發行、進口、出口、版權貿易、書刊印刷業的生產，以及新聞出版業事業單位的財務、人員等基本情況的統計。」（唐緒軍，1999：249-250）另外，曹鵬（1999：59-60, 220）曾說，有些報紙還是視發行量為機密，又指出中國新聞、廣告年鑑等，常有體例不一、脫漏錯誤等。究竟媒介（報紙）統計資料仍有曹鵬所說現象，或是統計法實施未久，因此須假以時日才能驗證，或這只是法規與執行之間的常見落差，有待釐清。不過，若閱讀何舟‧陳懷林（1998），陳懷林（1999）等人的著作，似乎可以得到中國媒介資料的透明度，還是比台灣來得高的結論。

29 詳見唐緒軍（1999，第13章），其中較知名的例子，包括1993年上海《解放日報》兼併上海深達紡織公司的第36織布廠，用於建印務中心；1994年，上海《新民晚報》兼併上海體委的《體育導報》與《圍棋雜誌》，分別更名為《新民體育》、《新民圍棋》；1996年，《山東青年日報》兼併《公共關係報》，更名為《青島生活導報》。曹鵬（1999：154）中央廣播台、中央電影台也都擁有報紙（中國廣播報、中國電視報）與刊物（電影研究等）；新華社、人民日報則不能從事廣電業。

仗。[30]這個還在進行的大計畫，[31]是否暗含或附帶產生了箝制異端言論的作用，亦即報業集團化的宏觀控制，是否亦進而壓制了微觀的自主空間，需要再作觀察與研判。[32]

電視：有限競爭到中央台模式

相比於一報十一禁，電視又因具有三個性質，比報紙承受了更大政治控制，以致競爭機制勢必受到更大壓抑。第一是電視影響力更大；其次是電視使用無線電波；再來是開辦資金更為龐大，進入電視市場的門檻較高（不過，以中國來說，創台及招來觀眾所需的資金，亦即發射器材及增加電波覆蓋率所需興建的轉播台之經費，由國家承擔，也就相對壓低了門檻的高度）。

另一方面，至少由於三個因素，又使得競爭機制在電視的展現，可能漸趨

---

30 以上資料分別參見《中國時報》（1997.12.18: 9；12.20: 9； 1998.6.9:14；1999.10. 15:14）、《聯合報》（1997.12.18: 9；1998.7.25:13）。該集團已在上海威海路、陝西路口落成44層，世界報業最大最豪華的智慧型報業大樓。對此，同樣在上海的《解放日報》（市委機關報；《文匯報》與《新民晚報》分別是市委黨報與大眾報）的目標，是合併《勞動報》與《青年報》，未來再和廣電部門合作。此三報的其他資料，前文已略有交代，茲再重複並補充如下：《新民晚報》有員工六百多人、平均月薪五千多人民幣、三十多版、150萬份，大多自己發行、廣告5.6億廣告，已在1994、1996與1997年，分別進軍洛杉磯、香港與加拿大。《文匯報》是市委黨報，員工一千多人、平均月薪兩千多、45萬份，郵局發行、廣告一億。《解放日報》是市委機關報，近千位員工、平均月薪三千多、16版、有黨政及其企業登廣告、營業額二億、郵局發行，並有較多公費訂報。

31 《中國時報》（1999.11.27：14）報導，指11月26日時，新聞出版署透過新華社，公布自2000年元旦起，以半年時間，完成六大報業集團的歸併，並使其自負盈虧，科技與軍方報業除外。這裡的報導所指稱的六大集團，並沒有唐緒軍所稱的《羊城晚報》，但多了「人民日報集團」，何者正確，待查。

32 《中央日報》（1999.9.16：10）轉發中央社新聞，指10月30日以前，中共因法輪功事件，將裁撤兩萬份出版品。這究竟是時間的巧合，或是原本在於中共擬定大計畫時，就已考慮到以兼併為管制手段，封殺「不當的」政治與文化言論，值得探索。不過，若據《中國時報》（2000.3.27：14）報導，1999年8月，中共中央辦公廳與國務院辦公廳聯合發布了通知，要求「中央和國家機關各部門原則上不辦機關報」，則似乎此宏觀管制的動力，主要應該還是來自於經濟考慮。

明顯，甚至比報紙來得激烈。首先，維持電視經營所需的資金，尤其是製作節目的費用，隨媒介經濟制度的改革進度的前推（1979年元月28日上海報紙刊登廣告之日，亦是上海電視台播放第一則電視廣告之時），需由本台自籌的部分，日漸增加，於是電台就須競相爭取外界的製作資本。第二，與前相關，在節目數量或類型不足的情況下，電台就引進外來節目，可能逐步形成電台之間競爭進口節目，也可能引入外來與本地節目的競爭關係。第三，電視這種科技產品本身的性質使然所造成的，此即相對於報紙，電視節目因無須識字，而訴諸視聽，因此潛在觀眾數量更大，於是更為具有跨區而流通全國的可能，尤其是各地依法必須轉播中央台節目，是以中央進入地方與在地台競爭，自1983年3月中國採用四級辦電視後，即已出現，而在假衛星以傳送節目的條件成熟，配合有線電視的普及過程（在1997年已經7000萬訂戶，呂郁女，1999：249），更容易使得不同地區的電視產品，發行範圍交叉重疊而彼此競爭（特別是在都會地區）。早在1992年，鄧小平南巡後，上海黨委即以上海電視台上衛星為威脅，讓中央同意上海市委設置東方台（Zhao, 1998: 165），到了1995年底，廣電部禁止京津滬電視上星的禁令已被突破（陳懷林，1996b：248），中國最後（1999年5月1日）上星的是吉林電視台（陸地，1999：159）。

　　以下先討論國家資金與建構電視觀眾市場的關係，其次再討論引發各電視台之間競爭狀態的因素。

　　電視（以廣告或政府預算，而不是執照費為主要財源）的差異之一，在於消費者支出型態。電視使用者投入的初次經費很高（購買電視機），其後耗用的電費微不足道，有無償收看之說，報紙讀者則是每日或定期支出，總額較高。就經濟角度視之，使用電視的價格，比報紙低，加上電視的視聽效果，是造成二者市場大小的因素。先前曾指出，1983至1996年的報紙發行量，沒有明顯增加，但〈表5-2〉顯示，同期間電視觀眾的市場，其人數從4億增加至9.4億，而跟隨觀眾的增加，電視廣告收入也在1991年首度超過報紙，見〈表5-1〉。更須指出的是，電視觀眾市場的構成，除了觀眾必須支出終端設備，與此同時，亦要求（以中國來說）國家投入資金以建設電波網絡，閱讀〈表5-2〉的資料不難發現，這筆建設資金在1980年代以後，大舉增加，衛星地面接收站從1598座（1986）至近19萬座（1998），因而電視覆蓋率得以從1979年的49.5%，增加至1998年的89%。

除了斥資從事電波網建構，政府撥款給電視台的額度，應該也大幅超過提供給報紙的水平。1987年新聞紙補貼額是700萬，其後逐年減少，至1994年，絕大部分省以上、半數地市報已「獨立核算、盈餘留用」（唐緒軍，1999：112-113）。反觀電視（〈表5-2〉），1985年用於構建電波網的金額是17.8億人民幣，並逐年上升至60億（1996年），在其他撥款方面，1992年的財政撥款23.8億仍高於廣告（22.5億），至1994年廣告收入（50億）是財政撥款的1.5倍，1995年廣告70億（筆者按：依〈表5-1〉是65億），是撥款的2倍，亦即政府預算仍是全部電視收入的三分之一以上（陳懷林，1996b：245, 257），這似可說明，相比於報紙，中國公部門支出於構築電視觀眾市場的經費，高了許多。雖然就不同地區來說，落差巨大，如上海、北京等地的電視，很早之前就可依靠廣告自立並有可觀盈餘，並且鄉村地區的彩電普及率仍低，[33]惟這似乎適足以反證，中國政府居間移轉貧富地區的電視資源，色彩尚稱濃厚。另外，陸地（1999：87-89）的資料顯示，1950至1980年間，中國投資在廣電的經費是55億，但1981至1995則高達640億，其中電視就吸納了540億元，若依比率推估，[34]國家預算與電視界（含有線）分別投入大約386億與164億，而1983至1995年的無線電廣告收入，亦祇不過是186億左右，可見不但國有資金對中國無線電視總體資本構成，地位仍很重要，業界營收也幾乎全部用於本產業的再投資，而不是轉為股東利潤或員工薪資，這種營收使用型態，透露的性質接近社會主義而不是資本主義。另一個佐證來自於中央電視台，它在1997年分別繳給廣電部與政府6.6及3.8億，占總收入（44.8億）的23.2%，若以廣告（41.7億）計則占24.9%（賈文增，1998：118），遠比英國1990年代以前，英政府責成獨

33　上海在1984年的財政撥款與廣告收入分別是1100萬、1099萬人民幣，大致相當。但是，到了1992年，廣告收入已是財政撥款的5.5倍，1995年更達32倍；湖南省台1984至1991年的廣告收入相當於財政撥款的1.29倍，1992年是三倍；1990年以來，福建均在二倍以上；1988年的北京台廣告1020萬，財政撥款250萬人民幣，是四倍多。（陳懷林，1996b:245,257）陸地（1999:90-100,126）說，至1997年，各省台收入當中，政府撥款在10%以下，均在0.05億以下，各台上繳金額則為此撥款的10倍以上；深圳台則達0.2億，是唯一例外。1997年時，城鎮住民擁有彩電比例在90%以上，鄉村卻可低至3.75%（貴州）、5.42%（西藏）、7.84%（湖南）、8.4%（廣西），北京市的農村都只達76.27%。（呂郁女，1999:13）

34　陸地的資料顯示，1979至1995年之間，收音機廣播及電視投入資金是301億，占國家投資額43%，依此比率計算，則國家及廣電業投入的資金比率大約是2.3比1，再據此計算，則可得出以下數字。

表5-2　中國政府投資電視發行網金額及電視觀眾市場的構成，1967-1998

年	中國政府投資電視額（百萬人民幣）	電視台（座）	衛星地面站（座）	覆蓋率（%）	電視機數（百萬架）	電視觀眾（百萬人）
1967	20	13	-	-	-	-
1977	50	32	-	-	-	-
1978	-	38	-	-	3.04	80
1979	128	38	-	49.5	4.85	120
1980	670	38	-	-	5	210
1981	-	42	-	-	9	270
1982	-	47	-	57.3	21	340
1983	-	52	-	59.9	36	400
1984	1000	93	-	64.7	46	470
1985	1780	202	-	68.4	50	540
1986	-	292	1598	71.4	120	580
1987	-	366	4609	73.0	122	590
1988	-	422	8233	75.4	125	600
1989	3000	469	12568	77.9	149	650
1990	-	509	19505	79.4	160	700
1991	-	543	28217	80.5	185	750
1992	3760	586	39627	81.5	200	800
1993	-	684	54084	82.3	230	850
1994	-	766	73337	83.4	260	880
1995	-	837	96528	84.5	275	910
1996	6000	880	133634	86.2	286	940
1997	-	923	149962	87.6	-	-
1998	-	347	188798	89.01	-	-

資料來源：中國廣播電視年鑑（1999：63-64）；陸地（1999：129-130）；呂郁女（1999：56）；趙玉明、王福順（1999：749-752）；Hong（1998: 88-89, 92）。

立電視網重新分配其營收的比率（17%-22%）高出許多，因此，就經濟面來說，這更凸顯了中國電視制度的設計或表現，應當理解為市場社會主義。

雖然如此，中國政府通過中央台而得到的高額政治租金，或許另外衍生了一個矛盾的現象。那就是說，一方面，大多數其他電視台無力與中央台（尤其是其第一套節目）競爭。另一方面，由於競爭涉及二個以上的主體之間的「關係」，即便其中一方無力回應，另一方（中央台）不會就此罷手，再加上其收入集中在黃金時段，這就使得中央台對其他台的壓力，更見尖銳，致另它們（特別是營收較高，因此競爭資源相對充分的省台），既有消極為了自保的需要（以免本省觀眾及廣告繼續流失），積極則亦在技術及政治條件核可下，要使其電視節目，通過電波而飛奔全國，與中央台爭雄。

如〈表5-3〉資料，自1990至1997年，中央台所占全中國電視廣告收入，比率從17.8%，上升到了36.6%，顯見它的寡占地位不但並未動搖，反倒應該說是有增強的趨勢。此外，以1997年為例，32個省台再占當年電視廣告額38.8%（其中北京、上海、東方又占省台廣告35%以上），而60個城市台及其餘三千多家無線與有線台再各分12.3%，後類電台平均年廣告收入只得47萬（陸地，1999：98）。資源分配落差如此巨大，尚未淪落為轉播站的絕大多數電視台，購買現成節目的經費自有不足，1997年以來迭有報導，指出電視劇過度生產，乏人問津，反映的可能是電視台消費力不足，而不一定只是節目質量的問題。[35]在商品經濟尚未發達，因此貨幣匱乏而不能購買的難題，可以通過

---

35 1998年10月3日《文藝報》署名文章〈再說「媚俗」〉說，1997年創作7000集而未播放、積壓或拋售仍無人問津者，達1500集，該文作者認為這是這些電視劇的生產者不理會觀眾而一味不肯「媚俗」的結果。對此意見，北京廣播學院的曾慶瑞（1998）批評為非，他指問題出在品質不高，「發行體制乃至腐敗……造成」，他說年產七、八千集的作品，得到播放機會者，最樂觀亦只有20%達到中央台水平，60%虧損，打平及盈利再各占20%。另據《亞洲週刊》（1999.1.11: 52-54）報導，中國廣電局副總局長同向榮說，因質量粗糙、題材雷同，中國年產電視劇只有1/4至1/3在完成後「獲准」播放（筆者按：文中未交代這是否為政府檢查，且不是因為節目之政治內涵，只是因為質差而不准播放，或是不得播放機會，只是顯示製片與播映管道脫節，製片公司自己找資金，在沒有得到播放允諾之前，即已開拍，完成後找不到買主？似乎是後者，因該刊接著指出，1998上半年未賣出播放的電視劇，其投資達三億人民幣。如西安輕喜劇《離婚來找我》連續若干年推廣，仍乏人問津，出價從240萬跌至100萬；北京某廣告公司宣稱600萬拍歌頌中共老區的連續劇；河南拍經濟改革連續劇《大陸人》300萬，行情已從報價550萬跌至430萬、300萬以下；北京文成大明文化公司拍攝文物保護故事電

以物（節目）易物（節目）的手段來解決，但前提是各電視台需有質量相當的自製節目，才能不依賴商品邏輯而互換產品，此時可能也因自製能量的下降，或因不同電台的產品質量之落差拉大，以致壓低了交換規模。[36]

　　電視廣告不僅只是集中於中央台，而且還是集中在中央台的黃金時段，如1994年底上演的《三國演義》，播放了18分鐘廣告，幾乎是中央台當日半數廣告時間（Zhao, 1998: 58）。究其實，中央台是從1994年起，開始在本年底招標次年廣告，並且連續四年超出底標，直至1997年開標的1998年廣告標金，首次低於前一年，其後並在2000年，出現標金再少於底標的情況，同一年則又有湖南台新聞聯播時段每單位達17萬，竟然高於中央台的16萬人民幣，[37]這些跡象是否顯示省台的競爭力已經強化，現在言之過早，但我們可以從電進口節目量及本國自製節目成本等兩個角度，趨近考察中國電視台的競爭問題。競爭促使節目製作及購片成本升高（尤其是由大明星擔綱的大片）（cf. Baumol and Baumol,1984; Collins et.al.,1988: 16），競爭愈激烈的時段之節目，增加尤其明顯，而這又可能產生連環壓力，促使公司開源（外銷節目），並且節流以作因應，如抑制人事成本的成長，多拍攝合製節目，以及增加購買進口節目，因其

視劇《真誠》300萬，以不簽底價方式轉由他人發行分成。

36　陸地（1999:92）指出，上海電視節（1986）、四川電視節（1991）每兩年一次，以及北京國際電視週（1989）每年一次，以按質論價、現金交易方式，舉辦國際進出口節目之買賣。但中國的省級、城市級電視台，則分別從1983/1985年起，更早就有了「物物交換、象徵付費」，且是常設、週期較頻繁的節目交流在進行。對此，呂郁女（1999: 311）的資料似有落差，她指1984年起，省級電視台在瀋陽、市級在哈爾濱成立電視節目交流聯合體。中國時報（1993.11.30:11）的資料則說，省級與市級交流網分別成立於1984、1988年的瀋陽與南京。但該文作者衣非（筆名）又說，這只是中央台與地方台利益衝突的展現，因地方台自己交換而不透過中央台，價格是後一項方式的1/5。她又說地方台常繞過中央台，形成獨立節目網以架空中央台。小林發表在1995年的書籍文章說，據中國廣播電視學會製片委員會的調查顯示，以物易物占所有電視節目的50%（轉引自劉燕南，2000，〈中國大陸電視劇市場現狀與走向探討〉，「國際華語廣播電視文化性節目觀摩與研討會」，4月26至29日，台北：政治大學傳播學院）。假設小林資料顯示的是1994年以前的情況，則現在的以物易物之規模，應該更小了。

37　根據譚希松（1998：377-379），中央台第一次廣告招標於1994年11月2日舉行，最高標是孔府宴的3000萬。1995年11月8日，秦池酒廠以6666萬奪魁，1996年全部標金是10.6億。其後資料分別是1996年，秦池酒廠3.2億蟬聯，1997年全部標金23億。1997年11月8日舉行舉行1998年的招標，居冠的愛多VCD已降至2.1億，惟全年標金仍達28億。另見《中國時報》（2000.3.27:14）。

價格只及自製節目1/3至1/9，卻又常有較高收視率。[38]

1993年中央台人員至台灣訪問，透露知名主持人的薪資固定且低疲，但最遲到了1998年初之時，明星演員的酬勞不僅已經比台灣高，且可分紅，而歷經《紅樓夢》、《西遊記》、《三國演義》與《水滸傳》的製作，中央台1999年完成的《太平天國》，場面更見浩大，成本據報已暴漲至6億人民幣。購片方面，1999年初，中央台以一集65萬購買《雍正王朝》，甚至都比自製片平均最高成本的40-50萬還要高（蔡長寧，1999），《還珠格格》亦分賣無線與有線台各55與50萬人民幣，而更早些（1990年代中後期），已有論者指出，競爭進口節目已抬高節目價格，如Tyson拳賽，1993年中央台以三千美元取得，到了1997年，地方台就付了二十多萬元，甚至「國內電視台快變成境外電視節目的轉播站了」的形容，亦告出籠。（陸地，1999：140-141）〈表5-3〉顯示，中央台進口娛樂節目的比率，雖然持平，甚至1990年代比1980年代，略見下降，但其總進口節目比率是逐年上升，至1996年是16%，比起南韓與日本的6%與4%，高出許多，只比台灣的20%略低。（Hong, 1998: 26-27）

更何況，實際進口量可能更高，Hong（1998: 71）指出，這是由於中央台控制最嚴格，因此其他電視台的進口比例，應比這些數字高（超過20%），上海、廣東電視台則在30%以上；又因頻道大量增加，比例雖維持在15-30%之間，但進口數量實已大增，且通常安排在黃金時段，收視率高，以致週末晚間常使本國節目受到排擠，[39]或許有見於此，中國1997年頒布的《廣播電視條例》，提高了進口節目總比率至25%，晚間六至十點則上限15%。[40]中央台的節目出口，數量雖然不大，但在上升之中（1993的150萬，1997是600萬美金），而其頻道數量隨由三個大舉增為八個，雇用員工數量卻只從2052人增加至2638人（見〈表5-3〉），似可窺知其開源節流之勤。

---

38 根據Hong（1998:82）的資料，中國製作一集一小時電視連續劇，成本約9000美元，進口一集美國片則在500-1000美元之間，而1991年有一份調查說，外片與國片收視率分別是22%與15%（ibid., p. 90）。蔡長寧（1999）說港台片，比歐美片更容易受到歡迎，而購買港台片一集是5-6萬，最多是12-13萬人民幣。

39 不過，以1995年來說，美商出售至中國的節目只在200萬美元，僅占其總出口額的0.1%，但「境外的電視節目商似乎做好了耐心等待的準備」。（陸地，1999:194-195）

40 廣告則由國務院廣電部於同年規定，廣播與電視播放廣告的時間，不得超出每日總播出時數的15%，1800-2200則不能超出12%。

表5-3　中央電視台頻道及員工數、收入及節目進出口資料，1962-1997

| 年 | 頻道數* | 員工數* | 進口節目比率** | | 出口億美金 | 撥款億 | 廣告人民幣# | 電視廣告占所有廣告比率%# |
			全部%	娛樂%				
1978	1	-	(1962)0	29		-	0	0
1979	1	-	(1972)1	0		-	-	-
1980	1	-	2	7		-	-	-
1981	1	-	-	7	以時數計，至1997年達7746小時	-	-	-
1982	1	-	8	29		-	-	-
1983	1	-	-	14		-	-	-
1984	1	-	-	29		0.55	-	-
1985	1	-	-	29		0.55	-	-
1986	1	-	-	19		0.55	-	-
1987	1	2617	-	14		-	-	-
1988	2	2308	-	36		-	-	-
1989	2	2388	-	17	-	-	-	-
1990	2	2005	-	14	-	-	1.0	17.8
1991	2	2040	-	10	-	0.45	-	-
1992	3	2487	12	14	-	0.45	5.6	27.3
1993	3	3200/2052	-	17	0.015	0.45	6.5	22.0
1994	3	3212/2093	-	18	-	0.34	10.0	22.3
1995	3	3767/2221	15	16	+0.03	0.34	19.7	30.3
1996	7	3685/2221	16	17	0.07	0.34	-	-
1997	8	---/2638	-	-	0.06	0.00	41.7	36.6

資料來源：

* 1993-97年的兩個員工數字，前後分別取自呂郁女，1999: 283；楊偉光，1998a: 705。1997

年聘用人員425人，另有臨時工作人員2600人。二人資料的差異原因，待查。

** Hong（1998: 71-73），娛樂節目指戲劇、連續劇、單元劇等等，新聞、資訊節目、紀錄片、卡通、體育、藝術、教育、音樂舞蹈等文化表演與現場轉播等，不計；每年11月第一個星期為計算依據。

陳懷林，1996b: 246；陸地，1999: 96-98；劉現成，1998: 20；楊偉光，1998a: 747-748。譚希松，1998: 375；李天鐸等人，1998: 48；汪子錫，1996: 154。1995年實際數字應較過，300萬美金是《三國演義》的出口額。

在既有的競爭格局，中央台的寡占地位似乎仍然穩固，[41]省級電視台對它的挑戰，應該說是並不成功，如北京台1998年1至10月收入6億6066萬元，支出7億69萬元，虧損6000萬元（陸地，1999：94-95, 126）。早在1996年底，就曾以150萬人民幣行銷其次年衛星節目的湖南台，雖說有「超過上海、北京、山東、廣東、四川等省級大台之勢」，但畢竟1997的年度廣告額亦只達一億，1998年的廣告額可望超前，前八個月卻也只及前一年總和（前引書），1999年固然再以製作了《雍正王朝》與合製《還珠格格》之勢，以致已有新聞稱湖南台「在經濟掛帥，總理支持之下，挑戰思想尺度，強調娛樂功能」（徐尚禮，2000），但它或其他省市台是否能「更上層樓」，在中央台的獨大態勢底下，保存江山之餘，進而更加有效逐鹿中原，可能不容樂觀。

畢竟，在動態競爭的過程，已上星的任何省市台，不只面對中央台的競爭，並且是彼此征戰，相互抵銷之下，中央台所受威脅，應會減輕。台灣的情況或許會有參照之用，當1993、94年之後，緊接衛視五個頻道（包括中文台），港資TVBS等等電視頻道，亦假借衛星對台放送，至1999年應有超出57個以上，[42]與傳統三台競爭廣告市場，但當年三台的廣告收入159億仍然遠超

---

41 陸地（1999:136）曾引調查公司資料，指中央台最受歡迎的第一頻道收視率，在競爭強的地方，明顯下降，以1998年1-3月為例，它在西安的收視率是33%，北京是有24%，到了上海與廣州，則分別只有10%與4%。惟張同道等人（1999: 83）調查北京1998年12月至1999年1月的收視情況，發現受訪921人當中，最常看的頻道當中，中央台遠比北京台高很多，中央一台是67.8%、六台（電影）是50%、五台（體育）是31.2%，北京一台只居第四（29.2%），二與三台是10%與4.3%，仍落後於中央二台（經濟）的27.7%、三台（音樂、戲曲）的17.4%、八台（文藝）的14.8%、四台（海外）的7.7%，以及七台（軍事、農業）的5%。

42 據相同資料來源，民視無線台1999年廣告額是20.95億，似值得懷疑；另外，民視衛星新聞

過所有衛星及有線廣告總和的140億（潤利公司調查，引自廣告雜誌，2000年3月：69）。中央台固然與三台相同，都有較大限制，以致政治言論與新聞的表現，經常不如其競爭對手，但兩岸的差異，在於中國各電視台同樣要遭受黨中央尺度的壓抑，台灣的各衛星台則無此約束。台灣三台的競爭力受政治因素的牽制，動輒得咎的程度，既然比中國中央台高了許多，卻猶然有此廣告表現，則無分級別，同受黨意籠罩的各省市縣電視台，似乎不能說有太多政治優勢可以運用，是以中央台的營收，若有流失，按理速度亦不至於快過台灣的三台。

　　另一方面，不待中國本土電視進入衛星，境外衛星透過中國用戶自裝接收器，或通過有線系統而接收，對於中央台在內的各地電視，更早就形成了競爭關係。[43]最早在1990年5月28日，廣播電影電視部、公安部、國家安全部就發布了《衛星地面接收設施接收外國衛星傳送電視節目管理辦法》，廣播電影電視部部長艾知生在1993年9月26日於中國廣播電視學會第二屆常務理事會，認定「當前國外衛星電視節目對我們的危害是極大的。有些地方收看國外衛星電視節目已相當普遍。這是文化、意識形態上滲透……必須對收看境外衛星電視節目加強管理」（轉引自呂郁女，1999：163-164），而稍後（10月5日）更提高層級，由國務院頒行《衛星電視廣播接收設施管理規定》。只是，這些行政命令或言辭並不能有效壓制衛星節目的普及，1994年的調查顯示，89%受訪者知悉129號令的實施，但認為有長期執行可能的人只有33%（胡平等人，1997：134,141），1996年的官方調查則發現，接收衛視（中文台）的觀眾，已達4800萬戶，相當於中國收視戶的五分之一。[44]

台、中視衛星台同年廣告額是3.89億與2.76億，均未列入有線衛星台計算。

43 由於香港及台灣無線電視電波的傳送，更在衛星時代來臨以前，就已進入廣東珠江三角洲及福建廈門等地，惟對兩地區的影響，似乎有別。朱建陵（1996）指出，由於廈門電視頻道日多，加上台灣三台的新奇感日減，且與其生活較不切身，因此廈門的台灣電視熱「逐漸退燒」。這個情況與陳韜文（1996）的發現，似有差別，他在1993抽樣訪問廣州老城區15歲以上居民680人，取得82%有效回應，發現75%有選擇的受訪者選擇香港電視台為最愛。惟應追蹤的是，1993年的這個廣州電視收視習慣，爾後是否改變。

44 各種境外衛星收視戶的數字，呂郁女（1999:330）所引的資料指出，1993年的調查是48萬戶自裝衛星天線接收衛視，透過有線則是3036萬，而1996年官方調查則說是4800萬。但Hong（1998:118-119）所引官方調查則說，此4800萬戶是1994年的數據，且Hong認為這個數字還算是低估的，因調查只是針對合法用戶，而非法持有者，「幾乎與合法者一樣多」，在很多貧窮

但這並不是說中國政府對衛星束手無策，事實上，1997年可能標誌了策略的大轉變，可從兩個跡象觀察。第一，Zhao（1998: 175-179）指出，1996年8月中旬，中國因見管制衛視無效，於是轉換衛星傳輸系統，使其視訊需另經解碼才能收看。《中國廣播電視年鑑》（1998：519）說，原衛視中文台加碼後，專向台灣播放，鳳凰台在1996年3月31日開播，針對全亞洲，並於1997年6月進入廣東有線台，它的二大股東梅鐸及與中方關係密切的今日亞洲各持有45%股份，華穎國際擁有另10%，其廣告額至1999年達約5、6億人民幣的規模。[45]

　　第二，通過對接收衛星的主要管道（有線系統）及對四級電視的整飭，以政治力帶動電視集團的成立，除了可節度衛星電視的進擊，亦藉此強化本身的競爭力作為回應。從1997年開始，廣電總局通過重新審核、登記，核發新執照，進行「建國以來最大規模、最徹底的一次摸底」，似乎正是因應地方台的問題而來，如廣電局宣稱，這個措施旨在調整縣市廣播電視播出機構、完成有線企事業電台改站、解決非法設台建網與亂播濫放及亂呼台稱台等等現象。至1998年4月，中央完成結構調整，電視台從1997年的923家銳減至1998年的347家，電視劇製作公司從523家減為155家，音像製作公司從453家減至417家，有線企業台715家減至217家，企業有線台也從558全部改為有線電視站。（中國

地區，農民把購買衛星設備的許可證，賣給都市居民使用；Hong在1994年又訪問廣電部高幹，指全中國有20%人是外國頻道經常收視戶，看娛樂及戲劇電視節目（主要來自港台、西方）的比例，是30-40%。Zhao（1998:169,173-174）轉引的資料顯示，1993年底已有1100萬家戶裝了衛星電視接收器；北京有線台每日轉播ESPN節目15小時，後遭中央台向廣電部施壓，於1994年2月停止；1994年針對十餘家都會級有線台之調查則說，90%以上節目來自港台及海外。

45　另據《中國時報》（1997.3.26: 22）報導，鳳凰台的資金來自親共海外僑界及中國軍方，梅鐸與中方各投入8億港幣，它原訂3月29日開播，已因故「無限期」後延。《亞洲週刊》（1999.4.5）指今日亞洲是劉長樂所有，在中國普及率已達15.9%。《中國時報》（1999.5.7:14）與《聯合報》（1999.5.5:13）均報導，在五四前夕，中共下令北京上海禁播境外衛星節目（五星飯店則不受禁令影響），據稱是對鳳凰頻道而來；《中國時報》（1999.5.17:14）另有文指出，鳳凰與軍方關係良好，言論不具威脅，因此禁令實對台灣的衛星電視而來。《中國時報》（2000.1.19:7）報導該台1999年在大陸有廣告收入七千萬美元，約合人民幣五、六億。這個懷柔手段亦見於香港華僑娛樂電視公司的遭遇，該台於1995年3月11日起24小時播放，宣稱「無新聞、無色情、無暴力」，1997年11月將80%股份讓給中資，但仍屬境外電視。原業主蔡和平稱，該台三年來沒有盈餘，並希望進軍中國（中國廣播電視年鑑，1998: 520）。

廣播電視年鑑，1999：63-64）[46]與此同時所出現的集約經營（精簡機構、裁減節目、組建集團、兼併壟斷），似顯現了在電視業方面，中國在世紀末也有了以政治力促進產業規模的擴大與理性化之過程，雖然速度比報紙的整建，似乎略為緩慢。[47]

---

46 這項工作據中央關於治理工作總安排而來，依據《關於縣（市）播出機構合併的意見》、《關於企事業有線台改為有線廣播電視站的意見》等文件開始推動。惟整飭以後，員工人數及節目產出類型的變化為何，尚乏資料可得悉。《亞洲週刊》（1999.1.11: 52）仍報導中國「現有」無線電視台九百多家。陸地1999年出版的博士論文未提此事，曾慶瑞1998年發表的文章（p. 82）的文章仍說中國有「近800家……電視台」，原因為何，仍待求解。有關四級辦電視的分權措施之後，因頻道大舉增加，怪象環生的局面，中國的經濟其實與台灣有異曲同工之「妙」，如地方台（尤其是有線台）在轉播中央台節目時，任意插播地方廣告、疊加字幕等，其實與台灣有線系統以跑馬燈方式，播放廣告自利，並無不同；而電視台多、人才少、節目製作力不夠，「摻糠對水、庸俗無聊、晚會充斥、會議新聞、開工典禮、週年剪綵」充斥，「政治反動、色情淫穢」，以至於「矯情、畸情、煽情和浮誇、浮華的節目越來越多。反對電視節目粗製濫造、鋪張浪費、低級庸俗、汙染社會環境的呼聲不絕於耳」，「節目製作同質性高，奢華風頭強勁」，《宰相劉羅鍋》流行之後，有關康熙、雍正、乾隆等清官戲，重複拍攝，湖南台的《快樂大本營》等節目走紅，引來6、70家電視台跟進；每逢節慶必來晚會，以致「眾多的晚會越看越像是一個娘生的」，1998年底四川樂山兩部門職工互剪對方線纜，在台灣並不陌生。較特殊的可能是強迫訂有線電視，如江西某縣1992年9月起連續關閉江西台四個多月、中央台三個多月，以此逼迫縣民安裝有線電視；1997年10月，湖南某市郵電部門為爭有線電視安裝權，連續兩次圍攻廣播電視部人員，一人重傷、10人輕傷、三人頭破血流，以及，資源使用率低的現象，全國電視頻道有2/3時間閒置，陸地（陸地，1999:120-123,135,140-141,156,163,185）在記錄，發現1999年4月18日晚上8點至翌日8點他離家之前，其電視頻道播放相同婚姻介紹所的文字廣告畫面。另見衣非（1993）與曾慶瑞（1998）。

47 如北京廣播學院社科系主任周鴻鐸表示，「產業化、集團化道路是我國電視事業發展的總趨勢」（龍耘、朱學東，1998）。中央台之外，最具規模者是上海，其廣播電影電視局名為行政機構，實又為具有經營權的企業集團，1987年起步，1992年鄧南巡後加快，至1995年8月有五個電視台（包括上海、東方）、三個中心、四個集團（包括電影）、七個直屬單位（包括交響樂團）等。湖南廣播電視廳也在1998年8月成立集團經營研究小組。另有學者建議，中國應以數省、直轄市、自治區聯合組成七個股份制的電視集團，解決中國電視小、散、亂、濫的問題，這七個集團的中心，分別是華東上海電視台、華北北京電視台、東北遼寧電視台、華中湖北電視台、華南廣東電視台、西南四川電視台、西北陝西電視台（陸地，1999:108-109, 283）。

電影：從國內行政分割到國際競爭

〈表5-4〉資料顯示，全年通過檢查的電影製片量，從一百多部，至1998年僅存37部，北京票價從1990年的0.3元，至1999年首輪影片最低價已是30元，增加100倍以上，所有商品中，電影票價漲幅最高，卻無法拉高票房，1986年與1998年的票房都是14.5億左右，而觀影人次則從1980年的293億高峰，爆跌至1998年的5.9億。

通過以上說明，我們至少看到了中國電影業的兩大突兀現象。首先，在中國內縱向比較。報紙及電視在經改後的蓬勃發展，已如前文所述。迥異於此，中國電影業卻在票價等改革之後，不但沒有走向更健康的發展方向，反倒日見式微。其次，橫向比較各國的電影業。在好萊塢的衝擊下，電影製片業長年低迷或本國電影票房遠低於美片，雖是許多國家的通例，但它們的票房仍有增加，觀影人次則未見中國這般的狂跌，以台灣來說，1988年與1998年的映演收入分別是台幣13.3億與31.5億，1986年與1996年的香港票房則是9.1億與12.35億港元，西歐德英法義四大國當中，好萊塢攻占最多票房的英國，1980年賣出1億20萬張票，1990年代末則是1億2300萬。[48]

這些情況究竟如何解釋？是因為電影業引進改革措施的時程嫌晚，成效尚未顯現前必有的陣痛，或是改革速度太緩，且改革內容有所欠缺，或者，另有其他原因（如專屬於電影這個媒介的特性）所造成？

---

48 分別參見翁景民、許書銘、楊君琦（1999：7-8），林洋（1999：176），羅卡（1987），中國電影年鑑（1997：375），鄭再新（2000），及Wade（1985: 9）。

表5-4　中國故事（劇情）電影製片量、製片成本、（票價）票房及電影政策，1979-1999

年 19	製片量 （部）	製片成本 *（百萬）	票房 （百萬）	觀眾人 次（億）	重要電影政策施行日期及內容大要
79	62	-	-	-	票價政策的改革：1988年起15-30部電影行浮動票價，從0.2元提高至0.26元，1990年初平均票價0.3元。1993起可自訂票價。1999大連票價6-15元在全國中等偏低，如北京首輪片是30-80元。
80	84	-		293	
81	103	0.4	-	-	
82	112	0.45	-	-	
83	127	0.50	-	273	製片政策的改革： 1987年設故事片基金，中央控存上限60%。1991年5月更規範化與制度化，縣以上電影院每張票提撥5分，1997-95年基金贊助六十多部電影，1996年7月1日起按票房提撥5%。1996年1月1日中央台電影頻道開播，中央台與省台稅後收入3%為製片基金，中央台每年不少於3000萬。1998年廢電影指標。
84	144	0.55	1373	-	
85	127	0.52*	1357	217	
86	134	0.78*	1453	-	
87	146	0.80*	1568	-	
88	158	1.10*	1806	-	
89	136	1.32*	2049	-	
90	134	1.05*	2225	161	
91	130	1.21*	2365	144	發行、映演政策的改革： 1993年元旦起各片廠30%電影可自行接洽省發行商，1995年元旦起深化前項措施，各片廠所有電影及中影進口影片可向北京等21省市各級發行及放映單位發行；1996年7月1日起，戲院放映國產電影時間不得低於三分之二。
92	170	1.31*	1990	105	
93	154	-	-	95	
94	148	-	2100	-	
95	146	-	-	-	
96	110	2.5-5.0	-	-	
97	88	-	-	-	電影進口政策： 中影壟斷，1994年底起每年另進大片10部，1999年11月15日中國同意入WTO第一年最多增為40部，第三年起50部。
98	37	-	1450	5.9	
99**	99	-	798	-	

*北京片廠，高於全國10-30%。1993年張藝謀平均製片費600萬，陳凱歌的《霸王別姬》1200萬港幣。

** 本世紀以來的票房等統計資料，以及，中國大陸1991年以來的多種電影基金及其用途，最佳整理請見李政亮（2017）《拆哪，中國的大片時代：大銀幕裡外的中國野心與崛起》。蔚藍文化。頁281起，有很豐富與重要的資料及統計，頁342以後對1991年至今中國電影基金的種類與用途之整理與介紹，他處所無。2006年起，除疫情期間重（2020-2022）中國每年電影製片量都在300-800部左右，國產電影占總票房比例多在50-60+%，每年觀影人次，約在1至17億之間。

資料來源：

中國統計年鑑，1982-1993年轉自薛婷(1995：49,107-108)、吳天明(1992)、倪震(1994：72, 81)、李天鐸等人(1994：120)、中國國務院(1997)、中國電影年鑑(1997)、梁良(1998：236, 310)；戴錦華(1999：444)、孫宏偉(2000)，1999年為推估，中國時報(1999.6.21：14)。

導演吳天明（1992）在1980年代末期指出，中國仿蘇聯中央計畫的電影產銷體制，統購統銷及統收統支，[49]已使電影業這棵「參天大樹」成為「病樹」，也使中國對貧弱地區及特定題材（如兒童及主旋律等）電影的拍攝與發行映演等補助，受限於國家財政能力，並不能充分落實。他提出的改革方向，約可分作四部分。第一是市場的形成問題，他主張「放任競爭」，亦即使得製片廠與各省級及其各下屬發行公司，自行決定拍攝什麼電影、洽購發行與放映何種電影，使中國電影的各環節之運作，不致受到地理區域的限制，減少各機關以自

---

49 這是指中影核定製片總量，分配至各製片廠，片廠向銀行貸款拍片、自負盈虧，拍完之後，將影片交由中影發行，省級公司依中影核定的拷貝費（一個9000元，1988年提高至10500元，但拷貝訂數減少，如發行50個拷貝以下的影片在1987年是28部、1988已增加至63部），支付拷貝費給製片廠。1987年有了初步變化，部分製片廠與中影簽約，不再是中影核定拷貝數，而是使得製片與映演收入有了若干結合，即分帳比是中影71.5%、製片廠28.5%。李天鐸等人（1994：127）指出，製片廠不能有錢多拍，無錢少拍，惟亦有若干彈性，即每年150部中央下達的製片量，110部必拍，40部由各廠申報獲准後拍製。但這種體制並非沒有長處，此即具有資源重新分配及效果，並避免了好萊塢體制之下的行銷及明星成本的高漲。中影與省市自治區就票房的分配，明顯是「抽肥補瘦」，一年約2500萬（筆者按：這應是很大的數目，若對照1996年，該年補助重點片3000萬，若換算回1980年代的實質貨幣，或僅為一半）。較富有的省市上繳票房50%以上，西藏等則全部自留，無須上繳。中影的分成則用於支付發行費、宣傳費等。1987年各省級發行公司上繳中影1.58億，中影支付各製片廠廠長、版權費、素材費、民族語翻譯費、宣傳費則達1.83億（李天鐸等人，1994：72, 116）。

保當地電影工作機會等原因，刻意以行政手段，分割電影映演市場，造成電影市場無法擴大。其次是創作尺度，政府不應干涉。第三是所有制，吳天明認為應允許私人資本進入電影業，但不使高於49%。最後，在重新分配電影資源方面，資金可來自中影進口外國片的收入。研究中國電影的人，所述改革內容，或許更為詳細，但似並未超出這些範圍（參考趙成儀，1995；薛婷，1995；韓景芃，1994；倪震，1994）。

　　熟悉中國電影生態者所作的這些建言，在1990年代陸續有了不等程度的落實機會，但未能完全兌現。

　　在發行映演方面，如〈表5-4〉所載，雖然從1995年元旦起，各製片商已可直接接洽發行與映演單位，但除了上海、北京等大都會（亞洲週刊，1995.7.9: 38-45），發行與映演業似乎並不願意同步變動，因此毛羽寫於1999年的文章仍說，雖然製片發行映演的垂直整合是中國未來的改革方向，但「前提是：打破橫向的區域界限，打破業割裂狀態，在大市場、大規模、全方位和全行業的基礎上，進行縱向資產聯營，進而重組市場」。既然存在這個前提，當可反推地方的行政權力，仍有阻礙資本邏輯的力量，而就業問題可能是地方政權必須考量的重要因素，如中國五、六十萬電影業人口，對改革前的狀態，抱有「餓不死也不想改行」的慣性（李天鐸等人，1994：131）。另一方面，對於飽受明星及行銷及購片成本高漲之苦的社會，[50]舊體制亦不乏借鏡之處，如梁良（1991）曾說，「大陸製片業者是何其幸福」，並稱中國電影保護政策，使其電影廣告成本大量節省，「只要透過……電影雜誌或電影報的簡單介紹，

---

50 中國陝西省從1998年元旦起，開始了發行及映演的競爭。省公司與擁有八家直屬戲院的西安市競標《鐵達尼號》（*Titanic*）的發行權，落敗收場，以致「更加慘澹經營」。西安市則多付了幾十萬。有關隨改革連帶進行人員重組裁員的情況，遼寧北方電影有限公司由原省電影公司、瀋陽市電影公司、大連市電影公司、鞍山市電影公司、遼寧銀都實業公司，將全省市場的各層級打破，使遼寧省成為一個大市場，然後進行資產與人事重組，結果是原全省電影員工1300人，現只存180人（毛羽，1999）。中時（1994.5.25-5.28: 9）系列報導指出，中國出現大導演，甚至可「買斷作家」（又以張藝謀為最，他在1994年雇傭六、七個人寫武則天劇本），亦足以使作家成為明星，而其作品暢銷。作家固然對「好萊塢是作家絞殺器」之說，亦有反省，但錢之誘因，還不能解釋中國作家願意被買斷的全部因素，他們另有「『走向世界』的強烈願望」，認為是中國文學借電影之舟走向世界，最為便捷。對此現象，戴錦華等人認為，這將使優秀作家喪失對中國變革的現實關注與對中國歷史真實狀態的呈現。

精明的觀眾就會自動上門，而觀眾的口碑又比廣告有效得多」。

　　創作尺度或已較寬鬆，但反映於政府提供電影資金的條件，多過表現在電影內涵的不加設限。1992年鄧小平南巡之後，啟動中國各種媒介的改革，電影發行從1993年有了變化，各片廠可自行出口電影，收支自理，亦可全權或部分委託中影代理，至當年5月起，中影已不再預付100萬，片廠亦不再能向銀行優厚貸款，而開始必須向企業等集資。在製片補助方面，1995年起，1994年（含）以前的無償資助，改為更制度化，即借款、獎勵、資助三種，因此主旋律電影從1994、95年起開始注重商品化，強調「觀賞性」，惟即便如此，電影部與工商管理局在定電影年產總量為150部時，仍要求其中三、四部必須能夠引起強大的反響，30部是重點片，而現實題材要60%以上。（中國電影年鑑1997：202；李天鐸等人，1994：133）1996年元旦起中央台開設電影台，3月23至26日在長沙召開「新中國成立以來規模最大、規格最高的電影工作會議」（戴錦華，1999：430-431）。其後，5月由財政部、廣電部發出〈關於設立支持電影精品「九五五〇」工程專項資金有關規定的通知〉（1995年起，每年製作10部電影精品，5年計50部）。這些措施都能顯示，中國政府介入電影製作市場，規劃資金及內容的程度，應當說是逐年上升。

　　此外，中國亦曾以推愛國主義教育，對抗對社會有害的極端個人主義、金錢崇拜、享樂主義等為由，選了百部電影（主要是歷史影片）至校園放映（中國時報，1993.10.11：10）。第十五屆全國人民代表大會電影文藝政策會議在1997年9月舉行，仍然依循1979年的二為[51]與雙百（李天鐸等人，1999：326），顯見中國對電影創作的限制至少就形式上，還是沒有盡褪。

　　在製片資金方面亦有變化，表現在國內個人集資及獨資於1989年開始出現（外資合拍片在1981年即已開始，惟至1989年之後，每年才超過10部，1993、94兩年含港台片則分別是31、34部），1990-1992三年是10部，1993年之後大舉增加，該年及1994年分別是21、22部（薛婷，1995：66-67）。到了1996年7月起實施的電影條例，第17條更明文允許國營片廠以外單位與個人製作電影，

51　「二為」在1979年之前，是文藝作品「為政治服務、為工農兵服務」，之後是「文藝為社會主義服務，文藝為人民服務」；「雙百」是要貫徹「百花齊放、百家爭鳴」的創作方針。

以此「解決資金不足的矛盾」（中國國務院，1997：40），[52]國營遼寧北方電影有限公司改制後，則個人股已占相當大比例。（毛羽，1999）

---

52 海南南洋文化集團在1989年成立，下有13家公司，其中影視3家，人才大多來自國有製片廠，1994年拍攝7部，總投資額1500萬人民幣，歷年投資拍攝了13部，總體達收支平衡。人稱游擊隊長的張剛，過去10年每年拍片2部，至1993為國有片廠盈利近1700萬；他保證與其簽約的片廠，影片必可通過審查，至少賣出100個以上拷貝。《光明日報》指民辦電影公司當中，最受矚目者是1990年成立的深圳萬科文化傳播公司，它在1991投資拍攝《過年》，在東京影展得兩項大獎，1992年投資《找樂》，又在國際取得六個大小獎。一般認定中國片超過130萬人民幣就很難回收時，它在1994投資200萬美元拍攝試要進軍國際電影市場的《蘭陵王》，其負責人王石表示，虧損若在500萬人民幣以下，「賠得起」。（以上轉引自立早報，1995.4.18：13，4/19：13）《亞洲週刊》（1993.8.29：6）報導中國電影獨立製片人自籌資金150萬美元拍攝20集的《北京人在紐約》，並說服北京中央電視台每集以三分鐘廣告投資。中時（1993.9.6：10）指廣電部官員表示將限制中外合資電影的上限為30部。《自立早報》（1993.12.12：6）指，因中國獨立電影製片人田壯壯、張元與香港合資拍攝的《藍風箏》及《北京雜種》，在未受中國審查，就參加且分別獲得10月初東京影展的最佳影片獎及亞洲優秀作品獎，官方的中國電影代表團參展的電影則沒有拿到任何獎項，中國文化部已決定嚴格限制外資（含港台）與中國（尤其是獨立製片人）的合資拍片。《中國時報》（1994.1.26：21）報導，在此加強限制，以及湯臣《霸王別姬》得罪中國的情況下，湯臣尚有《花影》、《上海生與死》、《江青傳》、《金瓶梅》都要赴中國取景。《中國時報》（1994.5.8：11）引香港《明報》，指中國要求各廠堅持以我為主方針，合拍影片總量限制在30部以內，大、中、小型片廠各給三、二與一部配額，合拍影片終審權在廣電部。中國與境外合拍電影量，1982年是兩部、1986年是六部、1992年台港至中國投資三十多部，1993年中國拍攝154部，其中合拍占54部。《中國時報》（1995.1.4：9；1999.9.5：26）、《聯合報》（1999.9.10：26）報導張元獲美國《時代週刊》選為百位世界領袖之一，張於1990年24歲時，曾以低成本社會集資拍攝《媽媽》一片，票房差強人意，惟在法國的南特（Nante）影展得獎後，已有若干歐洲片商投資他拍片，如《北京雜種》、《兒子》、《廣場》、《東宮西宮》，均未在中國上映。1999年9月，他的《過年回家》，也是第一部獲得進入中國監獄實地拍攝的電影，則已有中國發行商同意在大陸發行。張並批評張藝謀的《一個都不能少》批判不足，王蓉引張的說法，指中國像張這般的「地下電影導演」約出品了50部作品。《荊軻刺秦》由美國Columbia-TriStar、日本新力及角川集團合資六千萬美金，由陳凱歌導演。首映會1998年10月在中國天安門露天舉行，10月初在日本150至180家戲院、1998年11月在美國近千家戲院聯映。美日影評貶多於褒，首季日本票房375萬美元令人失望。本片得坎城美術指導獎。台灣版權由「學者」影業以65萬美元購買（聯合報，1998.7.5：25；中國時報，1998.8.23：26；亞洲週刊，1999.5.31）。滾石公司以1150萬台幣投資拍攝大陸片《愛情麻辣燙》，於1998年3月在大陸上映，票房800萬人民幣。中影與中國移民美國的導演胡安，以及德國電影輔導金各出1/3資金在北京拍攝《西洋鏡》。（中時，1998.10.28：27）中國電影合拍公司（CFCC）因應電影事業競爭日大，主動派員至美國，爭取在北美合拍電影的計畫（中時，1999. 2.22：26）。

就電影進口來說，中影仍有壟斷權，但由於中國至1990年代初期，每年用在買斷外片版權的資金只有一百多萬美元，因此所購產品，只能是十多年前的舊片，無法滿足隨經改後，生活方式已然大幅改變的觀眾口味。為作因應，於是中影從買斷改成與外商拆帳，進口新片，比例是外商34%、各大城市發行與映演單位54%，中影取12%，第一部上映的大片是1994年底的《絕命追殺令》，華納為此在六個城市雇用檢查員。[53]有人認為，「引入好萊塢，是為中國電影引入了競爭機制，中國電影將在『良性』環境、『公平』競爭機制下復甦」，更有好萊塢大片可刺激中國電影市場，吸引觀眾觀影興趣，恢復觀影胃口，中國可繼而分年引進中品、次品，然後中國片趁虛而入，搶回票房，如導演張建亞及北京人民大學電影產業專家高紅博士均持此看法。[54]但此情況是否可能，「需以一個有力的國家控制、宏觀調控為先決」（戴錦華，1999：406；亞洲週刊，2000.2.14：15-17）。

惟此時必須進一步分析的是，進口外片而獲利股厚的國家，是否代表整體電影業的利益？

中國與好萊塢的分帳比率，比其他國家，占了優勢，多得二至三成（參較

---

53 該片在11月12日於北京、上海、天津、重慶、鄭州、廣州六市75家戲院同時上映，本處資料發自台灣中央社（轉引自立早報，1994.10.22：13；1995.4.4：13）。

54 外片票房占很高比例，以北京為例，1993年的國產片、港台片與外國片百分比分別是44.6、31.4與24.0，但1995年的10部進口大片已占39.52%，1996年再上升至70-80%（倪震，1994：86；中國電影年鑑，1996：216；1997：179）。以票房計，北京1993、94年是3000萬、5000萬人民幣，1995與1998分別增加至9000萬與1億3000萬；上海亦有相同情況，1994年票房是1.4億，1995年已達2.3億；1996-1998年美國片在中國票房之「模糊數」分別是4、3與6億人民幣。可見近年來的中國電影戲院票房回升，與好萊塢大片進口及相應的戲院設備翻新有關，美商估計至2005年中國市場的票房潛力是10-15億美元，此後每年並將增加5.1%；好萊塢多家公司已設中國部，積極按都市、小城、鄉村三種區域進行調查。不過，這個趨勢是否不能逆轉，或將有起伏，似有待時間檢驗。1999年，北京在兩個月內連續放映五部美國好萊塢新片，票房只得2290萬，稍後放映的國產賀歲片《沒完沒了》則達1100萬，首輪結束後全國票房2000萬；《寶蓮燈》卡通，成本150萬美元，上海票房650萬人民幣、全中國2500萬人民幣，而約略同期在上海放映三週的好萊塢電影《幽靈的威脅》，少於400萬人民幣（亞洲週刊，2000.2.14：15-17；鄭洞天，2000）。1999年美片惟票房不佳，亦有可能只是因中國的南斯拉夫使館被炸所致，如黃艾禾（2000）稱，中國在1999年5至11月拒絕外國大片，造成票房「全面下滑」。

林洋，1999：96），如《鐵達尼號》票房達4000萬美元，福斯公司只能獲配500萬（中國時報，1999.6.21：14）。不過，這一方面顯示中國仍有較大議價能力，[55]可以保障本身利益，但也不妨視為是外商以退為進的策略，最終中國仍可能趨同於許多國家電影業的情況，亦即製片業與映演業的利益，演變成對立的局面，前者日漸萎縮，後者則從進口外片得到更多收入，於是對外片的需求，更見殷切，如郭曲波（2000）稱，「中國電影業中歡迎入世的是放映業」，[56]中方同意美國所請，將擴大進口數量（〈表5-4〉），符合了映演業的利益。此時，論者指稱中影「由國家權力所賦予的壟斷特權……更……與全球性的壟斷資本、跨國工業……好萊塢聯手」（戴錦華，前引書），是否是無的放矢，或是一語中的，端賴中國政府羽翼中影所得的進口租金，是否有合理部分轉用於支持振興中國製片業。

以上討論顯示，中國的電影在創作尺度及市場形成的改進，成效較弱，但資金來源及進口方針則有可觀變化，尤其是1990年代中後期以降，開放美片與國家政策對電影業的整體支持，是大有加強。在這種情況下，要評估改革究竟是成功還是失敗，而當前的製片及映演都屬低疲的狀態，究竟是過渡或將成趨勢，可能都無法以充分的材料加以支持或否證。

然而，前舉有關電影改革的討論，除最後一項已觸及境外面向，全部都是在國境之內開展論述。但電影與報紙及電視畢竟具有本質差異，亦即電影運作於單一市場，也就是產品市場，而報紙與電視在以廣告為主要財源下，運作於雙元市場，除了其產品市場之外，亦向廣告商出售閱聽人時間。這個重大差別宣告了電影是具有國際性格的產品，而閱聽人時間僅能在本地出售，報紙與電視因此大抵只運作於國內[57]就此來看，中國電影改革的成敗，無法只取決於本

---

55 中國另有其他壓制外片的辦法，如因應《鐵達尼號》的賣座，規定美國電影不能在四個播放電影的黃金時段播映，《花木蘭》賣座差的原因，一般認為是，該片按中共規定，僅能在寒假結束後上映。因南斯拉夫大使館事件，中國下令暫停上映《星際大戰首部曲》（中時，1999.7.18：14）。

56 不過，事實上WTO並未就電影等文化產品有過協議，相關協定大多是美國與相關國家的雙邊協定。

57 隨科技發達，是已出現了以全球為範圍的媒介，但仍限於精英，如CNN、Discovery等，惟應注意，這類頻道的收入主要仍來自發行。英國的《金融時報》、《紐約時報》、《華爾街日報》及《經濟學人》等報紙與週刊，是另一類有本國媒介擴張至他國的例子，讀者更屬於菁英階

身政策的良窳，而是必然要受到國際間，電影產品最為成功的美國好萊塢動向之影響。電視與報紙改革的得失關鍵，內在於中國本身；電影興革的進展，則同時存在內部及外部因素。

其次，中國境內電影改革方向的討論，似亦存在有待釐清的地方。如前所述，由於地方行政權力的干涉，中國發行映演市場固然還不能全面形成，但即便沒有這個干涉，這也並不表示歷來的電影業具有垂直整合（從製片、發行至映演）的能力。中國官方或主流見解主張，電影改革方向在於製作與發行脫鉤，但很詭異地，這種看法呼應了西方學界自1980年代以來所出現的論稱，指彈性生產之下，電影亦進入後福特模式，好萊塢已垂直解體，而與此相應則是是獨立製片部門的崛起。惟這種看法不僅很難吻合西方的事實（相關文獻及最新論證可見Blair and Rainnie, 2000），因為實際上，好萊塢自行製作若干大片，並通過對發行管道的掌握，控制所謂獨立製片者所提供的大量電影，一方面減低其開發新品味的嘗試及研發成本，再者亦從獨立片商取利，才是其成功之道。以1999年為例，獨立片商總共拍攝了266部電影，好萊塢只拍145部，而《厄夜叢林》（*The Blair Witch Project*）這部學生作品只用3.1萬美元拍攝，代為發行的好萊塢則從其票房，取得1.42億美元的收入（*Economist*, 2000.1.29: 71-72）。[58]

在中國方面，至今最為成功的電影改革實例之一，是「紫禁城影業」有限公司，這是第一家國有股份制電影機構，在北京市委宣傳部直接協調下，以518萬人民幣資本額在1996年12月27日成立；另有中影與北京12家電影院，聯合組成北京影業責任有限公司。（中國電影年鑑，1997：342）[59]上海電影電視集團公司（1996年2月創設）以上海電影製片廠為主，控制上海二大院線之一

層。（*Economist*, 2000.2.19: 63-64）

58 好萊塢確保其支配地位的另一個方式，其他國家無法模仿，是其電影的行銷成本超高，如1998年好萊塢大廠每拍一片，平均花在行銷的費用是2210萬美元！（*Economist*, 2000.1.29: 71-72）

59 該公司由北京市廣電局、文化局共同出資，四個股東是北京電視台、北京電視劇藝術中心、北京電影公司和北京文化藝術音像出版社，分別入股25.5%、25.5%、24.5%與24.5%。（中國電影年鑑，1997：342）

的東方影視發行公司（梁良，1998：250；亞洲週刊，1995.7.9：38-45）。[60]這些發展顯示，中國電影業往垂直整合的改革方向，並不是政府與企業分家，而是「政治權力結合並進一步轉化為企業資本」的表現（戴錦華，1999：431），彷彿有了電影製片、發行與映演集團化的萌芽（謝荃，1999）。

這個集團化的跡象是否會持續擴大而成為趨勢，最後再發展為中國市場社會主義之下的好萊塢模式，亦即在產權公有的數個大垂直整合電影企業之外，另有數量更多的社會集資等私人資本作為獨立製片部門，值得觀察。

結語

在歐洲，除了1950年初期以來的南斯拉夫，以及1968年以後的匈牙利，在1980年代末期之前，曾有市場社會主義的實踐以外，有關市場社會主義只能停留在論述的層次，而未見實現。與此相對，中國1979年經濟改革之後，至1992年在憲法中寫入「建立社會主義市場經濟體制」，以其本身的動靜，作為一種市場社會主義的發展軌跡，但中國相關論述的開展，似不如西方活潑。

西歐存有市場社會主義的豐富論述，卻較少及於媒介，但西歐許多的媒介表現，在經濟方面，至今仍然不是資本主義的利潤極大化及資本積累的邏輯可以解釋。中國宣稱後即逕自進入實踐，同樣也很少論述其社會主義市場經濟的媒介性質，而中國媒介對政治及文化差異的容忍，似乎並不適合用來代表社會主義媒介應有的表現。因此，在討論市場社會主義的文獻，較少論及其媒介面貌的情況下，比較東西方的市場社會主義媒介觀，可行的作法之一，應該是對雙方媒介在「經濟」層面，而不是政治或文化的實作狀態，進行了解與分析後，試著去抽離當中的原則，查看中國與西歐媒介之經濟基礎的異同。

根據這個設定，本文因此只能是一種經濟分析。它羅列了部分西歐國家的

---

60 上海最大院線為中影旗下的永樂公司，其次是1995年7月1日起營運的東方公司，各擁院線，1995年東方院線放映1.34萬場而票房1023萬，永樂23.67萬場而票房收入1.1億。上海電影電視集團另包括上海電影技術廠、上海電影發展總公司、上海新光影藝苑、上海銀星皇冠假日酒店。

電視、報紙與電影的財務資料，指出其國家往往刻意介入，在優劣勢媒介之間，重新分配其資源，調節了媒介的競爭過程。本文接著秉持這個觀點，檢視中國經濟改革以來，報紙、電視與電影這三類媒介的表現。筆者的初步結論是，中國與西歐相通的部分是，國家確實在相當程度裡，調節了競爭的經濟利益之分配，但東西兩方也有很大差異，此即中國的國家發揮了西歐資本的兼併聯合角色，帶領了媒介集團的形成。如報紙從一報十一禁到了發展報業集團的準備。電視亦有類似進程，其競爭雖然有限，但以中央電視台模式為準而發展集團的動作，已在蓄勢待發。電影的改革速度最緩，且產品性質與報紙、電視迥異，具有國際競爭因素，國家調節能力較弱，並繼續以拍攝主旋律影片等政治意識掛帥的作法，干預市場競爭，在1994年底，中國逐年進口俗稱大片的電影十部後，製片業受此雙重牽制，江河日下，以致中國自1990（特別是1996）年以來，通過國家的補助雖然日多，似仍無法阻止這個趨向。

中國在1999年11月15日承諾進入「世界貿易組織」第一年後，將中國進口大片的數量調高，最高可以進口40部，至第三年增加最高可達50部，這是否象徵中國電影業將如同西歐，亦將成為好萊塢勢力圈，值得觀察研判。

《論市場社會主義》、中國與傳媒[*]

前言

我在1996-97年得到政大與國科會之助，再次前往英國一年，借住默多克（Graham Murdock）教授家，他剛好去了紐西蘭。除了研讀與撰寫《歐洲聯盟媒介產權生態與規範的歷史分析》、翻譯《傳播政治經濟學》之外，就是在李斯特（Leicester）往返羅孚堡（Loughborough）、倫敦、牛津、劍橋與魏河畔的黑（Hay-on-Wye）之間的巴士與火車，任意馳騁眼神於窗外的田園風光，順便翻讀一些材料。在小酒館與小酒館之間的鄉村蜿蜒道路，我陸續接觸了艾德曼與狄萬的一篇文章，[61]從此開始了斷斷續續的市場社會主義文獻的閱讀。

* 《人文社會科學簡訊》「經典譯註」欄。2008年9卷3期，頁57-65。該刊由國科會發行。該文

這篇短文先簡述羅莫爾（John Roemer）的《論市場社會主義》一書，轉而略評號稱是採行社會主義市場經濟模式的中國，最後一瞥中國最重要的傳媒——中央電視台，反思後結束本文。

論市場社會主義

羅莫爾是美國耶魯大學經濟學與政治學教授，他既是主流，又是非主流。

西方主流經濟學的新古典均衡分析工具，羅莫爾運用自如、非常嫻熟，數理模式的經濟學，也是他的擅長。另一方面，羅莫爾擁抱的是馬克斯主義與社會主義，這些，正好是西方的異端。主流或異端的立場，不妨害他的專業職能與倫理關懷，羅莫爾結合他的政治哲學與經濟分析，提出公平、正義理論，導引了2006年「世界銀行」出版的《世界發展報告》。[62]

羅莫爾的重要著作繁多，士林仰仗，多有迻譯。其中，擁有最多外文版本者，正是《論市場社會主義》。[63]該書飽滿，富涵跨學科的認知養料，同時扣緊現實世界，作者實踐企圖之心，躍然紙上。

《論》書處理的課題橫跨政治哲學、經濟學與社會學，他寫作《論》，有其現實的急迫感：1980年代末以來，中國改革、前蘇聯與東歐的「實存社會主義」崩解，有人說「歷史終結」於資本主義之際，羅莫爾疾力振呼，成就本書。他希望「在當前攸關世局的重大辯論，仍未冷卻之際，灌注另一種不同的觀點」、一種「市場社會主義」的觀點（頁3）。

市場社會主義之說，在西方已經存在百年。1990年代以來至今，當前的相關辯論已經進入第五代，羅莫爾從中選擇三種模式，予以評介。

三種模式

第一種是「勞動者自營公司」（labor-managed firms, LMF），非常吸引人，

收錄在本書時，部分文字另有潤飾與修改。

61 Adaman, Fikret and Pat Devine (1997)' "On the economic theory of socialism," *New Left Review*, 221: 54-80.

62 崔之元發言，2008年2月22日讀取自http://www.bookicp.com/html/2006-3/2006319140301.htm。

63 Roemer, John（1994/馮建三譯，2005），《論市場社會主義》。新北：聯經。除非另有說明，否則下文引述均出自這本譯書。

但困難有二。首先是資金。要自營，則得由勞動者自己提供資金。如此，勞動者的風險太大，且將使得LMF的規模無法太大，或者無法適應資本密集的產業。若是容許LMF從金融或股票市場取得資金，遲早就得讓渡若干控制權，如此則LMF與外力妥協之後，LMF模式與第二種的「專業經理人模式」（見後）之間，究竟還會有多大的實質差別，顯有疑問。二、LMF不必然追求利潤極大化，可能產生兩個結果。一是雇傭人數超過所需，特別是在經濟衰退期，尤其有此傾向。再就是承擔風險的意願或投資量較低而並非最適水平，以致創新活動減弱。

不過，若是存在兩個條件，羅莫爾仍然可以接受LMF。首先，整個經濟體雖然包括LMF，但同時維持充分數量的經理人公司，他認為循此才能誘發可欲的創新比率。羅莫爾反對的是「所有」公司均是LMF，因為此時經濟體的均衡狀態可能僅只是次優。其次，羅莫爾強調，原本勞動者已經擁有有可觀經營管理權的公司，在市場社會主義的改革啟動時，自可存續，無須改回經理人公司。世界各地的LMF公司，規模最大且聲譽最為卓著者，應該就是西班牙的「猛龍」（Mondragon），它創辦於1956年，其後陸續擴張並且擁有自己的銀行，1990年代中期，它是西班牙第十大企業集團，至2001年再前進為第八大，由75個獨立的公司以及55個子公司組成，雇用了西班牙巴斯卡茶拔（Deba）河谷七萬勞動力的近半數，另有三萬海外員工。

為了避免LMF的前述缺失，羅莫爾主張的是「專業經理人模式」，這個時候的市場社會主義經濟體將有四類「法人行動者」。第一類是「成人公民」。第二類是「公共公司」部門，這個部門並不直接由國家持有。在徹底的市場社會主義經濟體，所有大型公司都屬於這個部門。在此經濟體肩負監督這些公共公司的銀行，其本身也是公共公司，而這些銀行的股份也必須通過基金才能購買，不是個人任意進入股市添購或出售股份。第三類是「共同基金」，藉此保障公民，使其不至於浪擲資源於不良投資案。第四類是「政府財政部」。每位「成人公民」都從「政府財政部」取得相同的「配給券」，其用途僅能用來購買基金的股票。「只有」配給券才能用來購買基金的股票，貨幣不能作此用途。只有基金可以購買公共公司的股票，且必須使用配給券。是以，公司股票與基金股票的價格僅能以配給券計算；其價格隨股票供需而升降。所有的公民都可自由處分其基金的股票，藉此以換取配給券，然後再把配給券投資於其他

基金。最後，各「公共公司」可以持配給券，向國家財政部交換投資基金，也可以使用貨幣向財政部購買配給券。配給券交換貨幣的唯一機制，就在這裡。這些投資基金的角色，就如公司的股份（equity）。這類公司的收入分配將更為平均，但勞動者與其公司的關係，並沒有太大改變，因此其經營效率，可能與當前的資本主義，最為接近。

第三組方案是「聯合式民主」（associative democracy）的體系，它認為美國一小群財富階級的經濟權力，起於大型銀行的實務運作，等於是一種資本的策略敲詐。應對的原則是克制資本的敲詐能力，方式有二。一是使其不再能夠肆無忌憚地在國際間縱橫，因此必須立法限制資金突如其來的、大批的跨越國界流動。二是使私人銀行在國內遭遇強大競爭，創設許多準公營的商業銀行與投資銀行。至於銀行在內的所有公司，其董事會組成不是完全依照股份持有份額，而是，比如，35%代表來自員工、35%來自股東，另有30%可以是消費者或地方公民的代表。作此主張的人認為，資本主義高度發達的社會，其下各行動者採取了一種協商，而非彼此競爭的關係：比方說，公司的行動及薪資結構的設定，受到協商的牽制，多於受制於市場機能。其次，當代資本主義存在許多種類的公民組織與協會；左派人士在傳統上只專注工會，並不足夠。積極活躍的各種環保協會及消費者組織，當然還包括各級工會，可以串連而迫使企業財團改變其行為。前述董事會構成可以改變協商各方的相對力量，我們理當使這些所有組織，得以從政治上，有所「培力」（empowering）。因此，縱使企業財團的「法理」產權沒有變化，其「真實的」產權已經改變。這個模式可望削弱富有階級的經濟與政治權力，可以持續提高漸增累進稅，逐漸使所得與財富的分配，趨向平等。然而，這是否能與市場社會主義相容，還是僅只是「沒有階級權力的資本主義」，是有爭議。

羅莫爾強調，以上這些方案都認定，人們的經濟行為，將大致如同他們在資本主義之下的行為，所有這些方案都是折衷妥協之作，它們都運用資本主義創生的微觀經濟機制。但這些模式並未拋棄左派最為珍貴的原則、不是失敗主義者的修正，而是左派走向新的成熟階段，因為此時的經濟所得與政治權力的分配，已經與資本主義高度發達的歐美社會，明顯有別。他提醒讀者，假使中央計畫型曾經是社會主義的正統，因此市場社會主義代表了對於資本主義的讓步，但是百年來資本主義對社會主義同樣也有很大的讓步。一是公共投資的擴

張及福利國家的維持，其財政基礎反映在稅收占各國GDP的比例，是在增加。所有OECD國家的稅收與GDP占比，在1975年平均是29.7%，在2004年已是35.9%。[64]二是北歐諸國的經驗顯示，經濟效率與平等分配可以兼顧。三是東亞的發展說明，政府廣泛介入經濟運作，成績秀異。

假使市場社會主義在理論上無懈可擊，[65]其實踐效果，又當如何？立場最溫和的美國市場社會主義者楊克（Yunker, James），以其實用主義的傳統，再次投入實際的統計核算後，重新於去（2007）年申明，根據他的研究，「以最大利潤為導向的市場社會主義經濟的相對表現良窳是一個經驗，不是一個理論問題」。[66]「實踐是檢驗真理的唯一標準」、「摸著石頭過河」有其道理。但是，這個認定也有危險。不架橋而摸石頭過河，稍有不慎，即墜入深淵、漩渦而滅頂。實踐的最後成果總是可以訴諸來日，而未來遙遙無期，實踐之說於是在難以「最後」檢驗之時，可能成為現況不合理的遮羞布，特別是，在權力分配太過不均勻的地方，愈有可能發生。

中國的問題

「蘇東波」浪潮已經將近20年，但有別於歐洲，共產黨至今還在若干亞洲國家及古巴掌握政權，也都推動程度不等的經濟改革，包括引進深淺不一的市場機制。其中，中國以其幅員、歷史與表現，是世人最為矚目的對象。[67]近年

---

64 2007年6月18日讀取自 http://www.finfacts.com/irelandbusinessnews/publish/printer_1000 article_10007581.shtml

65 《論》台譯版之後至2007年，有關「市場社會主義」的理論辯駁請見Hodgson, Geoffrey M. (2005) "The limits to participatory planning: a reply to Adaman and Devine," *Economy and Society* 34:1(141-153). Adaman, Fikret & Devine, Pat (2006) "The promise of participatory planning: a rejoinder to Hodgson," *Economy and Society*, 35(141-147)；Greenwood, Dan (2006) "Commensurability and beyond: from Mises and Neurath to the future of the socialist calculation debate," *Economy and Society*, 35(1: 65-90) ; Greenwood, Dan (2007) "Planning and Know-how: The Relationship between Knowledge and Calculation in Hayek's Case for Markets," *Review of Political Economy*, 19 (3: 419-434) .

66 Yunker, James A (2007) "A Comprehensive Incentives Analysis of the Potential Performance of Market Socialism," *Review of Political Economy*; 19(1: 81-113).

67 如 Sigley, Gary (2006) "Chinese Governmentalities: Government, Governance and the Socialist Market Economy," *Economy and Society*, 35（4: 487-508）; Lee, John (2007) *Will China Fail? The*

來，對中國的發展路徑，對中國儼然代言的市場社會主義「經濟」模式，提出最詳細分析與質疑的著作，無疑是《中國與社會主義：市場改革和階級鬥爭》（*China and Socialism: market reforms and class struggle*）。該書由紐約《每月評論》（*Monthly Review*）以專號形式，在2004年7與8月合刊號推出，作者是蘭資柏格與柏克特（Martin Hart-Landsberg and Paul Burkett）；兩年之後，台北的「批判與再造」雜誌社通過陳信行的聯繫而取得版權，並由杜濟平、林正慧與郭建業翻譯。中文版並且蒐集來自美國與兩岸學人的正反回應，有更高的參照價值，也更能協助中文讀者了解相關辯論。[68]

蘭資柏格與柏克特表明，他們比較認同托洛斯基派的觀點（「不平衡與聯合發展論」）。據此審視，中國的經濟改革有很多難以讓人接受之處。但是，他們在2003年5月至古巴哈瓦納參加馬克斯主義國際研討會時，親眼見識許多古巴經濟學家將中國的模式，「視為一個可以為古巴採用的誘人典範」。[69]這個觀察強化他們的動力，認為必須將長期的觀察與研究所得，儘速撰寫成篇，於是有了《中國與社會主義》的出版。

兩位作者不是無的放矢，畢竟，對於中國國家機器從1980年代末期以來的經濟表現，大致有個明顯的評價。論者肯認其高度卻極為不平均的成長，付出了高昂的破壞環境及毀損進步價值的代價。但是，難道未來中國就不會另有正面、朝向社會主義前進的變化嗎？訴諸來日的實踐，可以是捍衛不豫現狀的一種正當提法嗎？近幾年來，胡溫體制開始推動比較明顯的民生（醫療衛生與教育等等）改進，對弱勢群體的照顧是在增加，[70]甚至將「公共文化體系」的建立也列入施政重點，[71]以及，後文還會討論的傳媒，確實都有值得肯定的成績。但是，這究竟是財政收入躍增之後，[72]不得不轉用部分於減除已經積累太

Limits and Contradictions of Market Socialism. St. Leonards, NSW: Centre for Independent Studies.

68 中譯本收入的回應文，作者（與譯者）是祝東力、老田、David Ewing（周豔輝）、李民騏（戴瑜慧）、陳映真、吳一慶（關晨引）與金寶瑜。

69 前引書，頁3。

70 參考亞洲週刊（2008.2.3：30-38）的報導與批評。

71 李景源、陳威（2007編），《2007年中國公共文化服務發展報告》。北京：社會科學文獻。2005年10月，《中共中央關於制定國民經濟和社會發展第十一個五年規劃的建議》，提出要「加大政府對文化事業的投入，逐步形成覆蓋全社會的比較完備的公共文化服務體系」。

72 如2007年達5萬億人民幣，增幅達31%，超過GDP的11%。（中國時報，2008.2.23：A17）

多的弊端，還是，這是長遠良性變化路徑的開始？蘭資柏格與柏克特的專書，對於這個問題，是一種介入；羅莫爾在2006年4月再次造訪中國，也在北京清華大學等機構講演，同樣是在介入現實世界。

探索市場社會主義的傳播

在傳播方面，市場社會主義的媒體面貌，應該是些什麼？這是更難、更尷尬的問題。同時，傳播是一個具有潛力的領域，可以充實市場社會主義的理論。

「尷尬」，因為中國共產黨至今堅稱，傳媒是其「喉舌」，但沒有讓其他政治團體也擁有自己的喉舌。無論是社會主義，或是冠上市場而成為市場社會主義，若是沒有合理的政治及表意自由，就不宜稱之為社會主義。就中國的傳媒來說，早些時候，是有一些聲音，認為隨市場經濟的引進與深入，中國傳媒的言論與新聞尺度，遲速不得不逐漸放寬。然而，本世紀以來，這個偏向樂觀的看法逐漸消失，取而代之的是，強調市場經濟與言論檢查與控制，在中國仍然並存，[73]儘管中國對「輿論監督」的強調，[74]仍然提供冀望的空間。

「潛力」，主要是因為有關市場社會主義的文獻，幾乎完全集中在經濟領域，對於其文化與傳媒的制度安排，基本上乏人問津。雖然羅莫爾曾在《論》書以短短數行提及，在市場社會主義體制，為了創造公共財，國家應當投資的項目之一是「傳播交通體系」（communication system）。不過，他沒有深入發揮與引申，僅又提及，增加教育支出將對社會文化有很好的效應，同時也在他所指的社會文化，特別提及「電視節目的改善」。在中國，許多國營事業已經私有化，但在新聞傳播媒體這個部分（特別是傳統的傳媒），法律尚未核可私人可以持有傳媒，亦即國家在這個領域尚有幾乎絕對的掌控權利。很少人同意這個現實情境值得保存，惟予以改變的方式，是否一定就是傳播體系的私有化

---

73 近例包括何清漣（2006），《霧鎖中國：中國大陸控制媒介策略大揭密》。台北：黎明文化。

74 近日的一些正面表現：中央黨校在2007年底完成《攻堅：十七大後中國政治體制改革研究報告》，表示應該讓媒體有更大空間，獨立於共產黨及其宣傳部門之外，見McGregor, Richard（2008/2/21）《金融時報》。伍皓、伍曉陽（2008）〈雲南省政府新規增加接受媒介監督內容〉，新華網。這兩筆資料由陳世敏教授提供，在此致謝。另見馮建三（2007）〈中國輿論監督的考察〉，發表於政治大學國際關係研究中心主辦的「中共十七大研討會」。

與商業化，這個路徑在增加表意自由的同時，是否勢將出現階級偏倚與官商結合，致使其後的傳媒改進，空間反而萎縮？因此，有沒有其他途徑，可以增進傳媒的報導與評論空間，同時又能讓傳媒從事其職掌所需的資源，得到合理的供應？從中國當前的傳媒喉舌體制，爭取一種市場社會主義，使其傳播體系，能夠同步改善消極自由與積極自由，空間一定消失嗎？

　　由於已經考慮中國政治寬容尺度不足以稱作是市場社會主義，筆者曾經自我限縮，僅對中國傳媒（特別是電視）與市場社會主義的關係，提出經濟層面的考察，[75]粗略建議市場社會主義傳媒的「經濟原則」。若是以英國為例，在1955年以前，約翰牛只有BBC一家電視頻道，完全依賴執照費（某種消費稅）運作，並且沒有競爭對象，這是社會主義的制度安排，也是出於中央計畫的產物，並無市場機制牽制BBC。英國電視進入市場社會主義的階段，是在1955年私有的ITV創辦，公營的BBC有了競爭對手，雖然公權力仍然高度監管ITV。接著，BBC在1960年代初增加一個頻道，形成BBC兩個電視頻道與ITV一個頻道競爭閱聽人時間，不是廣告收入。到了1983年，產權公有但依靠廣告收入支持的「第四頻道」（C4）開播，公有與私有電視的競爭加強，惟C4的廣告由ITV代售，競爭強度仍然因為公權力的壓制而只是有限增加。從1993年起，由於政策改變，電視的廣告競爭才始激烈化，1997年春第五家私人商業電視開辦，競爭再告升高。通過英國的例子，我們看到「某種」市場社會主義的媒介「經濟」，在英國出現的過程：（1）出於中央計畫，BBC獨家運作數十年，其後私人電視與BBC競爭，英國進入市場社會主義電視的最初階段，（2）媒介產權（BBC）維持公有，對私人傳媒則以國家規範，使整體傳媒生態維持在公私雙元壟斷的狀態，然後，（3）透過財政手段，使私人傳媒的部分利潤重新分配於具有競爭關係的不同媒介，特別是從市場占有率較高的媒介（ITV）流向較低者（C4），也就是以宏觀手段使競爭受到節制或協調。

75　馮建三（2004），〈中國「市場社會主義」電視媒介的分析〉。《台灣社會研究季刊》。56期：93-131。

中國的中央電視台

以中國來說，為求簡化，我們以中央電視台為對象，審視它在國家政策的優厚安排，但同時承擔更多政治與文化任務之下，是否有合理乃至於進步的表現。起初，筆者抱持正面的看法（具有資源重新分配，以及不同類型節目的交叉補貼作用。對此，我認識的中國大陸新聞傳播學界朋友，似乎另有論事框架），卻也對於央視的勞動力運用，有些疑慮。惟根據最新的材料，我們似乎還是應該說，央視的節目表現（以收視率的占有份額核計，包括頻道數量的擴張）及寡占資金上繳作為重新分配用途的比率，似乎比起筆者先前引述的文章截至2002年的材料，還有更好的成績。〈表5-6〉顯示，2001至2006年，央視繳交的兩稅，依據計算母數的差異，大致是在17-23%之間。對比英國，1965年起，唯一的私人電視機構ITV繳交的公司稅與特別稅的比例，平均大約是全部收入的18.33%，中英電視繳納的稅金相去有限。不過，若是對比ITV僅需與BBC競爭，而央視在各省市面對地區寡占乃至於各地省台聯合，一起與央視競爭，[76]以及目前的電視頻道已經更多的情況下，那麼，似乎央視的稅賦比例是更高一些。假使再看央視收視占有率，就更驚人，2001年央視的占有率是23.33%，至2006年不減反增，是35.13% ！

但是，另一方面，央視對於勞動力的運用，顯得「效率」太高，反而是變相的勞動力剝削，這是一種不佳的示範。鑽研中國「單位」制度，對於央視有豐富個案研究成果的楊曉民說，「1990年代初我們只有三個頻道，事業編制是二千多，現在我們已經有16個頻道，馬上要分成18個頻道，事業編制還是二千多……中央電視台現在是全國最大的實行勞務派遣制度的事業單位。」[77]

76　熊忠輝（2005），《中國省級衛視發展戰略》。上海人民出版社。頁195-206。

77　〈CCTV「規範用工」真相〉，《南方周末》（2007年8月16日）D21。另見Wang, Jian (2008), *Brand New China: advertising, media, and commercial culture.* Harvard University Press. pp. 247-287.

表5-5　中國中央電視台的收入（億人民幣）與收視份額（%），2001-2006

	2001	2002	2003	2004	2005	2006
事業收入（a）	61.1	70.5	81.6	88.9	95.5	103.5
總收入（b）			102	112	124	140
繳一般稅（c）	5.1	5.5	6.1	6.9	7.4	8
繳廣電總局（d）	9.1	10.2	11.7	12.5	13.4	15
重新分配c+d / a (%)	23.24	22.27	21.81	21.82	21.78	22.22
重新分配c+d / b(%)			17.45	16.04	16.77	16.43
收視份額 (%)	23.33	25.37	28.28	29.74	34.14	35.13

資料來源：整理與計算自《中央電視台年鑑》。

央視的表現如同中國本身，巨大而無法僅有一種評價。央視是國家（傳播等等）政策的產物，人們或許會寄望央視聯合其他力量，或求國家更有意識地推動，使央視成為市場社會主義的傳媒。惟更困難的提問是：依靠廣告作為主要財政來源的傳媒，央視在內，即便能夠因為政府宏觀調整，使其收視份額及節目表現仍有可取，但是，市場社會主義傳媒的財政，不能從廣告以外的來源，穩定取得嗎？央視及其他傳媒的財源，日後是否要完全或大量減低廣告，而代之以其他經費挹注？這不單只是經濟問題，也是姓社姓資的問題。

後記與前瞻

上個世紀的最後一年，是新古巴創立四十載，我也尾隨，進入不惑之年。約在5或6月，先經過金恆煒先生聯繫與邀請，其後，另有記者從政的李逸洋先生寒暄與致意，後是已經轉政的林嘉誠教授之接觸與說明。我與一些朋友在1999年入秋之後，加緊努力修改與潤飾暑假期間的草稿，即時完成三位前輩的交代，以一萬八千餘字，擬定了陳水扁參選總統的許多政策白皮書之一，收錄在《新世紀新出路陳水扁國家藍圖: 教育文化傳播》第6卷的第三篇「傳播媒

介白皮書」，我們自行命名的〈公民社會的傳播媒介政策藍圖〉則以劉昌德製作的圖名保留。

　　大約與「藍圖」的準備與寫作相同或相近的階段，另有兩件腦力與文字工作，同步進行。一是香港中文大學新聞與傳播學院邀約，擬在2000年7月假香江舉辦研討會。另一個是尚未當選副總統的呂秀蓮，在前一（1998）年創辦的「國家展望文教基金會」，也將舉辦大規模的國政研討，分作12組。其中，「媒介資訊與國家發展小組」由鄭瑞城老師負責召集，共有8人參與，完成七篇論文，隔（2000）年6月底假國家圖書館，以「〈瞭望公元2000年〉焦點研究」《創造新時代榮耀：國政願景研討會》為主題，先後發表，我負責的論文是〈中國大陸媒介改革及其對台灣的意義〉。台北的願景研討會之後，不久就是〈傳播與市場社會主義：中國與西歐媒介的經濟分析〉在香港的發表。兩篇有部分重疊的研討會論文，命運不同，台北篇仍有部分轉以其他形式，得以出版，香港篇則束之高閣二十餘年，至今才有機會行世。

　　但是，該篇論文（本書第五章）已是歷史，現在何必首次出版？一是敝帚自珍。二是歷史材料未必完全無用。三則該文認定的對岸特徵，亦即行政權凌駕其他部門，積極介入而不是消極應對傳媒衍生的變化，至今不改，可能過之，對照往昔，推論北京來日動向的空間，或可增加。

　　行政權掛帥可以無足為奇，如果僅是一種過渡，但北京的這個特徵在世界與中國經濟都是翻天覆地的變動後，至今不變，則會讓人驚異。這個引人注目、對於號稱生活在自由民主體制，因此更有可能最難以接受這種特徵的人，更是容易引來非議與抨擊，不是接受，遑論認同。如同2022年底ChatGPT問世，〈監管AI各國競相立法〉，而大陸在2023年7月率先施行《生成式人工智能服務管理暫行辦法》，外界譏諷〈大陸AI也要走上社會主義路線〉是要「政治審查維穩」；[78]「機器縮短勞動時間，它的資本主義應用延長工作日；機器減輕勞動，它的資本主義應用提高勞動強度」的區別，成為難以進入想像的情景。

　　不過，歷來在外擁有重視個人自主與自由形象的英美記者，筆下對於政體與其國家有別的政府，好言相向的時候，遠比明嘲暗諷，固然少了許多，但近

78　這兩則新聞依序刊登在2023年8月14日《聯合報》的第A1版與第A3版。

年來，是有若干英美的主要報刊，出乎意料，不是抨擊北京行政權的誇張決斷及其可能衍生的後果，而是可能有點略帶同理心的報導與評價。即便這些文字很有可能是一閃而過，未必駐留，它們仍然是一個註記，凸顯了這個這個時候的北京行政權，是在處理人類作為一個整體、由資本邏輯所驅動面對的困難處境，試舉三個例子。

對岸在2021年8月底完成《互聯網資訊服務演算法推薦管理規定（徵求意見稿）》，《經濟學人》週刊的評價是，它讓用戶可以不被廣告跟隨、減少上癮或高額消費、演算法也要「確保勞動者的權益」；若是施行，這些要求顯然是資本求利最大化律令的違反。週刊說，舉世僅有加州有類似規定，但對岸自是有過之而無不及，那麼，這些該規範如果不是對岸「科技超越歐美的開始」，至少，對岸的這個作法，可以「漸成規範數位科技的實驗室」。當然，《經濟學人》同時也懷疑，這是專制政權將民眾納入國家監控，要求演算法要向用戶推薦「正面價值、正能量」，在刊物看來，這已經是掩飾真相的另一種方式。[79] 美國的「反中」氛圍在2015年漸次浮現，美國在2018年發動貿易戰之後，以「不公平貿易、專制甚至不文明」為由，加上對岸處理香港普選訴求的作法及其內政的一些處置，無不使得西方乃至於日韓及台灣的反中之象，有增無已，在這個氣氛中，刊物能夠將正反評價併陳，已屬難得。

針對演算法祭出管理草案之後數日，北京在9月再以行政命令要求18歲以下學童，僅能在週末使用線上電玩，業界如同往昔，配合辦理。與此同時，海外又見譁然，多有議論，指黨政控制延伸到了家庭生活。不過，倫敦的《金融時報》倒是專文評論，除了陳述這個憂慮，這位為人之母的記者又接著說，「身為雙親的我們，在西方或許還會鬆一口氣，假使我們有這樣的『老大哥』，願意承擔壞警察的角色。」[80]

第三個例子來自《紐約時報》。該報的資深專欄作家弗里德曼在2022年7月坦承〈我曾經樂觀看待中國的審查制度，我錯了〉。早先，他認為，隨著商

---

79 Economist (2021/9/11) "*Digital regulation: codified crackdown*," pp. 27-28. 該草案已在2022年3月1日施行。稍後，8月1日施行的新版《反壟斷法》也納入對演算法的若干規範，見葉文義（2022/8/1）〈反壟斷新規上路最重罰一成營收〉。《聯合報》。A11版。

80 Cavendish, Camilla (2021/9/4) "*China's children are not the only ones addicted to video games*," https://www.ft.com/content/a4e5d55b-3c4f-4978-bacf-8abf6d520b8b

業與傳播科技的日新月異，威權政治結構勢必發生變化；惟對岸顯示的事實，剛好相反，2013年以來，黨國機器更顯主動，通過政務微博等等由上對下的「互動」形態，遂行輿論導引、生活資訊與服務提供、黨員教化等等工作，積極運用數位科技，不只是被動反應。有此觀察及欠難同意之後，弗里德曼還是禁不住而自忖，於是這樣提問：「當你看到社交媒介如何分裂西方社會並放大謊言和縱容說謊者時，你不得不問，中國算不算從更嚴格的控制中失之東隅，收之桑榆。」[81]

大陸對演算法、電玩遊戲與社交媒體的管制與規範，是否真能付諸實踐不打折、是否必然收效而沒有未曾預期的後果，以及浮現網路空間的不理性分裂與其他不豫現象，是否真比西方不嚴重，是有待探討與釐清的重要課題。但《經濟學人》、《金融時報》與《紐約時報》述說「科技與社會」這個課題，了解無論是「自由民主」的西方體制，或是「威權專制」的對岸，在享受科技帶來的便利時，同樣承受負面的體驗，且後者日漸凸顯，不是淡出。因此，1980年代的《超載與枯燥乏味：論資訊社會的生活品質》，只是感嘆，[82]將近四十年之後的當代，已是《數字排毒：擊退科技上癮的最高指南》的焦慮。[83]

不但心智受創，物質變化也讓人吃驚。對岸經濟有成，但1980年代至今，對岸在內的大多數國家，其一國之內的貧富差距與不平等，不斷擴大；氣候暖化地球增溫也從1990年代加速進行，窮國及窮人排碳相對少了很多，但卻因為欠缺資源而更難調適，也就受害更多。樂施會（Oxfam）的調查指出，全球最富裕的一成人口，從1990至2015年的排碳量，占了全球的52%（最富裕的1%占15%，而收入居全球後端50%的人是7%）！[84]

前舉三篇評論的觀點，相較於常見者，有同有不同。相同之處，在於它們

81 湯瑪斯‧L‧弗里德曼（Thomas L. Friedman）（2022/7/22），〈我曾經樂觀看待中國的審查制度，我錯了〉，https://cn.nytimes.com/opinion/20220722/thomas-friedman-china/dual/

82 Klapp, Orrin (1986)' *Overload and Boredom: Essays on the Quality of Life in the Information Society*. Greenwood Press.

83 Zahariades, Damon (2018)' *Digital Detox: The Ultimate Guide To Beating Technology Addiction*. Independently Published.

84 https://www.oxfam.org/en/press-releases/carbon-emissions-richest-1-percent-more-double-emissions-poorest-half-humanity

都勾勒了自由民主與威權這兩種體制的人們，都已陷入「役於物」而不是「役物」的窠臼；有別的是，三位作者也都指認了對岸的不同，雖然無論是對演算法、線上電玩或網路內容的管制，或是「共同富裕」及「人類命運共同體」的願景，這些不同是否真能產生有意義，從而值得支持，仍然讓人懷疑。

這些弔詭與留有懸念的現象，也是馬克思的體會。他在一封書信，對婦科醫生、社會活動家庫格曼（Louis Kugelmann）這樣說：「直到現在，普遍存在的想法是，羅馬帝國期間的基督神話得以滋生蔓延，是因為印刷術還沒有誕生。真相剛好相反。有了日報與電報……一天所能虛構的神話……比先前一個世紀的數量，來得還要更多。」[85]

弔詭與懸念是真的，但弔詭與懸念也是變遷的動力。社會的變化本不均衡，新媒介若是尚未促進社會其他面向的民主，顯然就是媒介不分新舊，就有清晰的努力方向以及具體的課題，需要認真對待。比如，印度政府立法，不再確保農產品的收購價格，使得百萬農民行軍，進入並麇集首都，定點包圍與抗議之外，印度另有全國兩億多人罷工一日以示團結。[86]又如，經濟不平等問題，美國年輕人「占領華爾街運動」，[87]從北美蔓延到了歐洲各大城市，亞洲眾多團體響應，同日遊行示威，數年後，美國年輕世代在民主黨內，組成「民主社會主義」次政團。[88]再如，種族不平等問題，數年前捲起的「黑人的命也是命」運動，從美國發難，前年勢增，向北燃燒至加拿大，往外傳散到了非洲、中東、中南美與歐亞澳紐，再次迫使人們不得不面對歷史殖民者的當代責

85　https://www.marxists.org/archive/marx/works/1871/letters/71_07_27.htm

86　https://slate.com/news-and-politics/2020/12/india-farmer-protests-modi.html
　　Shekh Moinuddin(2021) *Digital Shutdowns and Social Media: Spatiality, Political Economy and Internet Shutdowns in India*. Springer.

87　van Gelder, Sarah(2011)' *This Changes Everything: Occupy Wall Street and the 99% Movement*. Berrett-Koehler Publishers.
　　Writers for the 99% (2011) Occupying Wall Street: the Inside Story of an Action that Changed America. OR Books.
　　Nils C. Kumkar(2018) The Tea Party, Occupy Wall Street, and the Great Recession.Palgrave Macmillan.

88　Micah Uetricht, Micah Uetricht (2020) Bigger Than Bernie - How We Go from the Sanders Campaign to Democratic Socialism. Verso Books.

任。這些大規模的抗爭得以形成政治壓力，手機與寬頻傳播，以及大眾媒介的相互滲透，無不扮演了相應的角色。[89]

對岸社會所需面對的問題，如果沒有多於海外國家，至少一樣多，同樣會通過新舊媒介的紀錄與表現，對外傳達。《經濟學人》在2012年增闢「中國專欄」，是1942年增闢「美國」專欄後，首次再以國家為專欄名稱。到了2018年，它在「中國專欄」增闢單頁評論，命名「茶館」，寓意這是傳統上，中國民意流動的空間。首篇「茶館」評論，就以當年的古裝電視劇《延禧攻略》為題，該文作者認為，該劇「透露了洞見，讓人得以理解當前中國人對日常生活的無情與不平等之反應」；如同在「六四」之後，數年後胡玫的電視劇《雍正王朝》，更將二月河已經轉至正面的雍正皇帝，再使其枵腹從公的努力更見突出，這就多少是在邀請時人，將這個形象聯想於當年的總理朱鎔基。[90]《中華人民共和國疫苗管理法》在2019年7月創制與施行，根據戴海波博士的研究，這是四類行為者（社會大眾、新聞人、高校知識份子，以及，既是人民公僕也可能是民眾抗爭對象的政府人員）通過「媒介化抗爭」，沒有「打、砸、搶、燒和衝擊國家機關」，也沒有「騷亂」和「洩憤」的抗爭，是個人感受到的處境（個體議程）通過自媒介而聯合廣泛的人群，使成為「公眾議題」後連環互動，捲入大眾媒介而進入「媒介議程」，敦促政府必須調整或制訂「公共政策」。但戴海波提醒，這起個案僅是經驗上的存在，不是理論的通則，但若作為一個例子，說明「中國的政治生態已經不是『鐵板一塊』」，[91]並無不可。

任何社會都有議論的禁區，對岸與自由民主體制的差異是，可能來自歷史慣性、可能是權力大反而脆弱，近年來美國率先發動而多國跟進的敵意，也許也變成北京擴大新的言論禁區的原因之一。確定的是，對岸的言論禁區較多，並且依賴強制多於共識，以及，違反者所承受的代價，經常更大。但這並不是說，言論禁區無人探索，即便2013年之後，禁區更大且更嚴格處罰違反者。數

---

89 Mina, An Xiao (2019) Memes to Movements: How the World's Most Viral Media Is Changing Social Protest and Power. Penguin Random House.

90 Economist (2018/10/13:33)' *Tremble and obey: stressed-out Chinese love melodrama about courtly life.*

91 戴海波（2020），《考察2018年「問題疫苗事件」的「媒介抗爭」》。政治大學傳播學院博士論文。

億網路文學讀者形成的誘因，在產生垃圾（作品長達833萬字998章還沒有結束）的同時，另有《次要情節：中國在讀什麼、何以重要》這本書所說，各種類型的文字，「加總起來就是中國社會本身給人的印象，讓人困惑迷惘，錯綜複雜的交織。」因此，書評者建議，「英美讀者若想在新聞標題之外，轉從文學了解中國。那麼，這本書的敘述堪稱強勁有力，顯示這個國家的作者自有創意，即便他們的航道，有『隨伺在側』的檢查，有殘酷無情的商業壓力。然而，通過奇幻、諷刺也挑釁的方式，他們的作品充滿活力，重新想像中國的歷史、現在與未來。」[92]

附錄：中國媒介競爭力的增加對台灣媒介的意義

國民黨政府在1994年初開啟台資前進東南亞之說，希望假藉國家機器之力，導引資本動向，分散西進中國大陸的資本規模與類別。六年後，民進黨入主，中央銀行副總裁陳師孟在上任之前表示，三通之後，應該要對赴中國大陸投資的台商課徵國家安全捐，準財政部長許嘉棟亦表贊同。（聯合報，2000.5.12：1）

台灣官方對製造業資本進入中國大陸，不能說沒有戒慎或憂慮，但卻無法有效加以圈限，國家與資本的利益，並不完全吻合。與此相反，在媒介方面，台灣政府與業者卻似乎有了共進中國的默契或圖謀，雙方利益大抵一致，惟除了流行音樂之外，台灣傳媒的西進斬獲不多，因為主動權掌握在中國手中，這個情況可從兩岸新聞交流及亞太媒介中心的規劃及其成效，窺見一斑。

鄧小平後在1992年初南巡，不但中國的報紙、電視與電影改革進入了新的階段，台灣似亦受此鼓舞，官方與報界（特別是《中國時報》與《聯合報》）在感應之餘，迭有動作。

比如，行政院大陸委員會從1993起連續三年，每年各有兩種研究，就中國媒介的投資機會或兩岸新聞往還，提出報告（陸委會，1993a，1993b，

92　Megan Walsh (2022)' *The Subplot: What China Is Reading and Why It Matters.* Columbia Global Report. 轉引自Economist, 2022/2/12: 74-5' *Modern Chinese literature Never-ending stories.*

1994a，1994b，1995a，1995b；另見大陸事務暨政策研究基金會，1992；國家統一委員會，1993）。報業方面，《工商時報》相繼於1990年8月1日及10月15，先後與《北京中華工商時報》與《經濟參考報》簽約，互換新聞，創兩岸1949年以來第一次合作，該報並期待中國「廣大的媒介市場……會是本報系另外一個『春天』的發軔點。」（中時報系系刊，1990.12.15：20-21）其後，歷經一年餘的沉寂，從1992至1996的五年間，《中國時報》至少發表了七篇社論，贊同陸委會的「兩岸報紙對等發行計畫」，指中國仍強力控制媒介，「但已顯得力不從心」，而該計畫「不僅是現實的利益，而且具有相當強烈的理想性格……商業考慮之外，還顯示了氣度與胸襟」（1992.3.4）；主張「兩岸新聞交流應全面放開」，若不如此「將是兩岸和平共處與中國統一的現實障礙」（1992.9.5）；「欣見陸委會遲來的工作計畫與決定」（1994.3.7）；兩岸應拋棄成見，推動新聞交流正常化並加快速度（1994.8.6；1995.1.27；6.10；1996.11.5）。[93]

在此背景及意見氣氛之下，《中國時報週刊》及《香港聯合報》相率在1992年1月6日及5月4日在香港創辦，但歷經四年多，因無進展，雙雙在1995年底鎩羽而歸。（劉燕南，1999：166-182）此後，有關新聞交流或對等辦報的言論與呼籲，明顯少了許多。[94]

如同報業走在官府前面，有關兩岸影視來往的動力，亦發端於業界，並且早從解嚴前，即已如此。（朱一明，1982；宇業熒，1990）到了1989年4月，國府准許影藝人員至中國拍片與電視節目未幾，「戲劇大陸熱，隱然在悶燒……三台摩拳擦掌」已是新聞標題。（民生報，1989.5.2：10）。到了1992年以後，有關文化中國、大中華經濟共同圈的說法，甚囂塵上，流風所及，電視

93　這段期間，《中國時報》（1992.11.21：6）另登楚崧秋長文，〈兩岸新聞交流為何落後？〉。政治大傳學院1993年在桃園中正機場過境旅館舉辦全球華人傳播學術研討會，該報亦大幅報導（1993.6.29與6.30，另在1993.7.4：11有整版座談記錄）。

94　比如，《中國時報》（1998.4.16：9）轉香港《文匯報》的報導，指中國對輪派記者至台長期採訪「有設想」，但沒有內部規劃，短期內不可能。《聯合報》在1998年4月17日邀請《人民日報》副總編輯謝宏等16人訪台。上海《解放日報》總編輯秦紹德等七人在1998年9月23日訪問中時。中時（1999.1.29：14）轉載中央社新聞，指中央台連續三次播放《人民日報》副總編輯周瑞金訪談，主張兩岸互設記者「此其時矣」。中時從1999年12月月2起，再於香港7-11便利商店，同日下午放售該報。

電影圈的兩岸三地合作製片與流通的呼聲，澎湃洶湧，國民黨政府在其亞太營運中心的規劃案當中已加入了亞太媒介中心的新聞，在1994年7月初首度見諸報導，應該就是國家機器對影視資本需求的遲到但正面的回應（參見馮建三，1995：24-25；1998b：123-132），開啟了1995年起，Hong and Sun（1999）稱之為兩岸視聽交流的正常化時期。先是陸委會於4月1日提出兩岸新聞交流計畫，九項工作中，包括「將大陸市場納入我亞太媒介中心」，5月3日新聞局長胡志強在國民黨中常會報告，指為推動亞太媒介中心，將逐步放寬中國影視人才來台，並得到陸委會的支持，最終在1996年2月正式開放中國電影片、廣播電視節目，在經主管機關核准並改用正體字後，於台灣發行、映演或播送。[95]雖然超級電視台因屬衛星傳送，不受廣電法約束，於1995年10月開播不久就播出《武則天》，但台灣大舉播放中國歷史古裝劇，至今未衰[96]的起點，確實是在1996年農曆年之後，若是將此情況對照當時的台海情勢，已因台灣首度總統民選及李登輝總統訪問美國康乃爾大學以致吃緊，更可看出經濟及文化動因的強勁。

這個亞太媒介中心案是有線電視早夭的規劃之外，台灣政府第二次大規模的媒介政策方案，從1993年末起延聘麥肯錫顧問公司的先期擬議，至2000年仍在進行的研究報告，可能超過10項，[97]設定了台灣官學主流論述對中國視聽市場的想像基調，至今並未有太大變化。

曾經多次執行新聞局等政府單位亞太媒介中心及相關研究案的學者，如楊志弘與李天鐸，最近（1999）再度表達了這類想法。楊志弘（1999）指中國電視市場的自由化是「必然、遲早要走」的方向，而兩岸三地合作會「有更高品

---

95 以上動態見聯合報（1995.4.2：2；10.1：4；10.22：4）、中國時報（1995.5.2），以及陸委會（1998：19）。

96 比較知名的大製作及其首映年份，分別是1996年的《三國演義》、《唐明皇》與《楊貴妃》；1997年的《火燒阿房宮》、《宰相劉羅鍋》；1998年的《蚯髯客與紅拂女》、《康熙傳奇》、《宰相寇老西》、《水滸傳》、《紅樓夢》、《雍正王朝》、《胡雪巖》；1999年的《風華絕代》、《太平天國》、《古吳春秋》；以及，《大貪官和珅》、《商旗》（2000）。

97 麥肯錫（McKinsey）顧問公司的報告為英文寫作，不滿70頁，據說花用在100萬台幣以上。另有李天鐸等人（1995、1996、1996），計惠卿等人（1997），陳信宏、辛炳隆（1999），以及楊志弘、張舒斐、趙肇宇（1999）。另據新聞局在1999年秋季發函台灣各傳播科系的公文，可知至少還有二項以上冠有亞太媒介中心之名的研究，至2000年6月，仍將在進行。

質的節目」、「更具國際傳播集團的競爭能力」，在此背景下，中國主要是提供市場、「負責文化藝術的素材」，港台則提供資金、技術、創意、策劃，演員則取自「三地精英」。李天鐸則稱，「台灣……對中國大陸……更該……以大陸豐沛廉價的歷史人文資源來彌補本身天然地理環境的促狹……運用技術與資金，積極經略其廣大的市場。」（中國時報，1999.12.24：15）此外，亦見一種算計在背後蠕動，「中國以2000個電視台計，若每日播2集電視劇，則一年需140多萬集，由於中國年產僅7100集（1995），因此一定要進口，即便依中國法律規定只能有15%外來影集，一年最多仍可進口20萬集。」（呂郁女，1999：354）

　　這種純粹從經濟角度看待媒介，有其難以立足之處。這是因為媒介產品的性質使然，各國政府或其民眾均很在意其文化與政治意義，致使物質商品的國際貿易通則，經常不可能完全複製於媒介產品，此一事實在台灣與中國的政治關係還沒有得到定位之前，又會更加凸顯，任何一方都可能因為政治考慮，以至於增加或減少媒介產品的交流或買賣機會。就此而言，兩岸媒介問題若是只從經濟著手分析，並不可取；即便退一步言，遷就本文自定的經濟標準，通過相類的例子，並對以上思路的內在經濟邏輯加以檢討，亦可發現其論理的缺陷（有關兩岸媒介往還的文化考察，另見趙雅麗，1998；馮建三，1995：13-27）。

　　戰後至1950年代之前，英國政府百般盤算，以為憑大英國協的市場聯繫，或有希望打造「泰晤士河畔的好萊塢」（Hollywood on Thames）（Jarvie, 1992: 196, 268），與美國好萊塢爭雄電影市場，結局是英國淪為好萊塢最大海外傾銷地的命運，五十年來沒有改變。台灣在1993年7月完成《有線電視法》的立法之後，新聞局官員答覆記者詢問時，曾說「台灣第四台業者有100多家，每家至少30個頻道，法令規定國內自製率不得少於20%，100乘上30等於3000個頻道，自製部分每天需要600個頻道，一個頻道少說播10個小時，一天的新節目共需要6000小時。」現在，事實業已證明，台灣的有線系統只提供少量資源給節目製作公司，卻以更多經費用於進口美日等國的節目。據陳信宏、辛炳隆（1999:38-41）整理海關進出口的資料，1996年台灣語音影視媒介產品進出口額，分別是57.57億與66.56億，出超8.99億新台幣，該年也是政府以多項法

令，[98]配合媒介中心之議，開始協助影視業的第一年，但第二與第三年（1997與1998年）卻轉為入超，額度分別來到35.2億與56.77億新台幣（這兩年的進出口額分別是101.84億與66.64億，以及135.38億與78.61億）。

　　若說以例子作為批評的依據，不免掛一漏萬，則華人影視／亞太體中心的推理過程，其實是一廂情願。按其設想，似乎是說，（1）中國影視等媒介產業的規模較小，資金薄弱，加上中國社會的游資不足，造成中國傳媒不能自行籌措資金，或是無法籌措足夠的擴張資本；（2）中國傳媒生產者的技術、娛樂、經營能力不足；（3）中國演藝勞動力（從導演、編劇、演員到周邊工作人員等等）相對低廉，（4）中國提供了豐富的拍攝場景；（5）中國提供可觀的影視節目銷售市場。既有這些認知，接著就是以為，台灣資金的經營管理技術及節目，此時正可進入，縱使不能在領先他國投入中國的資金規模，至少可以得到比目前還多的投資與表現機會，如台商過去十多年來在中國取得之「成績」。[99]

　　但是，這樣的推理是一種靜態的思維，並沒有照顧到中國內部近年改革的動態發展能量。如前文所述，中國的報業及電視已朝向集團化發展，電影業固然較遲緩，亦已顯露了正面變革的徵兆（，而台灣電影業從製片、發行至映演，能量皆弱，更是欠缺實力從中國牟利），而所謂中國製片成本較低，在此演化下，早已不符實情。有關中國媒介競爭力已大幅提升的觀察，不獨見於本文，曾任中國媒介記者，日後赴美取得學位的Hong（1998: xvi, 130-131），在其博士論文中，主要的重點之一，正是在論稱中國媒介體制的改革，起於內部

98　《獎勵民間投資開發媒介園區優惠貸款要點》於1996年7月9日施行；《民營影視事業購置設備或技術適用投資抵減辦法》於1996年2月14日施行；《重要投資事業屬於影視事業部分適用範圍標準》於1997年1月22日施行。以上法規條文收於須文蔚、廖元豪（2000）。

99　可能還有人會認為，影視製播與文化近親性有更大關係，而中國為「誘使」台灣走入一國兩制，亦不無可能以經濟利益拉攏足以影響輿論的媒介，於是，影視台資投入中國的機會與遠景，更加可期。惟政治考慮亦可能成為台灣媒介進軍中國的障礙，因為如同台灣，中國亦擔心台資進入其媒介，帶有政治意圖，會妨害其「統一大業」，因此開放時對台資設下更多限制。如台灣第十屆總統陳水扁在選舉期間，於1999年11月7日在「21世紀的中國研討會」中演說，認為兩岸關係的發展，應以興利為主，防弊為輔。對於防弊，他特別談及中資來台的問題，建議限制中資進入的行業，除金融、證券、電力、電信、鐵路之外，亦包括電視、報紙、廣播。如果台灣有這個想法，中國亦然。

動力，多於外在政經情勢或科技的變化；他認為，歷經商業化的調整，中國媒介與外來媒介的競爭能力，已經得到確保。似脫胎於亞太媒介中心之議的一篇台灣學位論文，更早之時，亦有此指陳，如汪子錫（1996：6）在比較台港中的電視表現後，即說所謂台灣電視節目可進軍華人市場的方案，昧於香港表現較優，亦忽略了中國「也同時在快速發展其自製電視劇，並且以國家動力支撐，意圖擴張其對外出口」。若是再對照現實的走向，則可察覺，早年北美等華人的報紙或電視市場，近年來隨著海外華人移民結構的變化，亦逐漸改觀，中國媒介企業並未無視於此，而是有了積極進軍的表現，不僅中央台於1997年開設第八頻道，專對海外播放節目，江蘇台更早從1993年開始進軍美國舊金山，而上海《新民晚報》於1994、1996、1997年相繼進軍洛杉磯、香港與加拿大，則讓曹鵬（1999：52, 155-156）認為，中國報紙已可在這些地區與港台報紙「一較長短」。[100]

　　中國媒介競爭力既已增加，則對華人電視節目市場遠景仍寄予厚望的論述，不免還要攀住兩岸合製的繩子。只是，就此而言，台資在內的外商，機會還是不很樂觀，關鍵在於政治力量對於（媒介）資本動態的規範，或說，至少對於媒介資本的利潤之分配管制，在中國相當有效，本文雖然刻意閃躲這個政治面向的討論，但至此已很難迴避。

---

100 江蘇台於1993年10月17日起假舊金山灣區66頻道播出《今日江蘇》，雙方合同一年；這是經營66頻道的太平洋電視公司總經理李文中兩度親訪中國洽談而成。發行量已逾162萬份的上海《新民晚報》已有3萬份美國訂數，自1994年11月起在洛杉磯設置50個自動售報箱，每日由上海傳版至洛杉磯印刷；該報總編輯、也是新民國際有限公司董事長丁法章說，赴美發行的原因是「在大陸已經很難有大幅增長的餘地。這就迫使我們放開眼界，參與國際報業的競爭，與國際接軌。」（以上見亞洲週刊1993. 10.15：11；1995.1.15：19）有關中國媒介或資本進軍海外的相關新聞，至少尚包括：《中國時報》（1995.4.3：9）報導，上海《解放日報》與香港《星島日報》聯合在港創刊《解放日報》中國經濟版，由前者編輯，後者印刷並隨報發行。《聯合報》（1998.12.19：13）指中國有以下三起媒介購買：（1）廣州現代集團與《廣州日報》邵忠等人，收購香港大型雜誌發行商百樂門26%股權，並任該公司行政總裁；（2）廣州窗口公司幹部封小平持有亞洲電視公司24.12%股權，成為單一最大股東，並成為該公司行政總裁；（3）廣東省在港窗口公司粵海投資前董事長張永林以澳洲上市公司名義，購入文化傳訊的32%股權，文化傳訊則擁有《天天日報》70%股權。《廣州日報》除在廣州發行50萬份，珠江三角洲25萬份，另有5%對其他地區發行，廣州日報企業集團正式編制1000人（其中黨員30%），若包括系列公司及外圍企業，共2000人。（曹鵬，1999：118, 122-123）

早在1998年，中國廣播電影電視總局就宣布，港台節目混充大陸節目的比例過高，所以將「適度控制」。未幾，中國廣播電視學會指出，中國電視黃金時段播出的連續劇，港、台劇占60%，致使大陸劇庫存近兩萬小時，無法播映，是以它建議從嚴審核港台合作案例，限制港台劇進口比例。在官民均有共識之後，廣電總局在1999年底制定了新規範。台灣製作人前往大陸拍戲，必須與持有甲種執照的電影與電視製作公司合作，並且每年必須拍攝三集大陸國產劇，才能拍一集合拍劇，文藝及武俠片只能各拍30與20集，拍完後需經藝術質量審核才能決定是否可以安排在黃金時段播出，而《人間四月天》雖然通過質量評估，以合拍劇身分獲准在上海電視台黃金檔播放，但該劇須保證收視份額在25%以上，否則將被扣錢。對於較可能賣座的電視劇，如瓊瑤所製作，則從分成改採一次賣斷版權，這是對賣方，也就是中國比較有利的作法。以大陸國產劇申請的電視劇，必須在大陸播出後，才能在台灣等地播出，片頭尾的工作人員名單且不能改變。從演員至幕後人員都得兩岸各半，演藝人員每人一年只能在大陸地區拍片兩部，每部台灣演員不能超過五人。從2000年2月15日起，各電視台黃金時段（1930-2100），除非經廣電局特准，全面禁止引進武打劇，宮廷題材則要從嚴審查，而由於武打、宮廷劇是台灣至中國拍攝的主要題材，此令對「台灣……打擊最大」。[101]綜藝節目是台港另一種暢行大陸的電視內容，遭遇到了相同的政治壓制，對此，即便是發自台灣本地的評論，亦對中國政府的這個舉措，隱含贊同之意，比如，何頻就指「將『娛樂』變成『愚樂』是兩岸三地電視綜藝節目表演者共有的『貢獻』」。[102]

---

101 本段資料取自《亞洲週刊》（1998.12.7：15）、《聯合報》（1999.6.16；2000.1.30；2000. 2.2；3.6； 3.10；4.28，均26版）、《台灣日報》（1999.11.10:11），以及《民生報》（1999.12.1、12.7：影視1、7版）。瓊瑤製作的《新煙雨濛濛》（劇名易為《情深深，雨濛濛》）改與中央電視台簽約，結束與湖南電視台十餘年的合拍關係，該片並且應中國方面要求，首次賣斷中國版權，海外版權仍歸瓊瑤。原台灣正隆傳播所提的《滿清十三皇朝》已轉為該劇海外總代理，製作人林瑞陽也不再掛名，全劇轉由「中國國際總公司主導」，將於2000年4月起在北京開拍，預計100集、五部。

102 何頻的短論刊登於《中國時報》（1999.2.28：15）。台灣綜藝節目抄日本，現在大陸已流行抄台灣，自1998年已開始。1999元月，前華視綜藝組組長羅小鵬與香港董朝暉合資，製作《歡樂總動員》綜藝節目賣給三十多個頻道，他說只有湖南電視台的《快樂大本營》與其有抗衡力，其餘各省收視長紅，甚至在上海還高於連續劇《還珠格格》。3月，上海市廣電局以台

中國的經濟改革及隨後而發的媒介變化，對於世局自有意義，台灣已不可能也不應該外在於此意義的範圍，並且，無論雙方的政治連結在何時，又以何種方式穩定下來，台灣以其特定的歷史及地理情境，領受中國的影響，只會更深於其他社會，這就包括台灣會進口一定數量的中國媒介產品，與此相同，中國也會進口一定數量的台灣媒介產品。吾人甚至已經察知，中國國民黨表面上與中國共產黨存有政治對立關係，但其中視與中影等公司，卻領先台灣其他視聽產業（如台、華視），與中國視聽公司有著最「制度化」，從而成效最顯著的影視產品的買賣關係（呂郁女，1999：361）。[103]

就此來說，中國確實是台灣可以有較多影視產出口機會的市場，在台灣受歡迎的自製節目亦可能偶一為之，受到大陸觀眾的青睞，但這畢竟與把對方當作是一個比本地市場更有潛力，或要特地製作視聽產品以求暢行雙邊市場的想像，因此要以政策推動，使台灣成為某種區域的華語節目製作的樞紐，並不相同。

更何況，台灣政府委託的研究報告，固然不乏等因奉此，按照官方釐定的架構論事，但亦有稟實敘述，看到了完全相反於媒介中心的圖像，如李天鐸等

綜藝節目《歡樂總動員》不符合中國現狀，來賓造型怪異、港台藝人過多、沒有文化過於庸俗，兩週前予以停播。4月，龍馳華夏衛星頻道與安徽電視台合製綜藝節目，兩岸各有主持人一，開始同步在週五晚間八時播放，改寫安徽台週五晚間八時收視份額，已從原港劇4%，上升至24%，節目製作費一集40萬，王鈞仍虧損。山東省台亦與王鈞洽商合作方式（以上動態見《聯合報》，1999.2.3；5.31；《中國時報》，1999.1.16；2.22；2.28；3.14；3.25；4.27。以上這些新聞，大部分刊登於兩報的第26版，少數為第28版）。

103 根據呂郁女（1999：361, 373-376）蒐集的資料，中視總經理江奉琪與九洲音像簽約，每年提供200小時節目。目前中視已出售28齣電視劇、華視是31齣，台視較不積極，民視、公視探試中。中影1997年以後以賣斷方式，由代理商賣出了160部分別在無線、有線與錄影帶市場的三年版權。台灣嘉譽傳播公司是最大代理商。華人衛視（華衛）針對大陸台商發展直播衛星，1998年7月起進行，名「華人天網」，1998年8月與北京電視台簽約，彼此「轉製」對方整套節目，亦可委託對方採訪或製作新聞節目，其投資初期約2.2億台幣。華視《驚世媳婦》1998年在上海東方台播放，繼《包青天》之後，創收視新高；縱橫國際影視公司徐立功製作《日落紫禁城》，在中央台、天津、大連播出，收視率超過葛優主演的《寇老西》。另據《中國時報》（1998.6.28：26）報導，由中視董事長鄭淑敏提出，1998年3月中影總經理邱順清派人至中國談細節，6月26日與中國中影總經理鄭全剛簽約，共同投資8000萬以上台幣，預定8月開拍，計40集，每集製作費200萬。

人（1994）的結論（特別是pp.54, 72, 92, 166-167），指國內影視產業環境不改造，中心之說只會是奢談，因台灣已淪為外資產品傾銷場等等。　前舉研究的助理之一，在其學位論文則有更明確的建議方向，簡文欣（1996）認為，節目外銷仍需以具有創造力的電視公司為後盾，而就國內電視產業體來說，（她寫作時的時候）三台無線電視台年來的能力雖已受侵蝕，但台灣至今仍以三台為最有實力，改變契機仍需從三台著手，比如其股權的改變。

這個看法提出之日，至今又已四年。但筆者認為，通過三台產權及經營權的改變，以求強化台灣電視，乃至於影視體質之議，不但尚未過時，並且可能更為必要。這是因為，2000年3月台灣總統的競選期間，唯一對此問題提出政見的陳水扁業已當選，過去因政黨未有輪替，以致三台官控商營宿疾的不動如山，首次出現變化的契機；反過來說，假使未來四年，三台營運率由舊章，則往後由政治社會力主導的改變，可能性將大幅降低。就此看來，三（或四）台的興革，也就不能不是更具有時代意義的課題。它必須探討，在以下六種模式下，台灣影視節目的經濟產值，其可能有的改變情況：

（1）四台全部公共化；

（2）三台全部公共化，並對民視徵收電波費並使這筆收入投入電視節目的製作；

（3）中央政府擁有最大股權的台視與華視公共化，並對中視與民視徵收電波費並使這筆收入投入電視節目的製作；

（4）中央政府擁有最大股權的台視與華視公共化，不對中視與民視徵收電波費；

（5）三台徹底私有化，但對三台與民視等四家無線電視台徵收電波費，並使這筆收入投入電視節目的製作；

（6）三台徹底私有化，三台與民視不徵收電波費。

流行意識形態對於公共化的接受度，暫時存而不論，實現這六種模式的政治阻力，由大至小，第一、二種最大，其次是第三種，因國民黨仍是立法院多數，顯然不肯同意黨股完全從中視撤出或繳交電波費，而民進黨已有中常委蔡同榮任民視董事長，並任立法委員，必然動員各種力量反對電波費。第四種則符合陳水扁宣示的方向，亦有社會力量支持，並有可能以台華視公共化，作為

不對中視與民視徵收電波費的條件。第五種的政治難度可能與第四種或第三種接近，第六種亦有社會力量支持，亦符合歷來部分在野政治人物的主張。

有關這些電視台私有化或公有化，比較能夠清除政治人物對經營管理的不當干涉、比較能夠提供從業人員專業的運作空間，以及其在市場競爭中運作，其節目表現究竟是否將與過往型態，有所差別，都是重要問題。這裡只能說，在這三方面的表現，無論是海外或台灣（內湖公視）的例子都能顯示，公營不比私營弱，甚至只能過之；而依市場社會主義的主張，則無疑公產權公司而運作於市場的成績，會比私產權公司，來得能夠兼顧社會正義與經濟效益的要求。

以上六種模式可再歸納為三類，分別符合本文業已解析的中國（第一、二種）模式，歐洲聯盟國家的模式（第三、四種），以及美國與香港（第五、六種）的電視實況，下文集中其經濟面向，續作記錄、分析與申論。

美國貿易在1981年起出現赤字，平均年逾千億，至1998年入超仍達1680億美元，與此相反，美國的視聽產品卻是迭有出超，重要原因之一在於許多國家在1980年代之後，引進了更多私有電視頻道，形同為美國視聽產品開拓市場。比如，歐聯當中，電視出口值最大的英國，從1990年起出現了赤字，擴大至1997年，出口是3.2億英鎊，進口達6億英鎊（Economist, 1998.12.12: 61）。台灣推動亞太媒介中心的企劃，正想在縮小範圍內，挪轉美國視聽節目之於世界的地位，使台灣在亞太地區，具有類同的表現。但如本文已作分析，這個政策至今非但沒有產生可喜作用，反倒是台灣成為美日影視節目的傾銷地。三台（特別是台、華視）徹底私有化只能強化這個趨勢，不是減輕，因為私有營運所取得之利潤，回流至本地節目製作的比率，必被壓制最低可接受的程度。這個情況或許會因收取電波費，並使之返回節目製播，或以法規強制私有電台製作本地節目而得到改善，卻因指導私有媒介運作的利潤極大化且歸由股東（私人）占有的律令，終究不能被違反，以致改善的深度，比較有限。

事實上，面對美國視聽節目行銷全球的走勢下，能夠相對有效地平衡，確保本地電視節目產值的實例，雖然也包括了電視產權的徹底私有化，如香港的情況，但它比較沒有可能在台灣重複。這是因為過去四十年來，無論是有線、衛星或無線台，香港電視均受嚴格規範（如全港只特許一個有線系統、衛視最初數年不能使用粵語，港府藉此屏障無線電視公司TVB），因此至今TVB的市

場占有率，超過了70%，足以主導市場走向；產業經濟學者認為（Graham and Davis, 1992: 218-219），當特定廠商的水平市場占有率達45%-59%之時，該廠商即能主導此產業各廠商的市場行為。三台徹底私有化的模式，固然是1995至2000年大選後，時隱時現的「黨政軍三退」的主要訴求，它並非沒有實現的可能，但即便達成，它終究還是與香港有很大差距，這還不只是因為如此改造之後，據此訴求，則它是各自分立的公司，且股權將極為分散，有別於TVB的股權結構與其下轄數個頻道（含衛星）的情況。更重要的是，即便前舉分散股權的設計，最後為資本動力所突破，也就是有朝一日，某些論者的期待業已實現，[104]但類如TVB的市場占有率，即便台灣各無線電視總加起來，亦無法享有，這又是因為台灣有線與衛星電視的發展，百家林立而雜亂無章，至今方朝統合方向前進，與港府授與獨家壟斷的規劃，迥然有別。

表5-6　歐洲聯盟國家公共服務廣電媒介規模及其收視率，1993或1994

	德國	英國	義大利	法國	西班牙	奧國	丹麥	比利時	瑞典	芬蘭	挪威	愛爾蘭	希臘
規模*	62.8	34.2	31.2	20.9	10.2	8.1	5.2	5.2	5.1	4.1	3.9	2.2	1.6
收視比**	.80	1.37	.76	.77	.79	1.5	5.5	.81	1.4	9.6	1.2	7.1	.15

資料來源：整理自馮建三（1997：71-108）

* 1993或1994年的年度收入（億美元）；

**指公共與私人電視頻道的收視比值，數字愈高公視收視情況愈佳。

　　第二種是中國的模式，要求所有媒介（電視）回歸國有產權，在台灣推行的可能性並不很高，不殆贅述。第三是歐盟聯各國，公私產權的電視頻道形成

---

104 有一種見解是，認為「我們主管官署必須由消極的『規範者』，轉化為積極的『促惠者』，擺脫民意代表與業者團體的糾纏……期望學術輿論界與政府能好好的看看新世紀的『跨媒介禁制』骨董觀念，能敦促或誘使目前細碎的媒介產業進行垂直與水平的整合，或建立策略聯盟，並延展經濟版圖於海外，擴大經濟規模，而能與眼前強勁的跨國際團，還有即將壯大的另一個可怕的對手中國大陸，做堅實的海內外競爭。」（李天鐸，《聯合報》，1999.12.17：15）

雙元結構,並且二者大抵勢均力敵。除荷蘭與葡萄牙的資料不清楚之外,歐盟的其餘13個會員國之公營廣電機構,均名列歐洲百大媒介集團(不只是廣電)之內,其中德英義排名前十。再就各國之內作比較,除法瑞是該國第三大媒介集團,其餘各國不是第一就是第二。(馮建三,1997:71-108)〈表5-5〉則顯示,以公共與私人電視的收視比值來看,英奧丹瑞芬挪愛等七國的公視占上風,大幅領先,其餘六國私人電視勝出,但除希臘公共電視落後很多,其餘德義法西比等國仍可算是緊追私有電視之後。

在台灣,若要走入歐盟模式,走朝公私雙元集團發展,則有較大可能,特別是政府仍然持有台、華視的最大股份,其他私人股份長年來依特權取得,改變的可能性是似乎比較大的。這就是說,在徵收或購回私人股份後,台、華視是有條件往歐盟電視的公產權方向發展,假使兩台的稅後結餘與中視1999年的7.15億水平相去不遠(中國時報,2000.4.30:26),那麼,台、華視應當會有新台幣14億左右的盈餘。其次,再假設台灣政黨輪替後,可望讓此二台的經營回歸常態,亦即政治力通過對其營運的非專業干涉,致而二台為此所支付的政治租金(聽命黨政要求所損失的新聞等節目之收視率,需以其總體盈餘支付)大為降低,則此結餘仍有可能升高。如果這筆收益不像往常那般流入國庫或股東之手,而是投資於電視節目的製作,則收效將更要高些,似可確定。

通過以上分析,結論應已清楚展現。若政治及社會意識的面向不論,就經濟層面來說,對台灣來說,歐盟模式的電視改革,成本較低而經濟收效較佳。

然而,歐聯15個會員國,其公營電視在財源及與政治力的關係,又各異其趣。如收入方面,英日與瑞典絕大部分仰賴收視執照費。英國第四頻道公有,節目大多外製,經費取自廣告,但立法使其與私營頻道,不完全競爭。德國公視有廣告,惟集中播出,且執照費仍占其收入的大多數。法義荷比奧丹愛兼取執照費與廣告。芬蘭執照費加政府預算。西葡幾乎全賴廣告。希臘三種都有。這些公視與政府的關係,從獨立性較高的英國,至政黨影響力較直接的義大利(但與台灣政黨直接擁有電視不同),通通都有,與人合著《有權無責》(*Power without Responsibility*)這本廣受佳評、每數年就以新版服務讀者,講述英國媒介歷史的最佳著作之柯倫教授近日發表觀察(見本書頁255),指出公視與政治關係接近於英國者,前景看好,接近於義大利者則會陷入苦戰。台灣的台、華視改造如果決定採取歐聯模式,並不是問題的結束,而是另一個問題的開

始，此即它在收入及與政府的關係，究竟將如何演變。這個問題若是得以出現，表示台灣的媒介生態，已經算是上升至新的階段，它將得到什麼樣的回答，事關緊要，但本文已無法明確處理。

第六章

不同的殖民與墾殖、關注新冷戰、前瞻兩岸關係

前言：蔡英文總統向原住民道歉

　　蔡英文總統就任的第一年，在中華民國105年8月1日發表講詞，向原住民族道歉。

　　這是因為，資本帝國主義新興與擴張的年代，歐洲強權競相殖民非洲、美洲與亞洲。至17世紀20年代，台灣成為荷蘭殖民地，38年之後，鄭成功開台建立漢人政權23年；繼之，清廷納台入中國版圖兩百餘年，卻在兵敗之下，被迫將台灣割讓給日本，直至1945年中華民國光復台灣。這就是說，過去約四百年來，荷蘭人、漢人、滿人與日本人相繼統治台灣，更早定居台灣的原住民，如同亞非拉……各地的原住民，在外族進入後，失去自治權利，淪為外族統治的受害者。是以，總統說，國人必須向原住民道歉：[1]

荷蘭及鄭成功政權對平埔族群的屠殺和經濟剝削，清朝時代重大的流血衝突及鎮壓，日本統治時期全面而深入的理番政策，一直到戰後中華民國政府施行的山地平地化政策。四百年來，每一個曾經來到台灣的政權，透過武力征伐、土地掠奪，強烈侵害了原住民族既有的權利。

　　總統的道歉，外界應該肯定，即便遲到。或者，比較準確地說，以前統治者不曾道歉，率先道歉的總統，更當肯定。君無戲言，總統道歉是真誠的。國人當中的多數漢人，應該也具備了道歉的認知。雖然，這個認知落實在人們的日常言行，以及，政府通過公共政策彌補前愆的速度與幅度是否合理，社會自有不同評價。

　　前面引自道歉講詞的內容，有三個重點。一是站在原住民角度回顧這段歷史，那麼，從鄭成功到國民政府，都是外來殖民者。二是對於原住民來說，荷蘭與明鄭的犯行是相同的（「屠殺和經濟剝削」）。第三點則似乎是在說，清朝對原住民的罪行甚於日本，表現在總統的講詞，描寫滿人及漢人的罪行，用詞相對具體：「重大的流血衝突及鎮壓」；不過，

1　〈總統代表政府向原住民族道歉〉中華民國105年8月1日 https://www.president.gov.tw/NEWS/20603

講詞轉入東瀛之時，卻沿用日本總督的「理番政策」，概括而抽象，字面不見殘暴。

第一點無誤，下文不另鋪陳；第二點會引起爭論；第三點則違背史實。何以總統向原住民的道歉詞，其內容會有前述爭論或對史實的背離？

本文的看法或說假設是，重要原因之一，也許先得從一個基本事實出發：較早誕生的中華民國，與晚38年創建的中華人民共和國，尚未確認雙方未來都能接受的政治關係。其次，由於二者幅員及整體力量差距太大，相較於（曾）有類似情境的東西德與南北韓，我國政府及社會的主流意見，尚未出現明確共識，未曾主張兩岸需要通過談判達成協議，共構彼此都能接受的政治統合關係。

這個事實及據此而產生的政治意識與傾向，亦即不與對岸政治談判，並非不合理，即便未必明智。惟本文另從前述事實，再有「推論、觀察、懷疑與憂慮」，進而希望提出不同的看法，為了共擬兩岸都能接受、既統合又分立的政治前景，預作準備。

作者的「推論」是，我國政府可能出於信仰，也可能出於誤認，以為貶抑、甚至扭曲或醜化歷史的與當代的中國大陸，更能使兩岸未來政治統合方向之議無從「提出」，「討論、研議與試探」其可能性，更是無門。既不政治談判，則國人的最大共識就只能是「維持現狀」，即便現狀對我不利，也未必能夠百年不變。

本文的「觀察」是，最近幾年，國際局勢明顯變化，表現為美國率富裕國家之先，放大對岸的各種不是，於是在相同陣營的國度，似乎（至少在表面上，）成功製造中美之爭是「專制對文明」之鬥，而我國以位在這個陣營自居，朝野主要政黨都以不同程度呼應白宮。

本文的「懷疑」是，美國帶頭反中並不完全合理，「憂慮」我國朝野未能提出兩岸未來的政治統合方向，卻似乎以不同程度，配合或不批評美國對中之政策。我國尾隨美國行事，維持現狀之外，別無良策應對北京的「一國兩制」，是鴕鳥作為。作者以為，這個未能肩負責任的認知與行為，固然對台灣不利，同樣有害於中國大陸與世界。這篇文字甘冒外行妄議之譏，本源於此。

第二節至第四節因此鋪陳相關材料，檢視蔡英文總統道歉講詞的第二點與第三點，指其存在爭議與違背史實，依序說明或論稱，（貳）漢人來台兼有墾殖與殖民的性質，不同於荷蘭人的殖民；鄭成功開台而鎮壓原住民有過，但建立政權對漢人是劃時代的貢獻。（參）日本在明治維新後，迫使清廷「開山撫蕃」，改變了滿漢對山地原住民的政策，從而漢人的原住民觀，也從推崇多鄙視少的混合，到了僅存負面認知。（肆）取得台灣之後，日本對原住民與漢人的流血鎮壓與經濟剝削，較諸清廷實已過之，惟當代國人而特別是政府，淡化這段歷史，不念舊惡有德，扭曲歷史則非。二二八事件可以局部解釋這個歷史的遺忘，但更大的原因，可能是台北對峙北京，彼此互為政治敵人，致使政府為取得日本支持而自失立場。

第五節至第七節是「美國因素」的討論，籲請國人認識美國的內政而特別是外交與軍事行動，對國際政經結構而尤其是對我國及兩岸關係的牽制，無不產生連環作用：（伍）先有美國神話及其海外擴張，後有撤退來台的國府及其後政府得以存續，以及我國解嚴以前的政治（不）民主運作；（陸）二戰後白宮對外用兵的頻次，超額與過度，尤其是1990年代對外的「人道干預」戰爭及本世紀的反恐戰爭，無不耗損美利堅國力，而其經濟不平等……等等議題，也在這段期間同步惡化，最慢在本世紀第二個十年以降，美國幾乎同步，陸續與俄羅斯及中國大陸進入「新冷戰」；（柒）無論涉入熱戰或是（新）冷戰，美國都自稱「善意」，但從美國入侵越南與伊拉克，以及美國（率北約）挑釁俄羅斯，使莫斯科愚蠢犯罪而入侵基輔之後，西方強力支持烏克蘭戰鬥，但否定其和平協議等等個案，都能看出美國的「善意」帶給當事國及世界的苦難。

既已釐清美國的「善意」，第八節與第九節是檢討我國如何自處，以及如何與對岸相處：（捌）分析台灣與美國的利益不同。是以，僅只是認為對岸一定會武統台灣，於是執意使用「反侵略」一詞，並不準確。比如，北京基於不讓武統妨礙其更大國家目標的達成，可能仿效華府，對我國施加經貿壓力，希冀藉此促統。「反戰」這個詞彙涵蓋更廣，它認知對岸可能無端入侵，也對其經貿促統有所認知，但同時它也能夠預見或不排除，美國基於維護台灣的自由民主等「善意」，或者，美國另有弱

化、阻礙與騷擾北京的大戰略，亦有可能在北京看來，無一不是挑釁，致使刻意導引或出於意外而使得戰爭在台海爆發。有了這些領悟，接著就是（玖）人文願景的抒發，主張我國可以先行端正認知，減少新聞助長戰爭的風險，準確理解對岸大外宣、銳實力的（無）作用，進而以穩定的意志，推進兩岸共好的方案，謀求雙方都能接受的政治關係，然後訴請兩岸各自回歸憲法，據此營造老幹新枝的機會。反求諸己之後，第拾節的結語就能建議對岸「示範近悅遠來」。

漢人墾殖與荷蘭殖民：三個歷史差異

荷蘭人來台 鄭成功開台

漢人至今有虧於原住民。閩粵為主的漢人來台，始於16世紀中葉，一直到荷蘭人在台南建立政權之前，已經在此間從事短暫漁獵，並有農墾等等經濟與商業活動。在這段至少七、八十年期間，漢人與原民是有衝突，但如同中央研究院曹永和院士所說，彼時的漢人「已與土住民建立了很密切的關係」（曹永和，1980，頁47），包括雙方有少數人通婚。與此對比，荷蘭人據台十二年後，卻在屏東外海島嶼，今日稱之為小琉球之地，發生了第一樁「台灣史上……悲慘的滅種行為（genocide）」（曹永和，1995，頁231）。因此，今日台灣的東部蘭嶼，仍有達悟族原住民，西部的小琉球住民，已經全部是漢人，因為荷蘭人在1636年登島，殺害小琉球千餘位原住民的大多數，殘餘的少數被送至雅加達與新港等地（康培德，2016，頁55-58）。荷人滅絕小琉球原住民後的百多年，漢人開始陸續登島定居至今。

荷蘭人殺漢人的最大規模，發生在1652年，通稱郭懷一事件。荷蘭兵士得到平埔族原民之助，先是三千漢人佃農戰死，加上事後的追殺，則達萬人，占了當時漢人的十分之一。一直到已入清朝的1717年，今日台南市將軍區的漚汪，也是1652年9月最後一次殺戮的地方，仍有地方誌寫著：「……鬼魂遊蕩至今，每當暮靄深沉，居民卻步，不敢行進……。」歐洲學者胡月涵認為，即便鄭成功不知道、也無感於郭懷一事件，但荷人之殘殺，對於當地漢人「自然

是無可抹滅的記憶」。鄭成功決定取台，在1661年4月30日率領兩萬兵士、三百船隻組成的大艦隊，攻向赤崁樓，也就是郭懷一舉事的相同地方，「在我看來，斷非偶然」。當時，漢人對九年前的記憶猶新，他們在海灘等候，備好各種推車，要協助鄭軍，把軍需補給及彈藥，搬運至陸地。在「等候的群眾眼中，鄭成功是以解放者與復仇者的形象出現」，要為1652年的大屠殺，討回公道。這個情景，也記錄在荷蘭東印度公司的文書（Johannes, 1990: 291）。

鄭成功在1661年從鹿耳門登陸，鄭軍與漢人因土地開墾，與原住民的衝突頻次增加。大肚王殺死鄭成功部屬陳澤所率軍士1500人，生還者逃離，但被放火從甘蔗田中燻出而「屠殺殆盡」。美國學者歐陽泰（Andrade2011/陳信宏譯，2012，頁217-218）說，這是原住民殺漢人最慘烈的一次；第二起是恆春（古名「瑯嶠」）排灣族人殺漢人七百多。其後，鄭軍再殺大肚原民，使其進入埔里。[2]清朝領台十餘年後，郁永河在1697年來台，返回後寫了《裨海紀游》三卷，下卷說「紅毛始踞時，平地土番悉受約束，力役輸賦不敢違，犯法殺人者，剿滅無子遺。鄭氏繼至，立法尤嚴，誅夷不遺赤子」。[3]

評價荷蘭人殖民

鄭成功是漢人在台灣建立政權的開始，今人讀郁永河的紀錄，心生對平埔族原住民的愧歉，這是歷史記錄與教育的正面作用之一。對於荷蘭在台的殖民，則存在兩種看法，但二者仍有相通之處，無不認定荷蘭的強制能力，壓過漢人。

一種看法是澳洲學者高達（Goddard, 1966）所說，他強調荷蘭統治是最糟糕的殖民方式。荷蘭人削取中國農民在田野中刻苦勞作之成果，未感愧疚，重稅賦盤剝。因此，當年的荷蘭畫家有書信說，「中國移民……搭上小帆船指向台灣、越過險惡的風濤幸而抵達，他們拓林鬥獸，在……雷雨和疾病中開墾灌

2　《台灣通史卷十五撫墾志》：「廿二年，水沙連番亂，殺參軍林圯，所部多沒。既復進之，以墾其地，則今之林圯埔。廿四年，沙轆番亂，左武衛劉國軒駐半線，率兵討。番拒戰，毀之，殺戮殆盡，僅餘六人匿海口。大肚番恐，遷其族於埔裏社，逐之至北港溪，觀兵而歸。」

3　引自「中國哲學書電子化計劃」《裨海紀游卷下》：https://ctext.org/wiki.pl?if=gb&chapter=575110

木，填海治地，而我們這些後來者……不勞而獲……我們做東印度公司的爪牙，掠奪他們貧乏辛勞的收穫……我們把道德僅僅用在白皮膚的同伴……何以勞苦者愈苦，而不費絲毫之力、罪惡連天的我們，卻沒有一些天罰？……」（吳政恆等人1998，頁5）。

另一種是歐陽泰所說：「荷蘭人治理下的中國人殖民地是『共同殖民主義』系統……荷蘭人來台之前……漢人因有海盜干擾與原住民反對，不可能（發展）密集農業，是荷人提供行政與軍事的必要投資，收服原住民、壓制海盜、保障契約執行，並提公民政治理與治安機構」，台灣才轉為「便於居住營生」。是荷人提供武力與行政治理，創造「荷蘭和平」。中國殖民者因為有荷蘭提供的保護傘，才能經營狩獵、撈捕與種植。不過，歐陽泰也說，荷人與漢人「不止……互惠」，漢人與原民也都受到荷蘭人的「強制」。（Andrade／鄭維中譯，2007，頁454-455）。強制的和平，是真正的互惠嗎？這個「強制」，不也是第一種觀點的立論基礎嗎？

荷蘭人對台灣的原住民，是災難，鄭成功來台，對原住民來說，同樣也是災難，但性質與災難的程度相同嗎？就此探索，不是比爛，是確認不同的殖民與墾殖之存在，是理解漢人先民的作為不同於荷蘭，在虧欠原民的認知中，仍然可以肯定鄭成功開台對漢人的意義，不至自我矮化，也就不容許將鄭成功比同於荷蘭人。

究其實，對於漢人來說，鄭成功來台的意義完全不同。若無鄭氏始建政權，就沒有二十餘年之後的施琅力爭，他以台灣有海盜與外國勢力「垂涎」並且是膏腴之地，勸使清廷將台灣劃入版圖。如果沒有鄭成功取台在前，施琅等人就沒有機會說服康熙將台納入清廷版圖，那麼，來台漢人的命運會更接近，或者完全雷同於更早被荷蘭人殖民的印尼人。漢人將會只是荷蘭人從大陸招來墾殖的佃農，漢人將受荷蘭人控制、支配與剝削至上個世紀中葉，要到二戰之後才有建立政權的契機。[4]鄭成功建立漢人政權有害原住民，有功漢人，兩種

4　因紀念鄭成開台三六二周年的活動，再次引起「開台」與「來台」爭議，至少有三篇時評取「開台」（張璉2023，戴世瑛2023，楊渡2023）。惟三篇疏忽，未凸顯鄭成功不來，國人可能如同印尼人或菲律賓人，將遭荷蘭人或西班牙人（美國人）殖民至二戰後。這個事實的強調，或可更為超越統獨視野，認知鄭成功對漢人的意義。

事實都存在。

「有唐山公，無唐山媽」？

　　清廷曾經短暫海禁，不讓男丁來台。這個事實日後遭致擴大，把「短暫」的時間延長了，然後，不知從何時開始，出現「有唐山公，無唐山媽」的說法。不過，若從史實考核與推論，旁及各國對海外移民行為的研究發現，應該會察覺前述說法違反史實，也不合事理。這正是黃樹仁（2013，頁25-26）教授論文（〈沒有唐山媽？拓墾時期台灣原漢通婚之研究〉）的主張，該文的論述相當細緻，同時提供歷史文獻，另有他國移民研究的佐證。他指出，僅有「少數漢人男性得與原住民女性通婚」；該文另舉六項理由，說明「無唐山媽」是誇大的說法，不是真相，也不合邏輯，並且，該說法「表面上以漢人普遍有原住民血緣為榮。實際上，卻認定只要漢人男性需要，原住民女性就會拋棄本族男性而成群結隊嫁給漢人……完全抹煞原住民的自我意識。表面尊崇原住民，實則踐踏原住民……是漢人自我優越感作祟下一廂情願的幻想……無異於漢人在剝奪原住民土地之後，連他們最基本的人格與尊嚴都要抹煞。」陳叔倬、段洪坤（2008, 2009）論證「無唐山媽」之說，是部分台灣漢人藉此主張，台灣漢人與中國大陸南方漢人的遺傳血統不同，但這在遺傳學上根本無法成立。

　　同樣或說更重要的是，從來沒有血統純粹的漢人，漢人是一種文化概念，不重血統。美國法律界定誰是白人，誰是有色人種，清朝並無。美國曾經有法律禁止異族通婚，中國未有，清廷固然曾經在1737年禁止漢男子通婚原民女性，但鄧津華（2018，頁142-143、216-217）教授指出，這是基於治理的考量，「不是反對種族融合」。她也引述美國教授劭士柏（John Robert Shepherd）的看法：「中國人並不覺得漢人與原住民之間有種族上的劃分」。後文也會指出，貶抑與欺壓原民的同時，可能有更多漢人文官與知識人，反而是以原住民為古代理想情境的重現。

　　今日的漢人必須道歉與補償原住民，方法要有效也要持續，不是要泯滅鄭成功的歷史意義。何況，鄭成功與清朝漢人來台的殖民，與歐人包括荷蘭在台的殖民，並不相同；對原住民的意義，也與荷蘭人、西班牙人或在清末殖民的日本人，有別。重要差異至少有兩個，下文進一步就此解釋。

海外貿易：中歐政府迥異

首先，中國與西方的政府，對於海外貿易的立場，天壤之別。歐洲從葡萄牙以降，王朝密切與商賈合作，鼓勵並創造壟斷海外貿易的大企業，國王支持巨商擁有武力，前往殖民地建立政權。荷蘭在1602年成立「東印度公司」獨占太平洋與印度洋貿易，有41艘武裝戰艦、三千商船並雇員10萬；繼之，荷蘭又在1621年成立「西印度公司」，獨取美洲殖民資源。英國表面鎮壓、暗地勾結海盜，女王伊莉莎白一世發放「私掠許可證」，人稱「海盜女王」。印度代理總督蕭爾（John Shore）在1789年說：「東印度公司既是印度統治者，又是商人。以商人身分出現，就壟斷貿易；以統治者身分出現，就攫取賦稅。」（駱昭東，2018，頁22-29、182-183）

中國可能因為春秋戰國時代各國頻繁征戰，加上地理形態等等因素而過早統一。兩千多年前的秦朝至今，中國都有廣大市場，使其更有多樣物資自足的條件，國民若往海外貿易，反而可能是內部秩序不穩定的動因。這個重要因素加上其他緣由，使得歐洲人對外大舉擴張的時候，明清按兵不動。明清限制國民從事海外的經貿活動，甚至在西班牙人與荷蘭人殺戮華人移民時，清廷消極以對，全無護僑之念。

以言菲律賓的馬尼拉，在六十年（湯錦台，2001，頁23）或一百多年間（嚴中平，1984，頁370-414）之間，西班牙人大屠殺華人四或五次：1603年華人被殺2.5萬人、1639年2.2萬人遭戮、1662年1萬人亡命，1686年的致死人數未見紀錄，1762年則將近2萬人。再說印尼的雅加達，華人在巴達維雅（雅加達）經商的人數至18世紀愈來愈多，掌握政軍力量的荷蘭殖民政府擔心無法完全控制當地商業，在1740年殺害一萬華人，以此遏止華商的發展，始稱「紅溪慘案」。由於華人數度遭人屠殺、隕命以萬計而商會組織遭「破壞殆盡」，發動殺戮的洋人擔心中國興師問罪的時候，明清政府居然只是輕筆一揮，說出譴責受害者的話，指這些人「是愧對祖先的逆子……咎由自取」，最後以「令海外遠夷，悔過自新……仍准照舊通商」，商業恢復舊觀！（駱昭東，2018，頁72-74、202-204）這個反應迥異於東瀛，彼時遇有西人襲擊，日本政府都是「強烈憤怒」（湯錦台，2001，頁23）。

假使明清政府彼時的作為，悉如歐人，那麼，世界史會有不同。師大教授

唐久龍說，「中國沒有殖民主義。如果有……南洋大部分地區早就是中國的了！」歐陽泰表示，（Andrade／鄭維中譯，2007，頁24）這個當代政治必將譴責的意思與用詞，放回當年的歷史情境，並不是沒有道理。

不過，明清政府當年的反應，雖然已是歷史，惟今日不譴責、反有接受或遺忘殖民暴力的例子，似乎還是存在。比如，美國《外交政策》雙月刊專訪新當選的我國直轄市首長，這位政治新人赫然表示，返視台灣、新加坡、香港與中國大陸，顯示遭西人殖民愈久、經濟更進步云云（當時的輿論反應及反駁，見馮建三，2015b）。又如，「台南2024『將會有「荷蘭人來台400週年」的大節慶』……我更期待的是2026年，『基隆的「西班牙人來台400週年」……』之類的言詞。」（陳耀昌，2021）不念舊惡、與人為善，是當有的處世之道；但「節慶、期待」之念，似乎存在「緬懷」殖民之「好」，這就讓人納悶。雖說這類言詞，不限於台灣，但差別在於，海外，是殖民者宣稱自己有功，罕見被殖民者肯定殖民者。

因此，墨西哥總統在2019與2021年兩度要求，西班牙國王必須為五百年前殖民拉美道歉，馬德里首長越位反擊，指殖民帶來文明與自由。（Hedgecoe, 2021）美國政治學教授吉列（Bruce Gilley）發表論文，認為過去一百年的「殖民主義為惡」這個正統論調，應該揚棄，因為西方殖民讓大多數殖民地受益，有正當性。一個月後，刊登該論文的《第三世界季刊》因多位編輯委員辭職，撤回吉列的論文；與此同時，該刊另以公開信函表示，言論自由與異端挑釁都很有價值，但該文沒有學術當有的「嚴格與平衡」，未能通過評審卻刊登，全無道理（Flaherty, 2017）。牛津大學教授比格（Biggar, 2023）有書，強調英國的帝國主義者有「強烈基督人道主義」，不同於其他殖民國家，英國想要用其權力與財富「做好事，即便如此做未必符合他們自己的利益」，英帝帶給英國人不只是「悔恨與羞恥」、「還有欽佩與驕傲」。有書評人則說，比格的立論是「蠻幹」，至於比格教授說「任何存在長久的國家都有罪惡與不公正」，這只是要為英國說項或脫罪，並不妥當，需要強調的是帝國殖民的「殘酷與嗜血無感」（*Economist*, 2023e）。

漢人墾殖與英荷殖民的差異

其次，中國殖民台灣與歐洲人殖民海外的第二個差異，是清廷將一水之隔

的台灣納入政權管轄，除了派有統治者的官吏及兵卒，大多數來台的漢人是自己從事生產性質的勞動、是被統治的人。來台的漢人或滿人，少數在台任職官府，是統治集團的一部分，大多數前來的漢人是墾殖者。在荷蘭人入台之前，閩粵漢人與台灣原住民，相互來往將近百年，夾雜互惠與衝突，但原漢沒有尊卑及上下的固定關係，因為漢人未曾建立政權。

西人的殖民則是政商宗教合一，在殖民地建立政權之後，西人自擁軍事武力與治理機關，就地役使當地勞動者，帶入災難。近年的英國學者研究顯示（Sullivan & Hickel, 2023），印度與英格蘭的福利標準在十六世紀相當，但遭英格蘭殖民後，印度生活條件急轉直下，至1870年代平均壽命跌至22歲。若以印度人在1880年代的平均壽命為準，則1891-1920年的印度，因為英國殖民統治，死亡人數多了五千萬。北美的原住民族，遭歐人消滅的程度讓人心驚。一直到十九世紀中後期，美國聯邦政府軍隊、國會議員，以及加州政府與民兵、義警等等，都還聯合，共同投入至少當年的170萬美元，將加州1846年的15萬原住民屠殺殘害，至1873年僅存三萬人。這個讓人心寒的事件，近年才有專書揭發。（Madley, 2016）往前，在哥倫布首次到美洲的1492年以前，《大英百科全書》（*Britanica*）的「原住民美洲史」（Native American history）條目說，北美原民人口的學術估計差距很大，最早（1910年）的推估是111.5萬，最近的推算是1800萬人，[5]若取二者平均，是956萬，目前則北美（含加拿大）的原住民人數是1137萬，（另見Pritzker, 1998: vii, Denevan, 1992, p.291）增加僅17.8%。漢人對台灣原住民的迫害，後文另會補充，這裡先作原民人數的今昔對比。荷蘭人估計，台灣平埔族人口在1620年代約4.5至5萬、漢人約2.5-3萬，[6]當時住在（高）山區及東部海濱的原民人口，設若訂為三萬人，則2022年底台灣的58.4萬原民人口，增加將近19倍。[7]

歐人的殖民模式，另有漢人所無的一種作法：歐洲人不停留在「就地取材」，西方殖民者還從非洲「進口」大量非裔勞動力，迫使非洲人遠渡重洋前往美洲等地墾殖，不說大量非洲人在尚未抵達陸地之前，已經淪為波臣。早在

5　https://www.britannica.com/topic/Native-American/Native-American-history

6　https://zh.wikipedia.org/wiki/台灣人口史

7　https://www.moi.gov.tw/News_Content.aspx?n=2905&sms=10305&s=275835

1776年，古典政治經學者鼻祖斯密，就已經有這個證詞：「歐洲人野蠻不符合正義……已經使許多不幸的國家破滅荒廢」。（Smith, 1776／張漢裕，1968，頁431）。[8]過了快一個世紀，密爾（Mill, 1848/2004, pp. 91-92）在1848年，也就是《共產黨宣言》問世的同一年，出版了影響力至1890年代才被超越的《政治經濟學原理》。密爾表示，假使要比較共產主義與私有財產政制（regime）的優劣，就不應該只是按照現在面貌的私有制來比較二者，因為「如實地說，私有財產的原則從來沒有在任何國家得到公平的試驗（trial）；或許，在這個國家（按：指英國）又比在他國更少一些。現代歐洲的各種社會安排，它的起源不是財產分配的公正劃分，也不是勤勞的獲得，而是征服與暴力。儘管有了工業力量，數百年予以修正，這個體系仍然保留了很多並且大量的原始痕跡。」

出於這些歷史事實，最慢在十九世紀中後期開始，曾經從事黑人奴隸買賣的國家，陸續有黑人後裔及白人，倡議相關政府單位必須對受害人後代提供賠償（reparation），雖然少見實現，惟若有付諸實踐的一日，必有意識先行覺醒。倡議已有百多年的賠償說，已有地方進入立法程序，如佛羅里達州依據1994年法案，賠償9位，但不是基於先人受奴役的史實，而是他們能夠提出文件證實自己的先人在1923年佛州屠殺事件遇害（Darity Jr. & Mullen, 2022, p.16-17）。黑人佛洛伊德（George Floyd）在2020年遇害後，賠償運動的能見度增加，加州政府組成「研究並研擬賠償非裔美國人的建言工作團隊」，要全面對該州非洲裔美國人所承受的災難與損害進行調研，預定在2023年提出最後報告（CTFS, 2022, p. 5）。舊金山市則已在2023年春完成賠償建言。[9]

相對於殖民者的補償行動，諷刺的是，海地獨立後，要求賠償的是法國政府。巴黎要求海地補償，至1947年海地才償付最後一筆金錢，前後總計超過當前的300億歐元。英國政府賠償的對象不是奴隸，是四千位奴隸主，最後一筆在2015年支付，累計總金額達今日的1200億歐元；並且，約翰牛不願意對當年

8　譯文略有調整。

9　共一百項，包括賠償該市每位合格黑人成年人每位五百萬美元，免除個人債務與稅賦負擔，並保證方案執行起250年內，每戶至少每年有9.7萬美元收入，各家庭則提供住家一戶，僅收取象徵費用一美元。外界多指這些建言很難執行（Har, 2023）。

的奴隸後裔「全面並正式道歉」，因為擔心引來後續補償的要求。（Badawi, 2021; Piketty／陳郁雯譯，2021，頁330）

英國等歐洲國家航向美洲殖民與墾殖，固然白人對先祖的殖民與蓄（黑）奴之害，已見反省，卻尚未成為共識。比如，在美國，《紐約時報》的非裔記者漢娜—瓊斯（Hannah-Jones, 2021），選定第一批黑奴遭從非洲送抵美國的第四百年，在《紐約時報雜誌》推出專刊一百頁（兩年後擴大為專書）的《1619課題：新的原創故事與一個世界》，要「讓我們（美國人）的過去與（美國）這個國家的建立基礎，能夠得到人們的正視。」該次專刊獲得普立茲評論獎，似乎是主流意識的巨大轉機，因為根據杭士基（Noam Chomsky）的證詞，這是「數十年前讓人難以想像的內容……是真正的突破……（美國白人）四百年的暴行呈現在主流報紙。」（Pickard, 2021）然而，紐時領銜而承認殖民之過，固然讓人肯定，但美國另有人反駁，且聲勢不小，顯示社會尚未完全接受這個突破的觀點，單從反擊者有此書名《駁斥1969課題：揭發分裂美國的計畫》（Graber, 2021），或可窺知一二。

中國與歐洲的殖民與墾殖，除有這兩個重大差異，另有宗教因素，也應該略為提示。中國並無一神論的宗教觀，歷史上尊佛、滅佛並存。反觀歐洲，相當不同。康斯坦汀大帝（Constantine the Great）成為基督教徒之後，其後另有皇帝禁止他教活動，更在西元392年關閉異教神廟，西方政治與基督宗從此之後，密切結合。（李雅明‧2017，頁241-245）因此，西人的傳教活動隨著殖民經濟進入異邦，教士自認有權利也有義務，「開化、教導不文明」的異教徒。反觀漢人，如後文即將說明，漢人是自認中華文化優越、是宣稱自己有能力讓外邦「近悅遠來」，但無須強求外人來朝，無須武力相向。這也顯示，漢人是一種文化內涵，不是執著血統也沒有宗教要轉化異教徒的驅力。反之，中國與西方的衝突，最早的表現形式之一，就是西方傳教士在中土遇害等情事；西方如美國，也曾經基於血緣考量，制訂反異族通婚法。清朝不鼓勵通婚，不是血統考慮，「很可能是憂心原漢結盟」，以至於不利統治，「最糟糕時是（原漢）雙方聯手造反」（Brown, 2004, p.50）。清末康有為雖然因為種族歧視或欠缺生物知識，致有《大同書》指黑人與棕色人種的智能弱於白人與黃種人，他卻主張跨種族通婚，讓世人走向平等（蕭公權／汪榮祖譯，2019，頁442）。

漢人原住民觀因通商而靠攏西方

初見原住民：歐洲人與漢人

歐洲人與中國人第一次接觸海外原住民的文字記錄，很不相同。

哥倫布在1492年10月12日來到今日巴哈馬群島的華特林島（Watling's Island）。半個月後，他登陸誤以為是中國沿岸島嶼的古巴。在航海日誌，哥倫布這樣描寫原住民：「體格健壯，身材勻稱，相貌堂堂……不知道什麼叫做武器……用他們作奴隸一定會很不錯……只要五十個人，我們就能把他們全部征服……隨心所欲地使用……。」三年後，第二次從歐洲來到這裡的哥倫布，「大規模地從事掠奪販賣奴隸的活動。約有一千五百名……。」（Zinn／蒲國良等人譯，2013，頁18-21）

荷蘭傳教士來台一年多之後，第一批傳回母國的報告書，這樣描述福爾摩沙的原住民：「對世界的創造一無所知，也不知道有一天世界將會毀滅。他們想像世界從永遠的過去就一直存在，將來也將永遠持續下去……他們竟拜很多神祇並獻上祭品……有二位主神……南方的……北方的……我被派遣來的地方……工作相當成功，在1628年聖誕節的前兩週，已經有128個土著學會祈禱文……回答基督教信仰的主要問題……但……都還沒有受洗。到今日為止，我恰好與福爾摩沙土著相處了十六個月。」（CampbellL／李雄揮譯，2017，頁52-56）

漢人第一次書寫台灣原住民的文字，迥異於哥倫布，也沒有荷蘭教士之言。

閩粵漢人最慢在四百五十多年前，已經常來台灣，特別是南部，既是短暫停留以物易物，也有「海盜」前來以台作為轉口貿易的臨時地點。其中，每年11月至翌年1月下旬烏魚洄游至南部，至今依然，閩南等地的大陸漢人為此而來，依據時令前來捕捉。到了1574年，海上強人林鳳至魍港（嘉義布袋），聽聞菲律賓有金，於是集結七百多人航向馬尼拉。這個將近千人先要在陸地徵集整隊，乃至可能也會訓練一段時間，它所需要的後勤補給應該相當可觀。今日反推，可以有個推論而主張彼時漢人來台已有相當規模，並且他們與日後稱之為平埔族的原住民，一定已經有熱絡的交易。但這些往事，乏人留存文字。大

陸人越洋過海，東渡黑水溝親履斯土來來去去，可靠的記錄，很晚出現，一直
要到1603年。這是指安徽舉人武將沈有容，守衛東北轉泉州之後，因為追逐海
盜入台而攻進魍港等地，毀海盜船、俘虜370人（楊渡，2019，頁48-49）。其
中有一次，沈有容請連江的藏書家陳第隨行。在台停留約15或20天之後（起自
1603年1月21日），陳第寫下一千四百多字的〈東番記〉。[10]除了描述眼見，更
多應該是來自聽聞，在這篇文獻，他勾勒了台灣的地理風貌、家禽物種與原民
的日常生活習性、人情與經濟的往還。這篇〈東番記〉的結論，出現一句話，
特別值得予以討論，述說了陳第對其見聞的感想或說評價。陳第認為原住民：

> 自通中國，頗有悅好，姦人又以濫惡之物欺之，彼亦漸悟，恐淳朴日散
> 矣。

　　這段結語沒有肯定，而是否定如同自己、來自中國的人，帶給原民的傷
害。陳第說的是，漢人在與原民交易的過程，起初，固然雙方喜悅並且彼此交
好，但往後卻生變異，亦即「悅好」可能尚存，但已經有「姦人」、並且可能
愈來愈多，在物品交換之際，以品質不良的財貨給對方。這種欺瞞的行為無法
長期隱瞞，必然逐漸或很快為他方知悉，除心生不滿，人際信任減少，原民也
可能有樣學樣，不良習慣與壞行為於是出現，日積月累，就有可能隨著受此風
氣波及的原民增加，量變走向質變，於是「淳朴」的風氣慢慢消失。
　　歐人殖民非洲、美洲、亞洲與大洋洲之時，是不是一開始、或在遠侵海外
殖民地數百年之後，仍有這類感慨或反省，並且筆之於書的紀錄？這是值得研
究的課題。就中國來說，陳第這個類型的看法不是過眼雲煙、不是停留在感慨
系之；這個認知不但沒有稍縱即逝，而是成為〈東番記〉的結論，呈現在文章
之末。往後，清朝是有在1687年來台的儒學教授、閩人林謙光指原民「頑
蠢……性好殺人」；是有漳州人藍鼎元1721年來台後，經常表示必須「馴服」
原民，暗示「鞭笞……以殺止殺」才能讓原民「順從」（鄧津華，2018，頁82-
83、140）。

10　https://tmantu.wordpress.com/2012/10/03/陳第-〈東番記〉（周婉窈-標點・註解）/

清朝文人寄託理想於原住民百餘年

不過，另有相當多、乃至更多的清朝官員及文人，在從大陸來到新的邊疆、亦即台灣的時候，是以類同於陳第的視野審視原住民。

他們甚至超越陳第，是對原民秉持另一種理解，或說寓託自己心聲、價值與生活態度；在他們筆下，原住民搖身一變，成為文人理想的寄託，並且這個想像的內涵，持續了一百多年。

鄧津華（2018）擴充其博士論文，出版《台灣的想像地理：中國殖民旅遊書寫與圖像（1683-1895）》。通過鄧津華的挖掘、耙梳與整理，該書提供了很好的原始素材，有助當代人返身，追索與記憶昔日清朝文人對原民的想像；至於彼時這些文字的讀者，對於這些素材的解釋，是否如同這些文人的想像，自然得分開看待，這是另一個議題。

貴州人周鍾瑄在1717年編纂台灣第一部地方誌《諸羅縣志》，這樣書寫原住民：「夫婦自相親暱，雖富無婢妾、童僕……行攜手、坐同車，不知有生人離別之苦」，這是「原始烏托邦」的「人民心滿意足，無憂無慮」。首任「台灣監察御史」黃淑璥由北京抵台，任職兩年後在1724年完成《使台錄》，觀察原民「入微」，今人引為「考證平埔族歷史之根基」；他說，在巡視過程「遇見的原住民……恭敬而友善」「與中土人民無二」，大陸人與原民的差異「是文化……薰陶的結果，非天生所致」，他「強烈批評漢人對原住民的剝削」（前引書，頁61, 89, 134-138; 另見林淑慧，2000）。

江西人鄧傳安從1822年起任職台灣理番同知八載。在他看來，若要理解原住民的習俗，藉助中國經典予以探討，不僅可行，並且，以原民當前的生活風氣，實可反推古人面貌：大陸人與台灣原住民之間，可以「一脈相承」。因此，他通過《左傳》對戎族的描寫，「讚揚原住民保存高貴的遺產」。鄧傳安通過原住民「想見古人的模樣」，頓生「禮失求諸野」的感覺。他說，「原住民質樸……對比自金錢發明之後，中國社會之崇尚物利與貪欲」，讓人慨嘆，並且，「他更進一步譴責漢人剝削原住民」（鄧津華，2018，頁227-235）。

廣東客家人吳子光在1837年18歲時，隨父來台定居，1865年中舉的他以鄧

傳安為榜樣，開班授徒，包括丘逢甲等人，也包括原住民，都是他的學生。[11]
吳子光旁徵博引多種古書，《禮記》、《春秋》、《左傳》、《史記》、《漢書》、《楚辭》，通通入列。他的文章提出與鄧傳安相同的看法，不是中國士人要以中國的風俗來開化原住民，剛好相反，業已在中國消失的道德狀態，如今仍然存在於原民之中，漢人墮敗的生活沒有完全「腐化」原民（同前引）。

由於「許多赴台的晚清文人」都在閱讀鄧、吳兩人的著作，這或許可以說明，最慢從周鍾瑄就已經發端，百多年後迄至鄧、吳兩人，表徵了一種文化現象，顯示大陸來台的官員或文人心中，存在一種想法，認為原住民是古代禮俗及清心寡欲生活的回歸（鄧津華，2018，頁235-238）。

這個類型的士人，對於漢人生活趨向奢華或過度重視金錢與商品，極其不滿，於是藉著描述或建構一種理想形象，並且是以原住民為這個形象的代言人，貫穿至十九世紀中後期。雖然在相同時期，同樣存在漢人及其官員如同西方人，鄙視並且也欺壓原住民。但是，對原民的正負觀感並存，無礙於這裡所要提出的重點：台灣進入中國版圖成為新的邊疆之後，在長達一百五十多年裡，是存在一股文化力量，強勁有力，必舉原住民的素質如同漢人，甚至以原民的生活風貌與價值皈依，是更為值得追求的代表。這個「文化」態度與認知，與直至1860年代末（，或更準確說，直到1874年以前），清廷對高山以及東部原住民的「政治」態度及認知，是相互呼應的。

根據柯志明（2001）的研究及其所引述的劭士柏（Shepherd／林偉盛等人譯，2016）等人的著作，在十九世紀中後期之前，清廷並不期待繼續擴張邊界。剛好相反，清官是要抑制漢人開拓土地的擴張行為，因此，清廷「根深柢固」地認為（鄧津華，2018，頁267），朝廷不為番境內的暴行擔負責任，清廷甚至以高山原民有「獵首暴力」作為威嚇，不無引之為「重要的助力」，想要藉此「阻遏漢人擴大墾殖」。對於（漢化的西部平地）原住民（熟番、平埔族），乾隆中期以後，清廷「精巧有效」的治理沒有使其流離，也沒有放縱貪官汙吏搞出動亂，俗稱「三年一小亂，五年一大亂」的清廷治下的海島台灣，比起大陸邊區，並未更為嚴重。劭士柏認為，清廷運用有限的財政稅收與行政資源，知所變通，「大多數時候……寧降低行政支出……不是壓榨稅收」。（以

11　另見https://db.nmtl.gov.tw/site2/dictionary?id=Dictionary01310&searchkey=施懿琳

上轉引自柯志明，2001，頁4, 7, 11）惟這裡亦當注意，生番、熟番或平埔族、高山族，都是台灣島嶼外來者（含漢人）對更早在此定居者的稱呼，〈台灣沒有「平埔族」，只有原住民族〉（潘朝成，2012）是事實的描述。同時，另有一個看法認為，漢人越界墾殖而侵犯平埔族土地，因政府「長期縱容」，致使楊克隆（2018）認為，清廷保護平埔族地權等禁令，時而形同具文。

牡丹社事件與漢人原住民觀

第一次鴉片戰爭（1840-1842）標誌清朝國勢轉弱的程度，已經到了對歐洲人的武力，再也難以招架。歐洲帝國執意「仗劍通商」兩百餘年，清人予以拒斥的能力日日衰減，到了1858年，第二次鴉片戰爭失利而有《天津條約》。其後二至五年之間，基隆、淡水、台南與高雄先後成為四個台灣的通商口岸，蔗糖、茶葉與樟腦成為三大經濟作物，是台灣出口大宗。「天下攘攘，皆為利往。天下熙熙，皆為利來」，外商入台，必找本地人合作，二者「互利」，結果是原民遭殃。清廷繼續禁止漢人越界墾殖，逐利之勢則讓漢人鋌而走險，越界冒險或許可以取得之利益，壓過政治遏阻，漢人走向近山開發與墾殖，動機與行為都在增強。這些因素相互強化，必然致使墾殖者與原住民的衝突升高。蔗糖、茶葉與樟腦等三項經濟作物的出口金額，在1868年已經到了9.4萬兩，數年後日本興兵南台而有「牡丹社事件」，並使清廷有了大改變而執行「開山撫番」政策的1874年，出口額已經倍增至19.8萬，1891年是51.9萬兩（林滿紅，2018，頁3-5）。

美國學者巴克萊（Barclay／堯嘉寧譯，2020，頁169-170）在《帝國棄民：日本在台灣「蕃界」內的統治（1874-1945）》這本書的論證主軸之一，就在主張清朝無擴張之心，是以「懷柔外交」手段對待原民。這個政策一直到1874年「牡丹社事件」之前，沒有改變。因此，日本思想家大久保利在1874年9月提問：「貴國既以生番之地謂為在版圖內，然則何以迄今未曾開化番民？」清廷的回答是：「生番地方，中國宜其風俗，聽其生聚……各歸就近廳州縣分轄，並非不設官也，特中國政教，由漸而施，毫無勉強急遽之心。若廣東瓊州府生黎亦然。中國似此地方甚多，亦不止瓊州、台灣等處也。」一聽到這個回覆，大久繼續抨擊，指清朝吸引當地人自願歸順的政策：「兩百有餘歲，山內山後之民，未見開導……何其太慢耶？」

最終，清廷是被迫更弦易轍。從十九世紀中後期起，對外，因通商口岸開放，台灣經濟納入世界資本主義體系，日趨緊密；對內，因農作種植與土地開發，高山與東部原民與漢人相安無事的格局，漸次裂開。1860年代開始，清廷獎勵在北部山區開發礦產與樟樹林，牡丹社事件後，羅大春在《台灣海防並開山日記》對山區的描述，已從「恐怖的荒野」轉為「豐饒且富生產潛能的寶庫」。沈葆楨手下描繪的《清人台灣風俗圖冊》，「充滿匱乏與好勇鬥狠的意象」。至十九世紀晚期，清人文獻有了更多的「原住民攻擊與殺戮的記載」，原漢「激烈衝突」。（鄧津華，2018，頁249-257, 260-261）

中國人自認更文明，總以為假以時日後，就能感化番人，無須強制，近悅遠來就是最有效的人種融合途徑。但這種不強制與漸進的認知與作為，在牡丹社事件以後改觀。沈葆楨開始視全台為清朝領土，「盡番壤而都邑之，取番眾而衣冠之」。繼起的羅大春，推動新政策，「展望原住民快速的跨文化融合……立即拋棄其『令人厭惡的風俗』」。劉銘傳來台後，從1884年台灣建省至1891年間，對山區原民發動四十多次征討戰爭（同前引，頁272）。

日本殖民台灣、歷史記憶與遺忘

日本來台　改變原漢關係

到了1895年，清廷割台，日本人統治後，原住民的土地權益，遭致更大的侵蝕。電視劇《斯卡羅》的美學並不理想（魏玓，2021, 2022），公視以該段歷史，而不是晚七年的牡丹社事件作為創台的最大規模電視劇製作，讓人費解。不過，劇中所呈現的一個重點，符合史實，並且是很重要的史實。

《斯卡羅》鋪陳的1867年，漢人向排灣族租借土地，這個原住民是地主，漢人是承租戶的原漢關係，在日本占領台灣之後，徹底改觀。日裔、來台讀取碩博士學位，後入中華民國籍的傅琪貽／藤井志津枝（1996，頁291-292）教授的博士論文《理蕃：日本治理台灣的計策》認為：

漢人和台灣原住民經過兩百多年的接觸和鬥爭之後……已經建立了「共

存」的模式和相輔相成的和睦關係……由兩者……互相遵守百年以來的「蕃租」契約……可以得到證明……這種關係乃是……互惠的經濟利益……謀求兩者「共存」……故面對日本的台灣總督府「無主地即國有地」的徹底掠奪政策時，漢人因本身的利益會起而援助先住民……直接援助原住民的漢人，是……最下階層者多，與先住民在經濟上的貧窮可憐沒有兩樣……原住民……為了抵抗各「蕃社」共同的……敵人……放棄從前的……敵對部落觀念，冒著生命危險赴戰，援助他社聯合抵抗到底。

巴克萊在前引書的中文版自序（Barclay／堯嘉寧譯，2020，頁xxii）特意表明，他「新增很長篇幅」描述1859年5月至1896年3月台人與日本人的游擊戰，是要「強調……日本人在台灣進行的是血腥統治」。

日本殖民的惡果

在財政方面，至1905年，日本殖民台灣不到十年，東京已經無須挹注資金於殖民統治（法國殖民越南四十冬之後，至1929年左右才停止補助），反而可以從殖民台灣獲得利益，原因有二。一是台灣的商業資本及其表徵的經濟力量，在甲午戰爭之前，已經相對發達。根據史學家戴國煇（1985，頁46）提供的海關資料予以換算，在1893年，台灣出口總金額是945萬海關兩，折合日圓是1400萬兩，除以當年台灣人口254.6萬（李國祁，1995，頁204-205），則台灣的人均出口金額已有5.5日圓，日人出口總金額是9000萬日圓，除以人口4114萬，[12]則日本人均出口不到2.2日圓，少於台灣的一半。二是日人在台取重稅，戰後曾任東京大學校長的矢內原忠雄說，台人在1904年的人均納稅是4.554日圓（日本內地是3.343日圓），十多年後「更加沉重」（何義麟，2014，頁55-56）。

錢財之外，人命關天的死傷至1915年，根據「非常保守的估計」，日人殺害台人「16萬8583人以上」，這還不包括陣亡的清廷官兵（尹章義，2006，頁60）。在日本十年「理蕃」的最後一年，東京在1914年發兵，以一萬軍警與一萬漢人及原民在內的後勤人員，對戰兩千多太魯閣族人三個多月。攻打之前，

---

12 https://en.wikipedia.org/wiki/Demography_of_the_Empire_of_Japan

日人增加軍警至東部駐紮培訓與適應數月，使花蓮「娼妓人數……以1914年為最高點」（陳妘湲，2013，頁91）。當時，殖民總督先通過《台灣日日新報》連續刊登44篇專文，指「獰猛的太魯閣蕃」殺害了善良的日本人，占領台灣將近二十年的皇軍別無選擇，必須予以「懲治」，通過討伐才能摘除這個「毒瘤」。戰爭既動，為了表示全民支持，日本政府展開動員，促使東瀛財團與民眾，也讓對日本殖民立場不同的台灣仕紳、本地婦女及學生團體，紛紛掏錢捐款以示響應（徐如林、楊南郡，2016，頁90-91, 109）；日人試圖以新聞鼓動氣氛，社會被迫或主動捐獻以示「愛國」。然後是1915年，在西來庵武裝起義死三千多人之後，漢人對日人的抵抗從武裝轉為文鬥，惟原住民仍然與日本人，斷續出現武裝對抗，日人「討伐」原民至1920年累計達138次。1930年霧社事件爆發，日人以飛機、大砲與毒氣，殺害泰雅族人六百餘。（尹章義，2006，頁49）其後，日人對南部山區的布農族人的壓制，延續至1930年代。日本侵華戰爭始於1937年，戰事隨戰區擴大而吃緊，日本開始徵召台人從軍，1942至1945年間，依日本厚生省1973年發布的統計，共有20.7183萬人入伍（總計陣亡至少3.0304萬人），其中地位低於軍屬、軍犬、軍馬的軍伕，占了12.675萬（轉引自周婉窈，2003，頁141）。

殖民主義對殖民地人民的迫害，經濟與人身受損之外，同樣及於文化，特別是語言。十六世紀以來，資本主義的初期擴張假借武力與政經殖民而推動；二戰以後，後殖民繼之，武力隱身在後，殖民時期建立的經濟與文化之結構宰制在前，殖民遺緒沒有完全斷絕。任何地理空間，只消捲入資本的增殖航程，則隨其捲入深淺，語言的消失漸多，台灣並不例外，台灣漢人的母語（含閩南語）的口說能力之減弱，不是始自二戰後來台的國民政府，日本殖民年代是最早的起點（鄭鴻生，2022）。

相較於也是來自對岸的「官話」（國語、普通話），也相較於也在台灣使用的另兩種「方言」（粵語及客語），閩南語的特殊之處，在於相同一個字的「文白異讀」（一個字兩種讀音，但意思相同）[13]的比例，閩南語最高，有「將近一半」，粵語及客語則無。在日本殖民以前，在台灣讀文章或與人辯論，很多識字的漢人可以使用閩南話的「讀書音」（或稱文讀音），逐字唸出其聲，

---

13 破音字則是字相同，但發音不同之外，意思也不同，如「吃」飯，口「吃」（音「吉」）。

日常生活則混合讀書音以及「白話音」（或稱白讀音）（鄭鴻生，2022，頁50）。

　　日人來台之後，棍棒與胡蘿蔔齊下。一方面，壓制本地各種語文的傳授，同時，殖民者的軍武政經力量，使殖民者的日語轉為「文明」的象徵，並對（想要晉身）特定階層的台人，另有政商及社會地位的實質吸引力。這與二戰以後，日不落帝國的英國由美國踵繼其後所積累的作用，遂使英語得到既文明又有實利的性質，是一樣的。[14]

　　日本人首先禁止傳統漢文書房的存在，致使通過閩南語讀書音教授傳統典籍的管道，開始消失。日人來台第三年的1898年，漢文書房仍有1707所（周婉窈，2003，頁82），但很快地，在1902年僅存127所，1938年剩下9所並且必須兼教授日文。（鄭鴻生，2022，頁317）這是殖民者的直接限制與壓制，不讓台人學習漢文讀寫。另一方面，日文因為是統治者的語言且有「文明」優勢，這就使得很多讀書人及其家庭，除了殖民政府的壓制，也有為了「文明」與政商實質利害，轉而積極學習日語。這兩大因素的同時運作與相乘效果，就是多種台人母語流失的開始。閩南話因為有「文白異讀」這個粵語及客語所無的特徵，則是雙重流失。

---

14 當前英語霸權在台灣的展現，令人乍舌。文化部推動的《國家語言發展法》在2019年頒行，第十五條規定「國家語言一律平等，國民使用國家語言應不受歧視或限制」，但應徵大學教研職缺或升等，最慢在2005年前後，就有英語壓過所有國家語言的事實，眾所周知，這就變成國家語言不如外國語言（英文）。（反思會議工作小組編，2005）到了「二〇三〇雙語政策」編列四年一百億經費向中小學延伸（游昊耘，2022），出現「中小學端也有亂象教甄英檢門檻排擠專業師資」的報導（許維寧，2022a），語言學界領銜的學界近兩千人群起連署反對（林曉慧、沈志明，2022），他們並且警示，政府若執意推行，後果將是「本國語言、學科、英語都無法學好，恐淪為三振出局」，而官方以為新加坡是雙語國家，實是不解真相（許維寧，2022b；何萬順，2022；廖咸浩，2023）。尚未見報的疑問，至少可以另提四點：（1）有自尊的人包括政治領導，真會倡議這種政策嗎？（2）一國的英語能力與經濟表現有關嗎？（3）有能力與興趣的人學習英語在台灣比比皆是，成效早有雙峰現象，雙語政策是矯正這個缺失，還是以國家之力，形同讓不諳英語的人，持續存有不如人，甚至自卑的羞愧乃至屈辱的感覺？（4）波斯灣六個阿拉伯語國家（Gulf Arab）共有約六千萬人口，雖然電視新聞播報仍然是標準阿拉伯語（不是方言），但「統治我們國家的人通常阿拉伯語講不好」（*Economist*, 2022a）。台灣的雙語政策應該無意以此為師，但會不會誤入陷阱而不自覺，如果該錯誤政策持續推行？

第一重是典雅文言或「讀書音」閩南語的式微，瀕臨消失，1895年以後出生的國人，包括李登輝，以及王育德與鄭良偉等台灣閩南語專家學者，雖然能「以日文、國語，甚至英文發表閩南語學術著作，但真能駕馭典雅閩南語，並以之作為書寫與論述語言者卻是鳳毛麟角」。第二重是閩南裔台人的日常生活使用、俗稱台語的「白話音」閩南話，如同粵語及客語，也遭當作不登大雅之堂。「不少台灣知識份子警覺到台語的生存問題」，比如，連橫於1929年在《台灣民報》撰文，指不同年齡或階層的人捨台語就日語的狀態是：「學童……鄉校已禁其台語矣……青年負笈東土……十載……歸來，已忘其台語矣……縉紳……乃至……小吏……附勢趨權……交際之間，已不屑復語台語矣！」（轉引自鄭鴻生，2022，頁337-338、207）

隨著日本擴大侵華，台人使用母語所受的限制增加，1937年4月禁止報紙漢文欄後，接觸漢字報刊的機會也減少。國史館長張炎憲等人曾經推薦的圖書，記載彼時的日本政府，「開始強烈要求在學校及行政機關等公眾場合必須使用日語……小學生在校園中說母語……會被掛上……狗牌處罰。」（鄭鴻生，2022，頁390）對此，台南神學院首位本地人院長、曾任台灣基督長老教會總會議長、倫敦普世教會總幹事的黃彰輝，留有刻骨銘心的記錄。他回憶1937年從東京大學畢業返台，在船艦相遇四年未能謀面的胞弟黃明輝，兩人意外重逢，欣然以閩南語交談，未料日人喚入船艙並「嚴厲訓導懲罰」胞弟，黃彰輝「壓住不甘願……雙腿跪地」為弟求情；這段經歷，是其日後醞釀「唔甘願神學」的動能之一（張瑞雄，2004，頁31、174-177、366-367）。周婉窈（2003，頁123）轉述日據末期，日本人寫於1945年的日記引述台灣女性之言，指「今天的年輕人……無法使用正確的台語（閩南語）……講台灣語……給人……土語般的下品感」。當代人的小說，對於這段歷史，也見模擬與重構（施叔青，2010，頁109、175-179、183、201-204）。

二戰結束之後，台人開始重新學習「國語」，這是元明清至今，除了口語、也有數百年白話小說書寫積累的「北方官話系統」。國府來台之後，對此著力更深，於是全台不同方言背景的漢人及十多族的原住民彼此之間，也就如同海內外十餘億人口在文字之外，都能以口語溝通，這是國府的貢獻。但不爭的另一個事實是，國府的語言政策未能恢復閩南語「讀書音」的漢文教學，對其他族群的口語也是漠視或壓抑，這是不明智，也當譴責。與此同時，鄭鴻生

（2022，頁387-398）提醒，國府的措施是否曾有日人之嚴苛？應該是一個問題，不是定論，因為至今沒有「看到公文出土」。這就顯示，來自一些國人的經驗，指國府採取「規定或指示……打手心、罰錢、掛狗牌等處罰手段」，也有可能並非來自中央政府的規定。與此同時，反而是如前文所述，日人確實曾有公文明令掛狗牌處罰口出方言的人。事實上，日本對琉球語言的歧視政策，一百多年來，迄未改善。這個作法至今仍記載於知名的英文週刊，它指出，琉球人以前若在公共場合講琉球語，日本政府就在其人頸項掛上侮辱性質的標示牌。[15]

不念舊惡有德　凸顯殖民貢獻有失身分

然而，日本殖民帶給台灣的災難，淡出政府與不少國人的記憶，似乎已有相當時日。兩岸分治之後，我國不念舊惡而仍然借重日人、日本文化不因兩國斷交而不流行、政府在與日本出現領土主權爭議時聲索不力，乃至僅凸顯日本殖民建設的部分，相較於所有前殖民地的表現，特別是南韓，都很特殊。

何以如此？張若彤（2021）提出相當罕見的看法，他以林茂生與《台灣民報》為例，認為林茂生在二二八期間遇害之後，是台灣民間反日現象消沉之始。他提出的史料、觀點與解釋不是主流，但究其展現的眾多材料，信而有徵，不是空言或曲解。真相究竟是哪一種，筆者這個階段並無能力檢證，惟以其論述有據，且對國人至今親日的原因，提供了值得參考的道理，也就引介如後。

原來，二戰之後，官方對日清算其實做得非常保留，「台灣民間要求清算的聲浪反而走得比官方更遠」（張若彤，2021，頁207）。當時陳儀採取「經濟統制政策……輿論則採取放任主義」，因此十餘家報紙「幾乎無日不有批評政府……甚至不依事實……（的）惡意醜詆」，「清算日本御用紳士的聲浪居高

---

15 語言學者認為，日語及琉球語的差異，如同英語及德語，但日人併吞琉球並改名為沖繩以來，就宣稱琉球語是日語的方言，禁止在校使用，若有人口操琉球語，就在其頸項掛上侮辱性質的標示牌。二戰後美軍占領為示與日本有別，美軍鼓勵使用琉球語，但琉球人不歡迎美軍占領，導致母語的使用變成是服從美軍，說日語反而成為抗議工具，是琉球人要脫離美國統治的示意！Unesco在2009年宣告六種琉球語瀕危，琉球人開始努力予以復甦，在琉球本島較有進展，但東京當局仍然不願意承認琉球語的獨特性質。參見Economist（2022b）。

不下」（同前引，頁345-348）。比如，台灣第一位留美博士林茂生（1945）在陳儀代表蔣介石於台北接受日本投降當天，就在《前鋒》雜誌撰述千字文，表示「凡我同胞當此光復共慶之秋，當有三種大發現」，以前是「帝國主義桎梏之下」，「我不是人」、「五十年來……我輩……無社會正義……」、有的是「偽國家」，現在「則發現我是人……有人格」、「今也……利害共通同胞相助……是真社會」、「今也復到我父祖五千年來之國家，復到存明抗清之鄭成功之國家，與四萬萬同胞同心同德」。是以，林茂生就教台大教職時，「常穿著中國式的長衫來學校……努力學習中國語，也勸學生要學習祖國的語言」。林茂生還主持《民報》，該報1946年元宵節的廣告燈謎題目，出現「台灣舊政府的人員，非刪除淨盡者，尚有禍根」。答案揭曉之後，赫然是「棄我去者昨日之日不可留；亂我心者，今日之日多煩憂。」（張若彤，2021，頁182-184、188）林茂生鼓吹清算日據時代「真正失去民族正氣之徒」，《民報》在二二八之前，數度報導「奸商匿米不賣，民眾憤怒，喊打……」，「奸商錢某為要囤積日貨，強迫隔壁房客搬家……」。於是，「米荒導致人民痛恨奸商、政府順勢處理走私囤米巨商、巨商藉二二八事件起來反抗陳儀政府」（同前引，頁205-206、222-223、299）。林茂生遇害，後人多認為或暗示是陳儀政府所殺，張若彤質疑之，他並推論，陳儀因為知日「甚至親日」而阻擋台人清洗日人及其依附者。至於林茂生，他固然批評政府，但同時另有其他工作而與政府「合作中」；那麼，林茂生反而可能因為「激烈鼓吹清算……日本時代與日本人合作的地主與資本家」而遭「清洗」，「容不下林茂生」的人，可能是本省地主與資本家（同前引，頁344），不是陳儀等外省人。積極領導民間反日的林茂生之遇害，是「激烈主張清算日本殘留勢力的主要力量……被趁亂除去」，代表了戰後台人反日力量的覆滅。（同前引，頁348、345-350）

但何以反日領導人隕命，無人繼起？二二八驚嚇台人並讓台人對國府失望乃至厭惡，是不是、以及在多大範圍內，可以解釋台人對殖民者日本的記憶？這兩個問題的答案或許已有公論而本文不知。但確定的是，國府來台後，政府就已經因為兩岸的對峙而對日本有所求，這也很可能是國府淡化日本殖民惡行的原因之一。

總統蔣介石為了「反攻大陸」，曾經擬定《光計畫》並「偷渡」日本軍官來台組成「白團」對抗中共的「紅」。第一批白團的前日本軍官在1950年1月

來台，年底已超過70人，籌辦圓山軍官訓練班。其後，白團陸續提出「光作戰」計畫，動員演習並開設高級兵學班，至1965年8月其成員裁減，僅留五人，但仍在指揮參謀大學授課，1968年底白團終止運作（野島剛／蘆荻，2015；王怡文，2020）。幾百年來都是國人重要漁場的釣魚台，只有國人定期前往捕魚，不見日本漁民蹤跡，史明在1968年潛返台灣，途中在釣魚台等待兩三天，親眼見證島上搭有數個棚子，都是台灣漁民在內休息，沒有日人前來。（史明，2013a，頁108, 130-131）然而，聯合國專家同年宣稱該海域有大量油氣，釣魚台主權的爭議開始浮現，[16]國府在1970年未能據理強力主張主權，激起海外留學生掀起保釣運動，催生了戰後台灣第一起學生遊行請願（謝小芩等人，2010；王智明等人，2019）；至今仍有釣魚台教育協會持續運作保釣。[17]「上梁不正下梁歪」，國府如此，則反對國民黨的陣營，有人在競選期間無視官方禁令，使用日本軍歌播放助陣（胡家銘，2021），也就似乎情有可原。日本電影在二戰後的台灣可能都很受歡迎，反映於那個年代的「片商，無不想盡辦法爭取日片入台……甚至賄賂官員……」（黃仁，2008，頁236-237）。這個電影現象要在東京與台北於1972年斷交，國府禁止東瀛電影來台之後，才見消失。雖然日本漫畫在台的風行依舊。國府在1980年代中後期重新開放日本電影來台，但不再吃香，取而代之的是日本電視劇（含動漫）。台灣解嚴與資本自由化之後，日本影劇也在台灣的影視流行文化市場，占有一席之地。本世紀的國片《海角七號》引起旋風，顯示日本風或日本文化在台的接受度，業已積累至「親日、哈日」，乃至「媚日」的議論（思想，2010）。

然後，總統與行政院長近日一起前往〈嘉南大圳植樹‧同聲感念八田與一〉（周宗禎，2022）；在〈二峰圳百年紀念典禮〉上，總統「感念台日情誼」，行政院長則「捲褲管潦溪」（陳彥廷，2022）。我國政府的這些行為，不念舊惡可以接受甚至嘉許，但僅強調日本殖民時期的建設，將要招來殖民者訕笑，也愧對反抗殖民的先人；這種一面倒的表現，在日本前首相安倍晉三遭人暗殺身亡後，同樣出現，顯示我國政府脫離日本民意。東京政府決定國葬安倍，消息傳出，日本民意反對者遠高於接受者（本田善彥，2022）；隨後，安倍美化

---

16 https://www.mofa.gov.tw/cp.aspx?n=213

17 https://diaoyutai.tw/

日本帝國並試圖為重新軍事化鋪路，加上日人盡知的安倍醜聞、違反民主的表現，相關報導與評論紛紛出籠。（Nakano, 2022a, 2022b, 2022c, 2022d）。甚至，暗殺安倍的凶手，以其貧窮身分招來同情，也引發政治恐嚇信函籠罩日本官員（高橋政陽，2022）；另有不少日人認為，凶手山上徹也是個英雄，因為他是日本底層階級的發言人，山上所受同情之規模，相當驚人，展現在關押他的監獄，再無空間可以容納外界寄給他的禮品。最後，足立正生以安倍遇刺為本，製作電影《革命＋1》並在戲院播放，知名週刊認定，「殺害安倍的凶手達成他的所有政治目標」（Economist, 2023b）。雖然存在這些負面新聞，並且安倍親台是口惠遠多於實質（曹瑞泰，2022），民間仍有人為安倍豎立銅像，若說國民的行為不代表政府，那麼，監察院長陳菊前往主持揭幕（徐白櫻，2022），至少約略台灣是以官方立場予以肯定，這是再次遠離日本的主流民意。

台灣在二戰後親日　四點討論

戰後，國人的這些日本經驗，與日本以合併為名，實則受其殖民的兩韓，很不相同。北韓因體制而敵視東京如同北京，南韓政府似乎沒有類似我國政府的對日言行，並且，南韓至今存在強大聲量，痛責日本併吞與殖民韓國35年所造成的傷害（另見許介鱗，2011）。[18]

何以有此差別？試討論四點。一是南韓面積略小，但人口將近北韓兩倍，台灣與大陸在這兩項指標，相去太大，我國外交空間較難迂迴，時而產生心理與實質的自信與自詡不足，依賴外力的傾向於是明顯。二則除了白團的軍事連結，日本流行文化在國民黨執政期間，已在本地受到部分群體的歡迎，經貿及影視自由化後，更見發展。第三，「外來政權」這個概念，最慢從1989年起，就在選舉場合出現，並且逐漸成為標籤，專門用以指涉從大陸撤退來台的國民黨府（本報選舉新聞中心政見分析小組，1989），在台灣造成諸多殖民惡果的

---

18 最近的一個例子是南韓法院2018年定讞，裁定日本殖民政府當年徵用韓國人工作致使受害，必須賠償，引來日本報復。兩國衝突四年後，美國不願日韓相爭損及其軍政聯盟，斡旋讓首爾在2023年宣布由南韓企業代償。新聞傳出後，南韓民眾抗議，在國會300席次擁有180席的最大（在野）黨則批評這是「屈辱外交」（茅毅編譯，2023）。

日本，反而免脫其外。

然而，「外來政權」是「不適當的概念」，並且禁不起選舉考驗。（楊穎超，2011）就算國民黨與日本都是外來政權，何以二者在台灣得到的評價，近年來差異很大，也不公正。日本真比國府，對台灣有更大「貢獻」嗎？主政人物不願意提及、遑論強調日本肆虐台灣的殖民歷史，這是帶有政治目的之歷史遺忘。

電影《返校》簡化歷史情境，但它問觀眾，「你是忘記了，還是害怕想起來？」這句話，對國人的歷史記憶，是重要的提醒。日本殖民已經結束將近八十年，二二八與白色恐怖最嚴重的年代，不是也結束了七十多年，以及五、六十年嗎？十年、二十年就超過了「轉型正義的追訴」期限嗎？肯定殖民者亦有建設，並無不可，也是實事求是。然而，不必遺忘、也不必扭曲歷史，今日同樣可以親善日人友好東瀛。假使寬宥外族卻轉身追殺同族，心術正當嗎？前輩史明的兩岸觀未必讓人信服，但他的人格與努力的事蹟動人、受人尊敬，他對部分政治人或國人的告誡，顯然是當頭棒喝：「比較被日本或國民黨統治何者更好……非常愚蠢。」（金容沃／朱立熙譯，2006，頁105）新聞人、政治人吳豐山公正不偏私，他認為「兩蔣……來台，無疑是國共內戰的延續……如果那時候是中共入主台灣……會比白色恐怖更加不堪……『政黨輪替』意謂概括承受。中華民國國祚延續的『政黨輪替』不是『改朝換代』。」（黃清龍，2020，頁17-18）國民黨撤退來台已無退路，在冷戰背景下，為了要自保，所以努力建設台灣，成績不但不低，並且委實已經高於日本的殖民統治。因此，二戰後至本世紀前，政府蓋了十四座水庫，遠多於日本的個位數。（黃瑞明，2021a，2021b）從1950至2008年，全球百餘國家，實質人均所得增加，台灣以22.8倍僅略低於南韓的23倍（瞿宛文，2017，頁1-2、15-16）；若僅計算至上個世紀最後一年，則因本世紀前八年民進黨執政期間，南韓實質成長高於我國，那麼，國民黨掌權時期的經濟成績，不就是世界第一嗎？我國的晶片產業若是可以推崇，而且台積電也真是護國神山，那麼，這些成績不也是國民黨執政期間所規劃與建設完成的嗎？（簡永祥，2023；葉萬安，2023）

日本與國民黨政府都是「外來政權」的說法，存在已經一段時日。若是這樣，當以相同的標準衡量，尊日貶國民黨就不公正；假使硬要數量化，雖不妥，但真要評價，應該如同吳豐山所說，蔣介石「功大於過」。惟許多年來，

台灣僅看當代的日本、也僅選擇性地看歷史，表現在前引總統、行政院長與監察院長的言行，相當明顯，於是事實顛倒。造成逆反的原因，只能諷刺以言，是「內外有別」；國民黨其實是自己人，日本是外人，於是「嚴以律己，寬以待人」。有此雙重標準，也就給予日本較高的評價，凸顯日本殖民台灣的建設而略過其迫害不談；國民黨變成只有製造白色恐怖的形象而不是經濟建設的功臣。

我國親日但刻意忘卻日本殖民罪行的第四個，可能也是最重要的原因，或許還是得從兩岸關係找答案。

北京持續不承認中華民國的存在，不理會台北。我國也不理會北京，不接受一國兩制固然合理，但台灣僅將兩岸關係停留在維持現狀，並未穩定提出或試探兩岸或許都能接受的政治關係。這就使得美國對「中」政策改變，發動反「中」並形成氛圍後，「外來政權」的陰影捲土重來或幽靈徘徊。現在，北京政權是不肯放棄武統台灣，置台灣於險境的「外來政權」。「中國」一詞及源出中國的任何字眼，使其消失於眼簾，變成部分國人逞一時之快的反射；[19]他們不肯承認的是，若是真要予以抹除，僅有不思不想、不言不語、不聽不看，始有可能將有關中國的任何牽連，盡數排除而全盤抹煞。不說這根本勢有不能，退一步言，即便力有所及而可以抹除兩岸的歷史及文化語言等連結，這對探索兩岸都可接受的政治關係，不會產生任何正面作用，反而會使我國在這個情緒結構中，因為無意或刻意減少與對岸的互動，致使台灣可能更為不利。

蔡英文總統向原住民的道歉，是遲到的修辭正義，仍然應該肯定，但道歉文字涉及的荷蘭與日本殖民及清人墾殖的史實，及國民黨的統治，背離史實，是大缺失。造成史實扭曲的原因，也許有誤認的成分，但兩岸關係迄今尚無雙方都能接受的內涵，是不是政府要結盟前殖民者對抗北京，於是美化日本有以

---

19 一個例子是「閩南語」一詞，有人執意主張，該詞應該改為「台灣台語」，不能是「台灣閩南語」（陳宛茜，2022；馮建三，2022b；何定照，2023）。至今沒有一個國家有這個怪異的語言稱呼。美國與加拿大及澳洲、紐西蘭等國，最先移入的人口以英格蘭人為主，今日其通用語也都稱之為英語。這些國家不會、外界也不至於將英語講成「美語、加語、澳語或紐語」，即便有人稱「美語」，也知道是美式英語。「台灣台語」這個語彙，混淆了「政治（體制）」與「文化／語言」的認同，也是自欺欺人。使用「閩南語」一詞，不使國人認同對岸政治；使用「台灣台語」，無法否認這個語言來自對岸。

致之？「維持現狀」現狀並不合理，無法長久維持，若不提出第三種，兩岸的真正關係僅存兩種。一種是台灣主流民意不接受、如果北京與台北是主從關係的「一國兩制」；一種是敵視北京並有可能為美國所用，因此對岸不會同意的「台灣獨立」。兩岸關係尚未出現兩岸都能接受的第三種模式，道理何在？對岸需要檢討，我國也要反思。

他人無法代勞對岸，我國需要面對已經形成的惡果：歷史意識的散失、沒有定位，以至於誤認與扭曲歷史。

誤認歷史，或是刻意認定來自大陸的漢人與清廷建立的政權與荷人及日人，並無不同，都是「外來政權」，甚至想要以此打擊政治競爭者，這是需要矯正的認知，或者，是必須揭露的居心叵測。懼怕政治談判，認定北京與我國無法協商，難以得出兩岸能夠永久和平的政治關係，這是不曾努力就先放棄，並不明智，也是慵懶自誤。扭曲歷史，只說清廷鴉片戰爭之後更是顢頇無能，並不能正當化西方帝國的入侵，反而變成「譴責受害者」（blame the victim）（Said & Hitchens, 1988），有違道理，情何以堪。僅說當前台海的戰爭風險，原因只會出在北京不肯放棄武統，卻未分析全豹而發現台海戰爭亦可能來自美國的「善意」或戰略考量，則是應驗陳光興（1994）的診斷，顯示我們僅是依循美國的「帝國之眼」在看待、理解世界與兩岸關係。

美國的「邊疆擴張神話」及其海外運作

在美國，歷來都有自詡之人，認定美利堅是善的力量、有功於世界，不僅軍政經優越，美國人的道德與生活方式，也是世人欽羨。秉持這個認知的學者至今認定，美國是世界的希望、自由民主的燈塔與捍衛者，即便近年來，美國不再於此前進而是撤退，迎上前來的是中俄土伊（朗）及遜尼派伊斯蘭勢力，但無礙於這類主張的持續存在。（Lévy, 2019）

與此對立的論述，同樣不在少數，書名就已清晰陳述這個看法者，例子來自《美國的例外與美國的無知：假新聞的人民史，從革命戰爭到反恐戰爭》，兩位作者提醒，「我們美國人所受的教育總是說，美國是世界之善的力量，即便我們建國以來，就有蓄奴的歷史、滅族原住民的紀錄，以及在世界上發動了

百年以上的帝國戰爭」（Sirvent & Haiphong, 2019）。

美國的「邊疆擴張神話」

美國史學教授格倫丁的著名近作（Grandin, 2019／夏菉泓、陳韋綸譯，2023）屬於後者，他指出，「美國歷史的黑暗根源」來自於「邊疆擴張神話」。這個邊疆有兩個內涵，一指涉「地理」，二指涉「理念」。

地理邊疆擴張之說，誘導美國人通過戰爭取得更多領土，藉此舒緩本國內部的種族與階級問題，以及公益與私益的衝突。美國獨立之後，繼續親近英國的人群北遷，雙方持續衝突也有多次戰役，至美國在1812年6月再向英國宣戰，要取加拿大，雙方各有勝負，無法全勝也沒有全敗。僅持至1814年底，美加簽約停火，後人遂稱這場交火兩年多的戰爭，是「終止（兩國）先前所有戰爭的戰爭」（Newman, 2016, pp.183-202）。[20]既已無法向北擴張，美國開始向西、向南，向海洋前進。美國史學者畢爾德（Beard, 1939, p. 338-339）說，在1890年左右，「飄飄然自我感覺良好的興奮之情」（giddy minds）已經形成，並且開始主導美國外交的意識：「美國長成，已是男人，穿上長褲。大陸跑遍，越過邊境，美國不能再有孩子氣，已經是世界強權，跟進英法德的腳步，要建設巨大海軍，在全世界奪取殖民地，建立海洋基地，建立貿易據點。美國要縱身躍進，要與各大歐洲強權爭雄，要把『文明』帶給『落後』種族。」反對擴張陣營的人在十九世紀末說，美國「四周鄰國無一強大，世界主要國家當中，惟有美國沒有強鄰威脅」（Healy, 1970, p. 216）。惟「言者諄諄，聽者藐藐」，「要把『文明』帶給『落後』種族」的「善念」仍然勝出，美西戰爭還是在1898年爆發。美國的邊疆首次跨洋推進，華府取得或在很長一段時間，實質支配菲律賓、夏威夷、波多黎各與古巴等地。

美國海軍陸戰隊最知名的少將巴特勒（S. D. Butler），16歲參軍，就是從美西之戰開始，後有八國聯軍對中國之戰，以及入侵巴拿馬、尼加拉瓜、宏都拉斯、海地、墨西哥、菲律賓等等。到了生命最後五年，巴特勒從1930年代中期起有了覺醒，他投入反戰，對抗帝國主義與大企業財團，坦承「我過去是為資本主義牟取不義之財的人」（Katz, 2021; Tollerson, 2023）。

---

20 另見1812年戰爭大事記：http://www.archives.gov.on.ca/en/explore/online/1812/chronology.aspx

二戰結束不久，即便仍然發動戰爭（見後，）但聯合國已經成立，美國的軍事力量無法再次用來攫取領土。此時，邊疆不再是「地理」指涉，這個時候的「邊疆擴張」，是軟硬兼施，執意推行由美國「善意」人士或國家利益所界定的「理念」。舉世最高的國防預算，以及愈來愈多的海外軍事基地（2015年是686個，2023年超過750個，並且「愈來愈多環繞中國大陸」）（Vine, 2015; Bledsoe, 2023; Goodman & Vine, 2023），是美國不占據領土但延伸美利堅影響力的重要憑藉；舉世最高的生產毛額與全球通用語的英語、高教及傳媒優勢，則讓美利堅在推進其片面的理念之時，大有斬獲。

統治美國主流意識的理念之一，在經濟方面是「下滴理論」（trickle-down theory），認為經濟成長會讓成果「自動」往下分配，不勞公權力介入；或者，公權力僅需確保經濟上層的人有錢，他們就能通過投資等行為，往下分潤其成果。[21] 往海外，則是「資本自由貿易」的全球化，即便它衍生本國及他國的諸多經貿、就業、難民與移民的問題。政治方面，美國在國際政治與外交方面，先以「反共」為由，後以「自由民主」的信念，選擇性地對抗「專制奴役」，醞釀也造成了武裝衝突。

邊疆神話的「下滴理論」與「資本自由貿易信念」已經遭到很多挑戰，包括美國自己的違反。比如，「世界貿易組織」部長會議在1999年底，首次在美國本土舉行時，海內外數萬人蜂擁至西雅圖抗議。（Solnit & Solnit, 2009; Deusen & Massot, 2010）接著，美國次級房貸亂象引來金融核爆的肆虐，於是茶黨在美國興起、「占領華爾街」、「我們是99%」運動從紐約快速擴散至海外，演變至2016年有了川普（Donald Trump）在美國崛起。除了美國主流政黨的極化對立更見明顯，在全球範圍則坐實了這種「資本自由」的貿易全球化，使得「富國的富人與窮國的窮人形成……默契上的聯盟……富國勞工失去議價力量」（Milanovic, 2019/陳松筠、孔令新譯，2020，頁193），這也是聽任「財富和權力的集中……造成（按：西方富裕國家）『中產階級的空洞化』和『民粹主義、國家主義、仇外的強烈反撲』」（Giridharadas, 2019／吳國卿譯，2020，頁236）。晚近，這些資本自由貿易的惡質面向，迫使美國「自毀長城」，選擇

---

21 Sowell（2012, p. 2）認為，從羅斯福總統到歐巴馬總統、從《紐約時報》至《華盛頓郵報》，再到美國知名經濟學者，都有這類言詞，但Sowell認為，這些只是流行誤解。

性地予以推翻，具體表現之一，就是美國等於是以政逼商，要求台積電至美國設廠，使得台積電創辦人張忠謀說出〈全球化、自由貿易幾已死〉（葉亭均，2022），並在台灣引發一連串議論。[22]

美國總統從川普至拜登（Joe Biden），相繼以實際政策，有選擇地違反「資本自由貿易」。作為「邊疆擴張」的另一組信念（「反共」與「自由民主」），除了很多國家並不接受，美國本身也經常採取雙重標準，或選擇性運用，在大多數時候，推動自由與民主純屬修辭，並未真正指導美國外交。

逆反「美國神話」的政治力量稍縱即逝

曾經起意，想要和平共處而不是高舉反共意識形態對抗他國的美國總統，似乎僅有兩位：羅斯福（F. D. Roosevelt），以及，甘迺迪（J. F. Kennedy）。說「似乎」，是因為前兩位雖然是總統，但其反神話的表現，為期短暫，或僅是有跡可尋而在實踐前已經機會消失。

先說羅斯福。他生前信心飽滿，認定美蘇兩國將進入「良好感覺的年代」，史達林在雅爾達高峰會的讓步，更讓羅斯福的信心有了依據。其次，日本偷襲珍珠港後，他支持越南共產黨人胡志明領導反日作戰及爭取獨立，惹來法國憤怒指美國是「幼稚的反殖民」（Mahoney 1983, p. 10-12）。惟羅斯福若沒有在1945年4月去世，他的不反共路線能否持續，或者終究也將轉變，已經無從驗證。[23]但擔任他四年副總統（1941-45）的華勒斯（H.A. Wallace）在卸

---

22 比如，查詢「聯合知識庫」2022年12月9日至2023年1月20日，有11篇評論：經濟日報社論（2022/12/9）〈全球化沒死只是大改版〉《經濟日報》A2。張大仁（2022/12/9）〈全球化幾乎已死？沒那麼簡單〉《聯合報》A8。周育仁（2022/12/13）〈全球化沒死會回歸市場〉《聯合報》A11。陳美君（2022/12/13）〈看全球化……未必死亡〉《經濟日報》A2。廖啟宏（2022/12/14）〈自由貿易瀕死？還活蹦亂跳〉《聯合報》A13。聯合報社論（2022/12/14）〈拜登唱全球化輓歌，台灣如何應戰？〉《聯合報》A2。辛翠玲（2022/12/15）〈為什麼他說全球化可能已死？〉《聯合報》A13。劉秀珍、仝澤蓉（2022/12/15）〈陶冬：逆全球化時刻來臨〉《經濟日報》A2。黃齊元（2022/12/17）〈台灣需要新的全球化論述〉《聯合報》A7。葉亭均（編譯2023/1/17）〈IMF示警地緣經濟分裂重傷全球GDP〉《聯合報》A1。經濟日報（2023/1/20）〈逆全球化來了三趨勢浮現〉。《經濟日報》。A4。以上評論未列入本文的「參考文獻」。

23 史學與政治教授德瑞克（Drake, 2022）認同畢爾德（Beard, Charles Austin）的見解。畢爾德以經濟解釋美國的政治，包括憲法，此外，他論證，美國所有對外戰爭的原因，都涉及經

任後的言行，倒是與羅斯福的政策方向，若合符節。

華勒斯在1948年代表「進步黨」，提出和平政綱參選總統。他反對旨在圍堵蘇聯的馬歇爾政策，也反對戰爭政策產物的北約（Schmidt, 1960; Bacon, 2023）；他所追尋的「新世界秩序」（Maze & White, 1995）也是自由主義，但不同於戰後美國反共的自由主義（Markowitz, 1973）。他同時主張經濟民主，相通於羅斯福提出的四大自由之「免於匱乏」（freedom from want），但已遭批判者說它是「共產主義或社會主義」。（Blum, 1973b, p. 34）在他身後出版的日記，他還寫著：「戰爭的危險起於⋯⋯美國或英格蘭的帝國主義，遠多於來自共產主義⋯⋯如果我們能夠克服西方世界的帝國欲望（imperialistic urge），我堅信就不會有戰爭。」（Blum, 1973a, p. 669）

甘迺迪在1961年就任美國總統後，聲稱要確保自由的勝利，因此擴大了派駐越南的美軍規模。但是，在古巴飛彈危機解除之後，他在1963年6月10日對「美國大學」畢業生講演〈和平的戰略〉，最慢在那個時候，他的國際政治觀，已經明顯改變（Sachs, 2013）。在這次講演，他呼籲美國人「檢查自己對和平的可能性、對蘇聯、對冷戰進程和對本國的自由與和平的看法⋯⋯同時也為俄羅斯人民在科學和太空、經濟和工業發展以及文化方面取得的許多成就和英勇的行為而歡呼」；甘迺迪又希望，「停止軍備競賽⋯⋯幫助聯合國解決經費問題，使它成為更有效的和平工具」。接著，他宣布美蘇與英國即將於莫斯科「舉行高級會議⋯⋯達成全面禁止核試驗的協議。」（Kennedy, 1963）然而，再過五個多月，甘迺迪遇刺身亡。一些研究者認為，這個新國際觀與外交觀的改變，可能是他遇害的原因之一；從遇刺當年開始，官方與主流傳媒已經不接受這個看法，而是將其污名化為陰謀論。（Morrissey, 1989）最近，就甘迺迪這個新面貌再次探索的人，包括史東。（Stone, 2021）他有多重身分，越戰退役軍人增加了他對和平發言的份量，著述質量可觀（包括與人合著《人所不知的美國史》並據以完成十部紀錄片），使他作為導演角色的工作成果，更有動

濟。這位進步史學者起初認同羅斯福的新政，但後來認為新政不足以徹底重組美國經濟生活，仍將是寡頭而不是民主政治，他並且認定，羅斯福的「外交政策會導致為了帝國而有的永遠的戰爭」。德瑞克摘述畢爾德的論證框架之後，又指當代承繼畢爾德思路與看法的人是胡德森（Michael Hudson）。

人與取信於人的作用。先前，史東已經出版討論甘迺迪的專書，也有備受矚目的劇情片《誰殺了甘迺迪》（*J.F.K.*）（1991），三十年後，史東再以紀錄片闡述，表示「我們發現證據確鑿，從1963年5月系列會議以後，甘迺迪已經想要從越南撤軍。」他在6月對「美國大學」畢業生講演後，「再也沒有任何美國總統能夠挑戰情治單位或軍方的權威。它們擁有絕對自主權，預算不斷增加。……傳媒毫無意願帶回這個主題……但是，此事重要無比……美國……總是不斷作戰，從不停止。甘迺迪正是為（譯按：結束這個不斷進行的戰爭）而奮鬥……他是追求和平的勇士。『美式和平』（Pax Americana）很有問題，他已經心知肚明。」（Rampell, 2021）

甘迺迪遇刺後十年，曾經批評轉型前甘迺迪的麥高文（George McGovern），在1972年成為民主黨總統候選人，捲起一個世代美國人的理想認同。記者湯普森（Thompson, 1973）跟隨採訪，報導從不說假話的麥高文，他報導麥高文選戰的文字後來結集為《恐懼與憎恨：競選歷程72》這本專書。後人推舉該書是政治報導的「聖經」、美國所有政治記者必讀，因為這本選戰報導具有「詩意般的願景，彰顯理想主義者籲求更好的世界」。（Taibbi, 2012）在成為總統候選人之前十年，麥高文已在越戰初期，「正確地辨識……這不是中共出於陰謀引發，基本上是（北越與南越的）內戰，南越的殘暴政權幾乎沒有民眾支持，美國力挺南越不僅是道德上駭人聽聞，對於美國的聲望也是重大傷害」。麥高文又說，「甘迺迪總統的團隊派送武器與金錢進入東南亞，盡皆用於鎮壓美國聲稱要捍衛的自由諸權利。」（Cooper, 2017）但是，在反共已經是舉國奉行的意識形態之美國，麥高文這個外交視野與政策，變成是對建制外交的「造反」，致使他在1972年代表民主黨成為總統候選人，不只是個人的參選，而是變成一種事件，產生了催化作用、團結了不滿所屬政黨的民主黨人結合於保守派及新左派，成為「新保守派知識份子」這個「獨特的外交政策群體」。（Haar, 2017, pp. 32, 38）

「新保守主義」與美國海外戰爭

美國反資本建制的社會動能，沒有持續成為主流，雖然在1960、1970年代尚稱興旺，卻在十多年之間，從高潮轉入低迷。與此相反，作為對反建制之反制，混合了某些左派、自由派與保守派元素的「新保守主義」（neoconservative,

Neocon）卻在這個階段成形，至今仍然在很多時候，影響乃至支配美國的外交動向。它欲求「強大的國家……認定戰爭與準備戰爭，會是個人德行與公共精神的重建……特別是如同克里斯托（Irving Kristol）所書寫，新保守主義籲請愛國主義再起，要以強大軍事力量擴張外交政策（的主張）。」（Brown, 2006, p. 697）

　　本世紀初的美國新保守派代言人，職務最高的是擔任總統小布希（George W. Bush）八年副總統的錢尼（Dick Cheney）；先前，他也擔任總統老布希（George H.W. Bush）的國防部長四年。在川普競選總統當年，他與曾任副助理國務卿的女兒（，是川普當選後，挑戰其共和黨內地位的第一人，）聯合出書，書名赫然是《卓越非凡：世界何以需要強大的美國》（Cheney & Cheney, 2016）。民主黨不遑多讓，或者，應該說，是更為強烈展現新保守的作為。俄羅斯專家的柯亨教授在更早之前，就有專書備妥材料，論證柯林頓（Bill Clinton）總統團隊在1990年代中後期，就已經發動對俄羅斯的「新冷戰」，到了歐巴馬（Barack Obama）年代，這個情勢升高，總體後果就是烏克蘭成為美俄致命的對抗核心（Cohen, 2011）；十多年後俄羅斯入侵烏克蘭，驗證了柯亨的警示（Gaido, 2023）。

　　民主黨在拜登入主大位之後，其外交由新保守派當家的證據之一，是俄羅斯入侵前一年，白宮對「藍德（Rand）公司」智庫的意見，不但置若罔聞，並且反其道而行。該智庫約有四分之三年度經費[24]由國防軍事情報外交……，加上美國聯邦與地方政府提供，它的研究報告建議，「美國應該大幅度減少對歐洲的軍事承諾，也要大幅減少駐軍，並鼓勵歐洲發展自己的軍力，美國則改造或退出北約。接受俄羅斯在這個區域的周邊國家，有其影響力，對俄羅斯採取較不對抗的政策，並且美國理當與……俄羅斯妥協……不再……擴大北約，也不再援助烏克蘭那麼多。」（Priebe et.al., 2021, p. 27-28）但是，拜登的國安與外交團隊不此之圖，繼續以「善意」支持烏克蘭申請加入北約。從柯林頓到歐巴馬，再至拜登，無不顯示民主黨相較於共和黨如錢尼父女之新保守主義立場，更為濃厚（另參考Kristol, 1983; Fukuyama, 2006; Roberts, 2015; Brenner,

---

24　https://www.rand.org/about/how-we-are-funded.html

2022；崔之元，2003；關中，2022）。[25]

在當代美國知識界，著書立說「發揚」新保守主義國際觀最知名也最多產的作者之一，是卡普蘭（Kaplan, Robert D.）。他上電視（Weir, 2007）、著作是美國部隊必讀（Hoy, 2020），人稱之為「鷹派新保守主義者」（Hayden, 2015）。美國遭到911恐攻之後，他表示，「世人皆知，每一年，美國有專業軍人在150個國家運作……即便有人不願承認。……再說美國……是軍事帝國……已是陳腔濫調」。但是，美國必須捨棄直接派軍隊作戰，「美軍55萬人在越南作戰，成績乏善可陳，但單是出動地面特種部隊55人，就成功讓薩爾瓦多的右翼群體取得政權……這是未來的模式。」（Thieme, 2003）然後，他說「西非很緊要，是下個邊疆」；美國國防部「復甦」西非，使其脫離困境的途徑，派軍征服非洲的成本太高，「省錢的方法」是與當地安全部隊合作，並由民間承包商支持，「美國只做不說，靜悄悄……審慎圈定伊斯蘭恐怖團體，予以殺害」即可。（Irelan, 2008）對他來說，終結無政府狀態，需要「帝國，由美國軍人逡巡警戒，一手持突擊步槍，他手拿出糖果棒」，威脅利誘齊下。美國邊疆已經延伸至海外，從非洲至中東再到東南亞，乃至「整個星球」現在都成為「美國軍事的作戰空間」。（Bacevich, 2005）雖然如此，作為跨越保守派與自由派及左派的「新保守主義者」，以其大量著作，夾雜道德自恃與武力才能為「善行」背書的書寫，時而產生欺瞞作用，比如，關中（2022）抨擊美國「衰退和墮落」，但他居然還是美化卡普蘭（前引書，頁15, 19-24, 425, 封底）。因為，卡普蘭確實曾經在2010年寫著：「強勁的美中雙邊關係……對二十一世紀全球體系……是最好的情況，真正的全球治理（world governance）因此而成形……唯有台灣和中國大陸合併……才是……多極世界真正出現的標誌……」。然而，除了他也說雙方仍可能「劍拔弩張……兩國海軍交鋒」之外；（Kaplan, 2010／廖婉如譯，2021，第15章）他也另有強調：「美國在太平洋與中國的軍事競逐，決定二十一世紀的走向。中國是比俄羅斯更強大的敵手。」（Hawkins, 2022）並且，更為晚近的柯普蘭，再有新保守主義者的耀武揚威。

---

25 不過，關中（2022，頁42-3, 129, 197-206, 215-26）一書固然抨擊「新保守主義」外交政策之害，但集中在鋪陳政界的國安與外交等高官員之言行，他對知識界「新保守主義」似乎較不戒慎（見後文），並且對柯林頓與歐巴馬等民主黨總統，批評少而肯定多。

他說，美國從中東撤離、大潰敗於伊拉克與阿富汗，以及在卡布爾機場的美軍撤退景象之混亂，固然引人側目，但「從戰略觀點看，這只是皮相，不是實質」，美國的「海軍與空軍依舊在這個星球的大塊地區巡航，如同美國在歐洲與亞洲的聯盟體系，無一不是堡壘」（Kaplan, 2021）。這個自詡及自信，預告了半年後，歐美及亞洲富裕國家確實仍以「堡壘」自居，不惜以烏克蘭作為代理人，開戰俄羅斯。

美利堅則是「堡壘」的堡壘，套用柯普蘭前文（Kaplan, 2021），原因是她的石化能源自給自足、水源豐沛、鄰國無人為敵。然後，我們應該還要加上，美國的國防預算占國民生產毛額（GDP）比例，雖然從越戰最高點的9.4%（1967）降至2021年的3.5%，[26]仍然是歐洲聯盟（EU）平均值1.5%（EU最大國德國是1.3%）[27]及中國大陸1.7%[28]的兩倍以上。俄羅斯投入較高比例（4.1%），但因俄羅斯的低GDP，其國防總額折合美金是659.1億美元，[29]不及美國8007億美元的十二分之一。

美國是全球最安全的國家，除日本在1941年偷襲距離美國大陸仍有3700公里的珍珠港，扣除2001年的911恐攻，美利堅國土從來沒有遭到外來侵略，但華府隨時備戰、也確實不斷發動或參與戰爭，遂有龐大無比的軍事預算。箇中原因，除了新保守主義以備戰是在重建個人德行與公共精神，新保守主義也自詡美國的外交，出發點是「美國有責任也有能力領導世界」，這個「利他的抱負」來自三個「善意」：美國沒有私心，是國際公共財（和平與秩序）的仁善提供者；既然歷來無私，那麼，美國可以部分免受國際規範，各國理當接受，或者給予容忍；美國的物產豐隆，軟實力無敵（Brenner, 2022）。這類自詡而其實是誤信，不限於廟堂之士，應該也已經深入社會人心，因此，「卡內基國際和平基金會」前任總裁馬修士（J. Mathews）在2015年這樣寫著：「美國對國際安全、全球經濟成長、自由與人類福祉的貢獻，已經彰彰自明，非常清楚地指向造福他人，因此美國人長久以來相信，美國是個與眾不同的國家。別人

---

26 https://data.worldbank.org/indicator/MS.MIL.XPND.GD.ZS?locations=US

27 https://data.worldbank.org/indicator/MS.MIL.XPND.GD.ZS?locations=EU

28 https://data.worldbank.org/indicator/MS.MIL.XPND.GD.ZS?locations=CN

29 https://data.worldbank.org/indicator/MS.MIL.XPND.GD.ZS?locations=RU

在推動自己國家的利益，美國卻促進普世原則。」（Chomsky, 2016／林添貴譯，2018，頁314）

這個新保守主義的國際政治觀，亦可作為「邊疆擴張」所指涉的重要「理念」，但其實踐的後果慘烈，以下數字雖然冰冷，已可供人勾勒其害。從1953年至今，美國已經成功或試圖推翻（大多數是）民選政府或其領導人各超過50次、干涉30國的民主選舉，鎮壓二十餘國的解放運動。（Blum, 2014; O'Rourke, 2018; Pilger, 2022; Sullivan, 2004）「美國國會研究處」（Congressional Research Service 2022）的報告指出，美國從1991至2022年初的三十年間，在海外從事軍事行動251次，比1798至1990年間的218次，來得還多（CRS, 2022）。紐約大學在2021年發布《秘密戰爭：美國低調利用夥伴國身分或代理武力發動戰爭》報告書，指出本世紀前20年，美國通過地面部隊、代理軍力或空襲等方式，至少在17個國家從事戰爭（Ebright, 2022；喬百戩，2022）。布朗大學（Brown University n.d.）累積二十餘年的調查與研究，提出翔實數據，指出至2020年的二十年，美國以反恐為名發動戰爭，至少耗用美國納稅人8兆美元（我國一百多年的政府總預算），造成從非洲到亞洲（菲律賓）共有85個國家92.9萬人（含美軍7050人）遇難，[30]另有3800萬人流離失所、家園破碎。史密斯（Smith, 2023）則有奇書，自認這是前無來者的努力，他要以這本書對「美國帝國史的大量死亡」展開廣泛考查；其中，單是計算1945至1979年，以及1980至2020年，美國就因為發動或介入戰爭，要全部或局部為這兩段期間的2900萬與2500萬人（不含美國人）之死亡，負起責任！[31]

---

30 有人認為該數字仍屬低估，見後文。

31 導論之外，該書分七章，作者核算相關文獻，推估（1）十六世紀至今殺害美國原住民約1300萬，（2）跨洋奴隸貿易及其後對非洲裔美國人的壓制，至今殺害1800萬黑人，（3）十九世紀以來，美國工作場所發生的職業災害與死亡，以及職業疾病與反勞工暴力大約致死1350萬，（4）從1775年獨立戰爭至二戰結束之前，美國在國內或在海外投入戰爭或軍事介入（包括支持海外法西斯），美國要為1.27億人死於戰爭或暴力衝突而全部或部分負責，（5）與（6）的1945-2000年死亡人數正文已述，（7）指美國發動或介入種戰爭，加上其他形式的暴力導致的美國人生命之損失（，但也包括危險藥品、菸草與不安全的消費產品、健保系統與污染等造成的）美國人與外國人之死亡（惟美國人在海外擔任傭兵與軍事承包商死亡人數沒有計入）人數7400萬。作者指過去五百年來，美國帝國造成的非正常死亡人數，加總這七類，接近三億。（Smith, 2023各章最後數頁）

面對這些實況，難怪很多人對白宮「夫子自道」的「善意」介入他國之說，嗤之以鼻。甚至，美國的歐陸盟友不解，白宮何以言行不一而樂此不疲？不少美國公職人員則曾吹哨，揭露華府的真實面貌。

先看蕭伯納（Bernard Shaw）之後，英國最優秀的劇作家品特（Harold Pinter）對美國的評價。對於人際互動與情感思維，品特不從「真相」與否去掌握，因為「善未易明，理未易察」，人們經常各說各話，使得「驗證」（verify）相當困難，甚至不可能（廖本瑞，1991，頁81-95）。但是，品特對於美國的外交罪行，應該是鑽研深刻，於是並不猶豫，而是斬釘截鐵，認定那些劣跡犯行罪證確鑿。品特在2005年得到諾貝爾文學獎，瑞典皇家科學院的頌詞「讚揚他是人權鬥士」（朱邦賢，2005）；在頒獎典禮時，他因生病不克親往，但是仍然隔空發表鏗鏘有力的演講：

> 美國（外交的）各種罪行出於系統性與經常性為之，邪惡並且從不悔悟，但是，很少人真正把這些事情當作一回事，很少談論。你得將這些事實攤開給美國人看。美國在全世界以臨床診治的精確，操作權力，但化了裝，讓自己變得像是推進普世善行的力量。無與倫比，只能說這是傑出，乃至很有智巧、高度成功的催眠術（Pinter, 2005）。

更嚴厲的指控，也有人成書《以自由之名：民主帝國的戰爭、謊言與殺戮》（Vltchek , 2013／宣棟彪譯，2016），就是在指控美國。對於一些人來說，這樣的書名也許誇大，會被認定是凸顯特定事實而意圖造成以偏概全的印象；即便如此，書名所示仍是重要的警惕，或許能夠頑廉懦立，讓懷疑美國對外活動並沒有那麼惡質的人，或遲或速，漸次認知美國對外戰爭的醜陋與恐怖。歐陸國家固然是美國盟友，卻也認為，他們是「在善良的外衣下掩蓋其自私的國家利益的藝術大師……這種偽善是盎格魯薩克遜人思維中的特有怪癖。」（Mearsheimer, 2014／王義桅等人譯，2021，頁70）

若以曾任美國國務卿鮑威爾（Colin Powell）的辦公室主任維克森（Lawrence Wilkerson）上校的話來說，這種催眠術有一大功能，就是不讓他人知道：「當我們想和誰開戰的時候，我們就『發明』理由。」（CGTN, 2022）這句直接引述來自北京對外傳播的電視頻道，即便是影音重現，仍然可能遭致

懷疑它是斷章取義？惟美國重要的「現在就要民主」網媒，曾經專訪維克森，也傳達了相同內涵（Goodman, 2020）。退一步言，即便承認美國真是出於善意而外交，其結果是災難的例子，比比皆是。若以溫和學者的批評用語，就是美國外交政策即便出於好的動機，結果也經常變成很諷刺，也很駭人的《以善意鋪成的地獄：菁英的僵化和霸權的衰落，重啟大棋局也注定失敗的美國外交政策》（Walt, 2018／林詠心譯，2019）；後文當以具體案例，再次敘述「善意」成地獄的個案。

美國的內政與「新冷戰」的出現

自由貿易與強大國家的內政表現

晚於「新保守主義」數年，在1980年代得到「新自由主義」（neoliberalism）命名的「新」，是指它與過去的經濟自由主義不同，它不是說市場乃自然形成、不是說市場可以自我管理與規範，而是說「自由市場、自由貿易與企業理性」「現在已經是規範準則」。這個「新」也認定「國家」要用市場原則看待自己，因此多種先前由政府執行的工作或提供的服務，現在政府應該儘量委外經營；並且，政府也將經濟元素引入公民身分，於是公民也應該是逐利的理性經濟行動者，公民會有能力並且也必須照顧自己各個層面的生活。（Brown, 2006, p. 694）

然而，市場機制需要國家鬆綁，但也經常出現弔詭，此時，違反常人理解的是，「自由經濟」居然由「強大國家」（Gamble, 1988）強制推進。這個時候的情況是，自由市場經濟的推進，並沒有帶來福祉，反而使得社會相當大的群體受害，他們於是必然為了自保而對抗，於是，國家出面，強力壓制社會的反抗，裹助自由市場的推進。殘酷的例子很多，僅說「另一個九一一」。（Dorfman et.al., 2006）醫生、政治人阿言德（Salvador Allende）在1970年11月就任智利總統，對市場經濟有更多管制，也對社會福利所需的資源有較多的提供。這些政策引發工商菁英反彈，雖然阿言德的施政方向，得到民眾支持，反映在他所屬的政黨，在他推動改革後兩年多的國會改選（1973年3月），增加

兩位眾議員席次（，參議院席次不變）。然而，智利參謀總長皮諾契（A. Pinochet）在美國支持下，於1973年9月11日以軍機轟炸總統府，流血政變使數千人頭落地，數萬異端逃離故土。推翻阿言德之後，無視於民眾反抗，皮諾契強制改採自由市場政策，曾經得到諾貝爾經濟學獎的海耶克（F. Hayek）稱讚他的「改革」，這樣表示：「我個人寧取自由派的獨裁，而不是民主政府卻無自由主義色彩……軍事政變後，在皮諾契年代的個人自由，遠比前朝大得多了，我還真無法在智利找到任何一個人會不同意這個說法。」（Grandin, 2007, pp.172-3；另見Klein, 2007／吳國卿、王柏鴻譯，2009，頁125-149）

美國擴張自由貿易的範圍，但對受其損害者提供的集體救助（社會福利水平）不足，這就造成很多弊端。其中之一是，至1998年為止的20年，美國45至54歲的人，年均死亡率減少2%，如同西歐，但1999至2015年，美國幾乎每一個州，不分城市還是鄉村，死亡率不減反增，反觀西歐中年人的死亡率，在這段期間仍然以年均2%比例下降。原來，《北美自由貿易協定》在1994年執行，將美國、墨西哥及加拿大打造成為全球最大的自由貿易區；《關稅暨貿易總協定1994年版》次年落實。兩股力量作用三、四年之後，美國製造業的低技術勞動者，在更強調自由貿易而不是公平貿易的趨勢下，隨著美國製造業向工資更低的墨西哥等海外國家移動，使其工作條件變得更差，失業、低薪與不穩定。這個客觀事實，再加上瀰漫多年的新自由主義意識，強調個人必須為自己的得失負責，這就使從中崛起的勝利者洋洋自得，但也同時變成是對更多失敗者（就業不足或朝不保夕的人）之嘲笑或譴責。魯蛇無助與絕望之餘，有時候會傷人，但更多情況是通過消費毒品與酗酒等等自傷的行為取得短暫麻醉，最嚴重的時候則是自戕；在擁槍比例高而買槍也容易的美國，自殺者半數用槍。（Economist, 2017d; Case & Deaton, 2020／許瑞宋譯，2021）

到了新冠疫情襲來，存有疑慮的人升高控訴，指「新保守主義與新自由主義的結合，是更致命的病毒，引發了嚴重特殊傳染性肺炎。」（Langwallner, 2020）兩種狀似矛盾的「理念」，新「保守」與新「自由」，實則有其內在聯繫，兩「新」主導美國內政與外交三、四十年之後，美國內政出現「經濟人權」下降而「政治暴力」上升的趨勢。「邊疆擴張神話」再次是美國內外情境的寫照：自由民主在倒退，白宮單極領導世界意未已。

美國經濟不平等從1980年代以來的擴大幅度，以及其社會福利水平之萎縮

不振，位居富裕國家之末；造成了《不平等殺死我們》（Bezruchka, 2022;
Pizzigati, 2022）的景象。集體的相互照顧不足，弱勢個人的早夭在後。不平等
走至絕對，就是貧窮，美國在內的「經濟合作暨發展組織」（OECD）有38個
成員國，美國貧窮人口比例是15.1%（西班牙次高，是14.7%，芬蘭5.7%最
低），[32]收入不平等的基尼係數（愈高愈不平等），美國是0.375（英國次高，
是0.355，捷克0.248最低）。[33]派用在兒童與家庭福利的經費，美國僅有GDP的
0.6%，OECD國家平均則用了2.1%（Economist, 2021d）。許多年來，不同期間
的不同美國學者的研究都說，只要最低薪資增加一美元，就能減少中低或低教
育水平者的自殺人數，一年至少挽回1059人，但相關政策落實速度緩慢
（Kaufman et.al., 2020）。美國的健保醫療在2021年已經使用了GDP的17.8%，
OECD國家平均是9.6%；惟花錢多沒有提升國民的健康，美國每生十萬小孩，
嬰死540人而母亡23.8人，遠高於OECD的平均（410人與9.8人）。（Gunja,
Gumas & Williams, 2023）美國人均壽命從2019年的將近79歲，減少至2020與
2021年的77與76歲，低於OECD平均的80.4歲，也略低於人均所得尚未富裕的
中國大陸（2020與2021年是77與78歲）[34]。美國原住民的人均壽命，減少更
多、更駭人，從2019至2021年，從71歲半銳減至65歲。《紐約時報》雖然披露
這些事實，（Rabin, 2022）但並沒有讓美國民眾理解，單極世界觀讓美國耗費
全世界最多的軍事預算，應驗了經濟學定理：「要槍砲還是要奶油」：納稅人
的錢用在軍備，就會排擠其他預算，致使用在提高壽命等民生需要的資源，相
應減少。更讓人費解的事情是，美國不少軍人沒有因為國防經費多而合理生

---

32 2021年或最近可得資料，見https://data.oecd.org/inequality/poverty-rate.htm#indicator-chart

33 2021年或最近可得資料，見 https://data.oecd.org/inequality/income-inequality.htm#indi
cator-chart

34 這個對比引發驚訝，遂有事實查核。Hui（2022）引述美國資料，指2021年美國人壽降低有一
半是因新冠肺炎引起，北京對新冠肺炎嚴格控制，人壽減低較不明顯。不久，該新聞引發議
論，美國《新聞週刊》（Feng, 2022）核對更多資料，指兩國人壽的差距，若以OECD為準，
則2021年中國大陸的77.1歲均壽，仍略高於美國的77.0歲；若以美國CDC初步估計的2021年均
壽77.1歲比北京自己公布的78.2歲，則差距擴大。這些資料都只具有「暫時」性質，但中美均
壽接近，或者美國稍低，則當無誤。另見世界銀行資料：https://data.worldbank.org/indicator/
SP.DYN.LE00.IN?locations=CN
本註解的三筆資料均由盧倩儀提供。

活，相反，國防部委託藍德智庫的調查，發現四分之一美軍家庭曾有食物不足的問題，包括14%官兵申請政府食物補助，美國社會的平均是0.9%（Asch et.al., 2023; 程嘉文，2023）。

這些光怪陸離的內政表現，有損美國的正面形象。但這些負面徵兆，僅是冰山一角。經濟新自由主義化1980年代暢行以來，導致社會高度的經濟分裂。在2007-09年金融爆炸後，2016年出現非典型的川普總統，白人至上論的捲土重來並質疑其實不算普遍的「批判種族理論」教學，已經致使共和黨主政的一些地方禁止其傳授；（Butcher, 2022），「取消文化」（cancel culture）在這段期間醞釀並突出（特別是在大學校園），挑戰了美國自詡的言論自由。（Kovalik, 2021; Appleman, 2022）更為晚近則有美國婦女墮胎權的爭論。加總起來，這些爭論環繞「文化戰爭」而進行。這些兼具政經與文化的社會分裂現象，讓學界在一年之內，至少已有三本專書出版，探討相同主題（Marche, 2022; Martin & Burns, 2022; Walter, 2022）。《金融時報》（Luce, 2022）、《華盛頓郵報》（Fisher, 2022）與《紐約時報》（Bouie & Alberta, 2022）則在五個月之內，先後刊登專文，評論這些書所做的探討，它們使用高度相似的標題，詢問〈美國在走向（另一個）內戰嗎？〉。加州大學對8600人的調查，發現有半數認為美國是會爆發內戰。（Ortega, 2022）這些足以讓人怵目驚心的民調或論述，可能是先天下之憂而憂，也可能是庸人自擾。但美國選民因支持不同黨派而造成政治緊張，在19個代議民主國家，88%的比例確實超過平均的60%甚多（Silver, 2022）。這可能是社會槍枝氾濫與凶殺的頻傳，也延伸到了代議政治的暴力相向，先有共和黨支持者組隊圖謀綁架民主黨州長（Thorbecke, 2020），再來，川普支持者不接受他敗選而有數百人進攻國會大廈殺害警衛（Lakritz, 2021）、極右派民眾侵門入戶而重傷眾議院議長夫婿（Vogt et.al., 2022）等等。

美國聯邦調查局（FBI）在2023年4月逮捕軍人特薛拉（Jack Teixeira），指他洩漏軍機（顏伶如，2023）。華郵的獨家報導則說，特薛拉犯案動機之一，是他認為俄烏「兩國共同之處，多過差距」，他希望朋友「不受……宣傳的影響」。（Lamothe et.al., 2023）約翰霍普金斯大學（John Hopkins）教授黎德（Thomas Rid）指這是本世紀第四大美國情資洩密案、也是唯一對當下美國軍政部署（俄烏戰情）立刻造成衝擊的事件。（Economist, 2023l）專研美國治下的國際政治、《聚焦外交政策》的期刊主編（Feffer, 2023a）的見解，也當注意。

他說，「特薛拉儘管年輕與幼稚，卻是代言人，背後是一群可觀的力量，他們懷疑在美國政府工作或與其有關的人。這些右翼極端放任自由派的一個個人物，有許多人廁身軍事機構……他們從來不會認為自己反美（anti-American），但在其內心深處，政府從來不是美國的一個部分，不是他們的美國，不是真實的美國……若說美國國家安全遭受威脅，（這類型的）美國人更是威脅，多過中國人或俄國人的威脅。」美國在台協會前理事主席卜睿哲（2021／周佳欣等人譯，頁424）為多年來的美國分裂現象，有此興嘆：「美國……連自己國家的失能都救不動了，竟然還有人敢找美國開藥單。」

不實新聞：俄羅斯內戰到「通俄門」

儘管如此，內政不修沒有阻止美國掌權集團的軍事攻勢。事實上，眾多學者稱之為「新保守主義」而密爾斯海默稱之為「進步自由主義」的特徵，就在軍事攻勢與內政不修，不但不是不相容，反而是連體嬰。轉用《大幻象：自由主義之夢與國際政治現實》這本書的綜論，就是這種自由主義，「最後反容易投入永無止境的戰爭……無法緩解國際間的政治衝突……遲早也會威脅到本國的自由價值，在國外搞自由主義反而會讓國內變得不自由。」「這種自由軍國主義（liberal militarism）在危害本國自由的同時……還會……讓目標國家蒙受龐大損失」，亦即這種「自由主義霸權」損人不利己（Mearsheimer, 2019／盧靜譯，2022，頁31-32, 42, 46）。[35]

《反俄恐俄：國際政治的宣傳》一書認為（Diesen, 2022, pp. 2-4），西方反俄、恐俄已有五百年，至1867年已有「反俄恐俄」（Russophobia）詞彙的出現。對於西方人來說，俄羅斯的「他者」身分，因應時代變化，依序是「東方的、亞細亞的、野蠻的、落後的、專制的」代表，對立於「西方的、歐洲的、文明的、現代的、自由的」「我們」。然後，俄羅斯在第一次世界大戰後期倒戈，歷經五年內戰而有蘇聯共產政權。這個「他者」就是「共產主義」，冷戰後，先前的「他者」形象，再次回返。即便蘇聯崩解後，民調顯示俄羅斯人如同其

---

35 米爾斯海默表示，該書的「自由主義」、「政治自由主義」，「都是進步自由主義的同義詞」，但不同於該書不討論的「效益主義」或「自由理想主義」（liberal idealism）。（前引書，p. 42）

總統葉爾欽（B. Yetsin），有74%說美國是他們最喜愛的國際夥伴（Tsygankov, 2019, p.65）。以系統方式，分析美國反俄的新聞，最早應該是李普曼與梅茲（Lippmann & Merz, 1920）的作品，他們以1917年7月至1920年3月《紐約時報》的報導為對象，發現紐時沒有揭露真相，而是依據立場報導與研判，他們說：「有關俄國的新聞正是事例，說明新聞人並沒有呈現真實，而是呈現他們希望看到的景象。」蘇聯在1991年解體，不再是共產政權，美國柯林頓總統在1997年同意波蘭等三個東歐國家申請加入北約，打破1990年2月9日美國前國務卿貝克（James Baker）的承諾：若蘇聯讓兩德統一，「北約一吋都不會東擴」（NSA, 2017）。對此，《紐約時報》當時刊登外交史學家、也是「圍堵政策」倡議人肯楠（Kennan, 1997）的評論，他指責，「美國後冷戰年代的最致命政策錯誤，將是北約東擴」。這對當時政權高度不確定、幾乎是癱瘓狀態的俄羅斯，實在「是很不幸」，「勢將……迫使俄羅斯外交政策走向我們美國人不喜歡的方向」。美國參議院次年通過決議，支持白宮北約東擴的政策，紐時再出專文（Friedman, 1998），表示「俄羅斯民主的進展如果沒有更快，相比於那些我們剛簽署要使入北約的三國，是一樣的」；前朝重要官員包括季辛吉（H. Kissinger）等等長串名單的人無不反對，包括剛卸任的國防部長佩里（William Perry）。隔年，也就是在北約擴張至捷克、匈牙利與波蘭的1999年，科索沃戰爭（Kosovo war）爆發，並有中國大陸南斯拉夫大使館被炸，以「新冷戰」同時論述美中俄三角關係的論文首度出現，其作者近日再出版《新冷戰：美國、俄羅斯與中國大陸，從科索夫到烏克蘭》（Archcar, 2023, pp. ix-xi），既印證也深化二十餘年前起步的分析。

至2007年，前華沙公約國家已有七國加入北約。即便「克里姆林宮深知，俄羅斯的軍事力量無法與北約匹敵……任何公開衝突都是災難也毀滅自身。」（Galeotti, 2022, p. 112）然而，俄羅斯總統普亭（V. Putin）在該年度有七十餘國參加的「慕尼黑安全會議」，堅定地表示，俄羅斯不再支持現狀（美國的單極世界）；他轉而表示，俄羅斯「要積極努力改變全球權力的平衡」，後人指這是「新冷戰的開始」。美國違反口頭承諾與敵視俄羅斯，可能是因，俄羅斯的反應也許是果，這個因果關係可能更為接近真相，但西方新聞界的主流無意探索，次年的新書《新冷戰》，副標題反而逆反這個因果，它直接說，「普亭的俄羅斯及對西方的威脅」（Lucas, 2008）。烏克蘭首都基輔在2013年底發生

的廣場事件，兩、三個月之間演變為政變，其後，指美俄（准）新冷戰的圖書陸續出版（Marvin, 2015; Conradi, 2017; Cohen, 2019; Wood, 2022; Sakwa, 2022）；論述美國同時對中俄發起新冷戰，最慢在2014年起已有圖書問世（Schoen & Kaylan, 2014, 2015）；2017年起，專指中美兩國進入新冷戰的圖書，開始出現（Woodward, 2017; MacDonald, 2022; Williams, 2022）。

在這個階段，新並且影響更深遠的抹黑事件「通俄門」（Russiagate）爆發，延續多年；美國（西方）政治與傳媒菁英加諸俄羅斯的惡名，再告增加。這個現象反映（西方對俄羅斯的）偏見形成以後，即便後來有足夠證據指其為非，該失真的認知，並未消失。俄羅斯對2016年美國總統大選並無任何影響，遑論改變選舉結果，堅實的證據很多（Boyd-Barrett, 2019; Foley, 2021；另見後文），卻難以撼動早已形成的主流傳播模效果。

「通俄門」的起點是2016年7月22日，「維基解密」（Wikileaks）公開兩萬份電郵，（Nussbaum, 2018）顯示美國「民主黨全國委員會」領導層不中立，力挺希拉蕊‧柯林頓（Hilary Clinton）作為民主黨總統候選人，桑德斯（Bernie Sanders）以小額募款得到大量年輕階層的支持，反而變成該委員會壓制的對象。其後，事件愈滾愈大，同時變了形，主流傳媒複述黨政人員的說法，抨擊俄羅斯介入美國總統大選，提供電郵並利用維基解密散播希拉蕊的大量電郵。主流傳媒跟進民主黨的說法，指莫斯科更是利用臉書與推特等社交傳媒，試圖影響民意；俄羅斯政府及其代理人也合作「攻擊美國民主」。這些從電郵洩漏、利用社交媒體再至親身利誘，俄羅斯的目的是期待川普當選，執行有利於俄羅斯的外交政策。

不久之後，在沒有提供確鑿證據下，美國史學教授發表在報端的短文，生動、扼要凸顯美國學界已有相當數量的人，更願意為莫斯科安裝罪名：「我們再也不需要推想在我們自己的土地上輸去戰爭的滋味。我們剛剛輸給了俄羅斯，結果是川普贏了選舉。」（Snyder, 2017）[36]然後是學術專書「認為」這些

---

36 史奈德是美國耶魯大學史學教授，著作暢銷，在他就「通俄門」發表這個意見後，2018至2023年，台灣出版其書中譯至少7本。他對俄羅斯的偏見，在2023年再次讓人詫異：6月6日俄羅斯控制的卡科夫卡水庫（Kakhovka Dam）潰堤，史奈德以推文表示，記者不應寫俄烏互控對方造成水庫災難、雙方意見並呈不是好新聞，因為「我們確定俄羅斯是罪方」。但他所陳理由無一成立之外，事發後三位知名且挺烏克蘭的專家表示水庫災難對雙方都是大傷害，不能

指控可信（Jamieson, 2018）；《民意季刊》對前引書的評價，正反都有（POQ, 2019）。蓋勒普民調則在2018年8月發布民調資料，顯示美國民眾沒有隨著主流傳媒起舞，僅有1%的人認為俄羅斯是美國頭號問題，58%認為持續改善兩國關係很重要（Sakwa, 2022, p. 242）。接著，根據參議院兩份研究提供豐富的資料圖表及質化分析，創刊於1865年的《國家》週刊出版專文（Maté, 2018），指出俄羅斯人在2015-17年間投入7.37萬美元於社交媒體，其中4.6萬美元在2016大選期間用在臉書廣告，相當於柯林頓與川普選戰用在臉書廣告經費8100萬美元的0.05%；而在臉書News Feed的俄羅斯人帳號，「大約等於是每2.3萬則內容，才有一則」。美國主流傳媒信誓旦旦的俄羅斯干預有成之說，「結論很戲劇化」，「實在很難」得到支持，真正的發現，應該是「這些俄羅斯人在社交媒體活動的整體圖像……幾乎完全與2016年大選無關。」（其後，還有若干學院研究證實這個結論，比如Ingram, 2019; Nyhan, 2020; Eady et.al., 2023）另外，來自聯邦政府司法部特別檢察官的調查，同樣無法證實通俄門影響選舉（Muller, 2019），但它啟動了後續調查，這就使得事件的餘溫不散。

　　不過，很諷刺的是，「通俄門」指控莫斯科用心要影響美國2016年大選之事，不僅無法成立，真相可能逆反，卻因傳媒少見跟進而未能成為輿論焦點。這裡是說，早在2017年1月，一篇列入國會聽證記錄文件[37]的長篇調查報導（Vogel & Stern, 2017），固然重複對俄羅斯的指控，卻也指出「基輔的政治領導層做了前所未有的事：介入……美國選舉……絕大多數烏克蘭政治人都挺希拉蕊」。該篇調查也說，被指控是在幫助俄羅斯的川普競選大將馬納福特（Paul Manafort），其現身說法相當可信：「我所有努力都聚焦在協助烏克蘭向歐洲向西方靠攏」，栽贓他在烏克蘭的顧問工作是挺俄羅斯人，「根本錯得離譜」。

　　這個糾正距離「通俄門」首次隨維基解密出現，不到半年，但違反事實的「通俄門」建構，似乎已經穩固，主流新聞界並未追蹤查核，真相也就難以水

排除水庫原已存在結構毛病而引發；事實上，潰堤使俄羅斯損失遠大於烏克蘭，包括減少了俄羅斯控制的克里米亞和札波羅熱核電廠之供水。在事理未明之時，兩面並呈是好新聞，史奈德擁有數萬推文跟隨者，再經過轉傳，「造成了惡劣的影響」。（Wright, 2023）

37 https://www.congress.gov/116/meeting/house/110331/documents/HMKP-116-JU00-20191211-SD2030.pdf

落石出。反之，其後一、二年間，誤報川普與俄羅斯關係的要聞，還是不斷，至少十起。（Greenwald, 2019）政界重複有錯之舊聞，用心遠多於矯正失誤。在總統大選日之前的2020年8月，參議院情報委員會發布報告，再次炒作通俄門；但它所宣稱的主要事實，「將近兩年以前，《紐約時報》已經被迫更正，承認該資料不是指俄羅斯寡頭，而是指烏克蘭寡頭。」（Sakwa, 2022, p. 298）

　　《哥倫比亞新聞評論》在2023年初推出〈新聞界對上總統〉，由紐時的退休資深記者完成長達兩萬餘英文字的調查與檢討，指認美國主流新聞界之失（Gerth, 2023）。四個多月之後，美國司法部特別檢察官的另一份歷經四年的三百餘頁調查報告，則有結論說，當年FBI重度依賴史蒂爾檔案（Steele dossier），惟該檔案既是由反川普陣營提供，且其內容並不可信，但FBI卻在沒有「實質證據」之下，就啟動對川普2016年選戰的調查（Durham, 2023, pp. 109-209），顯見彼時的調查局長、副局長及相關幹員與律師有內在的聯合動力，就是對川普存在深層的敵視之心（a deep animus；Durham, 2023, p.9註23; Hedges, 2023）。

　　多年來關於俄羅斯的不實報導與指控，在通俄門到了最高峰，應該已經造成惡劣的政治影響。其中之一，也許是俄羅斯在2022年愚蠢而觸犯入侵烏克蘭的罪行，英美乃至整個西方的主要傳媒，留給閱聽眾的印象，大多是俄羅斯有帝國夢、普亭有擴張野心，所以入侵，至於北約長年挑釁（包括在波蘭等國已經部署可以攻擊俄羅斯的飛彈，也包括莫斯科聲稱烏克蘭或許將研發核子及生化武器等等）應該也是肇禍的原因，卻僅能夠在小眾的另類傳媒，時而出現（比如Abelow, 2022; QuotidianoWeb, 2023）。俄羅斯犯罪，西方是否無辜，據說在義大利小說家、也是該國總理外交顧問恩波利（Giuliano da Empoli）的新小說《克里姆林宮奇才》（*The Wizard of the Kremlin*）反而得到展現：怪罪俄羅斯、諉過莫斯科，無法證明西方沒有責任。（Caldwell, 2023）通過虛構小說呈現的這個事實，報導新聞的西方主流傳媒雖曾指認（Caldwell, 2022; Dejevsky, 2022），但早先已是滄海一粟，其後則遭滅頂，並有駭人聽聞之事：紐西蘭記者呈現兩種說法，指2013/14年的基輔廣場事件，有人說是烏克蘭人的革命，但另有人包括BBC記者提出明確證據說這是美國支持的政變（馮建三，2022a），卻遭（永久）停職（Kevin, 2023）。

從排華法案到阻止中國的科技進展

李普曼與梅茲的研究指出，美國輿論（紐時）的反俄，一百年前已經開始。同樣地，美國的反華也不始於今日。聯邦政府通過《排華法案》的1882年，英德進入美國的移民有10.2991與25.036萬人，遠高於該年已是歷來最高紀錄的中國移民人數（3.9759萬）。但是，禁令僅對中國，且至1943年才見廢除。簡中，種族主義作祟明顯可見，美國總統在1874年還這樣說：「中國人不是一般志願的移民，而是純粹的奴隸」；雖然有識的美國外交官諷刺地提醒：「美國傳教士真難向中國人解釋，為何中國人可以進入白人的天堂，卻不能進入白人的國土？」（吳劍雄1984，頁191, 204）

在這段排華期間，《舊金山考察報》（San Francisco Examiner）於1904年派遣杰克‧倫敦（Jack London）這位當時最知名，也有濃厚進步色彩的作家，前往亞洲報導日俄戰爭。但他印象最深刻的是中國，不是日本。返回美國之後，他寫了一篇〈黃禍〉（Yellow Peril），表示「西方世界不會容許黃禍崛起……不會容許黃種人……威脅西方的和平與安逸」。三年後，他又寫了〈空前的入侵〉（An Unparalleled Invasion），自承「我首先是白人，然後才是社會主義者」，「出人意表的是，中國並不好戰……從事平和的各種工作，已經讓她心滿意足……中國讓人畏懼（feared），不是戰爭，是在商務……」。倫敦並有駭人之見，他說，西方應對中國經濟挑戰的「解方」，是由美國執行細菌戰，消滅大量中國人口（Frederick, 2022）！

這個言論當時應該乏人響應？今日若再有此論，注定遭到嚴厲譴責。建國初期，中國大陸向蘇聯一面倒十多年，惟最慢從1963年起的「九評」公開信起，至1969年的珍寶島事件，顯示雙方的離齟，升高到了嚴重衝突。再過兩年多，美國當時的國安顧問季辛吉秘密訪華，標誌白宮的新戰略是要聯合北京對抗莫斯科。再過了四十多年，指中國商務威脅美國的說法，捲土重來，新的反「中」接踵反俄，再次出現。現在，中國的商業力量從微不足道，至今日是舉足輕重，北京的軍事力量也同步增長。自詡和平崛起的北京，軍力轉強的過程，是否如同美國等強權也將製造理由對外侵略，或是被動地誤入美國為主的力量之挑釁或設局而武力攻擊他國，仍待檢驗，惟哲學家、和平運動者、諾貝爾文學獎得主羅素（Russell, 1921/2021, p.151）百年前的看法，今日如果仍然

正確，無疑是世人之福：「中國人在國際上的弱點……就是白人暴力對待其他民族的強大欲望，中國欠缺……若說世界上有那個國家『不屑打戰』，那就非中國莫屬。」

美國曾經認定，隨著中國大陸的經濟脫貧與中產階級的出現及擴大，對岸的政治體制終將改變。但至今為止，這個想像尚未成真。並且，隨2007、08年的金融核爆，重創美歐等國經濟與社會而對岸仍有穩定增長，已使美國戒心日重，對中政策開始轉變。

不過，謝淑麗（Shirk, 2022）將美國的轉變歸咎於北京。她認為，最慢從2006年起，北京的內外政策就向強硬轉進。外交方面有戰艦、漁船及鑽探人機在南海等爭議海域活動，北京也懷疑2003、2004年在中亞若干國家發生的「顏色革命」，背後有美國的導引。薛淑麗論稱，與這個認知同步發生的是，中南海的權力更見集中，既強化黨政對司法的控制，對於言論，也有更嚴格的檢查，同時，中共也誇大國安與內部穩定所受之威脅。據此看法，習近平的路線不是突如其來，只是這個轉向的加速器，於是有強勢反腐運動，以及在經濟上，從2013年起倡議「一帶一路」。北京在2014年投入1500億美元，目標是改善自身研發與製造晶片的能力，繼之，對岸在2015年推出《中國製造2025》計畫之時，歐巴馬總統的防堵策略已在醞釀。到了2017、2018年，美國交惡北京的速度加快而規模擴大，從部分中國商品進入美國的關稅增加、白宮禁止華為參與5G設施的建設，也禁止其手機使用安卓系統，再至對TikTok的限制，無不捲動西方興論的走向，也影響西方民眾對中的看法。美國國安顧問蘇利文（Jake Sullivan）2022年9月在華盛頓講演，表明「晶片製造／量子計算／AI／生物技術與乾淨能源」等五大領域「要盡可能保持最大的領先」，並且，美國還必須「阻止中俄這類國家的科技進展」，方法是國家要介入經濟運作，不是只讓市場中介經濟分工。因此，他說美國必須通過補助與其他合適的產業政策，要將供應鏈從地緣敵對國家，移轉至他方；同時，美國要採取更為嚴格的投資檢測，並對出口有更多控制，不讓不友善國家接觸先進技術（Economist, 2023a）。

另外，如同反俄也伴隨俄羅斯及其領導人形象的負面建構（Herman, 2017; McLaughlin, 2020; Oates & Rostova, 2022），在反中過程中，指控與傳播北京的「不文明」行為，一應俱全。這些行為可以簡化為兩部分：有些行為遭到合法

指控但未必合理或公允，以及另一些行為惹來非議而北京試圖自圓其說以回應指控，但外界未必接受。

指控中國行為不文明

合法但有欠公允的指控，可舉著作權為例。至今，仍有「中國政府一直在……竊取美國的商業機密和智慧財產權」的指控。（Bhattacharjee, 2023）但相同行為也是西方崛起的「要訣」。遭拿破崙在1815年蹂躪之後，破敗的普魯士急起直追，抄襲海外發明成風，到「1880年左右……才逐漸終結。……落後的農業國家若想推行經濟現代化，唯一的機會便是肆無忌憚地抄襲模仿。看到今日的中國人仿冒……便氣憤難平，其實相當不公平。德國、奧地利與瑞士也走過相同的路……但……抄襲者很快就會變成自行研發者……。」（Herrmann 2013/賴雅靜譯2018，頁77、81）美國在1791年就有著作權法，但將其保障延伸至外國作品，已是百年後的1891年；並且，美國是分階段，選擇特定國家給予，不是一次適用所有國家。（Peters, 2016, p.41-42）[38]

另一類指控，大多涉及個人的政治與公民權利，包括人身與表意自由遭受北京公權力的侵害。其中，維權律師大逮捕在2015年7月發生（大陸新聞中心，2015）；同年底，成立已15年的北京大學馬克斯主義學生社團（郭佳，2016，頁109）發布《北大後勤工人調研報告》，遭校方指為偏頗而沒有反映全豹，至2018年該社團再因聲援深圳佳士公司工人的維權行動（林庭瑤，2018），致使校方在同一年底將該學會改組了事。對於這個作法，北大學生譏諷中南海是「葉公好龍」（林庭瑤，2019）。

這些侵犯大陸民眾表意等權利的事件，如果因為數量多而「見怪不怪」，那麼，港台人權的受損，因北京越過大陸境內而行使長臂管轄，物議更多。

在香港，港府在2014-15年間推動的（特首）普選政改方案失敗，是一個轉捩點，當時的爭論核心之一：「誰能提名特首候選人？」

有人認為，在「提名委員會」之外，政改方案應該容許在滿足商定條件下，公民可以提名競選特首的人。社運人士就此意見及其他提議，在2014年6月辦理港民公投，參與投票的「人數出乎意料多」，將近80萬，港府不動如

38　另見https://en.wikipedia.org/wiki/International_Copyright_Act_of_1891

山，堅持「公民提名『難以落實』」（李春，2014）。兩個多月後的8月最後一天，北京人民代表大會常務委員會通過香港特首選舉辦法，「否決公民提名」。人大並表示港府據此「原則」，另行擬定特首「具體」選舉辦法，惟立法會若未能予以通過，則特首選舉繼續適用2012年特首產生辦法（汪莉絹，2014）。隔年6月，立法會全部70位委員僅36人出席，即便出席者全部贊成，也未達法定三分之二的同意票，何況該次會議僅有8票贊成、28票反對；這不但宣布政改辦法胎死腹中，也等於是「香港民主進程，暫告中止」（李春，2015）。

　　造成香港政改失敗的原因，自然有北京必須負責的部分；另一方面，亦有人提醒兩點。一是當時香港的主流民意尚屬溫和，並未堅持公民提名是改革的唯一辦法。二則即便沒有公民提名機制，建制派與泛民主派若是妥協，或許也能找出方案，創造特首競選的意義。

　　首先，彼時香港民意支持改革，但主張溫和，來自至少兩個事實的印證。一是根據《南華早報》的報導，將近80萬人參與的公投有三個提案。其中，得到最高贊成比例（42.1%）的主張，並未要求公民參與提名；另兩個提案都主張公民有權提名，其加總也只是稍高的49%。（Bush, 2016, p. 113）資深新聞人李怡（2022，頁548-549、717、825）回顧他2005至2014年擔任香港《蘋果日報》論壇版主編的經驗，也是彼時民意溫和的另一證明。業主黎智英要求，「所有文章都必須堅持自由民主的價值」，在李怡任職之前，曾有助編訪問「不那麼支持自由辦學的學者」，先遭調職，後「不歡而散」。然而，到了2014年，李怡指自己「廣開言論……而被……撤換」，黎的自由民主，專門用於指涉溫和的「民主黨、公民黨、和理非（和平、理性、非暴力）」，但黎「對年輕抗爭者、本土派、勇武派缺乏支持，甚而有所詆毀」。[39]

　　其次，卜睿哲（Bush, 2016, pp. 116-117）認為，在北京人大常委決定出爐之前，「仍有可能出現具有意義的妥協，可以在沒有公民提名之下，有助於泛民主派政治人提名特首候選人。達到這個目標，方法是要求提名委員會的成員，更能代表香港社會，也以更有彈性的方式提名其特首候選人。但是，雙方都不願意根據這個基礎進行辯論。」香港浸會大學政府與國際研究學系德戈爾

39　李怡（2022，頁553）認為黎智英這個「反本土、反台獨、反港獨、反激烈抗爭的立場，導致決大多數香港年輕人不喜歡他」。這個看法真確與否，應該探討。

教授（Michael DeGolyer）蒐集雙方的各種陳述，指出建制派的錯誤是，用政策諮詢機制處理憲政議題；測量公眾情緒的方法有缺點；用錯戰術而讓激進民主派更有力量，於是傷害了溫和中間派的立場；忽視住房與退休金問題在低收入與中產階級心理造成的疏離效果；低估了香港民眾對大陸遊客的負面反應等等。民主派的戰略失誤則包括：北京對市民不服從運動方式自有「解讀」，但民主派置之不理；溫和民主派在2010年妥協，接受立法會成員組成方式，但遭現在的民主派抨擊；「占領中環」倡議者僅採用激進派提議，並且容忍試圖推翻中共的香港本土派；民主派以市民不服從為由，破壞法治，拒絕在北京能夠接受的範圍內改善「提名委員會」的組成方式。

廟堂人物無法妥協，這就提供社運群體著力的動能；或者，也許是後者的激進，先使前者難以妥協。無論是哪一種情況，外界當時未能逆料的是，「最終，人大常委會特首選舉決定激起的不滿，由高中生與大學生轉為行動……他們開始罷課，發動公共抗爭，前往政府辦公大樓的公共場所，否定其年長者所設計的占領中環行動，香港警方未曾準備要面對的雨傘運動，也由他們發動」。「若說他們有任何腳本可以依循，那麼，六個月之前在台灣寫成的腳本，是其前身。」（Bush, 2016, pp. 117, 2）

政改方案失敗之後，香江社會與政情持續動盪。其中，在北京遣人強制下，香港銅鑼灣書店五人從香港或旅居地消失數日（端傳媒，2016），以及2017年國人李明哲在廣州被捕後入獄數年（李婕憶，2020），更是成為理由，外界因憂慮而升高對大陸的指控。到了2019年6月，已進行三個月的香港「反送中」運動，規模擴大進行，產生了深遠的影響。對於反送中事件的報導，我國傳媒固然仍有差異，惟大致同情抗議者的訴求（馮建三，2020a；嚴發敏，2021）。奧斯卡最佳紀錄短片得主柯文思（Malcolm Clarke）在反送中事件兩年多之後，推出十集、合計約90多分鐘的《香港：被掩蓋的真相》，提供反送中的不同觀點。（黃雲，2022）該片能否讓人走出同溫層，達到溝通效果，無從得知。蘇哲安（2022）則認為，重點不是反送中與否，是反送中運動對資本、西方殖民現代性等，批判不足。在事件暫告結束後，北京在2020年7月頒行《國家安全法》於香港，異議傳媒、自主社團如教協、職工聯盟等等相繼消失或解散，致使一些港人認定，已經未能落實的「一國兩制」之後，「新建立起來的卻是比一國兩制更為倒退的極權式統治」。（許偉恒，2021，頁140）海

外另有人以三百餘頁的篇幅，指控《今日香港，明日世界：中國的鎮壓吐露其計畫，是要終結所有地方的自由》（Clifford, 2022）。惟香港統治已成「極權」，是否持平之論，可能要看怎麼界定極權；對岸要「終結」他處之自由，則無疑是浮誇的濫訟。[40]

反送中之後，白宮從2020年9月起，往北京臉上貼標籤，聲稱對岸在新疆觸犯種族滅絕（genocide）之罪，大陸政府予以反駁。但外界難免認為，儘管維吾爾族人2014年在昆明火車站以刀殺31人、後又在烏魯木齊引爆炸藥殺死43人，北京是有理由反恐，惟在新疆的相關措施，是否已經努力消除恐怖殺人的原因、反恐手段是否太過嚴厲，應該需要釐清。對此，比較希罕的是，同樣批評北京在新疆的作為，但早在2021年初，《經濟學人》就說，若以「『種族滅絕』描述中國加諸維吾爾族人的恐怖行徑，是錯誤的。」該刊又說，這類「政治修辭的升高」，將因不準確，會使北京內部不同意那些施政的人，更說不上話（Economist, 2021a）。《經濟學人》有此勸諫，也許是對比美中都在反恐，兩國都是過當，美國尤甚？在大陸，對維吾爾族人的傷害是真的；在美國，911之後二十年投入的數兆美元之「無止休的反恐戰爭」（Arkin, 2021），奪走他國人命數以十萬百萬計，也是真的。同時，美國入侵伊拉克的後遺症，二十年來「已經威脅了美國的民主，據說小布希總統對伊拉克戰爭無怨無悔，但他應該後悔的。」（Economist, 2023i）

其後，智利前總統巴舍萊（Michelle Bachele）以聯合國人權高階專員身分，在2022年5月訪視新疆，紐時等主流媒體給予負面評論。見此，瑞士裔美國律師兼有學者及擔任聯合國專員共五十年經歷的人權專家，一起與國際法教授撰文，指陳這些評論「沒有道理」；他們認為，在西方敵視環境下，這是17年來，北京首次邀請聯合國人權專員訪視，理當得到肯定而不是抨擊。與此對比，他們提醒，美國強租古巴的關塔那摩（Guantanamo），並在該地關押眾多美國稱之為罪犯的恐怖主義疑犯，並且屢屢傳出虐囚事件（Adayfi, 2021; Mirk, 2020），但華府根本不准人權專家進入訪視。他們據此認定，新聞界的這種表

---

40 李怡（2022，頁818）指香港從2019年6月至9月有256宗自殺案，2537具「屍體發現案」，並似乎暗示香港的「社會共識」是這些屍體乃「抗爭者被虐待致死並非法『處理』」。但這是實情嗎？

現，是「地緣政治所設定的議程、雙重標準、假新聞與偏頗的敘述。」（de Zayas & Falk, 2022；另參考de Zayas, 2022a, 第十章）進入大陸訪視三個多月之後，巴舍萊發布46頁的「評估」（assessment），紐時等傳媒反應正面，因為她說北京在新疆「可能犯下危害人類罪」；對此，德薩亞斯再次批評，指該評估「流於宣傳、有偏見，方法論有缺陷」（de Zayas, 2022b）。

我國三家綜合報紙對新疆問題的反應，如後：至2023年4月，《自由時報》以19則附和，其中6則將「種族滅絕」一詞，直接出現在標題；《中國時報》刊登該說法29則但無一附和，卻有兩則以標題直接質疑；[41]《聯合報》有41則，但第一則的副標題就說大陸官方『駁「種族滅絕」』，[42]其餘僅有一則出現在標題，屬於中性引述，表示美國國務卿布林肯「控陸種族滅絕」。[43]

無論是否種族屠殺或危害人類，德薩亞斯等人的提醒，不是全然無理。畢竟，即便不提美國以「經濟制裁」對相關國家的人命傷害，[44]美國武力在海外殺害的人命，相當可觀，但美國傳媒幾乎不予披露，毫不重視，這也驗證了「有價值與無價值受害者」模式的預測。（Herman & Chomsky, 1988／沈聿德，

---

41 標題是〈「種族滅絕」說太沉重〉（中國時報，2022/07/05：A10），以及〈美定義種族滅絕標準相對寬鬆〉（中國時報，2021/05/14：A8）。

42 《聯合報》（2020-09-04，A12）。

43 《聯合報》（2021-07-14，A10）。以上三個註解提及之三報新疆文稿，不再列入參考書目。

44 經濟制裁使當事國民眾受害，但很少或幾乎沒有改變政權。（Wright 2022, Early 2015）晚近更有長篇論文，整理32篇跨國與跨年代的量化研究，確認其中有30篇清晰指認，經濟制裁對受制裁國民眾的負面影響，包括當事國的經濟成長走低、較高可能性的經濟崩盤、惡化的健康條件與過多死亡，人權與民主也都受害。學界就此課題的研究，「共識極其可觀」，讓人扼腕的的是，仍有一篇論文，聲稱當事國（委內瑞拉）的生活條件因制裁而產生正面效應；這個論點雖然禁不起事實的檢驗，卻得到最廣泛引述與報導，這又是一個例子，呈現主流傳媒在這類事件嚴重偏倚的宿疾（Rodríguez, 2023, p. 3, 77-78, 87-88）。對於平民因經濟制裁而受害，白宮最驚人的反應之一，可能展現於「哥倫比亞電視公司」（CBS）《六十分鐘》在1996年對美國國務卿歐布萊特（M. Albright）的訪問。主持人問，由於美國經濟制裁伊拉克，「聽說已有五十萬兒童喪命……這個代價值得嗎？」歐布萊特說，這是「困難的抉擇」，但「我們認為這個代價值得。」後來CBS拒絕再次播放該訪談，歐布萊特在2003年出版的自傳也不提此事；（Pilger 2004/閻紀宇譯，2006，頁539）然而，義憤在人心，已有人將該影片放入影音平台。（Police State USA, 2015）兩年後，在NBC電視的訪問，歐布萊特還說：「如果我們必須動武，這是因為我們是美國……我們這個國家責無旁貸。我們昂首挺胸，我們所見深遠透視未來，再無他國能及。」（Albright, 1998）

2021，頁95-146）根據這個至今尚未被否認的模式，[45]不服從美國的國家，若有人受害於這些政府的政經或軍事行動，美國傳媒經常將其受害的事實大肆曝光，他們成為「有價值的受害者」。傳媒報導則使這些國家的形象，進一步受到損害；嚴重之時，這些惡劣形象提供口實，協助白宮構建正當性，政經「制裁」這些不支持其路線的政權。反之，友好或順服美國的國家，若其政府同樣對其國人造成傷害，美國傳媒傾向於淡化或不處理，這些國家的受害者也就成為「沒有價值的受害者」，從而這些友好或遵守美國路線的國家，其政府之惡行因為在美國傳媒少見出現，通常也較少在他國傳媒曝光，於是他們較少承受國際輿論的壓力，從而罕見承諾改善本國人權，遑論付諸行動。

　　沿用「有價值與無價值模式」於美國本身，可以分做三種情況。第一種，美國平民而不是美國政府殺人，如平民以槍大量殺人（超過四人），近年日趨嚴重，年逾六百次（Ledur, 2023），美國內外傳媒對此報導是比較多。第二種，加害者是美國政府自己，而受害者是美國民眾，絕大多數的這類受害者，同樣是無價值；因此，美國執法者一年（2019）殺害1099位民眾（人口是美國五分之一的英國，是三人），但罕見傳媒提及。[46]例外情況經常涉及種族，並有戲劇性畫面傳出，於是有「黑人生命也是命」（Black Lives Matter）運動的出現；其中，近年最大風潮，引來傳媒密集報導的是2020年非裔美國人佛洛伊德（George Floyd）遭警察壓地窒息身亡。第三種，美國政府加害而受害者是外國人，此時，幾乎沒有例外，他們都是無價值受害者。是以，美軍參與地面作戰而殺害的武裝人員或平民不計，單是美國軍人及情治人員以無人機所殺害人命的規模，已然不小，新聞很少披露，外界也就罕見知悉，即便留有專書追蹤（Benjamin, 2012; Martin & Steuter, 2017; Frantzman, 2021；Ullah, 2021）。類

45　沙烏地阿拉伯人、1982年在美國完成大學本科的《華盛頓郵報》記者哈紹吉（Jamal Khashoggi）在2018年10月遇害於沙國在土耳其伊斯坦堡公使館，得到西方傳媒廣泛報導，或許算是一個例外，但也可能並非例外，四點說明。一是沙國固然仍是美國重要地緣政治夥伴，但2017年沙爾曼（Mohammed bin Salman）成為該國王儲後，沙國似有新的外交走勢。其次，哈紹吉廁身美國菁英報紙記者的身分，可能增加美國輿論給予支持的力道。三則沙爾曼與土耳其總統艾爾段（Recep Tayyip Erdogan）在中東地區存在權力鬥爭的關係。四則沙國不知道土耳其國安與情治人員對該國的監理裝置，已經將哈紹吉的遇害證據，蒐集完整（Rugman, 2019）。

46　https://www.prisonpolicy.org/blog/2020/06/05/policekillings/

如倫敦新聞調查團隊（the Bureau of Investigative Journalism, BIJ）的揭露，主流傳媒若能經常轉述，輿論應該會有轉向的機會。BIJ指出，美國的無人機從2004起十餘年，殺害約9千至1.7萬人，包括2200位兒童與美國公民。並且，這些人數可能低估，因為單是計算2012至2013的一年多期間，美國無人機在海外殺死的人，就有將近九成是平民，而這些人可能未被列入計算（Cohn, 2021）。罕見的例外是美國2021年倉促撤離阿富汗，發生美國操縱無人機殺平民的慘案，得到即時披露：「一家十口喪命，包括六名兒童」（李京倫，2021）。

與中國合作：美國的另一種聲音

美國近年來內政不修的程度，只增不減。在兩個主要政黨競相反「中」的情境中，卻另有一定質量的聲音，他們對國際現實趨向的分析，以及他們秉持的理念，都與白宮主流派不同。

不過，首先要注意，這個不同要能禁得起考驗。比如，曾有學者創造「中美國」（Chimerica）一詞，認定兩國儘管政治與文化歧異大，卻是經濟共生。（Ferguson & Schularickz, 2007, 2011）更難得的是，在2007-09年的金融危機爆發，這個共生關係的終結已有徵兆，至川普對中發起商務對抗而使中美紛爭更嚴重之際，他們反而挪用川普詞彙，但翻轉其意，主張要通過協商，〈要讓中美國再次偉大（Ferguson & Xu, 2018）。然而，過了三年，中美關係沒有因為拜登而改變，該詞鑄造人佛格森已經另有意見，表示，「所有亞洲國家勢將認定，（如果美國）失去或甚至不為台灣而戰鬥，就會終結美國在『印太』地區的支配地位⋯⋯當然會造成人們失去信心而拋售美元。」（Ferguson, 2021）再過兩年，兩國關係持續惡化，不見改善，重複這個看法之餘，他更是建言美國必須增加國防經費嚇阻北京南下，白宮理當「支付這個頭期款成本」（upfront costs）才能爭取時間，「在我們還沒準備到最好之前，先避免與中國魯莽的攤牌（reckless showdown）。」（Ferguson, 2023）既有這些觀點，佛格森在另一些人眼中，就是經濟的「新自由主義派」（Skyes, 2016），他支持「勞動力自由流動的全球化」而招來英國選民脫歐；他也名列「新帝國主義的⋯⋯主要宣教士（clerics）」之林，這些宣教士仍有西方政商主流居高臨下的世界觀（Harrington, 2016），他們「倡議跨大西洋夥伴關係，認定這是創造與維持『開

放社會』」。最後，佛格森應季辛吉之選而為其作傳，十年後成書，佛格森尊崇季辛吉是「理想主義者」，更是引來紛至沓來的指責，[47]特別是有人認定，季辛吉「是讓人作嘔的戰犯」（Burgis, 2023）。

　　若參考前述評價，應該可以看出，國人未能注意到佛格森的世界觀，其實相通於或接近白宮，以致僅注意其「中美國」之說，而在批評美國新保守主義外交政策的同時，也讚賞與推崇佛格森（關中，2022，頁15-19、106-109，封底）。

　　真正和中與合中的聲音，另在他方。美國正式對中國發動貿易戰的2018年，有心人重印四十多年前總統參選人的大書（LaRouche, 1977/2018, p. viii），正是刻意翻轉愛美國、讓美國再次偉大的路徑，不是排外反中，而是「為了世界的發展，要特別與俄羅斯、中國與印度合作」。亦有人論稱，反求諸己才是正道，不應阻礙中國的倡議，「美國的焦點應該放在改善本國的情境……應該在與中國競爭時，致力更新自己的優勢，不是阻擋中國而在此過程把崛起的強權變成敵人。」（Rass, 2021）

　　《金融時報》年度最佳經濟專書之一（Wolf, 2022）的《意外的衝突：美國、中國與錯誤敘述的對撞》（Roach, 2022），論證與呼籲雙方必須培育互信，不能聽任虛假敘述誤導彼此。提出原創觀點得到推崇而在語言學界享有崇高地位，又在研究與檢視美國外交政策逾一甲子的基礎上，備受敬重的知識份子杭士基（傅大為等人，2022）則說，中國大陸有此經濟與綠能等等的開發成績，「何不恭喜他們」；（李爰錚譯，2021）台灣主辦的唐獎第五屆永續發展獎得主、曾任聯合國秘書長特別顧問十八載的薩克斯也說，對於北京的努力目標，理當「樂觀其成」。（Sachs, 2022）不願意配合白宮而願意繼續與中國大陸維持商務的來往，不在少數，但如同微軟創辦人蓋茲（Bill Gates）在受訪時的肯認水平，似乎不多，他說，「我認為中國崛起對世界是巨大勝利……當前美國對中國的心態勢將引來相同的對待，是一種雙輸的心態。」（Wondracz, 2023）

---

47 季辛吉備受批評為戰犯等等負面評論，佛格森不同意，但未提供不能成立的證據。（Brown 2016）季辛吉百歲來到之時，相關討論與譴責更多，比如，自詡1909年創刊以來，就致力於倡議「和平與社會正義」的《進步》雜誌（the Progressive）在2023年4/5月的四篇專論，不再列入參考書目，其網址是https://progressive.org/topics/april-may-2023/

放在反中氣氛濃厚的時空，美國標竿企業之一的這個宣告，允稱難得；蓋茲可能也因此成為習近平在2023年面見的「第一位美國朋友」。（陳宥蓁，2023）

即便是在政界，同樣有質疑白宮之聲。連續在2016與2020年都是最受或第二受歡迎的民主黨總統候選人桑德斯（Sanders, 2021），眼見白宮外交走向偏離正道，這位資深參議員起而呼籲華府「不要啟動另一起冷戰」，因為氣候變遷、核武擴散、經濟不平等肆虐向美國在內的所有國家，構成前所未見的挑戰，「需要國際合作，包括中國的合作」，華府不能將「中美關係當成零和的經濟與軍事鬥爭⋯⋯」。

不肯受制於國內外政治現實主義的局限，因此擇善固執，關注人類前景而再三闡述理念，特別是在氣候變遷與暖化效應已成世人的共同認知、也展示在2015年巴黎協定的簽署之際，更多的人與力量都在加緊努力，要求各國而特別是富裕國家，不能只說空話，而必須更要將認知轉為行動，不能聽任助長新冷戰的因子繼續發酵。他們指出，中美在內的各國合作而不是對抗，才能為舒緩並進一步為地球降溫的目標，共同努力（如，Chomsky & Pollin with Polychroniou, 2020）。同樣積極、訴求中庸，較為廣泛與具體的診斷則說，毀滅的幽靈繞著中美俄打轉、網路戰爭與各種宣傳陰招讓人憂心忡忡，但歷史仍有進步，「普亭不是史達林，習近平不是毛澤東，當代專政者無人是希特勒」；在這個認知之下，論者認為，各國妥協與自我改進的空間，已在開啟。共同繁榮與保護地球不入環境災難、承認人權提升的重要性等等，世人在此達到的共同認知與願景，水平之高先前所無，文化意識的具備不是萬靈丹，卻是解決政經問題必要的一個條件。世局的走向顯示，各國是有重要也稱合理的妥協，彼此仍可進入緩解低盪（a détente）的關係。自由體制的國家包括美國，必須發動「類似新政」的綱領，善事處理國內經濟不平等擴大數十年而激起民粹民主的問題；在國際之間，則需「研擬妥協方案、尋求就氣候與網路衝突，以及對烏克蘭與台灣，要有共同立場。」（Doyle, 2023, pp. 1-6, 210-217, 220-245）

諸如此類的言論與主張，在主流傳媒並未消失，不過，不爭的事實是，這類符合世人需要的見解，是在各國的另類傳播管道，才有更多更常見的表述。投入其推進與研擬的精神同盟，以及互有連動的相關組織，仍然存在，依據各地的歷史與實況，有些地方停留在延續另類進步聲音的命脈，另有些地方則屬

生猛有力。[48]

美國對抗專政的「善意」

　　主導白宮外交政策的集團，有個自詡，認為美國介入他國事務、不惜發動戰爭，是基於「善意」，包括是要開創或維持自由民主的生機、是在捍衛人類文明，是要阻止專政的蔓延等等。白宮及美國主流新聞界固然作此宣稱，可能也相信自己的說法，惟如本文先前所引，美國內外的質疑之聲，同樣不少。

　　不但發動戰爭，怵於單極國際觀已久的外交策士，還會阻止交戰或衝突雙方的和談，當下的例子是委內瑞拉。該國朝野對立多年，在西班牙、多明尼加等國斡旋下，2018年初已經接近達成協議，但卻很可能是因為華府反對而突然中止。（Rojas, 2018）這個判斷在半年後，得到印證。馬杜羅（N. Maduro）在

---

48 在美國，若以台灣的標準來看，可以算是生猛有力，其中，批判美國外交政策並提供另類且進步「評論」的組織與網站，主要是*TomDispatch* (https://tomdispatch.com/)；*Council on Hemispheric Affairs* (https://www.coha.org/)；*Quincy Institute for Responsible Statecraft* (https://quincyinst.org/)；專事美俄關係的是*The American Committee for US-Russia Accord* (https://usrussiaaccord.org/)；專事拉美的是*https://nacla.org/*；集中委內瑞拉的有https://venezuelanalysis.com/（美國學者社運人創辦，現主要由委國人主持）；有較多專職人員也彙整各洲多種議題之新聞及評論的是*Centre for Economic Policy Research* (https://cepr.org/)；逐日提供綜合「新聞」與評論的影音網媒，主要是*DemocracyNow* (https://www.democracynow.org/), *The Real News Network* (https://therealnews.com/)，僅提供圖文的是以工運新聞與評論為主的*In These Times*（https://inthesetimes.com/），激進的時事調查是*thegrayzone*（https://thegrayzone.com/）；綜合性的*Intercept* (https://theintercept.com/), *Truthout* (https://truthout.org/)，監督並分析美國主流傳媒對重要議題的報導與評論，是*FAIR* (https://fair.org/)，https://jacobin.com/ 與https://www.counterpunch.org/ 及https://scheerpost.com屬於評論為主的時事網站，而https://portside.org/ 則編選並全文轉傳該網站編輯認定屬於左派觀點的文字。以上列舉不含規模較小的網站（組織），也不含數量可能不少的知名記者個人專屬網站。這些網站的作者部分重疊，除了Portside全部是轉載，其他網刊也會彼此轉載，這些作者有很多著作等身，特別是對美國外交政策或傳媒的分析與批評，如Anatol Lieven, Andrew Bacevich, Mark Curtis, Ted Galen Carpenter, Anthony DiMaggio, Greg Grandin, Diana & Paul Johnstone, Dan Kovalik, Alfred W McCoy, Scott Rittter, Richard Sakwa, Jonathan Steele, Oliver Stone, Matt Taibbi等等。其中，也有一些人（Glennwald, Hedge, Ritter, Taibbi…）成立自己的評論網站。

2018年5月大選勝出，連任委國總統，並在2019年1月23日宣布就職。只是，白宮早就預埋伏筆，它以莫須有的陳述，指控馬杜羅選舉舞弊，不是合法總統；於是，就在馬杜羅就職的同一天，美國推出自己圈定的委內瑞拉總統。根據記者的調查，（Cohen & Blumenthal, 2019）華府在此之前已經安排瓜伊多（J. Guaido）走訪華府，諸事談妥，選定連選連任的馬杜羅再次就職的同一天，讓僅有五分之一委國人知道其名姓的輪值國會議長瓜伊多，突如其來地宣稱自己才是總統。然後，不及一日，白宮立即給予承認。將近四年之後，瓜伊多在2022年底遭自家（人）罷黜，即便如此，美國依舊不承認馬杜羅是委國總統。（中央社，2022）反對黨群龍無首，美國自行其事，馬杜羅反對無用，華府執意將委內瑞拉最大海外公司Citgo之資產（約130億美元）的出售事宜，[49]交給在野集團處理，不是原璧返還欠缺資源的馬杜羅政府。美國干預他國內政，或者在他國作戰，從不道歉，霸凌委內瑞拉而使人命損失，美國也不皺眉、不道歉：單是2017年8月至2018年底，委國石油收入因為美國「制裁」而減少60億美元，在無法即時進口必要的維生藥品與其他物資之下，約4萬人喪命。（Weisbrot & Sachs, 2019）華府執意對委國進行經濟戰，形同「酬勞（瓜伊多等在野集團的）腐敗，同時破壞民主」。（Ng, 2023; 另見Wilpert, 2022）

　　終止衝突雙方的協商、藉機生事並恣意經濟「制裁」不肯從命的他國，以及前文徵引的數百次美國海外戰爭之外，以下另選三個案例，具體檢視美國的「善意」及其導致的後果。依照時序，先是美國入侵越南的戰爭（1965-1975），其次是美國入侵伊拉克的戰爭（2003），最後是俄羅斯入侵烏克蘭的戰爭（2022-）。尚在進行的最近這次戰爭，不是美國入侵他國，是美國（及北約）以烏克蘭作為代理，與俄羅斯作戰。

美國的反共「善意」殺死近三百萬（越南）人

　　越南戰爭15年，傷亡人數無法準確估計，但若依照最新的美國資料（2021），名列美國政府記錄的死亡人數是5.8281萬人，另有1584人失蹤而很可能已經亡命，那麼美國因越戰而死5.9865萬人。[50]由於「每死一名美國人，得

49　這家石油公司在美國註冊，2022年獲利約28億美元。（Alava, 2023）
50　https://web.archive.org/web/20230429132111/https://www.vvmf.org/News/2021-Name-Additions-

死四十名越南人」（Hastings, 2018／譚天譯，2022，頁8）則越南240萬人亡命。

這些隕命數字，並不包括參與美軍作戰的南韓（死五千多人）等國的陣亡人數，也不包括遭受「人類歷史上最嚴重的轟炸」的寮國。美國每八分鐘出動飛機一次，針對寮越邊境轟炸為期多年，導致「十分之一」寮國人口因轟炸死亡（約35萬人），萬千人在轟炸結束後誤踩未爆彈而亡，未列入計算（Kurlantzick, 2017）。即便並無軍事理由要持續轟炸，但在美國參議院作證時，證人說出機的理由竟是「因為飛機全在哪兒，總不能讓它們閒著沒事幹呀。」結果，當時寮國靠近越南邊境民眾的生活寫照是：「沒有一天夜裡，我們會認為可以活到天亮；沒有一天早上，我們會認為可以活到夜幕低垂。小孩子哭嗎？當然哭；我們大人也哭。我躲在洞穴裡。我有兩年看不到陽光。我在想什麼？喔，我一再禱告：飛機別再來，飛機別再來，飛機別再來。」（Chomsky, 2016／林添貴譯，2018，頁311-312）

由於這些戰場實況的資訊只有軍情單位掌握，不會主動告知外界，傳媒也無力或沒有意願調查，那麼，就會出現美國政府與知識菁英自詡善意，或是基於隱瞞，或是不知實情，從不承認自己侵略越南的表現，已經到了讓人難以置信的地步。

比如，戰時，「評論起美國的亞洲政策⋯⋯最嚴苛的」費正清（J. K. Fairbank）。即便如此，他依舊宣稱，美國是「正義過了頭，無私之仁」才介入越戰。（Herman & Chomsky, 1988/2002/沈聿德譯，2021，頁235-236）戰爭結束後，聯邦政府不是關注怎麼協助越南的重建，不是正式向越南道歉，而是要已經一窮而白的越南政府撥付資源，協助找回美國失蹤人員或其遺骸；美國人則一邊觀看白人觀點的舞台劇《西貢小姐》，一邊期望把越南女與美國大兵所生的小孩，送到美國這個「自由國度」（王賀白，2014）。

假使不是美國政府作梗在前，中南半島在1954年已經和平，不會有其後的戰火災難，美國人也就無須前往越南作戰。那一年，中、美、蘇、英、法、北越、南越、柬埔寨、寮國等九國達成《日內瓦協定》，以北緯17度為界，南北越中立，不與他國軍事同盟。但美國破壞協定，予以顛覆後，在1955至1956年的六個月期間，紐時等美國主要傳媒「幾乎沒有任何一篇」報導。（Herman &

---

and-Status-Changes-on-the-Vietnam-Veterans-Memorial/ 不再列入參考書目。

Chomsky, 1988/2002/沈聿德譯，2021，頁248）其後，甘迺迪總統在1961年增兵越南，惟戰事規模仍屬有限。甘迺迪遇刺後的次（1964）年，越南人包括南越的軍事將領都希望協商和解，也有了「各界共識內容」，美國卻說「為時過早」而決定「往北擴大戰爭」。（前引書，頁268、272）於是，華府在8月4日向壁虛構，宣稱北越攻擊東京灣（北部灣）的美國軍艦，這是「冷戰時期新聞操縱的經典案例……不是誤導視聽，是根本造假」。這個口實迅速取得參眾兩院的支持，得到授權的詹森總統次（1965）年初擴大戰爭（前引書，頁269、271）。

　　三年後的1968年，北越發動新春攻勢，當時的國防部長麥納馬拉（Robert McNamara）在此之前已經「私下認定」，美國若是自以為可以取得軍事勝利，並「不合理」；外界指責傳媒悲觀呈現戰局，實則剛好相反，起初傳媒的報導「激起了美國大眾更大的好戰心」，反而是情報機構的「預估……悲觀許多」，但情報單位未曾對外告知，傳媒也沒有意願，或者欠缺能力調查虛實。（前引書，頁278-279）於是，越戰持續五年至1973年，才在反戰聲浪在內的壓力下，華府簽署《巴黎協議》而結束戰爭；諷刺的是，協議內容與1964年美國以武力摧毀的「共識毫無二致」，也跟稍早兩、三年的1960年初期「民族解放陣線……的協議案……沒什麼不同」！（前引書，頁272、293）據此，北越、南越分治但將來要以和平手段「循序漸進」完成統一；南越兩個政黨則平等並存，雙方「終結仇恨與敵對」，共同維持南越的和平。（前引書，頁273）只是，美國與其支持的政黨再次違規，合眾國際社記者薩德蘭（Dan Southerland）在大量調查後，指出在雙方簽訂和平協議以後，「發動最多攻擊行動，入侵另一方領土的最大禍首，就是西貢政府」。兩造衝突再起，最後，美國所支持的西貢政府在1975年兵敗，越戰這才真正結束；但是，美國主流傳媒如《紐約時報》與《華爾街日報》等等，卻把責任講成是北越「不認帳」《巴黎協議》，這才使得其後的戰爭，仍然持續了一、兩年（前引書，頁297-298）。

　　越戰結束後二十年，麥納馬拉在1996年出版回憶錄，他道歉了。他向美國人民道歉，因為沒有更早坦承越戰將會漫長與血腥。然而，對於死傷數十倍於美國的越南，加上被侵略的國土所受之蹂躪，麥納馬拉沒有「任何一個字向越南道歉。一個字也沒有。」（Asano, 2003, pp.126-127）美國犧牲自己的人，飛至將近一萬四千公里遠的國度，殺害更多的越南人，沒有一字道歉，因為自己

的動機純良，是反共、是遏止紅禍，不是侵略越南。晚近出版的專著是在十餘處，出現了美國侵略（invasion）越南的意思；不過，這些侵略之說，不是美國政府承認自己入侵，而是轉述越共指控美國侵略（Hastings, 2018／譚天譯，2022）。

稍可讓人不對美國完全幻滅，是因為美國政府與傳媒的遮掩事實，不敵民意的樸素表達：美國民眾在1982年有72%認為越戰，「不只是個錯誤……越戰不對也不道德」，並且這個認知「一直持續到1986年」。（Herman & Chomsky, 1988/2002/沈聿德譯，2021，頁300）

美國「反伊拉克專政」的宣稱與後果

美國在2003年3月20日聯合英澳波蘭等國入侵伊拉克。前一個多月的1月30日，英國等七個歐洲國元首在《華爾街日報》聯名公開撰文表示〈歐美必須團結一致〉，因為「美歐……共享價值：民主、個人自由、人權與法治……伊拉克政權及其大量毀滅武器是明顯威脅……」。（Aznar et. el., 2023）再過25日，小布希總統（Bush, 2003）在華盛頓希爾頓飯店發表〈伊拉克的未來〉演說。他聲稱：「在伊拉克，一位獨裁者正在製造也在隱藏武器，若是得逞，他將可支配中東並且能夠威嚇文明世界……我們不會容許……海珊（Saddam Hussein）造成危險……當前伊拉克政權展現其暴政力量，在中東散播混亂與暴力。解放伊拉克，是在展示自由的力量，足以徹底轉變那個重要地區，為百萬千萬民眾的生活，帶來希望與進步。」

小布希所說的伊拉克「隱藏武器」，也就是伊拉克有所謂「大量毀滅武器」（Weapons of Mass Destruction, WMD）。聽聞此說，與聯合國密切合作的「禁止化學武器組織」秘書長表示，要進入伊拉克檢查，便可確認WMD是否存在於伊拉克。但參與製造WMD謊言的人之一，當時擔任美國國務院次卿（後來曾任川普總統國安顧問一年多）的波頓（John Bolton）竟然反對，並以黑道口吻，當眾威脅這位秘書長，要他「24小時走人，否則後果自負。我們知道你的孩子在哪！你的兩個兒子就在紐約！」（盧倩儀，2023b）這是怪異的反應，假使不是執意作戰，如果WMD不是發明出來的藉口，哪裡需要阻止國際組織進入調查。會有這種表現，昭然若揭的事實就在眼前，WMD是為了入侵而製造的理由。然而，美國主流媒體充分配合白宮，同樣再三報導WMD的存在。

是在戰後一年多，任他美軍在伊拉克掘地三尺、翻箱倒櫃，本來就沒有的WMD實在不能無中生有之後，《紐約時報》（From the editor, 2004）與《華盛頓郵報》（Kurtz, 2004）才先後在該年5月與8月，在其十版與頭版向讀者道歉，表示不該沒有查核而誤信官方宣戰的理由，不該扮演政府說謊的喉舌。奇怪的是，找不到WMD的美國總統小布希不是向外界道歉，也沒有承認自己說謊或遭部屬瞞騙，反之，他轉而聲稱，「我們進入伊拉克，是要解放伊拉克人，要在這裡提倡民主。」伊拉克在2005年有了選舉，紐時、華郵等九家全美發行或播出的傳媒也都忘了自己的失職與道歉，筆桿一轉，表示它們都很欣慰，因為伊拉克總算有了民主，尚未被「解放」地方的人，都在羨慕伊拉克！（Hart, 2005; Herman, 2008）

但伊拉克並沒有就此進入民主坦途，即便有，代價也太大。很多人一定不解，要為戰爭負責的人，從華府至主流傳媒，是否有人曾經反省，伊拉克的民主需要美國以這種大肆殺害生靈、破壞大地的方式「推進」嗎？如果善意，用在殺人毀地的上兆美元，取其零頭，轉為以和平方式，模擬與實驗更適合伊拉克的分權方式與民主運作，不是更為可取、也更為有效並持久嗎？這些問題與答案，消逝在冤魂不肯散去的巴格達上空。

伊拉克雖然在美英聯軍攻入後三週就投降，但社會沒有恢復戰前風貌，而是混亂至今。美軍留守20年死4598人，伊拉克平民死28.0771至31.519萬人，但布朗大學集結35位專人的研究認為，死亡人數「很可能會還會更很多」。[51]來自其他來源的死亡數字，確實認為實際死傷，數倍於此。[52]布朗大學最新的報告，（Savell, 2023, p. 2-5）指出美國反恐戰爭在阿富汗、巴基斯坦、伊拉克、敘利亞及葉門五國，直接造成90萬人遇害，間接死亡更多，來到360至370萬人，這是因為在這五個國家，經濟崩潰、糧食不安全、醫療等公共服務系統遭

---

51 筆者在2023/4/5查詢自https://watson.brown.edu/costsofwar/costs/human/civilians/iraqi, https://watson.brown.edu/costsofwar/figures/2021/WarDeathToll

52 比如，Benjamin & Davis (2018)估計，2003至2017年，伊拉克死240萬人。出生也成長於巴格達的伊拉克詩人與學者，後任教紐約大學的安頓（Sinan Antoon）在受訪時表示，美國入侵20年後，伊拉克有800萬人被迫離鄉、至少致死100萬人，造成400萬孤兒（Goodman, 2023）。然而，美國政府這些造虐之事，「形同隱形的戰爭」，「納稅人稅金殺人如麻，美國公眾幾乎完全眼不見、心不念」。（Solomon, 2023:13）

摧毀、環境污染及戰後創傷及暴力所造成。此外，這五國另有760萬孩童營養不良，並且這些傷亡數字，隨著時間往前，還會增加更多。

同時，戰爭沒有完全結束，因為戰爭期間流出的大批武器，旁落其他群體，特別是2014年起廣為人知的「伊斯蘭共和國」（Islamic State, IS），取得了大批軍火。IS數年後雖然遭到驅離，但在這個過程，很多地方，包括伊拉克第三大城市摩蘇爾（Mosul）全城近90萬居民逃離，近七成建物與所有道路等基礎設施全毀。再者，構成IS的武裝力量，四散他地，亞非等地也另起類似極端武裝組織。在伊拉克本身，「美入侵伊拉克20周年災難未止」「不見和平 當地人依舊活在暴力衝突中 三分之一陷入貧困」（陳曉慈，2023）。

美英入侵伊拉克戰爭二十年紀念日前夕，《紐約時報》發表回顧文章，標題是〈二十年了，一個伊拉克問題還在徘徊：為什麼美國入侵伊拉克〉。記者問，「是因為懷疑……伊拉克領導人海珊涉及九一一攻擊嗎？……是要解放伊拉克人不受海珊統治嗎？……是錯誤的情報嗎？是地緣政治的斬獲？僅只是過度有信心嗎？是民眾欲求戰爭，以此拿回國家尊嚴嗎？或者……是彼此溝通失誤，也就讓互不信任的國家笨拙地起了衝突？」（Fisher, 2023）見此提問，研究美國傳媒與戰爭之連動，已有將近二十年，相關著作豐富的迪馬喬（DiMaggio, 2023）教授不禁追問，紐時在故弄玄虛，以狀似思考周密而多重假設的方式，掩飾了一個簡單的答案：美英入侵就只是一種新保守主義的內裡，對外展現為白宮不會承認的「新殖民主義」，具體而言就是為了控制石油而入侵伊拉克。看來，這個明白淺顯的道理，未曾駐留在紐時評論員腦中。

不肯確認美國入侵伊拉克的原因，等於是放棄懲前毖後的責任，也等於是縱容新保守主義的思維與行事，他日將再造孽，西方沒有想到也不肯承認的是，事隔十九年爆發的俄烏戰爭，同樣由新保守主義觀催生。差別在於，這次交戰地點是在歐洲，受害最深的是烏克蘭，其次是歐洲國家，池魚之殃是世界經濟而特別是開發中國家。

俄羅斯入侵烏克蘭的兩種看法

殺人有罪，但凶手是天生壞胚子嗎？還是，凶手的形成，大多數會有社會脈絡可循？個人如此，國家若無端入侵，只是權力意志的蠢動嗎？希特勒興起，捲起第二次大戰，難道不是第一次世界大戰後的《凡爾賽和約》之求償規

模，超過德國承擔的能量？凱因斯（Keynes, 1919/ 2019）深知苛刻的和約，反而將要為禍德國與歐洲；他的專書甫出，已是洛陽紙貴的暢銷，但其洞見無法阻止協約國對德國的予取予求。二戰爆發的原因之一，在一戰和平協議完成之日，已經根植。日後的事件演進，證實了凱因斯在《和平的經濟後果》的分析，但他顯然不會因自己的分析與預言成真而歡呼（Day, 1920; Capitating History, 2019; Wilde, 2020）。假使希特勒崛起，有這個遠因，那麼，俄烏戰爭就真只是起於俄羅斯，或者普亭個人的領土擴張野心嗎？

　　左右派都有人堅持，但以右派及自由派為主，認為俄烏戰爭的爆發，正是俄羅斯帝國野心的作祟，擊敗俄羅斯才能捍衛文明，遏阻專制。他們也知道，烏俄兩國之外，他國不能參戰以免升高危機（比如，不慎而導致毀滅性的核戰）；但是，只要烏克蘭人選擇堅韌抵抗，外界就必須支持烏克蘭人的選擇，他們認定，繼續提供軍事援助不算西方參戰，並且缺此無法協助基輔擊垮莫斯科。這個堅持在基輔出乎外界預料，不但沒有短暫數日就投降，並且持續反擊俄羅斯，鞏固了第二大城、位在烏東的卡爾可夫（Kharkiv），也重新取回赫爾松（Kherson），更是使得西方統治集團更有宣傳利基，可以藉此爭取更多民意支持。主張繼續力挺烏克蘭的民意，開戰一年多之後，雖然時而略低，但大致不墜。不少國家政要相繼造訪基輔、總統澤倫斯基親自或通過視訊向多國國會講演，也產生了實效，讓文明之戰的聲稱，持續得到堅實的軍火支持（Onuch & Hale, 2022; Nichols, 2023; Snyder, 2023; Baird, 2023）。

　　另一種看法同樣超越左右，它更為強調北約，特別是美國，很早就因意識形態或維持其世界領導權的動機，在大多數時候，都在執意弱化以前的蘇聯、現在的俄羅斯。對於美國來說，東歐在蘇聯時期承受莫斯科的欺凌而希望加入北約，有助於白宮執行這個大戰略，其中，主要在西部的烏克蘭人，有最高比例的人口不但親歐，同時也排斥俄羅斯。烏克蘭的這股力量，是協助美國達到弱化俄羅斯目標的重要夥伴，至於烏克蘭是否戰至最後一人，只要是烏國自己選擇，他國都無須多慮。因此，蘇聯解體與《華沙公約》解散之後，敵手不再則北約已無存在理由，卻在美國弱化俄羅斯的大戰略之下，北約不但存續，並且在美國支持下，持續東擴（秉持北約東擴造成戰爭這個看法的人，不能說少，只是他們並不掌權，這些人的部分著述已經引述於傅大為等人，2023；另見Bandow, 2022；Bacevich, 2022；林庭瑤，2023a）。

第一種見解的人大多集中在歐美加紐澳，以及日本、南韓、台灣與新加坡。這些國家都是相對富裕之地，也都因為冷戰的東西對峙，曾經支付可觀成本，同時也在經濟納入美國的陣營。在西歐，是馬歇爾計畫對其戰後重建的支援；在日本、南韓與台灣，經援之外，主要是韓戰與越戰的美國軍事支出，部分採購或美軍消費，投注在這三個地方（Pakr, 2003）。這些國家的執政集團與社會，無力或者沒有意願背離美利堅的立場，他們以不同程度，接受華府的立場，乃至投效。以美國為首的這個陣營，占了全球十億多人口。

不過，十多億之外，有更多的五十多億人口與其國家，並沒有認同這個立場，這是「不結盟運動」組織的成員國，或者，是全球南方國家（Global South）。對於這些更高比例國度對俄烏戰爭的立場，英文另類傳媒的報導，並不少見（Pitts, 2022; McKenzie & Prashad, 2022; Mehta, 2023; Prashad, 2023）。西方主流傳媒較少告知，但仍然偶爾會讓全球南方國度的視野，得到露臉的機會（Adler, 2022）。其中，《新聞週刊》刊登前美國沙烏地阿拉伯使館外交官與政治顧問（Gfoeller & Rrndell, 2023）的論述，相對細緻。他們指出，執意政經制裁俄羅斯的立場，對大多數國家，也就是接近全球的87%人口，並沒有說服力，因為它們的政府大多認定，罪人不是只有俄羅斯。他們願意支持聯合國決議案，批評俄羅斯的入侵，但它們全部沒有加入制裁或抵制，有兩個原因。首先，前蘇聯幫助他們反殖民；其次，戰爭發生，美國（北約）也有責任，南方國家已因俄羅斯制裁而受損，沒有道理再參與抵制而受損更多。第二個例子是《紐約時報》專欄作家（Douthat, 2023）的報導，他說：在俄烏戰爭發生前十年，「即便西方輿論更敵視俄羅斯……歐亞大陸至非洲北部和西部……輿論都有利俄羅斯」；開戰之後，「這些地區對俄羅斯的正面觀感降低，但發展中世界民眾對俄羅斯的好感，還是略高於美國。」知名史學家、《絲綢之路：一部全新的世界史》的作者（Frankopan, 2023），指出了相同的事實：全球南方世界從以前到當代，都對西方不滿，俄入侵一年以來，俄羅斯利用這個事實，也向世界上的社會保守派喊話，彷彿接受LGBT是西方敗壞的象徵，對照之下，俄羅斯穩若磐石，是在維護世界秩序。

以上兩種看法無法窮盡所有觀點，戰爭終究以何種方式與後果結束，也不是外界分析或預判所能完全掌握。（Menon, 2023）值得一提的是，第二種觀點的所有人，固然都譴責北約及美國，但其中的現實主義者如米爾斯海默（John

Mearsheimer）淡化或不特別提俄羅斯的愚蠢犯罪，杭士基等人則同時譴責俄羅斯，指其入侵不因受挑釁而不是犯罪。第一種觀點的人則似乎很少意識到，或者，他們不肯承認自己並沒有完全尊重烏克蘭人的決定，而是有選擇地接受；至於接受與否，標準依舊是美國依據其新保守主義的思維而有的大戰略考量。

美國支援烏克蘭的兩種「善意」

美國與北約「言行一致」的是，他們說烏克蘭人的意志堅強、表現堅韌，矢志與俄羅斯繼續作戰，西方軍援源源不斷，因此是尊種烏克蘭自主意願。北約軍援烏克蘭的規模，單計算至2023年1月，亦即俄烏戰爭不滿一年的時候，僅說美國兌現並已經送達烏克蘭的軍備金額（，承諾但尚未運抵者不列入），已達466億美元（Masters & Merrow, 2023）。這個軍援規模所代表的支持強度，要有比較才能具體認知：英國是軍武大國，其2021-2022整個年度用在軍備採購與維修的費用390億美元，僅是466億美元的87.5%。[53]

顯然，這是超極強力的「政治」支持，但符合「軍事」意見嗎？

美國掌握第一線軍事作業情報的參謀首長聯席會主席密利（Mark Milley），從2022年11月至2023年3月，至少三度表示，（Atwood & Liebermann, 2022；周辰，2023；*Economist*, 2023h）俄烏都無法軍事取勝對方，雙方必須通過外交手段談和。歷來，美國的主戰鷹派是軍方，但在俄烏戰爭一事，傳統逆反，不只是密利，前聯席會主席的穆倫上將（Michael G. Mullen）也罕見地變成鴿派、並且更直接：「我認為，愈早協商結束戰爭愈好」。然而，「文官及傳媒評論員的修辭與此截然對立」，很多傳媒人在戰爭進行十六個月時，都還「堅持要徹底在軍事上擊敗俄羅斯……甚至要誘發俄羅斯解體」；不見於軍方，但「廣泛存在的聲音，堅持普亭的核武威脅僅是虛張聲勢……協商形同投降……烏克蘭必須戰鬥至完全收復失土。」（Marcetic, 2023b）

傳媒不挑戰而是跟進文官之說，甚至加油添醋；國務卿、總統國安顧問等

---

[53] 英國2021/22年度的國防預算是459億英鎊，人事薪資占134億英鎊，若其他支出均為軍火直接與間接含折舊支出，則是325億英鎊（MOD, 2022）。使1英鎊兌換1.2美元，則該年度英國的軍備支出是390億美元。

文人策士不取軍事分析，不是另有軍事看法壓過密利與穆倫等人，是美國的戰略考量，在此清楚呈現：弱化俄羅斯才是目標。烏克蘭人如果普遍知道密利等人的意見，也了解美國的心思，是利用本國來醞釀戰爭、執行代理人戰爭，一定會堅持繼續對抗嗎？一定會感謝美國軍援是出於善意嗎？美國與北約盟國聲稱，戰場若有明顯優勢，才有談判條件，但若密利的軍事判斷為真，則優勢無從持久，從而再次印證，延長戰爭是手段，弱化俄羅斯是目標。戰爭的最大代價是烏克蘭承受，即便甘之如飴，也不會改變犧牲慘重、人命無可挽回而國土備受蹂躪的事實，也無從保證失土能夠復歸。再者，軍武要有經濟作為支撐，而如先前的引述，開戰以來，俄羅斯經濟的惡化不比歐盟嚴重多少。國際貨幣基金會甚至預測，俄羅斯2023年的經濟成長率是0.7%，不比歐元區的0.8%差，但明顯優於將萎縮0.3%的英國；至於2022年，俄羅斯的GDP是下降2%，外界原先估計是11%。（林聰毅，2023）雙方持續戰鬥，西方即便還有空間升高制裁，真能更大幅度挫敗俄羅斯，甚至使其投降，而達到成王敗寇，在國際上招來更多南方國家來歸嗎？

這些事情尚未發生，來日才能見出真章。但已有證據浮現，顯示北約對烏克蘭的尊重，並不全面，是有選擇。鉅額軍援應基輔之請而為，允稱尊重；烏克蘭已經談和，卻被否定。一個北約兩種反應，原因無他，弱化俄羅斯的大戰略，統合了兩種相反的作法。力挺烏克蘭立場而軍援，否定烏克蘭的和平選擇，統一在弱化俄羅斯的戰略目標。這個事實無須圖窮才能匕現，它是國王新衣，只是北約自己不說，歐美主流傳媒不予揭發。

俄烏和談取得臨時協議的新聞，最慢在2022年3月底就有披露。（孫宇青，2022）但後續報導似乎消失，協議是否真實無人否認，也乏人追蹤。過了半年多，美國前國安會的歐俄事務高級主任希爾，以及俄歐亞情報官員斯坦特聯合在《外交事務》（Hill & Stent, 2022）的文章，以兩位作者的政務外交資歷，證實該項協議曾經存在。（另見Benjamin & Davies 2022, pp. 83-84）她們表示：

> 根據我們在2022年4月與多位美國前資深官員談話，俄烏談判人員似乎已經同意達成暫時協定，大要是俄羅斯撤回至2月23日以前的位置，當時東巴斯地區的部分及克里米亞的全部，已經由俄羅斯控制。俄羅斯以此交換烏克蘭承諾不尋求加入北約，並且要有一組國家給予烏克蘭安全保證。

然而，兩人的文章未做解釋，或說，她們逕自認定暫時協定沒有落實，是俄羅斯片面撕毀協定。因此，兩位資深的前外交官員這樣說（Hill & Stent, 2022）：

> 普亭似乎對妥協沒有興趣，不讓烏克蘭成為擁有主權的獨立國家……俄羅斯外交部長拉夫羅夫（Sergey Lavrov）在7月接受莫斯科國營傳媒的訪問時，表示該協定不再是選項。

　　然而，真的是俄羅斯外長在雙方敲定臨時協定後三個多月，突然予以否定嗎？非也。答案是西方先行否定；在此之前，烏克蘭前總統波洛申科（Peter Poroshenko）的「坦白」，則提供戰爭爆發的原因，包括烏克蘭無意與俄羅斯和談，而是更願意積極備戰。

　　俄烏暫時協定公布之後不久，英國首相強生（Boris Johnson）出人意表，突然在4月9日造訪基輔，烏克蘭的英文網媒顯著報導他要烏克蘭停止與俄羅斯談判；強生5月與法國總統談話也證實他提出這個要求。（DeCamp, 2022）杭士基曾說，英國不是美國的貴賓犬，是美國的攻擊犬，（Asano, 2003, p.120）在此表現無疑。繼之，美國國防部長奧斯汀（Lloyd Austin）在4月25日飛越大西洋訪問基輔，表示美國支援烏克蘭，是要「弱化俄羅斯軍力」（Ryan &Timsit, 2022）。最後，《金融時報》記者在5月20日專訪烏克蘭前總統波洛申科，他說，他簽署但不執行「《明斯克協議》，是要來買時間讓烏克蘭建軍……」。記者追問，現在爆發戰爭，他沒有悔意嗎？波洛申科說「一點也不……俄羅斯發動侵略後，你沒有聽到任何批評（《明斯克協議》沒有執行）的聲音。」其後兩週，德國傳媒與「自由歐洲電台」也訪談波洛申科，他說得更為直白：通過簽訂但不執行《明斯克協定》，「我們完成想要成就的所有事情。我們的第一個目標是阻斷威脅，或者，至少延遲戰爭的發生，這就給我們八年時間，重新整建經濟成長，同時建立強大的軍隊。」（Allen, 2022）俄羅斯知道自己已被欺騙，又見西方沒有要求烏克蘭執行《明斯克協議》，致使有俄烏戰爭的發生，莫斯科還能相信西方及其力挺的烏克蘭嗎？

　　這些英語媒體曾經披露，英美及烏克蘭求戰不求和的新聞，何以曾任美國相關官職的專家，沒有提及，遑論分析？這是因為，她們早已知道而認定這些

事實無關宏旨？或者，她們如同很多人與傳媒，原本認定威權政府如俄羅斯經常不守信用，西方也就無須守信？最後，她們難道不可能是「團體盲思」（GroupThink）的一員，前有存在既久的對俄羅斯之偏見，後有斷章取義普亭在入侵前的三大演講詞，從而認定普亭就是有帝國野心，[54]於是不可能談和，協議若遭撕毀，責任必定在莫斯科，不會是西方。南非等六個非洲國家在2023年6月訪問烏俄調停戰火，普亭出示兩國3月底的臨時協議書〈永久中立與烏克蘭安全保證〉，內容就是美國兩位外交官所述，但西方主要傳媒並不披露這則新聞。（DeCamp, 2023b）

　　然而，指控普亭有帝國之心的學者固然存在，卻也另有鑽研俄羅斯的人認為，雖然很多鄰國因為蘇聯的表現，總覺得「俄羅斯是有野心，是有帝國主義的樣子」，但究其實，「普亭的政策並非帝國主義者的政策，沒有要用征服或強制併入新的領土，普亭也沒有要回返蘇聯帝國主義，他是現實主義者（realist）、國家主義者、民族主義者。他甚至斥責列寧，指他不為俄羅斯考慮……今日的俄羅斯無意重複沙皇的經驗，也無意重蹈蘇聯年代的覆轍……（普亭說，）我們應該真實對待自己，尊重他人，要成為他人的好夥伴。」（Kivelson & Suny, 2016, p. 384-385;另見Dejevsky, 2023）

　　原先對俄羅斯或普亭全無了解、也無刻板印象的人，若是閱讀普亭的三篇重要講詞，很有可能會同意，普亭並沒有帝國野心。第一篇是2021年7月12日的〈論俄羅斯人和烏克蘭人的歷史合意〉。另兩篇分別在2022年2月21日與24日發表，前者承認早在2015年宣布要從烏克蘭獨立成國、但在此之前莫斯科不肯承認的東巴斯兩州之獨立；後者羅列諸多發動「特別軍事行動」[55]的理由，

54　這裡，指控普亭或俄羅斯有帝國擴張野心的人，也是跨越左右，差別是，右派不認同列寧，但仍有烏克蘭左派稱讚列寧的國際主義與民族自決，因此他們雖然也是虛構從而抨擊普亭的帝國野心，卻也同時對否定列寧的普亭，表達厭惡之意。（Movchan, 2023）。

55　歐美大多數論者似乎都認為，普亭以「特別軍事行動」而不稱自己入侵烏克蘭，不妨礙俄羅斯已經違反國際法，因此犯罪。惟仍有專業研究者認定，俄羅斯揮軍進入烏克蘭，符合《聯合國憲章》第51條所認可的「預防性戰爭」。這是因為，北約強大有力並有公開記錄顯示，在極右派主導下的烏克蘭政府，即將成為北約的橋頭堡、也可能成為核武國家，何況這個政府八年來壓迫俄語區烏克蘭人已使萬餘人隕命，因此，普亭先發制人對烏克蘭發動攻勢，是要減少俄羅斯立即與北約衝突的風險，也是要馳援莫斯科剛承認獨立的烏東兩國家。（Roberts, 2022）當小布希總統的國務院及國安會法律顧問貝林杰（John B. Bellinger III）否認俄羅斯引

包括要保護過去八年來備受迫害（包括萬餘人隕命）、在烏東區說俄語的數百萬人口。

他的三篇講詞都很清楚表達，即便他認定俄烏是同一民族，但他完全不反對，而是很尊重，並且實踐現代國家的認知，亦即同一民族（nation）可以分立多個國家（states），或者，一個國家（state）內有多個民族（nations）。在相隔不到一年的三次講演詞，普亭依序這樣說：

> 俄羅斯人和烏克蘭人同屬於一個民族，我們是一個整體……烏克蘭現任當局喜歡參考西方的經驗，把它看作是一個可以效仿的模式。但看看奧地利和德國、美國和加拿大是如何毗鄰而居的。它們在種族組成和文化上很接近，他們共用一種語言，但它們仍然是主權國家，有自己的利益，有自己的外交政策。而它們依舊建立起了最緊密的一體化或盟友關係（Putin, 2021）。

在接下來的兩次講演，普亭又說：「現代烏克蘭……是……共產主義俄羅斯創造……列寧和他的戰友……非常粗暴……列寧主義……錯誤……比錯誤更糟糕……當然，過去的事件無法改變……我們……承認新的獨立國家。」（Putin, 2022a）以及，「俄羅斯始終尊重在前蘇聯地區成立的各個國家，始終尊重它們的主權……希望廣大烏克蘭公民……同俄方合作……獨立自主。」（Putin, 2022b）

普亭的這個立場，其實在他首次參選總統的2000年，業已表達，他說：「任何人對於蘇聯的消逝若無悔意，就是沒有心肝（heart）了，但若是還有任

述《聯合國憲章》第51條的適法性時，很快引來反唇相稽，指貝林杰「虛偽」，因為他當年同樣引用51條聲稱美國有權入侵伊拉克，即便其理由根本難以成立，反觀俄羅斯面對的情境，實是有理有節；更何況，柯林頓總統團隊曾以「新奇的」理論解釋51條，聲稱存在種族屠殺危機（而事實上沒有），藉此創造口實，方便北約堂而皇之，軍事介入科索夫（Kosovo）戰爭。兩相對比，「毫無疑問，俄羅斯的論稱更有正當性。」（Ritter, 2022）本文對有關國際法的解釋，因無研究而無立場，但傾向於認同一種倫理，有戰爭就犯罪，而在各國正需要合作，求能舒緩甚至解決暖化等等重大世人共同面對的問題之際，因受挑釁而發起戰爭，並使多國得有藉口增加軍事支出，仍屬有罪而且愚蠢，即便美國為首的北約，及廣場政變後的烏克蘭政府，也都不是沒有相應罪責。

何人要讓蘇聯復生，那就是沒有腦袋（head）了。」這句日後得到很多引述的講話，首見於2000年投票日前一個月的《紐約時報》。這句話的意思對同意他無意恢復蘇聯舊觀的人，再清楚不過，但對仍有質疑的人如紐時記者，則認為這只是「隱晦」（oblique）的表述，尚不能確定普亭是否無意恢復帝俄或蘇聯時期的領土規模。（Wines, 2020）

因此，這句話對紐時記者，以及至今仍然認定普亭意在恢復帝國的人，「隱晦」還算是好的認定，最糟則會說，這是掩飾野心。然而，退一步言，假使認定普亭並無帝國野心的研究者，是弄錯了；普亭的三次講演，引述於前的文字，純屬錯誤的斷章取義；或者，這些通通只是普亭的化妝，不能當真。惟即便如此，俄羅斯的軍事實力遠遠不如北約早就為人所知（前已提及，Galeotti 2022, p. 112）；俄羅斯入侵烏克蘭一年多來，暴露莫斯科的軍事能力，不但不是無敵，而是證實了俄羅斯傳統武力很有限，即便俄羅斯真有領土擴張野心，注定心有餘力不足。

俄羅斯沒有能力對抗北約，並且，即便沒有北約，莫斯科也未必會有侵略鄰國的野心，但以其大國且是核武大國的地位，並且擁有豐厚天然資源，依舊會是區域雄主，給予適度尊重並沒有任何的不應該，而是許多國際政治鑽研者的想法，這也反映在先前已經引述的藍德公司智庫之報告，它在戰爭發生前夕，建議美國應該：「接受俄羅斯在這個區域的周邊國家，有其影響力。」（Priebe et.al., 2021, p.27-28）如果轉為積極，那麼，俄羅斯與歐盟的更好關係，會是法國從戴高樂總統開始，而俄羅斯從戈巴契夫起，存在至今的願景，亦即要將現在的歐盟範圍擴充至包括俄羅斯，使有「大歐洲」之實。雖然基輔廣場政變導致俄羅斯併吞克里米亞，八年後再有俄烏戰爭，致使大歐洲之念更形遙遠，惟歐洲從傳媒到政治領導階層，果真能夠真誠自省，坦承這個局面的造成，並非僅是俄羅斯之過，也斷非普亭一人之失，而是歐美與北約及烏克蘭本身，都有相應的責任必須承擔，那麼，薩克瓦教授的認同，（Sakwa, 2021, p.16）不僅以其有利所有歐洲人的事實，也是以其具備的鼓舞人心之內涵，完全值得於此引述，他說：

> 大歐洲仍然是鼓動人心的恆久理念。一個世代認定這是讓人哀傷的幻覺，另一個世代的人，會以之為符合現實的、也必須要有的宏圖。

台灣需要理解美國的「善意」

　　從越戰到俄烏戰爭，美國積極介入而在他國直接或間接作戰，都有自詡的「善意」；惟即便是善意，也不保證良善的結果，不說其思維與行事，能否得到「善意」的稱呼。抽象以言，我們可以說任何行動，無論出於惡意或善意，都會有「沒能或無法預期的後果」；具體來說，從越戰到俄烏戰爭，美國的「善意」並沒有帶來和平，也沒有讓人欣慰的結果。相反，以俄烏戰爭來說：

> 俄羅斯領導層相信，而這極可能正確，這次是為自己的生存而戰。烏克蘭領導層同樣相信這是生存之戰，不是「極可能」，是必然如此。在此情境，判定兩國領導層孰是孰非，已無意義。但是，對美國領導層來說，這是代理人戰爭，不是生存之戰，這是經過選擇的代理人戰爭。正是這個清楚的事理，讓人認知美國的怂恿與延長戰爭的角色，恐怖至極（Ottenberg, 2023）。

　　那麼，「今日烏克蘭，明日台灣」發生戰爭，可能嗎？恐怖至極端的戰爭會在台灣發生嗎？如果發生，這是代理人戰爭，還是對岸入侵？或者，兩者是同一回事？烏克蘭人的自主抵抗與呼籲美國／北約繼續軍援，基輔希望藉此強化其抗俄能力，不會改變烏克蘭受害最深，以及，這是「反侵略」同時帶有戰爭代理人的性質。[56]

56　不少相關討論似乎有個傾向，認定烏克蘭是自主抵抗，不是他人棋子，如「我不是棋子，我是我自己」（張時健2023, 另見Draitser, 2023, Feffer 2023b, Kazin 2023）。不過，「自主」抵抗最多僅指國民，不是烏克蘭政府。其次，左派大致無法不同意，即便遭到挑釁，俄羅斯入侵仍是犯大罪；繼之，左派也就無法不同意烏克蘭有自衛權，於是也就很難反對西方支援軍火。惟應同時注意四件事實或意見。其一，開戰前烏克蘭反對派已經遭壓制，開戰後消失，基本上不再能夠有效發聲。其次，美國蓋勒普（Gallup）在2022年9月曾有電話民調，這可能比記者詢問更有價值，因為較可免除面對面而減少失實的回答；該民調顯示，76%男性與64%女性支持烏克蘭打至俄羅斯全部撤離包括克里米亞，但地域有別：烏克蘭南部僅58%，烏東是56%。（Steele 2022）第三，即便這些是烏克蘭人的主流反應，亦無法否認烏克蘭政府特別凸顯與強調「身分／認同政治」（抹除所有俄羅斯語言與文化等），存在危險乃至反動，也掩飾了社會政經的改變，不是正向走，是製造流弊。（Ishchenko, 2022; Baldwin, 2023）因此，有

正宗美國善意 如果兩岸落實從丘宏達到卜睿哲的建言

美國在台協會的歷任理事主席之中，卜睿哲（Richard C. Bush）可能最為知台，也有最多台灣與兩岸關係著述。從本地傳媒對他的專訪、報導，而特別是其專著，應該可以找到線索，評估卜睿哲之言若能代表美國，無疑是利台、利對岸，也利世界的善意。

這裡並不是說，卜睿哲提供的觀察與事實或觀點，最為獨特、最有價值，或最有道理。不過，予以引介的理由，是卜睿哲具備而他人較少具備的三個條件。其一，擔任美國民主黨索拉茲（Stephen J. Solarz）聯邦眾議員助理期間（1983-93），他對台灣人權與民主的推進，有所貢獻，使其發言的公信力可能增加。再者，作為外人，比較不受兩岸統獨情緒或情感的羈絆，可能客觀些也公正些，從而卜睿哲被貼標籤，造成以人「舉言」或「廢言」的情況可望減少，因此也許會有較佳的溝通效果。最後，卜睿哲提及、聲稱或論證的台灣政治與兩岸關係，有些確實是有新意，至少國人沒有或罕見出現該種意識。

由內至外，卜睿哲對台灣的國內政治，以及兩岸關係的發言如後。

通過卜睿哲的轉引與整理，讀者得知獨裁者壓制異端，嚴重時關人入獄或竟至處決，都是恐怖行徑，令人難以釋懷；惟南韓獨裁政權的國家暴力，可能高出台灣不少。（Greitens, 2016, pp. 171-172, 241-242）這個比較，會有比爛之

錢的烏克蘭人家用錢躲避兵役、不上前線等現象，未必很少（Chowdhury 2023），對於這個事實，從主流刊物的婉轉曲筆，亦可推知（Economist, 2023f）。聲稱軍民士氣非常高的，同時，另存在一種現象，亦即學者在2023年4月的親訪，發現富裕階級包括鍍金的年輕人「仍然過著舒適的高貴生活……奢侈餐廳與商家的走逛人數多得很……有68種蘭姆酒而烏克蘭人原本不喝蘭姆酒。夜店又有106種香檳與氣泡酒，最貴的一瓶要價六百美元。」這類景象傳至軍人耳朵，勢將激起憤怒，也讓人對烏克蘭的腐敗與對菁英的憎恨，無法不再想起這些錢哪裡來的呢？（Vlahos, 2023）最後，自主個人的抵抗、義憤及自詡，與國土備受踐踏，及烏克蘭人命損失遠超過俄羅斯且無法取勝（見後文註59），並且難以取回克里米亞的客觀事實，二者並存，不是彼有無此。甚至，萬一烏克蘭必敗的論稱最後成真（Ritter, 2023），或者，北約（美國）加入戰局是可以挽回烏克蘭的敗局，卻會升高核子戰爭風險，這個危局其能用不受俄羅斯勒索的正當修辭，就能讓人心安理得而「勇於」承擔地球生靈毀滅的責任嗎？這些也很可能是美俄代理人戰爭在烏克蘭造成的慘痛悲劇，是客觀事實，「不以人的意志為轉移」。悲劇何以造成，必須釐清；單說俄羅斯之失，或指北約東擴之挑釁，或都不足，二者皆過之說，不是等量課責，何況另有第三、四、五……是否有輕重不等的責任，同樣需要研判。

譏與不忍，但或許有兩個原因，使卜睿哲仍然提及。

首先，他可能希望表示國民黨「讓經濟起飛的功勞，仍頗受一般民眾認可」，於是藉此申明，假使轉型正義委員會成為「報復或圖謀政治利益」，可能會妨礙經濟，未必對台灣是好事情。與此相關，他批評太陽花運動期間，「少數公民」「相信自己的大義」而衝入立法院及行政院，「其實是在褻瀆法律……頂多只能妄稱自己有權發起這種極端的政治行動」。（Bush, 2021/周佳欣等人，頁189-190、409-410、466）

其次，以政治原因奪人自由或生命，都是罪惡，後人不能遺忘。但是，假使這個政治原因來自時代背景，那麼，罪責仍然必須由特定個人與政黨承擔之外，另有結構因素必須考量。在台灣以政治原因殺人最多的白色恐怖期間，美國先反共而後升高成為麥卡錫主義，依據不同的標準，這股逆流肆虐各界五至十年。「自由民主」如美國，都出現這段歷史倒退；那麼，瀕臨生死存亡的國民黨政權之殘害共產黨人，[57]連帶陪葬人數可能更夥的其他人，除了仍是不可接受的政治迫害與殺戮，是否會激發人的力量，從理解歷史悲劇之中，汲取教訓而努力預防相同情事的發生，同時唾棄試圖工具化歷史悲劇或從中牟取政治利益的人？

卜睿哲進入並關注台灣政治已有將近半世紀，最早是協助當時的黨外、當代民進黨的前身。現在，他對兩岸關係的建言方向，民進黨人雖然也曾提及，但不如卜睿哲之敢言。

在民進黨第一次執政時，卜睿哲出版的專書已經認為，即便北京指其為台獨，但李登輝執政12年4個月發表兩岸關係很多談話，從來「不主張從……中國……實體分裂出來」。（Bush, 2005／林添貴譯，2010，頁99）蔡英文擔任第二任總統時，他則強調，「李登輝……不反對統一，而是反對北京提出的條件……諷刺的是，馬英九……的作法卻是兩個中國政策……北京反對的程度跟反對台獨是差不多的……李登輝本人……一直聲稱……追求統一（只是統一的

---

57 黃年（2017，頁74）在《獻給天然獨》一書，曾經比對台北「白色恐怖政治受難者紀念碑」，以及北京「無名英雄紀念碑」的遇難者名單。他發現，二者「約達」九成重疊，亦即相當比例在台遇害者，是北京派出的地下共產黨員。這些人大多懷抱理想，他們的遇害如同海外相同或類似遭遇的人，都是人世間的悲劇。

方式與北京的方案不同）。」（Bush, 2021／周佳欣等人，2021，頁204）

怎麼統一？「理論上雙方可以獲致折衷立場的模式是邦聯」，大陸與台灣「是更大的大中國底下平等的組成成員。在台灣，這個概念愈來愈有吸引力……某種形式的邦聯」。並且，這也可以抽象滿足「北京……形式上的統一，台灣可以……一個國家聯盟中保有主權」，雖然「北京迄今拒不接受」。然而，「一國兩制模式」，也有可能是「在這個中國之內……有其他的權力組合狀況，即允許法律地位平台的構成單元分享主權。譬如，邦聯制……歐盟……是……實例……」。陳水扁總統在2001年文告提出的社經文化統合走向「政治統合」，其實可能與另一種更為具體的表述「不無關係」：當時的民進黨國際事務部主任、台北市議員田欣在美國外交組織講演，他指兩岸的談判，可以是「台灣犧牲部分主權，交換兩岸永久和平。只要這個……可被台灣人民接受。」（Bush, 2005／林添貴譯，2010，頁29、120、195-196、314、319、335）

到了「中」美關係惡化已有數載的2021年，這個具體的邦聯或歐盟模式之兩岸版本，狀似難以再談，特別是2019年元月2日，習近平說，要有「一國兩制的台灣方案」；對此，台灣的因應作法，是在當年5月制訂新的法律案，要求兩岸「具憲政或重大政治衝擊影響」的協議，兩黨若無共識，就會無法批准，致使兩岸「政治對話」斷絕。即便如此，卜睿哲依舊說，習近平的新詞彙，「主要是講給國內人聽的」，「理論上，北京可能會保留一國兩制的口號，但從根本改變其內涵，使其對台灣民眾變得更有吸引力……」，即便「目前還看不到往這個方向走的跡象。」他又說，台灣不能排除「政治對話」，並且，他還善意地表示，「……如果台灣人民普遍同意自己至少種族、社會、文化上是中國人，北京也會覺得比較安慰。」最後，他再次略提邦聯。（Bush, 2021／周佳欣等人，2021，頁336-337、474-478）

卜睿哲應該是說，我國不一定需要排斥「一國兩制」，而是要對其內涵另有想像，乃至設法參與及界定。黃維幸（2022，頁29、123-124）言人所未曾言，應該可以說，他與卜睿哲的意見相通；他又同時表示，政治談判不是一蹴可及，需要合理時間醞釀。在他看來，要從「事實」而不是主權等「理論」出發，於是，台灣反而應該「積極主張」一國兩制，他引鄧小平文選之說，「將一國兩制現代化，面向世界，面向未來！」雖然這個引述違反國人的習慣，不過，這句話應該是在為「一國兩制」的「國」，爭取空間，試圖使其往接近邦

聯或歐盟的方向移動。黃維幸因此無憚於習近平的「一國兩制台灣方案」，而是主張我國的目標，應該是在談判時，再就『什麼是「一國」』，努力達成兩岸都能接受的安排。兩岸尚未協商談判時，無從知道對岸是否接受。惟觀其論，黃維幸（2022，頁23-24）應該是主張彼此以「不對稱自主」相繩，「兩方是平行而非垂直關係」（按：亦即不是中央與地方政府的關係），台灣「可以擁有某些對外權力」，若能如此，台灣會是一種「國中之邦」，[58]兩岸接近某種邦聯或歐盟關係。（前引書，頁40-43、345；73-74、124、187）

　　筆者曾有長文（馮建三，2020b），也是反對一國兩制，並沒有念及黃維幸與卜睿哲提及的可能性，同樣值得爭取。拙文整理也同意許多人的建言或論述，包括對岸官員與美國重要政治人物在受訪時的示意，都曾經正向回應邦聯方案。李登輝卸任前，曾說兩國論是通向邦聯的第一步。陳水扁勝選後答覆詢問，表示邦聯可以評估。國民黨首次失去中央政府執政權之後，曾在2001年違反其預告，沒有把邦聯列為其黨綱的一部分。主張台獨的辜寬敏在2014年大力倡議，兩岸應該是「兄弟之邦」，那麼，進而組成邦聯，一定不成嗎？民進黨執掌陸委會最長時間的陳明通，曾經跨黨派與人在「太陽花學運」後，共同倡議「大一中」。陳明通又在2019年4月試探，以歐盟模式測量外界觀感，但沒有得到當有的回饋。重要原因不是邦聯不能提或沒有吸引力，是陸委會委託政大民調三十餘年來，對兩岸關係的民意調查，自我限縮，表面上六種選項：「盡快統一、偏向統一、維持現狀再決定、永遠維持現狀、偏向獨立、盡快獨立」，其實僅「統獨」兩種，因為現狀除了不利台灣與大陸，也無法永遠維持。若用前副總統呂秀蓮的語言，那麼，「維持現狀就像『溫水煮青蛙』自我欺騙……自我麻痺，大家應勇敢面對現狀的改變、超前部署，再講『維持現

---

58 丘宏達（1999）指出，兩岸政治談判必須以「中華民國」與「中華人民共和國」合組「中華邦聯共和國」為前提。一年後，他指大陸資深學者春炬（高放）所提的「國中有國」是兩岸統一的新模式，「台灣方面可望為大多數人接受」（丘宏達，2000）；此議似乎接近黃維幸的「國中之邦」。這可能是丘氏接受「國中之國」的第一也是最後一次表達？因次年他又撰述〈邦聯制台灣唯一有利的前途〉（丘宏達，2001）。在十多年之後的訪問，高放明確表示「國中有國」不是屋頂論，也不是邦聯（陳宜中2012）。這些不同詞彙及其相應內涵，究竟關係若何，以及兩岸是否都能接受，總是需要雙方通過漫長談判才能知曉；惟在談判之前，雙方對各自境內關注這些議題的人，先行進行教育及凝聚共識的工作，無疑是重要之事。

狀」是不負責任，沒有面對問題。」（丘采薇等人，2021）

在這些選擇之外，真正的第三方案，無論是邦聯、歐盟或兩岸另行協商的特定模式，或多或少，都會意味統中有獨、獨中有統，這是有利台灣，也能有利對岸與世界的方案。不過，歷來的民調未曾列入，完全排除這個真正的第三選項，實不明智。曾有學者（耿曙、劉嘉薇、陳陸輝，2009）撰文，論稱國人必須〈打破維持現狀的迷思〉，因此賦予調查提問更多條件句，指出這可以更準確偵測而得知「統獨」的真正比例；然而，這個努力同樣未曾以第三選項示人。廖美（2018）進一步，把「維持現狀」的內涵推進至「政治」維持現狀，並呈現「政治維持現狀」與「兩岸經貿關係」應該「加強」或「降低」的意見分布。不過，該文還是未能跳脫政大民調所設定的「統獨」二元對立，同樣沒有第三方案的選項。既然排除了「統獨或維持現狀」以外的第三方案，民眾從而無法知道，若有第三方案，則該模式究竟是什麼，不熟悉則突如其來的陳明通試探，若是沒有得到當有的肯定，也就可以理解。「統與獨」成為概念的緊箍咒，國人（與對岸）理解兩岸關係的框架，被迫僅在其間打轉。

「現狀」不是第三選項，一因愈來愈難以維持，二來兩岸為此常有衝突，對台傷害可能更大。歷來我國總統都說維持現狀是首選，國人在民調時也這樣選擇；這是因為總統沒有揭示（類似）邦聯的安排，可以是第三選項。由於未曾列入這個有利兩岸的選項，國人自然無從選擇，只能陷入現狀的泥沼。至今仍有人舊案重提，主張「法理台獨」。（丘采薇等人，2022）它認為台灣地位未定，因為《開羅宣言》不是國條約，效力不比和約，日本簽訂的和約放棄台灣主權，沒說台灣主權歸屬，而當時占領日本的美國對台灣主權的主張，比任何他國都要「強勢」。這個說法不理會中華民國已經有效統治台灣將近八十年的事實。對於地位未定論的主張，卜睿哲的看法是，「這些建國的方式實在有創意到不符合現實」：國際法庭不會在北京未同意下受理這類案件，美國完全不可能支持。（Bush, 2021/周佳欣等人2021，頁323）

維持現狀對台灣不利有利美國

卜睿哲知台，更知道美國，晚近，他在台北講演，表示美國利益與台灣利益，並不相同（張文馨，2023a）。這個兩國「利益不同」的內涵，是何所指？兩國都以自由民主體制自居，因此不同與此無關。這個利益異同是指〈表一〉

所展示，「維持現狀」與「改變現狀的三種方式」等四種「兩岸關係」的組合，對於兩岸與美國的利害，有相同有不同，現說明並申論如後。

表6-1　台灣與美國利益異同的四種組合

兩岸關係	1.維持現狀	2-4：改變的三種方式			
		2.台灣片面獨立		3.大陸片面統一	4.兩岸協商
台灣	最不利*	最不利	一定爆發戰爭	最不利	可能爆發戰爭
大陸	不利	利弊交加		利弊交加		最有利
美國	有利	不利		不利		應該有利

*最多國人選擇「維持現狀」，何以竟成「最不利」，後文會闡述。
資料來源：本研究自製。

　　〈表一〉展示兩岸關係的四種組合。其中，「維持現狀」（1）固然是多數國人長年的選擇。不過，如前所述，由於三十年的民調並未提供「兩岸協商」選項，是以，「選擇現狀」與其說是反映民意的最優選擇，不如說統一違反國人的主流意見，獨立招來戰爭也為大多數國人排斥，於是，「維持現狀」最不壞，卻不是最優選項。但是，「維持現狀」偏偏正是「美國『新保守主義』派……認為最好也是唯一選擇……『統』與『獨』……都沒有意義……」，（李怡，2022，頁711-712）惟如同後文所要繼續解釋，「維持現狀」對於兩岸都是不利的方案，特別是對我國。

　　若是改變，可以片面為之，也可以協商改變。我國領導階層從未企圖片面宣布「台灣」獨立（2），美國也從未表示支持，這就證明箇中利害，各方心知肚明。我國若作此宣布，對岸就有「正當性」出兵，美國干預的理由只減不增，從而壓縮介入空間，結果是中華民國遭消滅而北京統治台北。表面上，大陸在我國失誤的前提下，完成統一大業而獲利明顯，實則不肯臣服的國人恐不在少數，於大陸反成治理隱憂，這是不利之處。對於美國，我國被統一，現狀改變，美國失去利用現狀的空間，同樣不利。

　　改變現狀的另一種方式，是大陸片面推動統一進程（3），可能通過武力，

但也可能依賴或兼用其他手段，迫使乃至誘使我國即便沒有宣布以台灣之名獨立而招致武統，卻已進入對岸界定的統一路徑。此時，即便沒有戰爭，很多國人還是難以心服，同樣構成對岸治理台灣的隱憂，是對其不利之處。若爆發戰爭，則這個情況屬於美國認定，是對岸破壞現狀，華府援助我國的可能性增加。美國假使揮兵入台，甚至也讓（不太可能發生的）日韓澳聯合介入，能否嚇阻或擊退對岸仍不可知，卻必然升高「中」美軍事對抗，最糟情況是核子戰爭，無人有利，但身在其中的台灣，直接受害最大。如果美國的干預是烏克蘭模式，則我國並無地理縱深又是海島，遭遇會更糟；不說俄烏開戰一年多，雙方陣亡人數可能不是西方與我國主流傳媒所傳達的認知，而很有可能是人口四、五倍於烏克蘭的俄羅斯居於守勢，每有一位陣亡，進攻要奪回失土的烏克蘭將士，就有二人隕命。[59]無論美國採取哪一種干預模式，北京若有這種統一居心，則對岸即便取得台灣，除了人心難以臣服使其治理困難，全島經濟若是重創，反成其財政包袱。此時，即便真有統一之利，相較其弊，智者不為。

最後一種統一方式，是兩岸協商統一的內涵（4），無論是邦聯或歐盟模式，或者擴大「中」的解釋，抑或是並無現成模式可以比擬，而是兩岸代表通過長期協商對話所取得之共識，只要最後取得國人同意而對岸也能首肯，無疑有利各方。兩岸有了政治共識之後，即便「中」美雙方尚未回歸正常或合作關係，而是仍在競爭或對抗，至少美國與對岸衝突的致命導火線之一，亦即兩岸政治關係不確定而派生的風險已經雲消霧散，對於美利堅，這是好事，釋除重擔。

不過，兩岸可能協商而有共識，共建彼此接受的政治關係嗎？談判結束前，無人知道。確定的是，對岸在1978年提出「一國兩制」的統一方案，前總

---

59 美國參謀聯席會主席密利上將在2022年11月指出，俄烏各死十萬軍人（Cooper, 2022）。同月底，歐盟執委會主席馮德萊恩說，除十萬軍人陣亡，烏克蘭另死二萬平民（Cole 2022）。2023年2月挪威國防軍司令估計俄軍約18萬人死傷，烏軍約十萬人，另死三萬名平民（羅方妤2023）。4月走漏的美國情報則說烏軍傷亡遠甚於俄羅斯，但有報導稱，這些洩漏的軍情除了誇大烏克蘭死傷，知情人說其餘都「很可能」正確。（*Economist*, 2023 1）然而，這無法阻止其他估計，甚至指烏軍死五俄軍一。（Lesseraux, 2023）這裡引述的烏2俄1，來自出身西點軍校後轉學術的密爾斯海默，他在講演中，比對多方說法及他自己的軍事判斷，指出進攻的烏克蘭沒有死傷輕於俄羅斯的道理（Mearsheimer, 2023）。

統蔣經國在接受《紐約時報》訪問時，首度回應以「不接觸、不談判、不妥協」，並說三不是因為「不放棄光復大陸的神聖使命」。（NYT, 1978）解嚴以後，我國很少或不再有光復大陸的說法，並且，這個三不在商務等層面已經解除，但在政治談判，依舊存在，最大的差別是，我國現在的目標與「光復大陸」無關，是要「維持現狀」。

不過，這只是讓彼此的僵持與對抗持續，真能長久嗎？延遲面對政治談判的評估與進行，對台灣是好事嗎？事緩未必圓，船到橋頭未必直，為了避免走到黃河心才死、見了棺材才流淚的惡劣階段，我國按理應該主動也靈活並積極思考與建構兩岸關係的可能模式，提出並爭取兩岸可以接受方案的認知。如同呂秀蓮所說，「維持現狀」這個最不壞的選擇，無法永續，並且最終將因為我國不曾準備，未曾爭取，致使自己更有可能（被迫）就範，造成對岸片面界定的一國兩制，壓過符合我國並且也符合對岸長治久安利益的大一中等等方案。

何以我國不主動並積極提出對自己有利，同時也有利北京的兩岸政治關係模式？試著討論四點。

首先，或許是因為數十年來，統獨對立的詞彙與概念已經是緊箍咒，制約與局限了我們的想像，使得原本卑之無甚高論、國人半世紀以來斷續談論而兼顧統獨之想像及建言的內涵，無從為人熟知，也就不生支持與否的問題。

其次，另一個可能是，我國的選舉政治距離「選賢與能、講信修睦」的理想，如同很多國家，尚稱遙遠。具有「正面」內涵如社福稅制等公共政策，若非淪為陪襯，就是主要政黨在此趨同。兩岸政治關係定位之協商與談判，位階又高於一般公共政策，主要政黨若是怯於提出，並非不可想像。假使沒有較長時間的準備、醞釀、宣達、討論與釋疑，驟然提出，很可能招來社會負面反應，如同陳明通2019年4月試探歐盟模式的遭遇。唯一曾經認真考慮，提出要以邦聯作為政黨黨綱的是國民黨，時為2001年，雷聲大、轟轟烈烈登場與辯論、《中央日報》有63篇文稿報導或評論，黨員也有較高比例（44%）支持這個重大議案，最後卻由黨主席連戰裁定，不入黨綱，僅需宣傳。（馮建三，2020，頁36-37）惟後見之明可知，國民黨並沒有宣傳。事隔二十多年，對邦聯入黨綱這等大事的功敗垂成之原委，連戰（2023，頁506-597）的回憶錄不著一字。原因何在？是連戰認定，選舉將屆，重提昔日主張，將招惹他黨抹黑抹紅，不利國民黨選情，因此無丁點記錄，遑論討論嗎？

也許。對人、政黨與傳媒的貼標籤,指其挺「中」而不利台的宣稱,儘管並未反映實情,但最慢在2005年,《自由時報》開始密集以「統派媒體」指涉《聯合報》(或《中國時報》)(馮建三,2020,頁5〈表一〉)。在2008年底購買《中國時報》集團的台商蔡衍明,從2012年入夏以來,試圖再入有線電視系統及《蘋果日報》。出於對蔡氏的疑慮,「反媒體壟斷」運動興起,「中國因素」變成對岸代理人要在本地影響輿論,兩岸經貿關係的緊密成為包袱,兩岸互利的內裡隱而不現,反遭宣傳為,這將招來對岸以商逼政。(馮建三,2016,頁23-31)一年多之後,部分「反媒體壟斷」重要倡議者,扮演太陽花學運的重要推手,顯示貼標籤既是反「中」思緒與力量的反映,也具備強化反「中」且有利特定政黨的效能。不過,反「中」訴求不是取得執政權的保單,親「中」變成不親台的標籤,也未必是失去政權的最重要因素。民進黨在2016年完全執政,固然得利於前三年來的「反壟斷」與「太陽花」,但不到三年,選民再次掉頭離去,因此有陳明通在2019年的歐盟試探。惟數個月之後,香港反送中運動激烈化,美國也升高反中力道,對岸派遣軍機戰艦繞台(見本文頁441),反制華府,致使我國朝野跟進譴責對岸,遠多於檢討執政者的兩岸政策。諷刺與理當注意的是,華府隨實況而靈活調整政策,執行兩手策略,表示白宮尋求與中南海對話並支持我國與對岸對話時,仍有重要報紙試圖以「慰安」這個具有歷史惡名的詞彙,警告「交流」或將成為「懼於強權、低頭討好」。[60]交流都有這個下場,政治談判的提出,阻力也就更大,因此只有未獲國民黨提名為2024年總統候選人的郭台銘,一個月內兩度提出。(蔡家蓁、林佳彣、張曼蘋,2023;蔡家蓁、李成蔭、劉懿萱、張睿廷,2023)假使這個情境沒有改變,那麼,美國總統甘迺迪在1963年激勵人心的講演(見本文頁367),在我國就難以出現,原因不在兩岸國力差距太大,而是「慰安」的心魔使然。

我國主要政黨尚未提出兩岸政治協商,第三個原因應該是,即便冷戰因眾多前共產政權崩潰而結束,我國長年的反共教育所形成對北京政治的認知,至今應該沒有明顯的變化。這個認知反覆傳頌,形成一種揮之不去的印象,指中

---

60 美國在台協會處長孫曉雅在2023年6月11日表示,白宮與北京對話中,我國總統參選人若與陸對話,美國支持。次日,《聯合報》與《中國時報》都有顯著報導,《自由時報》隻字不提,三日後才由總編輯(鄒景雯,2023b)撰寫「慰安」的評論。

共並無信用，即便國人接受談判結果，也無法確保北京遵守，從國共內戰的談判、達賴喇嘛出走西藏，再到晚近一國兩制在香港的遭遇，無不證明與對岸談判，會是自投羅網。更嚴重的是，還有人指控，不是北京不守信用，是共產黨本性如此，即便守信用，他日仍然無法壓制本性，如同毒蠍子螫死背負牠過河的烏龜。（李怡，2022，頁656）對於這些常見的疑慮，需要熟諳這些歷史與當代事件的人，提供線索乃至答案，協助我們評斷其真偽程度與原因。本文並無這個能力，但不有「前事不忘，後事之師」嗎？究竟這些反共、疑共沒有信用的聲浪，符合史實，或僅是反對改變現狀的心理已經為特定人群所用而形成的宣稱？這是需要明辨的問題，不過，即便這些疑慮屬實，也不妨礙我們從歷史學習教訓，於是，通過更好的未雨綢繆與細膩準備，不正可以不讓舊事再次重演？果真能夠朝著這個方向前進，那麼，隨著兩岸政治談判的成果為人接受並能落實，創造後人能夠認同乃至與有榮焉的經驗，一定不能從當代的兩岸人開始出現嗎？

第四，雖然主體性之說與提倡，解嚴以來升高至今，但我國在思考與綢繆兩岸政策時，是不是真有主體性的發揮，不無疑問。楊祖珺（2017）等很多人的看法，指二戰以後，台灣的政經文化，是在美國支配的「國際共犯結構中生成」，是以很多國人的「情感結構」，若非擁抱也是潛藏「對美國無怨無悔的愛與崇拜」（郭力昕，2023）。

美國入侵伊拉克與俄羅斯入侵烏克蘭，2003與2022年的兩次戰爭，可以檢驗這個「情感結構」的疏密程度。

先說政府。入侵伊拉克之後，美國「暗示台灣捐攻伊軍費」，我國可能「僅」被迫捐二千萬美元。（岳浩天，2003）俄烏戰爭爆發以來，政府挺烏如同歐美，我國在2024年編列18億元援助烏克蘭，不多，但用在新南向政策的18個國家是31.1億元。（方天賜，2023）前一個是美國攤派而被迫掏腰包，違反主體立場；另一個或許是人溺己溺，主體能有這個性質，實可認同，惟這也可能掩飾美國與北約對於戰禍爆發，也有責任。放眼世界，另有兩類國家的表現，展現主體思慮的同時，似乎也完全認知北約不是沒有罪責。一是占全球八成多人口的南方國度，他們同意聯合國「大會」譴責俄羅斯入侵案，但維持中立，不參與經濟制裁；（本文頁407）二是仍然維持中立的奧地利、瑞士與愛爾蘭，瑞士表示聯合國「安理會」若通過譴責俄羅斯（，但不可能，必遭俄羅

斯否決），就會提供烏克蘭援助。（*Economist*, 2023c）

再看傳媒。《中國時報》、《聯合報》與《自由時報》在2003年，僅約3-4%篇幅傳達反戰聲音，並且全盤複製美國建構的穆斯林與伊拉克形象（宗教狂熱、恐怖主義，伊拉克與整個伊斯蘭世界「需要」外力來推動變革，因為伊拉克人民及整個回教世界，無法自行發動變革）。（賴映潔、陳慧蓉、莊錦農，2007）我國傳媒怎麼呈現俄烏戰爭，似乎尚未出現類似前引文的系統研究，惟筆者的非正式比對，發現三家綜合報紙對「北約東擴」是否俄入侵的原因，在10篇社論當中，《自由時報》有6篇反駁無一篇同意，《聯合報》與《中國時報》各有2篇同意而無一篇反駁，[61]原因可能俄烏戰爭涉及兩岸，三報對兩岸關係的立場，延伸到了對戰爭發生原因的理解或判斷。這兩種立場，一種認同北約，另一種反對或質疑北約；相較於二十年前美國入侵伊拉克的傳媒呈現，有了差異。如此，必有其中一種立場，相較於另一種立場，更為接近我國主體思慮的傳達。

最後看社會。美國入侵伊拉克，我國政府與傳媒對白宮的批判，固然較少，但社會的反戰聲音與海外多國，仍然同步，因此有多次反戰活動與遊行，也有反戰文集三百餘頁，記錄海外內議論與行動（馮建三編，2003）。俄羅斯入侵烏克蘭一年後，我國仍然有群體起而反戰且批評美國，但不同於2003年，反戰者遭到「反侵略者」的批評（見後文頁433）顯見「美國因素」對我國的作用力，今大於昔。昔日反戰者未能穿透表象，眼見俄羅斯入侵而美國大力軍經援助烏克蘭，就此誤認美國是正義之師。

停留在表象的原因，應該是大多數傳媒及國人的相關資訊，仍然取自美英主流，於是對這次戰爭的認知，可能接近多於背離歐美。歐美傳媒很少揭示另一種可能，大多數國人是以較難得悉：西方多國尊重烏克蘭主權，可以認可是善意，但是，這無礙於他們（，或說美國與北約）弱化俄羅斯的戰略目標。二者同時存在，但交相運作的過程，前者掩蓋了後者，於是北約長期居心與技術部署，逐年升高挑釁的事實，難以進入民眾耳目。在我國，前有歷史與結構所設定的「情感結構」，後有俄烏戰爭資訊環境的重大缺陷，部分的昔日反戰者怒從心生，認為這次的反戰者沒有大肆批評不放棄武統我國的對岸，卻轉而抨

---

61 筆者取2022年2月12日至5月1日三報的社論逐一檢視。

擊支持我國維持現狀有功的善意美國，寧非顛倒是非？

　　抱持這個認知而質疑反戰的人，若能發現俄烏戰爭的另一個重要事實已遭蒙蔽，應該不至於聽任美國統治集團散發煙幕，遮掩真相。反反戰的人認定「備戰才能止戰」，但狀似合理的這個訴求，不敵剛好相反的事實：美國與北約武裝並培訓烏克蘭八年，不正是備戰的加強嗎？何以俄羅斯仍然入侵？「僅」說備戰才能止戰，拒絕或將探索其他止戰的途徑當作次要之舉，正是俄烏戰爭的原因。我國或對岸假使沒有從中學習，汲取教訓，那麼，兩岸永久和平之念，斷難出現。

　　大約從2021年起，「備戰」以「止戰」的言說，屢屢在國人面前演練，隨著總統大選的到來，相關言詞的出現也在增加。[62]這些，似乎強化了備戰、止戰與「維持現狀」的聯繫，我們的奮進停留在備戰以求「維持現狀」，下意識也許就是，兩岸關係如同人生，最不壞的現狀已稱難得，再有奢求是自尋煩惱。殊不知，這不是達觀，也違反事理，因為戰爭陰影總在維持現狀中。

維持現狀、「美國爹地」與戰爭陰影

　　維持現狀使兩岸經常齟齬，傷害彼此情感，我國無法以國家名義參與國際活動，也使主體之說，淪為諷刺。維持現狀使台灣唯美國馬首是瞻，美國聯「中」制蘇聯，就與我斷交，無視國人的意願。美國察覺經貿往來無法改變北京，反使坐大，更弦易轍而反「中」，台北亦步亦趨，對華府所發動的四方晶片聯盟，「南韓為自己開後門，蔡政府……讓美方予取予求。」軍購未必符合我國需要、軍武研發受挫。（楊仕樂，2005；鄭任汶、馮美瑜，2008；洪哲政，2023b；另見李樹山[2005]的部分意見）為蒐集對案情資，從規劃到建置完成並從2013年正式使用，估計2023-27年我國每年還需投入超過33億多元的樂山長程預警雷達系統，其實是「美方使用、我方付費」，而2022-29年我國耗用270餘億元採購美國四架MQ-9B無人機所將取得之情資，亦「傳美軍優先用」（洪哲政，2023c, 2023d）。

　　海外人士知道我國政府仰賴美國，曾在美國《外交政策》為文，用了不無

---

62 若以「備戰」與「止戰」兩詞同時查詢《聯合報》，得知2012至2015年，二詞同出的次數是0，2016至2020年，每年都只有1次，2021與2022年是5與11次，2023年至6月15日已達18次。

侮辱嫌疑的字眼，狐疑我國「依賴美國爹地」（'Daddy America'）解決自己的問題（Yip, 2022）。

　　這些掛一漏萬的舉例，應該足以說明，維持現狀有利美國，縱是頤指氣使我國的自主空間壓縮至最小，我國只能尾隨跟進無從選擇。維持現狀對台灣是不得已的選項，並非最佳，長期以還，卻很有可能已經傷害台灣追求自主的意識與能力；或者，國人必須曲解自主的內涵，變成華府在前，我國自主跟隨在後。這樣的現狀理當改變，新冷戰成形數年，至有兵凶的現在，我國若不自行積極爭取與營造轉危為安的空間，難道要仰仗華府或北京？

　　最慢在2021年，已有好事或說善意的《經濟學人》（*Economist*, 2021b）推出封面故事，指「中」美關係近年的惡化，業已讓兩岸現狀將台灣轉變為〈舉世最危險的地方〉。不到一年，俄烏戰爭才過一週，在台灣即有「今日烏克蘭，明日台灣」隨「疑美論」出現，（張加2022）兩個月後，日本首相脫口而出「今日烏克蘭，明日東亞」。（張柏源，2022）連續兩次的比附，其來有自。在台灣，是因為美國總統拜登派特使團前來，繼之是前國務卿龐培歐訪台，美國與我國認定這是正常往來，對岸則另有看法；（張加，2022）在日本，是杭士基稱之為美國「攻擊犬」的英國，其首相強生剛從基輔返回，當時，烏俄在土耳其斡旋下，已經達成暫時和平協定，強生前往阻止（見本文頁410）。日本岸田首相此時會晤強生，不無可能受其影響，而北京也立刻批評，指東京是要為擴張軍武找藉口（張柏源，2022）。

　　《經濟學人》示警（或說大喊狼來了）約半年之後，有關台海戰爭的推演，從傳媒（Reuters, 2021）到美國眾議院及多家智庫與國防部，兩年來約有二、三十次，（丁果，2023a）識者對此有憂，呼籲避免。（Klare, 2023; McCoy, 2023a）但是，何以出現「中共就將侵台」的氛圍與認知？

　　不是憑空而來。總體環境來說，軍火商如同其他企業集團，通過三種機制，護衛與擴張自己的利益。一是國會遊說。美國軍火商從2001至2022年，總計投入至少36億美元，雇用人數超過2700位，專職遊說聯邦政府，這些人先前都是相關部門的卸任官員，負責規範與決定聯邦政府軍火支出。（Giorno, 2023）主流經濟學如公共選擇理論，指政府人員經常淪為對應商界的俘虜，為其效勞，軍火業與國防及情治部門，正是鮮明的例子！

　　二是軍火商自己主抓，但聯合其他政府或相關利益或意識形態者，捐款成

立智庫，成為「軍事產業智庫複合體」。拜登總統就任後不久，就有調查報告核算，單是「新美國國安中心」（Center for a New American Security, CNAS），就有16人進入拜登外交與國安團隊，他們的功能之一，就是讓美國外交政策，不違背、符合乃至有利於金主。CNAS這次入閣的最高層，是CNAS前董事海恩斯（Avril Haines）（Wyatt, 2023），她出任聯邦政府最高層級的情報主任，並在2021年11月11月中旬前往布魯塞爾，向北三十個盟邦簡報，聲稱俄羅斯即將入侵烏克蘭（Shane et.al., 2022）。

第三種是美國軍火商通過「共生」方式，沖淡反戰聲音。這是指華府以其近「兆美元計算的國防預算」，讓軍需產業與眾多社會部門的利益有了局部合流。除了向高教機構捐款或資助其研究，軍火販子也扮演提供某些社福的慈善角色，並使許多地方經濟捲入其共生網絡，這些利益的結構體也成為某種「沉默器」，致使美國長年投入戰爭，但「美國人很少出現反戰之聲音」，（Roelofs, 2022）裁減軍事預算的呼籲，固然有人提出，卻是迄今未能成真。

回看台灣，不待發生台海戰端，戰爭氛圍轉濃之時，軍火商機增加之日。百多年前，溫和工會運動者唐寧出版《工會和罷工》，已經這樣說了（Dunning, 1860, pp. 35-36）：「資本逃避動亂和紛爭，它的本性是膽怯的。這是真的，但還不是全部真理……如果動亂和紛爭能帶來利潤，它就會鼓勵動亂和紛爭。」

現在，軍火貿易商、政客與戰爭的連動，並不改變。（Erickson, 2015; Auble , 2021; Ludwig, 2022）基輔廣場政變後20個月，美國提供烏克蘭的有償及無償軍援至少27.6億美元，北約在2014年以後提供裝備並訓練烏克蘭軍隊人數以萬計。（馮建三，2022，頁173、181）俄烏戰爭開打之後，知名雜誌或報刊，多次出現「擊敗俄羅斯，要以最迫切的速度為之，西方應該給予烏克蘭能派上用場的任何東西」的言論；然而，這些文章的作者所廁身的智庫，其財政高達78%很可能來自國防部或其契約承攬商，但前舉文章在提出該類呼籲時，並沒有揭露這個利益衝突的事實。（Freeman, 2023）我國與烏克蘭相同的是，兩國武器大多來自美國，其採購與後續維修的大筆經費，豐厚了美利堅軍火商的荷包；差異是烏克蘭經濟能量較弱，西方除有償與貸款之外，仍有相當部分會是無償軍援及經源，我國則大多是自己買單。美國2023財政年度撥款法案，一年可以提供我國20億美元貸款，用以採購美國軍火，因此〈爭軍援未果 美媒：台灣挫敗〉（張佑生，2022）。

台灣遠離戰爭磨難七十餘年，未料近幾年來，「備戰止戰」之聲相對頻繁地出現，真有戰亂陰影盤旋上空嗎？孰令致之？美國新保守主義智庫當中的至少五個，「一手拿軍火商的錢、一手拿台灣政府的錢」而有此論述；（盧倩儀，2023a）[63]華盛頓不少研究人員每年從台灣政府拿了五位至六位數字的美元支票，但在發表美國對台政策的論述時，他們「完全不曾揭露這種利益衝突的事實」（Clifton, 2020）。通過新聞界對外擴散台灣危險的印象包括《經濟學人》，一定與這些智庫素無瓜葛嗎？美國25家軍火商在2023年5月來台「超前部署」，我國總統府副秘書、擁有「實權的」行政院副院長、前外交部長的現任外貿協會董事長，以及美台商會長等人，通通參與安排，記者懷疑這是〈權貴奢談刺蝟島，軍火巨鱷數鈔票〉（林庭瑤，2023b）。

武器殺人毀物，以軍火製作與販售作為生財之道，難以服人，需要其他手段強化其正當性。在美國，其軍工產業的龐大利益共生網絡，讓大量美國人靜默，使反戰聲音薄弱。在海外，軍火商提升本行業正當性的方式，至少另有兩個。

一是營造軍工產業的利益，符合、結合乃至貢獻總體利益，於是有海恩斯這位「美情報總監」在美國參議院說，若有戰爭，單是封鎖台積電，就會讓「全球年損30兆」（新台幣）（張文馨，2023b）。二則乾坤大挪移，宣傳戰爭發生，是善惡之爭，不是軍火商與政客的意識形態或戰略考量所聯合製造。法國大知識分子、評價兩極的李維（Bernard-Henri Lévy）說，俄烏戰爭是「歐洲靈魂的衝突、是自由主義的未來，是人權的神聖性之爭……若無烏克蘭人的抵抗，此刻俄羅斯可能已經入侵波羅的海三小國。中國也肯定會開始自己針對台灣的運作。」（Horton, 2023）在我國，2024年的總統大選已經出現一種聲稱，指這次大選是「民主與專制的抉擇」。（蔡晉宇等人，2023，反對該聲稱者，另見王健壯，2023）

「反侵略」維持現狀 「反戰」找兩岸出路

在美國入侵伊拉克滿20年當日，傅大為等人（2023）召開記者會，發表

---

63 海內外智庫的金主，透明度不高，很多相關資訊都得仰賴認真記者的調查，英國有一新聞網站就此曾羅列若干有用的該國資訊：https://www.opendemocracy.net/en/who-funds-you/

「反戰聲明」，提出四項主張：「烏克蘭和平：要停戰談判不要衝突升溫」、「停止美國軍事主義與經濟制裁」、「不要美中戰爭，台灣要自主並與大國維持友好等距關係」，[64]以及，「國家預算用在民生社福與氣候減緩而非投入戰爭軍武」。惟該文件在公布前數日，業已在網路流傳，因此，早於記者會前兩日，已有「反侵略」主張的提出，未指名道姓，但指近日有人「以反戰……之名……抹黑美國的協助……友台法案」（陳政宇，2023）。

讀「反侵略」聲明，得悉其連署人認定「反戰」不準確，一是俄羅斯入侵烏克蘭，二是台灣不會發動戰爭，只能反對來自北京的武統侵略。假使北京發動武統對台灣戰爭，國人只能反侵略、無法反對必然與侵略同步進行的戰爭。國人唯一的選擇是禦敵，再要反戰，變成是反「反侵略」，亦即接受北京武統台灣；和平必須備戰，備戰才能止戰，空喊和平，招來戰爭，成為北京的笑柄。北京武統台灣，道理難容，他邦馳援是國際義舉、是維護文明秩序與自由民主，也是捍衛台灣作為全球經濟體重要成員的必要反應。沒有任何國家要以台灣執行代理人戰爭，即便為了反對北京武統而開戰，也是出於被迫，是不投降的台灣必然投入反侵略的作戰。任何外援都當歡迎與感謝，即便外邦另有自己的利益考量，也是該國利益與我國反侵略的需要，契合無間。中南海要武統台灣，美國是被動反應，不能說美國協助或派兵入台防禦，就是要弱化北京。戰爭若因北京武統而爆發，台灣無從選擇，只能進入反侵略狀態。美國出兵來台或只是出售與軍援武器，都能增加台灣的抗中能量，兩國利益相同，台灣自衛，美國力有所出，理當理解為善意，即便內中另有私益的考量，這也可以是美國善意的回報，我國並無拒絕的道理。

然而，雖然執意用「反侵略」概念的人，心中存有前述推演，但究其實，「反侵略」蘊含單一內涵，無法掌握全部的事理，試說三點欠缺。首先，台海戰爭的爆發，未必是北京無端發動。其次，對岸固然從來沒有放棄要以武力統一台灣，但不訴諸戰爭，對岸仍有其他手段可以統一台灣。第三，建國七十餘年的中華人民共和國，其國家政策固然包括統一台灣，卻不是僅存這個國策，特別是其經濟力已在接近或已經超過美國之際，自有對岸作為大國的其他抱負

---

64 中文聲明由傅大為商請蘇哲安譯為英文，並在高雄市中山大學莫加南教授協助下，由Praxis（2023）刊登。

或責任，執意武統台灣，有助於或是阻礙這些其他國策的完成？或許應該釐清。以下依序討論這三個命題。

（一）美國「善意或戰略需要」可能醞釀戰爭

首先，美國可能長期醞釀，或因擦槍走火而導致台海發生戰爭，這個可能性的大小，無人可以準確得知，但不能排除。

這是因為，前文已勾勒美國在海外戰爭的統計，特別著重跨越左中右的新保守主義在1970年代中後期崛起，以其「善意」與自詡的宣稱而起戰端。在幾種條件的配合下，美國致使台海爆發戰爭的可能性，就會增加：如果美國自認在軍事上可以致勝、中美經貿比例及北京在全球生產鏈的重要性隨著美國抵制而逐年降低、台灣在高端晶片製造的全球占比銳減、美國新保守主義不衰、軍火商遊說能量持續或至強化，以及，我國在統獨之外，遲遲不能確認自己的兩岸政策並據以調整對北京的認知、態度與作為等等。

美國學者的新論文與專書，利用新的資料庫，為先前的概述，提供更細緻的實證分析。（Kushi & Toft 2022, p. 766-767）她們發現，美國從1946至1989年年的海外軍事干涉年均頻率是2.42次。接著是奇怪的現象，最大對手蘇聯解體後更安全的美國，在1990至2000年的海外干預頻率幾乎倍增（4.6次），比起本世紀反恐戰爭時期（2001-2019）的3.67次，來得更高。更詭異的是，冷戰結束後，由於國家安全無法再是備戰或動武的理由，美國的善意宣稱更是堂而皇之，白宮說「推動民主化、強化人權保障、人道介入」等等考量，是華府從事海外戰爭的理由。並且，美國政府很少承認自己的對外作戰，有相當部分已經通過契約委外進行。美軍在伊拉克與阿富汗的戰爭，估計從事戰鬥與情報操作的人，有一至兩成是私人（傭兵等）從事。2022年12月五角大廈與大約兩萬兩千家廠商簽有契約，單在伊拉克與敘利亞就有八千家，而最大六家在2021財政年度，就承包了1263億美元（Mazzarino, 2023）。

美國若是執意持續這些政策，或者，僅是因為出於制度的路徑依附，短時間調整的效能有限，致使「單極世界高糖效應」的牽引不斷（QI, 2022），那麼，這種不肯停止對外的好武尚勇，會是形同自戕，「可能對美國的外交團隊造成無法挽回的傷害，也等於是詛咒自己投入昂貴的戰爭……對美國的形象與公信力，以及美國協助維持國際秩序的能力，最終都會是災難」，美國會《仗

劍而亡》。（Toft & Kush, 2023）這個憂慮並不新穎，將近四十年前的歷史研究《各大強權的起落》，或許就是在預言今日「經濟力已在相對衰退」的美國，卻「投入愈來愈多資源在軍事部門」，終究會「導致較慢的經濟成長，弱化美國……。」（Kennedy, 1987, p. 535）俄烏戰爭以來，美國已讓中俄結盟更見穩固，弱化自身的機會，大於弱化中俄的機會，這不是沒有根據的判斷（Brenner, 2022）。

最近的未來，或長遠以還，美國竟會掉入這個陷阱，形同自掘墳墓嗎？烏克蘭在2014年發生廣場政變，備戰八年而引來戰爭，不是遏阻俄羅斯。任何研究，無不希望鑒往知來，但人與人、國與國或國際關係的規則，畢竟與日落月升的物理規律，大有差異。美國的新保守主義思維與實踐，真會在兩岸關係再次重演嗎？美國宣稱支持台灣的自由與民主而反對大陸的威權專制，是在工具化我國，要以台北為代理人，行弱化北京之實嗎？有些人見此問題的提出，就認定我國不與美國百分之百同步，就是懷疑美國，就是余英時院士所說，「疑美、憎美、厭憎民主是三位一體的。」（陳弱水，2023）這個立場也表現在《自由時報》刊登的專訪，川普總統對中政策的重要策士〈余茂春：面對獨裁絕不能走中間道路〉（蘇永耀，2022）；該報社論則說，〈台灣沒有腳踏兩條船的空間〉（自社，2022）。

美國在台協會處長孫曉雅是有雅量，或說，她深諳外交之道，不反對而是肯定部分國人「疑美」。（主筆室，2023）不過，她接受的「疑美」，是否包括懷疑美國不惜戰爭，是要以台灣作為前鋒，弱化對岸？不得而知，比較肯定的是，美國外交、軍事或軍售的修辭與行為，未必直來直往，而可能是依據其現實情境的需要，以及不同策士進進退退、迂迴婉轉但不離其宗，這就可能產生比較有效的掩護作用，直至最後一刻才會水落石出。[65]

美國面對另一大國的崛起，終將坦然接受，或者，仍將受到「單極世界高糖效應」的吸引，以致《終免一戰：美國與中國能夠迴避修昔底德陷阱

---

65 白宮在2023年入春以來，似乎比北京釋放更多要對談或不與北京脫鉤的言詞，反而是我國政府不動如山，而本地也有重要傳媒拉高對抗北京的姿態，見本文「註60與68」引述的報導。另見郭崇倫（2023a, 2023b）、Rappeport（2023），以及，美國參謀聯席會主席密利對其國防大學畢業生講演，指出以美國為首的「單極時刻」轉變中，「現在，愈來愈清楚我們已在多極國際環境，至少存在三大強權：美國、中國與俄羅斯。」（Clark, 2023）

嗎？》。該書作者其實以超過1/5篇幅談論台灣與兩岸關係，主張「何以（中美）戰爭並非不可避免。」（Allison, 2017, 另見Rudd, 2022, Wang & Tanner, 2022）這個看法若能實現，是因為美國會暗示或明示，我國理當接受北京中央台北市地方的一國兩制，因此也就沒有戰爭風險嗎？或者，弱化北京不再是華府政策？又或者，類如學者白潔曦（Weiss, 2023）的觀點，有朝一日仍然可以說服白宮？她認為，中共宣稱自己的體制必勝，只是一種「意識形態……出於不安全感（大多數共產主義國家已經垮台，中國領導層擔心自己是下一個）……更多是為了灌輸國內對黨的信心和忠誠，而不是反映實際政策或固定的信念」。若是這個觀察正確，美國也相信北京多少是色厲內荏，因此也就寬心而不再認定對岸具備能力挑戰華府，從而就解除了台灣成為弱化北京的代理人之危險嗎？果真如此，擔心美國從兩岸現狀維持者的力量，轉為「改變現狀者」或「危機促成者」的警語，（陳政錄、陳熙文，2023）也就變成杞人憂天。

（二）北京不需要武統我國可以化解危險

其次，武統無法贏得民心，若以武力攻擊甚至摧毀台灣而取得島嶼，必將激起大部分庶民反彈，會使中南海難以有效統治；甚至，島內可能出現游擊活動，對抗北京武力。這些勢將重創台灣的作為，同樣不會符合北京利益。那麼，通過直接入侵以外的方式，從言詞騷擾、軍機船艦繞島乃至如同北韓將飛彈飛越國境，以此干擾國人安居樂業的信心，也破壞民生穩定發展所需要的和平環境，是否也會出現？以前，國人擔心對岸以商促統，現在，可能需要評估，我國是否願意承受北京可能日漸強化，以政促統的代價？即便可以承受，若北京加碼，仿效美國而施行「經濟制裁」，台北是否願意，以及是否有能力接受挑戰？人民幣遠不是美元，對岸無法通過美國獨有的金融手段壓制與我通商的國家。不過，兩岸經貿固然相互需要，但雙方經濟體積懸殊，對岸假使執意發動經濟「制裁」，北京承受損失的能力，很有可能超過台北很多，從而增加對岸考慮使用這個手段的機率。

這些手段如果可以奏效，對岸並無武統的必要。北京從1949年以來，從來不曾放棄宣稱，一直認定台灣是叛亂省分，沒有承諾不以武力統一台灣。不放棄武統之說，並非新聞，這是老調。但同樣的事實是，近年來，在美國率先反中，同時民進黨有效掌握我國中央行政與立法權，以及對岸國力加強而習近平

就任對岸領導人之後，有關武統的新聞與討論，近年來此起彼落的頻率，是在增加。並且，如前所引，盧倩儀（2023a）提醒，這些聲音很多是來自美國新保守主義智庫的鼓譟。其中，由於對岸經濟與軍事力量明顯躍進，政治權力高度圍繞習近平而集中，不免有人引述其發言，狐疑他為了歷史留名、為了完成北京在2012年提出的「中華民族偉大復興」之「中國夢」，勢將在2027年以前，擇機對台發動武統；即便北京對台政策歷來採取兩手策略，不放棄武統之外，懷柔讓利等政策，總是同時進行。（王信賢，2022）

　　中共全國代表大會在2022年10月舉行，習近平掌握所有七位政治局常務委員，先前是三個派系分享。大權在握，習若要發動武統，內部反對力量將會減弱或無效。但是，相同的條件，往相反的方向發展，卻很少人討論。專研習近平的王信賢教授受訪時表示，習無須再以解決台灣問題作為續任總書記至2032年的「政治籌碼」，這可能是「好消息」，可以減少戰爭在此之前發生的危險。（方君竹，2023）這個看法一定沒有道理嗎？事實上，這個判斷與《經濟學人》同調，它指習不是毛澤東，毛不信任官僚體系，發動群眾以「文化大革命」衝擊之；習的生涯就只是「職業政治人」（career politician），深信「自上而下」的控制，無意混亂。（Economist, 2023k）武統的軍事行動，勢將衝擊大陸，破壞北京的和平崛起，延遲其復興大業。因此，除非對岸遭遇無法處理的難題而需要以攻台移轉壓力，否則強勢如習，不也更有能耐，能夠壓制民粹網民的武統叫囂；或者，更有能力壓制黨內想要以武統挑戰或削弱其權勢的力量嗎？[66]

　　這些判斷之外，討論習近平或其後續領導人，是否會發動武統，仍得就對岸在2005年制訂的《反分裂國家法》，予以討論。陳水扁總統在2002年宣布「一邊一國」，三年後北京的應對，就是制訂該法，它說，如果出現三個條件之一，北京就要武統台灣：（1）我國政府宣布獨立或舉行獨立公投，或者，美國承認台灣主權獨立。（2）出現重大事變（台灣發生大規模動亂、我國軍事攻擊大陸或重啟核武，或者，國外軍隊或飛彈等軍備在台灣部署，包括以台

---

66 不過，出生大陸的學者趙穗生（Zhao, 2023: 267-268）倒是傳達了西方主流（我國在內）的判斷：「習近平將外交決策個人化……當前最讓人關注者，就在他威脅要武統台灣」。習如同「普亭那般危險」，攬權而決策圈子小、獨裁者左右無人膽敢說真相，他的「個人野心與各種民族主義壓力，致使習的決策在封閉與阿諛中完成。無論中國是否完成準備，他可能決定運用武力，此時，……注定無人會說真話阻止他。」

作為軍事補給或停靠基地。（3）「和平統一的可能性完全喪失」。（孫曉波，2020）

前兩個條件是具體紅線，理論上，除非美國或我國刻意引戰，否則，應該沒有逾越之虞。不過，實務上，無法排除「言者無意，聽者有心」的情況；這個情況若是出現，致使對岸認定紅線已被逼近，於是發為嚴重武嚇，乃至擦槍走火而觸發戰端，會是災難。

在歐洲，西方以尊重烏克蘭主權為由，沒有任何一個北約成員國願意宣布不會接受烏克蘭進入北約的申請；畢竟，主權之說顯得義正辭嚴，外界很難反對，雖然亦有並非無據之人，堅持反駁此說。[67]中華民國是主權獨立國家的事實，不因是否得到他國的承認而改變；承認的國家很少，以致我國在海外的政治參與，常有困難，是另一回事。在不承認中華民國之後，美國仍然制訂針對台灣而有的國內法，是全世界唯一的例子。

美國未必總是讓國內法服膺國際條約或國際法，因為美國總是自認舉措「基於規則的世界秩序」而來，卻不說這個規則並非國際共識，而是出於美國自行認定。因此，華府若是認定自己在台海的作為合情合理，不違反其對北京承諾的「一中政策」，那麼，《台灣關係法》、其他美國法律或美國政策的慣行，就是方便華府自行解釋或挪用的工具。在這裡，小摩擦或大衝突就容易出

---

67 美國俄亥俄州（Ohio）州立大學博士沙卡里恩（Shakarian, 2023）專研蘇聯、俄羅斯與東歐，他提出三個理由，論稱烏克蘭乃至其他前蘇聯共和國，不能說必然有權利加入北約等組織。其一，俄羅斯專家柯亨（Stephen F. Cohen）指出，烏克蘭確實是獨立行動者，但如同不是所有人都可以加入兄弟會或姊妹會，也不是所有國家都能加入北約會員，加入者需要增加北約其他國家會員國的安全，不是危害之。再者，密爾斯海默則主張，烏克蘭等國是有獨立行動的資格，但他們的利益較小。更大的利益是，不能招來超級強權核武衝突這種毀滅性災難的危險；如同古巴當年無從選擇，必須放棄蘇聯飛彈提供的保護傘。第三個理由則是沙卡里恩所提，他說，有大量證據顯示，前蘇聯共和國「無不因為外力運作，被迫進入不同的地緣政治位置，然而這些外力並不考慮當地人民的利益。這個論點不僅適用在烏克蘭，也……可延伸至亞美尼亞、喬治亞、白俄羅斯、摩爾多瓦、哈薩克等等」，外力則是西方而特別是美國的NGOs，其中有些濫用許多後蘇維埃政府的善意，以此推進西方更大的地緣政治目標，這樣的NGOs至少包括「美國民主基金會」（the National Endowment for Democracy, NED）、「開放社會基金」（the Open Society Foundation）、「歐亞基金會」（the Eurasia Foundation）、「美國民主協會」（the National Democratic Institute, NDI），以及「國際共和協會」（the International Republic Institute, IRI）等等。

現。這個衝突的機率，近年來已在增加，原因是我國對北京的認知、態度與行為，僵化甚於美國：白宮反中我們跟著反；白宮調整對中政策，我們慢了半拍、甚至對抗如昔；美中有對話管道，兩岸並無。[68]在美國進進退退、虛實互掩的對中政策，我國會不會在美國支持下，重複基輔政府2014年以來全面否定莫斯科八年後而戰爭爆發，是個重大的嚴肅命題，必須認真研判。

當北京認為美國與我國共振而在改變現狀，就有「倚美謀獨、以台制華、台獨挾洋自重、切香腸台獨、借殼台獨」等等概念與修辭的出現。這些早些年就有的說法，如今大陸更常用來表述其認知。儘管沒有跡象顯示對岸要武統台灣，但美國的晚近行動，有些與我無關，有些直接牽涉我國，但在對岸看來，無不是在對抗北京。比如，美國從經濟與商務進攻，試圖減緩中國發展，固然與我無關，但我國可能連帶受害。美國的軍政與外交的挑釁，有些同樣與我無關，但對岸很難不認定這是對其國安的挑釁。比如，北約向印太擴張，美國在其「哨兵」國家如日韓澳洲配置先進精密武器對準中國，又在澳洲北部停放能夠攜帶核武的B-52轟炸機。（Morgan, 2023; DeCamp, 2023a）及至美國的軍政外交涉及我國，如更多的軍售與新增軍購貸款、更多政治與軍事人員入台，（Ruehl, 2023）加上我國的「整軍備武」（雖然仍屬有限，但2022年底宣布延長役期而立刻得到美國「發文歡迎」，丘采薇、洪哲政，2022；程遠述，2000），以及，如果我國反中成為常態，那麼，這些與我國無關或有關的政策方向與行動之加總，是否可能給予對岸口實，據此主張武統三條件的前兩個，已在此綜合出現？無人能夠準確判斷，但減少這類我國（與美國）自認不是，而對岸會認定是挑戰其底線的作為，應該比較明智；不予理會已是自找麻煩，若真刻意挑釁，無疑是暴虎馮河。

對岸武統的第三個條件是模糊概念，但我國在2016年以後，迴避、也等於放棄「一中」的表述權利，對岸於是壟斷一中內涵的界定，對岸片面解釋的空間自然增加。更為可慮的會不會還在後頭？是否北京認定，我國既然不提「一

---

68 就在「拜登：美中關係很快解凍」（高詣軒，2023）、「美國中情局長5月密訪大陸」（盧炯桑，2023）、「布林肯6月18日訪中可望會見習近平」（藍孝威，2023）等新聞傳出的前後，仍有總編輯把對岸當成殖民地，出現標題是「國際共管中國」的評論。（鄒景雯，2023a）另見註60。

中」，兩岸和平統一的可能性，消失之中？特別是在川普之後，拜登總統數度表示出兵保台、議院議長裴洛西來訪、蔡英文總統過境美國在加州會見眾議院議長麥卡錫，北京隨即「反制」，環島軍事演習或以飛機干擾我國，從2019至2022年，各年依序是10、380、960與1727架次，2023年至5月中旬是870架次。（洪哲政，2023a；侯俐安、陳熙文，2023）前國安會委員、國際關係教授林正義（2023，頁86、145、186-188、191-195）的長年觀察與研判是，「北京……『後發制人』，但常是『加倍奉還』，在釣魚台、南海就是最好的例子……中國戰機多次跨越台灣海峽中線，也是……」。日本先將釣魚台國有化、菲律賓先向國際法庭提案仲裁南海九段線，北京在後，將公務船開進釣魚台海域，以及在南沙島礁填海造陸並在其上建立重要海空基地。大陸在東海與南海雖與日菲有領土（海）爭議，未見劍拔弩張，在兩岸則存在較大風險。這是因為，大陸與美國有《海上意外相遇規則》可供雙方遵守。反觀兩岸，因為欠缺政治協商與談判，迄今沒有相同約定可以奉行，在這類繞機等事件時，兩岸只能自行判斷，「導致他日擦槍走火」的機率增加。（李喜明，2022，頁168-170）。

假使以上的理解無誤，那麼，我國必須調整兩岸關係的政策，這是減少對岸片面解釋空間的第一步，取回我國參與解釋「和平統一」的權利。這個政策必須要有理想作為導引，也要說明與論證，它不止有利台灣，於對岸於世界也都有利。「取法乎上，得法乎中」，指導政策的理想即便不能完全落實，但最終不會是水中月鏡中花。確認政策的大方向之後，就有隨之而來的兩岸措施，以及政府與國人對北京態度與認知的變化。

這個政策的心理基礎或假設，不應該是國際政治現實主義論者米爾斯海默在2014年所說，指中國大陸「經濟與軍事步向衰敗」，是台灣「事實獨立的最好辦法」（維持現狀）；若北京不衰敗，他說，香港的一國兩制是台灣的次佳出路，但要「從北京手中獲得盡可能多的自治權」。（Mearsheimer, 2014／王義桅等人譯，2021，頁492-493）不過，最慢在俄烏戰爭爆發後，他認定台灣對美國利益重要，因此「台灣應與美國一起抗衡中國」；（郭崇倫，2022）此時，他與新保守主義的差異，僅在他從來不說美國對抗北京，是起於善意或維護台灣的自由民主。

俄烏戰爭爆發後，嚴厲抨擊白宮的米爾斯海默，在台灣是異端；唱衰對岸

以保全台灣，以及他對台海戰爭的立場，則可能讓部分國人為他歡呼。然而，北京若衰敗，對我國真正有利嗎？唱衰他人以求自利，不是為人的道理；國與國之相處，何獨不然？再者，四十多年前，「十餘位青年」聯合以筆名「童舟」（1978）稱讚「黨外[69]的旗幟，已足受到大家的尊重，已可在我們的民主歷史中留下一筆」之後，更重要的看法或說抱負，揭示於這篇三千餘字長文的「標題」，現在會不會更有道理一些？〈一個災禍的中國‧必無苟免的台灣給「黨外人士」的諍言〉。彼時，作者的立論不從經濟說道理，那個年代，兩岸幾乎沒有經濟連結。今非昔比，假使對岸經濟衰退，我國無法獨好：2017至2022年，我國對大陸（含香港）的貿易出超，最低是783.6億美元，最高達1046.8億美元；缺此，我國貿易逆轉，都是入超，赤字金額介於201.2至489.8億美元之間。（廖士鋒等人，2023）若僅說出口金額比重，台灣出口至大陸市場的金額，占了我國GDP的16%，但大陸僅占美國出口金額的4%，也僅占英法德義西荷六國的6%，[70]意味歐美承受失去大陸市場的能力，還要遠遠大過台灣。

（三）武統台灣妨礙北京完成其他國家目標

最後，即便我們不唱衰，不早就有人週期性警示，大陸經濟存在危機嗎？以及，反中者包括一些國人，不少都公開認定，對岸是專制暴政，改革無法內生、難以自我修正與更新。「暴政必亡」難道遇到當前的北京就繞道嗎？

假使對岸是暴政，究竟何時會亡，如同北京是否真會及何時會武統，都是無法確認之事。比較有共識的仍然是，大陸的經濟規模早就、已經或很快就要超越美國；[71]即便對岸的人均GDP依然落後美利堅很多，特別是其國家統計局

69　「黨外」指希冀在當時國民黨與其他合法政黨之外，另立政黨的人群，1986年成立的民進黨，其黨員大多來自「黨外」。

70　台灣部分指2021與2022年的平均，查詢經濟部國貿局「中華民國進出口貿易統計」網站（https://cuswebo.trade.gov.tw/FSC3000C），得悉台灣對大陸出口金額在2021與2022年，分別是1259億及1211億美元。另查https://nstatdb.dgbas.gov.tw/dgbasAll（「國民所得及經濟成長統計資料庫」網站），我國前述兩年的GDP是7759與7614億美元。因此，台灣2021與2022年出口至大陸（不含港澳）的金額占了台灣GDP比例是16.226%與15.905%。（*Economist*, 2023o:52）歐美資料是2020年且包括西方子公司在大陸（與香港）的營收，台灣尚不包括，若列入，實際比例必定高於16%。

71　貝克（Baker 2023）提醒，美國GDP高於大陸的測量，使用常有變動的外匯交換率而來；然

（2020）證實，該年大陸有四成人口，月入仍然低於一千元人民幣。

不過，對岸自稱但至少當今實在不是社會主義，[72]因此，內在於資本體制的經濟危機，同樣存在於大陸。是有多本論述，認定中南海在可預見的未來就會潰敗，或者指控與大陸經貿來往密切之國度，終將或者已經造成自己的政治危機。（比如，Gorrie, 2013; Gmeiner, 2021）與此對立，認為較諸他國，北京從市場改革開始之初，漸進改革以駕馭市場的路線，至少後見之明顯示，成績可取而確實避開震盪療法的弊端，今日則稱中國大陸有能力處理與度過危機者，同樣不少，即便這些出版品，部分來自大陸政府的補助。（Chung, 2016; Orlik, 2020; Liu, 2022; Weber, 2021; Xue, 2022）北京從2013年啟動的「一帶一路」，亦可視為是大陸資本在政府部署或引導下，回應危機的一種方式；十年來的相關研究，溢美者、（Vltchek, 2020）呼籲歐美起而對抗論者（Rosenberg, 2022），以及中性全面檢視者，（Duarte, 2023）都成出版大宗。

世人密切注意大陸動向對世界的可能意義。不予肯定的聲音，認定即便對岸經濟力增強，中美的較勁，仍然只是十九、二十世紀之交，國際局勢的重演，是帝國主義強權國家彼此傾壓與敵對；（Hung, 2022）惟這個批評也許並不準確，它將幾乎是全方位主導世局當近八十年的美國，等量齊觀於方當崛起，並且在文化等軟實力十分欠缺的中國大陸。亦有論者重新肯認人類的出路，依舊是要號召勞工階級的跨境團結，聯手防止中美的帝國主義在戰爭之後，繼續支配世局；（Smith, 2023, cf.; Smith, 2016; Lauesen, 2018; Ness & Cope, 2021）這個訴求是很吸引人，惟怎麼推進，是大考驗，以及，儘管大陸自己

而，經濟學界則認為「實質購買力」（PPP）作為比較，更有道理。「國際貨幣基金會」以此推估，對岸在2014年已經超過美國，2023年比美國約大25%；IMF最遠則推估至2028年，屆時中美差距將擴大至接近40%。北京2020年出口值占全球出口14.7%，同年，美國前9個月占比是8.1%，大陸對外直接投資是900億美元，美國是660億。《金融時報》首席經濟評論員在2023年G7高峰會之後，也用PPP在內的多種指標，認為G7將近兩萬字的聲明文件，似乎以「世界政府自居」，實則中國長進特多，加上他國，都在表示〈G7必須接受自己不再領銜世界（美國的霸權和七國集團的經濟主導地位都已成為歷史）〉。（Wolf, 2023）當然，也有懷疑對岸經濟不太可能超越美國，（如Xie, 2022），另一說則指大陸經濟不會崩盤，但其經濟總量若超過美國，幅度也相當有限。（*Economist*, 2023n）

72 李怡（2022，頁510-511）曾稱對岸政權是在「實行」「黑社會主義」，雖有不當，但這是在1989年「六四」後的悲憤言詞，或可諒解。

違抗這個「原本應該」是其信仰的理念，外界是否放棄對大陸的喊話、試探與繼續批評其「葉公好龍」，也得思考。雖然知者較少，但更深刻的看法，應該是赫德森的見解。（Hudson, 2022）他強調中美衝突並非僅是兩大工業敵手的市場競爭，在其根本，是工業（製造業）經濟，以及金融化的租金、食利／尋租者（rentier）經濟之間的衝突。作為金融資本主義權力中樞的美國，固然愈來愈依靠來自海外的補貼及剝削而支撐，但中、歐在內的世界各國，同樣受其牽引。赫德森努力重振，並論稱惟有通過「古典政治經濟學」對勞動價值論、對虛假資本（fictitious capital）……的剖析與弘揚，才是擊退經濟新自由主義，同時也是取代「新古典經濟學」混同價值與價格的不二法門。（前引書第十二章）在他看來，社會主義若有來日，必須從事的工作，必然包括諸如此類的知識釐清。

　　歐洲等富裕國家，面對中國從經濟到人權的表現，回應方式是否與美國同步，或者有同有異？並沒有塵埃落定的答案。明確的是，對岸經濟力擴張的過程，已經拉近北京與世界的距離，特別是亞非拉的經濟，是在向大陸靠攏。

　　日本與南韓固然親美，但經濟連帶仍與北京有密切的聯繫；中南半島有若干國家圍於南海及水資源等議題，存在對大陸的疑慮，但彼此的經濟連帶網絡，還是日趨緊密。由俄羅斯主導的歐亞經濟板塊，北京的身影也日益明顯。（McCoy, 2023b）《中國崛起於全球南方：中東、非洲與北京的另類世界秩序》的書名，（Murphy, 2022）具體展現這個趨勢。在拉丁美洲，不見容於美國的粉紅浪潮，本世紀初從委內瑞拉崛起，十多年後衰退，但不到四年，又從2018年底起，先墨西哥後阿根廷、哥倫比亞、巴西等國，捲土重來，在經濟趨近之外，粉紅國家的政治也與北京相向而行。（Sirohi & Bhupatiraju, 2021）這些拉美國家整體的外交政策，是否真正能有「積極的不結盟選項」，是否可以讓已有六十餘年、不依附於兩大集團的國際政治運動，再能回春（Heine et.al., 2023），不能逆料。同理，拉美最大國巴西在內的「金磚五國」作為南方國家聯合開啟另一種世界秩序的力量，（Kumar et.al., 2022）是否能消解印度與中國大陸的邊界齟齬，從而讓南亞與北京的關係，良性演變，進而在五國之外，納入更多國家而壯大力量，也是未知之數。這些，以及美國的單極國際權力還能持續，或者，這是多極權力制衡與合作的開始，都是備受矚目之事。惟若僅以眼前的狀態說事，則中國大陸的國際形象，在不富裕國家的「全球南方」

（Global South），是超越美國。劍橋大學「明日民主中心」整理以英文發布的跨國也跨年的30個機構所做之民調，發布《分裂的世界：俄羅斯、中國大陸與西方》報告書，它發現2017年（川普就任美國總統）以後，已開發國家（12億人口）正面看待北京的比例明顯滑落，俄烏戰爭後更是跌至新低；然而，在發展中國家（64億人口），中國大陸的62%正面形象，仍然高於美國的61%（CFD, 2022: 7, 10）。

或許有見於此，不接受一國兩制，但主張「一中屋頂」二十餘年、評論政治四十餘年的黃年（2022b），就有〈文明弔詭暴政不亡論〉的狐疑與探索。中國大陸是否無法內生動力，調整「暴政」？暴政若是不亡，有人扼腕氣憤，有人額手稱慶，惟「暴政」一定不能自行轉變嗎？假使不能轉變而必然滅亡，其亡必然連動經濟的敗壞，如此，兩岸經濟關係之密切，會使台灣很難獨善其身，我國仍然必須清晰認知而後判斷，「暴政必亡」是我國的出路，還是將要帶來兩岸同蒙不利的效應。

對岸的大目標，若用其宣稱，則是北京要讓人民「共同富裕」、「弘揚和平、發展、公平、正義、民主、自由的人類共同價值」。然後，「人類命運共同體」納進中共黨綱的次（2018）年，它又寫入《中華人民共和國憲法》序言。再接再厲，從2021至2023年，北京先後提出「全球發展倡議、全球安全倡議與全球文明倡議」。論者指出（黃年，2023a）這些宣稱不免惹來僅只是政治口號與標榜，認真不得的批評。不過，除了嗤之以鼻，我國沒有其他的理性回應方式嗎？假使調整態度與認知，不也可以創造空間，讓我國積極並善意以對這些修辭，或者，至少仍可消極，舉此是作為自保的基礎之一，使對岸承認武統必將是這些修辭的違背。北京在2023年斡旋伊朗與沙烏地阿拉伯有成，也在試探調停以巴，乃至協同巴西等國，問津是否存在機會，可以斡旋俄烏停戰嗎？這些試探是曇花一現，或是要斷續乃至持續進行，世人不知之餘，是已經有人推論，北京若真能有此和平形象與作為，不也能「舒緩……北京要打台灣的憂慮」嗎？（丁果，2023b）

與其停留在笑話對岸的遠程目標，或者僅只是前述消極作為，徒然靜待對岸，期望北京不要光說不練，而要盡快將世人肯定的這些修辭，早日轉為實踐，我國亦可積極行事，爭取參與這些修辭的界定與實踐之權利，使之真正成為不僅是北京自詡，也是我國乃至所有國家認同的目標。這個善意以待的決

定，即便一事無成，再不濟也不過是再次對這些修辭嗤之以鼻；若是進入這個不佳的境遇，對岸無心無力之失，再次暴露，我國也許會有判斷失準之譏，惟另一個可能是，我國的泱泱大度與不計毀譽而勇於試探的精神，在此過程，可以得到反襯而凸顯。

台灣共好兩岸的意志論

放棄唱衰對岸的思維，唱衰任何人或國家，不合倫理，「己所不欲，勿施於人」；不說北京衰敗對台灣未必有利，若不是有害。轉身之後，我國理當自期，不能屈服於結構力量的控制或束縛，而是要從消極與積極兩個層次，沉著、穩定、更強調人的意志與動能，為準備「共好兩岸」而努力。

排除新聞助長戰爭的風險　檢視大外宣與銳實力

不唱衰，同時要注意「新聞導致或助長戰爭」的前車之鑑，我國理當借鏡歷史上多次重複發生的事件，降低戰爭風險。

卑斯麥（O. Bismarck）曾經利用假新聞，提早激起普法戰爭而統一德國。（Pflanze, 1970, p. 490）國家若是執意發起戰爭，新聞刊登再多反戰消息與論證和平的優先，可能也是難以阻止；雖然清議的見證仍然重要，並且，和平新聞與論述減少戰爭發生的機率，以及縮短戰爭長度及降低其強度的機會，也不能說必將完全消失。

如果國家執意發動戰爭，更多時候，我們看到主流新聞界受制於自己的實務操作邏輯，記者也會受制於主導的意識，同時又有商業競爭（，這對不營利但同樣承受市場競逐壓力的媒體，依然造成程度有別的影響，）於是在欠缺和平教育的脈絡下，多數新聞會迎合而不是挑戰官方意旨。其中最稱惡名昭彰的例子，無疑是美國1898年對西班牙的戰爭。當時，報業大亨赫斯特（W. Hearst）在1897年派遣記者前往哈瓦那，記者以電報向赫斯特表明，古巴太平，將無戰爭，但赫斯特的回覆電文這樣指示：「請留古巴，你提供圖片，我提供戰爭。」（Emery et.al., 1997／展江譯，2004，頁250-251）這段電文是否

存在，是有爭議，沒有異見的是，彼時美國報業商業競爭激烈，後世稱之為「黃色新聞」在此發端。美國入侵西班牙殖民地古巴，得到新聞界理性與非理性兼具的支持。理性的意思有二，一是新聞界自肥，因為戰情報導而增加發行量及廣告收入；二是美國海外進軍，成為世界強權，始於美西戰爭。（Spencer, 2007）不理性則是新聞界不智，未能糾正美國軍權的擴張而貽害美國與世界，同時，新聞界也不仁，徒然成為是「以萬物為芻狗」的邪惡集團之一員。戰爭爆發之前，發動者總是以抹黑對方，同時不公允也遮掩其他事實；在台灣，這個過程在1914年亦曾出現，當時，在發動「太魯閣戰爭」之前，日本總督在台灣當時最大的報紙，大量負面陳述原民，藉此製造「討伐」的「正當性」（見本文頁351）。

　　俄烏戰爭爆發一年後，在烏克蘭任職記者數年，其後前往美國得到學位並曾任教美國的貝沙（O. Baysha）博士，近期在接受專訪時表示「我從2013年廣場事件發生以來，就密切注意西方傳媒的呈現……它們完全沒有呈現烏克蘭人的另一些視野與觀點，而是將秉持另類觀點的人，貼上標籤，如『俄羅斯支持的分離主義者』、『現代化的魯蛇』、『野蠻人』、『惡棍暴徒』等等……。」她問，多年以來，西方主流新聞對烏克蘭的單一報導與呈現，難道對戰爭的爆發沒有間接責任嗎？（Marcetic, 2023a）另有兩位瑞典學者，研究2014至2021年英語傳媒有關烏克蘭的敘事。他們在這段期間，每年從斯德哥爾摩飛往基輔兩、三次訪談相關人。他們努力客觀，惟兩人可能未必自覺自己的立場，已經認同烏克蘭不但要加入歐盟，同時也要排斥俄羅斯，這是二選一，不是要讓烏克蘭「左右逢源」。因此，他們只說廣場「革命」，完全不提廣場「政變」一詞，遑論證據。[73]意外的是，兩人可能也沒有注意到，他們的發現，也許算是從另一個事實，強化了貝沙觀察的正確性；因為他們表示，「我們所訪談的許多知情人，其實深刻捲入歐洲廣場抗議事件……據我們所知，這些公關專業人員的經費，來自許多歐洲與美國組織，他們創立了……傳媒中心，旨在服務全球傳媒，提供各種烏克蘭事件的正確且即時的資訊。」（Bolin & Ståhlberg,

---

73 筆者徵引的政變證據，包括BBC記者揭露的資訊，以及另有至少四位學者各自獨立進行的研究，（馮建三，2022a: 169-178）但兩位瑞典學人不引BBC記者，也僅引用四位學者當中的Volodomyr Ishchenko，卻對他的意見未表同意。（Bolin & Ståhlberg, 2023: 83）

2023, p. 8,另見1, 6-7, 17）

英國《每日電訊報》（*Daily Telegraph*）記者艾特金也問：「戰爭悲劇發生之前，西方將俄羅斯妖魔化，在多大程度助長了悲劇的發生？」（Aitkin, 2022）貝沙與艾特金的觀察與看法應該是準確的。即便俄羅斯的宣傳協調有秩，包括對社交媒體的運用，（Aro, 2022）但莫斯科不太可能扭轉遠則百年以來，近則本世紀至今，西方傳媒對俄羅斯的負面乃至扭曲的呈現。（McLaughlin, 2022，另見本文頁381-384的「通俄門」討論）筆者的研究也發現，2013-14年的廣場「事件」，對美國涉入後已經轉為「政變」的確鑿證據不少，但西方主要政治人物與傳媒，對政變之說，幾乎絕口不提，（馮建三，2022a，頁169-178）彷彿視若無睹則事實消失。BBC與俄羅斯RT在2014-15年間所呈現的烏克蘭衝突，固然框架凸顯的意見有別，但相同的是，二者都是各自「國家權力非常核心的構成」。（Liu, 2023, pp. 20-21）西方傳媒未能準確傳達烏克蘭民意，另外表現在2013年9月的基輔國際社會研究所之調查：選擇加入莫斯科主導的歐亞經濟聯盟，比例是35.5%，略高於選擇歐盟的32.5%。（鄧小樺，2022，頁45）同樣讓人驚訝的是，廣場政變後，即便基輔政權完全倒向西方，壓制異端也箝制俄語使用，但七年後（2021）的調查還是發現，同意俄烏是同一民族的比例，仍有41%（*Economist*, 2023d）。

在台灣，政府不可能發動戰爭。部分國人與外人則猜疑，北京政府有此準備，他們認為，即便大陸在1979年中越南戰爭之後，未曾興兵，但今非昔比，習近平可能發動武統。

對此，前參謀總長李喜明（2022，頁172）不無突兀之語。他引述克勞塞維茨（C. Clausewitz）的戰爭理論，認為「只有政府能夠扮演理性的力量，以防止戰爭的發生」。顯然，這不是說對岸、不是指尋機誘發戰爭的卑斯麥、也不可能是定位在狃於發明理由而入侵海外國家的美國，或遭到挑釁致使愚蠢犯罪而入侵烏克蘭的俄羅斯。李喜明另有用意，從他的引述，可以明顯知道，他在勸誡我們自己的政府。他內心有憂，遂有此言。他先引用《韓非子》：「國小而不處卑，力少而不畏強，無禮而侮大鄰，貪愎而拙交者」。這句警示展現其憂心，再清楚不過。何以憂心，原因就在「台灣的……中國印象就是傲慢、鴨霸……兩岸發生齟齬的時候……這種感覺……更為強烈……於是……雙方開始惡言以對、相互攻訐……然而現實的問題是，在敵大我小……的劣勢下……

情緒以對，對台灣不會產生正面助益⋯⋯會惹惱中共政權⋯⋯激化廣大中國人民的負面情緒。」（李喜明，2022，頁159、163-164）李喜明據此認知而呼籲：

> 政府應該積極⋯⋯消弭仇中、反中的情緒，並鼓勵民間在媒體、網路等各個領域營造兩岸和諧氣氛，而政府本身亦應起帶頭作用，即使兩岸官方齟齬，亦無需唇薄舌尖地酸言以對⋯⋯既不損及台灣立場及主體性，亦能顯現我雍容的態度與民主風範（李喜明，2022，頁165）。

這些文字雖然僅占《台灣的勝算》很小部分，但是，如果沒有這十多頁的分析及建言，本書將如同美國新保守主義的分析（cf. Colby, 2021）。有了這個部分，李將軍的在地內涵，也就凸顯，作者深知本國情境及需要。這個認知，如同也很了解台灣的卜睿哲所說（2021／周佳欣等人譯，頁486-487）。在談及芬蘭時，他這樣轉述：芬蘭領導人明白，想要維持國家獨立，就需要限制某些國內的政治活動，接著大眾很快也理解了，「得在新聞、出版等傳媒上克制言論表達，有時甚至需要政府壓制，以避免激怒莫斯科」。芬蘭記者寫道：「芬蘭人捨棄了擺姿態滿足激情的奢求，小心不要引起莫斯科的疑心。」出版於2016年的學位論文，深度訪談首都赫爾辛基訪問12家報紙的18位記者，得知他們在處理俄羅斯新聞時，確實更為審慎，述及俄羅斯會有額外的考量，但是，他們沒有因此而不批評俄羅斯。（Ommen, 2016）歷年來，有關新聞自由的評比，芬蘭都是全球數一數二，這就顯示，無須逢俄必反，也沒有一昧數落，並無罵街的表現，以審慎有節制的態度與認知批評莫斯科，沒有妨礙言論自由的施展。來台參加唐獎頒獎典禮、講演並接受訪問的薩克斯同樣也說：「台灣必須盡全力避免因言語挑釁，恐懼升高，讓緊張情勢升高。希望台灣領導人向美國表示，冷靜下來，不要再談戰爭與衝突，我們不要戰爭。」（謝錦芳，2023）

不容我國新聞助長台海戰爭的氣氛，與此同時，對於來自對岸的「大外宣」與指涉範圍更深廣的「銳實力」（sharp power），[74]是否會誤導我國對北京的認知，台灣要有準確的評斷。這兩個概念都與新聞有關，但遠超過新聞的指

---

74 傅大為提醒要注意這個概念，在此致謝。

涉。最近數年，世人對北京的這類作為，頗有戒心，我國學人亦甚關注（古明君，2019；邵軒磊，2019；趙成儀，2020；黑快明，2020），至今最廣泛的研究成果，也已經集結成書。（Fong, Wu & Nathan, 2020）該書主編之一吳介民（Wu, 2020, pp. 24, 30-37）認為，北京在我國施加的影響力類型，超過銳實力所能描述，因此他勾勒的是中國在選舉、傳媒、觀光旅遊、宗教與娛樂產業五個領域的「控制機制」。該文涉獵既廣，加上主編的身分，若以之為全書精華的論點展現，或許尚稱合理？准此，以下提出五點，回饋其說。

首先，作者認為，兩岸經貿及文化來往帶來太大風險，對岸可能以商逼政、可能軟化國人對大陸政權的戒心，於是結論赫然是：「對抗中國的經濟與政治戰爭」。（Wu, 2020, p. 41）美國以政逼商，迫使台積電前往美國設廠（見本文頁365）。台裔美籍的輝達創辦人黃仁勳在台引動小旋風（許維寧、馬瑞璿，2023），他曾經表示，「理論上，我們可以在台灣以外製造晶片，（但是，）中國市場無法取代，那是不可能的」（Murgia et.al., 2023）。美國財政部長葉倫（Janet Yellen）認為，即便只是在經貿方面「試圖與中國脫鉤」，對美國亦將是「災難性的」（Rappeport, 2023）。這些新的動向，發生在吳介民出版前引文已兩、三年以後，作者即便預見，應該也不會改變他的前引敘述。作者可能還是認定，企業家僅是短期回應現勢，政治人言行有其戰略考量而會適時調整，長期的世局演變未定，西方勝出的機會更大。似乎明顯，作者是在主張我國的政經運作，最好遠離對岸，甚至要「脫中入美」或脫中入美日歐。惟這個認知未必符合事實、立場則並不符合我國利益；最符合台灣所需，同時交好中美兩國會有空間，就是前已論及的類似邦聯之兩岸關係，達到這個目標，也有可能需要美國的支持。這是更好的努力方向，不是政經脫中。其次，該文雖然未說對岸的銳實力奏效，卻僅在文末說，對岸銳實力及更大的進攻，從2012年以來在台灣都遭到「集體行動」的抵抗，在香港也是。惟更可取的宣告，可能是以整本著作的規模議論港台，並且開宗明義就提醒讀者的專書。該書的作者說（Fulda, 2020, p. 2），「對準意定目標的國家，穿刺與滲透或穿孔其各種政治與資訊環境」的「銳實力」並不新；這是中共最早在1935年底就有的「聯合陣線」，並且最慢在兩年後就已經落實，這是「整套政策與技術，用意在於贏得民眾支持，孤立敵手，通過民族主義的語詞來表達共產黨人的綱領，並且（為了不背離，所以）延遲推進革命目標」。最初，中共運用聯合陣線收編國內反

對派，過去十多年來則用來對付台灣與香港，但「事實上，成功之處少之又少，而是加速了台灣與香港爭取民主的抗爭」。

因此，第三，這些銳實力的作用不明顯，如果仍有。因此，川普對北京發動貿易戰，從而開始「抹黑」對岸的2018年，美國對大陸的負面觀感仍然「只有」47%，次（2019）年已是60%，至2023年高達83%。[75]歐盟27國最挺大陸的匈牙利，對其負面觀感，2022年是52%，比2019年高15%。（*Economist*, 2023p）台灣民眾對大陸政府印象不好的比例，從最低的45%（2017）一路爬升至2021年的70%。（聯合報，2022）[76]我國2020年總統大選，民進黨鹹魚翻身，香港人在台灣殺女友而在香江意外掀起反送中運動，讓蔡英文時來運轉連任總統，若是戲稱共產黨意外幫了民進黨，並無不可；研究者訪談2020年台灣22個選區的44位候選人，幾乎所有人都說香港局勢有「巨大影響」，民進黨候選人指出，這對自己是「正面作用」。（小笠原欣幸／李彥樺譯2021，頁405-406）從敗相已現到大獲全勝，顯示大多數國人對北京作為並不認可，大外宣與銳實力白費精力與資源。假使大外宣、銳實力的進攻並無實效，或說即便有，也已經遭抵銷殆盡。何以如此？原因不複雜，內政是外宣之本。是以，《紅色滲透：中國媒體全球擴張的真相》的作者何清漣說，（2019，頁192）「一個國家的國際形象由其國內政治社會狀態決定。」假使北京的內政依舊，未能改善人民的表意與政治權利，那麼，大外宣的較大乃至所有部分，應該會徒勞無功，特別是在以自由民主國家自居的「全球北方」國家（歐美加澳紐及日韓台新），效果會更低。

第四，接著，這裡自然就浮現一個問題：難道從事外宣，或說擁有銳實力的國家，不明就裡？可能不是，前文提及，即便並無俄羅斯有效干預美國2016

---

75 依序見以下三個網址，不再列入參考書目：https://www.pewresearch.org/global/2018/10/01/international-publics-divided-on-china/ , https://www.pewresearch.org/global/2019/12/05/attitudes-toward-china-2019/, https://www.pewresearch.org/short-reads/2023/05/10/americans-see-both-russia-and-china-in-a-negative-light-but-more-call-russia-an-enemy/

76 法國報紙說，1930年代起就有美國記者，因「天真、輕信」而不是出於個人利益而報導失實，致使中共形象大好，並稱今日仍有一些中國大陸境外人士，亦復如是。李怡（2022: 268-274, 282-285）很同意該報以「非常有用的白癡」命名這類人士，並將這個名單擴大至部分海外華人。不過，這類人的發言在今日的台灣如果存在，聲量應屬微弱，並且很快就會有人指控他們是北京代言人。

大選這回事，但「通俄門」在美國鬧得滿城風雨（參見本文頁381-384）致使其他重要議題，更難引起美國民眾青睞。根據蘇軾曼（Sussman, 2019）的分析，民主黨總統參選人希拉蕊敗於川普，震驚民主黨與美國全國性的主流傳媒，他們無意認真探討敗選的原因，而是找來遮羞布，指控俄羅斯干預大選是川普勝選的原因之一。這個移花接木的政治效果，就是：（1）民主黨及主流傳媒藉此拯救民主黨的地位與形象，不讓人看到民主黨背離勞工階級；（2）真相已經得到揭露，卻流傳不廣，無法進入人心：努力想要讓民主黨勝出的是烏克蘭，不是俄羅斯想方設法要讓川普贏；（3）「通俄門」增加阻力，政治左派進入民主黨及社會的聲音，遭致沖淡。類似的邏輯也許同樣會出現在對岸，很多國家可能都有這個慣性，對外行動即便不能掩飾內部弊端，他們還是樂此不疲。

最後，這本文集在翻譯為中文時，吳介民（2022，頁19）表示，卜睿哲專談港台的文章因為「無法提供更新版」而沒有收進中文版。英中版相去僅兩年，各篇作者仍略予添加材料而行世，實當肯定，惟未能更新是否就讓文章失去刊登的價值，似可商榷。特別是，卜睿哲是傳達了一個他也意識到會引起異議的觀察或論點，他的判斷似乎在含蓄傳達，北京有過之外，香港民主派不能說無失。是這個看法讓該文「不宜」翻譯為中文嗎？[77] 卜睿哲說：「中英1984年聯合宣言，以及香港1990年基本法……保證捍衛香港居民的公民與政治權利，以及保證法治及獨立的司法機關……北京基本上遵守這些保障直至2014-2015年選舉改革失敗之後……。有些人當然不會同意這個觀點，但我自己是認為，固然在改革過程，北京粗暴任事，惟最終泛民主派是失去了一次重要機會，未能讓特首選舉成為有意義的競選。這樣一來，無人懷疑的就是，選舉改革失敗之後，北京其後的一些行動就讓人質疑，基本法明白表示要保障公民與政治權利的承諾，是否仍然有效。」（Bush, 2020, p. 352，另見本文頁389-390）

---

77 另外，如本文頁416-419、455，卜睿哲並不反對，或說乃至樂意看到兩岸以某種特屬於兩岸的邦聯或歐盟關係之出現，而這應該就違反了吳介民（2022:16）的立場，他認為國人不應該使用「大陸、對岸、中共」等等詞彙，因為這將「模糊台灣與中國互動關係的本質」。

進入共好兩岸的遠近目標

不唱衰，對北京有所批評，但不是謾罵輕蔑，與此同時，就是我國所要設定的兩岸共好目標，會是什麼？可以有遠近兩個。近者，十年內若能有成，已屬讓人慶幸；遠者，數十載若臻至不會逆轉之境，則即便進進退退，亦可讓兩岸互勉走入正途，當能告慰人心。

《人力可及：人文主義者自由思考、求索與寄望七百年》在導論、第十章與結論第十二章，數度引述十九世紀人文主義者的認知，「幸福快樂的途徑，就在與人同有幸福快樂。」（Bakewell, 2023）這個道理相通於孔子的泛愛眾（雖然有親疏遠近），更可相通於墨子更高的兼愛理想。有人認為，前引書的作者，無視於「中國共產黨、普亭與民主政治體的（左傾與右傾）極化民粹主義者，已在威脅人文主義者的世界觀」。（*Economist*, 2023m）這是有道理的批評嗎？或者，反而是批評者可能無視於人文主義者，已在通過更積極的意志，設法要從接觸與交往的過程，努力創造機會以消解與轉化這些反人文勢力的威脅。人文主義者的這個努力方向，契合關切兩岸和平的黃維幸（2023）之觀點，除了指認備戰無法止戰，反而必然導致戰爭，他更進而呼籲，「真正持久的和平不是避戰的消極寧靜，而是創造穩定和平的新現實。」

近程目標前已提及，就是兩岸關係歸結於近似邦聯模式。我國已說了半個世紀以上，對岸亦已提及，即便較少也不算明確。對比兩岸，美國政治人說得更少，但卻明確。與我斷交的美國總統卡特（J. Carter），有國家安全顧問布里辛斯基，他在專書提及，中國大陸要有變化，才能「吸引台灣，融入……大中國為邦聯（confederation）作準備……」（Brzezinski, 1998, p. 189）。卜睿哲不止一筆帶過，是闡述邦聯已有一、二十年，最近這次，他推演四套兩岸統一的「劇本」。前三套分別是，國人被說服後和平統一於北京的一國兩制、北京發動戰爭統一，以及，北京非武力脅迫統一。這三套對台灣都不是上選，第四套是以「一國兩制」之外的方法統一，它帶來和平，「台灣人民有能力『參一咖』」，對台最優，也「是北京應該努力的方向」。他並補充，黃年的「大屋頂中國兩制」有別於一國兩制，「類似邦聯體制，雖然大膽，但值得一試」（白育綸，2021）。當然，如前所說，卜睿哲自己而特別是黃維幸，都曾經以不同方式，寄望擴大對「一國兩制」的解釋，達成（近似）邦聯的兩岸關係之安排。

遠程目標是兩岸回歸各自的憲法，真正遵循兩岸憲法所設定的建國目標。從兩岸憲法說起，有優點有缺點。殊途同歸於社會主義是優點，缺點在兩岸則有不同的展現。在對岸，北京自稱處於社會主義初級階段，實則最多是國家資本主義，有陽奉陰違之失，即便使其名實相符的努力亦當堅持，而不是認定這只會是與虎謀皮。台灣繼承的憲法，第一條是「中華民國基於三民主義，為民有民治民享之民主共和國」，此「三民主義」經過張君勱的文字調整，不是孫中山的「民族、民權、民生」，但二者不互斥而可以共生，何況張是民主社會主義者。孫的知名語言是馬克思是病理學家，一針見血戳穿了資本主義之弊端，與此同時，孫說推動邁入社會主義的動力，不是馬克斯強調的階級鬥爭，是人之互助。這些見解至今是否準確，是當釐清，惟無誤的是他的原始講詞：「民生主義就是社會主義，又名共產主義，即是大同主義」；（孫中山，1924）但孫中山對社會的主義信仰部分，在台執政累計超過一甲子的國民黨，儘管號稱尊崇孫中山，卻是壓制而不是宣揚這個社會主義面向，也就不可能是其教育重點，（吳儒佳，2004）遑論落實；民進黨執政十餘年，不但蕭規曹隨，實已「青出於藍」而加速放棄孫中山的歷史遺產。我國政府腦中沒有社會主義，陽不奉、私只能違反，這是最大缺失。

　　不唱衰對岸、批評但不輕蔑，對部分國人已經困難；自詡我們要有堅強的意志，不完全受到結構力量的掣肘，提出兩岸共好的願景，不僅經濟共好，還要在政治權利等等，也要共好，對於部分國人，可能也是難以提出的願景。若是這個共好，是指兩岸關係的走向某種邦聯，以此促進和平，國人有此認知雖然超過半世紀，但可能更多國人因歷來民調與新聞報導鮮少提及，是以多數國人也就無從念及，這是既統又獨、相互統一也相互獨立的安排。至於高懸民主社會主義，作為導引兩岸止於至善的長遠目標，可能會讓更多數的國人狐疑，原因之一是歷來自稱自己是社會主義的國度，從已經消逝至現在仍然存在者，都有政治與表意空間不足的缺陷。這就使得不少人就此認定，社會主義等同於專制。

　　同樣受制於主導型意識的傳媒，則在複製與向民眾傳達社會主義等同於專制的新聞與評論中，鮮少邀請人們考慮理念與實踐之間的落差，固然有本國的人謀不臧，卻也有無法完全歸咎於本國的原因，而是另有來自外力的牽制、壓力、圍堵與破壞。

既有前述認知，以下所言，不是有證據支持的社會「科學」分析，它只能是「人文」願景的抒發；所述雖然不是規律，但所舉例子，仍然實際存在於歷史與當代。這些海內外動向、逸聞或真人真事的言行，或許可以提供「意志不孤，必有鄰」的啟示與激勵。

「一中」未必是問題 可以善用

從「一中」說起。

依照我國1992年先後制訂的《中華民國憲法增修條文》，以及《台灣地區與大陸地區人民關係條例》。「一中」本來不是問題，但我國總有憂慮，擔心「一中」之說，會是「開門揖盜」，讓對岸的「一國兩制」統一台灣。政府從2016年以來，不願使用「中國」一詞的程度，已使教育部在2017年發函，表示考慮要將「中國文學系」放至「華語文細學類」之下，亦即要以降階的手段，減少「中國」這個詞彙的出現頻次。後來，因反對者眾，該議沒有推行。（馮靖惠，2017）再過五年，政治力無法通過教育部改名，但顯然政治力帶動的社會氣氛業已形成，是以出現笑談。對岸簡體字圖書《激辣中國》改以繁體字在台灣出版，編輯人將「大陸」改成「中國」，結果該書原本應該是「哥倫布發現新大陸」的詞句，變成「哥倫布發現新中國」，由大多數是前蘇聯加盟共和國構成的「歐亞大陸」，以及指稱印度、巴基斯坦與孟加拉、尼泊爾、不丹等國的「南亞次大陸」，也就變成「歐亞中國」與「南亞次中國」（聯社，2022a）。

然而，最近一年，就有三個例子，或可說明，即便沒有邦交，海外國家可能寧願我們自稱「民主中國」。或許，這些國家只是脫口而出，別無新意。或者，她們心存善意，希冀以此稱呼，為緩慢與迂迴讓北京的專制出現良性改變，作些準備？這個理解方式不必排除。

先是「歐洲聯盟」成員國斯洛伐克（Slovakia）的國會友台小組，共有十人在2022年6月訪台，公共電視的影音畫面顯示，訪問團主席歐舒斯基（Peter Osuský）致詞時，表示「誰能夠代表一個中國？……你們就是民主的中國……你們值得（deserve）中國這個名字，不是只有台灣。」[78]蔡英文總統在2023年4

---

[78] 「公視晚間新聞」2022年6月8日（https://www.youtube.com/watch?v=WSM2f6hCkF0），從21

月1日訪問瓜地馬拉，其總統致詞時，表示「台灣是唯一真正的中國」，這次，《自由時報》（陳昀，2023）也報導，但該則報導的標題是〈台灣是主權獨立國家〉「唯一真正的中國」放在內文；其他媒體則將該句子放在（副）標題，台灣是唯一中國的意思，一目了然（如華視新聞，2023；丘采薇，2023）。

這兩個例子似乎可以解釋為，海外友人既然有此誤解或者揄揚，那麼，我國若是堅持「一中各表」，他國並不反對之餘，沒有邦交關係的斯洛伐克甚至是有意或不經心的期許，在禮讚我國是「民主中國」的同時，固然也是在批評北京，惟同時也是在以台灣作為例子，希望對岸也能民主？這個意思是否歐舒斯基的本意，只能推敲。但《經濟學人》在推出專刊別冊《站在前線的福爾摩沙：台灣》，以完全吻合美國新保守主義的「自由文明對抗專制」之口吻敘事論說時，另以社論闡明要〈如何避免第三次大戰〉，卻在這篇文章出現一句符合我國制訂於1991年、終止適用（不是廢除）於2006年的《國家統一綱領》。[79] 該篇社論說，台灣有「讓人稱道的自由與民主，證明這些價值並沒有自外於中國（中華）文化」。（*Economist*, 2023g）我國政府現在可能仍會以自由民主自雄，但不再用心，不肯藉此招來大陸民眾的理解與支持。學界仍有建言，惟也未必連用「中華文化」，僅是表示，「我國……有必要……以大陸民眾能理解的邏輯並呈現新論述，讓其真正知曉華人世界可實行民主制度……」（王信賢，2022，頁357）。似乎，從政府到學界都見卻步，不再有信心認為，通過「中國（中華）文化」與對岸交流，中華民國不但毫無遜色之虞，並且亦可能會有利基，從而應該有當仁不讓的自信心，也要有維繫者的責任感。所幸，就此主張最力的論述，楊儒賓（2014，2015，2023a）已有長足發揮，箇中這一句，若能讓更多國人認同，並轉為積極與對岸共好的認知，無疑大善：「『中華文化』一詞的內涵是浮動的，……帶給台灣的也許是百年難遇的機會，而不是被共產中國併吞的危機……。」（楊儒賓，2015，頁150-151）

《經濟學人》在川普發動貿易戰並禁止華為之時，已有反對之意，因為這

分56秒至22分10秒。整則新聞起自當晚0700開始的第21分44秒至22分34秒結束。次日，該則新聞也出現在次日《自由時報》是A4版頭條，標題是〈斯洛伐克國會友台小組主席：我是台灣人〉，該報的報導全文沒有公視影音新聞前引的文字。

[79] https://www.mac.gov.tw/News_Content.aspx?n=AD6908DFDDB62656&sms=161DEBC9EACEA333&s=E843129F8763C0DD

家週刊擔心「自由貿易」將成為兩個世界，各自環繞中美而進行；同時，該刊晚近依舊認為，不抵制而鼓勵北京繼續對外經濟開放，那麼，通過政經與高教及觀光旅行等人員往來，西方優勢早晚能讓中土融入西方主導的世界秩序，從而政治空間在北京的開拓，不是無望。拜登就任以來而特別是俄烏開戰之後，即便西方與中俄的對峙似難挽回，《經濟學人》至少在言詞上，尚未放棄古典自由主義的立場、仍然對自己的體制優勢存有信心，因此它承認，「美國永不接受任何國家與自己一樣強大。共產政權或民主不重要，只要臣服，美國就會容忍中國大陸」之後，它還是主張西方「要限制經濟脫鉤」、「也要抗拒誘惑，不要訴諸讓（自己）如同其專制敵手那般的策略。」（*Economist*, 2023j）隨《站在前線的福爾摩沙：台灣》別冊而同期撰述的前引社論（*Economist*, 2023f）同樣透露刊物的信心或者「善意」，如稍前已引，它指兩岸既然都在中華文化之下，則台北能自由民主，假以時日，北京何獨不行？

北京對美國的戒心，大於對我國的提防。原因還不只是因為美國力大，我是退守或「偏安」海島的手下敗將。北京可能也因為認定台灣人是「自己人」，而內外有別是任何國家必有的立場。這個立場表現在從1985至2012年，北京曾經挪用民族主義，有時容許民眾群集而對美國（1999年）或對日本（1985、2005與2012年）大肆抗議，有時則壓制群眾現身街頭抗議美國（2001年）或日本（1990與1996年），但群眾抗議台灣之活動，從不容許。（Weiss, 2014）就此考慮，我國承認一中，但也同時堅持，若有九二共識，必有各表的必要，[80]以此換取時空，既可以更從容、自然與有效地將我國的政治與生活方式之具有吸引力的部分，通過交流而向對岸民眾介紹，又可以比較積極地，將一中推向某種「邦聯」的「大一中」，這樣的前景與潛能，一定比維持現狀更不

---

80 本世紀以來，論述兩岸關係最多最深入，也最穩定的黃年，未曾如同黃維幸或卜睿哲之探詢擴大「一國兩制」內涵的可能性。不過，黃年未必會反對黃、卜的想法，條條道路通羅馬，只要其內涵之擴大，相容於兩岸「大屋頂」之論。近來，黃年一年內兩度強調，中共原想壓制「一中各表」，但在2022年7月，已經回頭，證據是習近平在2019年提出「一國兩制台灣方案」後，國台辦出面調整多次。其中2022年7月18日起，國台辦發布《「九二共識」系列微講座》八集（陳正錄2022），完整呈現海基會在1992年10月提出的「第八方案」，「確認了『一中各表』是九二共識的原始組成元素」。國台辦引述的第八方案說：「在海峽兩岸共同努力謀求國家統一的過程中，雙方均堅持一個中國的原則，但對於一個中國的涵義，認知各有不同，並建議以口頭聲明方式各自表述。」（黃年，2022a, 2023b）

利嗎？一定比倚美維持現狀，乃至讓對岸誤會或攻擊我是在倚美謀獨，更危險嗎？對岸必然會通過懷柔、讓利，以及透過各種軟實力與銳實力的運作，挫損我追求共好的意志與能力，最後讓我就範，接受一國兩制嗎？

這些提問的答案，不是全部，但有相當部分，取決於我國自己的選擇。若是積極謀求共好，會是新的局面。從蔣渭水到達賴喇嘛，知識份子在內的社會大眾，對於這個共好的願景，都會認同。

兩岸關係：蔣渭水到達賴喇嘛的啟發

蔣渭水（1921，頁3）在著名的〈臨床講義〉說，台灣的職業是「世界和平第一關門的守衛」。台灣入日本殖民，當時已經二十六載，蔣渭水與人同年稍前創立「台灣文化協會」，從事文化啟蒙與政治的抗日活動。蔣渭水深知日本對中國的立場，因此以和平使者自詡，他從全球眼光審視本地問題。將近四年之後，蔣渭水（1925，頁87）在〈五個年中的我〉，再次惕勵台灣人，他說，「世界平和是人類的最大幸福，又且是全人類的最大願望……我台灣人有媒介日華親善，以策進亞細亞民族聯盟的動機，招徠世界平和的全人類之最大幸福的使命就是了。」這個來自人民草根的抱負與氣魄，及其發言所彰顯的台灣意識，今日尤其可貴。我國統治集團如果自滿，認為台灣投入美國保護傘，就能備戰而止戰，是對台灣意識的貶抑與矮化。回返蔣渭水的胸襟與高度，此其時也，就請政府宣揚近百年前的這段用詞，僅需置換「日華」為「中美」，就是台灣共好兩岸的意志表達。

共好兩岸的意志展現，在台灣由來已久，即便晚近不彰。

比如，中央研究院院士、毒蛇研究的成績世界顯赫，晚年因參與刑法一百條廢除運動而涉入政治，受邀成為台灣「建國黨」第一任黨主席的李鎮源，「主張只有一個獨立的台灣才可以轉化現實的中國，台灣獨立正是要為發揚中華民族精神作準備。」這不是李鎮源的「精神錯亂」，可能是李院士同年代人的共相，他的同窗許強醫師，在1950年因中共地下黨員身分遭當局殺戮。年代不同，理念可能更有落實的機會，不是減少。七十餘年前兩岸因國共內戰，你死我活的歷史悲劇與傷痕，尚在悲愴人心；今日，不容內戰再因任何因素重新出現。兩岸迄未簽署停火協定，但我國應該要有主動共好兩岸的意志，也要爭取合理界定共好的內涵的權利，這些用心與努力，可以造就和平。蔣年豐是「第

一位加入民進黨的大學教授」，當時，他曾撰述小冊《民進黨與新中國》，現在的人或許會說，這是「極為荒誕」的結合，但彼時這個精神與願景，顯然是「想將民進黨當作翻轉台灣歷史的平台，再將……台灣作為翻轉中國歷史的槓桿」（楊儒賓，2022，頁173-175、224-226）。於今回顧這個認知，與其說其荒誕難以理解，不如說他們是兩岸共好的意志之早期倡議者，李鎮源與蔣年豐不但不荒謬，反而是先行者，預告了當代國人的需要與努力方向。民進黨創立前兩年，人在紐約、主張台灣獨立的社會運動家洪哲勝，在1984年以後，已經「深感台灣前途並非台灣單方面所能解決」，他因此「開始投身中國民主化的推廣活動」（史明，2013b，頁35）。洪哲勝去世次年，總統明令褒揚，所用文字出現「台灣、亞洲、國際社會」，消失者是「中國」，政府再次失去一次表達兩岸共好的機會。不過，相關報導沒有僅是收錄總統令的內容，是以標題看重洪哲勝的連結兩端：〈洪哲勝致力台獨運動及協助中國民主化〉（朱蒲青，2021）。楊儒賓（2023b，頁460-461）認為，與對岸為敵的台獨主張，無法在台灣得到共識，因為這樣的「想像的共同體無法成真……關鍵因素在於台灣風土性的『兩岸性』……同時影響兩岸……如要濃縮到島嶼內部自行決定，對岸中國沒有置喙的餘地……相當不合理……」。在他看來，「從戊戌儒家到一九四九的海外新儒家……提出的現代性方案顯得完整而具特色……是……開放式的混合型現代化模式」（ibid., 頁110），也可以說都帶有列寧主義模式之外的「社會主義的情懷，也相信自由主義的價值」（ibid.,頁441-442），他們選擇的中華民國「可以發揮……對共產中國既可對話也可對抗的機制……台灣人民在法理上有權利也有義務提出更好的中國的形象……兩岸互動的主軸未必是國體對國體，也不見得是……政府的互動……有可能是人民對政府的互動、對抗、轉化，以期邁向更好的中國。」（ibid.,頁461-462）

最後，作為北京政府排斥的達賴喇嘛，在公共電視長達一小時的專訪（陳廷宇，2019），至少有兩段談話，讓人驚訝也生敬意與感動，它們與兩岸共好的意志論，深為契合。是否因為這是來自台灣的訪談，達賴因此覺得，傳達這些想法，不僅對世人，而是對國人，尤其重要？一是達賴表示，他認同、因此也以馬克思主義者自居，但列寧化以後的馬克思主義，已經被弄成意識形態與威權壓迫。二是達賴說，台灣保有千年的中華文化，存續很有價值的一些內

涵，台灣人為了自己好，也要讓大陸的漢人兄弟姊妹都好。[81]達賴喇嘛主持的西藏流亡政府，國際境遇沒有比我國寬裕，遭對岸否認一如台北，但仍有前引兩段重點，應稱難得，也就可貴。可能是因為宗教領袖的和善與慈悲，這位活佛的言語，又能提醒國人，延伸共好兩岸的意志，若避免居高臨下的指導心態，會更合適一些。卡謬（Albert Camus）的雋語，放於兩岸交流，應該是更為受用的原則：「勿行於我前，我不願跟隨。勿行於我後，我不願領導。與我同行，作我朋友。」

本文認同達賴，批評北京但不輕薄謾罵，馬克斯主義在轉為國家意識形態後，確實也質變已久。既存或曾經高舉社會主義旗幟所建立的國度，包括對岸，雖有成績，卻不宜而事實上也少有認真的人，會同意這些國家已經進入社會主義當有的路徑。曾在1960年代隨格瓦拉（Che Guevara）進入玻利維亞打游擊的狄布雷，在大陸經濟崛起的呼聲漸揚之初，已經從北京的文化與政治軟實力之不足，有所評論乃至狐疑。（Debray, 2013）其後，《二十一世紀資本論》作者皮凱提（Thomas Piketty）的見解，與狄布雷在這個部分相同，差別則在於，皮凱提同時批判了一些西方的主流傾向。

兩岸共好的百年目標

在中國共產黨創建100周年之時，美歐等國的反「中」風潮已經成形。皮凱提特別撰文就此發揮，他說，中國大陸政權的專制和壓迫，使對岸引誘其他國家（不僅是其領導人）的能力很有限，即便外界經常指其宣傳自己的治理模式。但是，皮凱提話鋒一轉，提醒反「中」的人兩點。一是，「中國沒有訴諸奴隸制和殖民主義的情況下實現了工業化，也付出了代價」；殖民海外而有今日豐盛的帝國主義國家，無法有正當性就此說事。西方現在的新自由主義模式回應，「只是加強了中國模式」；西方也無法用國家資本主義的模式勝過中國大陸。因此，第二，真正的出路，很清楚，「是結束西方的傲慢，在全球範圍內促進新的解放和平等主義……推動……民主和參與性的，注重生態和後殖民的社會主義。」（Piketty, 2021／陳郁雯譯，2021，頁21-25, 358-362；弗林，2021）

---

81 分別在陳廷宇（2019）的03分57秒至05分56秒，以及，19分10秒至20分54秒。

「民主」與「社會主義」目前都在低潮，少有人敢於或會有皮凱提的豪邁，但這個診斷正確無誤，出路在望。本文支持皮凱提的願景及診斷，放眼百年，不看十年數載，世界格局若不向民主社會主義前進，人類再無前程；積極處世要有這個願景作為前導，才能動靜自得。即便認同皮凱提意見的人不是多數，也不妨礙這個目標值得人們付出努力與爭取。史學家戴國煇（2002，頁XL）說：「只要該少數意見具有生命力、開創性、正當性及符合未來的時代精神，大有可能走上多數意見的既光明又燦爛的舞台。」這個說法陳述了相同道理，也是來日終將兌現的預言。

　　在美國，即便（曾經）是很多人的「骯髒字眼」，但「社會主義」理念的學習、思潮與組織歷來存在，近年並見復甦，表現在參議員桑德斯在2015年高舉「民主社會主義」旗幟，雖然連續兩度未能、但幾乎成為民主黨總統候選人，由他領銜及其他進步黨團成員共同倡議的學費、社福、稅收與綠色新政等等政見，拜登總統已經吸納，並且轉為《重建美好未來》（*Build Back Better Act*）法案。（Hyman, 2021）儘管該法案缺了一票而無法通過；但一年後，它降低水平，投入的預算水平幾乎減少了一半，轉以《降低通膨法》（*Inflation Reduction Act*）捲土重來並已經開始執行。雖然以歐洲水平衡量，拜登的成績並無可觀，惟若是取用美國的標準，這已是劃時代的社福與綠能進境，嚴格批評與監督時局的杭士基，固然扼腕其規模縮小，仍願意接受這是美國有史以來，「最重要的乾淨能源」法案。（Polychroniou, 2023）前法實施後不久，拜登也局部履行另一個競選承諾：免除部分高教學生貸款。與此呼應的民意基礎是，18至34歲的美國人，連續兩次（2019與2021年）調查，正面看待「社會主義」的人已經超過一半（Salmon, 2021）。皮優中心的2022年調查，則顯示18-29歲的人，肯定社會主義的人（44%），已經超過推許資本主義的比例（40%）（Pew, 2022）。

　　在台灣，倡議工農權益及社會主義的力量在1920年代興起，包括蔣渭水晚年的激進化，惟十多年後隨日本大正民主告終與日本侵華戰爭而難以為繼（邱士杰，2009；盧修一，2006；郭杰等人，2010）。二戰之後，先有白色恐怖而使左眼難以張開，解嚴後小規模崛起一時，卻總是因統獨未定，致使已經力薄的進步能量，增加集結的困難，反「中」情勢成形之後，政治與社會運動的能量為其吸納，雖未殆盡，總是遭受嚴重干擾。至今，奉行「社會主義」者在台

灣的組織力量薄弱，要以民主社會主義作為兩岸關係的航行目標，不只是讓人卻步，而是意念及此，已有難言之隱，竟是「鸚鵡前頭不敢言」的當代心境。即便如此，或說正因為如此，就地記錄、倡議以待來日，（如吳永毅，2014）仍然是社會所需，依舊是前進所需的明燈。企業家施振榮（2019）撰述專文，認為「《禮運大同篇》（的）理想……北歐國家推行的民主社會主義相對符合……透過稅制……重分配……所得高者稅負高……合理……多數人認同……」。這就讓人想起，縱使企業家高估北歐的成就，但這個誤認卻也指出，有此願景的企業家儘管可能不是多數，卻無礙社會主義是得到認可乃至憧憬的未來，不是負面指涉。同時，這也讓人追念，九十多年前，台南的「革命和尚」、蔣渭水的年輕友人林秋梧在創辦《赤道報》所轉載的郭沫若之〈馬克思進文廟〉，明顯是要連結孔子的大同社會、馬克思的共產社會，以及佛教的「極樂淨土」。（榮偉傑，2021，頁162、171）《激進1949：白色恐怖郵電案紀實》的出版（陳柏謙，2022），讓人看到，社會主義理念因兩岸關係低迷而更形不振、反「中」氣氛居高不下之際，無礙有志者努力爬梳歷史材料與人事，從中引導前進的方向。在後「反送中」的抑鬱背景，人心仍在奮進，中港兩地大學師生的「工學聯合」組織雖然解散，其行動十餘年經驗的記錄與論述，成書在台北推出；（SACOM寫作小組，2023）這是一種不容青史成灰的堅持，讓人想起，十多年前，六十多位師生，來自兩岸三地二十所大學，不辭溽暑，奔赴多家大陸富士康工廠調查，為勞動者權益略盡微薄的往事（兩岸三地高校富士康調研組，2010）。

　　憲法法庭去（2022）年第十七號判決，認可西拉雅等平埔族群的原住民族身分，正確之餘，若要超越口惠層次也不讓其他原民的權益因而減少，理當承認「資源分配才是重點」。（陳張培倫，2022）這就是說，依據原住民身分而提供略優於漢人的資源，是政府彌補漢人對原民的歷史虧欠之方法。這個「平權／優惠行動」（affirmative action）作法，也在很多國家實施，允稱合宜。惟難以否認的是，因身分差異而優惠，最好是過渡手段，否則，會因資源總量未必足夠及其他缺失，致使引發不合理的反應，反而可能傷害該政策所要服務的對象。[82]其中，印度提供一個值得省思的例子。獨立之後，新德里政府推動多

---

[82] 比如，台大校園出現「火冒4.05丈」布條，影射「原住民學生升學保障及原住民公費留學辦法」

種優惠行動，試圖矯正根源於種性制度的歧視與不平等，但成效有限，並且因為遭致濫用而有反效果。見此，近年來愈來愈多印度知識份子呼籲，消除這些歧視、貧窮與不平等的更好作法，除了改進有選擇性的優惠，亦當思考，代之以各種普世綱領，是否才是更有效的作法。（*Economist*, 2021c）這個普世作法，正是社會主義的訴求，可以根治歷史過程產生的不公正與不平等，免除治標過程比較可能產生的副作用。

在我國，漢人尚在議論與追尋，未曾實踐社會主義，起而示範的是原住民。司馬庫斯的泰雅族人開創國人先例，從本世紀起，小規模「實施『共產主義』」：所有住民已有八成參與自治，共同經營民宿及人文旅遊，彼此共有土地，「每人每月零用金一萬元其餘收入共享支付孩子學費、老人福利」。（余麗姿，2002）司馬庫斯示範的例子，會是彌補歷史上，從平埔族至高山、都會原住民的後代子孫，更重要的途徑；若說彌補當代階級、城鄉及性別……造成的不平等，這也是最妥善的制度安排。政府理當致謝也致敬司馬庫斯村民，進而提供資源與進入其他部落與原民協作，推廣這個經驗至擁有類似條件的山區，及至有成，並可將這個精神與作法引入各個領域。等到這類思維與實踐累積到了特定水平，更可擴充全國，所有人無分原民與漢人，都能受益。苟能臻至這個境界，歷史上受損害的原住民，等於是以德報怨，協助政府找到了對原住民比較有效、能夠穩定持久的救贖，同時，漢人自救之道，也在其中。

世有淨土，還在遠方；心向明月，不憚溝渠。我國理當自比孫悟空，結合悟淨、悟能與白龍馬，沿途縱有妖魔鬼怪阻撓，卻有各種神祇自會相助，護衛唐三藏，同往西天取經，既要確認兩岸得以永久和平的政治關係，也要進而投入民主社會主義的創建。唯一能夠收服孫悟空的如來佛，對於孫悟空的努力，必將頷首稱是，不會壓制，不但樂觀其成，也會在合適的前提下，玉成其事。我國理當言行如一，倡議和平，以具有兩岸特色的邦聯關係相繩彼此，繼之以民主社會主義作為號召，這也是重返兩岸各自的憲法初心。

對原民的優待，並竟然指「原住民特權是政府對平地人的暴政」。（陳至中，2023）

結語：大陸可以示範近悅遠來

前現代的「中國」在明清兩朝，特別是在西力尚未東漸之前，曾經以「朝貢貿易」為名，達到「厚往薄來」的經貿交往。明清通過賞賜、讓利，以價值遠高於朝貢國的物品與他國來往，並將這個貿易的方式，講成是「諸蠻夷酋長來朝，涉履山海，動經數萬里。彼即慕義來歸，則……予之物宜厚，以示朝廷懷柔之意。」相比於歐人殖民海外，掠奪物資與欺壓人心，明清在其強大之時，都能免除殖民他國的惡習，是當肯定與認同。惟朝貢貿易最多是讓明清朝廷心滿意足，宣稱這是「蠻夷酋長來朝」；但這仍然是以經濟利益達到「懷柔遠人」（駱昭東，2018，頁52、59、76），距離孔子所說「遠人不服，則修文德以來之」，仍然遙遠，尚未達到「近悅遠來」的境界。

至今，厚往薄來之懷柔，不但是明日黃花，就是大陸無償對窮國的援助，近四十餘年的援外金額之GDP占比，也低於若干國家（Dreher et. el., 2022, p. 44, 108）；雖然依據美國及德國三所大學的研究，2000至2014年間，大陸有償及無償的援外金額3544億美元，固然略低於美國的3964億美元，（金畏鉉，2017）但若以相對數字、亦即外援金額占其人均GDP的比例，北京無疑高於華盛頓甚多。儘管諸如此類的缺失，無礙於中國大陸如同任何國家，都有意願要向國際社會述說自己的成就與貢獻。惟仍當謹記，「桃李不言，下自成蹊」仍是最高境界。各國都有走出去、要宣傳的必要，只是，表裡如一，仍是增益本地之國際形象的最佳作法。北歐各國內政相對有成、相對平等與安和樂利，並有舉世最高的（新聞）自由，這些都是人所共認的事實，不待北歐政府宣傳，自有肯定者，欣然主動代為周知、口耳相傳。因此，多年以來，不同國家不同機構的年度調查，都有記錄，確認世人對於北歐等歐洲國家，保有最大也很穩定的肯定，投入大量經費推動國際宣傳的美國或中國大陸，反而瞠乎其後。[83]

---

83 在美國發動對北京的貿易戰當年，也是最近可以得到之2014-17四年的平均值顯示，Global Scan (2017)發現，認為美國對世界產生負面意義減去正面意義的比例，達15%，負評中國大陸的比例，同樣高於正面評價，但差距小些，是1%，正面評價歐盟的人則遠高於負面看待的人，二者差距高達18%。

眼前，大陸若有行動，往兩個方向邁進，必然可以提升國際形象，這些會是「近悅遠來」的良好示範。一是擴大「一國兩制」的定義，使成為包含有兩岸色彩的邦聯關係（而不是、也無法複製歷史存在或現存的歐盟模式），解決困擾兩岸但特別是苦惱我國的大問題，兩岸變成相互獨立也相互統一，不但吸引台灣，也讓他國刮目相看。二是走出陽奉陰違，經濟均富的努力之外，改善本國人的政治與表意權利，依照憲法走近社會主義，名實相符就能鼓舞世人；大國努力實踐社會主義，兩千多年前的禮運大同篇落實之中，就是中國夢的最好宣傳，事實勝於雄辯，無須多言。

　　地球暖化、生態與環境破壞、經濟不平等擴大而民主蒙塵，當前主控世界的物資生產與分配系統無法永續，超越以利潤歸私、為賺錢而賺錢的盲目積累之資本體制，勢有必然，替代方案呼之已出，只待從擴大傳播中，敦促其落實。美國單極權力的國際秩序不再可能，多極權力的相互平衡雖有跡象，卻無法是取代資本體制的保證。假以時日，「一中各表」會有進境，不再是維持現狀的中華民國與中華人民和國之「互不隸屬」，（丘采薇，2021）而是經過彼此努力之後的「相互隸屬」，「一中」成為「一個大中國」邦聯的共同表述。不是師法曾經存在的德意志、瑞士或美利堅邦聯，也不是取用現存的「歐洲聯盟」；兩岸幅員相去太大，彼此理當平等對待，無法事事對等。和平共榮、休戚與共，政經同盟是目標，兩岸關係就此確認後，雙方都能同意的統合模式，就會出現。兩岸能有共同意志，美國就不會有責任或藉口，不會心懷善意或包藏禍心，致使戰爭在台海爆發；積極以言，類似羅斯福、華勒斯、甘迺迪、麥高文與桑德斯等人所代言的世界觀與力量，若是在美國占了上風，乃至只是新保守主義的國際政治觀不再支配華府，美國亦有可能促進兩岸產生共識，不僅對兩岸福祉會有貢獻，也對世界局勢的安定，可起正面作用。

　　國共內戰的1949年，中國大陸有人集結，發起「和平簽名運動」。台灣沒有缺席，〈壓不扁的玫瑰〉的作者楊逵草擬並結合外省二十餘人，在元月以「台灣中部文化界聯誼會」之名，在上海《大公報》發表日後稱之為〈和平宣言〉的主張，呼籲「和平建國」、台灣「省內省外文化界的開誠合作」，「成為一個和平建設的示範區」。（藍博洲，2013）現在，中國大陸要能心平氣和看待「一中各表」，這是立場與認知的調整，也就會有相應的言詞與行為變化。北京不再以退守到台澎金馬的中華民國為叛亂省分，而是正視也接受史實，公平對

待，那麼，近悅遠來的成效已在其中；鄰近國度基於經濟理性的來往之外，必將減少對大陸的不信任與猜忌，也必然更會產生文化與感性的親近；執意認定大國崛起必有戰爭的預言家，必將耳目一新，修正看法。這是一個合理的基礎，能夠增加外界的信任，更能讓世界各國鼓掌，同意大陸和平崛起不是空言。在台灣備受尊敬的詩人吳晟，「不諱言自己曾信仰『左統』價值」（陳亭均，2022），北京或當自省，何以這樣的信仰，今日在台灣花果凋零？吳晟交好與尊敬陳映真的情誼沒有改變，即便兩人對中國大陸的過往與當下判斷，已有差異，並使兩人對北京政權產生不同的理解與（不）期待。（吳晟，2016）兩岸先接受「一中各表」，後有「大一中」的某種邦聯，再落實各自憲法的社會主義，可以告慰陳映真，可以讓吳晟重拾信仰。

在《理想主義重建：是否必要？如何可能？》這本書，李娜（2022，頁60-61）的序文，不但是該書十餘位作者的認知，關注兩岸四地與世界局勢演變的人，同樣會有這個期待：

> 藉著賀照田「陳映真文」重啟的「理想主義重建」的未完成旅程……是在中國大陸挖掘「一潭清水」……相信台灣朋友擁有過「一潭清水」的經驗，對大陸朋友的「一潭清水」挖掘一定有很多啟示，而大陸朋友對「一潭清水」挖掘的熱切與努力，也一定有助於台灣朋友曾經有過的「一潭清水」，更清更長久。

第七章

進入學界，進而研究中國傳媒的歷程與回顧

進入學術界*

不當記者了

高二那年，無意間看了大學科系簡介，覺得當個記者很不錯。因此，經過重慶南路的書店時，就逛了進去，找出了卜少夫，以及香港《新聞天地》[1]出版的許多報導與評論文集，看了又看，強化了、美化了現在想來，不怎麼實際的綺思遐想。

有了念頭，填寫大學聯考志願也就很簡單，既然政治大學新聞系的歷史最久，那就繞過台灣大學，依分數高低，圈選政大六個志願。前三個依序是新聞、中文與俄文，接下來好像是哲學、韓文與土耳其文。作此選擇的邏輯，再單純不過。進不了新聞系，那先進政大再說，日後會有轉系的機會。當時，或說，一直到現在，選校先於選系的策略考量，雖然不值得鼓勵，卻仍然存在，先攻城（校），後掠地（系）。

但可能是來得急，去得也快。進入政大新聞系後，各種因素總加起來，不到一年，我就沒有非得當記者的勁頭了。大學前三年，學業維持在及格就好，多數時間是東看西看，外加登山（意外地致使憲法得了鴨蛋），先是跟著別人爬，再來就是經常帶隊，從小山到台灣超過三千公尺的兩百座高山，能去就去，多多益善。

到了大三，在系主任漆敬堯教授的鼓勵下，我前往聯合報實習攝影。包括

---

* 王永定博士候選人邀請，以〈不樂觀，但也不恥犬儒〉收於王永定、成思行（編2004），《傳媒論典》頁287-97。中央編譯出版社。一年之後，另增三個註釋以〈我就這樣畢了業、留了學，教了書〉收於馮建三（編2005），《自反縮不縮？新聞系七十年》，頁81-92。台北：政治大學新聞系。

1　這份刊物在持續出刊五十六年後，於2000年10月底停刊，創辦人之一、曾任僑選立法委員的卜少夫一週後以九十餘高齡謝世。一年多後，曾贈卜先生「辛苦經些，磨難多些，料天公，成就你，英雄者」等詩句的《中國時報》創辦人余紀忠也以九十餘的年壽，於2002年4月病逝。《新聞天地》的另一位創辦人陸鏗先生仍筆耕不輟。大約是1998年台北《財訊》月刊總編輯梁永煌邀約陸鏗至木柵貓空用餐品茗，我與時任《經濟日報》總主筆的盧世祥作陪。陸鏗說，《新聞天地》的黃金時期是1940、50年代。雖然如此，仍有人（如筆者），到了1975年，還是因該刊而強化投入新聞事業的念頭。

我，班上共有四個人參加新聞系與聯合報的建教合作。三位同學實習後，選擇在聯合報服務（胡寶蓮、黃安勝已經離職，黃素娟則是現任聯合報總編輯），但筆者因有意報考研究所，沒有前往，也為此招徠小處罰。

轉進研究所

但研究所有什麼好讀的呢？傳統的新聞學，不再能夠讓人滿足，我也好像沒有充分的正當性足以說服自己，繼續留在這個領域。最後，可能出於膽怯，可能出於時間並不充裕（決定報考研究所時，距離考期僅有半年多），可能也因為當時還是很新鮮的課題，也就是潘家慶老師率先開設的「傳播與國家發展」，提供了讓人還算能夠自圓其說的後盾。總之，我沒有選擇其他學校或學科報考，而是再次投考了政大新聞系，這次的目標是碩士班。

記得美麗島事件發生那年，我讀大三，還在悠哉悠哉地東爬西走。與我同樣住在指南路3段107號、就讀政研所的老山胞鄭曉時，一早跑下小山坡，買回報紙猛看，神情嚴肅。我看在眼裡，但此情此景究竟有些啥意義？我還兀自不解。

大四之後，大學的帶隊登山生涯，跟著暫告一段落。來自馬來西亞、偶爾已在政論雜誌以筆名撰稿的大學同學彭偉文，此時通過介紹我讀雜誌，啟發了我對台灣現實政治的關注與理解，上了研究所後，閱讀習慣持續，最後也循此釐訂了碩士論文的方向。我以郵寄問卷的方式，調查了《中華雜誌》、《八十年代》與《深耕》這三份現在已經停刊的雜誌之讀者，查訪他們的政治參與程度及認同。當時，政治情勢還有些敏感，後兩份雜誌又是反對國民黨甚深的刊物，本所主管曾不經意的提了一下，是否非得做這樣的題目。但總歸只是隨意、不正式地稍微提及，往後再無任何不便，我也順利在1983年完成碩士學業，然後如同所有台灣及齡的不在學男子，進入軍營，服義務役兩年。

柳營沒有笙歌，但亦無煩躁，在屏東龍泉，有的只是隔離後的清淨時空，正好讀書。我無意出國留學、無意攻取博士學位，但又有同學前來相助。服役的第二年，也就是1984年，應黃新華之邀，我也參加了教育部公費留學考試。考上了，那就去罷。

得自英國的學術啟迪

當時，教育部開始鼓勵留歐，名額較多，政大所承襲的、也是國人比較熟悉的美國新聞與傳播學術的主流，在知識上對我所能夠產生的吸引力，並不足夠。這樣，一正一負，脫美入歐，就成為合理的選項。又因受限於語言能力，不去美國，英國就成為比較大的目標。加上，剛好那個時候，新聞系有兩位師長也先後前往英倫，各待了一年，如同開啟了一扇門窗，方當徘徊的人，見有靈光閃爍，也就投懷送抱。

1985年8月，退伍三個月又一天，第一次搭飛機、第一次出國，到了我幾乎是懵懂、一無所知的倫敦。從此至1990年9月，扣除中間返台蒐集資料的半年，總計停留在英國四年多。（後來，1996至1997年間，在政大與國科會補助下，再去了一年。）四年有餘，不短也不長，但個人的生涯，就此進入了特定的軌道。就學術上來說，英國的傳媒研究主流，剛好與美國主流相反（這就是說，學術研究如同階級構成，並不以國界作為分隔。英國的傳媒研究之主流，在美國是異端，英國的邊緣，在美國是主流），頗能吸引人。

英國的主流是傳播政治經濟學及文化研究，美國當時的主流則琵琶別抱，主要是行政研究，後者在有意無意間，為現存的優勢力量，提供服務。英國的二支主流，雖然彼此不免處於「冷戰」，但服膺相同的世界觀。二者的研究優先次序及知識能力，互有差別。前者大多出身社會科學領域，後者則較多來自文學，[2]惟二者仍有共通的地方。雙方的最優秀人馬，都未嘗不盡心盡力，想要為質疑、兔脫、鬆動、挑戰，甚至翻轉資本積累（為了賺錢而賺錢）作為擁有及經營媒介的正當性，有所貢獻。在這個總目標之下，作為「批判」論述一部分的傳播政治經濟學與文化研究，貢獻也許有直接、間接的差別，也許有輕重緩急的爭議，但若有人說，雙方的分野，來自於研究方法的量化與質化之偏

---

2 筆者所就讀的李斯特（Leicester）大學「大眾傳播研究中心」因有高丁（Peter Golding）與梅鐸（Graham Murdock）等人，在1990年以前，經常被舉為傳播政治經濟學的重鎮。伯明罕（Birmingham）大學的「當代文化研究中心」則在侯苟（Richard Hoggart）與霍爾（Stuart Hall）等人至1980年代的經營下，使文化研究普及為很多國家的教學及研究項目。兩個中心都創辦於1966年，至2002年，伯明罕中心裁撤，大傳中心除名，但李斯特大學的傳播教研，從此在碩博士之外，也延伸至大學本科。

向，則這並不是正確的理解方式。這正如同，批判研究與「行政」研究的真正歧異，與其說是前者獨立地尋求執行研究的資金來源，而後者則從政府或業界取得研究資源，不如說區辨二者的最後標準，在於其研究成果，是否提供了、以及提供了多少的另類資料及論述資源，作為更新當道的傳媒介制之用。

但，當然，前段所說是一種後見之明，是有了現在的閱歷之後，提出的總結。彼時，並非如此。我還記得，初抵英國的一段時間，不說這些大分野，對我是天書一般難解，即便表面上一清二楚的概念，無論是「進口替代」、無論是「統治者的主導意識形態」等等，要嘛是上下文看了多次，才能知曉，要嘛是自以為懂，其實是張冠李戴。無論如何，除了第一年因攻讀碩士，必須上課，也就得配合若干進度之外，大多數時間是自己東讀西看，完全依據自己的進度與韻律在閱讀的。

得自英國的政治啟示

英國的讀書生活給我的第二個啟發，來自於寬廣的政治定義，就是說，政治不限於官場，不限於選舉，而在於日常生活，而在於工作場所。1986 年，寒冬大雪紛飛，因保守黨柴契爾政府多年未曾隨通貨膨脹調整薪資，也因其反社會的政策，英國大學教師有了多年來的第一次罷課。

這個時候，來自台灣，從來沒有看過或聽過罷課罷工的經驗，也新婚從台返英的我，不知好歹，消息也不靈通，照舊踏雪而行，準備前往上課。途中遇到了戴上了臂章，擔任警戒成員的梅鐸（Graham Murdock），也是我的指導老師。三言兩語，從梅鐸口中，我才領略到這是怎麼一回事，也有了親身經驗，罷課罷工等等，不再只是抽象的名詞。早於這次的遭遇，1984至1985長達一年的英國煤礦工人大罷工，我不曾親身耳濡目染，但1985年入夏之後的大事，無法讓人忘懷，真正對勞資衝突這麼抽象與遙遠的概念，有了驚悚、怵目驚心，以至於刻骨銘心的掌握。

1985 年，如今是舉世聞名、最近（2003年4月9日）購買了美國最大衛星電視直播公司（DirecTV）34%股份的梅鐸（Rupert Murdoch），演出了一齣正港的勞資鬥爭劇碼。發跡於澳洲的梅鐸，彼時的主要事業在英國，但已開始向新大陸進軍。錢怎麼來？就從獲利最豐厚的英國報紙取得。若能好生通過新技術的引進，一來藉此大舉裁員，節約大筆成本，二來對付桀驁不馴的英國報紙

工會，那麼，銀行等金融集團對他必生信心，梅鐸也就不但可從英國事業，抽取資金支援他的全球化志業，他亦可望取得源源不絕的國際資金，挹注其擴大再生產所需的貨幣。

梅鐸非贏不可，於是精心策劃。他在紐約召集律師顧問團，研商怎麼誘發工會先罷工，以便減輕法律責任，然後，他再散布傳言，指在倫敦郊外蓋新廠，是要開辦新的報紙，不是要把在市區的廠房遷移至此。最後，由於英國各個不同的工會很可能相互支援，梅鐸擔心報紙印出之後，無法運出，於是乾脆在澳洲訓練一批卡車運輸幹部，繞過鐵路工會，直接把報紙送出倫敦。這些過程，看在初抵英國的我，可說大開眼界。電視上，印報工廠不但高牆聳立而盤繞鐵絲，又見兄弟為了是否進入新工廠而拉扯，號稱第四權而理當對抗政商權貴的報紙，竟然要騎高大駿馬維護出報秩序的警察，在廠房之外，逡巡一個多月。現實生活裡，報業工人持續了半年，四處散發貼紙，抵制梅鐸旗下四家銷量超過一千萬份的報紙。事件以梅鐸獲勝終結，他的成功，不但意味著一夜之間，五、六千員工遭到解僱，流風所及，其後五年內，英國共有兩萬多印務等工人失去了工作，而記者工會也退卻了，先前他們擁有的團體協約能力，剝離了大半，改由資方主導。

這些，就是我所目睹的英國有史以來，影響最為深遠的媒介勞資衝突事件。受此刺激，我向某印度裔的大學圖書館員求助，請他幫忙找來各報的相關新聞，以便研習。當年，資料庫並不發達，難得他替我盡力搜查，厚厚地給我一大包、可能超過兩、三百頁A4紙張的材料（慚愧的是，搬了幾次家之後，這批彌足珍貴的事件記錄與評論，消失於台北了）。我也寫信給英國的記者工會，尋求他們的分析，亦得到了親切的協助。相比於這二起校園內外的事件，其後我自己也參與了兩次規模較小的示威。一次是全英國大學生麇集首都，反對教育政策，再就是返台前一年，華人因六四而齊聚倫敦的悲憤遊行。

但大小勿論，這些經歷對我是很有啟發的，至少它讓人覺得，文化研究開山鼻祖之一、備受英國知識界景仰而人稱是千萬人父親形象的威廉士（Raymond Williams）所說的「示威就是傳播」（demonstration is communication），實在很有道理。1990 年返台以後，本於這樣的認識，筆者也參與了不少的示威遊行活動，也開始學習克服羞赧，跟著喊喊口號。

在台灣從事學術論述

　　1980年代末，隨媒介自由化（但還不是民主化）而來的台灣傳播學術活動，大有進展。先是政大新聞系由單班改設雙班，原有的廣告─公共關係組，以及廣播電視組也先後擴充為獨立科系，最後三系並組成傳播學院。其他學校的類似過程，稍後也啟動了。在此過程，遠流出版公司「傳播館」的學術譯叢開風氣之先，堂堂問世了。該計畫的促成，應該歸功於陳世敏教授等人，他以功不在我的態度，從1989年起就積極熱情地投入，協調出版人（王榮文）與學人，貢獻良多。那時正好是我在英國的最後一年，遇見這樣的機會，自然就好生把握，譯出了威廉士的經典作品《電視：科技與文化形式》。

　　起初兩、三年，雖然譯酬高於一般水平，願意投入「傳播館」譯述的學院人士，還是比較少。這樣一來，我等於得到了更多的機會，既翻且譯。除了自行迻譯兩篇重要的論文，〈傳播：西方馬克思主義的盲點〉及其批評，我另外趁著任職淡江大學、也是返台的第一年，開譯了其他書籍。父母在我返國之前，幫我在校園旁的水碓仔租了公寓，省去了舟車勞頓，又由於陰錯陽差，致使該年因授課時數不足而薪水遭扣，但卻有了較多餘暇從事翻譯。到了1992年底，除了前引，總計又翻譯且出版了《大眾文化的迷思》、《廣告的符碼：消費社會的商品崇拜及意義的政治經濟學》及《統理 BBC》，並推出了1988年起寫就的長短評論文集兩本，也就是《資訊、錢、權》與《文化、賄賂、脫衣秀：解讀資本主義的傳播符碼》。1992年可說收穫豐盛。此後至2005年，另有《媒介經濟學》、《文化帝國主義》、《電視‧觀眾與文化研究》、《美國與直播衛星：國際太空廣電政治學》、《傳播政治經濟學》（與程宗明合譯）、《資訊社會的理論》、《全球的好萊塢》、《論市場社會主義》，以及與王賀白、王菲菲、林麗雲、唐士哲、羅世宏、魏玓合譯的《問題媒介：21世紀的美國傳媒政治》等九本譯書出版。

　　創作方面，雖有若干受國科會資助的研究成果，還沒有時間正式發表，但大致從1991年以來，平均每年有略多於一篇較長的論文，通過評審而得以在期刊上發表；收為書籍的專章，或未評審即可發表的長篇文章與研討會論文，平均一年是三篇左右。學術論述獨立成書的部分，至今僅有《廣電資本運動的政治經濟學》、《廣告文化》（與孫秀蕙合著）與《新聞學》（與彭家發等人合著）

三本。

　　衍生自「電影消費全球化的政治及文化過程」兩年研究案的成果，也分別寫成了三篇論文：〈反支配：南韓對抗好萊塢壟斷的個案研究，1958-2001〉、〈香港電影工業的中國背景：以台灣為對照〉，以及〈好萊塢與文化創意產業：來自半邊陲台灣的三點反省〉與。筆者希望找出時間，以這些文字為架構，擴充修整為一本專書。

　　最為晚近的兩項研究課題，一個是大陸的媒介，一個則與傳播權（communication rights）有關。1982 年就讀政大新聞所碩士班時，我曾選修潘家慶教授的「大陸傳播制度研究」，到了英國之後，除了看到相關資料就零星蒐集，以及韓國同學金承洙以博士論文（《中國大眾媒介變遷的政治經濟分析》，英文）相贈外，倒是再無接觸。返台後，隨台灣兩大報增闢大陸新聞版，相關的報導多了，我的剪報也跟著累積了一定數量，從1998 年起也開始通過香港，訂購大陸圖書（以傳播為主）。然後，機會又來了。曾在1995年初提醒我準備升等、申請再次出國進修的鄭瑞城教授，這次受人之託，在1999年夏季，邀約了十人左右，分章撰寫論文，其中大陸媒介還沒有合適的人擔綱，於是我自告奮勇。至第二年春，完成了正文三萬餘字、註解近二萬字，篇幅既然嫌長，也就分成兩篇論文，先後在台北與香港發表了〈中國大陸媒介改革及其對台灣的意義〉，以及〈傳播與市場社會主義：中國與西歐媒介的經濟分析〉。2003年則分別寫就了〈真實的烏托邦與兩岸媒介交流〉（蒐錄為書籍的專章後，應體例要求改為〈兩岸交流的「傳播」理念〉），以及〈國家、媒介與中國的「市場社會主義」〉。筆者原準備與來自大陸、香港、加拿大、美國與英國的學人，一同前往義大利參與「入世之後的中國媒介」研討會，發表第二篇論文，但因非典型肺炎SARS肆虐，該會取消了。該文後來在以英文發表於期刊後，歷經一年多的修改與擴充，另以〈中國「市場社會主義」電視媒介之探索〉為題，以中文發表。

　　至於進入「傳播權」領域的探索，可說起於偶然。2002 年暑假期間，我受邀撰寫論文。編輯單位的邀請動機，原希望筆者選擇「新聞自由與國家安全」為題。但幾經考慮，筆者深深覺得，這個課題的討論既多且雜，較難提出新的觀點，於是另作構思，決定配合該刊的人權專輯而以「傳播權」作為撰述的主題，因有〈人權、傳播權、新聞自由〉的完成。

在撰寫已經進入收尾的階段時，我又接獲來自曼谷及倫敦友人[3]的訊息，得知聯合國即將分兩階段舉辦「資訊社會世界高峰會議」（UN World Summit on the Information Society, WSIS）。背景是，聯合國舉辦了多次的高峰會議，其中最為人知的包括了里約熱內盧的地球高峰會議、北京的婦女高峰會議，而WSIS則將分別於2003年12月及2005年12月在日內瓦與突尼斯舉行，它的目標是「就資訊社會的內涵，研議一套共同的願景及了解，並據此起草行動的策略計畫，以求成功地調整至這個新的社會」。

友人並邀請我撰寫台灣近年來的媒介改革經驗，前往泰國參加由倫敦「世界基督教傳播協進會」（World Association for Christian Communication）等等單位資助，而由「亞洲論壇」（Forum Asia）承辦的非政府組織集會，就此課題與來自亞洲十餘國家的社團，進行經驗交流，並學習如何向聯合國前述會議提出市民社會的看法與主張。在曼谷開會時，我意識到了有關「傳播權」的醞釀、提出、建構與擴散，其實有相當長遠的背景，而來自經濟發展階段較低及較高的國家，彼此對於「傳播權」的界定，以及應當在WSIS各種場合提出何種內涵的「傳播權」，有異有同。相異的是，南方國家更重視運用新科技來促進社會的發展，北方國家則對擴大傳媒的公共範疇，以及去除私有化的問題，著力較深。相同的是，參與會議的非政府組織，都提出了「誰的資訊社會？」這樣的問題。他們提出了具有警示意味的宣言：「人們一直在說，資訊社會來了，資訊社會來了。我們得到的許諾是這會是一個依知識為基礎的社會，無論是教育、醫療健康、發展及民主等等更多更多的前景，都會為我們帶來尚難言喻的好處。在重要的核心及林立的鄉村部落之間，網絡形成無縫的天衣，知識從核心到村落，又從村落回饋中心。不過，假使當前的社會趨勢持續不斷，現實可能會很不相同。今日的夢想可能就是明日的夢魘。」

在台灣體會媒介寫作

學術的譯述與創作之外，筆者的幸運也表現在報紙。這是說，我獲得了堪稱豐富的機會，通過報端撰寫（媒介）評論，這個經驗還比學術論述，早了

3　我在Leicester的印度裔學長Pradip Thomas，當時他擔任倫敦「世界基督教傳播協會」（World Association for Christian Communication）執行長，後任教澳洲昆士蘭（Queensland）大學。

一、兩年。1988年，台灣政府不再控制辦報的執照、也不再有報紙版數的限制，新報增加、版面也大舉擴張（不過，到了現在，大部分新報紙又倒閉了，既有的報紙也陷入營運的困境），相應就需要有更多的人，撰寫評論。於是，還在英國之時，我就在《自立早報》副刊編輯顧秀賢的協助下，展開了定期的專欄評論。返台後，除了繼續在自早筆耕，先後也在《中時晚報》、《中國時報》、《聯合報》、《立報》、《新國會》、《今週刊》及香港《明報》得到寫專欄的機會。其中多數在副刊，為期多在一至二年。17年來，這些時論，加上時而來自編輯的邀約、時而自己有話要說、時而配合所屬社團的撰述，大概還沒有一千篇，但超過五百篇應該是有的。到了1998年初春，這些評論的數量，大到可以分類了，於是配合楊淑慧小姐的構想（「台灣解嚴十年，1988-1997」系列文叢），抽離其中合適的部分，結合少量其他作者的文章，集成《大媒介：媒介工業與媒介工人》與《大媒介：媒介社會運動》兩冊，同時於台北出版。

西方討論學院與媒介關係的論述，多彩多姿。2002 年初辭世的法國學者布迪厄（P. Bourdieu）可說老而彌堅。走出人生舞台的前幾年，他既撰述又四處講演，反對新古典自由主義經濟學的教條，不遺餘力。布迪厄早年寫就的《學術人》（*Homo Academics*）一書，更顯示他的相關論述也是個中翹楚。他說，教授的路途漫長，耐心不足或擔心投資過長的學院工作者，經常另生動機，想要更快地建立知名度，於是走向新聞事業，尤其是「文化新聞評論」更不失為「一條出路，也是捷逕」。（有人認為，當前的《二十一世紀經濟導報》，而特別是早年的《信報》，是可能與香港的張五常教授，有此關係。）雖然這種遵循媒介的邏輯，於理較難得到學院的承認，但媒介亦有因本身的需要，以致願意哄抬特定的教授。這就產生了雙方相互抬舉的互惠過程。布迪厄說，若是如此，雙方就可能因為「相互利用，致使彼此之間的相互輕蔑，也就不容易避免」。

另一方面，親合於新古典經濟學的法律經濟學家、在大陸聲名業已鵲起，並有多本中譯作品出版的波斯納（Richard A. Posner）則認定公共知識份子（他們發聲的管道之一，就是在報章雜誌發表論述）早就式微了。2002年，他的新作雖然以《公共知識份子》（本書海峽兩岸先後都推出了譯本）為名，其實是刻意貶低公共知識份子。有篇書評，發表於財經為主、但實屬綜合性質的英語週刊。它說，波斯納以先入為主、偏見充斥的筆調，使得只有與他相同，都是

功利傾向的知識份子，才能不受其嘲弄，此外，幾乎無人能夠免脫其掃射之列。

在這兩類說法之外，哲學家羅狄（Richard Rorty）提出了務實的批判路線。他似乎有個企圖，想要藉此召喚棲身學院與媒介當中，具有進步意識及能力的知識份子，攜手合作。他的想像案例是，1980年代爆發的美國S&L 金融風暴。他說：

> 權且這麼設想，幾百位義憤填膺的經濟系與銀行系教授，早在1984 年《新聞週刊》的評論指出「成群結隊的人，正以聯邦政府作保的金錢，作為賭博川資」的時候，就與另外數百位駭異莫名的商事法教授合作共謀。權且設想，他們每人捐五十元，出錢買下《華盛頓郵報》數版廣告，交代這整場賭局的某些細節，以此支持並呼應《新聞週刊》的評論，說明這最後「可能耗去納稅人幾千幾百億美元」。權且設想，這些教授事先就承諾，願意作為《新聞週刊》的智庫，經常無償提供資料與觀點，而條件則是《新聞週刊》發動一場系統化的運動——每週都即時報導正在惹禍的銀行之動靜，指派許多記者逐日向主管機構施加壓力，則事情將大有不同。

顯然，若是可以選擇，第三種情況最能符合社會的需要，但這也是難題及弔詭之處：社會最需要，實況卻剛好相反，至少第一或第二種情況，比第三種情況，還要頻繁出現。比如，S&L 金融風暴以後，《新聞週刊》說，「不要期望媒介在下次大危機時，帶頭示警……選民有他們的責任。媒介只能領馬至水邊，馬還得決定是否飲水」。對於這個說法，羅狄雖然扼腕「我們這些教授們……不認為我們有些什麼責任……」，他也同樣「難以置信美國記者居然會如此認定」。對於美國的自由主義派刊物，不去強調耙糞、調查報告，卻只流於說自己已無能為力，他深表不滿。造成這個奇異景觀的原因，一方面，這是社會分權之後，事有必然的現象，若是這樣理解，那麼，媒介與學院相互需要卻也相互牽制，倒也不能說是異象。另一方面，如同《四種報業理論》所說，這也可能是根源於經濟自由主義哲學的媒介，由於受制於財團勢力，又秉持了特定的新聞價值觀，強調競爭與衝突而非協調與合作、強調時效與負面報導，

於是人的「消費」身分臃腫，相形之下，人成為「公民」的條件及能力得到的涵養機會少了許多，因此才出現了這種特定的媒介景觀。

可能是因為自己曾經想要擔任記者，後來卻廁身學院，加上筆者也有在報端撰述的經驗，於是對這類課題，特別感到興趣。返台工作的前六年，我兩度以此為題，向國科會申請經費，探索學院及媒介知識份子的問題。但至今這份報告僅有局部材料收為書籍的章節，但還有另一部分的材料及觀點，還沒有正式發表。想到這裡，不免覺得當年受獎有愧，也覺得理當儘速改寫、更新與擴充，一來以贖前愆，二來將研究所得，與社會分享，接受批評，以求能夠讓第三種，也是羅狄所期待的媒介與學院的關係，得到更多的表現空間、得以更快地往下扎根。

施蘭姆（Wilbur Schramm）稱之為美國主流傳播研究陣營的四大祖師之一，也是政治學者拉斯威爾（Harold D. Lasswell）所曾提示的著名公式，可以拿來作為檢驗傳播研究的量尺：「誰」通過什麼管道（媒介）向誰說了什麼，產生了什麼效果（功能）。依此檢視，有關「誰」，也就是媒介內容的生產者，歷來較少有人探究。筆者對記者與學者的問津，對此闕漏，略有盡意。此外，過去幾年來，有關這個公式當中的「誰」及其意義之查訪及研究，我還執行了三項：傳播教育目標之一，是否應該是要用來提振媒介從業人員的工會意識及結社能力，這些意識與能力又如何將專業的意識與能力，包括進來。其次，台灣的媒介工會組織，自1988 年以來才陸續成立，其中最有規模的當屬《中國時報》及《聯合報》產業工會，他們的勞工意識，具備了哪些內涵，他們怎麼看待勞資關係、勞工分合、新科技與逐利的競爭機制。最後，1950 年代以來，台灣的勞工新聞，可以怎麼分析與評估，其數量及品質的表現良窳，受到哪些因素的影響，若要改進，是否有哪些原則可供遵循等等。

在台灣參與媒介改革

從日本殖民統治到國民黨來台，歷經武裝抗暴與遭殘酷鎮壓，1895 年以來的很長一段時間，政治對於很多台灣人說，是一個恐怖的禁忌。在長期壓抑之下，社會上好像就存在著一股遠離政治的冷感氛圍，追求經濟的成長於是就成為僅存的，或至少是最具有吸引力的集體發洩管道。

在此格局底下，如同前面已經提及，雖然從大四起，我已因社會客觀條件

的變化，略微受了洗禮及啟蒙，但真正對政治認識的深化，一直要到了海外，才有更多孕育及發展的空間。從1988年底開始，顧秀賢幾乎是每個星期就航空寄來報章雜誌的集錦，這些材料加上我個人訂閱的一些刊物，以及黨國辦的《中央日報》等等，無一不在襄助我從不同角度，觀察與體會台灣的脈動。有了這些心理上的暖身，以及知識上的準備，1990年9月回返台北後，我就能夠很快地尾隨各路朋友，旁觀了、見證了、參與了正在進入激烈變革門檻的台灣媒介。

我們同時面臨兩個難題：怎麼防範海內外私人資金的寡占、壟斷媒介，怎麼防範國家以不正當的手段干擾與侵犯言論及新聞的表現。如果套用王紹光1990年發表的一篇論文，我們也許可以說，這兩個難題其實也就是一個問題，這是怎麼「建立一個強有力的民主國家」的問題，怎麼通過社會的渠道，發掘、鼓動、展現及組織民眾及媒介從業人員的要求，責成台灣的政府，提出社會所需的、有效的傳播政策，導引媒介走向「公共領域」的實踐。

從1992年起，除了市場環境變化而「自然」發生的媒介榮枯起伏之外，台灣出現了許多由民眾及記者主導的媒介改革活動。其中，退報運動、九〇一記者節為了新聞自主而走的遊行、地下電台及電波開放運動，以及三退運動等，筆者大致是觀察者，或是以論述為其助陣及提出批評。

真正起自論述，然後應和朋友的邀約，最後再擔任共同發起人，與人協作而發起改革者，都是環繞公共電視（集團）而運轉。這是我入學院營生之後，參與最久的媒介改造活動，從1991年起至今，歷經14年餘，還沒有停止。

我的博士論文完成於1990年，題目是《想像資訊社會：台灣的例子》。但回到台灣後，現實的運轉比人強，立刻把我逼向了與該論文無關的電視改革活動。當時，飽受私有化、商業化與黨政化之害的台灣，開始了建立「公共電視」的立法工作。公視建台的過程，引發很多的關注。我自己要到了1991年7月，這才與陳光興、郭力昕在淡水協商，然後就公視法草案交換意見後，分頭參加公聽會，也在報端撰文，評論草案的是非。到了1992年，政大傳播學院十八位專任教師聯名發表了〈一封公開信：我們期望公視實至名歸〉，筆者自然不肯缺席，而該信件也引起了許多報紙的注意。稍後則有許多學校的傳播科系學生，組成了「學生公視立法觀察團」。1993年6月另有一百多位台北藝文及學界人士擴大運作，組織了社團，再對政府施壓。1996年秋季又有「公共媒

介催生聯盟」的組成。除了後者成立時，筆者因第二度前往英國（待了將近一年）而無緣加入，其餘則大致都積極參與，並串連了這些活動。最後，公共電視法於1997年通過，並在次年開播，但政府的年度預算僅12億台幣，並已遞減至2002年的下限9億了。

到了2000年，筆者參與了由學界、學生及記者共同發動的「無線電視民主化聯盟」（無盟）的成軍，它的訴求是要擴大前舉公視的規模，把政府還持有多數股份的台灣電視公司及中華電視公司，全部變成公產權，但仍依賴廣告，然後分階段合併於公視，成為台灣的公集團電視之不同頻道。

無盟成軍之前，已有主要成員在1999年夏季接受邀請，以四個月時間，完成《公民社會的傳播媒介政策藍圖》的撰寫。次年，陳水扁當選總統，我們對外提出了訴求，表示「反對徹底私有化、台視華視公共化、中視民視專業化、無線電視民主化」，對內則自我惕勵，自期以「運動是生活‧運動是健康‧運動是趣味‧運動是知識」的態度，凝聚及延續內部的動能。

從2000年4月至2002年10月10日發表譴責聲明之前，我們平均四至六個星期就開會一次，報告近況、研判走向與商量策略，每次參與人數約在十人左右，平日則通過電郵聯繫。我們也分頭拜會相關電視台、遊說政治人物、撰寫報告（其酬勞及若干親友及成員本身的捐贈則是無盟運作經費的來源）、舉辦校園座談、參加電台節目、在報章撰文、舉辦記者會、參與傳播學生鬥陣、高雄傳播學院、各政黨的座談。我們還推出了許多出版品，其中最有意義的一份是《電視改革‧針鋒相對？》這本文章集。它通過募款助印的方式（個人一百元、團體則是五百元台幣以上），爭取較多的社會參與，總計有來自海內外近五百人的支持。書成之後，一千五百本也很快就完成分送，助印者之外，台灣各大學及縣市圖書館，也都寄送以利流通。

無盟所訴求的公集團電視，是否能夠成功？我們不樂觀也不悲觀，而是繼續尋求與營造使其實現的條件，並且，既然台灣的媒介改革不可能僅停留在這個層次，無盟為了擴大結盟的對象，已經刻意先行解散而後重組，並偶然地已在具有象徵意義的五月四日（2003年），更新結合為「媒介改造學社」。同樣的，筆者也沒有袖手旁觀的道理，雖然能夠扮演什麼角色，仍然有待學習及調整，而電視在內的媒介改革活動，會導向何等光景，同樣還待爭取。

研究中國傳媒之旅[*]

1982或83年，我選修潘家慶老師開設的新課程，名稱大約是「中國大陸傳播制度」。那個時候，台灣的新聞傳播與人文社會研究，以及政治環境的特徵，迥異於今。

一是傳統的新聞文史研究已經只是點綴的味道居多，經過十多年的引入與推廣，美國的主流傳播研究，也就是總稱為傳播效果研究者，最慢從1970年代中後期起，業已成為台灣傳播界的大宗；歐洲（其實是英國）的傳播政治經濟學或文化研究，或是傳媒的批判理論，都在門外很遠很遠。曾經在西方熱鬧一陣子的「傳播與（國家）發展」典範在潮流末梢，則隨著潘老師的開設，已經進入台灣，選修的人數約有十位，而修習中國傳媒的同學，包括我大概是三或四人。再者，雖然有兩岸關係與冷戰背景的限制，台灣的知識傳播寬容度已在增加。一方面，學界還是尾隨戰後的跟風，此時是英美的韋伯（Max Weber）熱崛起，大堆原文書一本又一本地在台翻印與流通。另一方面，歷來列為禁區的（西方）馬克斯主義以及中國文人如魯迅等等的著作，卻開始相對大量地在台出現或重新引發效應，反映人心的思變。在許多大學附近，經常可以看到流動書販，載著這類圖書四處擺攤，滿足不少學子的求知欲。當然，有關中國的想像主要還是籠罩在官方的架構之內，其間，一些傷痕文學小說與台灣據此而拍攝的電影（如《假如我是真的》、《苦戀》等等）也在坊間露臉。

1985年我服完兩年兵役後，初次遠渡重洋，來到了仲夏的英格蘭。人沒停穩，很快就在研究中心遇見目前在首爾任教的金承洙，他略識漢文，雖然不解聽講。隔沒多久，又在讀報室看到大件來自北京的行李，很是好奇與興奮，這是我第一次看到來自中國大陸的物品，後來知道這是明安香教授的。翌年元月，明教授送我一本《北京讀者聽眾觀眾調查》（北京新聞學會調查組編，1985）。1987年7月，金完成博士論文，《當代中國的傳播產業：毛主義與市場之間》（*The Communication Industries in Modern China: between Maoism and the market*），自然我也獲贈一份。1991年初，返台工作不到半年，與明先生同時赴英的翟明國教授寄給我《《渴望》衝擊波》（楊文勇、解璽璋編，1991）、張

---

[*] 王怡紅教授邀請，以〈研究中國傳媒之旅〉收於王怡紅、胡翼青（編2010），《中國傳播學三十年》，頁550-556。北京：中國大百科全書。

力奮則寄贈《疲軟的輿論監督》（侯軍，1989）在內的套書。

　　以後見之明看來，大概是這些時代氛圍、課程、圖書與際遇，加上留學五年期間通過香港雜誌的訂閱及大陸朋友的刊物流傳，開啟或延伸了我的興趣及意向。眾多在前向人招手、引人進入的研讀空間與領域，或許在彼時就預留了中國傳媒的位置。不過，這個階段的我，主要還是忙碌於教研與翻譯，以及投入台灣傳媒與社會事務的論述及參與，因此，1993年第一次較大規模的兩岸三地華人傳播研討會在台灣桃園過境旅館舉行時，我雖草就一文、應卯參與（〈從報業自動化反省傳播教育〉），但在會場停留數小時後，隨即匆忙北返，對於會務的活動，得知於報端者，還多於當場的見聞。那段時間，台媒的廣播電視還有限制，但「違法」的有線電視如同地虎，早已到處流竄；不申請就逕自升空的「地下」「民主」收音機廣播電台也是漫天飛舞。平面傳媒方面，位居主流的報紙，限制解除，申請執照易如反掌、增加多少版數悉聽尊便、印刷地點完全自主，只要「有錢」，萬事大吉。公益人士固然不甘雌伏，此起彼落地撲向政府，要求解禁，殊不知這也是大資本信心飽滿、躍躍欲試而在後收割的年代，兩大報系對中國傳播市場的憧憬及美麗的想像，正是這個情勢的反映，於是，有關陸媒的報導材料不算少，從中（尤其是《中國時報》與《聯合報》）我積累了不少的剪報，至1999年夏參加鄭瑞城教授籌組的研討會前夕，大約有一千五百至兩千則新聞或評論可供差遣。

　　這些素材、1998年起通過香港購買的簡字圖書，加上政大搜藏的材料，就是我在2000年6與7月，先後在台北與香港發表〈中國大陸媒介改革及其對台灣的意義〉，以及〈傳播與市場社會主義：中國與西歐媒介的經濟分析〉兩篇部分內容重疊的論文之基礎。再過一年半，也就是2002年1月，初履大陸的我在上海、南京、蘇州與杭州轉了一圈，未讀萬卷書、未行萬里路，卻很幸運得到朋友的幫助，讓我得以在四地校園與同行有了第一次接觸與請益，其間讓人羞赧、不知所云的場合，記憶鮮明。其後至今，或是國科會的研究案，或是相關單位的邀訪與會，每一年我大約有兩次機會來到神州，並曾順道旅遊兩、三回，當然也抓緊時機，有山就爬，可惜只走上了嶗山、泰山、武當山與華山，路途稍短的香山，以及無須攀爬因此不算山的井岡山。

　　從2002年至今，每到大陸通都大邑，必定向書肆報到，在台則逐周或逐月「逡巡」眾多台北簡字圖書店家，經過這些巡禮獵獲，以及大陸朋友的雅意饋

贈，手中有關大陸傳播與媒介的資料積累了相當的數量，於是，我的研究題材很自然地衍生增長，蔓生到了中國傳播研究這塊領域。這段期間撰寫或翻譯，並在台北發表的相關及局部重複的文字，扣除報章雜誌的短文不計，2003年有〈兩岸關係中的傳播理念〉、〈香港電影工業的中國背景：以台灣為對照〉，接下來是〈中國「市場社會主義」電視媒介的分析〉（2004）、《論市場社會主義》（2005譯）、〈大陸傳媒何去何從？〉（編輯所下標題，2006）、〈台灣傳媒及其政策變遷20年：以中國為背景與想像〉（2007），2008年發表的比較多，先後有〈《論市場社會主義》、中國與傳媒〉、〈考察中國輿論監督的論說與實踐，1987-2007〉、〈「誰雇用誰？」：讀曹天予的勞動產權說〉、〈取而代之？中國傳媒的未來〉，並撰寫中國傳媒特性及其節目與廣告規範的報告書，今年則是〈兩岸新聞傳播交流的回顧〉。

　　這些數量不多的文章，究竟與中國（的傳播研究）有什麼關係？中國社科院文學所的賀照田先生說，海外人談中國革命與社會主義實踐的態度，似有三種典型。一是共產主義實驗在1980年代末以來業已證明失敗，中國已然放棄社會主義道路。二是青年時代受到中國革命感召而至今仍關心中國，於是「不自覺地希望聽到關於中國……社會主義實踐的肯定」言論。三是從「肯定」中國革命與社會主義的談法之中，更能「有利於把他們所處的社會制度、觀念邏輯相對化」，進而「方便他們對所處社會批判工作的展開」。如果依照賀照田的分類，我是哪一種呢？在三種之內，還是第四種？

　　賀先生在分類的時候，特意提出一個「不能算過分之求」，有待於局外人。他希望，外人在沒有「中國內部歷史困厄、歷史情勢所引發的強烈情緒影響」之下，應該先去「意識、體會、進入、理解（那些不能納入既有解釋系統而又屬於）中國的深層困惑與苦惱」。這是一個真誠的籲請，確實也很緊要，但我能做到嗎？特別是前面提及的這些文章，出現許多大字眼，顯然還在「既有解釋系統」之中，招搖於題目的標題，致使引起情緒反彈與誤解的機會，多於對某些義理的闡述與表明，也未為可知。語言不一定帶來溝通，很多時候反而是溝通的阻礙，這也很可能。

　　無論是哪一種情況，請容許我將西元2000年完成、迄今僅在香港中大研討會宣讀的第一篇有關大陸傳媒的論文，擇其前言、第一小節與結語放置於

此，[4]以便說明自己的基本想法。

　　宣讀這篇文章時，我心忐忑，畢竟香港的大陸傳媒研究人手多、資源豐富，從事的時間也比較悠久。彼時是否貽笑大方，已成往事，無須追憶。確定的是，因有這次的與會，我得以結識先前曾讀過其文字的大陸同儕，讓我一年多後的第一次大陸訪問，得以順利成行。差不多也是在那個時候，我才從學生口中，得知《文化帝國主義》早在1999年就有了簡體字版，台北的時報文化公司未曾知會譯者。不多久，通過友人的引介，三聯編輯主動洽商《大眾文化的神話》的大陸版事宜，兩三年後問世之時，反而是由我居間為三聯與台北的遠流公司牽線。這兩本書都是我在台灣為教學而做的翻譯，並不知道會對大陸知識界有參考價值。與此對照，更為接近傳播政治經濟學的《媒介、市場與民主》則是我在接觸大陸學界與社會有了一些經驗後，覺得該書不僅對台灣，對於大陸也應該同樣具有理論及現實的意義，於是商請朋友介紹，在台版發行後九個月，另在2008年秋季推世紀集團的版本。

　　《媒介、市場與民主》這本譯作的跋文，[5]其醞釀、準備與完成，歷經很多年，並且也得自於一些機緣，由後者說起。2002年10月我偶然看到校方公文，得知人民大學要舉辦「媒介經濟」會議，剛好我的研究經費可以讓我成行，於是有第一次北京訪問。那個時候，明安香在美國訪問一年，離開英倫多年以後未曾謀面的老翟則在中國科學院地質所，他帶我走了一趟長城，並且熱情地安排我到西安西北大學，結識了王春泉及趙航兩位教授，緣此有了兩年多之後的安排。2005年7月上旬，我偕同家人與陳世敏、臧國仁兩位同仁，結束在廈門的訪學後，隨即離隊獨自來到關中平原，待了將近三個星期。

　　西北大的行程最初訂於1月，因我甫任職行政未久，加上沒有連講八堂課的經驗，是以在我說明後，西北大順延了半年時間，讓我有比較寬裕的功夫，準備講課的題目與內容。在「傳播政治經濟學在美英加及台灣的發展」之後，我的第二講是「政治經濟學與主流經濟學的對話：從Ronald Coase談起」，在此之前，於翻譯《市場社會主義》期間，我寫了短文〈科斯、新制度經濟學與

4　已收於本書頁252-257、297-298，不另重複。

5　馮建三（2007），〈科斯的傳媒論述：與激進的反政府論對話〉。《台灣社會研究季刊》。68期：頁361-392。

市場社會主義）作為前譯作的附錄之一。緊隨前兩篇總論的第三至第八講次，依序是「廣告與傳播」、「公共廣電的理論與實踐」、「電影生產（消費）的新國際分工及其出路探詢」、「勞資及財經新聞及新聞教育」、「網際網路（互聯網）與傳播分享模式」，最後再歸結於「傳播與市場社會主義」。

這八個題目涉及的範疇遠勝於實際的講授內涵，讓人有文勝於質的慚愧，對於在溽暑中延遲返鄉的西北大同學及年輕教師，我心存歉意。先前與往後，在大陸的研討或講授，並沒有超過這些範圍而大致集中在前四講次，仔細回想，察覺自己從中的收穫，遠多於帶給學生的知識或啟發，教學相長、研究與教學均衡發展，真不是一件容易的事。

在這些講次當中，科斯是我唯一直接對話的學人，原因大致有三。首先，基於閱讀大陸社科文獻的認知，我了解到了新制度（新自由主義）經濟學如科斯（Coase, Ronald）在大陸的影響力，而我自己從1990年代中期也時斷時續接觸了若干科斯的斷簡殘篇，感覺在其文字與主張背後，潛藏一些危險，特別是反對公共廣電制度設計的人，很有可能從其（法律）經濟學的所謂產權明晰說，推論出一些不見得合理、很可能造成不良且難以挽回的私有化主張。其次，由於「政治經濟學」在大陸具有特殊的歷史及現實意涵，我想，若能通過政治經濟學與主流經濟學的對話，從中還原或端正前者的某些面貌，同時指出後者可能存在哪些問題，應該很有必要。其中，「公共財」（或譯公共物品，public goods）與「外部性」的討論正好是合適的起點，這兩個重要的概念，主流經濟學必須嚴正以待，二者都是構成市場失靈的固有要素。最後，我搜藏十多年的貝克（Baker, Edwin）教授之論文，在2002年潤飾擴充後已經出版為專書，其論述正是從前述兩大概念出發。貝克持平地從經濟學、憲法學及民主理論闡述傳媒的公共政策，兼及於互聯網，論證在互聯網暢行於世的過程，前書闡述的價值與原理，仍然可以屹立不搖。不過，貝克教授剛好沒有與科斯對話，偏偏經濟學界當中，對傳媒議題有較多長篇撰述的科斯知名於（法律）經濟學的重要原因之一，就在於他對外部性與公共財概念的挑戰。

出於以上的理解，「科斯的傳媒論述：與激進的反政府論對話」這篇跋文之寫作，或許算是早就蓄勢待發，孕育與沉潛多日，只是在等待時機與誘發。給予臨門一腳的是一位年輕朋友的相關寫作，以及2007年7月的南昌傳播學年會，但讓跋文日後成形，比最初版本多了數千字，也讓其思考沒有那麼粗放的

刺激，則是期刊評審、應該是一位經濟學家的批評與建議。

　　最後，尚請容許我節引前述跋文的結語，表達這篇自述對中國學人之論述與政府走向的期待：

> 科斯論述傳媒的論文……先是負面評論或諷刺「時代精神」，不滿它帶來了英國廣電的壟斷與公營體制。其次，科斯嘲訕政府官員與知識份子及傳媒，認定他們如同「理性的」經濟人，工於算計自己的利益，卻要用公共利益裝扮門面。繼之，科斯要開脫而意欲使其「正名」，使其登堂入室於「自由市場」者，依序是言論（傳媒內容）、傳媒（公開付費的）廣告，以及（傳媒不願公開而只私下收費的）payola打歌。
>
> 這樣看來，科斯可以說是一個理想論者，並且老而彌堅，愈加堅持理念，或說，科斯愈老愈激進，一直認定國家（政府）愈小，則市場更能自由。……這裡就進入實然層次的觀照。至今為止，並無市場大國家小的趨勢，真正的情況可能是國家與市場的規模一起「茁壯」，甚至，是一種「強大的國家」壓制了社會的自我保護傾向，所造就的「自由（市場）經濟」。
>
> 假使「稅收」（taxation）可以作為國家規模大小與職能多寡的一個指標，那麼……在1975與2004年的稅收占國民所得之比例……OECD國家是29.7%與35.9%。如果我們認為在這三十年期間，市場在擴大也在走向自由，則國家顯然也是如影隨形，跟著成長。「就歷史的真實圖像來說，所謂的弱政府（weak-government）之自由主義有個黃金時代，是個幻覺。」當然，政府職能擴大並不必然為善，它也經常帶來讓人艱難接受的「服務」。主張極小政府的芝加哥經濟學派另一領航人傅利曼，其貨幣主義固然為1980年代上台的雷根總統奉行，但卻是選擇性地奉行，傅利曼認為美國國防支出應該大幅度削減，惟實況並非如此，雷根同時發展出了凱因斯軍事主義，他大幅度增加武器研發、製造與採買的支出，甚至弄出俗稱星戰的太空防禦計畫。……
>
> 上有（政府）政策下有（市場）對策的情況無所不在，這是事實。政府確實如同市場，經常失靈，但若因政府失靈（包括尋租現象），所以就不要求政府介入，似乎邏輯與實質，都有困難……假使（或者，我們應該說，

既然，）從歷史發展過程來看，假使政府為了自利或利他而大致是在增長，那麼，值得我們（社會）努力的方向，既不是縱容政府繼續介入而不斷失靈，也不是遽自就此要求政府撒手，而是爭取第三種選擇，也就是建構更加有效能，而最好也是民主化的政府。[6]

個人的回顧　社會的軌跡 [*]

受惠國小老師楊武雄的導引而報考「延平中學」初中部，得到張宏昌老師照顧。二十年後從英國完成博士學業，方始聽聞母校曾經孕育的歷史意義；進入大學服務24載，才又得知有人認為，延中校長有弟曾經是台人「最優秀的馬克思主義學者」。行文至此，不免驚訝與惋惜自己的後知後覺。再作回顧，倒也釋懷，畢竟這段個人歷程，正是台灣社會「常態現象」的一環，也是百多年、或至少是二戰以來世界格局的某種折射。就讀高一時，政治要人辭世成為最後一個動因，促我選擇文科而不入理工，復因不經意之間，瀏覽了大學科系介紹而相中新聞，其後就是一年多的「情人眼裡出西施」，通過訂閱香港在台發行的刊物與文集，想要擔任記者的念頭漸次增強，持續至大一結束。兩年兵役期間幸運取得公費留學英國的機會，從此轉軌，沒有服務媒介而廁身學院，未料倏忽已到回顧的時刻，試將過往研究的主題分作五類。

首先是政大碩士論文《政論雜誌讀者型態的比較分析》，這是學術生涯至今，我所從事的唯一調查，其後最多就是對特定對象的訪談。念此，不無愧意。畢竟，發現與更新社會必須要有質佳量足的調查，但我對此並無貢獻。當年的政論雜誌在台灣是邊緣媒介，如今我對華人及其他社會的另類傳播現象，還是關注，略有舊情綿綿的樣子。

其次，由於返台之後，電視與各種傳媒的興革如火如荼，我的教學與研究順勢轉動，博士論文《想像資訊社會》的方向暫告束諸高閣，及至迻譯《資訊

6　同前註，頁385-386。

[*]　黃艾博士、殷琦博士邀稿，以「馮建三」收於中國社會科學院新聞與傳播研究所（編2016），《中國新聞傳播學年鑑》，頁706-707。北京：中國社會科學出版社。

社會理論》、《誤解網際網路》與研究「傳播權」之時，才告重啟前緣。

接下來是研究學院與媒介知識份子（報社記者），英美影視工作者。既已接觸英倫，不能不儘量連帶注意歐洲聯盟及歐洲國家的動態，特別集中於報業補貼，以及英法電影與電視產業的歷史與政策變革及延續。順此就是「比較研究」作為第四個核心，南韓、新加坡、馬來西亞、美利堅等國的材料也紛至沓來，進入我的眼簾與腦海，特別是中國大陸以「社會主義市場經濟」為念的說法，敦促我翻譯了《論市場社會主義》並且思考若將這個理論付諸實踐，文化事業（本世紀以來，很多人另稱之為「文化創意產業」）的產權與市場結構，理當要有哪些面貌；此時，消極與積極自由會有哪些連帶。

人類的未來無人能不心繫、禮運大同篇的境界在前招手，那麼，社會主義與資本主義的區辨是否還能存在、有無意義及其前景明暗的探討，必然是重要的求知與澄清主題。1989年，偶然讀報而開啟對古巴的認識與間歇閱讀。本世紀以來，起自委內瑞拉，拉美氣象煥然一新，翻轉1973年以來特定經濟思潮與實踐的荼毒，即便近日委內瑞拉、阿根廷與巴西……再生逆境與險象。惟成敗不計一時，長期會見真章，如同美國學運領導人2015年的回憶錄，2016年夏季由我翻譯在台出版的《聽好了，古巴很重要》所說。

第五個主題可以總歸為「政治經濟學」視野（與文化研究）的結合，相關譯著主要是《傳播政治經濟學》與《傳播理論史：回歸勞動》（曾有學人說，該書副標題改為「從勞動開始」更好。這個意見挺有道理），也可包括《大眾文化的迷思》、《電視：科技與文化形式》、《廣告的符碼：消費社會的商品崇拜及意義的政治經濟學》、《文化帝國主義》、《美國與直播衛星：國際太空廣電政治學》、《全球好萊塢》、《文化政策》、《問題媒介：21世紀美國傳播政治》，以及《傳媒、市場與民主》。

來日可能方長，但有些願望，希望在法定退休年限屆滿之前，能夠完成。一是將已經開動，但尚未完成、有關「傳播政治經濟學、媒介經濟學與文化批判」，作一稍稱完整的充實、整理與出版，包括對文創提出系統的批評，使其對比聯合國教科文組織的文化多樣性公約及相關議題。二是加入政策面向，釐清新科技與傳統傳播形式及內涵的變動。三是以另一種自己界定的方式研究台灣的當代新聞史。四是探索報紙訃聞的歷史與意義。

參考書目

卜大中（2019）。《我的孤狗人生》。台北：允晨文化。

卜睿哲（Richard C. Bush, 2005/林添貴譯，2010）。《台灣的未來》。台北：遠流。

卜睿哲（Richard C. Bush, 2021/周佳欣、劉維人、廖珮杏、盧靜譯，2021）。《艱難的抉擇：台灣對安全與美好生活的追求》。台北：天下文化。

丁玄養（1993）。〈王惕吾為何惹火李登輝？聯合報面臨空前壓力〉，《財訊》，130，1月：251-254。

丁果（2023a）。〈美眾院台海兵推 驚悚陷三戰邊緣 盟邦袖手〉，《亞洲週刊》，5月1日：22-24。

——（2023b）。〈中國介入調停烏戰玄機〉，《亞洲週刊》，5月8日：18-19。

大陸事務暨政策研究基金會編（1992）。《新聞媒體與兩岸交流》。台北：學生書局。

大陸新聞中心（2015）。〈（維穩打壓維權）一夜驚魂……60多名維權律師被捕〉，《聯合報》，7月13日，A6版。

小笠原欣幸（李彥樺譯2021）《台灣總統選舉》。台北：大家。

工商時報社論（2009年6月19日）。〈社論：媒體人應有的氣度與承擔——蔡衍明與中時媒體人的共識〉，《工商時報》，A2版。

中國國務院（廣播電影電視部電影局法規司・國務院法制局教科文衛法規司）編（1997）。《電影管理條例讀本》。北京：新華。

中華民國總統府（1999年7月9日）。〈總統接受德國之聲專訪〉，https://www.president.gov.tw/NEWS/5749（上網日期，2018年8月9日）。

中華民國國家通訊傳播委員會（2009年5月27日）。〈「中國電視事業股份有限公司申請董事長、常務董事、董事、監察人及總經理變更案」暨「中天電視事業股份有限公司申請董事長、董事及監察人變更案」說明書〉，http://www.ncc.gov.tw/ chinese/files/09061/1696_090617_1.doc

——（2012 年7月30 日）。〈NCC 附附款通過英屬維京群島商Pure Investment Global Corp. 申請經由旺中寬頻媒體股份有限公司以多層次方式間接投資吉隆等11 家有線電視案，申請人須完成NCC所列停止條件並函報認可後，許可始生效力- 歷史資料〉（NCC 新聞稿），http://www.ncc.gov.tw/chinese/news_detail.aspx?site_content_sn=8&is_history=1&pages=18&sn_f=25659（上網日期：2015年3月11日）。

──（2013年2月20日）。〈廣播電視壟斷防制與多元維護法草案總說明〉。（該版本在2013年4月10日送行政院後已大幅改寫，這些措辭無復存在）。

中華民國廣告年鑑編纂委員會（1998）。《中華民國廣告年鑑，1997-1998》。台北市廣告代理商業同業公會。

──（2007）。《中華民國廣告年鑑，2006-2007》。台北市廣告代理商業同業公會。

──（2014）。《中華民國廣告年鑑，2013-2014》。台北市廣告代理商業同業公會。

──（2015）。《中華民國廣告年鑑，2013-2014》。台北市廣告代理商業同業公會。

中國時報（1992年11月5日）。〈鄧小平：統一後聯邦或邦聯可研究〉，《中國時報》，第1版。

──（1998年4月28日）。〈痛心疾首：關掉電視才能救孩子〉，《中國時報》，38版。

──（2009年6月19日）。〈社論：蔡衍明與中時媒體人的共識〉，《中國時報》，A27版。

──（2013年3月27日）。〈旺旺中時集團聲明：馬政府「有法無天」我們不願意再被羞辱〉，《中國時報》，A3版。

──（2013年9月1日a）。〈旺旺中時媒體集團《大學院校反媒體壟斷法辯論賽》〉，《中國時報》，A10版。

──（2013年9月1日b）。〈社論：媒金分離 反媒體壟斷才能成〉，《中國時報》，A15版。

中國時報社論（2015年8月17日）。〈新舊「合中」世代結合有緊迫性〉，《中國時報》，第A13版。

中國政法大學（2015年8月27日）。〈「葉啟政先生社會學文庫」落戶法大〉，中國法政大學法大新聞網，http://news.cupl.edu.cn/info/1016/2913.htm

中美共同防禦條約（2019年12月15日）。《維基百科》，https://zh.wikipedia.org/wiki/中美共同防禦條約

中央日報大陸組（2001年3月5日）。〈人大今開議 十五計畫重頭戲 爭取民進黨非獨力量 朱鎔基兩岸報告將有新解 人大發言人稱不贊成邦聯制〉，《中央日報》，第9版。

中央日報社論（2001年1月5日）。〈邦聯制 兩岸和平大戰略〉，《中央日報》，第2版。

──（2001年7月26日）。〈邦聯：民主政黨的民主決策〉，《中央日報》，第2版。

中央社（2000年3月11日）。〈唐樹備：兩岸回到九二共識 兩會即可恢復協商〉，《中央日報》，第3版。

──（2001年7月16日）。〈張顯超：邦聯 國家戰略新觀念 國民黨提出主張 是負責的態度 創造兩岸緩衝空間〉，《中央日報》，第3版。

──（2022）。〈4年扳不倒政府 瓜伊多遭委內瑞拉反對派自家罷黜〉，12月31日，https://www.cna.com.tw/news/aopl/202212310051.aspx

天下雜誌編輯部（1987）。〈王惕吾：辦報企業家〉，《天下雜誌》87（11月號）：24-25。

仇佩芬（2001年1月5日a）。〈朱鳳芝轉述孫亞夫意見 統一過程 可接受邦聯 大陸態度出現微

護照〉,《聯合報》,第A4版。

王炯華(2001年7月25日)。〈宣導強化共識 邦聯暫不納入國民黨政綱 16全修正草案會 審慎討論 建議成立專案 小組續推動主張 爭取民意更大理解、認同與支持 今呈報中常會決定〉,《中央日報》,第1版。

王紹平(2014年5月29日)。〈大一中 獨台暗度台獨〉,《中國時報》,第A18版。

王雪美(2000年4月18日)。〈國民黨大老 痛批改造「鬼混」(中評委主席團座談 王作榮指「照現在李登輝的路走 根本沒希望」孫運璿籲考慮邦聯制 不要再談兩國論)〉,《聯合報》,第A4版。

王惠民(1998年8月3日)。〈從獨立公投轉向統一公投 國策顧問、聯電集團董事長曹興誠預測重大政治議題趨勢〉,《聯合報》,第4版。

王景弘(2004)。《慣看秋月春風:一個台灣記者的回顧》。台北:前衛。

王超華(2013)。〈從更新台灣想像出發?讀吳介民《第三種中國想像》〉,《思想》,24:269-291。

王玉燕、賀靜萍(2000年5月20日)。〈扁迴避一中 對岸擬訂聲明續文攻〉,《聯合報》,第2版。

王玉燕、賀靜萍(2000年5月21日)。〈迴避一個中國原則 缺乏和解誠意〉,《聯合報》,第13版。

王銘義(2014年2月19日)。〈連戰提中華民國 習認為可談〉,《中國時報》,第A13版。

王銘義(2016)。《波濤滾滾:1986-2015兩岸談判30年關鍵秘辛》。台北:時報文化。

王立德、林巧雁(2013年12月20日)。〈難忘媒體 蔡明忠傳投資《風傳媒》〉,《蘋果日報》,B3版。

王茂臻(2012年11月11日)。〈王文淵證實要買壹傳媒「大陸應會歡迎」〉,《聯合報》,A1版。

王蕙文(2014年12月20日)。〈韓統合進步黨 遭憲法法院裁定解散〉,http://news. pts.org.tw/detail.php?NEENO=286435

王顥中(2014)。〈工時長 壓力大 病一堆「媒勞權」調查:記者沒勞權〉,10月26日,http://www.coolloud.org.tw/node/80547

王賀白(2014)。〈從鄉村、城市、帝國到網際網路 一種文化研究觀點的「空間變遷」探討〉,《通識教育與多元文化學報》,4:1-24。

王怡文(2020)。〈蔣介石的險棋《光計畫》70年後被起底……〉,12月9日,https://www.storm.mg/article/3282376

王信賢(2022)。〈鑲嵌在中國兩個大局的兩岸關係:習近平時期中共對台政策解析〉,收於吳玉山等人(2022)。《一個人或一個時代:習近平執政十週年的檢視》,頁333-360。台北:五南。

妙變化 相信提出邦聯是基於善意 可以討論〉，《聯合報》，第A1版。

——（2001b年1月5日b）。〈邦聯構想 錢其琛：不分裂 什麼都可談（賈慶國指邦聯可視為統一過程 且兩岸若統一在邦聯下 將只是形式的統一 而非主權的統一）〉，《聯合報》，A2版。

今週刊（2008年9月1日）。〈稅改廣告 黎智英是幕後金主之一〉，《今週刊》，610：30。

公共電視（2010）。〈2010年第一至第四季收視季報〉，http://info.pts.org.tw/open/prg.html

——（2013）。〈2013年第一至第四季收視季報〉，http://info.pts.org.tw/open/prg.html

——（2014）。〈2014年第一至第四季收視季報〉，http://info.pts.org.tw/open/prg. html

反思會議工作小組（2005編）。《全球化與知識生產：反思台灣學術評鑑》。台北：唐山。

反媒體巨獸行動資料庫。https://sites.google.com/site/occupyncc/（上網日期：2016年1月1日）。

文化部（2012）。《2010 影視產業趨勢研究調查報告：影視及廣播業》。台灣經濟研究院執行。

——（2014）。《2012 影視產業趨勢研究調查報告：影視及廣播業》。台灣經濟研究院執行。

——（2016）。《2014 影視產業趨勢研究調查報告：影視及廣播業》。台灣經濟研究院執行。

文建會（2009）。〈創意台灣：Creative Taiwan文化創意產業發展方案行動計畫98-102年〉（PPT）。報告機關：經濟部、新聞局，教育部與文建會主辦，5 月14 日，http://www.newtalk.tw/news_read.php?oid=28917（已從網站移除）。

尹鴻（1999a）。〈國際化語境中的中國大陸電影〉，收於葉月瑜、卓伯棠、吳昊《三地傳奇：華語電影二十年》，頁 210-232。台北：國家電影資料館。

尹鴻（1999b）。〈1998中國電影備忘〉，《當代電影》，No. 1(21-30).

尹乃菁（2000年7月6日）。〈國民黨痛批唐飛兩岸發言 唐今續赴立院備詢〉，《中國時報》，第4版。

尹章義（2006）。〈日本人屠殺了多少無辜的台灣人？〉，《歷史月刊》，226：48-60。

毛羽（1999）。〈尋求振興中國電影市場的艱難之路：1993年以來電影行業機制改革概況〉，《電影藝術》，1月：29-33。

毛慶生、朱敬一、林全、許松根、陳昭南、陳添枝、黃朝熙（2004）。《經濟學》。台北：華泰。

方天賜（2023）。〈520 蔡政府執政7周年 新南向績效 貿易差額說真話〉，《聯合報》，5月20日，A12版。

方君竹（2023）。〈認真問：小粉紅喊「早上出兵中午統一」！〉，3月23日，https://www.youtube.com/watch?v=FioYZ7qDf08，王信賢部分見13分20秒至14分20秒。

王光慈（2011年4月14日）。〈用思想影響政策，用政策造福國家 在美數十年 堅持中華民國

org.tw/sites/default/files/com-idea_0.pdf

本報（1975年9月24日）。〈「台灣問題」根本不存在（蔣院長嚴正表示：台灣屬於中華民國，絕不容置疑；我決為三民主義統一中國而努力奮鬥。）〉，《中國時報》，第1版。

本報（1979年12月11日）。〈建設台灣‧光復大陸 以三民主義統一中國（孫院長揭示施政方向和總目標 弘揚憲政 推動國家建設 堅守民主陣容維護公理 堅持反共國策消除共匪）〉，《中國時報》，第2版。

本報（1989年7月25日）。〈FAPA認台灣宜獨立〉，《自由時報》，第2版。

本報選舉新聞中心政見分析小組（1989）。〈台獨理論面面觀〉，《聯合報》，11月22日，3版。

本報（2000年4月22日）。〈邦聯制 成員擁有獨立主權（公民不具共同國籍隨時可能解構）〉，《自由時報》，第A2版。

本報系專用華盛頓郵報（2000年5月21日）。〈扁向中共表達了善意〉，《聯合報》，第11版。

民主進步黨（1995）。《給台灣一個機會：民進黨1995/96 競選綱領》。台北：前衛出版社。

——（1998年7月1日）。〈民主進步黨於柯江會談後的聲明〉，民主進步黨第七屆第74次中常會新聞稿，https://www.dpp.org.tw/media/contents/3871（上網日期：2019年12月15日）。

——（2011）。《廣電政策白皮書》，http://www.southnews.com.tw/newspaper/00/ 0424. htm

主筆室（2023）。〈風評：孫曉雅肯定「疑美」，民進黨誤拍馬腿〉，https://www.storm.mg/article/4767766?mode=whole

古明君（2019）。〈作為中共發揮海外影響力工具的媽祖文化〉，《中國大陸研究》，62（4）：103-132。

史明（2013a）。《口述史橫過山刀：1950-1974》。台北：行人。

——（2013b）《陸上行舟：1975-2010》。台北：行人。

弗林（2021）。〈面對中國模式競爭 皮凱蒂倡議新式的民主和參與性社會主義〉，10月7日，https://www.rfi.fr/tw/國際/20210710-面對中國模式競爭-皮凱蒂倡議新式的民主和參與性社會主義

北京大學人文社會科學研究學院（2018年5月26日）。葉啟政，〈實證的「迷思」——重估社會科學經驗研究〉，北京大學人文社會科學研究學院「文研論壇」，http://www.ihss.pku.edu.cn/templates/learning/index.aspx?nodeid=122&page=ContentPage&contentid=1002

本田善彥（2022）。〈安倍意外揭發「賣國政客」臉譜〉，《亞洲週刊》，8月8日：37。

甘惜分（1993）。〈大陸新聞改革呼聲 已成擋不住的潮流〉，《中國時報》，2月20日，11版。

甘為霖（William Campbell, 1903/李雄揮譯，2017）。《荷蘭時代的福爾摩沙》。台北：前衛。

白育綸（2021）。〈獨家／卜睿哲解析兩岸「四套劇本」：中共錯估台灣人對「尊嚴」的渴

王健壯（2023）。〈這場選舉不是民主與專制的抉擇〉，《聯合報》，5月21日，A11版。

王智明、吳永毅、李淑珍、林正慧、林嘉黎、林麗雲、陳光興、陳宜中、陳美霞、陳瑞
　　樺、劉源俊、歐素瑛、錢永祥、鐘秀梅、蘇淑芬（2019）。《從科學月刊、保釣到左翼
　　運動：林孝信的實踐之路》。新北：聯經。

丘宏達（1971）。〈台灣澎湖法律地位問題的研究〉，《東方雜誌》復刊第4卷第12期，收錄
　　於丘宏達（1975）。《關於中國領土的國際法問題論集》，頁1-16。台北：臺灣商務。

——（1976年9月16日）。〈中美關係與所謂「德國模式」〉，《聯合報》，第2版。

——（1991年2月24日）。〈如國家統一綱領意義與影響 政府的大陸政策雖有了準繩，統一
　　大業的推動，還要看中共的回應〉，《聯合報》，第6版。

——（1992年5月31日）。〈北京拒簽停戰協定 意料中事 台北援用德國模式 並非上策〉，《聯
　　合報》，第2版。

——（1992年10月12日）。〈分裂國家模式 中國不適用〉，《聯合報》，第2版。

——（1999年7月13日）。〈特殊的國與國關係與國家統一問題〉，《聯合報》，第15版。

——（1999年9月20日）。〈中共與美找到下台階——論我參與聯國再度受挫〉，《聯合報》，
　　第13版。

——（1999）。〈中國只有在邦聯制下 才能和平統一〉，《中國時報》，2月20日，15版。

——（2000年11月6日）。〈國中有國兩岸統一新模式〉，《聯合報》，第A13版。

——（2000）。〈國中有國兩岸統一新模式〉，《聯合報》，11月6日，13版。

——（2001年8月14日）。〈邦聯制 台灣唯一有利的前途〉，《中國時報》，第A15版。

——（2001）。〈邦聯制 台灣唯一有利的前途〉，《中國時報》，8月14日，15版。

丘采薇（2021）。〈蔡國慶提四個堅持-中華民國與中華人民共和國互不隸屬 全力阻止現狀
　　被片面改變〉，《聯合報》，10月11日，A1版。

丘采薇（2023）。〈蔡總統抵瓜國 「走向世界腳步不會停」瓜總統：台灣是唯一真正的中
　　國〉，《聯合報》，4月2日，A2版。

丘采薇、洪哲政（2022）。〈兵役延1年 94年次起算-蔡總統今親說明 1年後實施 月薪約2萬
　　元〉，《聯合報》，12月27日，A1版。

丘采薇等（2022）。〈陳儀深改口？藍批自毀國史（台灣地位未定論掀波 府：蔡「四個堅持」
　　是主流民意）〉，《聯合報》，2月12日，A7版。

丘采薇等（2021）。〈呂秀蓮：蔡總統是華獨 不是台獨（「維持現狀是迷思」呂指蔡不敢面
　　對問題 徵兵制一定要恢復）〉，《聯合報》，10月22日，A5版。

台灣主權論述論文集編輯小組編（2001）。《台灣主權論述論文集》上下冊。新北：國史館。

台灣媒體觀察教育基金會、媒體改造學社、傳播學生鬥陣（2013 年 5 月 19 日）。〈《廣播電
　　視壟斷防制與多元維護法》草案：我們的共同分析與看法〉，http://www. mediawatch.

多元陳述 不偏重單一說法〉,《自由時報》,第A4版。

行政院(2002年5月31日)。《挑戰2008:國家發展重點計畫》(院臺經字第0910027097號函核定),http://www.teg.org.tw/files/events/2002.05.31.pdf(上網日期:2016年1月1日)。

「我是學生,我反旺中」反媒體巨獸青年聯盟(2012)。11/26「拒黑手、反壟斷,要新聞自由!壹傳媒簽約前夕,占領行政院行動」(臉書活動),https://zh-tw. facebook.com/events/537875882908873/

何振忠(1992年11月5日)。〈兩岸文書查證 協商確定暫停 海基會法律處長許惠佑等將於今午返台〉,《聯合報》,第6版。

──(1992年11月18日)。〈「一個中國」各自表述 兩岸存異求同〉,《聯合報》,第2版。

──(2000年4月22日)。〈(總統府高層:)李總統提特殊兩國論即促成邦聯制第一步〉,《聯合報》,第A2版。

何舟(1994)。〈大陸報刊對台灣政治的報導:政策高於意識形態〉,收於何舟、陳懷林(1998)《中國傳媒新論》,頁154-176。香港:太平洋世紀出版社。

何清漣(1998)。《現代化的陷阱》。北京:今日世界出版社。

何明國(1998月4月13日)。〈姚立明重提一中兩國〉,《聯合報》,第9版。

何英煒、邱莉玲(2013年1月9日)。〈威望國際成立HD電影台 將在凱擘大寬頻和中華電MOD上架〉,《工商時報》,A18版。

何義麟(2014)。《矢內原忠雄及其帝國主義下之台灣》(2版)。台北:五南。

何萬順(2022)。〈雙語政策 忽視台灣多語事實〉,《聯合報》,2月21日,A12版。

何定照(2023)。〈台語變台灣台語 民眾霧煞煞〉,《聯合報》,2月12日,A7版。

余紀忠(2000年10月2日)。〈唯有大決大斷才能開創和平尊嚴的新局,對大陸政策觀察與期待〉,《中國時報》,第3-4版。

余文烈(2008)。《市場社會主義:歷史、理論與模式》。北京:經濟日報出版社。

余麗姿(2004)。〈(土地共有 基金共享) 這裡實施「共產主義」每人每月零用金一萬元 其餘收入共享 支付孩子學費、老人福利〉,《聯合報》,2月18日,A6版。

余麗姿、費家琪(2007年1月18日)。〈富邦砸7,000萬 併緯來兒童台〉,《經濟日報》,A3版。

吳劍雄(1984)。〈美國排華運動與排華法案之成立(一八五〇至一八八二年)〉,《食貨月刊》,14(3&4):190-206。

吳天明(1992)。〈病樹前頭萬木春:論中國電影發行體制的改革〉,《當代》,4:70-77。

吳政恆等(1998)。《郭懷一、陳永華、吳沙、蘭大衛、居正、簡大獅合傳》。南投市:台灣省文獻委員會。

吳玉山(1999年7月11日)。〈國民黨一個中國主張形同破滅〉,《聯合報》,第A15版。

吳克宇(2004)。《電視媒介經濟學》,引字出自頁209,餘見頁39、46、142。北京:華夏。

望！〉，7月5日，https://www.gvm.com.tw/article/80686

石長順、張建紅（2007）。《公共電視》。武漢：武漢大學出版社。

石齊平（2003）。〈中華邦聯：台灣的出路〉，收於大前研一著，趙佳誼、劉錦秀、黃碧君譯《中華聯邦：2005年中國台灣統一》，頁238-245。台北：商周。

任鶴淳（2004）。〈韓國文化產業實況與發展政策〉，《當代韓國》，秋季：35-38。

全國數位有線電視股份有限公司（2016年3月15日）。〈財團併購的惡果誰來收拾〉，《自由時報》，A5版。

宇業熒（1990）。《電影被我跑垮了》。台北：時報文化。

朱一明（1982）。〈李翰祥「大陸行」留下的問題〉，《八十年代》，9：86-88。

朱邦賢編譯（2005）。〈品特領獎感言 痛批美國惡行〉，《聯合報》，12月9日，C6版。

朱詣璋（1997）。〈1996年報紙媒體回顧〉，收於中華民國廣告年鑑編纂委員會編《中華民國廣告年鑑，1996-1997》，頁37-42。台北市廣告代理商業同業公會。

朱蒲青（2021）。〈洪哲勝致力台獨運動及協助中國民主化 總統頒贈褒揚令表彰一生貢獻〉，3月21日，https://newtalk.tw/news/view/2021-03-15/549389

江上雲（2012年11月8日）。〈台灣壹傳媒最大買家，蔡衍明：我出錢，為什麼要低調！〉，《財訊》雙週刊，411：40。

江八點（2019年12月15日）。《維基百科》，https://zh.wikipedia.org/wiki/江八点（上網日期：2019年12月15日）。

江春男（2014年10月8日）。〈香港的法治水準〉，《蘋果日報》，A10版。

自社（自由時報社論，2000年1月23日）。〈堅持兩國論 邦聯說可以休矣〉，《自由時報》，第A3版。

——（2000年11月24日）。〈以八個問題敬向王永慶先生請教〉，《自由時報》，第A3版。

——（2000年11月30日）。〈以八個問題敬向王永慶先生請教〉，《自由時報》，第A3版。

——（2000年11月30日）。〈為國家前途全民利益再向王永慶先生請教——敬答台塑關係企業的「聲明」〉，《自由時報》，第A3版。

——（2001年7月8日）。〈與其爭辯邦聯制、核四公投 不如全心拚經濟〉，《自由時報》，第A3版。

——（2003年10月20日）。〈推銷九二共識與促統沒有兩樣〉，《自由時報》，第3版。

——（2008年3月28日）。〈「九二共識」是台灣存亡嚴重危機的開始〉，《自由時報》，第A2版。

——（2014年5月28日）。〈大一中？ 你好大、我好怕！〉，《自由時報》，第A2版。

——（2022）。〈台灣沒有腳踏兩條船的空間〉，《自由時報》，3月31日，A2版。

自由時報（2019年7月28日）。〈謠言終結站〉高中歷史課綱宣稱台灣主權未定論？ 國教院：

產業未來展望》。輔仁大學大眾傳播系執行，新聞局專案研究計畫期末報告。

李天鐸、劉現成（1999）。《亞太媒介圖誌：無線/有線暨衛星電視的形構》。臺北：亞太圖書出版社。

李天鐸等人（1995）。《衛星/有線電視與建立亞太媒體營運中心互動關係》。輔仁大學大眾傳播系執行。新聞局專案研究計畫期中報告。

李天鐸等人（1996）。《如何整合衛星暨有線電視之發展以邁向亞太媒體營運中心》。輔仁大學大眾傳播系執行。新聞局專案研究計畫期末報告。

李方儒（2011）。《大明星了沒：電視圈的維基解密》。台北：聯合文學。

李志德（2014）。《無岸的旅途：陷在時代困局中的兩岸報導》。台北：八旗。

李明穎（2012）。〈網路潛水者的公民參與實踐之探索：以「野草莓運動」為例〉，《新聞學研究》，112：77-116。

李政憲（2016年2月3日）。〈批判安倍政權的三名電視主播同時退出，這是不讓媒體說話？〉，〔韓國〕《中央日報》，http://chinese.joins.com/big5/article.do?method=detail&art_id=147305&category=002002

李春宰（2017年2月18日）。〈誰炮製了韓國憲法法院和特檢組的「假新聞」？〉，《韓民族日報》，http://china.hani.co.kr/arti/politics/2612.html

李禎祥（2007）。〈稿費資助政治犯 童常主編被槍決〉，《新台灣週刊》，第614期，12月27日，http://www.newtaiwan.com.tw/bulletinview.jsp?bulletinid=74962

李京倫編譯（2021）。〈阻恐攻 美空襲喀布爾 十口之家賠命〉，《聯合報》，8月31日，A9版。

李怡（2022）。《失敗者回憶錄》。台北：印刻。

李娜（2022）。〈「我是想那潭清水……」序《理想主義重建是否必要？如何可能？》，紀念陳映真先生〉，收於賀照田等人《理想主義重建：是否必要？如何可能？》，頁25-61。台北：唐山。

李國祈（1995）。〈百年來台澎地區人口的變遷〉，《國立臺灣師範大學歷史學報》，23：203-262。

李婕憗（2020）。《當極權國家伸出長臂：以國際法上刑事管轄行使原則探討李明哲事件》。成功大學法律系碩士論文。

李喜明（2022）。《台灣的勝算：以小制大不對稱戰略，全台灣人都應了解的整體防衛構》。新北：聯經。

李雅明（2017）。《史上真實的耶穌》。台北：五南。

李樹山（2005）。〈對於「反軍購運動」的幾點建議〉，《台灣社會研究季刊》，58：317-331。

李春（2014）。〈港占中公投結束 近80萬人投票：發起人：人數出乎意料多 港府重申：公

吳采樺（2004）。《「發展型國家」已是遙遠的過去？以經歷政權轉移的台灣為例 (1996~2004)》。國立臺灣大學國家發展研究所。

吳儒佳（2004）。《一個消失中的意識型態——以三民主義在台灣的傳播為例》。政治大學新聞研究所碩士論文。

吳興鏞（2013）。《黃金往事：1949民國人與內戰黃金終結篇》。台北：時報文化。

吳永毅（2014）。《左工二流誌：組織生活的出櫃書寫》。台北：唐山。

吳晟（2016）。〈最敬愛的文學兄長——感念陳映真〉，收於吳晟（2022）。《文學一甲子2：吳晟的文學情誼》，頁315-326。台北：聯合文學。

吳豐山（2010年11月11日）。（監察院）糾正（行政院大陸委員會）案文，https:// www.cy.gov.tw/CYBSBoxSSL/edoc/download/6225

——（2015）。《人間逆旅：吳豐山回憶錄》。台北：遠流。

吳介民（2012）。《第三種中國想像：中國因素與台灣民主》。台北：左岸文化。

——（2012年12月25日）。〈2012 是中國因素元年〉，《蘋果日報》，A17 版。

——（2022）。〈中文版序論：灰色地帶的戰爭〉，收於吳介民、黎安友編，《銳實力製造機：中國在台灣、香港、印太地區的影響力操作與中心邊陲拉鋸戰》，頁11-29。台北：左岸文化。

吳浩銘、林采昀（2013）。《媒體生病了：臺灣新聞環境的症狀與因應》。台北：巨流。

呂心瑜（2013）。《國內報紙報導壹傳媒併購案之研究：以〈中國時報〉、〈自由時報〉、〈蘋果日報〉、〈聯合報〉為例》。世新大學新聞研究所碩士論文。

呂郁女（1999）。《衛星時代：中國大陸電視產業的發展與挑戰》。台北：時英。

呂清郎（2013年6月26日）。〈富邦集團 最大的媒金酷斯拉〉，《工商時報》，A4 版。

李文慶等編輯委員（1997）。《我們曾是文化園丁：紀念教育部文化局成立卅週年專輯》。台北：紀念教育部文化局成立卅週年編輯委員會印行。

李六條（2019年12月15日）。《維基百科》，https://zh.wikipedia.org/wiki/李六條（上網日期：2019年12月15日）。

李世達（2010）。《台灣化與去中國化：高中歷史教材台灣史書寫的批判話語分析》。臺灣師範大學大眾傳播所碩士論文。

李永熾（2019）。《邊緣的自由人：一個歷史學者的抉擇》。台北：游擊文化。

李明賢、張宗智（2008年3月28日）。〈布胡熱線 拋出一中各表〉，《聯合報》，第A1版。

李天鐸（1999年12月17日）。〈我們有什麼堅實的自製節目？〉，《聯合報》，15版。

李大鐸、黃櫻棻、劉現成（1994）。《大陸電影事業發展概況與未來展望》。財團法人海峽交流基金會。

李天鐸、謝奇任、劉現成（1998）。《從兩岸三地影視發展與跨國媒體集團運作看華語影視

季節（2014）。《高中歷史課綱史觀變遷之研究：1990年代迄今》。台灣大學政治學研究所碩士論文。

岳浩天（2003）。〈美國暗示台灣捐攻伊軍費〉，《財訊》，4月，253：184-187。

林上祚（2013年3月20日）。〈學者：限制媒體擴張 出發點有問題〉，《中國時報》，A4版。

林子儀（1999）。《言論自由與新聞自由》。台北：元照出版社。

林文剛（何道寬譯，2007）。《媒介環境學：思想沿革與多維視野》。北京大學出版社。

林正義（2023）。《台海最危險的地方》。新北：聯經。

林立（2001）。〈台灣法律地位解讀方式之爭議與釐清：兼論「台灣的主權還能被防守多久？」〉，收於台灣主權論述論文集編輯小組編《台灣主權論述論文集》上下冊，頁157-197。新北：國史館。原收錄於黃昭元編（2000）。《兩國論與台灣國家定位》，頁379-417。台北：學林文化。

林孝庭（黃中憲譯，2017）。《意外的國度：蔣介石、美國、與近代台灣的形塑》。新北：遠足文化。

林秀姿（2015年9月11日）。〈談課綱 先讀懂台灣國際地位〉，《聯合報》，第B4版。

林忠勝（1994）。《陳逸松回憶錄：日劇時代篇》。台北：前衛。

───（2007）。《高玉樹回憶錄》。台北：前衛。

林果顯（2001）。《「中華文化復興運動推行委員會」之研究（1966-1975）》。政治大學歷史研究所碩士論文。

林果顯（2009）。《一九五〇年代反攻大陸宣傳體制的形成》。政治大學歷史研究所博士論文。

林美玲（2000年2月17日）。〈扁營：連戰要李登輝選前交主席位（重砲再提三問：是否傳話北京收回兩國論？ 是否要談判邦聯制？ 運作陸指組是否不要李登輝了？）〉，《聯合報》，第A2版。

林茂生（1945）〈（附錄15）祝詞〉，《前鋒》雜誌，10月25日（台灣留學國內學友會出版），收錄於曾健民（2005）《1945破曉時刻的台灣：八月十五日後激動的一百天》，頁297-299，新北：聯經。

林政忠（2011年7月11日）。〈回憶一場壽宴上 提「兄弟之邦」辜寬敏：連戰也認同〉，《聯合報》，第A2版。

林則宏（2013年6月14日）。〈國民黨回應大陸「一中框架」吳習會 吳首度提一中架構〉，《聯合報》，第A1版。

林則宏、汪莉絹（2014年2月14日）。〈倪永杰：恢復國統綱領與國統會〉，《聯合報》，第A4版。

林河名（2015年5月2日）。〈洪秀柱說帖 拋「一中同表」〉，《聯合報》，第A2版。

民提名「難以落實」〉,《聯合報》,6月30日,A12版。

——(2015)。〈香港普選政改案 8票贊成 28票反對 遭否決〉,《聯合報》,6月19日,A1版。

李爰錚譯(2021)。〈誰在統治亞洲?:諾姆‧喬姆斯基專訪〉,September 16, https://newbloommag.net/2021/09/16/chomsky-interview-transcript-eng/

汪子錫(1996)。《由本土、區域到華人傳播圈:台灣電視劇產銷的政經分析》。輔仁大學大眾傳播所碩士論文。

汪浩(2017)。《意外的國父:蔣介石、蔣經國、李登輝與現代台灣》。台北:八旗文化。

汪莉絹(2008年4月2日)。〈「一中」中英各表?姜瑜還要查〉,《聯合報》,第A14版。

——(2014年2月19日)。〈連習會登場 習近平主動提馬習會 連戰:中華民國對兩岸來說 是資產不是負債〉,《聯合報》,第A1版。

——(2014)。〈北京否決公民提名、特首人選設限「真普選」無望 港人啟動占中〉,《聯合報》,9月1日,A1版。

——(2016年7月5日)。〈嚴打假新聞 懲戒刊登網站〉,《聯合報》,A10。

沈怡(1996年7月2日)。〈希望書中的分析是錯的!李怡哽咽談香港〉,《聯合報》,35版。

沈建德(2000年1月23日)。〈要獨立不要邦聯〉,《自由時報》,第A14版。

貝立德(Media Palette, 2013)。《2012年媒體環境回顧暨未來趨勢》。台北:貝立德股份有限公司。

肖贊軍(2006)。〈傳媒業內容產品的產品屬性及其政策含義——兼與張輝鋒博士商榷〉,《國際新聞界》,5:58-62。

杭之(2015年2月12日)。〈沒有「民進黨的最後一哩路」〉,《蘋果日報》,A19版。

——(2015年11月8日)。〈台灣掉進一中不表陷阱〉,《蘋果日報》,第A9版。

兩岸三地高校富士康調研組(2010)。《富士康調查報告》卷首語:自殺抑或他殺?——解開富士康自殺事件之謎,10月15日,https://www.coolloud.org.tw/node/55057(「卷首語」之外,該報告另有六個系列、結束語及三個附錄,點擊前網址後便可取得相關網址,不在此另附)

周天瑞(2019)。《報紙之死:我與美洲《中時》的創生與消逝》。台北:印刻。

周宗禎(2022)。〈蔡英文、蘇貞昌嘉南大圳植樹 同聲感念八田與一〉,3月12日,https://udn.com/news/story/6656/6159318

周婉窈(2003)。《海行兮的年代:日本殖民統治末期台灣史論集》。台北:允晨文化。

周德惠(1999年7月23日)。〈五成七企業人認兩國論時機不恰當〉,《聯合報》,第2版。

周志豪(2015年7月5日)。〈藍委:洪的兩岸政見 應修正回來〉,《聯合報》,第A4版。

周辰陽(2023)。〈俄烏都不可能達成軍事目標 美軍事首長:戰爭會透過談判結束〉(即時編譯報導),2月17日,12:04,https://udn.com/news/story/122663/6977353?list_ch2_index

月8日，https://news.pts.org.tw/article/575389

林聰毅編譯（2023）。〈IMF下修全球經濟成長〉，《經濟日報》，4月12日，A7版。

林麗雲（2013）。〈英國媒體併購管制中的公共利益：「新聞集團」併購「天空衛視」〉，《傳播研究與實踐》，7月，3（2）：87-112。

——（2014年9月11日）。〈從食安風暴看頂新併中嘉〉，《蘋果日報》，A19版。

林艷、楊犇堯（2013年10月21日）。〈蘇進強語中評：中國夢不是兵戎相見〉，中國評論新聞網，http://hk.crntt.com/doc/1028/0/2/0/102802070.html?coluid=93&kindid=2931&docid=102802070

邱士杰（2009）。《一九二四年以前台灣社會主義運動的萌芽》。台北：海峽學術出版社。

邱啟明（2002）。〈中華民國主權論述下的台灣電影政策與WTO談判問題探究〉，《藝術學報》，70：91-102。

邱莞仁（2014年12月20日）。〈今年市值最大新上市公司 富邦媒掛牌首日 大漲23%〉，《聯合報》，AA2版。

邱進益（2018）。《肺腑之言：我的臺灣情與中國心，邱進益回憶錄》。台北：時報文化。

邱慧君（2000年2月14日）。〈陸指組將集會連戰下旬提大陸政策 不排除兩岸領導人適當時機會面 規劃特區經貿模式 未含括邦聯機制〉，《中央日報》，第2版。

邵玉銘（2013）。《此生不渝：我的台灣、美國、大陸歲月》。新北：聯經。

邵軒磊（2019）。〈機器學「習」：以文字探勘法探索習近平時期之大外宣戰略〉，《中國大陸研究》，62（4）：133-157。

金畏鉉（2017）。〈中國大手筆援助海外……或超越美國成為最大援助國？〉，10月17日，http://china.hani.co.kr/arti/international/3981.html

金容沃（朱立熙譯，2006）。《韓國心台灣情》。台北：允晨文化。

侯孝賢（2010年10月2日）。〈台灣電影夢 聚焦大陸海西：應仿效法國立法徵稅 建立「使用電影者付費」觀念 資金可挹注電影製作 年產量提高到一百部的規模〉，《中國時報》，「中時60周年願景專題電影文創篇」，A2版。

侯俐安、陳熙文（2023）。〈（政府執政7年 兩岸敵意升高 美中地緣政治爭奪改變兩岸關係）學者：換得美友好 卻封了很多路〉，《聯合報》，5月19日，A3版。

南方朔（2003）。〈一種積極的態度〉，收於大前研一著，趙佳誼、劉錦秀、黃碧君譯《中華聯邦：2005年中國台灣統一》，頁246-260。台北：商周。

姚盈如（2008年3月28日）。〈蘇起：胡除九二共識外 也提一中各表〉，《中國時報》，第A4版。

思想（2010）。《台灣的日本症候群》。《思想》第14期。新北：聯經。

政治大學雷震研究中心（無日期）。〈《自由中國》「今日的問題」系列社論文章評述〉。雷

林俊劭（2012年8月27日）。〈失速的史丹佛金童〉，《商業周刊》，1292：90-98。

林洋（1999）。《電影工業生死一念間》。台北：西拉美工作室。

林倖妃（2009）。〈報告主任，我們買了《中時》〉，《天下雜誌》，416：35-38。

林家興（2014年10月2日）。〈期待……今日台灣 明日港陸〉，《聯合報》，A19 版。

林庭瑤（2015年5月5日）。〈爭取台灣國際空間 朱習閉門會朱當面提中華民國〉，《聯合報》，第A3版。

——（2015年7月5日）。〈洪發言失準掀波 黨中央滅火〉，《聯合報》，第4版。

——（2015年7月19日）。〈洪將演講「鞏固與深化九二共識」〉，《聯合報》，第A3版。

——（2018）。〈深圳維權風暴 官媒指向境外勢力（官方出手 工人和聲援學生被帶走 下落不明 分析指新華社等罕見同時發文 代表官方將嚴打）〉，《聯合報》，8月26日，A8版。

——（2019）。〈滄桑五四 中共收緊 校園敏感（習近平新時代 黨領導青年 北大百年後的今天……愛國主義成主調）〉，《聯合報》，5月2日。A6版。

——（2023a）。〈專訪》俄烏戰爭是美國挑釁在先？〉，3月23日，https://www.storm.mg/article/4764196?mode=whole

——（2023b）。〈權貴奢談刺猬島，軍火巨鱷數鈔票〉，5月6日，https://www.storm.mg/article/4786595

林庭瑤、程嘉文、陳嘉寧、鄭宏斌。（2015年5月15日）。〈朱立倫：健康交流 不怕被抹紅朱凌晨返台 綠批黑箱作業 朱強調「歡迎其他政黨用正面心態參與兩岸交流」〉。《聯合報》，第A1版。

林桶法（2009）。《1949大撤退》。新北：聯經。

林淑惠、林燦澤（2007年4月14日）。〈台灣大397億收購 台固收了〉，《工商時報》，B4 版。

林淑慧（2000）。《黃叔璥及其台海使槎錄研究》。國立臺灣師範大學國文研究所碩士論文。

林暐哲（2018）。《高中歷史課綱爭議研究：以95歷史暫行綱要制定與101課綱微調事件為考察中心》。臺灣師範大學歷史學系碩士論文。

林毓芝（2004）。《《聯合報》、《中國時報》、《自由時報》統獨偏向與立論觀點之比較：以中共1993年與2000年兩次對台白皮書為例》。政治大學新聞研究所碩士論文。

林筠譯（2016年12月17日）。〈馬其頓小鎮……造假大本營〉，《經濟日報》，A8版。

林靖堂（2012年9月1日）。〈九一遊行人潮多 學者：超乎預期〉，《新頭殼newtalk》，http://newtalk.tw/news/view/2012-09-01/28917

林滿紅（2018）。《茶、糖、樟腦業與台灣之社會經濟變遷（1860-1895）》（二版）。新北：聯經。

林曉慧、沈志明（2022）。〈憂獨尊英語破壞台灣語言生態 學界連署反對2030雙語政策〉，4

胡宥心（2015年10月12日）。〈洪：當台獨成主流意見 國民黨也跟嗎？〉，《聯合報》，第A4版。

胡宥心、周志豪、楊湘鈞（2015年7月10日）。〈洪秀柱回歸「九二共識、一中各表」〉，《聯合報》，第A4版。

胡為真（2018）。《國運與天涯：我與父親胡宗南、母親葉霞翟的生命紀事》。台北：時報文化。

胡家銘（2021）。《戰後台灣社會的日本幻影：以軍歌傳唱的演變為中心》。國立台北教育大學台灣文化研究所碩士論文。

胡智峰、王健（2008）。《北京市現代廣播電視公共服務體系與標準建設》研究報告（北京市廣播電視局委託中國傳媒大學橫向重大課題），楊乘虎等17人參與。謝謝黃學建提供這份報告。

茅毅編譯（2023）。〈日韓徵用工問題解套 拜登樂見：南韓提案政府代償 解決日本拒賠的外交糾紛和貿易戰 遭在野黨批「屈辱外交」〉，《聯合報》，3月7日，A9版。

茅毅譯（2017年3月17日）。〈防堵假新聞》公權力遏止 美德擬立法重罰〉，《自由時報》，A13版。

計惠卿等人（1997）。《亞太媒體中心「資訊・通信科技與影視媒體製作、發行整合」》。台灣電訊網路服務有限公司。新聞局委託研究案結案報告。

倪震編（1994）。《改革與中國電影》。北京：中國電影出版社。

孫中山（1924）。〈民生主義第一講〉，8月3日，https://sunology.yatsen.gov.tw/cgi-bin/gs32/gsweb.cgi/ccd=CoyI.c/record?r1=1&h1=0

孫宇青編譯（2022）。〈烏東盡毀 澤倫斯基有條件妥協：頓巴斯和克里米亞地位可個別討論 但協議前提是烏國安全及公投同意〉，《自由時報》，3月29日，A3版。

孫宏偉（2000）。〈試論電影票價與觀眾心理承受力的反差：關於大連市電影票價問題的分析報告〉，《中國電影市場》，1：20-21, 37。

孫儀威（2013年9月16日）。〈蘇進強：恢復國統綱領就在馬英九一念之間〉。中國評論新聞網，http://hk.crntt.com/doc/1027/3/1/6/102731653.html?coluid=9&kindid=10350&docid=102731653&mdate=0919130658 （上網日期：2019年12月15日）。

孫曉波（2020）。〈戰爭並非虛言 北京選擇武統的三種情形〉，12月6日，原刊登在《多維TW》月刊61期，轉載於 https://www.storm.mg/article/3267022?mode =whole

徐少為（2000年1月23日）。〈邦聯有什麼不好〉，《自由時報》，第A14版。

徐白櫻（2022）。〈真人等比安倍銅像 紅毛港保安堂揭幕〉，《聯合報》，9月25日，《聯合報》，B2版。

徐如林、楊南郡（2016）。《合歡越嶺道：太魯閣戰爭與天險之路》。行政院農業委員會林

震研究中心‧紀念館學術研討網「檔案選粹」，https://drive.google.com/file/d/1VzYG7AMdN4dEZplnGRMcB54wl-6c58sv/view

政治大學選舉研究中心（2020年2月14日a）。〈臺灣民眾臺灣人／中國人認同趨勢分布（1992年06月~2019年12月）〉，政治大學選舉研究中心資料庫「重要政治態度分布趨勢圖」，https://esc.nccu.edu.tw/course/news.php?Sn=166

───。（2020年2月14日b）。〈臺灣民眾統獨立場趨勢分布（1994年12月~2019年12月）〉，政治大學選舉研究中心資料庫「重要政治態度分布趨勢圖」，https://esc.nccu.edu.tw/course/news.php?Sn=167（上網日期：2019年12月15日）。

施叔青（2010）。《三世人》。台北：時報文化。

施振榮（2019）。〈實踐王道社會主義的理想〉，《聯合報》，10月31日，A13版。

施克敏（1978年12月17日）。〈美匪宣布所謂建交 下月一日正式開鑼〉，《聯合報》，第1版。

施鴻基（1996年6月12日）。〈嚴家祺提「邦聯中國」構想「一國兩制不能解決兩岸問題」〉，《聯合報》，第13版。

施曉光（2000年4月22日）。〈陳水扁：兩岸「邦聯」有很大討論空間〉，《自由時報》，第A1版。

───（2014年2月19日）。〈連習會 互相唱和「一中架構」〉，《自由時報》，第A2版。

柯志明（2001）。《番頭家：清代台灣族群政治與熟番地權》。台北：中央研究院。

洪貞玲（2010）。〈出淤泥之蓮：泰國公共電視的起源與進展〉，《新聞學研究》，102：295-325。

洪紹恩（2015年11月12日）。〈一個「天然獨」的告白〉，《蘋果日報》，第A17版。

洪哲政（2023a）。〈「紅色沙灘」國軍模擬共軍登陸〉，《聯合報》，4月10日，A3版。

──（2023b）。〈美商談生意 莫忘國際道義〉，《聯合報》，5月4日，A2版。

──（2023c）。〈MQ-9B無人機情資 傳美軍優先用〉，《聯合報》，6月19日，A4版。

──（2023d）。〈美方使用我付費 樂山雷達翻版〉，《聯合報》，6月19日，A4版。

紀淑芳（2007年9月1日）。〈台灣最賺錢電視台發財秘辛〉，《財訊》，306：120-123。

美聯社（1989年7月30日）〈（格國政局可能引起與我建交變數）中共提出「嚴正交涉」〉。《自由時報》，第2版。

胡平、曹璐、黃新民、胡正榮、王宇、袁軍（1997）。《衛星電視傳播》。北京廣播學院出版社。

胡幼鳳（1994年10月20日）。〈一九九一年金獅獎影片 蒙古精神凍了三年見天日〉，《聯合報》，22版。

胡青中（2011）。《後ECFA時期台灣電影產業在中國大陸市場的機會與挑戰》。台灣大學企業管理碩士論文。

金會。

───（1998）。《兩岸主權論》。台北：生智文化。

───（1998年2月24日）。〈一中兩國，德韓模式承認現實 以協定約束，不永久分裂〉，《聯合報》，第11版。

───（2000）。《兩岸統合論》。台北：生智文化。

───（2008年6月14日）。〈一德兩國？一中兩國？〉，《聯合報》，第A23版。

張亞中編（2010）。《一中同表或一中各表：記兩岸統合學會與聯合報的辯論》。台北：生智文化。

張文馨（2023a）。〈美資深涉台學者給台灣逆風建言「台美國家利益不一致」〉，3月22日，https://vip.udn.com/vip/story/122870/7046335

──（2023b）。〈美情報總監：台積若遭封 全球年損30兆〉，《聯合報》，5月6日。A2版。

張加（2022）。〈台灣人民也想聽蔡政府「再保證」〉，《聯合報》，3月3日，A4版。

張宗智（2000年12月24日）。〈（美國學者談兩岸）沈大偉：邦聯模式 最終且最有希望〉，《聯合報》，第A13版。

───（2006年2月3日）。〈廢統論 美：無法接受台北解釋〉，《聯合報》，第A1版。

張佑生編譯（2022）。〈爭軍援未果 美媒：台灣挫敗〉，《聯合報》，12月22日，A8版。

張志楷（林宗憲譯，2009）。《中國因素：大中華圈的機會與挑戰》。台北：博雅書屋。

張明宗（2006年1月12日）。〈電視不需以南韓為師〉，《蘋果日報》，A16 版。

張青（2000年4月22日）。〈邦聯只是選項之一（國民黨也曾研議過）〉，《聯合報》，第A2版。

───（2000年7月13日）。〈國民黨中常會上 蘇起：政府大陸政策遠離中國 依賴外國〉，《聯合報》，第2版。

張柏源（2022）。〈日相憂今日烏克蘭明日東亞……〉，5月7日， https://newtalk.tw/news/view/2022-05-07/751031

張若彤（2021）。《究竟二二八：林茂生之死與戰後台灣反日力量的覆滅》。台北：講台文化。

張家瑋（2013年3月26日）。〈香港壹傳媒 今早宣布暫停交易〉，《聯合晚報》，A5版。

張時健（2023）。〈我不是棋子，我是我自己：烏克蘭左翼如何理解烏俄「反戰敘事」〉，5月4日，https://global.udn.com/global_vision/story/8664/7142286

張淑雅（2011）。《韓戰救台灣？解讀美國對台政策》。台北：衛城。

張清溪等人（1991）。《經濟學：理論與實際》（二版）。翰蘆圖書總經銷。

張舒斐（2011）。〈台灣電視娛樂節目製作人在中國大陸的電視工作實務研究〉，「中華傳播學會年會」，7月4-6日，新竹交通大學。

張瑞恆（2009）。《政治反對運動成敗因素之分析：以野草莓運動為例》。政治大學行政管

務局。

徐佳士（1984）。〈媒介「社會責任」論的迷陣〉，《天下雜誌》，6月，37：46, 49。

徐尚禮（2000）。〈挑戰思想尺度 電視「湘軍」出頭〉，《中國時報》，3月27日，14版。

徐履冰（1991年3月4日）。〈馬英九：主權問題參考「屋頂理論」〉，《聯合報》，第6版。

時代力量立法院黨團（2016）。〈媒體壟斷防止暨多元維護法草案〉（立法院議案關係文書院總第979號委員提案18791號）。立法院4月6日印發。

祝萍、陳國祥（1987）。《台灣報業演進四十年》。台北：《自立晚報》出版社。

耿曙、劉嘉薇與陳陸輝（2009）。〈打破維持現狀的迷思：台灣民眾統獨抉擇中理念與務實的兩難〉，《台灣政治學刊》，13（2）：3-56。

退報運動聯盟（1993a）。《退報！退報！就是退聯合報！》（退報運動手冊〔1〕）。台北：退報運動聯盟。

──（1993b）。《退報！退報！就是退聯合報！》（退報運動手冊〔2〕）。台北：退報運動聯盟。

──（1994）。《法律人會審退報案：退報第一審法律判決評鑑》。台北：退報運動聯盟。

馬英九（2001年3月30日）。〈搶救雙橡園的法學巨擘丘宏達〉，《聯合報》，第37版。

高大鵬（1995年9月25日）。〈認識大陸 刻不容緩 有感於陳水扁市長的談話〉，《聯合報》，第11版。

高孔廉（2016）。《兩岸第一步：我的協商談判經驗》。新北：聯經。

高詣軒（2023）。〈拜登：美中關係很快解凍〉，《聯合報》，5月22日，A1版。

高橋政陽（2022）。〈恐嚇信陰霾籠罩日本〉，《亞洲週刊》，8月8日：38。

國家統一委員會（1993）。《挑動兩岸傳播媒體自由交流之研究》。祝基瀅主持。五月。

國家統計局（2020）。〈「6億人每月人均收入1000元」？國家統計局回應〉，6月15日，http://politics.people.com.cn/BIG5/n1/2020/0615/c1001-31747507.html

國際中心（2017年4月21日）。〈選舉假新聞滿天飛 法媒推「排毒」區〉，《聯合報》，A12版。

唐緒軍（1999）。《報業經濟與報業經營》。北京：新華出版社。

崔之元（2003）。〈美國的新保守主義：布希原則、西方人文傳統與新保守主義〉（原刊登於《讀書》月刊），收於馮建三編，《戰爭沒有發生：2003年美英出兵伊拉克評論與紀實》，頁285-298。台北：唐山。

康培德（2016）。《殖民想像與地方流變：荷蘭東印度公司與台灣原住民》。新北：聯經。

康寧祥論述、陳政農編撰（2013）。《台灣，打拚：康寧祥回憶錄》。台北：允晨。

張秀哲（2013）。《「勿忘台灣」落花夢》。台北：衛城。

張亞中（1992）。〈中國問題之法律定位：一中兩國〉（含蘇永欽評論與張亞中回覆），收於民主基金會編《兩岸關係與中國前途學術研討會論文集》，頁239-264。台北：民主基

想》，43：115-142。

許維寧（2022a）。〈中小學端也有亂象 教甄英檢門檻 排擠專業師資〉，《聯合報》，10月2日，A6版。

許維寧（2022b）。〈雙語政策困境 語言、學科都搞砸〉，《聯合報》，10月2日，A6版。

許維寧、馬瑞璟（2023）。〈輝達創辦人黃仁勳：奔跑吧 別緩行 台大畢典致詞……〉，《聯合報》，5月28日，A1版。

連戰（2000a）。《連戰的主張》（2月）。台北：天下遠見。

──（2000b）。《新藍圖‧新動力：連戰的主張》（11月修訂版）。台北：天下遠見。

──（2002）。〈 新 藍 圖， 新 動 力 〉，《 當 代 中 國 研 究 》，（4），https://www.modernchinastudies.org/cn/issues/past-issues/79-mcs-2002-issue-4/1265-2012-01-06-08-38-50.html

──（2023）。《連戰回憶錄（上下冊）》。台北：天下文化。

郭力昕（2023）。〈反戰聲明與台灣社會的「窒悶空間」〉，3月28日，https://opinion.cw.com.tw/blog/profile/213/article/13442

郭曲波（2000）。〈迫在眉睫的危機：預測「入世」對中國電影的巨大衝擊與改變〉，《中國電影市場》，1：10-12。

郭佳（2016）。《追問新工人文化及其中港台民　連帶：從「新工人藝術團」形塑「新工人階級」之文化行動入手》。交通大學社會與文化研究所碩士論文。

郭杰、白安娜（李隨安、陳進盛譯2010）。《台灣共產主義運動與共產國際（1924-1932）》。台北：中央研究院臺灣史研究所。

郭松棻（2015）。《郭松棻文集（保釣卷）》。台北：印刻。

郭崇倫（2022）。〈美學者：中國不可能和平崛起〉，《聯合報》，12月24日，A2版。

──（2023a）。〈北約東京辦事處夭折 美要拉開中俄聯盟〉，《聯合報》，6月10日，A10版。

──（2023b）。〈布林肯明訪陸 美中各有盤算（美想建立危機管控 中認美言而無信 恐難有結果）〉，《聯合報》，6月17日，A2版。

郭鎮之（1997）。〈美國公共廣播電視的起源〉，《新聞與傳播研究》，4：82-90。

郭鎮之等編著（2009）。《第一媒介：全球化背景下的中國電視》。清華大學出版社。

郭瓊俐（2000年9月17日）。〈九二年共識 是什麼？存在否？〉，《聯合報》，第2版。

野島剛（蘆荻譯，2015）。《最後的帝國軍人：蔣介石與白團》。新北：聯經。

陳水扁（2000）。《新世紀 新出路：陳水扁國家藍圖6 教育文化傳播（教育政策 文化政策傳播媒體政策）》。台北：陳水扁競選指揮中心國家藍圖委員會。

陳玉璽（1992）。《台灣的依附型發展：依附型發展及其社會政治後果──台灣個案研究》。台北：人間出版社。

理碩士學程論文。

張瑞雄（2004）。《台灣人的先覺：黃彰輝》。台北：望春風。

張慧英（2000年4月29日）。〈蘇起建議：兩岸以九二共識取代一中爭執〉，《中國時報》，第2版。

張璉（2023）。〈紀念鄭成功登台的歷史意義〉，《聯合報》，5月1日，A10版。

張錦華、陳莞欣（2014）。《2013年「臺灣四報刊載中國參訪團新聞分析」：並比較2012年之新聞品質和主題框架》，台灣媒體觀察教育基金會，http://mediawatch.org. tw/node/4827

張勵德、徐毓莉、劉永祥（2009年6月17日）。〈中時捍權「太暴力」149學者聯名譴責〉，《蘋果日報》，A10版。

張濤甫（2011）。〈十年百條虛假新聞的樣本分析──《新聞記者》「年度十大假新聞」〉，《新聞記者》，5月，339：4-9。

曹永和（1980）。〈明鄭時期以前之台灣〉，收於曹永和（2000）。《台灣早期歷史研究續集》，頁37-95。新北：聯經。

──（1995）。〈小琉球原住民的消失──重拾失落台灣歷史之一頁〉，收於曹永和（2000）。《台灣早期歷史研究續集》，頁185-238。新北：聯經。

曹正芬、李立達（2007年1月20日）。〈數位娛樂商機 威盛插一腳〉，《經濟日報》，B3版。

曹郁芬（2014年5月30日）。〈大一中架構 譚慎格：讓台灣臣屬於中國〉，《自由時報》，第A6版。

曹瑞泰（2022）。〈安倍凍與熱 理性抉擇〉，《聯合報》，7月11日，A11版。

梁良（1991）。〈再論台灣‧香港‧大陸的電影互動關係〉，《世界電影》，206：102-123。

──（1998）。《論兩岸三地電影》。台北：茂林。

梁潔芬（2014年4月20日）。〈今日香港是明日台灣 誇張嗎？〉，《聯合報》，A14版。

梁麗娟（2006）。《蘋果掉下來：香港報業「蘋果化」現象研究》。香港九龍：次文化堂。

習賢德（2005a）。〈王惕吾、王永濤與「民族報」崛起的相關考證（上）〉，《傳記文學》，86（2）：26-41。

───（2005b）。〈王惕吾、王永濤與「民族報」崛起的相關考證（下）〉，《傳記文學》，86（3）：48-64。

許曹德（1990）。《許曹德回憶錄》。台北：前衛。

許慶雄（2001）。〈台灣國際法地位之探討〉，收於台灣主權論述論文集編輯小組編《台灣主權論述論文集》上下冊，頁127-156。新北：國史館。

許介鱗（2011）。《日本殖民統治的後遺症：台灣vs.朝鮮》。台北：文英堂出版社。

許偉恒（2021）。〈香港政治思想激進化之路：從七一遊行至反送中運動（2003-2020）〉，《思

華經濟研究院研究案結案報告。

陳宥菘（2023）。〈〈會見比爾蓋茲〉習近平：中美關係在民間〉，《聯合報》，6月17日，A2版。

陳彥廷（2022）。〈二峰圳百年紀念典禮！蔡英文感念台日情誼 蘇貞昌捲褲管潦溪〉，7月23日， https://news.ltn.com.tw/news/politics/breakingnews/4001669

陳思宇（2016）。〈大時代下的身世飄零與歸屬：重訪陳舜臣〉，收於陳舜臣著，林琪禎、黃耀進譯《半路上》，頁3-15。台北：游擊文化。

陳政宇（2023）。〈野百合學運聯盟聲明：反侵略護台灣〉，《自由時報》，3月19日，A2版， https://news.ltn.com.tw/news/politics/paper/1572828

陳政錄（2022）。〈九二共識30年 北京高規格紀念〉，《聯合報》，7月22日，A8版。

陳政錄、陳熙文（2023）。〈趙建民：美國變「危機促成者」（「美國客人來都在談軍售 不再是兩岸平衡者」）〉，《聯合報》，4月17日。A2版。

陳柏謙（2022）。《激進1949：白色恐怖郵電案紀實》。台北：黑體文化。

陳炳宏、曾德蓉（2016年2月25日）。〈王雪紅入主TVBS NCC審核過了〉，《自由時報》，A5版。

陳若愚編（2013）。《中國電視收視年鑑2012》。中國傳媒大學出版社。

陳重生（2005年7月14日）。〈學者：由民間監督較理想〉，《中國時報》，A10版。

陳韋臻（2011）。〈撇開收視率，媒體能怎麼著？——專訪陽光衛視媒體董事長陳平〉，《破週報》，4月14日。

陳飛寶（2014）。《當代台灣媒體產業》。北京：九州出版社。

陳弱水（2023）。〈疑美與憎美〉，1月18日，https://www.facebook.com/joshui.chen.5/posts/1362197474543137

陳荔彤（2001）。〈台灣國際法地位之探討〉，收於台灣主權論述論文集編輯小組編《台灣主權論述論文集》上下冊，頁220-241。新北：國史館。

陳偉忠（2014年5月29日）。〈大一中 大頭中〉，《自由時報》，第A15版。

陳婕翎、何定照（2018年7月6日）。〈葉錫東 用木瓜反攻大陸〉，《聯合報》，第A2版。

陳張培倫（2022）。〈原民權利與資源分配才是重點〉，《聯合報》，11月3日，A10版。

陳斌華（2000年11月16日）。〈「九二共識」不容歪曲和否認〉，《人民日報》，第4版。

陳逸婷（2015年2月13日）。〈選舉期間記者超時加班 媒權小組批媒體業血汗〉，《苦勞網》，http://www.coolloud.org.tw/node/81675

陳雲上（2009年9月16日）。〈台灣大買凱擘吃東森 有線稱王〉，《聯合晚報》，A6版。

陳筱宜（2014）。《我國媒體所有權管制政策析》。台灣大學政治學所碩士論文。

陳嘉信（2006年3月19日）。〈馬：反分裂法 我最先反對〉，《聯合報》，第A2版。

陳光興（1994）。〈帝國之眼 :「次」帝國與國族——國家的文化想像〉,《台灣社會研究季刊》, 17：149-222。

陳成良（2008年3月28日）。〈（藏人抗暴） 布希致電胡錦濤 要求西藏事件自制〉,《自由時報》, 第A8版。

陳至中（2023）。〈「火冒4.05丈」布條涉歧視 台大原民生集結籲正視〉, https://www.cna.com.tw/news/ahel/202305190194.aspx

陳廷宇（2019）。〈最後一次相遇——達賴喇嘛談媒體及領導力〉。公視獨立特派員, 第591集（之部分）, 4月10日, https://innews.pts.org.tw/video/MTQyMQ, 或 https://www.youtube.com/watch?v=_Bx7Vs1e4RM&t=894s&ab_channel=公共電視-獨立特派員 PTSINNEWS

陳志平（2003年12月21日）。〈連戰也提「一邊一國」批扁虛擬台灣共和國 實際上推動「兩邊三國」藍營對兩岸未來「不排除任何選項」〉,《聯合報》, 第A1版。

陳言喬（2019年5月13日）。〈郭董的「兩個中國」？〉,《聯合報》, 第A12版。

陳佳宏（2006）。《台灣獨立運動史》。台北：玉山社。

陳叔倬、段洪坤（2008）。〈平埔血源與台灣國族血統論〉,《台灣社會研究季刊》, 72：137-173。

——（2009）。〈台灣原住民祖源基因檢驗的理論與統計謬誤回應林媽利的〈再談85%帶原住民的基因〉〉,《台灣社會研究季刊》, 76：347-356。

陳姃湲（2013）。〈洄瀾花娘, 後來居上——日治時期花蓮港游廓的形成與發展〉,《近代中國婦女史研究》, 21：49 - 119。

陳宛茜（2022）。〈閩南語改「台灣台語」文化部將協調〉,《聯合報》, 11月11日, A8版。

陳宜中（2005）。〈後國族的兩岸思考〉,《台灣社會研究季刊》, 6月號, 58：295-315。

陳宜中（2012）。〈政治體制改革的先聲：高放先生訪談錄〉,《思想》, 21：73-99。

陳怡靜、郭顏慧、林宜樟（2012年12月20日）。〈反媒體壟斷 全台17 校本週聯合開課〉,《自由時報》, A7版。

陳昀（2023）。〈蔡抵瓜地馬拉 瓜國總統：台灣是主權獨立國家〉,《自由時報》, 4月2日, https://news.ltn.com.tw/news/politics/paper/1575319

陳欣（2017年3月22日）。〈東南亞官方打擊假新聞受質疑 被指或成政府操控輿論的工具〉,《環球時報》。

陳治世（1971）。〈台澎的法律地位〉,《東方雜誌》, 4（12）：31-49。

陳亭均（2022）。〈詩人吳晟 心懷土地 詩寫台灣〉,《今週刊》, 9月12日, 頁80-83。

陳俍任（2010年10月29日）。〈旺旺吞中嘉 NCC：會嚴審〉,《聯合報》, A20版。

陳信宏、辛炳隆（1999）。《亞太媒體中心計畫執行成果之研究》。經濟建設委員會委託中

前例追求充一，李慶華、馮滬祥譴責，新同盟會要求開除〉，《聯合報》，第4版。

———（2001年7月25日）。〈（大陸乏善意 大老有意見 大局未必合適）考量選舉 邦聯制急
　　煞車〉，《聯合報》，第A4版。

陶百川（1992a）。《陶百川全集》（第14集：為兩岸共存呼號）。台北：三民書局。

———（1992b）。《陶百川全集》（第22集：台灣經驗統一大道）。台北：三民書局。

崔慈悌、李奇叡、朱紹聖（2023）。〈AIT處長：美國不會阻止兩岸對話交流 美中台關係非
　　零和賽局 台灣應規畫出自己的道路〉，《中國時報》，6月12日，A1版。

傅依傑（2000年11月3日）。〈何漢理：兩岸最終將朝向邦聯（提出當前兩岸議題首務 是尋
　　求共同設計出一個「臨時協定」）〉，《聯合報》，第A13版。

傅建中（2001年11月10日）。〈老布希贊成一國兩制？疑竇重重〉，《中國時報》，第11版。

傅大為、馮建三、李泳泉、李行德、汪宏倫（與談）、郭力昕（主持）（2022）。〈當代公共
　　知識分子：杭士基（Chomsky）座談會〉。《傳播、文化與政治》，16：165-224。

傅大為等41人（2023）。〈我們的反戰聲明：和平、反軍火、要自主、重氣候〉，https://
　　www.eventsinfocus.org/sites/default/files/2023-03/反戰聲明暨連署名單0320.pdf

喬百戰（2022）。〈美軍不讓世人知道的胡作非為〉，《海峽評論》，348：37-38。

彭明敏、黃昭堂（1976/蔡森雄譯，1995）。《台灣在國際法上的地位》。台北：玉山社。

彭明輝（2001）。《中文報業王國的興起：王惕吾與聯合報系》。台北：稻鄉。

彭威晶（2000年4月22日）。〈陳水扁：邦聯制有討論空間（指孫運璿主張是新思維 中共文
　　攻武嚇將延宕兩岸關係改善 強調對兩岸問題不會一意孤行）〉，《聯合報》，第A1版。

彭威晶、何振忠、羅曉荷、林寶慶（2000年5月21日）。〈中共：兩前提下 兩岸可恢復對話
　　白宮：陳的演說 務實而具建設性〉，《聯合報》，第1版。

彭淮棟、宋凌蘭譯（2017年2月18日）。〈川普：媒體報「假新聞」全民敵人〉，《聯合晚報》，
　　https://udn.com/news/story/10764/2292469

彭嘉麗（2011）。〈2010電視節目欣賞指數〉，《傳媒透視》，3月：5-7。

彭慧明（2013年6月21日）。〈反壟斷法惹議 NCC否認擴權及護航〉，《聯合報》，A8版。

彭蘭（2005）。《中國網路媒體的第一個十年》。北京：清華大學。

彭顯鈞、王寓中（2015年11月8日）。〈馬習會一中 各表沒了／台灣各界批馬失格、失敗〉，
　　《自由時報》，第A1版。

陸地（1999）。《中國電視產業發展戰略研究》。北京：新華出版社。

陸委會（2013年10月9日）。〈有關大陸廣告涉及置入性行銷本會監管作為陳報事〉（陸法字
　　第1020401097號），https://www.cy.gov.tw/CYBSBoxSSL/edoc/additional/ download/2876

———（1991年2月23日）。《國家統一綱領》，https://www.mac.gov.tw/News_Content.aspx?n
　　=AD6908DFDDB62656&sms=161DEBC9EACEA333&s=E843129F8763C0DD

陳熙文、丘采薇、張睿廷（2023）。〈（有對話是好的 美正尋求與陸交流 歡迎與陸官員有更多接觸） 孫曉雅：3總統參選人願與陸對話 美支持〉，《聯合報》，6月12日，A4版。

陳鳳英、林瑩秋、尤子彥（2008）。〈蔡衍明：我不要看到一報獨大！〉，《商業周刊》，1094：54-58。

陳鳳馨（2000年1月21日）。〈六年前 連戰即提過「邦聯」（幕僚不排斥外界討論 可試探民眾反應 亦可試探國際與對岸反應）〉，《聯合報》，第A3版。

陳慧萍（2015年4月15日）。〈斥洪奇昌、許信良反獨論／本土社團：過氣政客 別阻止地球轉〉，《自由時報》，第A8版。

陳慧萍、王文萱。（2014年5月28日）。〈斥自廢武功 許世楷：陷台於險地〉，《自由時報》，第A4版。

陳曉宜（2013年6月27日）。〈中天新聞請停止抹黑〉，《蘋果日報》，A22版。

陳曉慈編譯（2023）。〈美入侵伊拉克20周年 災難未止〉，《聯合報》，3月31日，A14版。

陳螢萱（2015）。《「拒絕中時」的文化場域分析》。政治大學新聞研究所碩士論文。

陳鴻嘉、蔡惠如（2015）。〈新聞自由文獻在台灣：書目分析，1987-2014〉，《新聞學研究》，123：193-236。

陳懷林（1996a）。〈論中國報業市場化的非均衡發展〉，收於何舟、陳懷林編（1998）《中國傳媒新論》，頁194-211。香港：太平洋世紀出版社。

──（1996b）。〈試論壟斷主導下的大陸廣電業商業化〉，收於何舟、陳懷林編（1998）《中國傳媒新論》，頁212-257。香港：太平洋世紀出版社。

──（1998）。〈經濟利益驅動下的中國傳媒制度變革〉，收於何舟、陳懷林編《中國傳媒新論》，頁108-152。香港：太平洋世紀出版社。

──（1999）。〈試析中國媒體制度的漸進改革〉，《新聞學研究》，62：97-118。

陳懷林、郭中實（1998）。〈黨報與大眾報紙廣告經營「收入裂口」現象之探析〉，《新聞學研究》，57：5-26。

陳韜文（1996）。〈大陸新聞界變化新貌：香港電視對廣州市民的影響〉，《中國時報》，10月17日，9版。

陳韻涵、許惠敏編譯（2017年8月20日）。〈巴農出局 展開復仇〉，《聯合報》，A9版。

陳寶旭（1994年8月21日）。〈因為影片當中有外蒙與大陸演員，歷經了三年「電影審查」陣〉，《中國時報》，22版。

陳耀昌（2021）〈序文：雞籠‧西班牙人‧馬賽人的大歷史〉，收於曹銘宗《艾爾摩沙的瑪利亞》，頁10。台北：時報文化。

陶五柳（1995）。《彭明敏旋風》。新北：大村文化出版社。

陶允正（1998年2月23日）。〈新黨十人小組主張「一中兩國」姚立明等盼接受辯論，兩得

童舟（1978）。〈一個災禍的中國‧必無苟免的台灣 給「黨外人士」的靜言〉，《綜合月刊》，12月：25-32。（另以相同作者與標題，刊登於聯合報1978年11月25日第二版。）

華視新聞（2023）。〈不甩中挖牆腳 瓜總統：台灣是唯一且真正的中國〉，4月2日，https://www.youtube.com/watch?v=9hlWY0-TYIM&ab_channel=華視新聞CH52

賀靜萍（2000年5月3日）。〈汪道涵智囊：台灣領導人如表明有意走向統一 則邦聯、聯邦、或是國協都可以討論〉，《聯合報》，第13版。

───（2001年8月8日）。〈陳雲林未全然排斥討論「邦聯制」會見台灣媒體負責人 強調不回到一中原則 兩岸僵局不可能突破〉，《聯合報》，第13版。

項程鎮、石秀娟（2003年4月23日）。〈立委：17家媒體疑受中資挹注〉，《自由時報》，2版。

費家琪（2009年8月26日）。〈富邦擬加碼台灣大170億〉，《經濟日報》，A15版。

馮建三（1995）。《廣電資本運動的政治經濟學》。台北：唐山。

───（1997）。《歐洲聯盟媒體產權生態與規範的歷史分析》。（行政院國科會第三十四屆補助出國研究報告，補助編號34117F）。

───（1998a）。〈公共廣電、市場競爭與效率：關於BBC前途的五種論述〉，《廣播與電視》，3（4）：21-44。

───（1998b）。《大媒體：媒體工業與媒體工人》。台北：元尊。

───（2002）。〈人權，傳播權與新聞自由〉，《國家政策研究》，1（2）：117-142。

───（2003年2月17日）。〈原住民精神救了有線電視〉，《今周刊》，頁143。

───（2007）。〈科斯的傳媒論述：與激進的反政府論對話〉，《臺灣社會研究季刊》，12月，68：361-392。

───（2008）。〈文化與經濟：台韓文化產業之比較〉，收於彭慧鸞編，《蕃薯與泡菜：亞洲雙龍台韓經驗比較》，頁212-239。台北：財團法人亞太文化交流基金會。

───（2009）。〈兩岸傳媒交流的回顧〉，收於卓越新聞獎基金會編《台灣傳媒再解構》，頁421-444。台北：巨流出版公司。

───（2012）。〈匯流年代的通傳會權責：廣電節目的傳輸、生產與使用〉，收於媒改社、劉昌德編《豐盛中的匱乏：傳播政策的反思與重構》，頁253-299。台北：巨流。

───（2015a）。《傳媒公共性與市場》。上海：華東師範大學。

───（2015b）。〈邊緣島嶼：柯P說帝國主義帶來了「進步」〉，2月10日，https://hk.on.cc/tw/bkn/cnt/commentary/20150210/bkntw-20150210000415458-0210_04411_001.html

───（2016）。〈辨識「中國因素」，還原新聞自由：建構台灣傳媒的出路〉，《台灣社會研究季刊》，104：1-57。

───（2020a）。〈報導反送中 台灣要邦聯〉，《開鏡》公視季刊，10：64-69。

───（2020b）。〈分析台灣主要報紙的兩岸新聞與言論：聚焦在《聯合報》（1951-2019）〉，

——（1992年8月1日）。〈關於「一個中國」的涵義〉。

——（1993a）《兩岸對記者互訪基本態度的比較》。2月。

——（1993b）《兩岸媒體對對方報導之內容分析》。鍾蔚文主持。6月。

——（1994c）。《臺海兩岸關係說明書》。「大陸工作參考資料」，https://www.mac.gov.tw/
cp.aspx?n=FF210059589C57F1&s=454DB66F272B1CE5

——（1994b）。《大陸大眾傳播事業投資環境之研究：廣電部分》。楊志弘主持。9月。

——（1995a）《大陸新聞事業概況》。張多馬編著。6月。

——（1995b）《大陸大眾傳播事業投資環境之研究：出版部分》。葉君超主持。4月。

——（1998）《兩岸三地大眾傳播交流手冊》。9月，https://www.mac.gov.tw/MAIRC/cp.as
px?n=B64DFEE4D7371490&s=AC4A64318B66ADCA

——（2003年1月27日）。〈民眾對中共提出「一國兩制」模式解決兩岸問題的看法〉，
https://www.mac.gov.tw/News_Content.aspx?n=EAF760724C4E24A5&sms=2B7F1AE4AC
63A181&s=EFC9933BC00105D4

——（2019年10月24日）。〈臺灣主流民意拒絕中共「一國兩制」的比率持續上升，更反
對中共對我軍事外交打壓〉，https://www.mac.gov.tw/News_Content.aspx?n=B383123AE
ADAEE52&s=530F158C22CC9D7C

游智凱（2014）。〈商業環境下的台灣媒體〉。未發表文稿。

游昊耘（2022）。〈雙語政策百億經費 撒30億聘外師〉，《聯合報》，9月7日，A6版。

湯民國（1994）。〈公共廣播電視的使命〉，《電視研究》，8月。

湯錦台（2001）。《大航海時代的台灣》。台北：貓頭鷹出版社。

焦雄屏（2010年11月1日）。〈政治別來 給文化人創意空間！〉，《聯合報》，A15版。

程紹淳（2010）。〈後冷戰時期文化的彈性資本積：從台灣通俗文化工作者瓊瑤的創作軌跡
談起〉，《新聞學研究》，10月，150：45-84。

——（2012）。〈媒體市場區域化下被錯置的文化消費與生產？台灣「鄉土劇」在中國大
陸〉，《傳播與社會學刊》，19：141-179。

程嘉文（2023）。〈2成5美軍生計拮据 五角大廈震驚〉，《聯合報》，1月17日，A11版。

程遠述（2022）。〈發文歡迎我改革徵兵制 AIT：續助台維持防禦力〉，《聯合報》，12月28
日，A4版。

曾健民（2015）。《陳逸松回憶錄（戰後篇）：放膽兩岸波濤路》。新北：聯經。

曾韋禎（2015年11月8日）。〈只講一中不談各表 向習投降 民進黨團斥馬失格〉，《自由時
報》，第A2版。

曾慶瑞（1998）。〈中國電視劇之怪現狀及其出路〉，《粵海風》（廣州），11/12月：4-9。

須文蔚、廖元豪編（2000）。《傳播法規》。台北：元照。

──（2019年9月1日）。〈民進黨勿挑唆香港玉石俱焚〉，《聯合報》，第A12版。

──（2022a）。〈從海基會第八方案再出發〉，《聯合報》，8月14日，A10版。

──（2022b）。〈《大屋頂下》文明弔詭 暴政不亡論〉，《聯合報》，11月20日，A10版。

──（2023a）。〈《大屋頂下》多樣或走樣？中國崛起與全球文明倡議〉，《聯合報》，5月7日，A10版。

──（2023b）。〈九二共識的澡盆與嬰兒〉，《聯合報》，6月5日，A10版。

黃欣（2012年11月17日）。〈台商談聯合報：品質不優〉，《工商時報》，A4版。

黃昭元（2001）。〈兩國論的憲法分析：憲法解釋的挑戰與突破〉，收於台灣主權論述論文集編輯小組編《台灣主權論述論文集》上下冊，頁242-281。新北：國史館。原收錄於黃昭元編（2000）。《兩國論與台灣國家定位》，頁379-417。台北：學林文化。

黃昭堂（2001）。〈百年來的台灣與國際法〉，收於台灣主權論述論文集編輯小組編《台灣主權論述論文集》上下冊，頁110-126。新北：國史館。原收錄於黃昭堂著（1998）。《台灣那想那利斯文》，頁22-45。台北：前衛。

黃柏堯、吳怡萱、林奐名、倚帆（2005）。〈「報紙讀者投書版之多元性分析：以《中國時報》、《聯合報》、《自由時報》為例」〉。2005年中華傳播學會年會，7月15日，台北：台灣大學，http://ccs.nccu.edu.tw/word/HISTORY_PAPER_FILES/103_1.pdf

黃國樑、程嘉文、賴錦宏（2018年5月2日）。〈多明尼加與我斷交（77年邦誼一刀切 我邦交國剩19個 蔡總統：中國實質破壞兩岸現狀）〉，《聯合報》，第A1版。

黃彩雲（2000）。《超競爭環境下策略之研究：以自由時報為例》。中山大學企業管理學碩士論文。

黃清龍（2020）。《蔣經國日記揭密》。台北：時報文化。

黃晶琳（2015年1月30日）。〈TVBS 去港化 王雪紅人馬主導〉，《經濟日報》，A3版。

黃晶琳、陳美君、李淑慧（2013年3月27日）。〈壹傳媒案轉彎 只賣壹電視〉，《經濟日報》，A3版。

黃雲娜（2022）。〈奧斯卡導演紀錄片《香港：被掩蓋的真相》（1）｜香港人走上街頭〉，6月23日，https://www.hk01.com/深度報道/784590/奧斯卡導演紀錄片-香港-被掩蓋的真相-1-香港人走上街頭

黃敬平、徐銀磯（2008年3月28日）。〈蘇起：中國未否認一中各表〉，《蘋果日報》，第A2版。

黃瑞明（2021a）。〈從台中限水想到護市神水〉，《聯合報》，4月10日，A12版。

──（2021b）。〈不容青史盡成灰 朱主席找回榮耀之路〉，《聯合報》，10月15日，A16版。

黃維幸（2022）。《兩岸新視野：撥除迷霧見台海》。台北：印刻。

──（2023）。〈最後的呼籲──備戰是「必」戰，不是「避」戰〉，5月6日，https://www.

《台灣社會研究季刊》，115：151-235。

——（2022a）。〈不實資訊、廣場事件與戰爭責任：理解烏克蘭〉，《傳播、文化與政治》，15：161-201。

——（2022b）。〈台灣閩南語 不是台灣台語〉，《聯合報》，11月12日，A11版。

馮建三編（2003）。《戰爭沒有發生？ 2003年美英出兵伊拉克評論與紀實》。台北：唐山出版社。

馮廣超（2005）。〈產業化後呼喚中國電視的公共化〉，《傳媒透視》，4月：8-10。

馮靖惠（2017）。〈中文系擬改列華文系？ 爭議太大 教部緊急喊卡〉，《聯合晚報》，9月5日，A1版。

媒體改造學社（2016）。〈2016年文化與媒體政策倡議書〉，《傳播、文化與政治》，3：181-213。

黃小榕（1999）。〈以市場為槓桿 推進新聞改革：評析《深圳特區報》開拓市場的探索〉，《新聞與傳播研究》，2：49-54。

黃于庭（2014）。《蘋果日報工會創建過程紀錄與分析》。政治大學新聞研究所碩士論文。

黃仁著（2008）。〈日本電影進口與輔導國片〉，收於《日本電影在台灣》，頁283-298。台北：威秀。

黃天才、黃肇珩（2005）。《勁寒梅香：辜振甫人生紀實》。新北：聯經。

黃北朗（1984年10月20日）。〈俞揆嚴斥大中國邦聯謬論（指出妄求苟安必為敵所乘）〉，《聯合報》，第1版。

黃光國（2005）。《一中兩憲：兩岸和平的起點》。台北：生智。

——（2019年5月15日）。〈一中兩憲：兩岸共構文化中國〉，《聯合報》，第A13版。

黃艾禾（2000）。〈進口大片的來龍去脈〉，《財經：證券市場周刊月末版》。2月：29。

黃年（1998a）。《李登輝的憲法變奏曲：十年執政同步紀實1988-1998》。新北：聯經。

——（1998b）。《李登輝的心靈寫真錄：十年執政同步紀實1988-1998》。新北：聯經。

——（2000）。《李登輝總統的最後一千天》。新北：聯經。

——（2008）。《這樣的陳水扁：執政八年同步紀實》。新北：聯經。

——（2011）。《從漂流到尋岸：聯合報兩岸議題社論選集（民國八十年至一百年）》。新北：聯合報社。

——（2013）。《大屋頂下的中國：兩岸大架構》。新北：聯經。

——（2015）。《蔡英文繞不繞得過中華民國：杯子理論與兩岸未來》。台北：天下文化。

——（2016年11月13日）。〈一中各表和求同存異的異同〉，《聯合報》，第A14版。

——（2017）。《獻給天然獨：從梵谷的耳朵談兩岸關係》。新北：聯經。

——（2019年6月14日）。〈蔡英文會是第三個李登輝嗎〉，《聯合報》，第A16版。

楊儒賓（2014）。〈台灣的創造力與中華文化夢〉，《思想》，25：151-157。

──（2015）。《1949禮讚》。新北：聯經。

──（2022）。《多少蓬萊舊事》。新北：聯經。

──（2023a）。〈給〈反戰聲明〉下個注腳──別讓台灣掉進「主權國家」的黑洞〉，4月27日，https://www.storm.mg/article/4781629?mode=whole

──（2023b）。《思考中華民國》。新北：聯經。

楊偉光編（1998a）。《中央電視台發展史》。北京：北京出版社。

楊偉光（1998b）。《中國電視論綱》。北京：北京出版社。

楊琇晶（2014）。《台灣媒體的中國因素：香港經驗參照》。台灣大學國家發展研究所碩士論文。

楊湘鈞、程嘉文（2015年11月9日）。〈習善意未提「一中」馬閉門會「各表」〉，《聯合報》，第A1版。

楊毅、藍孝威（2015年11月8日）。〈當著習近平的面 馬提一中各表 站穩總統立場〉，《中國時報》，第A3版。

楊穎超（2011）。〈不正當政權？還是不適當概念？──「外來政權」論述的再思考〉，《東亞研究》，42（1）：127-156。

溫世銘（2001年7月18日）。〈國民黨民調44%支持邦聯構想 文傳會：了解民意趨勢後 十六全討論是否納政綱 另陸委會調查 反對「一國兩制」者創9年新低〉，《中央日報》，第3版。

經濟部、新聞局、教育部與文建會（主辦機關）（2009a）。《創意台灣：文化創意產業發展方案行動計畫98-102（核定本）》，http://www.ey.gov.tw/Upload/RelFile/27/63679/912816305071.pdf

──（2009b）。《創意臺灣：Creative Taiwan歐美亞洲兩岸台灣─文化創意產業發展方案（PPT）》，http://www.ndc.gov.tw/dn.aspx?uid=7414（上網日期：2016年1月1日）。

經濟日報（2017年7月12日）。〈美國 媒體聯合抗議臉書搶廣告 向國會提反壟斷豁免〉，《經濟日報》，A8版。

經濟日報社論（2022）。〈美中對抗加劇 選邊站非良策〉，《經濟日報》，11月6日，A2版。

葉乃治（2010）。《1960年代台灣的賣國控訴：以徐高阮的論述為探討核心》。臺灣師範大學歷史研究所碩士論文。

葉小慧（2010年12月18日）。〈大富准併凱擘 有線電視新龍頭〉，《經濟日報》，A5版。

葉邦宗（2004）。《一代報皇王惕吾》。台北：四方書城。

葉亭均編譯（2022）。〈張忠謀：全球化、自由貿易幾已死〉，《經濟日報》，12月8日，A3版。

storm.mg/article/4785227?mode=whole

黃樹仁（2013）。〈沒有唐山媽？拓墾時期台灣原漢通婚之研究〉，《台灣社會研究季刊》，93：1-47。

黑白集（1957年8月8日）。〈紙上談兵〉，《聯合報》，第3版。

——（2014年10月3日）。〈今日台灣，明日香港〉，《聯合報》，A2版。

黑快明（2020）。〈中國銳實力對澳洲的滲透與澳洲政府的回應政策〉，《遠景基金會季刊》，21（3）：41-109。

新聞局（2010）。〈民眾有關EFCA電影片配額議題常見問題〉，www.ecfa.org.tw/Down load. aspx?No=18&strT=ECFADoc

新華社（2015年1月11日）。〈韓國下令驅逐「親朝」韓裔美國人 五年禁止入境〉，http:// world.huanqiu.com/article/2015-01/5378907.html

楊仁峰（1989）。〈報業管理〉，《新聞鏡週刊》11：40-43。

楊仕樂（2005）。〈我國三項重大軍備採購必要性之個案分析〉，《全球政治評論》，12：79-97。

楊羽雯（2000年5月30日）。〈蔡英文：九二年協商沒有共識 希望兩岸對一中問題從五二〇開始「但也無意否認九二年的事實」〉，《聯合報》，第4版。

——（2000年6月28日）。〈陳水扁「漸進的柔軟」有了眉目表明接受「九二共識」不再迴避「一中」面對新局 有了預備動作〉，《聯合報》，第3版。

——（2002年8月4日）。〈陳總統：兩岸是一邊一國〉，《聯合報》，第1版。

楊羽雯、徐東海（1998年2月21日）。〈陳水扁提兩岸關係三部曲〉，《聯合報》，第2版。

楊克隆（2018）。〈清代平埔族土地流失原由新探〉，《興大人文學報》，61：47-78。

楊志弘（1999）。〈大中華電視市場的發展：台灣‧香港‧中國電視的合作關係之展望〉，《傳播管理學刊》，10月，1（1）：1-18。

楊志弘、張舒斐、趙寧宇（1999）。《平面媒體納入亞太媒體中心計畫之可行性分析》。銘傳大學傳播管理研究所，新聞局委託研究案結案報告。

楊秀菁（2012）。《新聞自由論述在台灣（1945-1987）》。政治大學歷史究所博士論文。

楊明品（2009）。〈中國廣播電視公共服務建設實踐與發展模式〉。收於李景源、陳威編《中國公共文化服務發展報告》，頁123-134。北京：社會科學文獻出版社。

楊祖珺（2017）。〈重探一九七〇年代台灣大專學生創作歌謠文化運動的社會情境〉，《傳播、文化與政治》，6：1-85。

楊渡（2015）。《暗夜裡的傳燈人》。台北：天下。

——（2019）。《1624：顏思齊與大航海時代》。台北：南方家園。

——（2023）。〈台灣民間的鄭成功情結〉，《中國時報》，5月10日，A10版。

趙成儀（2020）。〈「新冠肺炎」疫情下的中國大陸「大外宣」——透過社群媒體「推特（Twitter）」操作策略分析〉，《展望與探索月刊》，18（9）：86-97。

劉力仁（2013年7月28日）。〈又擋反媒體壟斷法 記協批馬政府無誠信〉，《自由時報》，http://news.ltn.com.tw/news/politics/breakingnews/844923（同日讀取，該篇未刊登於紙版）。

劉昌德（2008）。〈大媒體，小記者：報禁解除後的新聞媒體勞動條件與工作者組織〉，《新聞學研究》，95：239-268。

劉俞青、歐陽善玲（2009）。〈獨家專訪富邦金董事長談中國布局 蔡明忠擘畫金融大未來〉，《今周刊》，674：36-40。

劉康定（2010）。《泰國公共電視發展與制度分析》。臺灣大學新聞研究所碩士論文。

劉現成（1998）。〈大陸電視劇與水滸傳〉，《廣電人》，4月：20-26。

劉燕南（1999）。《臺灣報業爭戰縱橫》。北京：九洲圖書出版社。

劉永祥、賴錦宏（2011年6月23日）。〈大陸學者提一國兩府〉，《聯合報》，第A1版。

劉昌松（2012年7月14日）。〈批《自由》民調假 名嘴董智森免賠 確無民調中心 法官：不嚴謹〉，《蘋果日報》，第A12版。

劉嘉薇（2016）。《臺灣民眾的媒體選擇與統獨立場》。台北：五南。

潘忠黨（1996）。〈大陸新聞改革的不確定進程〉，《中國時報》，10月16日，9版。

潘家慶（1997）。《大陸新聞改革》。國科會專題研究計畫，NSC86-2412-H004-019。

潘妮妮（2009）。〈日本記者俱樂部制度的封閉性及其改革〉，《日本學刊》，2：111-122。

潘治民（2011）。〈報紙中民意市場研究〉，《亞太經濟管理評論》，14（2）：55-70。

潘朝成（2012）。〈台灣沒有「平埔族」，只有原住民族〉，《台灣原住民族研究學報》，2（1）：175-187。

潘俊偉（2014年11月19日）。〈向軍方討地 請舉證「已反攻大陸」〉，《聯合報》，第A10版。

編輯部（2014年2月19日）。〈連向習喊 正視中華民國〉，《蘋果日報》，第A7版。

蔡佳青（2006）。《八面玲瓏：台灣蘋果日報政治立場之初探》。台北大學社會系碩士論文。

蔡昉潔（2014）。《論跨媒體合併行為之管制：以民主機能之健全為中心》。中央大學產業經濟研究所碩士論文。

蔡長寧（1999）。〈國產劇港台化現象淺析〉，《電影評介》，218：18-19。

蔡家蓁、李成蔭、劉懿萱、張睿廷（2023）。〈郭柯賴金門拚和平（賴清德：真和平靠己力及決心 郭台銘：不談判永無和平可能 柯文哲：把金門當和平試驗區）〉，《聯合報》，5月31日，A1版。

蔡家蓁、林佳彣、張曼蘋（2023）。〈郭主張與陸談判 侯喊兩岸和平〉，《聯合報》，5月14日，A4版。

葉啟政（2013）。《衤宁躓頓七十年：恰似末代武士的一生》。台北：遠流。

葉萬安（2023）。〈政府不甘投資台積？我質疑〉，《聯合報》，3月22日，A11版。

賈文增（1998）。〈電視業的經營與發展〉，收於劉寶順編（1998）。《電視管理文集》，頁117-131。北京出版社。

廖琴（1990）。〈兩大報系從台灣打到北京：報業競爭戰場無限延伸〉，《財訊月刊》，10月，103：195-197。

廖耆煬（2005）。《台灣產險業在中國產險市場之願景與策略研究：以富邦金融控股公司為例》。淡江大學未來學研究所碩士論文。

董智森（2000年5月21日）。〈馬英九：演說平穩 中共難挑毛病〉，《聯合報》，第4版。

雷光涵（2013年12月10日）。〈通過秘密保護法 安倍民調大跌〉，《聯合報》，A4版。

——（2016年1月6日）。〈執政黨施壓 日電視台不敢批評政府〉，《聯合報》，A13版。

葛雋（2014年5月31日）。〈大一中 大六四〉，《自由時報》，第A21版。

鄒景雯（2008年3月28日）。〈九二共識 國民黨交中國定義？〉，《自由時報》，第A3版。

——（2015年11月8日）。〈習王書曰 馬臣接旨〉，《自由時報》，第A2版。

——（2023a）。〈焦點分析〉國際共管中國〉，《自由時報》，6月5日，A3版。

——（2023b）。〈交流與慰安〉，《自由時報》，6月14日，A4版。

廖士鋒、賴錦宏、陳政錄、林海（2023）。〈陸對我貿易壁壘調查〉，《聯合報》，4月13日，A1版。

廖本瑞（1991）。《哈洛.品特戲劇研究》。台北：書林。

廖咸浩（2023）。〈（雙語政策 賴、柯以星為典範）新加坡不是雙語國家〉，《聯合報》，6月17日，A13版。

廖美（2018）〈鞦韆或槓桿？政治維持現狀與兩岸經濟發展的弔詭〉，頁129-146，收於張茂桂等人編（2018）《中國效應：台港民眾的觀感》。香港中文大學香港亞太研究所。

榮偉傑（2021）。〈佛教與馬克思主義的會通：評林秋梧的「革命佛學」〉，《思與言》，59（4）：153-189。

端傳媒（2016）。〈專訪失蹤書商妻子〉，1月4日，https://theinitium.com/article/20160102-dailynews-hkbooksellers/

褚姵君（2009年4月17日）。〈親綠 兩岸合拍劇 民視搶頭香〉，《聯合報》，D1版。

趙成儀（1995）。《八十年代起大陸電影改革之研究》。政治大學東亞研究所碩士論文。

趙金玲（1996）。《中國大陸社會主義市場經濟下的電視產業發展》。輔仁大學大眾傳播所碩士論文。

趙玉明、王福順（1999）。《廣播電視辭典》。北京廣播學院出版社。

趙雅麗（1998）。〈政治主導下兩岸電視文化交流的迷思〉，《新聞學研究》，57：51-75。

報》，7版。

鄭秋霜（2012年2月6日）。〈三立總經理張榮華主推，「華劇」計畫開跑……台灣電視劇 要
　　創華流奇蹟〉，《經濟日報》，C9版。

鄭宏斌（2014年7月20日）。〈蔡英文：堅持獨立 已成年輕世代天然成分〉，《聯合報》，第
　　A8版。

鄭洞天（2000）。〈To be, or not to be? 進入WTO以後的中國電影生存背景分析〉，《電影藝
　　術》，2月：4-8。

鄭再新（2000）。〈與好萊塢抗衡的歐洲電影〉，《電影藝術》，2月：10-12。

盧非易（1998）。《台灣電影：政治、經濟、美學（1949-1994）》。台北：遠流。

盧慶榮（2005）。《中國影視工業發展暨兩岸影視交流：兼論對台灣演藝界及從業人員之影
　　響》。中山大學大陸研究所碩士論文。

盧修一（2006）。《日據時代台灣共產黨史1928-1932》。台北：前衛。

盧倩儀（2023a）。〈如果沒有政客，這世界還有戰爭嗎？〉，3月22日，https://www.upmedia.
　　mg/news_info.php?Type=2&SerialNo=168542

——（2023b）。〈奉侵略者為上賓，台灣價值錯亂〉，4月28日，https://www.storm.mg/
　　article/4781663?mode=whole

盧炯燊（2023）。〈美國中情局長 5月密訪大陸〉，《聯合報》，6月4日。A1版。

蕭佩宜（2013）。《旺中併購中嘉案新聞框架分析》。大葉大學人力資源暨公共關係碩士論
　　文。

蕭公權（汪榮祖譯，2019）。《康有為思想研究（二版）》。新北：聯經。

蕭銘國（2001年1月6日）。〈錢其琛：邦聯制不便評論 統合說講不明白 孫亞夫認邦聯是兩
　　岸未來可能方向〉，《中央日報》，第2版。

賴映潔、陳慧蓉、莊錦農（2007）。〈誰的他者——台灣報紙筆下的美國攻伊論述〉，《傳播
　　與發展學報》，34：134-162。

賴映秀（2014年1月22日）。〈龍應台報告文創發展 馬英九盼前進中國大陸市場〉，東森新聞
　　雲，http://www.ettoday.net/news/20140122/318863.htm

賴琬莉（製作2013年4月22日）。〈「我是歌手」解密〉，《今周刊》封面故事：80-111。

錢震宇（2014年1月23日）。〈龍應台：文化部預算少 馬英九：有機會將增加〉，《聯合報》，
　　A8版。

駱昭東（2018）。《朝貢貿易與仗劍經商：全球經濟視角下的明清外貿政策》。台北：台灣
　　商務。

龍耘、朱學東（1998）。〈產業化、集團化道路是我國電視事業發展的總趨勢：訪北京廣播
　　學院社科系主任周鴻鐸〉，收於《走向21世紀的中國電視：台長、專家訪談錄》，頁

蔡晉宇（2023）〈扁：九二共識不存在 李應早告訴我〉，《聯合報》，7月30日，A4版。

蔡晉宇、劉宛琳、劉懿萱（2023）。〈綠提名 賴：台灣沒統獨 民主才是重點 藍挺侯 侯：挑戰能克服 隨時可以上場〉，《聯合報》，4月13日，A1版。

蔡蕙如、林玉鵬（2017）。〈英國工黨的「柯賓現象」：有人要「造反」主流媒體在抓狂〉，《傳播、文化與政治》，5：209-224。

蔡鴻濱（2000）。《衝突與回應：聯合報在三次退報運動衝突中論述之語藝類型》。輔仁大學大眾傳所碩士論文。

蔣渭水（1921）。〈臨床講義〉，收於王曉波編（1998）。《蔣渭水全集（上）》，頁3-6。台北：海峽學術出版社。

──（1925）。〈五個年中的我〉，收於王曉波編（1998）。《蔣渭水全集（上）》，頁83-90。台北：海峽學術出版社。

蔣經國（1979年12月11日a）。〈蔣主席致詞全文〉，《中央日報》，第3版。

───（1979年12月11日b）。〈蔣主席致詞全文〉，《中國時報》，第3版。

───（1979年12月11日c）。〈蔣主席致詞全文〉，《聯合報》，第5版。

鄧向陽（2006）。《媒介經濟學》。長沙：湖南大學。

鄧炘炘（2006）。《動力與困窘：中國廣播體制改革研究》。北京：中國經濟出版社。

鄧蔚偉（2014年5月31日）。〈統派「大一中」的焦慮與陷阱〉，《自由時報》，第A6版。

鄧小樺編（2022）。《戳穿黑色的寂靜蹤跡：烏克蘭戰爭、文藝歷史與當下》。台北：八四一。

鄧津華（2018）。《台灣的想像地理：中國殖民旅遊書寫與圖像（1683-1895）》。台北：台大出版中心。

鄭志文（2014）。〈電影全球化下的地方系統：臺灣電影產業的生態分析〉，《靜宜人文社會學報》，8（1）：335-370。

鄭國威（2017）。〈假新聞真能影響選舉？第一份研究出爐，美、德兩國差很大〉，3月29日，http://pansci.asia/archives/117183

鄭景鴻（1991）。《中國大陸喜劇電影發展史》。香港私立珠海大學中國歷史研究所碩士論文。

鄭慧華、周安曼、馮建三、吳嘉瑄（2009）。〈這世界，真是欠扁！The Yes Men及其他文化反堵行動團體〉，《今藝術》，9月：頁110-123。

鄭任汶、馮美瑜（2008）。〈花錢買戰爭？或花錢買安全？台灣的國家安全：建構主義的觀點初探〉，《北台灣科技學院通識學報》，4：125-139。

鄭鴻生（2022）。《重新認識台灣話：閩南語讀書筆記》。台北：人間出版社。

鄭淑敏（1999年12月1日）。〈我的呼籲：正視AC尼爾森對台灣電視亂象的影響〉，《聯合晚

—— （1994年6月9日）。〈籲在龍舟競賽前舉行祭悼屈原的儀式〉，《聯合報》，第2版。

—— （1997年10月22日）。〈筷子理論：台灣是海陸介面與東西橋樑〉，《聯合報》，第2版。

—— （1998年7月3日）。〈一個思考方向：從「台獨公投黨綱」轉向「統一公投憲典」〉，《聯合報》，第2版。

—— （1999年7月13日）。〈「德國之聲版」：這扇門的後面，是否真有出路或活路？〉，《聯合報》，第2版。

—— （1999年7月20日）。〈兩國論：不要作繭自縛 不要自毀長城〉，《聯合報》，第2版。

—— （1999年7月26日）。〈兩國論：「事實論述」正確 「戰略論述」錯誤〉，《聯合報》，第2版。

—— （1999年8月17日）。〈兩國論 究竟是勝利或挫敗？〉，《聯合報》，第2版。

—— （2000年5月20日）。〈扁就職演說 中華民國尊嚴為基調〉，《聯合報》，第2版。

—— （2000年8月26日）。〈（大陸官方 最新表述）錢其琛：大陸、台灣同屬一中〉，《聯合報》，第A2版。

—— （2000年8月28日）。〈屋頂理論：錢其琛的「新三句話」〉，《聯合報》，第A2版。

—— （2000年9月22日）。〈李光耀見陳水扁：是否延續李登輝路線？〉，《聯合報》，第A2版。

—— （2000年11月27日）。〈陳總統現在已經站在兩岸政策的第一線上〉，《聯合報》，第A2版。

—— （2000年12月9日）。〈兩岸政策首應回歸五二就職演說〉，《聯合報》，第A2版。

—— （2000年12月31日）。〈新年祝願：破解「信心危機」與「空轉」的惡性循環〉，《聯合報》，第A2版。

—— （2002年8月6日）。〈自毀政治信任無異政治自殺！〉，《聯合報》，第A2版。

—— （2005年11月2日）。〈讓媒體工作者與閱聽大眾來面對情勢！——勿輕言上街，若要上街，不願見任何政黨及候選人的旗幟〉，《聯合報》，A2版。

—— （2006年2月1日）。〈陳總統必須以國家安全為最優先考量〉，《聯合報》，第A2版。

—— （2006年2月28日）。〈自辱辱國：陳水扁公開在世人眼前戴上美國送給他的緊箍圈〉，《聯合報》，第A2版。

—— （2006年5月31日）。〈呼喚民進黨在汨羅江外的自由心靈！〉，《聯合報》，A2版。

—— （2008年3月28日）。〈《重建台灣價值的大選》系列之六 一中各表‧兩岸探戈〉，《聯合報》，第A2版。

—— （2008年3月29日）。〈《重建台灣價值的大選》系列之七 一中各表：國民黨、共產黨與民進黨的交集地帶？〉，《聯合報》，第A2版。

—— （2009年10月20日）。〈兩岸關係：杯子理論與屋頂理論〉，《聯合報》，第2版。

614-620。北京:北京廣播學院。

戴錦華(1999)。《斜塔瞭望:中國電影文化 1978-1998》。台北:遠流。

戴國煇(1985)。《台灣史研究:回顧與探索》。台北:遠流。

——(2002)。《台灣近百年史的曲折路——「寧靜革命」的來龍去脈》(戴國煇全集7)。台北:遠流。

戴世瑛(2023)。〈鄭成功陷統獨喧囂 讓史實說話〉,《聯合報》,5月4日,A10版。

繆全吉(1984年10月20日)。〈如與叛亂團體合組邦聯 在法理上如何自圓其說〉,《聯合報》,第2版。

聯合報(2008年7月1日)。〈免費試閱聯合報一個月〉,《聯合報》,A16版。

——(2013年7月1日)。〈華流來了「……大陸9大視頻6億點擊 優酷土豆網 大陸同步播出」〉,《聯合報》,C1版(整版廣告)。

——(2022)。〈2022年兩岸關係年度大調查:兩岸情勢〉,《聯合報》,9月20日,A4版。

聯合報台北訊。(1978年6月14日)。〈旅美學人多主張採取彈性外交 從爭取德國模式突破當前困境〉,《聯合報》,第2版。

——(1998年10月5日)。〈大陸民間團體主張中華邦聯(「中國發展聯合會」建議兩岸均以對等政治實體加入 並呼籲中共在辜汪會晤中公開表達)〉,《聯合報》,第13版。

聯合報大陸新聞中心(2000年5月20日)。〈大陸九成五民意 支持對台動武〉,《聯合報》,第13版。

——(2008年3月27日)。〈電話裡 告訴布希 胡錦濤:九二共識下 兩岸可復談〉,《聯合報》,第A18版。

聯合報新聞部(2016)。《81秒世紀之握:馬習會幕後大解密》。新北:聯合報新聞部。

聯合報系民意調查中心(1999年7月12日)。〈本報民調 63%受訪者:沒必要宣布獨立 近半數民眾同意兩岸是「特殊國與國關係」37%認李總統傾向獨立〉,《聯合報》,第4版。

聯合報系採訪團(2015年11月8日a)。〈馬習會 共同確認「九二共識」馬總統 閉門會闡述「九二共識」提及「一中各表」當著習近平的面 說出「中華民國憲法」習近平稱「九二共識、反對台獨」是共同政治基礎 缺這一個定海神針和平之舟就會徹底傾覆〉,《聯合報》,第A1版。

——(2015年11月8日b)。〈一中各表 馬向習提中華民國憲法 「我站穩一個中華民國總統要站穩的立場」〉,《聯合報》,第A3版。

——(2015年11月8日c)。〈記者會上 馬秀出1992年聯合報剪報 中華民國國旗、「總統」名牌齊上桌 具體行動表述「一中各表」〉,《聯合報》,第A3版。

聯社(聯合報社論,1957年8月8日)。〈我們對於反攻大陸問題的把握〉,《聯合報》,第1版。

——(1978年6月16日)。〈最好的「模式」是維持現狀〉,《聯合報》,第2版。

謝小芩、王智明、劉容生（2010）。《啟蒙‧狂飆‧反思：保釣運動四十年》。新竹：清華大學出版社。

謝邦振（2015年7月13日）。〈兩岸論述 不能孤芳自賞〉，《聯合報》，第A14版。

謝荃（1999）。〈實施大公司戰略，推進電影企業集團化發展〉，《中國電影市場》，7月：12-13。

謝進盛（2006年1月30日）。〈扁：廢國統綱領 時機成熟 「國統會只剩招牌……追求統一非常有問題」盼今年完成「台灣憲法」民間草案 明年公投〉，《聯合報》，第A1版。

謝錦芳（2023）〈「台灣危險了！」薩克斯示警：美中鬥爭，台灣應與對岸進行更多對話〉，8月3日，https://www.storm.mg/article/4847541?mode=whole

鍾年晃（2000年9月3日）。〈李遠哲主張回到九二年共識〉，《聯合報》，第2版。

——（2001年1月1日）。〈元旦祝詞 總統：依憲法一中原不是問題促共同尋求兩岸永久和平、政治統合新架構 將以「積極開放、有效管理」新視野處理戒急用忍〉，《聯合報》，第1版。

——（2012）。《我的大話人生》。台北：前衛出版社。

鍾麗華（2019年4月22日a）。〈政府出招？兩岸關係可考慮建交或歐盟模式〉，《自由時報》，第A1版。

——（2019年4月22日b）。〈星期專訪〉陸委會主委陳明通談政院版兩岸條例修法：兩岸要和平 北京須先放棄武統〉，《自由時報》，第A4版。

韓景芃（1994）。〈獨立製片人薛曉紅談大陸電影的市場化改革〉，《聯合報》，9月26日，10版。

瞿宛文（2017）。《臺灣戰後經濟發展的源起：後進發展的為何與如何》。新北：聯經。

簡文欣（1996）。《亞太華語影視節目市場政治經濟分析》。輔仁大學大眾傳播研究所碩士論文。

簡旭伶（2011）。《兩岸電視劇合拍對台灣影視工作者的影響》。政治大學新聞研究所碩士論文。

簡妙如、劉昌德、王維菁（2012年12月19日）。〈反壟斷 傳播教育重拾意義〉，《自由時報》，A15版。

簡永祥（2023）。〈當年政府投資台積「沒很情願」張揭祕辛勸勿出清〉，《聯合報》，3月17日，A2版。

藍孝威（2023）。〈布林肯6月18日訪中 可望會見習近平〉，《中國時報》，6月15日，AA2版。

藍博洲（2013）。〈楊逵與「和平宣言」的滄桑〉，《中國時報》，5月16日，A13版。

顏厥安（1999年7月19日）。〈如果中共見招拆招 接受台灣「要約」……兩國論 兩岸統一的起步！〉，《聯合報》，第15版。

── （2010年1月25日）。〈「一中各表」等於台獨偏安？〉，《聯合報》，第A2版。

── （2010年9月4日）。〈從「統一論」到「連結論」──再論兩岸共策「目標創新」〉，《聯合報》，第A2版。

── （2012年3月30日）。〈《二〇一二吳胡會系列社論》六之六 把黑桃叫做黑桃 把憲法叫做憲法〉，《聯合報》，第A2版。

── （2013年2月22日）。〈傳承與發展：連習會能否超越連胡會〉，《聯合報》，第A2版。

── （2013年2月24日）。〈《「連習會」四之一》三個失敗促成二〇〇五年連胡會〉，《聯合報》，第A2版。

── （2013年2月25日）。〈《「連習會」四之二》兩個不可能與一個不可以〉，《聯合報》，第A2版。

── （2013年2月26日）。〈《「連習會」四之三》兩岸警句：道路決定命運〉，《聯合報》，第A2版。

── （2013年3月1日）。〈《「連習會」四之四》如果不容連戰說話，遑論「什麼都可以談」？〉，《聯合報》，第A2版。

── （2013年3月14日）。〈不進則退：習近平團隊面臨的瓶頸〉，《聯合報》，第A2版。

── （2013年6月14日）。〈吳習會：台灣與大陸是什麼關係？〉，《聯合報》，第A2版。

── （2014年5月28日）。〈（大一中兩府／三之一）大一中兩府：解讀施明德兩岸五原則〉，《聯合報》，第A2版。

── （2014年5月29日）。〈（大一中兩府/三之二）解放思想：新的主權觀與新的內戰觀〉，《聯合報》，第A2版。

── （2014年5月30日）。〈（大一中兩府／三之三）大一中架構：唯一不是兩國論的架構〉，《聯合報》，第A2版。

── （2015年5月5日）。〈朱習會的瓶頸與突破：中華民國是繞不過去的〉，《聯合報》，第A2版。

── （2015年6月20日）。〈兩岸政策：洪秀柱無縫超越馬英九〉，《聯合報》，第A2版。

── （2015年6月27日）。〈洪秀柱點破兩岸思維的新可能〉，《聯合報》，第A2版。

── （2015年7月2日）。〈蕭牆與紅帽：洪秀柱的內憂外患〉，《聯合報》，第A2版。

── （2015年9月2日）。〈有抗戰 無光復：歷史活得比我們長〉，《聯合報》，第A2版。

── （2015年11月8日）。〈馬習會：鞏固九二共識 試探一中各表〉，《聯合報》，第A2版。

── （2022a）。〈褊狹加懶惰，誰把新大陸變成新中國〉，《聯合報》，2月21日，A2版。

── （2022b）。〈美半導體霸權主義，我不能任人予取予求〉，《聯合報》，9月28日，A2版。

薛婷（1995）。《中國電影的政經分析，1979-1994》。香港中文大學傳播暨新聞研究所哲學碩士論文。

蘇鑰機（2016年9月8日）。〈香港傳媒公信力又見新低〉，https://news.mingpao.com/pns/dailynews/web_tc/article/20160908/s00012/1473270958100

蘇進強（2019年12月15日）。《維基百科》，https://zh.wikipedia.org/wiki/蘇進強

蘇永耀（2022）。〈台灣沒有腳踏兩條船的空間〉，《自由時報》，3月2日，A4版，https://news.ltn.com.tw/news/politics/paper/1503459

蘇哲安（2022）。《香港反送中運動左翼敗北的系譜：翻譯、轉型與邊界》。台北：唐山。

蘋論（2008年3月28日）。〈布、胡、馬三角〉，《蘋果日報》，第A26版。

蘋果日報（2013年12月26日）。〈兩岸媒體交流 拒邀《蘋果》《自由》〉，A14版。

──（2014年10月6日）。〈蘋論：那齜牙咧嘴的香港黑道〉，《蘋果日報》，A4版。

──（2015年11月8日a）。〈綠批馬習定調一中「藉以施壓蔡英文」〉，《蘋果日報》，第A1版。

──（2015年11月8日b）。〈馬習向國際證明 九二共識存在〉，《蘋果日報》，第A1版。

15yÚltimo. (2019, August 22). '*One year since the recovery plan: Are we on track or are we waiting to see?*' Venezuelanalysis.com, https://venezuelanalysis.com/analysis/14633

Aalberg, Toril and James Curran (eds., 2012). *How Media Inform Democracy: a comparative approach*. Routledge.

Abelow, Benjamin (2022). *How the West brought war to Ukraine : understanding how U.S. and NATO policies led to crisis, war, and the risk of nuclear catastrophe*. Siland Press.

Abraham, D. (2014, August 21). 'David Abraham's MacTaggart lecture: Full text,' *The Guardian*. Retrieved January 1, 2016, from http://www.theguardian.com/media/2014/aug/21/david-abraham-mactaggart-lecture-full-text

Achcar, Gilbert (2023). *The New Cold War: The United States, Russia, and China from Kosovo to Ukraine.* Haymarket Books.

Adayfi, Mansoor (2021). *Don't Forget Us Here: Lost and Found at Guantanamo*. Hachette Books.

Adler, David (2022). '*The west v Russia: why the global south isn't taking sides,*' March 10, https://www.theguardian.com/commentisfree/2022/mar/10/russia-ukraine-west-global-south-sanctions-war

Aitken, Robin (2022). 'Reporting Ukraine: more context please!' in John Mair, (Ed., 2022). *Reporting the War in Ukraine: a first draft of history*, pp.119-122. Abramis. 另見 https://pressgazette.co.uk/western-media-reporting-ukraine-russia/

Aitkin, Robin (2007/馬建國譯，2012)。《我們能相信BBC嗎？》。新星出版社。

Alava, Andreína Chávez (2023). '*Venezuela Denounces 'Theft of the Century' as US Endorses Citgo Sale,*' May 4, https://www.venezuelanalysis.com/news/15758

Albright, Madeleine K. (1998). 'Interview on NBC-TV "The Today Show" with Matt Lauer,

顏瓊玉（2008年3月29日）。〈陳明通：「一中不表」別高興太早〉，《中國時報》，第A4版。

顏伶如（2023）。〈美洩密案偵破 21歲國民兵落網〉，《聯合報》，4月15日，A10版。

魏永征（1999）。《中國新聞傳播法綱要》。上海：社會科學院出版社。

魏千峰（2019年5月29日）。〈大一中 難被台灣中國接受〉，《蘋果日報》，第A19版。

魏玓（2021）。〈失敗的史詩與觀賞的痛苦——《斯卡羅》啟示錄〉，12月19日，https://www.storm.mg/article/4104217

魏玓（2022）。〈得獎的是——政治正確！談《斯卡羅》金鐘獲獎的可議之處〉，10月24日，https://opinion.udn.com/opinion/story/10124/6709424

魏玓、林麗雲（2012）。〈三十年崎嶇路：我國公視的演進、困境與前進〉，收於媒改社、劉昌德編《豐盛中的匱乏：傳播政策的反思與重構》，頁1-29。台北：巨流。

──（2005年6月26日）。〈新聞頻道減半，電視環境復活〉，「媒體改造學社」，http://twmedia.org/old/modules/news/article.php?storyid=333

羅國俊（1999年7月29日）。〈直言集：新聞自由 不容任意踐踏！〉，《聯合報》，第2版。

羅致政（2000年4月2日）。〈「一個中國，各自表述」的迷思〉，《中國時報》，第15版。

羅慧雯（2005年7月29日）。〈請他們說出新聞頻道減半以外的方法吧！〉，媒體改造學社，http://twmedia.org/old/modules/news/article.php?storyid=337

羅世宏（2013）。〈媒體壟斷如何防制？媒體多元如何維護？向一個複合式的管制取徑〉，《傳播研究與實踐》，3（2）：1-25。

羅印冲、陳熙文、羅紹平（2019年4月23日）。〈（兩岸建交？ 採歐盟模式、獨立國協模式？）陳明通改口「政府沒這政策」〉，《聯合報》，第A4版。

羅方妤（2023）。侵烏前線成絞肉機 普亭不在乎，《聯合報》，2月4日，A9版。

藤井志津枝/傅琪貽（1996）。《理蕃：日本治理台灣的計策》。台北：文英堂。

譚希松（1998）。〈不斷以新思路開拓廣告業務〉，收於劉寶順編（1998）。《電視管理文集》，頁375-382。北京：北京出版社。

關中（2022）。《美國霸權的衰退和墮落：冷戰後美國外交政策的檢討》。台北：時報文化。

嚴中平（1984）。《老殖民主義史話選》。北京出版社。

嚴發敏（2021）。《香港反修例運動在兩岸媒體中的再現》。政治大學傳播學院碩士論文。

蘇芳禾（2015年11月8日）。〈黃昆輝：只提一中沒各表 馬賣台叛國〉，《自由時報》，第A4版。

蘇起（2015）。《兩岸波濤二十年紀實》。台北：天下文化。

蘇起、鄭安國編（2002）。《「一個中國，各自表述」共識的史實》。台北：國家政策研究院。

蘇致亨（2015）。《重寫台語電影史：黑白底片、彩色技術轉型和黨國文化治理》。臺灣大學社會所碩士論文。

RRA1200/RRA1230-1/RAND_RRA1230-1.pdf

Atwood, Kylie and Oren Liebermann (2022). *'Biden admin divided over path ahead for Ukraine as top US general Milley pushes for diplomacy'*, https://edition.cnn.com/2022/11/11/politics/ukraine-mark-milley-negotiations-biden-administration-debate

Auble, Dan (2021). '*Capitalizing on Conflict: How defense contractors and foreign nations lobby for arms sales,*' Feb. 25, https://www.opensecrets.org/news/reports/capitalizing-on-conflict/defense-contractors

Aufderheide, Patricia (1991). 'A funny thing is happening to TV's public forum,' *Columbia Journalism Review*, November/Decemper: 60-63.

Aznar, Jose Maria, Jose-Manuel Durao Barroso, Silvio Berlusconi, Tony Blair, Peter Medgyessy, Leszek Miller and Anders Fogh Rasmussen (2003) 'Europe and U.S. Must Stand United,' *Wall Street Journal (Asian edition)*, January 30: A7.

Bacevich, Andrew J. (2005). '*Robert Kaplan: Empire Without Apologies,'* Sep. 8, https://www.thenation.com/article/archive/robert-kaplan-empire-without-apologies/

—— (2023). '*Giving Whataboutism a Chanc*e,' February 12, https://tomdispatch.com/tanks-for-nuttin/

Bacon, David (2023). *'Should Leftists Call for Ending NATO?'* April 6, https://portside.org/2023-04-06/should-leftists-call-ending-nato

Badawi, Zeinab (2021). '*Reparations from former slave-owning countries are long overdue.*' July 29, https://www.ft.com/content/d47cc0e1-4dab-4f35-ada5-a3e653b62131

Baird, Robert P. (2023). *'Putin, Trump, Ukraine: how Timothy Snyder became the leading interpreter of our dark times,'* March 30, https://www.theguardian.com/world/2023/mar/30/how-timothy-snyder-became-the-leading-interpreter-of-our-dark-times-putin-trump-ukraine

Baker, Dean (2023). *'China is Bigger. Get Over It,'* April 25, https://www.counterpunch.org/2023/04/25/china-is-bigger-get-over-it/

Baker, Edwin (1994). *Advertising and Democratic Press*. Princeton University Press.

—— (2002/馮建三譯，2008).《傳媒、市場與民主》。上海：世紀出版公司。

Baker, P. (2019, April 17). Trump to lift limits to sue over land seizure by Cuba. *The New York Times*, Section A, p. 12.

Bakewell, Sarah (2023). *Humanly Possible: Seven Hundred Years of Humanist Freethinking, Inquiry, and Hope*. Penguin Press.

Baldwin, Natylie (2023). '*Taking the Capitalist Road Was the Wrong Choice For Ukraine, Says Ukraine Expert',* May 5, https://covertactionmagazine.com/2023/05/05/taking-the-capitalist-

Columbus, Ohio, February 19,' https://1997-2001.state.gov/statements/1998/980219a.html

Allcott, Hunt and Matthew Gentzkow (2017). Social Media and Fake News in the 2016 Election. *The Journal of Economic Perspectives*, 31(2): 211-236.

Allen, J. A. (2022). '*Poroshenko: Minsk Agreement II served to buy time*,' June 17, https://then24. com/2022/06/17/poroshenko-minsk-agreement-ii-served/

Allison, Graham (2017). *Destined for War: Can America and China Escape Thucydides's Trap?*. Houghton Mifflin Harcourt.

Altschuler, Glenn C. (2016, October 18). *Investigating Investigative Journalism*, http://www. huffingtonpost.com/glenn-c-altschuler/investigating-investigati_b_12537054.html

Amarasingam, Amarnath (Ed., 2011). *The Stewart/Colbert effect: essays on the real impacts of fake news*. McFarland & Company.

Andrade, Tonioz（歐陽泰，2011/陳信宏譯，2012）.《決戰熱蘭遮：歐洲與中國的第一場戰爭》。台北：時報文化。

Andrade, Tonioz (鄭維中譯，2007).《福爾摩沙如何變成台灣府？》。台北市：遠流。

Appleman, Deborah (2022). *Literature and the New Culture Wars: Triggers, Cancel Culture, and the Teacher's Dilemma.*W. W. Norton & Company.

Archcar, Gilbert (2023). *The New Cold War: The United States, Russia, and China from Kosovo to Ukraine.* Haymarket Books.

Arkin, William M. (2021). *The Generals Have No Clothes: The Untold Story of Our Endless Wars*. Simon & Schuster.

Aro, Jessikka (2022). *Putin's Trolls: On the Frontlines of Russia's Information War Against the World.* IG Publishing.

Arriaga, Patricia (1984). 'On advertising. A Marxist critique.' *Media, Culture & Society*, 6(1): 53-64.

Artero, Juan Pablo, Cristina Etayo, Alfonso Sánchez-Tabernero. (2012). '*Effects of Advertising on Perceived Quality by TV Viewers: the Case of the Spanish Public Service Broadcaster*,' http://ripeat.org/wp-content/uploads/tdomf/3081/Artero%20et%20al%20paper%202012.pdf

Asano, Kenichi (淺野健一，2003). 'Why Japan remains a threat to peace and democracy in Asia: the problem of lap dog journalism in U.S.A. and Japan dialogue with professor Noam Chomsky', *Hyoron Shakaikagaku (Social Science Review)*, 72: 148-115.

Asch, Beth J, Stephanie Rennane, Thomas E. Trail, Lisa Berdie, Jason M. Ward, Dina Troyanker, Catria Gadwah-Meaden, Jonas Kempf (2023). *Food Insecurity Among Members of the Armed Forces and Their Dependents*, https://www.rand.org/content/dam/rand/pubs/research_reports/

Benkler, Yochai (2004). Sharing nicely: on shareable goods and the emergence of sharing as a modality of economic production. *Yale Law Journal*, November: 273-358.

—— (2011). 'Giving the Networked Public Sphere Time to Develop,' in McChesney, Robert and Victor Pickard (eds., 2011). *Will the Last Reporter Please Turn Out the Lights: the Collapse of Journalism and What Can Be Done To Fix It*, pp.225-237. New York: The New Press.

Benson, Rodney (2017). Can foundations solve the journalism crisis? *Journalism*, 19(8): 1-19. DOI:10.1177/1464884917724612

Berlin, I. (1986/陳曉林譯，1969).〈兩種自由的概念〉,《自由四論》，頁225-295。新北：聯經。

Bernier, I. (2012). Article 6: Rights of parties at the national level. In von Schorlemer, S., and Stoll, P-T (Eds.). *The UNESCO convention on the protection and promotion of the diversity of cultural expressions: Explanatory notes*, pp.179-198. Berlin: Springer-Verlag.

Bezruchka, Stephen (2022). *Inequality Kills Us All: COVID-19's Health Lessons for the World*. Routledge.

Bhattacharjee, Yudhijit (2023).〈大國博弈棋子的命運：揭秘中國對美經濟間諜戰內幕〉,3月8日,https://cn.nytimes.com/usa/20230308/china-spying-intellectual-property

Biggam, Ross et. al. (2015). *Online Activities of Public Service Media: remit and financing*. Council of Europe.

Biggar, Nigel (2023). *Colonialism: a moral reckoning*. Oxford UP.

Blackburn, Robin (1991). 'Fin de Siecle: socialism after the Crash,' *New Left Review*, No.185: 5-66.

Blair, Helen and Al Rainnie (2000). 'Flexible films?', *Media, Culture & Society*, 22(2): 187-204.

Bledsoe, Everett (2023). *'How Many US Military Bases Are There in the World?'* May 2, https://www.thesoldiersproject.org/how-many-us-military-bases-are-there-in-the-world/

Blobaum, Bernd (2014). *Trust and Journalism in a Digital Environment*. Reuters Institute for the Study of Journalism. Oxford University.

Blum, John Morton (Ed., 1973a). *The Price of Vision: The Diary of Henry A. Wallace, 1942-1946*. Boston: Houghton Mifflin.

—— (1973b). *'Portrait of the Diarist,'* pp.1-49 in Blum (Ed., 1973a).

Blum, William (2014). *America's Deadliest Export: Democracy – the Truth About US Foreign Policy and Everything Else*. Bloomsbury Academic

Blumler, J.G., M. Brynin & T.J. Nossiter (1986). 'Broadcasting finance and programme quality,' *European Journal of Communication*, 1: 343-364.

Bolender, K. (2010). *Voices from the other side: An oral history of terrorism against Cuba*. London road-was-the-wrong-choice-for-ukraine-says-ukraine-expert/

Bandow, Doug (2022). '*Washington Will Fight Russia To The Last Ukrainian*', April 14, https://Www.Theamericanconservative.Com/Articles/Washington-Will-Fight-Russia-To-The-Last-Ukrainian/

Barclay, Paul (2020/堯嘉寧譯). 《帝國棄民：日本在台灣「蕃界」內的統治（1874-1945）》。台北：台大出版中心。

Barlow, David M. (2007). 'Manufacturing Authenticity in a Small Nation: The Case of Independent Local Radio in Wales', in Bakir, Vian and David M. Barlow (Eds., 2007). *Communication in the Age of Suspicion Trust and the Media*, pp.51-63. Palgrave Macmillan.

Barnett, A., Hundal, S., Pack, M., and Straw, W. (2011. August 8). Media reform in the UK. Open Decmarcy UK. Retrieved January 1, 2016, from https://www.opendemocracy.net/our kingdom/media-reform-in-uk-debate

Barnouw, Erik (1975). *Tube of Plenty: the evolution of American television*. NY: Oxford University Press.

Barwise, Patrick and Robert G. Picard (2014). *What If There Were No BBC Television? The Net Impact on UK Viewers*. Reuters Institute for the Study of Journalism. Oxford University.

Baumol, Hilda and William J. Baumol (1984). 'The mass media and the cost disease,' in Henden, William S., Nancy K. Grant and Douglas V. Shaw (eds.). *The Economics of Cultural Industries*, pp.109-123. Ohio: the University of Akron Press.

BBC (2013, July 26). *Local television funding agreement*, http://www.bbc.co.uk/bbctrust/our_work/strategy/licence_fee/local_tv_contribution.html

BBC (2016, December 15). *BBC welcomes granting of new charter*, http://www.bbc.co.uk/mediacentre/latestnews/2016/bbc-welcomes-granting-of-new-charter

Beard, Charles Austin (1939). 'Giddy Minds and Foreign Quarrels: an estimate of American foreign policy,' *Harper's Magazine*, Septerber, pp.337-351.

Beesley, M.E. (Ed., 1996). *Markets and the Media: competition, regulation and the interests of consumers*. London: Institute of Economic Affair.

Belair-Gagnon, Valerie (2015). *Social media at BBC news: the re-making of crisis reporting*. Routledge.

Benjamin, Medea (2012). *Drone Warfare: Killing by Remote Control*. Or Books.

Benjamin, Medea & Nicolas Davis (2018). *'The staggering death toll in Iraq,'* March 19, https://www.salon.com/2018/03/19/the-staggering-death-toll-in-iraq_partner/

—— (2022). *War in Ukraine: Making Sense of a Senseless Conflict*. Or Books.

Democratization. *Political Theory,* 34(6): 690-714.

Brzezinski, Zbigniew (1998). *The Grand Chessboard: American Primacy and Its Geostrategic Imperatives*. New York: Basic Books.

Budak, Ceren, Sharad Goel and Justin M. Rao (2016). Fair and balanced? quantifying media bias through crowdsourced content analysis. *Public Opinion Quarterly*, Vol.80, special issue, pp. 250–271.

Buddle, Michael (1997). *The (Magic) Kingdom of Christianity and Global Culture Industries*. Westview Press.

Burgis, Ben (2023). *'Henry Kissinger Is a Disgusting War Criminal. And the Rot Goes Deeper Than Him,'* May 27, https://jacobin.com/2023/05/henry-kissinger-100th-birthday-us-foreign-policy

Burns, Tom (1977). *The BBC: public institution and private world*. Macmillan.

Bush, George W. (2003). *'President Discusses the Future of Iraq,'* February 26, Washington Hilton Hotel, Washington, D.C., https://georgewbush-whitehouse.archives.gov/news/releases/2003/02/20030226-11.html

Bush, Richard C. (2016). *Hong Kong in the Shadow of China: Living with the Leviathan*. Brookings Institution Press.

—— (2020). *'The place of Hong Kong and Taiwan in the Asia policies of the Trump Administration,'* pp. 349-358 in Fong el.at. (2020).

Butcher, Jonathan (2022). *Splintered: Critical Race Theory and the Progressive War on Truth*. Post Hill Press.

Caldwell, Christopher. (2022). *'The War in Ukraine May Be Impossible To Stop, and the U.S. Deserves Much of the Blame,'* May 31, https://www.nytimes.com/2022/05/31/opinion/us-ukraine-putin-war.html

—— (2023). *'France Contemplates the Bear,'* April 17, https://www.theamericanconservative.com/france-contemplates-the-bear/

Captivating History (2019). *A Captivating Guide to the First World War, Including Battle Stories from the Eastern and Western Front and How the Treaty of Versailles in 1919 Impacted the Rise of Nazi Germany*. Captivating History.

Carey, John (1989). 'Public broadcasting and federal policy,' in Newberg, P.R. (Ed.). *New Directions in Telecommunications Policy*, pp. 192-221. London: Duke University Press.

Carson, James (2017, February 8). *What is fake news? its origins and how it grew in 2016*, http://www.telegraph.co.uk/technology/0/fake-news-origins-grew-2016/

& New York: Pluto Press.

Bolin, Göran and Per Ståhlberg (2023). *Managing Meaning in Ukraine: Information, Communication, and Narration since the Euromaidan Revolution*. The MIT Press.

Bollinger, L. C. (1986). *The tolerant society*. Oxford: Oxford University Press.

—— (2010). *Uninhibited, robust, and wide-open: A free press for a new century*. Oxford: Oxford University Press.

Booker, Christopher (2011). *The BBC and Climate Change: a triple betrayal*, August, https://www.thegwpf.org/images/stories/gwpf-reports/booker-bbc.pdf

Boorstin, Daniel J. (1961). *The Image: a guide to pseudo-events in America*. Harper.

Bouie, Jamelle and Tim Alberta (2022). *'Is America Headed for Another Civil War?'*, October 12, https://www.nytimes.com/2022/10/12/opinion/the- argument-america-civil-war.html

Boyd-Barrett, Oliver (2019). *RussiaGate and Propaganda: Disinformation in the Age of Social Media*. Routledge.

Brenner, Michael (2022). *'Neo-Cons: Genesis to Ascendency,'* July 15, https://scheerpost.com/2022/07/15/neo-cons-genesis-to-ascendency/

Brevini, Benedetta (2010). Towards PSB 2.0? Applying the PSB ethos to online media in Europe: a comparative study of PSBs' internet policies in Spain, Italy and Britain. *European Journal of Communication*, 25(4): 348-365.

—— (2013). *Public Service Broadcasting Online: a comparative European policy study of PSB 2.0*. Palgrave MacMillan.

Brinkhurst-Cuff, Charlie (2017, January 29). *MPs to investigate threat to democracy from 'fake news,'* https://www.theguardian.com/media/2017/jan/29/fake-news-mps-investigate-threat-democracy

Brown, Barrett (2016). *'I Do Not Care to Finish Reading This Mediocre Kissinger Biography By Niall Ferguson,'* March 19, https://theintercept.com/2016/03/29/i-do-not-care-to-finish-reading-this-mediocre-kissinger-biography-by-niall-ferguson/

Brown, Duncan H. (1994). 'The academy's response to the call for a marketplace approach to broadcast regulation,' *Critical Studies in Mass Communication*, 11: 257-273.

Brown, Maggie (2007). *A Licence to be Different: the story of Channel 4*. London : BFI.

Brown, Melissa J. (2004). *Is Taiwan Chinese?: The Impact of Culture, Power, and Migration on Changing Identities*. California University Press. Brown University (n.d.) *'Costs of War'* (figures) https://watson.brown.edu/costsofwar/figures

Brown, Wendy (2006). American Nightmare: Neoliberalism, Neoconservatism, and De-

Reveals About Its Plans to End Freedom Everywhere. St. Martin's Press.

Clifton, Eli (2020). '*Taiwan Funding of Think Tanks: Omnipresent and Rarely Disclosed,*' June 17, https://prospect.org/world/taiwan-funding-think-tanks-omnipresent-rarely-disclosed/

Coase, Ronald (1937). The nature of the firm. *Economica*, Vol.4. No.16, pp. 386-405. 中譯見作者論文集，盛洪、陳郁等人譯（1990）。《企業、市場與法律》。上海：三聯。（該譯本另在2014年由上海格致出版社發行）

—— (1965). 'Evaluation of public policy relating to radio and television broadcasting: social and economic issues.' *Land Economics*, 41: 161-167.

Cohen, B. D., & Blumenthal, M. (2019, January 29). The making of Juan Guaidó: How the US regime change laboratory created Venezuela's coup leader. *The Grayzone*, https://grayzoneproject.com/2019/01/29/the-making-of-juan-guaido-how-the-us-regime-change-laboratory-created-venezuelas-coup-leader/

Cohen, Dan and Max Blumenthal (2019). '*The Making of Juan Guaidó: How the US regime change laboratory created Venezuela's coup leader,*' January 29, https://thegrayzone.com/2019/01/29/the-making-of-juan-guaido-how-the-us-regime-change-laboratory-created-venezuelas-coup-leader/

Cohen, Stephen F. (2011). *Soviet Fates and Lost Alternatives: From Stalinism to the New Cold War*. Columbia University Press.

—— (2019). *War with Russia: From Putin and Ukraine To Trump and Russiagate*. Hot Books.

Cohn, Marjorie (2021). '*Drone Whistleblower Gets 45 Months in Prison for Revealing Ongoing US War Crimes,*' July 28, https://truthout.org/articles/drone-whistleblower-gets-45-months-in-prison-for-revealing-ongoing-us-war-crimes/

Colby, Elbridge A. (2021). T*he Strategy of Denial: American Defense in an Age of Great Power Conflict*. Yale University Press.

Cole, Brendan (2022). '*Ukraine Anger Over Von Der Leyen's Unverified '100,000 Dead Soldiers' Claim,*' November 30, https://www.newsweek.com/ukraine-russia-von-der-leyen-death-toll-1763553

Collins, Richard (2017). 'Book review of The BBC: Myth of a Public Service,' *European Journal of Communication*, 32(2): 171-174.

Collins, Richard., Nicholas. Garnham & Gareth Locksley (1988). *The Economics of Television: the UK case*. London: Sage.

Connolly, Sara and Shaun P. Hargreaves Heap (2007). 'Cross country differences in trust in television and the governance of public broadcasters,' *KYKLOS*, 60 (1): 3-14.

Case, Anne & Angus Deaton (2020/許瑞宋譯).《絕望死與資本主義的未來》。台北：星出版。

Cayrol, Roland (1991). 'Problems of structure, finance and program quality in the French audio-visual system,' in Blumler, Jay G. and T. J. Nossiter (eds.). *Broadcasting Finance in Transition*, pp. 188-213. Oxford University Press.

Cerulus, Laurens (2017, July 25). *Germany's anti-fake news lab yields mixed results*, http://www.politico.eu/article/fake-news-germany-elections-facebook-mark-zuckerberg-correctiv/

CFD (2022). *A World Divided: Russia, China and the West.* Centre for the Future of Democracy. University of Cambridge, https://www.bennettinstitute.cam.ac.uk/wp- content/uploads/2023/01/ A_World_Divided.pdf

CGTN (2022). *The Warmonger's Legacy.* May 27, https://news.cgtn.com/news/2022-05-27/CGTN-documentary-The-Warmonger-s-Legacy-1anA8t6Mbn2/index.html

—— Channel 4 (2017, July 12). *Channel 4 2016 Annual Report news release*, http://www.channel4.com/info/press/news/channel-4-2016-annual-report

Chase, Jefferson (2017). *10 things you need to know about Germany's right-wing AfD*, August 4, http://www.dw.com/en/10-things-you-need-to-know-about-germanys-right-wing-afd/a-37208199

Cheney, Liz & Richard B Cheney (2016). *Exceptional: why the world needs a powerful America.* Threshold Editions City.

Chomsky, Noam (2010). Introduction. In Bolender, K. (Ed.). *Voices from the other side: An oral history of terrorism against Cuba*, pp. viii-xvi. London: Pluto Press.

—— (2016/林添貴譯2018).《誰統治世界？》。台北：時報文化。

Chomsky, Noam & Robert Pollin with C. J. Polychroniou (2020). *Climate Crisis and the Global Green New Deal: the political economy of saving the planet.* Verso.

Chowdhry, Amit (2017, March 5). Facebook Launches A New Tool That Combats Fake News, https://www.forbes.com/sites/amitchowdhry/2017/03/05/facebook-fake-news-tool/#5c6093e07ec1

Chowdhury, Saheli (2023). *'Successive Governments in Ukraine Have Accommodated Nazis to Counter Soviet Nostalgia: Ukrainian Communist Dmitri Kovalevich (Interview),'* April 17.

Chung, Jae Ho (2016). *China's Crisis Management.* Taylor & Francis.

Clark, Joseph (2023). *'Milley Says Graduates Will Confront New Security Challenges,'* June 9, https://www.defense.gov/News/News-Stories/Article/Article/3422571/milley-says-graduates-will-confront-new-security-challenges/

Clifford, Mark L. (2022). *Today Hong Kong, Tomorrow the World: What China's Crackdown with TV for consumer attention.* February 11, http://www.digitalstrategyconsulting.com/intelligence/2016/02/forget_the_second_screen_mobiles_now_compete_equally_with_tv_for_consumer_attention.php

Darity Jr. William A. & A. Kirsten Mullen (2022). *From Here to Equality: Reparations for Black Americans in the Twenty-First Century(2nd.).* North Carolina University Press.

Davis, Howard and Carl Levy (1992). '*The regulation and deregulation of television: a British/West European Comparison,' Economy and Society*, 21 (4): 452-482.

Day, Clive (1920). 'Keynes' Economic Consequences of the Peace', *the American Economic Review*, 10(2): 299-312.

DCMS (2016). *Royal Charter for the continuance of the British Broadcasting Corporation.* December 15, https://www.gov.uk/government/uploads/system/uploads/attachment_data/file/577829/57964_CM_9365_Charter_Accessible.pdf

de Zayas, Alfred (2022a). *Countering Mainstream Narratives: Fake News, Fake Law, Fake Freedom.* SCB Distributors.

—— (2022b). *'The Flaws in the 'Assessment'' Report of the Office of the High Commissioner for Human Rights on China'*, September 6, https://www.counterpunch.org/2022/09/06/the-flaws-in-the-assessment-report-of-the-office-of-the-high-commissioner-for-human-rights-on-china/

de Zayas, Alfred and Richard Falk (2022). '*Unjustified Criticism of High Commissioner Michelle Bachelet's Visit to Chin*a', June 13, https://www.counterpunch.org/2022/06/13/the-unjustified-criticism-of-high-commissioner-michelle-bachelets-visit-to-china/

Deans, J., Sedghi, A., and Arnett, G. (2014, October 27). The Great British TV sell-off: Who owns the UK's favourite shows? *The Guardian*, http://www.theguardian.com/media/2014/oct/27/the-great-british-tv-sell-off-who-owns-the-uks-favourite-shows?

Debray, Régis (2013). 'Decline of the West?' *New Left Review*, No. 80, March/April, pp.29-44.

DeCamp, Dave (2022). '*Report: Russia, Ukraine Tentatively Agreed on Peace Deal in April,'* August 31, https://news.antiwar.com/2022/08/31/report-russia-ukraine-tentatively-agreed-on-peace-deal-in-april/

—— (2023a). ''*Absolutely Intolerable': China's Military Responds to US Military Aid for Taiwan, Troop Deployments,'* May 16, https://news.antiwar.com/2023/05/16/absolutely-intolerable-chinas-military-responds-to-us-military-aid-for-taiwan-troop-deployments/

—— (2023b). '*Putin Shows African Leaders Draft Treaty on Ukrainian Neutrality from March 2022,'* June 18, https://news.antiwar.com/2023/06/18/putin-shows-african-leaders-draft-treaty-on-ukrainian-neutrality-from-march-2022/

Conradi, Peter (2017). *Who Lost Russia?: How the World Entered a New Cold War.* Oneworld Publications.

Cooper, Helene (2022). *'Russia and Ukraine each have suffered over 100,000 casualties, the top U.S. general says.'* November 10, https://www.nytimes.com/2022/11/10/world/europe/ukraine-russia-war-casualties-deaths.html

Cooper, Ryan (2017). *'The Last Populist: George McGovern's alternative path for the Democratic'*, August 8, https://www.thenation.com/article/archive/the-last-populist/

Corner, John (2017). Fake news, post-truth and media–political change. *Media, Culture & Society*, 39(7): 1100-1107.

Corrigan, Don H. (1999). *The Public Journalism Movement in America: evangelists in the newsroom.* Westport: Praeger.

Crisell, Andrew (2002). *An Introductory History of British Broadcasting.* Routledge.

Crowley, M., & Kurmanaev, A. (2019, August 6). Trump adds to sanctions on Venezuela. *The New York Times*, section A, p. 6.

CRS (Congressional Research Service, 2022). *Instances of Use of United States Forces Abroad, 1798-2022.* March 8, https://crsreports.congress.gov/product/pdf/R/R42738?

CTFS (California Task Force to Study and Develop Reparation Proposals for African Americans, 2022). *Interim Report.* June, https://oag.ca.gov/system/files/media/ab3121-reparations-interim-report-2022.pdf

Curran, James (1985, May 16). 'Why the Left should welcome Peacock,' *the Times*, p.10.

—— (1991). 'Mass media and democracy: a reappraisal,' in James Curran and Michael Gurevitch (eds.). *Mass Media and Society*, pp.82-118. London: Routledge.

Curran, James and Jean Seaton (5th ed., 1997/魏玓、劉昌德譯，2001).《有權無責：英國報業與廣電史》。台北：鼎文書局。

—— (10th ed., 2010). *Power Without Responsibility: press, broadcasting and internet in Britain.* Routledge.

Curran, James, Shanto Iyengar, Anker Brink Lund and Inka Salovaara-Moring (2009). 'Media System, Public Knowledge and Democracy', *European Journal of Communication*, 24 (1): 5-26.

https://orinocotribune.com/successive-governments-in-ukraine-have-accommodated-nazis-to-counter-soviet-nostalgia-ukrainian-communist-dmitri-kovalevich-interview

https://www.youtube.com/watch?v=Jkb1f5eqUpM

Daily digital marketing research (2016). *Forget the 'second screen': mobiles now compete equally*

Palgrave Handbook of Globalization with Chinese Characteristics: The Case of the Belt and Road Initiative. Palgrave Macmillan.

Dunham, Wayne R. (2010). *Framing the right suspects: measuring media bias*, http://cms.bsu. edu/-/media/www/departmentalcontent/millercollegeofbusiness/econ/research/ workingpapers/bsuecwp201009dunham.pdf

—— (2013). Framing the right suspects: measuring media bias. *Journal of Media Economics*, 26: 122-147.

Dunning, T. J. (1860). *Trades Unions and Strikes: their philosophy and intention*, https://archive. org/details/tradesunionsstri00dunnrich/mode/2up

Durham, John H (2023). *Report on Matters Related to Intelligence Activities and Investigations Arising out of the 2016 Presidential Campaigns* (to Attorney General Merrick B. Garland, from H. Durham, special councel), May 12, https://www.justice.gov/storage/durhamreport.pdf

Eady, G., T. Paskhalis, J. Zilinsky, R. Bonneau, J. Nagler & J. A. Tucker (2023). 'Exposure to the Russian Internet Research Agency foreign influence campaign on Twitter in the 2016 US election and its relationship to attitudes and voting behavior,' *Nature Communications*, 14(62): 1-11.

Early, Bryan (2015). *Busted Sanctions: Explaining Why Economic Sanctions Fail.* Stanford University Press.

Ebright, Katherine Yon (2022). *Secret War: How the U.S. Uses Partnerships and Proxy Forces to Wage War Under the Radar.* Brennan Center for Justice at New York University School of Law, November 3, https://www.brennancenter.org/our-work/research-reports/secret-war

EBU (2016a). *PSM Correlations: links between public service media and societal well-being.* EBU.

EBU (2016b). *Trust in Media.* May. EBU.

EBU (2017). *Trust in Media.* May. EBU.

Economist (2004). '*Press freedom: Prometheus unbound, a bit,*' December 16, pp. 67-69.

—— (2007). '*Britain: Trust me, I'm a judge; Public attitudes,*' May 5, p. 55.

—— (2008). '*Skewed news reporting is taken as a sign of a dysfunction media. In fact, it may be a sign of healthy competition,*' November 1, p. 78.

—— (2011a). '*Cuts at the BBC: and now for something completely different,*' June 4, pp.68-69.

——(2011b). '*Great bad men as bosses: Rupert Murdoch is typical of tycoons in combining great weaknesses with great strengths,*' July 23, p. 59.

—— (2016a). '*Media freedom in Japan: anchors away,*' Feubrary 20, pp. 20-21.

Dejevsky, Mary (2022). '*We need to talk about why Russia invaded Ukraine,*' December 8, https://www.independent.co.uk/independentpremium/voices/ukraine-russia-war-west-nato-b2241256.html

—— (2023). '*Vladimir Putin: What is driving Russian leader's relentless assault on Ukraine?*' March 10, https://www.independent.co.uk/news/world/europe/russian-president-vladimir-putin-ukraine-missiles-b2297892.html

Demsetz, Harold (1970/2002). 'The private Production of public goods,' *Journal of Law and Economics*, 13: 293-306. 該文重印於Cowen, Tyler and Eric Crampton (eds., 2002). *Market Failure or Success: the new debate*, pp.111-26. Cheltenham: Edward Elgar.

Denevan, William M.(1992). *The Native Population of the Americas in 1492*. University of Wisconsin Press.

Deusen, David Van and Xaviar Massot (eds., 2010). *The Black Bloc Papers*. Breaking Glass Press.

Diesen, Glenn (2022) *Russophobia: Propaganda in International Politics*. Palgrave MacMillan.

DiMaggio, Anthony (2023). '20 Years of Iraq Denialism: The New York Times Continues to Get it Wrong on U.S. Empire,' *Counterpunch*, https://www.counterpunch.org/2023/03/24/20-years-of-iraq-denialism-the-ny-times-continues-to-get-it-wrong-on-u-s-empire/

Dorfman, Ariel et.al. (2006). *Chile: the Other September 11: an anthology of reflections on the 1973 Coup.* Ocean Press.

Douthat, Ross (2023). '*The World Could Move Toward Russia and China,*' April 12, https://www.nytimes.com/2023/04/12/opinion/biden-foreign-policy-china-russia.html

Downing, John D.H. (1996). *Internationalizing Media Theory: transition, power, culture/reflections on media in Russia, Poland and Hungary 1980-95*. London: Sage.

Doyle, Michael W (2023). *Cold Peace: Avoiding the New Cold War.* Liveright.

Draitser, Eric (2023). '*Making sense of the Ukraine war A Critique of Medea Benjamin and Nicolas Davies,*' Jan. 27, https://www.tempestmag.org/2023/01/making-sense-of-the-ukraine-war/

Drake, Richard (2022). '*Some Historical Background for an Economic Interpretation of the War in Ukraine,*' September 23, https://www.counterpunch.org/2022/09/23/some-historical-background-for-an-economic-interpretation-of-the-war-in-ukraine/

Dreher, Axel, Andreas Fuchs, Bradley Parks, Austin Strange, Michael J. Tierney (2022). *Banking on Beijing: the Aims and Impacts of China's Overseas Development Program*. Cambridge University Press.

Duarte, Paulo Afonso B., Francisco José B. S. Leandro & Enrique Martínez Galán (2023). *The*

—— (2023l). '*The Pentagon leaks: the slides that came in from the cold*,' April 15, pp. 29-30.

—— (2023m). '*The history of ideas: lessons unlearnt*,' April 22, pp. 73-74.

—— (2023n). '*Peak China?: China's economy will neither collapse nor overtake America's by much. That could make the world safer*,' May 13, p. 7.

—— (2023o). '*Europe and China: why unplugging is so hard*,' May 20, pp. 51-53.

—— (2023p). '*Relations with Hungary: a toe-hold in Europe*,' May 27, pp. 23-24.

Editor (2017, September 13). *Preferred Conclusions – The BBC, Syria And Venezuela*, http://medialens.org/index.php/alerts/alert-archive/2017/854-preferred-conclusions-the-bbc-syria-and-venezuela.html

Eisinger, Robert M., Loring R.Veenstra, and John P. Koehn (2007). What Media Bias? Conservative and Liberal Labeling in Major U.S. Newspapers. *The international Journal of Press/Politics*, 12(1): 17-36.

Emery, Michael, Edwin Emery and Nancy L. Roberts (1996/展江譯2004).《美國新聞史：大眾傳播媒介解釋史》。北京：新華。

Erickson, Jennifer L. (2015). *Dangerous trade: arms exports, human rights, and international reputation.* Columbia University Press.

Feffer, John (2023a). '*The US government's great enemy*,' April 19, https://fpif.org/the-u-s-governments-greatest-enemy/

—— (2023b). '*The surprising pervasiveness of American arrogance*,' May 24, https://fpif.org/the-surprising-pervasiveness-of-american-arrogance/

Feng, John (2022). '*Fact Check: Has China Overtaken U.S. in Life Expectancy for First Time?*' September 8, https://www.newsweek.com/china-us-life-expectancy-birth-2021-fact-check-1740991

Ferguson, Niall (2021). '*A Taiwan Crisis May Mark the End of the American Empire*,' March 22, https://www.bloomberg.com/opinion/articles/2021-03-21/niall-ferguson-a-taiwan-crisis-may-end-the-american-empire

—— (2023). 'Cold War II: Niall Ferguson on The Emerging Conflict With China.' Interviewed by *Peter Robinson, the Hoover Institution, https://www.youtube.com/watch?v=KDLTUMIR4jg* （引述內容約在58分20秒之後）

Ferguson, Niall and Moritz Schularickz (2007). "'Chimerica' and the Global Asset Market Boom," *International Finance*, 10(3): 215-239.

—— (2011). 'The End of Chimerica,' *International Finance*, 14(1): 1-26.

Ferguson, Niall and Xiang Xu (2018). 'Making Chimerica great again', *International Finance*,

—— (2016b). '*Digital advertising: invisible ads, phantom readers,*' March 26, pp. 57-58.

—— (2016c). '*The business of outrage,*' October 15, p. 61.

—— (2016d). '*Roger Ailes: kingmaker no more,*' July 23, p. 26.

—— (2017a). '*Old media: the Trump bump,*' February 18, pp. 54-55.

—— (2017b). '*Populism and social media: twitter harvest,*' March 4, p.41.

—— (2017c). 'Social media: in praise of serendipity,' March 11, p. 75.

—— (2017d). '*Deaths of despair: economic shocks are more likely to be lethal in America,*' March 25, p. 68.

—— (2017e). '*Media matters: Fox populi,*' August 5, p. 26.

—— (2017f). '*Steve Bannon: gone but not forgotten,*' August 26, pp. 29-30.

—— (2021a). '*Human rights: How to talk about Xinjiang,*' February 13, p.11.

—— (2021b). '*The most dangerous place on Earth,*' (cover story) May 1.

—— (2021c). '*The shadow caste casts: the absurdity --and cost--of affirmative action for the majority,*' September 11, p. 25.

—— (2021d). '*Reducing poverty: when policy works,*' September 18, pp. 31-32.

—— (2022a). '*The Arabic languages: swamped by English,*' October 1, p. 38.

—— (2022b). '*Japan: dying tongues, Okinawa's endangered languages are victims of history,*' December 17, p. 24.

—— (2023a). '*Zero-sum economics: efficiency be damned,*' Jan. 14, pp.17-19.

—— (2023b). '*The wages of violence: Abe Shinzo's killer achieved all his political objectives,*' Jan. 14, p. 24.

—— (2023c). '*The never-never land club,*' Jan. 21, p. 48.

—— (2023d). '*The meaning of the war: Ukraine's fate will determine the West's authority in the world,*' February 25, pp.16-27.

—— (2023e). '*The British Empire: the sun never sets,*' March 4, pp. 67-68.

—— (2023f). '*Ukraine's army: noughts and crosses,*' March 4, p. 42.

—— (2023g). '*How to avoid a third war,*' March 11, p. 7.

—— (2023h). '*Ukraine's coming counter-offensive: lock and load,*' March 11, pp.33-4.

—— (2023i). '*Getting over Iraq: How the Iraq war became a threat to American democracy (after 20 years America is struggling to recover from the bitter lessons, at home and abroad),*' March 25, p. 34.

—— (2023j). '*It's worse than you think,*' April 1, p.11.

—— (2023k). '*Xi Jinping is not another Mao,*' April 8, p. 25.

Frantzman, Seth J. (2021). *Drone Wars: Pioneers, Killing Machines, Artificial Intelligence, and the Battle for the Future*. Bombardier Books

Frederick, Franklin (2022). *'The United States and White Supremacy at War with China,'* December 13, https://countercurrents.org/2022/12/the-united-states-and-white-supremacy-at-war-with-china/

Freedman, Des. (2003). *Television policies of the labour party, 1951-2001*. London: Frank Cass.

Freeman, Ben (2023). '*How weapons firms influence the Ukraine debate,*' June 1, https://responsiblestatecraft.org/2023/06/01/how-weapons-firms-influence-the-ukraine-debate/

French Property. (2017) '*Subsidies to French newspapers,*' January 6, https://www.french-property.com/news/french_life/newspapers_press_subsidies.

Friedman, Thomas L. (1998). 'Foreign Affairs; Now a Word From X,' *New York Times*, May 2, Section A, p. 15.

From the editors (2004). *'The Times and Iraq,'* May 26, https://www.nytimes.com/2004/05/26/world/from-the-editors-the-times-and-iraq.html

Fukuyama, Francis (2006). *America at the Crossroads: Democracy, Power, and the Neoconservative Legacy*. Yale University Press.

Fulda, Andreas (2020). *The Struggle For Democracy In Mainland China, Taiwan And Hong Kong: Sharp Power And Its Discontents*. Routledge.

Gaido, Daniel (2023). 'An AlternativeViewoftheUkrainianConflict: Stephen F. Cohen on the Origins of the New Cold War.' *International Critical Thought*, pp.138-154.

Galeotti, Mark (2022). *Putin's Wars: From Chechnya to Ukraine*. Osprey Publishing.

Gamble, Andrew (1988). *The Free Economy and the Strong State: the Politics of Thatcherism*. Duke University Press.

Gans, Herbert (1985). 'Are US Journalists Dangerously Liberal?' *Columbia Journalism Review*, 24(4): 29-33.

Garnham, Nicholas (1979). 'Contribution to a political economy of mass-communication,' *Media, Culture and Society*, 1:123-46。

Gentzkow, Matthew and Jesse Shapiro (2008). 'Competition and Truth in the Market for News,' *Journal of Economic Perspectives*, spring, 22(2): 133-154.

Gerth, Jeff (2023). 'The press versus the president,' part one, *Columbia Journalism Review,* https://www.cjr.org/special_report/trumped-up-press-versus-president-part-1.php，入該網址後，可取得另三部分的網址。

Gfoeller, Michael & David H. Rrndell (2022). '*Nearly 90 Percent of the World Isn't Following Us*

21(3): 239–252.

Fernandez, Raquel (1997). 'Communication workers in Spain: the reward of appearance', *Communication Review*, 2(3): 381-93.

Fernandez-Planells, Ariadna (2015). *Factors influencing trust inmedia: exploring the association between media consumption and news about the 15M Movement*, http://raco.cat/index.php/Hipertext/article/view/294100/389433

Fišer, Suzana Žilič (2010). '*The social responsibility and economic success of public service broadcasting Channel 4: Distinctiveness with market orientation*', presented at the 5th Biannual RIPE (Re-Visionary Interpretations of the Public Enterprise), University of Westminster, London, September 8~11.

Fisher, Marc (2022). *'Is the United States headed for civil war?'*, August 26, htts://www.washingtonpost.com/outlook/2022/08/26/civil-war-mar-a-lago-violent-extremism/

Fisher, Max (2023). *'20 Years On, a Question Lingers About Iraq: Why Did the U.S. Invade?'*, March 18, https://www.nytimes.com/2023/03/18/world/middleeast/iraq-war-reason.html

Fisher, William W.（2004/李旭譯，2008）.《說話算數——技術、法律以及娛樂的未來》。上海：三聯。

Flaherty, Colleen (2017). '*Resignations at Third World Quarterly*,' September 20, https://www.insidehighered.com/news/2017/09/20/much-third-world-quarterlys-editorial-board-resigns-saying-controversial-article

Fletcher, Richard, Alessio Cornia, Rasmus Kleis Nielsen (2019) 'How Polarized Are Online and Offline News Audiences? A Comparative Analysis of Twelve Countries,' *International Journal of Press/Politics*. 25(2) 169-195.

Foley, Simon (2021). *Understanding Media Propaganda in the 21st Century: Manufacturing Consent Revisited and Revised*. Cambridge Scholars.

Fong, Brian C H, Jieh-Min Wu & Andrew J Nathan (2020). *China's Influence and the Center-Periphery Tug of War in Hong Kong, Taiwan and Indo-Pacific*. Routledge.

Frankenstein, Marilyn (2010). Studying culture jamming to inspire student activism. *Radical Teacher*, Winter. No.89, pp. 30-43, 80.

Franklin, J. (2016). *Cuba and the U.S. empire: A chronological history (3rd ed.)*. New York: Monthly Review Press.

Frankopan, Peter (2023). *'Is Putin winning? The world order is changing in his favour,'* March 4, https://www.spectator.co.uk/article/is-putin-winning-the-world-order-is-changing-in-his-favour/

博、丘忠融譯，2007。《多媒體時代下的廣電事業、社會與政策》。譯本無紙版，僅通
過電子版流通：http://www3.nccu.edu.tw/~jsfeng/grahamdavies19972007.doc）

Grandin, Greg (2006). *Empire's Workshop: Latin America, the United States, and the Rise of the New Imperialism*. Metropolitan.

—— (2019/夏荣泓、陳韋綸譯2023).《美國神話的終結：從擴張的邊疆到美墨邊境牆，直視美國歷史的黑暗根源》。台北：時報文化。

Graves, Lucas (2016). *Deciding What's True: the rise of political fact-checking in American Journalism*. Columbia University Press.

Graves, Lucas and Federica Cherubini (2016). The Rise of Fact-Checking Sites in Europe. Reuters Institute for the Study of Journalism. Oxford University.

Greenwald, Glenn (2019). '*Beyond BuzzFeed: The 10 Worst, Most Embarrassing U.S. Media Failures on the Trump-Russia Story,*' January 20, https://theintercept.com/2019/01/20/beyond-buzzfeed-the-10-worst-most-embarrassing-u-s-media-failures-on-the-trumprussia-story/

Greer, Chris and Eugene McLaughlin (2013). The Sir Jimmy Savile scandal: cild sexual abuse and institutional denial at the BBC. *Crime, Media, Culture*, 9(3): 243-263.

Greitens, Sheena Chestnut (2016). *Dictators and their Secret Police: Coercive Institutions and State violence*. Cambridge University Press.

Grimes, David Robert (2016, November 8). *Impartial journalism is laudable. But false balance is dangerous*. https://www.theguardian.com/science/blog/2016/nov/08/impartial-journalism-is-laudable-but-false-balance-is-dangerous

Gu, Lion, Vladimir Kropotov, and Fyodor Yarochkin (2017). *The Fake News Machine: how propagandists abuse the internet and manipulate the public*. June 14, https://documents.trendmicro.com/assets/white_papers/wp-fake-news-machine-how-propagandists-abuse-the-internet.pdf

Gunja, M. Z., E. D. Gumas & Reginald D. Williams II (2023). *The U.S. is a world outlier when it comes to health care spending*. January 31, https://www.commonwealthfund.org/sites/default/files/2023-02/PDF_Gunja_us_health_global_perspective_2022_exhibits.pdf

Haar, Roberta N. (2017). 'Insurgency and American foreign policy: the case of George McGovern,' *World Affairs*, 180 (2): 32-61.

Halliday, Josh (2014, June 26). *Jimmy Savile: timeline of his sexual abuse and its uncovering*, https://www.theguardian.com/media/2014/jun/26/jimmy-savile-sexual-abuse-timeline

Hallin, D. and Mancini, P. (2004). *Comparing media systems: Three models of media and politics*. Cambridge University Press. （展江、陳娟譯（2012）。《比較媒介體制：媒介與政治的

on Ukraine,' September 15, https://www.newsweek.com/nearly-90-percent-world-isnt-following-us-ukraine-opinion-1743061

Giorno, Taylor (2023). '*Armed Services Committee members received $5.8 million from defense sector during 2022 election cycle,*' March 3, https://www.opensecrets.org/news/2023/03/armed-services-committee-members-received-5-8-million-from-defense-sector-during-2022-election-cycle

Giridharadas, Anand (2019/2020吳國卿譯).《贏家全拿：史上最划算的交易，以慈善奪取世界的假面菁英》。新北：聯經。

Global Scan (2017). '*Sharp Drop in World Views of US, UK: Global Poll,*' July 4, https://globescan.com/2017/07/04/sharp-drop-in-world-views-of-us-uk-global-poll/

Gmeiner, Robert (2021). *How Trade with China Threatens Western Institutions: The Economic Roots of a Political Crisis.* Palgrave Macmillan.

Goddard, W. G. (1966). *Formosa: A Study in Chinese History.* Macmillan.

Goodman, Amy (2020). '*"America Exists Today to Make War": Lawrence Wilkerson on Endless War & American Empire,*' January 13, https://www.democracynow.org/2020/1/13/lawrence_wilkerson_american_empire_war

Goodman, Amy & David Vine (2023). '*The U.S. Has 750 Overseas Military Bases, and Continues to Build More to Encircle China*', Feb. 14, https://www.democracynow.org/2023/2/14/david_vine_us_bases_china_philippines

Goodman, Amy, Sinan Antoon & Feurat Alani (2023). '*"Catastrophic": Iraqi Writers Sinan Antoon & Feurat Alani Reflect on U.S. Invasion 20 Years Later,*' March 20, https://www.democracynow.org/2023/3/20/us_invasion_of_iraq_20th_anniversary

Goodman, Ellen P. (2004). Media policy out of the Box: content abundance, attention scarcity, and the failures of digital markets. *Berkeley Technology Law Journal*, Vol.19:1389-1472

Goodnow, Trischa (2011). *The Daily Show and rhetoric : arguments, issues, and strategies.* Lexington Books.

Gorrie, James R. (2013). *The China crisis: how China's economic collapse will lead to a global depression.* John Wiley & Sons.

Graber, Mary (2021). *Debunking the 1619 Project: Exposing the Plan to Divide America.* Regnery History.

Graham, Andrew and Gavyn Davies (1992). 'The Public Funding of Broadcasting,' in Tim Condon et al. (eds.). *Paying for Broadcasting*, pp. 167- 221. Routledge.

—— (1997). *Broadcasting, Society and Policy in the Multimedia Age.* Luton: John Libbey.（劉忠

Hayden, Tom (2015). *'The Forgotten Power of the Vietnam Protest, 1965-1975,'* May 1, https://www.counterpunch.org/2015/05/01/the-forgotten-power-of-the-vietnam-protest-1965-1975/

Healy, David (1970). *US Expansionism: The Imperialist Urge in the 1890s.* University of Wisconsin Press.

Hedebro, Göran (1983). 'Communication policy in Sweden,' in Patricia Edgar and Syed A. Rahim (eds.). *Communication Policy in Developed Countries*, pp.137-165. Kegan Paul International in association with the East-West Center, Honolulu in London, Boston.

Hedgecoe, Guy (2021). *'Pope caught up in dispute over Spanish colonial legacy. Conservatives angry at calls for apology over Mexican conquest,'* October 3, https://www.irishtimes.com/news/world/europe/pope-caught-up-in-dispute-over-spanish-colonial-legacy-1.4690079

Hedges, Chris (2023). *'Why the Conspiracy Theory About Trump and Russia Won't Go Away,'* May 21, https://scheerpost.com/2023/05/21/chris-hedges-why-the-conspiracy-theory-about-trump-and-russia-wont-go-away/

Heine, Jorge, Carlos Fortin & Carlos Ominami (2023). *Latin American Foreign Policies in the New World Order: The Active Non-Alignment Option.* Anthem Press.

Herman, Edward S. (2008). 'Afterword to the 2008 Edition,' in Edward S. Herman and Noam Chomsky (third edition). *Manufacturing Consent: The Political Economy of the Mass Media*, pp. 384-399. The Bodley Head.

—— (2017). Fake News on Russia and Other Official Enemies: the New York Times, 1917–2017, *Monthly Review,* July/August, pp. 98-111.

—— (1993). 'The externalities effects of commercial and public broadcasting', in Nordenstreng, Kaarle and Herbert I. Schiller (eds.). *Beyond National Sovereignty: international communication in the 1990s*, pp. 84-115. NJ: Ablex.

Herman, Edward S.& Noam Chomsky (1988/2002/沈聿德譯，2021). 《製造共識：媒體政治經濟學》。台北：野人文化。

Herrmann, Ulrike (2013/賴雅靜譯，2018).《資本的世界史：財富哪裡來？經濟成長‧貨幣與危機的歷史》。新北：遠足文化。

Herzog, C., & Karppinen, K. (2014). Policy streams and public service media funding reforms in Germany and Finland. *European Journal of Communication*, 29(4): 416-432.

Higgins, A. (2012, January 21). Tycoon prods Taiwan closer to China. *Washington Post*, http://www.washingtonpost.com/world/asia_pacific/tycoon-prods-taiwan-closer-to-china/2012/01/20/gIQAhswmFQstory.html

Hill, Fionaand & Angela Stent (2022). 'The World Putin Wants,' *Foreign Affairs,* September/

三種模式》。北京：人民大學出版社。）

Hamilton, James T. (2016). *Democracy's detectives: the economics of investigative journalism.* Harvard University Press.

Hannah-Jones, Nikole (2021). *The 1619 Project: a new origin story.* NY Times Company.

Hanretty, Chris (2010). 'Explaining the de facto independence of public service broadcasters,' *British Journal of Political Science*, 40(1): 75-89.

Har, Janie (2023, March 16). 'What's the next step for Black reparations in San Francisco?' March 16, *Associated Press*, https://apnews.com/article/black-reparations-san-francisco-5-million-db5680611cb5eb23ef9c0d19f45f3c1a

Harding, R. (2016, April 19). Japan warned over threats to press freedom. *Financial Times*, http://www.ft.com/intl/cms/s/0/bf7fc4c4-05ea-11e6-a70d- 4e39ac32c284.html

Hargreaves Heap, Shaun P. (2005). 'Television in a digital age: what role for public service broadcasting,' *Economic Policy*, 20(41): 112-157.

Harrington, Thomas S. (2016). '*Europe's "brought journalists"*,' August 2, https://www.counterpunch.org/2016/08/02/europes-bought-journalists/

Hart, Peter (2005). 'The Great Emancipator: Media credit Bush for "democratization" of the Mideast,' *FAIR*, June 1, https://fair.org/extra/the-great-emancipator/

Harvey, Fiona (2013, October 1). *BBC coverage of IPCC climate report criticised for sceptics' airtime*, https://www.theguardian.com/media/2013/oct/01/bbc-coverage-climate-report-ipcc-sceptics

Harvey, Sylvia (2010). '*No Jam tomorrow? State aid rules and the legitimacy of public service media: the closure of the BBC's digital curriculum project ('Jam').*' presented at the 5th Biannual RIPE (Re-Visionary Interpretations of the Public Enterprise), University of Westminster, London, September 8-11.

Hass, Ryan (2021). *Stronger: Adapting America's China Strategy in an Age of Competitive Interdependence.* Yale University Press.

Hastings, Max (2018/譚天譯，2022).《越南啟示錄1945-1975：美國的夢魘、亞洲的悲劇》。台北：八旗文化。

Hawkes , Rebecca (2016, March 30). *Game of Thrones now costs over $10 million an episode*, http://www.telegraph.co.uk/tv/2016/03/30/game-of-thrones-now-costs-over-10-million-an-episode/

Hawkins, John Kendall (2022). '*Australia's Asian Pivot Towards War*,' Sep. 26, https://www.counterpunch.org/2022/09/26/australias-asian-pivot-towards-war/

University Press.

Hyman, Kelly (2021). *Build Back Better: The First 100 Days of the Biden Administration, and Beyond*. Amplify Publishing.

Ifanr（2016年11月29）。Google 即將與印尼政府達成和解，補交稅款 7300 萬美元，https://www.techbang.com/posts/47716-google-with-the-indonesia-government-reached-a-settlement-to-pay-taxes-of-73-million

Im, Yung-Ho (1998). 'The media, civil society, and new social movements in Korea, 1985-93,' in Kuan-hsin Chen (ed.). *Asian Cultural Studies*. London: Routledge.

Ingram, Mathew (2019). '*Researchers say fears about 'fake news' are exaggerated,*' February 7, https://www.cjr.org/the_media_today/researchers-fake-new-exaggerated.php

Inrikes (2013, September 27). '*Swedish Government: Press subsidies must depend on attitude to immigration,*' http://www.friatider.se/swedish-government-press-subsidies-must-depend-on-attitude-to-immigration

Iosifidis, Petros (Ed., 2010). *Reinventing Public Service Communication: European Broadcasters and Beyond*. Palgrave Macmillan.

Irelan, Patrick (2008). *'Eternal War,'* Jan. 17, https://www.counterpunch.org/2008/01/17/eternal-war/

Ishchenko, Yolodymer (2022). 'Ukrainian voices?', *New Left Review,* Nov/Dec, pp.1-10.

ltchek, André (2013). *On Western Terrorism: a discussion on Western power and propaganda with Noam Chomsky*. （宣棟彪譯（2016）。《以自由之名：民主帝國的戰爭、謊言與殺戮》。北京：中信出版社。）

Jackson, Jasper (2016, August 1). *BBC iPlayer users will have to pay TV licence fee from 1 September*, https://www.theguardian.com/media/2016/aug/01/bbc-iplayer-tv-licence-iplayer-loophole

Jamieson, Kathleen Hall (2018). *Cyberwar: How Russian Hackers and Trolls Helped Elect a President: What We Don't, Can't, and Do Know*. Oxford University Press.

Jamieson, Kathleen Hall and Joseph N. Cappella (2008). *Echo Chamber: Rush Limbaugh and the Conservative Media Establishment*. Oxford University Press.

Jarvie, Ian Charles (1992). *Hollywood's overseas campaign: the North Atlantic movie trade, 1920-1950*. Cambridge University Press.

Johnson, Terence J. (1972). *Professions and Power*. London: Macmillan.

Jyrkiainen, Jyrki (2017). *Finland - Media Landscape*, https://medialandscapes.org/country/pdf/finland

October, https://www.foreignaffairs.com/russian-federation/world-putin-wants-fiona-hill-angela-stent

Holt, Jason (2007). *The Daily Show and Philosophy Moments of Zen in the Art of Fake News*. Wiley-Blackwell.

Hong, J. (1998). *The internationalization of television in China: The evolution of ideology, society, and media since the reform*. Westport: Praeger

Hong, J., and Sun, J. (1999). Taiwan's film importation from China: A political economy analysis of changes and implications. *Media Culture and Society*, 21: 531-547.

Hong, Junhao (1998). *The internationalization of television in China: the evolution of ideology, society, and media since the reform*. Westport: Praeger.

Hong, Junhao and Jungkuang Sun (1999). 'Taiwan's film importation from China: a political economic analysis of changes and implications', *Media Culture and Society*, 21:531-547.

Horton, Adrian (2023). *"What is this insane war?': a philosopher on Ukraine's frontlines,'* May 6, https://www.theguardian.com/film/2023/may/06/slava-ukraini-documentary-bernard-henri-levy-interview

House of Lords, Select Committee on Communications (2010). *The British film and television industries: decline or opportunity?*. January.

Hoy, Matthew (2020). '*The American Way of War, a Required Reading List*', Aug. 28, https://www.counterpunch.org/2020/08/28/the-american-way-of-war-a-required-reading-list/

Huber, Johannes (1990). "Chinese Settlers Against the Dutch East India Company: The Rebellion Led by Kuo Huai-i on Taiwan in 1652." In Vermeer, E.B (Ed.). *Development and Decline of Fukien Province in the 17th and 18th centuries*, p.291 in pp. 265-296. Leiden: Brill. （本文後有林偉盛（2002）譯本：〈中國移民荷蘭東印度公司：郭懷一事件〉，《台灣文獻》，53（3）：95-123。）

Hudson, Michael (2022). *The Destiny of Civilization: Finance Capitalism, Industrial Capitalism or Socialism*. Islet.

Hui, Mary (2022). *'China's life expectancy is now higher than that of the US,'* September 1, https://qz.com/china-life-expectancy-exceeds-us-1849483265

Humphreys, Peter (2010). *Public Policies for Public Service Media: the UK and the German Cases (with warnings/ lessons from the USA)*, presented at the 5th Biannual RIPE (Re-Visionary Interpretations of the Public Enterprise), University of Westminster, London, September 8-11.

Hung, Ho-fung (2022). *Clash of Empires: From 'Chimerica' to the 'New Cold War.'* Cambridge

Publishing House.

Kirby, Emma Jane (2010). *The Presidential Influence on the French Media under Nicolas Sarkozy.* Reuters Institute for the Study of Journalism. Oxford University.

Kitty, Alexandra and Robert Greenwald (2005). *Outfoxed: Rupert Murdoch's War on Journalism.* Disinformation Books.

Kivelson, Valerie A & Ronald Grigor Suny (2016). *Russia's Empires.* Oxford University Press.

Klare, Michael (2023). '*Is a Chinese Invasion of Taiwan Imminent? Or Is Washington in a Tizzy over Nothing?*', March 14, https://tomdispatch.com/is-a-chinese-invasion-of-taiwan-imminent

Klay, Phil (2022). *Uncertain Ground: Citizenship in an Age of Endless, Invisible War.* Random House.

Klein, Noami (2007/吳國卿、王柏鴻譯，2009).《震撼主義：災難經濟的興起》。台北：時報文化。

Konieczna, Magda (2018) *Journalism without profit: making news when the market fails.* Oxford University Press.

Kovalik, Dan (2021). *Cancel This Book: The Progressive Case Against Cancel Culture.* Hot Books.

Kowol, Kit and Robert G. Picard (2014). *Content taxes in the digital age.* Reuters Institute for the Study of Journalism. Oxford University.

Kristol, Irving (1983). *Reflections of Neoconservative - Looking Back, Looking Ahead.* NY: Basic Books.

Kuhn, R. (2010). France: Presidential assault on the public service. In P. Iosifidis (Ed.). *Reinventing public service communication: European broadcasters and beyond*, pp. 158 -170. Basingstoke: Palgrave Macmillan.

Kumar, Rajan, Meeta Keswani Mehra, G. Venkat Raman & Meenakshi Sundriyal (2022). *Locating BRICS in the Global Order: Perspectives from the Global South.* Routledge.

Kurlantzick, Joshua (2017). *A Great Place to Have a War: America in Laos and the Birth of a Military CIA.* Simon & Schuster.

Kurtz, Howard (2004). '*The Post on WMDs: An Inside Story.*' August 12, Page A01, https://www.washingtonpost.com/wp-dyn/articles/A58127-2004Aug11.html

Kushi, Sidita & Monica Duffy Toft (2022). 'Introducing the Military Intervention Project: a new Datasets on US mlitary interventions, 1776-2019,' *Journal of Conflict Resolution,* 67(4): 752-779.

Lakritz, Talia (2021). '*Shocking photos show pro-Trump rioters in the Capitol stealing*

Kanter, Jake (2017, March 1). *ITV earnings: Britain's biggest ad-funded broadcaster shakes off Brexit fears with revenues of £3.5 billion*, http://uk.businessinsider.com/itv-2016-results-2017-2

Kaplan, Robert（2010/廖婉如譯）.《季風亞洲：二十一世紀大國賽局與地緣政治的衝突核心》。台北：馬可孛羅。

—— (2021). *'Robert D. Kaplan on why America can recover from failures like Afghanistan and Iraq,'* August 23, https://www.economist.com/by-invitation/2021/08/23/robert-d-kaplan-on-why-america-can-recover-from-failures-like-afghanistan-and-iraq

Kardas, Tuncay (2017). Trump and the rise of the media-industrial complex in American Politics. *Insight Turkey*, Vol.19(3): 93-120.

Katz, Jonathan M. (2021). *Gangsters of Capitalism: Smedley Butler, the Marines, and the Making and Breaking of America's Empire*. St. Martin's Press.

Kaufman JA, Salas-Hernández LK, Komro KA, et al (2020). 'Effects of increased minimum wages by unemployment rate on suicide in the USA,' *Journal of Epidemiol Community Health* , January 7, doi: 10.1136/jech-2019-212981

Kazin, Michael (2023). *'Reject the Left-Right Alliance Against Ukraine,'* March 7, https://www.dissentmagazine.org/online_articles/reject-the-left-right-alliance-against-ukraine

Kearney, Michael W. (2017). *Trusting News Project Report 2017. A Reynolds Journalism Institute research project*, July 25, https://www.rjionline.org/reporthtml.html

Kellner, Douglas (1990). *Television and the Crisis of Democracy*. Boulder: West View.

Kennan, George F. (1997). 'A Fateful Error,' *New York Times*, February 5, Section A, Page 23.

Kennedy, John F. (1963). *'American University Speech,'* June 10, 中文翻譯者不詳，取自 https://usinfo.org/zhtw/PUBS/LivingDoc/amuniversity-2.htm

Kennedy, Paul (1987). *The Rise and Fall of the Great Powers: Economic Change and Military Conflict from 1500 to 2000*. Random House.

Kevin, Tony (2023). *'Suspended for Provided Balanced News on Ukraine,'* June 13, https://consortiumnews.com/2023/06/13/suspended-for-providing-balanced-news-on-ukraine/

Keynes, John Maynard (1919/2019). *The Economic Consequences Of The Peace: with a new introduction by Michael Cox*. Palgrave Macmillan.

Khomami, Nadia (2017, October 2). *Fund launched to create independent media free from rightwing bias*, https://www.theguardian.com/media/2017/oct/02/fund-launched-to-create-independent-media

Kim, Kyu, Won-yong Kim and Jong-geun Kang (1994). *Broadcasting in Korea*. Seoul: Nanam

Westminster, London, September 8~11.

Lichter, S. R., & Rothman, S. (1981). Media and business elites. *Public Opinion*, 4(5), 42-46, 59-60.

Lichter, S. R., & Rothman, S. and Linda S. Linda (1986). *The Media Elite*. Adler & Adler.

Lippmann, Walter and Charles Merz (1920). 'A Test of the News: an examination of the news reports in the New York Times on aspects of the Russian Revolution of special importance to Americans, March 1917—March 1920,' *The New Republic*, August 4, No.296: 1-48.

Liu, Yihong (2022). *Crisis Rhetoric and Policy Change in China*. Palgrave M acmillan.

Liu, Zixiu (2023). 'News framing of the 2014-15 Ukraine conflict by the BBC and RT,' *the International Communication Gazette*. DOI: 10.1177/17480485231158904

Lucas, Edward (2008). *New Cold War: Putin's Russia and the Threat ot the West*. Palgrave Macmillan.

Luce, Edward (2017). *The Retreat of Western Liberalism*. Atlantic Monthly Press.

—— (2022). *'Is America heading for civil war?'*, May 31, https://www.ft.com/content/9c237473-603d-4196-8a32-0f135c900612

Ludwig, Mike (2022). *'Ukraine and Yemen Wars Highlight US's Role as Biggest Arms Dealer in the World,'* April 15, https://truthout.org/articles/ukraine-and-yemen-wars-highlight-uss-role-as-biggest-arms-dealer-in-the-world

MacDonald, Scott B. (2022). *The New Cold War, China, And The Caribbean: Economic Statecraft, China And Strategic Realignments*. Palgrave Macmillan.

Madariaga, José M García de, María Lamuedra Graván, Fernando Tucho Fernández (2014). Challenges to public service news programmes in Spain: professionals and viewers' discourses wavering between institutional reform and counter-reform. *Journalism*, 15(7): 908-925.

Madland, David (2008). *Journalists Give Workers the Business: how the mainstream media ignores ordinary people in economic news coverage*. Washington: Center for American Progress.

Madley, Benjamin (2016). *An American Genocide: The United States and the California Catastrophe 1846-1873*. Yale University Press.

Mahoney, Matt (2016, December 20). *The Limits of Fact-Checking Facebook*, https://www.technologyreview.com/s/603188/the-limits-of-fact-checking-facebook/

Mahoney, Richard D. (1983). *JFK: Ordeal in Africa Oxford*. University Press.

Marcetic, Branko (2023a). *'Talks with Olga Baysha, Author of Democracy, Populism and Neoliberalism in Ukraine,'* March 26, https://usrussiaaccord.org/acura-viewpoint-jacobins-

memorabilia and breaking into the desks of lawmakers,' January 7, https://news.yahoo.com/shocking-photos-show-pro-trump-222205516.html

Lambert, Stephen (1982). *Channel Four: television with a difference?* London: BFI.

Lamothe, Dan, Evan Hill, Alex Horton and Missy Ryan (2023). *'He's from a military family —and allegedly leaked U.S. secrets,'* April 13, https://www.washingtonpost.com/national-security/2023/04/13/jack-teixeira-discord-document-leak/

Lamrani, S. (2013). *The economic war against Cuba.* New York: Monthly Review Press.

Langwallner, David (2020). *'Gradations of Evil: Neoliberalism and Neoconservatism,'* August 19, https://cassandravoices.com/history/gradations-of-evil-neoliberalism-and-neoconservatism/

LaRouche, Lyndon H (1977/2018). *The Case of Walter Lippmann: a presidential strategy.* Campaigner Publications.

Lauesen, Torkil (2018). *The Global Perspective: Reflections on Imperialism and Resistance.* Kersplebedeb.

Ledur, Júlia (2023). *'There have been 146 mass shootings so far this year,'* https://www.washingtonpost.com/nation/2023/01/24/mass-shootings-us/ （本文查詢該網址最後的更新日期是4月10日。）

Lee, Salter and Dave Weltman (2011). Class, nationalism and news: The BBC's reporting of Hugo Chavez and the Bolivarian revolution. *International Journal of Media & Cultural Politics,* 7(3): 253-273.

Lee, David (2011). 'Networks, cultural capital and creative labour in the British independent television industry,' *Media, Culture and Society,* 33(4): 549-565.

Lesseraux, Mark (2023). *'Putin's War in Ukraine is Headed Toward a Conclusion, While Biden's War in Ukraine is Just Beginning to Heat Up,'* May 24, https://www.pressenza.com/2023/05/putins-war-in-ukraine-is-headed-toward-a-conclusion-while-bidens-war-in-ukraine-is-just-beginning-to-heat-up/

Lessin, J., Bensinter, G., Rrsli, E. M., and Efrati, A. (2012). Apple vs. Google vs. Facebook vs. Amazon: The lines between software and hardware continue to blur. *The Wall Street Journal,* http://www.wsj.com/articles/SB10001424127887324677204578188073738910956

Lévy, Bernard-Henri (2019). *The Empire and the Five Kings: America's Abdication and the Fate of the World.* Henry Holt and Co.

Levy, David (2010). '*PSB policymaking in comparative perspective: The BBC Charter Review process and the French Commission pour la nouvelle télévision publique,*' presented at the 5th Biannual RIPE (Re-Visionary Interpretations of the Public Enterprise), University of *the control of U.S. broadcasting, 1928-1935*. Oxford University Press.

—— (2011). 'Forward', in Amarnath Amarasingam (Ed.). *The Stewart/Colbert effect: essays on the real impacts of fake news*, pp.1-2. McFarland & Company.

—— (2013). *Digital Disconnect: how capitalism is turning the internet against democracy*. The New Press.

McChesney, Robert W & John Bellamy Foster (2003). The 'left-wing' media? *Monthly Review*, June, Vol.55: 1-16.

McCoy, Alfred (2023a). '*The True Costs of War Over Taiwan*,' March 2 ttps://tomdispatch.com/at-the-brink-of-war-in-the-pacific/

—— (2023b). *'The Consequences of Underestimating China,'* May 3, https://www.thenation.com/article/world/china-taiwan-geopolitics-eurasia/

McKenzie, Roger and Vijay Prashad (2022). *'Now Is the Time for Nonalignment and Peace,'* April 19, https://peoplesdispatch.org/2022/04/18/now-is-the-time-for-nonalignment-and-peace/

McLaughlin, Greg (2020). *Russia and the Media: The Makings of a New Cold War*. Pluto.

Mearsheimer, John J. (2014). '*Why the Ukraine Crisis Is the West's Fault: the Liberal delusions that provoked Putin*,' October, https://www.foreignaffairs.com/articles/russia-fsu/2014-08-18/why-ukraine-crisis-west-s-fault

—— (2014版/王義桅、唐小松與張登及譯，2021).《大國政治的悲劇》（二版）。台北：麥田。

—— (2019/盧靜譯，2022).《大幻象：自由主義之夢與國際政治現實》。台北：八旗文化。

—— (2022). '*Why the West is principally responsible for the Ukrainian crisis*,' March 11, https://www.economist.com/by-invitation/2022/03/11/john-mearsheimer-on-why-the-west-is-principally-responsible-for-the-ukrainian-crisis

—— (2023). *'John Mearsheimer Ukraine Salon,'* May 22, https://www.youtube.com/watch?v=v-rHBRwdql8

Medijske Studije (Media Studies, 2015). *New Perspectives on Public Service Media Special Issue*. December. Vol.6.

Medina, Mercedes and Teresa Ojer (2010). The new Spanish public service broadcasting model. *Comunicacion y Sociedad*, 23(2): 329-359.

Mehta, Krishen (2023). *'5 Reasons Why Much of the Global South Isn't Automatically Supporting the West in Ukraine,'* February 24, https://www.eurasiareview.com/24022023-5-reasons-why-much-of-global-south-isnt-automatically-supporting-the-west-in-ukraine-oped/

Menge, Margaret (2017, July 19). *Congress Ignores Trump's Call to Cut Funding for NPR, PBS,* branko-marcetic-talks-with-olga-baysha-author-of-democracy-populism-and-neoliberalism-in-ukraine/

—— (2023b). 'I*s the US military more intent on ending Ukraine war than US diplomats?*', June 13, https://responsiblestatecraft.org/2023/06/13/is-the-us-military-more-intent-on-ending-ukraine-war-than-us-diplomats/

Marche, Stephen (2022). *The Next Civil War: Dispatches from the American Future.* Avid Reader Press.

Markowitz, Norman D. (1973). *The Rise and Fall of the People's Century: Henry A. Wallace and American Liberalism, 1941-1948.* Free Press.

Martens, C., Reina, O., & Vivares, E. (2016). Legislating for a more participatory media system: reform strategies in South America. In D. Freedman, J. Obar, C. Martens, & R. W. McChesney (Eds.), *Strategies for media reform: International perspectives*, pp. 268-280. Bronx, New York: Fordham University Press.

Martí, José Luis and Philip Pettit (2010). *A Political Philosophy in Public Life: Civic Republicanism in Zapatero's Spain.* Princeton University Press.

Martin, Geoff & Erin Steuter (2017). *Drone Nation:the Political Economy of America's New Way of War.* Lexington Books.

Martin, Jonathan and Alexander Burns (2022). *This Will Not Pass: Trump, Biden, and the Battle for America's Future.* Simon & Schuster.

Marvin Kalb (2015). *Imperial Gamble: Putin, Ukraine, and the New Cold War.* Brookings Institution Press.

Masters, Jonathan and Will Merrow (2023). '*How Much Aid Has the U.S. Sent Ukraine? Here Are Six Charts,*' February 22, https://www.cfr.org/article/how-much-aid-has-us-sent-ukraine-here-are-six-charts

Maté, A.J. (2018). *'New Studies Show Pundits Are Wrong About Russian Social-Media Involvement in US Politics,'* December 28, https://www.thenation.com/article/russiagate-elections-interference/

Mayhew, Freddy (2017, August 24). *Channel 4's Jon Snow: Facebook and Google 'have to pay more to carry professional journalism,'* http://www.pressgazette.co.uk/channel-4s-jon-snow-facebook-and-google-have-to-pay-more-to-carry-professional-journalism/

Mazzarino, Andrea (2023). *'The Privatization of War, American-Style,'* May 9, https://tomdispatch.com/the-army-we-dont-see/

McChesney, Robert W. (1993). *Telecommunications, Mass Media, and Democracy: the battle for automatically fact check news 'in real time'*, http://www.independent.co.uk/life-style/gadgets-and-tech/news/google-fake-news-fight-facebook-fact-check-fullfact-a7422861.html

Moss, David A. and Michael R. Fein (2003). Radio Regulation Revisited: Coase, the FCC, and the Public Interest. *Journal of Policy History*,15(4): 389-416.

Movchan, Andriy (2023). '*Liquidating the Legacy of Revolution: Ideology of the Russian Invasion,*' February 22, https://september.media/en/articles/antirevolution-en

Mueller, Robert S. (2019). *Report On The Investigation Into Russian Interference In The 2016 Presidential Election*. March. U.S. Department of Justice. https://www.justice.gov/archives/sco/file/1373816/download

Müller, J. (2013). *Mechanisms of Trust: news media in democratic and authoritarian regimes*. Frankfurt: Campus Verlag.

Mundy, S. (2015, January 27). Fears grow for freedom of expression in South Korea. *Financial Times*, http://www.ft.com/intl/cms/s/0/b508e294-a152-11e4- 8d19-00144feab7de.html

Murdock, Graham (1994). 'Money talks: broadcasting finance and public culture,' pp.155-183 in Stuart Hood (ed.). *Behind the Screens: the structure of British television in the nineties*. London: Pluto.

—— (2000). Talk shows: Democratic debates and tabloid tales. In J. Wieten., G. Murdock., & P. Dahlgren (eds.). *Television across Europe: a comparative introduction*, pp.198-220. London: Sage.

Murgia, Madhumita, Tim Bradshaw & Richard Waters (2023). '*Chip wars with China risk 'enormous damage' to US tech, says Nvidia chief,*' May 24, https://www.ft.com/content/ffbb39a8-2eb5-4239-a70e-2e73b9d15f3e

Murphy, Dawn C. (2022). *China's Rise in the Global South: The Middle East, Africa, and Beijing's Alternative World Order*. Stanford University Press.

Murschetz, Paul (Ed., 2013). *State Aid for Newspapers: theories, cases, actions*. Springer.

Nakano, Koichi (中野晃一, 2022a). '*5 Reasons Why A State Funeral for Abe Is A Bad Idea,*' September 2, https://www.youtube.com/watch?v=ZqaGcu5-WQo

—— (2022b). '*5 Fatal Flaws of Abe's Remilitarization Driv*e,' https://www.youtube.com/watch?v=eWBsSN-Z5b8

—— (2022c). '*5 Deadly Sins of Abe's Historical Revisionism,*' https://www.youtube.com/watch?v=INkqYR4R40I

—— (2022d). '*Abe's 3 Worst Cronyism Scandals,*' https://www.youtube.com/watch?v=01Jk3-EoaAc

NEA, NEH Republican, http://www.lifezette.com/polizette/congress-ignores-trumps-call-to-cut-funding-for-npr-pbs-nea-neh/

Menon, Rajan (2023). '*The War of Surprises in Ukraine Could There Be One Surprise Too Many?*', https://tomdispatch.com/the-war-of-surprises-in-ukraine

Milanovic, Branko (2019/陳松筠、孔令新譯，2020）. 《只有資本主義的世界》。台北：商周。

Miller, David (1989). *Market, State, and Community: theoretical foundations of market socialism*. Oxford: Clarendon.

Mills, John Stuart (1848). *Principles of Political Economy: with some of their applications to social philosophy* (abridged edition), edited, with Introduction, by Stephen Nathanson. Hackett Publishing Company.

Mills, Tom (2016). *The BBC: myth of a public service*. London: Verso.

Minow, Newton N. (1961). 'The "Vast Wasteland": address to the National Association of Broadcasters, Washington, D.C., May 9, 1961.' 重印於Golding, Peter and Graham Murdock (eds., 1997). *The Political Economy of the Media* (II), pp.301-312. Cheltenham: Edward Elgar.

Mirk, Sarah (2020). *Guantanamo Voices: an anthology (true accounts from the world's most infamous prison*. Harry N. Abrams.

Mnookin, Seth (2004). *Hard News: the scandals at the New York Times and their meaning for American media*. Random House.

MOD (Ministry of Defence, 2022). '*MOD Departmental resources: 2022*,' December, https://www.gov.uk/government/statistics/defence-departmental-resources-2022/mod-departmental-resources-2022

Moehler, Devra C. and Naunihal Singh (2011). Whose News Do You Trust? Explaining Trust in Private versus Public Media in Africa. *Political Research Quarterly*, 64(2): 276-292.

Moore, R. Laurence (1994). *Selling God: American religion in the marketplace of culture*. Open University Press.

Morgan, Piers (2023). '*Piers Morgan vs Noam Chomsky: the Full Interview,*' June 6, 這個37分鐘的訪問之（大約）7分30秒至15分23秒，專談中美與台海，https://www.youtube.com/watch?v=TQ-Crh3rdQA

Morrissey, Michael David (1989). 'Review of the Men Who Killed Kennedy,' in Morrissey, M.D. (2021). *Chomsky, Prouty and Me*, pp.9-23. Milton Keynes: Lightning Source.

Mortimer, Caroline (2016, November 17). *Project aims to develop software which can*

Nyhan, Brendan (2020). '*Five myths about misinformation*,' November 6, https://www. washingtonpost.com/outlook/five-myths/five-myths-about-misinformation/2020/11/06/ b28f2e94-1ec2-11eb-90dd-abd0f7086a91_story.html

NYT (1978). 'Taiwan's President Protests to U.S. Over Decision on Ties With Peking,' *New York Times*, December 16, page 1, https://www.nytimes.com/1978/12/16/archives/taiwans-president-protests-to-us-over-decision-on-ties-with-peking.html

Oates, Sarah and N. Rostova (2022). 'The More Things Change, the More the Frame Remains the Same: Comparing American Comparing American and Russian Coverage of Dissident Alexei Navalny,' in Hearns-Branaman, Owen Jesse & Tabe Bergman (2022). *Journalism and Foreign Policy: How the US and UK Media Cover Official Enemies*, pp. 31-48. Routledge.

Ofcom (2007). *Communications Market Report (United Kingdom)*. August. Ofcom.

—— (2010). *Communications Market Report (United Kingdom)*. August. Ofcom.

—— (2011). *Communications Market Report (United Kingdom)*. August. Ofcom.

—— (2017a). *News consumption in the UK: 2016*. August. Ofcom.

—— (2017b). *Communications Market Report (United Kingdom)*. August. Ofcom.

Ommen, Lynnemore van (2016). *The Finnish Freedom of Speech: An Illusion? Qualitative research on the positioning of Finnish journalists in reference to reporting on Russia*. August, Master thesis, Erasmus School of History, Culture and Communication, Erasmus University Rotterdam.

Onuch, Olga & Henry E. Hale (2022). *The Zelensky Effect*. Oxford University Press.

Orlik, Thomas (2020). *China: The Bubble that Never Pops*.Oxford University Press.

O'Rourke, Lindsey A. (2018) Covert Regime Change: America's Secret Cold War. Cornell University Press.

Ortega, Pmbyrodrigo Perez (2022). '*Half of Americans anticipate a U.S. civil war soon, survey finds*,' July 19, https://www.science.org/content/article/half-of-americans-anticipate-a-us-civil-war-soon-survey-find

Ots, Mart (2013). '*Sweden: State Support to Newspapers in Transition*,' in Murschetz (2013), pp. 307-322.

Ottenberg, Eve (2023). '*Human Destiny in Ukraine*,' April 7, https://www.counterpunch. org/2023/04/07/human-destiny-in-ukraine/

PA Mediapoint. (2016, April 5). South Korea blocks website run by British journalist covering North Korea technology. *PressGazette*, https://pressgazette.co.uk/publishers/digital-journalism/south-korea-blocks-website-run-british-journalist-covering-north-korea-

Ness, I., & Cope, Z. (Eds., 2021). *The Palgrave Encyclopedia of Imperialism and Anti-Imperialism* (2nd ed.). London, UK: Palgrave Macmillan.

Newman, Nic and David A. L. Levy (Ed., 2013). *Reuters Institute Digital News Report 2013: tracking the future of news*. Oxford University.

Newman, Nic, Richard Fletcher, David A. L. Levy and Rasmus Kleis Nielsen (Ed., 2016). *Reuters Institute Digital News Report 2016*. Oxford University.

Newman, Nic, Richard Fletcher, David A. L. Levy, Antonis Kalogeropoulos and Rasmus Kleis Nielsen (Ed., 2017) *Reuters Institute Digital News Report 2017*. Oxford University.

Newman, Nic with Richard Fletcher, Anne Schulz, Simge Andı, Craig T. Robertson, and Rasmus Kleis Nielsen (Ed., 2021) *Reuters Institute Digital News Report 2021*. Oxford University.

Newman, Peter C. (2016). *Hostages to fortune: the United Empire Loyalists and the making of Canada*. Simon & Schuster.

Ng, Jonathan (2023). *'US Economic War on Venezuela Has Rewarded Corruption and Undermined Democracy'*, June 11, https://truthout.org/articles/us-economic-war-on-venezuela-has-rewarded-corruption-and-undermined-democracy/

Nichols, Tom (2023). 'To Defend Civilization, Defeat Russia,' January 24, https://www.theatlantic.com/newsletters/archive/2023/01/ukraine-russia-weapons-nato-germany/672817/

Nicoli, Nicholas (2010). *'The disempowerment of in-house production at the BBC: An analysis of the WOCC,'* presented at the 5th Biannual RIPE (Re-Visionary Interpretations of the Public Enterprise), University of Westminster, London, September 8~11.

Nieminen, Hannu, Kaarle Nordenstreng, and Timo Harjuniemi (2013). *'Finland: The Rise and Fall of a Democratic Subsidy Scheme,'* in Murschetz (2013), pp.179-197.

Nineham, Chris (1995). 'Is the media all powerful?'. *International Socialism*, Summer, No.67, http://pubs.socialistreviewindex.org.uk/isj67/nineham.htm

Noam, Eli (1991). *Television in Europe*. Oxford University Press.

Nolan, David & Tim Marjoribanks (2011). '〝Public editors〞and media governance at the Guardian and the New York Times,' *Journalism Practice*, 5(1): 3-17.

Nove, Alec (1991). *The Economics of Feasible Socialism Revisited*. London: Harper Collins.

NSA (National Security Archive, 2017). *'NATO Expansion: What Gorbachev Heard,'* December 12, https://nsarchive.gwu.edu/briefing-book/russia-programs/2017-12-12/nato-expansion-what-gorbachev-heard-western-leaders-early#_edn1

Nussbaum, Matthew (2018). 'T*he definitive Trump-Russia timeline of events,'* https://www.politico.com/trump-russia-ties-scandal-guide/timeline-of-events

prizes/literature/2005/pinter/25621-harold-pinter-nobel-lecture-2005/

Pitts, Bryan (2022). *'Latin America and the New Non-Aligned Movement,'* March 31, https://www.international.ucla.edu/lai/article/252965

Pizzigati, Sam (2022). *'Inequality Kills. But We Can Stop the Killing,'* November 26, https://inequality.org/great-divide/inequality-kills-but-we-can-stop-the-killing/

Plahte, J., and Reid-Henry, S. (2013). Immunity to TRIPS? Vaccine production and the biotechnology industry in Cuba. In Williams, O. D., and Löfgren, H.(Eds.). *The new political economy of pharmaceuticals production, innovation and TRIPS in the global south*, pp.70-90. Basingstoke, Palgrave Macmillan.

Police State USA (2015). *'Madeleine Albright justifies the deaths of 500,000 Iraqi children as "worth it",'* https://www.youtube.com/watch?v=KP1OAD9jSaI&ab_channel=PoliceStateUSA

Polychroniou, C.J. (2023). *'Is a Livable Future Still Possible? Chomsky and Pollin Discuss the IPCC Report,'* https://truthout.org/articles/is-a-livable-future-still-possible-chomsky-and-pollin-discuss-the-ipcc-report/

Ponsford, Dominic (2017, April 10). *Press Gazette launches Duopoly campaign to stop Google and Facebook destroying journalism*, https://www.pressgazette.co.uk/press-gazette-launches-duopoly-campaign-to-stop-google-and-facebook-destroying-journalism/

Ponsonby, GA (2015). *London Calling: How the BBC Stole the Referendum*. NNS Media Ltd.

Poorta, Joost and Barbara Baarsma (2016). Measuring the Welfare Effects of Public Television. *Journal of Media Economics*, 29(1): 31-48.

Popescu, Marina, Tania Gosselin and Jose Santana Pereira. (2010). *European Media Systems Survey 2010*. Data set. Colchester, UK: Department of Government, University of Essex. URL: www.mediasystemsineurope.org.

POQ (Public Opinion Quarterly, 2019). *'Discussion of Kathleen Hall Jamieson's Cyberwar: How Russian Hackers and Trolls Helped Elect a President—What We Don't, Can't, and Do Know.',* 83(1): 159-168.

Potter, Simon J. (2012). *Broadcasting Empire: the BBC and the British World, 1922-1970*. Oxford University Press.

Prashad, Vijay (2023). *'The Emergence of a New Non-Alignment: The Twenty-Fourth Newsletter,'* June 15, https://thetricontinental.org/newsletterissue/new-non-alignment/

Praxis (2023). *'Anti-War Petition From Taiwan Academics,'* June 8, https://positionspolitics.org/anti-war-petition-from-taiwan-academics/

technology/

Park, Keunho (2003). 'The Vietnam War and the 'Miracle of East Asia',' *Inter-Asia Cultural Studies*, 4 (3): 372-399.

Paulau, Burton (1981). *Television and Radio in the United Kingdom*. London: Macmillan.

Perotti, Elena (2017). *Google's antitrust woes around the world*. WAN-IFRA (the World Association of Newspapers and News Publishers).

Peters, Justin (2016). *The Idealist Aaron Swartz and the Rise of Free Culture on the Internet*. Simon & Schuster.

Pew Research Center (2022). '*Modest Declines in Positive Views of 'Socialism' and 'Capitalism' in U.S.,*' September 19, https://www.pewresearch.org/politics/2022/09/19/modest-declines-in-positive-views-of-socialism-and-capitalism-in-u-s/

Pflanze, Otto (1970). *Bismarck and the Development of Germany, Vol. 1: The Period of Unification, 1815-1871*. Princeton University Press.

Picard, R. (1985). *The Press and the decline of democracy: The democratic socialist response in public policy*. Westport: Greenwood Press.

Pickard, Victor (2017). A social democratic vision of media: toward a radical pre-history of public broadcasting. *Journal of Radio & Audio Media*, 24(2): 200-212.

—— (2020/羅世宏譯2022)《新聞崩壞,何以民主?:在不實訊息充斥與數位平台壟斷時代裡》。台北:五南。

—— (2021). '*Talking Radical Media With Noam Chomsky: the 92-year-old leftist sees meaningful progress in news coverage*.' https://www.thenation.com/article/politics/noam-chomsky-interview

Pickard, Victor and Guobin Yang (Eds., 2017). *Media Activism in the Digital Age*. Routledge.

Pierson, Christopher (1995). *Socialism After Communism: the New Market Socialism*. (姜輝譯(1999)。《新市場社會主義:對社會主義命運和前途的探索》。北京:東方。)

Piketty, Thomas (2014). *Capital in the twenty-first century*. (Goldhammer, A. Trans.). Cambridge: Belknap Press of Harvard University Press.

—— (2021/陳郁雯譯,2021).《社會主義快來吧!皮凱提的二十一世紀問答》。台北:衛城。

Pilger, John (2004/閻紀宇譯,2006).〈伊拉克真相報導引言〉,收於Pilger, John (2004/閻紀宇譯,2006).《別對我撒謊:24篇撼動世界的調查報導》,頁537-541.台北:商周。

Pilger, John (2022). '*Silencing the lambs: how propaganda works*,' September 8, http://johnpilger.com/articles/silencing-the-lambs-how-propaganda-works

Pinter, Harold (2005). '*Nobel Prize speech (Art, Truth and Politics),*' https://www.nobelprize.org/

pdfs.semanticscholar.org/c315/213370de62914e78175cb4b0067f2d13edcf.pdf

Ruschmann, Paul (2006). *Media Bias (point/counterpoint)*. Chelsea House Publishers.

Rabin, Roni Caryn (2022). '*U.S. Life Expectancy Falls Again in 'Historic' Setback,*' August 31, https://www.nytimes.com/2022/08/31/health/life-expectancy-covid-pandemic.html

Rampell, Ed (2021). '*Oliver Stone Talks About JFK's Killing,*' November 23, https://jacobin.com/2021/11/oliver-stone-talks-to-jacobin-about-jfks-killing

Rappeport, Alan (2023).〈美國財長耶倫：試圖與中國脫鈎將是"災難性的"〉, 6月14日, https://cn.nytimes.com/usa/20230614/janet-yellen-china/

Reed, John (2022). '*Ukraine's ex-president Petro Poroshenko: 'The army is like my child, and I am very proud',*' May 20, https://www.ft.com/content/39356ee4-a505-4391-a7a9-998252cb67ee

Reuters (2021). *T-Day: the battle for Taiwan,* (undated), https://www.reuters.com/investigates/section/taiwan-china/

Ritter, Scott (2022). '*Russia, Ukraine & the Law of War: Crime of Aggression,*' March 29, https://consortiumnews.com/2022/03/29/russia-ukraine-the-law-of-war-crime-of-aggression/

—— (2023). '*NATO's war on Russia has failed | Redacted with Clayton Morris?*', June 3, https://www.youtube.com/watch?v=wFhj5ECXE1w&ab_channel

Roach, Stephen (2022). *Accidental Conflict: America, China and the Clash of False Narratives.* Yale University Press.

Roberts, Geoffrey (2022). 'Now or Never':The Immediate Origins of Putin's Preventative War on Ukraine,' *Journal of Military and Strategic Studies*, 22(2), https://geoffreyroberts.net/wp-content/uploads/2022/04/Now-or-never-Putins-Decsion-for-War-with-Ukraine.pdf

Roberts, Paul Craig (2015). *The Neoconservative Threat to World Order: America's perilous war for hegemony.* Clair Press.

Rodríguez, Francisco (2023). *The Human Consequences of Economic Sanctions.* May, https://cepr.net/wp-content/uploads/2023/04/The-Human-Consequences-of-Economic-Sanctions-Rodriguez.pdf

Roelofs, Joan (2022). *The Trillion Dollar Silencer: Why There Is So Little Anti-War Protest in the United States.* Atlanta: Clarity Press.

Rojas, Rachael Boothroyd (2018). '*Venezuelan Opposition Abandons Talks in Dominican Republic, Dismisses Deal with Gov't,*' February 8, https://venezuelanalysis.com/news/13647

Rosenberg, Jerry M (2022). *The Belt and Road Initiative: The Threat of an Economic Cold War with China.* Lexington Books.

Rudd, Kevin (2022). *The Avoidable War: The Dangers of a Catastrophic Conflict between the US*

Priebe, Miranda, Bryan Rooney, Nathan Beauchamp-Mustafaga, Jeffrey Martini & Stephanie Pezard (2021). *Implementing Restraint: Changes in U.S. Regional Security Policies to Operationalize a Realist Grand Strategy of Restraint*. Rand Corp, https://www.rand.org/content/dam/rand/pubs/research_reports/

Pritzker, Barry M. (1998). *Native Americans: an Encyclopedia of History, Culture, and Peoples*. ABC-CLIO.

Putin, Vladimir (2021). '*On the Historical Unity of Russians and Ukrainians*,' July 12, http://en.kremlin.ru/events/president/news/66181 (中文翻譯：https://www.upmedia.mg/news_info.php?Type=3&SerialNo=138237, https://www.upmedia.mg/news_info.php?Type=3&SerialNo=138340)

—— (2022a). '*Address by the President of the Russian Federation*,' The Kremlin, Moscow, February 21, http://en.kremlin.ru/events/president/news/67828 (中文翻譯：https://taiwandomnews.com/國際/22085/）

—— (2022b). '*Address by the President of the Russian Federation:* "*on conducting a special military operation*",' The Kremlin, Moscow ,February 24, http://en.kremlin.ru/events/president/news/67843 (中文翻譯：https://cofacts.tw/article/fux74w5tpxl）

RRA700/RRA739-1/RAND_RRA739-1.pdf

QI (Quincy Institute for Responsible Statecraft, 2022). '*The Sugar High of Unipolarity: Why U.S. Military Interventions Increased after the Cold War,*' September 7, https://www.youtube.com/watch?v=HXGQGw7MuNE&ab_channel=QuincyInstituteforResponsibleStatecraft

QuotidianoWeb (2023). '*An Interview with Benjamin Abelow, M.D., author of 'How the West Brought War to Ukraine*',' June 7, https://usrussiaaccord.org/an-interview-with-benjamin-abelow-m-d-author-of-how-the-west-brought-war-to-ukraine/

Rahman, Anis & Gregory Ferrell Lowe (2016). *Public Service Media Initiatives in the Global South*. Simon Fraser University Library.

Robinson, Andy (2017). *The Public Editor's Club at The New York Times as told by the six who lived it*. July 20, https://www.cjr.org/special_report/new-york-times-public-editor-oral-history.php?Daily

Roemer, John (1994). *A Future for Socialism*. Harvard University Press.

—— (1994/馮建三譯，2005).《論市場社會主義》。新北：聯經。

Rozat, Pascal (2011). *Television history: the French exception?* February 17, http://www.inaglobal.fr/en/television/article/television-history-french-exception

Ruane, Kathleen Ann (2011). *Fairness doctrine: history and constitutional issues*. July 13, https://

學文獻出版社。

Savell, Stephanie (2023). *How death outlives war: the reverberating impact of the post-9/11 wars on human health,* May 15, https://watson.brown.edu/costsofwar/files/cow/imce/papers/2023/Indirect%20Deaths.pdf

Schlesinger, Philip (1978). *Putting "reality" together: BBC news.* London: Constable.

Schmalensee, Richard (1972). *The Economics of Advertising.* Amsterdam: North-Holland Pub.

Schmidt, Karl (1960). *Henry A. Wallace: Quixotic Crusade 1948.* Syracuse University Press.

Schoen, Douglas E & Melik Kaylan (2014). *The Russia-China Axis: The New Cold War and America's Crisis of Leadership.* Encounter Books.

—— (2015). *Return to Winter: Russia, China, and the New Cold War Against America.* Encounter Books. (僅多一篇新的序言，調整書名，其餘內容相同)

Schweikart, David (1998). 'Market socialism: a defense,' in David Schweickart, James Lawler, Hillel Ticktin and Bertell Ollman. *Market Socialism: the debate among socialists*, pp.7-22. NY: Routledge.

Sefto, Dru (2017, May 23). *Trump's 2018 budget calls for phasing out public broadcasting funds,* https://current.org/2017/05/trumps-2018-budget-calls-for-cpb-to-move-toward-shutdown/

Segura, María Soledad and Silvio Waisbord (2016). *Media Movements: civil society and media policy reform in Latin America.* London: Zed Books.

Sehl, Annika, Alessio Cornia, and Rasmus Kleis Nielsen (2016). *Public Service News and Digital Media.* Reuters Institute for the Study of Journalism. Oxford University.

Shakarian, Pietro A. (2023). *'On the Agency of Former Soviet Republics,'* March 21, https://usrussiaaccord.org/acura-viewpoint-pietro-shakarian-on-the-agency-of-former-soviet-republics/

Shane Harris, Karen DeYoung, Isabelle Khurshudyan, Ashley Parkerand Liz Sly (2022). *'Road to war: U.S. struggled to convince allies, and Zelensky, of risk of invasion,'* August 16, https://www.washingtonpost.com/national-security/interactive/2022/ukraine-road-to-war/

Shepherd, John R. (1993/林偉盛、張隆志、林文凱、蔡耀緯譯，2016).《台灣邊疆的治理與政治經濟（1600-1800）》（上下冊）。台北：台大出版中心。

Shirk, Susan L. (2022). *Overreach: How China Derailed Its Peaceful Rise.* Oxford University Press.

Silver, Josh and Marvin Ammori (2009). *The fairness doctrine distraction,* https://www.freepress.net/sites/default/files/fp-legacy/fp-FairnessDoctrine.pdf

Silver, Laura (2022). '*Most across 19 countries see strong partisan conflicts in their society, and Xi Jinping's China.* PublicAffairs.

Ruehl, John P. (2023). *'Taiwan's Quest to Upgrade Its Battle Readiness Continues to Evolve,'* May 27, https://epaper.dailygoodmorningkashmir.com/epaper/ edition/916/good-morning-kashmir/ page/5

Rugman, Jonathan (2019). *The Killing in the Consulate: Investigating the Life and Death of Jamal Khashoggi.* Simon & Schuster.

Russell, Bertrand (1922/2021). *The Problem of China.* Routledge Classics.（有Bernard Linsky的 新導言）

Ryan, Missy and Annabelle Timsit (2022). *'U.S. wants Russian military 'weakened' from Ukraine invasion, Austin says,'* April 25, https://www.washingtonpost.com/world/2022/04/25/russia-weakened-lloyd-austin-ukraine-visit

Riggs, Mike (2010, June 11). *'The Neomarxist who is helping to influence Obama's media policy,'* http://dailycaller.com/2010/06/11/the-neomarxist-who-is-helping-to-influence-obamas-media-policy/

Robinson, James (2010, August 7). 'BBC's Mark Thompson: Sky needs to pull its weight', *Guardian*, https://www.theguardian.com/media/2010/aug/27/mark-thompson-bbc-mactaggart-edinburgh

Sachs, Jeffrey (2013). *To Move the World: JFK's quest for peace.* Random House.

—— (2022). *'An excerpt from Jeffrey Sachs speaking at the Athens Democracy,'* October 24, https://www.youtube.com/watch?v=Ec2E4k1K52E

SACOM寫作小組（2023）。《SEACOM作為地標：中港兩地「工學聯合」行動經驗》。台北： 台灣社會研究雜誌社。唐山書局發行。

Said, Edward W. & Christopher Hitchens (1988). *Blaming the Victims: Spurious Scholarship And The Palestinian Question.* London: Verso.

Sakwa, Richard (2021). 'Sad delusions: The decline and rise of Greater Europe,' *Journal of Eurasian Studies*, 12(1): 5-18.

Sakwa, Richard (2022). *Deception: Russiagate and the New Cold War.* Lexington Books.

Salmon, Felix (2021). *'America's continued move toward socialism,'* June 25, https://www.axios.com/2021/06/25/americas-continued-move-toward-socialism

Sanders, Bernie (2021). 'Washington's Dangerous New Consensus on China: don't start another Cold War,' *Foreign Affairs*, June 17, https://www.foreignaffairs.com/articles/china/2021-06-17/washingtons-dangerous-new-consensus-china

Sassoon, Donald (1996/姜輝、于海青、龐曉明譯，2007)。《歐洲社會主義百年史》。社會科

Soros, George (1998). *The Crisis of Global Capitalism.* (聯合報編譯組（1998）。《全球資本主義危機》，新北：聯經。)

Sowell, Thomas (2012). *"Trickle Down Theory" and "Tax Cuts for the Rich".* Hoover Institution Press.

Sparks, Colin (1995). 'The survival of the state in British Broadcasting,' *Journal of Communication*, 45(4): 140-159.

Sparks, Colin (with Anna Reading, 1998). *Communism, Capitalism and the Mass Media.* London: Sage.

Spencer, David Ralph (2007). *The yellow journalism: the press and America's emergence as a world power.* Northwestern University Press.

Splichal, Slavko (1994). *Media beyond socialism: theory and practice in East-Central Europe.* Boulder: Westview Press.

Standage, T. (2011, July 9). *The news industry: Bulletins from the future.* (special report of Economist).

Steele, Jonathan (2022). *'The Left and Ukraine'*, December 15, https://www.counterpunch.org/2022/12/15/the-left-and-ukraine/

Steinberg, Shirley R.and Kinchelo, Joe L. (2009). *Christotainment: selling Jesus through popular culture.* Westview Press.

Stone, Oliver (2021). *JFK Revisited: through the looking glass.* Altitude Film Distribution.

Stroud, N. Jomini (2011). *Niche News: the politics of news choice.* Oxford University Press.

Sullivan, Dylan & Jason Hickel (2023). 'Capitalism and extreme poverty: a global analysis of real wages, human height, and mortality since the long 16th century,' *World Development*, Vol.161. No.1, https://doi.org/10.1016/j.worlddev.2022.106026

Sullivan, Michael J. (2004). *American adventurism abroad: 30 invasions, interventions, and regime changes since World War II.* Westport.

Sunstein, Cass R. (2009). *Going to extremes: how like minds unite and divide.* Oxford University Press.

── (2017). *#Republic: divided democracy in the age of social media*, Princeton University Press.

Sussman, Gerald (2019). *'Russiagate is Dead! Long Live Russiagate!'*, April 18, https://www.counterpunch.org/2019/04/18/russiagate-is-dead-long-live-russiagate/

Sutter, Daniel (2001). Can the media be so liberal? The economics of media bias. *Cato Journal*, Winter, 20 (3): 431-451.

── (2012). Mechanisms of liberal bias in the news media versus the academy. *Independent especially in South Korea and the U.S.,*' November 16, https://www.pewresearch.org/fact-tank/2022/11/16/most-across-19-countries-see-strong-partisan-conflicts-in-their-society-especially-in-south-korea-and-the-u-s/?

Simon, P. (2011). *The age of the platform: How Amazon, Apple, Facebook, and Google have redefined business.* Henderson: Motion Publishing.

Sirohi, Rahul A. & Samyukta Bhupatiraju (2021). *Reassessing The Pink Tide: Lessons From Brazil And Venezuela.* Palgrave Macmillan.

Sirvent, Roberto & Danny Haiphong (2019). *American Exceptionalism and American Innocence: A People's History of Fake News—From the Revolutionary War to the War on Terror.* Skyhorse.

Skidelsky, Robertz & Edward Skidelsky (2012/李隆生、張又仁譯，2013). 《多少才滿足？決定美好生活的7大指標》。新北：聯經。

Skyes, Greta (2016). *'Brexit and the German Connection,*' August 12, https://www.counterpunch.org/2016/08/12/brexit-and-the-german-connection/

Smith, Adam (1776/張漢裕，1968). 《國富論》。台北：台灣銀行經濟研究室編印。第四篇第一章「商業主義或重商主義的原理」。

Smith, Anthoy (1977). *Subsidies and the Press in Europe.* London: Political and Economic Planning, Vol.XLIII, NO.569.

Smith, Ashley (2023). *'As US-China Tensions Mount, We Must Resist the Push Toward Interimperialist War,*' May 4, https://truthout.org/articles/as-us-china-tensions-mount-we-must-resist-the-push-toward-interimperialist-war/

Smith, David Michael (2023). *Endless Holocausts: Mass Death in the History of the United States Empire.* Monthly Review Press.

Smith, John (2016). *Imperialism in the Twenty-First Century: Globalization, Super-Exploitation, and Capitalism's Final Crisis.* Monthly Review Press.

Snyder, Timothy (2017) 'We lost a war: Russia's interference in our election was much more than simple mischief-making,' *New York Daily News,* March 19,
https://www.nydailynews.com/opinion/lost-war-russia-article-1.3001640

——(2023). *'Why the world needs Ukrainian victory: fifteen reasons,*' January 24, https://snyder.substack.com/p/why-the-world-needs-ukrainian-victory

Solnit, Rebecca & David Solnit (2009). *The Battle of the Story of the Battle of Seattle.* AK Press.

Solomon, Norman (2023). *War Made Invisible*: *how Ameica hides the human toll of its military machin*e. The New Press.

Tunstall, J. (1983). *The Media in Britain*. London: Constable.

Ullah, Imdad (2021). *Terrorism and the US Drone Attacks in Pakistan: Killing First*. Taylor & Francis.

UNHW (2017, March 3). *Joint Declaration on Freedom of Expression and "Fake News," Disinformation and Propaganda*, http://www.osce.org/fom/302796?download=true

United Nations. (2018, November 1). *General Assembly adopts annual resolution calling for end to embargo on Cuba, soundly rejects amendments by United States*. United Nations, Meetings Coverage and Press Releases. https://www.un.org/press/en/2018/ga12086.doc.htm

Valle, David Del (2017, June 19). *Spain: Supreme Court backs RTVE tax*, http://advanced-television.com/2017/06/19/spain-supreme-court-backs-rtve-tax/

Vine, David (2015). *Base Nation: How U.S. Military Bases Abroad Harm America and the World*. Henry Holt and Co.

Vlahos, Kelley Beaucar (2023). *'Lieven inside Ukraine: some real breaks, and insights,'* April 17, https://responsiblestatecraft.org/2023/04/17/lieven-inside-ukraine-some-real-breaks-and-insights

Vltchek, Andre (2020). *China's Belt and Road Initiative: Connecting Countries Saving Millions of Lives*. PT. Badak Merah Semesta.

Vogel, Kenneth P. & David Stern (2017). *'Ukrainian efforts to sabotage Trump backfire,'* January 11, https://www.politico.com/story/2017/01/ukraine-sabotage-trump-backfire-233446

Vogt, Adrienne, Matt Meyer and Meg Wagner (2022). *'Paul Pelosi, Nancy Pelosi's husband, attacked at couple's home,'* October 28, https://edition.cnn.com/politics/live-news/nancy-pelosi-husband-paul-attack/index.html

Walt, Stephen M. (2018/林詠心譯，2019).《以善意鋪成的地獄：菁英的僵化和霸權的衰落，重啟大棋局也注定失敗的美國外交政策》。台北：麥田。

Walter, Barbara F. (2022). *How Civil Wars Start: And How to Stop Them*. Penguin Random House.

Wang, Dong & Travis Tanner (2022). *Avoiding the 'Thucydides Trap': U.S.-China Relations in Strategic Domains*. Routledge.

Waterson, Jim (2019, April 25). *BBC admits iPlayer has lost streaming fight with Netflix*, https://www.theguardian.com/media/2019/apr/25/bbc-admits-iplayer-has-lost-streaming-fight-with-netflix

—— (2019, June 12). *BBC iPlayer can show programmes for a year instead of 30 days*, https://www.theguardian.com/media/2019/jun/12/bbc-iplayer-can-show-programmes-for-a-year-instead-of-30-days

Review, 16(3): 399-415.

Sweney, Mark (2011, January 19). 'Jeremy Hunt unveils plan for new national television channel,' *the Guardian*, https://www.theguardian.com/media/2011/jan/19/jeremy-hunt-new-television-channel

—— (2017, August 27). *UK TV industry risks losing £1bn a year to Amazon, YouTube and Facebook*, https://www.theguardian.com/media/2017/aug/27/uk-tv-industry-1bn-amazon-youtube-facebook

—— (2017, July 18). *Netflix tops 100m subscribers as it draws worldwide audience*, https://www.theguardian.com/media/2017/jul/18/netflix-tops-100m-subscribers-international-customers-sign-up

Sweney, Mark and Tara Conlan (2010, October 19). *BBC licence fee frozen at £145.50 for six years*, https://www.theguardian.com/media/2010/oct/19/bbc-licence-fee-frozen

Taibbi, Matt (2012). 'Introduction,' in Thompson, Hunter S. (2012/1973). *Fear and Loathing: On the Campaign Trail '72*, pp.17-24. Straight Arrow Books.

Thieme, Richard (2003). '*Operation Paperclip Revisited,*' Aug. 21, https://www.counterpunch.org/2003/08/21/operation-paperclip-revisited/

Thierer, Adam & Berin Szoka (2010). '*The Wrong Way to Reinvent Media, Part 1: Taxes on Consumer Electronics, Mobile Phones & Broadband*,' http://www.pff.org/issues-pubs/pops/2010/pop17.1-the_wrong_way_to_reinvent_media.pdf,

Thompson, Hunter S. (1973). *Fear and Loathing: On the Campaign Trail '72*. Straight Arrow Books.

Thorbecke, Catherine (2020, October 16). '*8th person arrested over alleged plot to kidnap Michigan Gov. Gretchen Whitmer*,' https://abcnews.go.com/US/8th-person-arrested-alleed-plot-kidnap-michigan-gov/story?id=73637771

Toft, Monica Duffy & Sidita Kushi (2023). *Dying by the Sword: The Militarization of US Foreign Policy*. Oxford University Press. 該書在本文完成之前，尚未出版，引句出自該書自述，見https://www.amazon.com/Dying-Sword-Militarization-Foreign-Policy/dp/0197581439

Tollerson, Cos (2023). '*Gangsters of Capitalism (Review),*' May 26, https://nacla.org/gangsters-capitalism-review?

Tsfati, Yariv and Gal Ariely (2014). Individual and Contextual Correlates of Trust in Media Across 44 Countries. *Communication Research*, 41(6): 760-782.

Tsygankov, Andrei P. (2019) *The Dark Double: US Media, Russia, And The Politics of Values*. Oxford University Press.

content/c8cf024d-87b7-4e18-8fa2-1b8a3f3fbba1

Wondracz, Aidan (2023). '*Bill Gates warns Australia to prepare for the next pandemic,*' January 23, https://www.dailymail.co.uk/news/article-11668157/Bill-Gates-warns-Australia-pandemic-just-corner-man-made.html

Wood, Tony (2020). *Russia Without Putin: Money, Power and the Myths of the New Cold War*. Verso.

Woodward, Jude (2017). *The US vs China: Asia's new Cold War?* Manchester University Press.

Wright, Robert (2023) '*Timothy Snyder's pernicious influence,*' June 10, https://nonzero.substack.com/p/timothy-snyders-pernicious-influence

Wright, Robin (2022). '*Why Sanctions Too Often Fail,*' March 7, https://www.newyorker.com/news/daily-comment/why-sanctions-too-often-fail

Wyatt, Tom (2023). '*Counter-Disinformation: the New Snake Oil,*' May 19, https://www.racket.news/p/counter-disinformation-the-new-snake

Xie, Stella Yifan (2022). '*China's Economy Won't Overtake the U.S., Some Now Predict,*' Sept. 2, https://www.wsj.com/articles/will-chinas-economy-surpass-the-u-s-s-some-now-doubt-it-11662123945

Xue, Lan, Qiang Zhang & Kaibin Zhong (2022). *Crisis Management in China: Challenges of the Transition*. Springer.

Yamamoto, Masahiro, Tien-Tsung Lee and Weina Ran (2016). Media Trust in a Community Context: A Multilevel Analysis of Individual- and Prefecture-Level Sources of Media Trust in Japan. *Communication Research*, 43(1): 131-154.

Yip, Hilton (2022). '*Taiwan Can't Rely on 'Daddy America' to Solve Its Problems,*' August 17, https://foreignpolicy.com/2022/08/17/taiwan-america-china-pelosi-visit-reliance/

Zhao, Suisheng (2023). *The Dragon Roars Back: Transformational Leaders and Dynamics of Chinese Foreign Policy*. Stanford University Press.

Zhao, Yuezhi (1998). *Media, Market and Democracy in China: between the Party line and the bottom line*. Illinois University Press.

Zinn, Howard (1995/蒲國良、許先春、張愛平、高增霞譯，2013).《美國人民的歷史》。台北：五南。

Zoe（2016年9月26日）。〈泰國要對谷歌為首的科技公司增稅〉，https://36kr.com/p/5053620.html

Weber, Isabella M. (2021) *How China Escaped Shock Therapy: The Market Reform Debate*. Routledge.

Weir, Alison (2007). *'The Message of PBS's "Crossroads" Series,'* April 17, https://www. counterpunch.org/2007/04/17/the-message-of-pbs-s-quot-crossroads-quot-series/

Weisbrot, M., & Sachs, J. (2019, April 25). *Economic sanctions as collective punishment: The case of Venezuela*. Center for Economic and Policy Research. https://cepr.net/report/economic-sanctions-as-collective-punishment-the-case-of-venezuela/

Weiss, Jessica Chen (2014). *Powerful Patriots: Nationalist Protest in China's Foreign Relations*. Oxford University Press.

—— (2023). *'Even China Isn't Convinced It Can Replace the U.S.,'* May 4, https://www.nytimes. com/2023/05/04/opinion/china-us-world-order.html?

Westcott, Tim (2016, March 1). *Financial Outlook for Public Broadcasting Stronger Than Commercial TV Competitors, IHS Says*, https://technology.ihs.com/575090/financial-outlook-for-public-broadcasting-stronger-than-commercial-tv-competitors-ihs-says

Whittock, Jesse (2016, February 9). *RTVE reduces losses to €33.6m*, http://tbivision.com/news/2016/02/rtve-reduces-losses-e33-6m/546412/

Wilde, Robert (2020). *'How the Treaty of Versailles Contributed to Hitler's Rise,'* January 29, https://www.thoughtco.com/treaty-of-versailles-hitlers-rise-power-1221351

Williams, Ian (2022). *The Fire of Dragon: China's New Cold War*. Birlinn Ltd.

Williams, Christopher (2016, November 7). *Channel 5 settles in to repeat profit*, http://www. telegraph.co.uk/business/2016/11/07/channel-5-settles-in-to-repeat-profit/

Williams, Raymond (1974/馮建三譯，1992).《電視：科技與文化形式》。台北：遠流。

Wilpert, Gregory (2022). 'The US war on Venezuela,' in Stuart Davis & Immanuel Ness (eds., 2022). *Sanctions As War: Anti-Imperialist Perspectives on American Geo-Economic Strategy*, pp.273-289. Brill.

Wines, Michael (2020). *'Path to Power: A political profile.; Putin Steering to Reform, But With Soviet Discipline,'* Feb. 20, https://www.nytimes.com/2000/02/20/world/path-power-political-profile-putin-steering-reform-but-with-soviet-discipline.html

Wolf, Martin (2015, October 30). *Public broadcaster belongs to the people*, https://www.ft.com/content/2e21620c-7e2d-11e5-a1fe-567b37f80b64

_____(2022) *'Best books of 2022: Economics,'* November 23, https://www.ft.com/content/634c1974-bc76-4f56-9548-274816dcc638

—— (2023). *'The G7 must accept that it cannot run the world,'* May 24, https://www.ft.com/

新聞傳播、兩岸關係與美利堅：台灣觀點

2024年3月初版　　　　　　　　　　　　　　　　　　定價：新臺幣780元
有著作權・翻印必究
Printed in Taiwan.

著　　　者	馮　建　三	
叢書主編	沙　淑　芬	
校　　　對	吳　美　滿	
內文排版	菩　薩　蠻　日	
封面設計	兒　　　日	

出　版　者	聯經出版事業股份有限公司	副總編輯	陳　逸　華	
地　　　址	新北市汐止區大同路一段369號1樓	總編輯	涂　豐　恩	
叢書主編電話	(02)86925588轉5310	總經理	陳　芝　宇	
台北聯經書房	台北市新生南路三段94號	社　　長	羅　國　俊	
電　　　話	(02)23620308	發行人	林　載　爵	
郵政劃撥帳戶第0100559-3號				
郵撥電話	(02)23620308			
印　刷　者	世和印製企業有限公司			
總　經　銷	聯合發行股份有限公司			
發　行　所	新北市新店區寶橋路235巷6弄6號2樓			
電　　　話	(02)29178022			

行政院新聞局出版事業登記證局版臺業字第0130號

本書如有缺頁，破損，倒裝請寄回台北聯經書房更換。　ISBN 978-957-08-7308-5 (平裝)
聯經網址：www.linkingbooks.com.tw
電子信箱：linking@udngroup.com

國家圖書館出版品預行編目資料

新聞傳播、兩岸關係與美利堅：台灣觀點/馮建三著 .
初版 . 新北市 . 聯經 . 2024年3月 . 528面 . 17×23公分
　ISBN　978-957-08-7308-5（平裝）

　1.CST：新聞學　2.CST：政治傳播　3.CST：文集

890.7　　　　　　　　　　　　　　　　113002536